ЭРИХ МАРИ

ТРИУМФАЛЬНАЯ АРКА

ИЗДАТЕЛЬСТВО АСТ
МОСКВА

УДК 821.112.2-31
ББК 84 (4Гем)-44
Р37

Серия «Эксклюзивная классика»

Erich Maria Remarque
ARC DE TRIOMPHE

Перевод с немецкого *М.Л. Рудницкого*

Серийное оформление *А.В. Фереза, Е.Д. Ферез*

Печатается с разрешения
The Estate of the Late Paulette Remarque
и литературных агентств
Mohrbooks AG Literary Agency и Synopsis.

Ремарк, Эрих Мария.

Р37 Триумфальная арка : [роман] / Эрих Мария Ремарк ; [пер. с нем. М. Л. Рудницкого]. — Москва : Издательство АСТ, 2024. — 640 с. — (Эксклюзивная классика).

ISBN 978-5-17-105398-7

«Триумфальная арка» — пронзительная история любви всему наперекор, любви, приносящей боль, но и дарующей бесконечную радость.

Место действия — Париж накануне Второй мировой войны. Герой — беженец из Германии, без документов, скрывающийся и от французов, и от нацистов, хирург, спасающий человеческие жизни. Героиня — итальянская актриса, окруженная поклонниками, вспыльчивая, как все артисты, прекрасная и неотразимая. И время, когда влюбленным довелось встретиться, и город, пронизанный ощущением надвигающейся катастрофы, становятся героями этого романа...

«Триумфальная арка» была дважды экранизирована и по-прежнему покоряет читателей всего мира.

УДК 821.112.2-31
ББК 84 (4Гем)-44

ISBN 978-5-17-105398-7

© The Estate of the Late Paulette Remarque, 1945
© Перевод. М.Л. Рудницкий, 2014
© Издание на русском языке AST Publishers, 2024

I

Женщина появилась откуда-то сбоку и шла прямо на Равича. Шла быстро, но неуверенным, шатким шагом. Равич ее заметил, когда она уже почти поравнялась с ним. Лицо бледное, высокие скулы, глаза враздет. Застывшее, опрокинутое лицо-маска, а в глазах тусклым отблеском фонаря мелькнуло выражение такой стеклянной пустоты, что Равич невольно насторожился.

Женщина прошла совсем близко, едва не задев Равича. Он резко вытянул руку и схватил незнакомку за локоть. Та пошатнулась и неминуемо бы упала, не поддержи он ее. Но он держал крепко.

— Куда это вы? — спросил он, чуть помедлив.

Женщина смотрела на него в упор.

— Отпустите меня, — прошептала она.

Равич не ответил. И продолжал крепко удерживать незнакомку.

— Да отпустите же! Что это значит? — Она едва шевелила губами.

Равичу показалось, что она вообще его не видит. Женщина смотрела куда-то мимо и сквозь него, устремив глаза в непроглядную ночную темень. Он был всего лишь помехой у нее на пути, и именно так она к нему и обращалась.

— Да пустите же!

Он сразу определил: нет, не шлюха. И не пьяная. Он чуть ослабил хватку. Теперь женщина при желании легко могла освободиться, но она этого даже не заметила. Равич все еще ждал.

— Нет, без шуток, куда это вы среди ночи, одна, в такое время, в Париже? — повторил он свой вопрос как можно спокойнее, выпуская наконец ее руку.

Незнакомка молчала. Но и не уходила. Казалось, теперь, когда ее остановили, она уже не в силах сделать ни шагу.

Равич прислонился к парапету моста, ощутив под ладонями сырой, пористый камень.

— Уж не туда ли? — Он кивнул себе за спину, где, поблескивая тягучим свинцом, лениво и тяжело протискивалась под тень Альмского моста неостановимая Сена.

Женщина не отвечала.

— Рановато еще, — бросил Равич. — Рановато, да и холодно. Ноябрь как-никак.

Он достал сигареты и пошарил в кармане, нащупывая спички. Наконец нашел, понял на ощупь, что спичек в картонке осталось всего две штуки, и привычно ссутулился, укрывая пламя в ладонях, — от реки тянуло легким ветерком.

— Дайте и мне сигарету, — проронила незнакомка ровным, без выражения, голосом.

Равич поднял голову, потом показал ей пачку.

— Алжирские. Черный табак. Курево иностранного легиона. Вам, наверно, крепковаты будут. А других у меня нет.

Женщина качнула головой и взяла сигарету. Равич протянул ей горящую спичку. Курила она жадно, глубокими затяжками. Равич бросил спичку через парапет. Спичка прорезала тьму яркой падучей звездочкой и, коснувшись воды, погасла.

По мосту на малой скорости проползло такси. Шофер притормозил. Он посмотрел на них, подождал немного, потом резко газанул и покатил дальше по мокрой, лоснящейся, черной мостовой проспекта Георга Пятого.

Равич вдруг почувствовал, что устал до смерти. Весь день работал как проклятый, а потом никак заснуть не мог. Потому и вышел — захотелось чего-нибудь выпить. Но сейчас, в промозглой ночной мгле, усталость навалилась внезапно — будто ему мешок на голову набросили.

Он смотрел на незнакомку. Какого черта он ее остановил? Ясное дело, с ней что-то стряслось. Но ему-то что? Мало ли он женщин повидал, с которыми что-то стряслось, а уж среди ночи в Париже и подавно, и сейчас ему все это было безразлично, хотелось только одного — соснуть на пару часов.

— Шли бы вы домой, — сказал он. — В такое время — ну что вы на улице потеряли? Ничего хорошего, кроме неприятностей, вы тут не найдете.

И поднял воротник, твердо намереваясь уйти.

Женщина смотрела на него непонимающим взглядом.

— Домой? — переспросила она.

Равич пожал плечами:

— Ну да, домой, в свою квартиру или в гостиницу, куда угодно. Вы же не хотите заночевать в полиции?

— В гостиницу! О господи! — пробормотала женщина.

Равич обернулся. Еще одна неприкаянная душа, которой некуда податься, подумал он. Уж пора бы привыкнуть. Вечно одно и то же. Ночью они не знают, куда податься, а наутро, не успеешь глаза продрать, их уже и след простыл. Утром-то они прекрасно знают, куда им надо и что к чему. Старое, как мир, заурядное ночное отчаяние — накатывает вместе с темнотой и с ней же исчезает. Он выбросил окурок. Как будто сам он с лихвой всего этого не нахлебался.

— Пойдемте пропустим где-нибудь по рюмочке, — предложил он.

Это самое простое. Он расплатится и уйдет, а уж там пусть сама решает, как ей быть и что делать.

Женщина неуверенно двинулась вперед, но, споткнувшись, пошатнулась. Равич подхватил ее под руку.

— Устали? — спросил он.
— Не знаю. Пожалуй.
— До того устали, что не можете заснуть?
Она кивнула.
— Бывает. Пойдемте. Держитесь за меня.

Они пошли по проспекту Марсо. Равич чувствовал: незнакомка опирается на него так, словно вот-вот упадет.

Они свернули на проспект Петра Сербского. За перекрестком с улицей Шайо в убегающей перспективе между домами темной и зыбкой громадой на фоне дождливого неба воздвиглись очертания Триумфальной арки*.

Равич кивнул в сторону вывески, что светилась над узкой подвальной лестницей:

— Нам сюда, тут наверняка что-нибудь найдется.

---

* Триумфальная арка — монумент на площади Звезды (или площадь Этуаль, ныне площадь Шарля де Голля), возведенный по указу Наполеона в ознаменование побед французского оружия. — *Здесь и далее примеч. пер.*

Эрих Мария Ремарк

Это был шоферской кабак. За столиками несколько таксистов и пара-тройка шлюх. Таксисты резались в карты. Шлюхи потягивали абсент. Они, как по команде, хватким профессиональным взглядом смерили его спутницу. После чего равнодушно отвернулись. Та, что постарше, громко зевнула; другая начала лениво накрашиваться. В глубине совсем молоденький официант с лицом обиженного крысенка сыпанул на каменные плиты опилок и принялся подметать пол. Равич выбрал столик возле самой двери. Так удобнее будет смыться. Пальто снимать не стал.

— Что будете пить? — спросил он.
— Не знаю. Что-нибудь.
— Два кальвадоса, — бросил он подошедшему официанту; тот был в жилетке, рукава рубашки засучены. — И пачку «Честерфилда».
— «Честерфилда» нет, — отрезал официант. — Только французские.
— Хорошо. Тогда пачку «Лоран», зеленых.
— Зеленых нет. Только синие.

Равич смотрел на руку официанта, на ней была татуировка — голая красотка вышагивает по облакам. Официант перехватил его взгляд и, сжимая руку в кулак, поиграл мышцей. Живот красотки похотливо задвигался.

— Тогда синих, — бросил Равич.
Гарсон осклабился.
— Может, и зеленые еще найдутся, — обнадежил он и удалился, шаркая шлепанцами.
Равич глянул ему вслед.
— Рыжие шлепанцы, татуировка с танцем живота, — пробормотал он. — Не иначе парень служил в турецком флоте.

Триумфальная арка

Незнакомка положила руки на стол. Положила так, словно ей никогда их больше не поднять. Руки были ухоженные, но это еще ничего не значит. Да и не такие уж ухоженные. Вон ноготь на среднем пальце правой руки обломан и, похоже, просто обкусан. Да и лак кое-где облупился.

Официант принес две рюмки и пачку сигарет.

— «Лоран», зеленые. Нашлась одна пачка.

— Я в вас не сомневался. На флоте служили?

— Нет. В цирке.

— И того лучше. — Равич пододвинул женщине рюмку. — Вот, выпейте. В такое время — самый подходящий напиток. Или хотите кофе?

— Нет.

— Только залпом.

Женщина кивнула и опустошила рюмку. Равич пристально ее разглядывал. Лицо потухшее, мертвенно-бледное, почти без выражения. Губы припухлые, но тоже блеклые, как бы стершиеся в очертаниях, и только светло-русые волосы, тяжелые, с натуральным золотистым отливом, по-настоящему красивы. На ней был берет, а под плащом — синий, пошитый на заказ костюм. Костюм от дорогого портного, и только зеленый камень в кольце на руке слишком велик, чтобы быть настоящим.

— Выпьете еще? — спросил Равич.

Незнакомка кивнула.

Он подозвал официанта.

— Еще два кальвадоса. Только рюмки побольше.

— Только рюмки? Или побольше налить?

— Именно.

— Значит, два двойных?

— Вы догадливы.

Равич решил свой кальвадос выпить сразу же и смыться. Становилось скучно, да и устал он до смерти. Вообще-то он в подобных случаях бывал терпелив, как-никак за плечами сорок лет отнюдь не спокойной жизни. Однако все происходившее сейчас было ему слишком хорошо знакомо. Он уже несколько лет в Париже, у него бессонница, и, бродя по городу ночами, он всякого навидался.

Гарсон принес заказ. Равич бережно принял у него рюмки с пряной, душистой яблочной водкой и одну поставил перед незнакомкой.

— Вот, выпейте еще. Помочь не поможет, но согреет наверняка. И что бы там с вами ни стряслось — не переживайте. На свете не так уж много вещей, из-за которых стоит переживать.

Женщина вскинула на него глаза. Но пить не стала.

— Это правда так, — продолжил Равич. — Особенно ночью. Ночь — она все преувеличивает.

Женщина все еще смотрела на него.

— Меня утешать не надо, — проговорила она.

— Тем лучше.

Равич уже искал глазами официанта. С него довольно. Знает он этот сорт женщин. Должно быть, русская, подумал он. Такая еще обогреться и обсохнуть не успеет, а уже начнет учить тебя уму-разуму.

— Вы русская? — поинтересовался он.

— Нет.

Равич расплатился и встал, намереваясь откланяться. Но в тот же миг встала и женщина. Встала молча, как будто это само собой разумеется. Равич глянул на нее озадаченно. Ладно, подумал он, проститься можно и на улице.

Там, как выяснилось, начался дождь. Едва выйдя за порог, Равич остановился.

— Вам в какую сторону? — учтиво спросил он, про себя твердо решив, что пойдет в противоположную.

— Не знаю. Куда-нибудь.

— Но вы ведь где-то живете?

Незнакомку будто передернуло.

— Туда я не могу! Нет! Ни за что! Только не туда!

Дикий, безумный страх заметался в ее глазах. Обычный домашний скандал, подумал Равич. Крик, брань, вот она и выскочила на улицу. Завтра к обеду одумается и как миленькая вернется домой.

— И вам совсем не к кому пойти? К подружке, допустим? Отсюда можно позвонить.

— Нет. Не к кому.

— Но куда-то же вам надо податься. У вас что, нет денег на гостиницу?

— Есть.

— Так идите в гостиницу. Их тут в переулках полно.

Женщина не ответила.

— Но куда-то вам нужно деться, — повторил Равич, начиная терять терпение. — Не оставаться же на улице под дождем.

Женщина поплотнее закуталась в плащ.

— Вы правы, — отозвалась она. — Вы совершенно правы. Благодарю. Обо мне не беспокойтесь. Куда-нибудь пойду. Спасибо. — Рука ее потянулась к горлу, сжимая воротник на шее. — Спасибо за все.

Она подняла на Равича измученные глаза и попыталась изобразить улыбку. Потом зашагала прочь, куда-то в дождь, неслышным, но решительным шагом.

Эрих Мария Ремарк

Равич смотрел ей вслед.

— Вот черт! — пробормотал он, вдруг смешавшись. Он и сам не знал, в чем тут дело — то ли всему виной этот ее взгляд и улыбка эта жалкая, то ли пустынная улица и темная ночь, — но он вдруг понял: эту женщину, что уходит от него сейчас в дождливую мглу, как потерявшийся ребенок, он просто не может оставить одну.

Он нагнал ее.

— Пойдемте, — буркнул он почти сердито. — Что-нибудь сообразим.

Они дошли до площади Звезды. Ее лучистые контуры огромной снежинки тонули сейчас в моросящей завесе и казались нескончаемыми. Туман сгустился, и улиц, что разбегаются от площади лучами, было не видно. Перед ними раскинулась только сама площадь, широченная, с разбросанными тут и там тусклыми лунами фонарей и мощной каменной аркой посередине, чья громада, пропадая в мглистой дымке, казалось, подпирает собой насупленное небо, укрывая исполинскими сводами сиротливое, бледное и трепетное пламя на могиле неизвестного солдата, словно это последняя могила рода человеческого, затерянная среди безлюдья вечной ночи.

Они пошли через площадь напрямик. Равич шел быстро. Больно уж он измотан, чтобы еще и думать. Подле себя он слышал усталые, неуверенные шаги женщины, что молча следовала за ним, понурив голову, пряча руки в карманах плаща, — еще один трепетный, беззащитный огонек чьей-то жизни, о которой он ничего не знает, но которая именно сейчас, внезапно, посреди ночной пустынной площади показалась ему странно близкой, почти родной. Пусть она ему чужая, как и сам он чувствует себя чужаком везде и всюду, — но именно это и сближало их сейчас сильнее всяких слов и прочнее долгих лет постылой привычки.

Равич жил в небольшой гостинице в одном из переулков возле Ваграмского проспекта, сразу за Тернской площадью. Строго говоря, это была не гостиница, а развалюха, и новой в ней была разве что вывеска над входом — «Отель Интернасьональ».

Он позвонил.

— Свободная комната есть? — спросил он заспанного паренька, открывшего им дверь.

Тот спросонок только бессмысленно хлопал глазами.

— Портье сейчас нет, — пробормотал он наконец.

— Это я и без тебя вижу. Я спросил, есть ли свободная комната.

Паренек испуганно пожал плечами. Он видел, что Равич привел женщину, и никак не мог взять в толк, с какой стати ему по такому случаю понадобилась еще одна комната. Сколько ему известно, женщин сюда приводят вовсе не для этого.

— Мадам спит. Если разбужу, она меня выгонит, — сообщил он, одной ногой почесывая другую.

— Замечательно. Тогда придется посмотреть без нее.

Равич сунул пареньку чаевые, взял свой ключ и вместе с женщиной направился к лестнице. Поднявшись наверх, он, прежде чем отпереть свою комнату, внимательно осмотрел соседнюю дверь. Выставленной обуви перед ней не было. Он постучал раз, потом другой. Никто не отозвался. Осторожно надавил на дверную ручку. Но дверь была заперта.

— Вчера еще была свободна, — буркнул он. — Что ж, попытаем счастья с другой стороны. Не иначе хозяйка заперла. Чтобы клопы не разбежались.

Он отпер свою комнату.

— Посидите тут. — Он кивнул на красную софу. — Я сейчас.

Он распахнул застекленную дверь, что вела на узкий балкон, ухватился за железную решетку, отделявшую его балкон от соседнего, перебрался туда по перилам и попробовал открыть дверь. Но и та оказалась запертой. Обескураженный, он тем же путем вернулся к себе в комнату.

— Дело дрянь. Похоже, нет у меня для вас комнаты.

Незнакомка сидела в самом углу софы.

— Можно, я немного тут посижу?

Равич глянул на нее пристально. Да на ней лица нет. Похоже, она и встать-то не в силах.

— Можете остаться.

— Я на минутку только.

— Да спите здесь. Это будет самое простое.

Казалось, женщина вообще его не слышит. Она покачала головой — медленно, почти машинально.

— Лучше бы оставили меня на улице. А теперь... теперь, похоже, я уже не смогу...

— Мне тоже так кажется. Оставайтесь здесь, поспите. Так будет лучше всего. А утром — там видно будет.

Женщина подняла на него глаза.

— Но я не хотела бы вас...

— Бог ты мой, — вздохнул Равич. — Да ничуть вы меня не стесните. Думаете, вы первая, кто у меня заночует, потому что некуда податься? Ведь эта гостиница — приют для беженцев. Здесь такое случается сплошь и рядом. Вам лучше устроиться на кровати. А я посплю на софе. Мне не впервой.

— Нет-нет, можно, я останусь тут, просто посижу? Этого вполне достаточно, если вы позволите.

— Хорошо, как вам угодно.

Равич скинул пальто и повесил на вешалку. Потом прихватил с кровати одеяло и подушку и придвинул к софе стул. Принес из ванной свой махровый халат и повесил на спинку стула.

— Вот, — сказал он. — Это все вам. Если желаете, могу еще предложить пижаму. В шкафу, в ящике, берите любую. Больше я о вас не забочусь. Можете занимать ванную. А у меня еще дела.

Незнакомка опять покачала головой.

Равич стоял над ней в недоумении.

— Плащ мы все-таки, пожалуй, снимем, — рассудил он. — Он у вас промок. И берет давайте.

Она послушно отдала и то и другое. Он положил подушку в изголовье софы.

— Это под голову. А стул — это чтобы вы во сне не свалились. — Он пододвинул стул вплотную к софе. — Так, а теперь туфли. Там наверняка полно воды. Для простуды ничего лучше не придумаешь. — Он стянул с нее туфли, достал из шкафа пару шерстяных носков и надел ей на ноги. — Ну вот, так еще куда ни шло. Скверные времена лучше переносить с удобствами. Старая солдатская заповедь.

— Спасибо, — вымолвила женщина. — Спасибо.

Равич направился в ванную, отвернул оба крана. Вода с шумом полилась в раковину. Он ослабил узел галстука и отрешенно глянул на себя в зеркало. Из глубокой тени глазных впадин на него устремился привычно-пристальный, цепкий, изучающий взгляд; лицо худое, можно считать, почти изможденное, если бы не глаза; губы, пожалуй, слишком мягкие на фоне двух глубоких морщин, что бороздами пролегли к уголкам рта от носа; а в довершение всего — длинный, в зазубринах, шрам, что от правой брови протянулся через весь лоб, заползая в волосы.

Телефонный звонок прервал его раздумья.

— Вот черт!

На секунду он забыл обо всем на свете. С ним такое бывает: чуть задумается — и полностью уходит в себя. А тут еще эта женщина...

— Сейчас подойду! — крикнул он. — Напугались? — Он снял трубку. — Да. Что?.. Так... конечно, да... Конечно, получится... Да. Где? Хорошо, еду. Горячего кофе, и покрепче... Хорошо.

Он аккуратно положил трубку и, сидя на краю софы, все еще думал о чем-то своем.

— Мне надо ехать, — сказал он затем. — Это срочно.

Женщина тут же вскочила. Но покачнулась и ухватилась за спинку стула.

— Нет-нет... — На короткий миг Равича тронула эта ее спешная покорная готовность. — Вы можете остаться. Спите. Мне нужно по делам, на час-другой, точно не знаю. Только не уходите никуда.

Он надел пальто. На секунду промелькнула нехорошая мысль, но он тут же ее отогнал. Эта женщина не украдет. Не из таких. Уж в этом-то он разбирается. Да и красть у него особенно нечего.

Он уже был в дверях, когда женщина спросила:

— Можно, я пойду с вами?

— Нет, это исключено. Оставайтесь здесь. Берите все, что понадобится. И кровать, если хотите, тоже ваша. Коньяк вон там. Спите...

Он повернулся, чтобы уйти.

Триумфальная арка

— Только свет не гасите! — вдруг выпалила женщина.

Равич выпустил дверную ручку.

— Вам страшно?

Она кивнула.

Он показал ей на ключ.

— Запритесь. Только ключ выньте. Внизу, у портье, есть второй, им я и открою.

Она затрясла головой:

— Нет, не в том дело. Но, пожалуйста, свет оставьте.

— Вот оно что. — Равич глянул на нее испытующе. — Да я и не собирался гасить. Пусть горит. Это мне знакомо. Со мной такое тоже бывало.

На углу улицы Акаций он поймал такси.

— Улица Лористона, четырнадцать. Только скорее!

Водитель развернул машину и вырулил на проспект Карно. На перекрестке с проспектом Великой Армии справа на них вылетел маленький двухместный кабриолет. Столкновение было неизбежно, но их спасла мокрая мостовая. Кабриолет с визгом затормозил, его занесло вбок, и он чудом пролетел в каких-то сантиметрах от радиатора таксомотора. Крутясь волчком, кабриолет пронесся дальше. Это был маленький «рено», за рулем которого сидел мужчина в очках и черном котелке. Вместе с машиной кружилось, то показываясь на секунду, то снова исчезая, его бледное от гнева лицо. Наконец машина выровнялась и свирепой зеленой саранчой рванула к Триумфальной арке, что возвышалась в конце улицы, словно исполинские врата ада, — только бледный вскинутый кулак еще долго грозил кому-то, тыча в ночное небо.

Таксист обернулся.

— Нет, вы такое видали?

— Видал, — отозвался Равич.

— Но чтобы в такой шляпе. В котелке, ночью, и так гонять?

— Он прав. Он был на основной дороге. Чем вы возмущаетесь?

— Ясное дело, он прав. Потому я и возмущаюсь.

— А если бы он был не прав, что тогда?

— Тоже бы возмущался.

— Вам, я погляжу, легко живется.

— Но я бы тогда совсем по-другому возмущался, — пояснил шофер, сворачивая на проспект Фоша. — Не с таким удивлением, понимаете?

— Нет. Лучше сбавляйте скорость на перекрестках.

— Да я и сам уже понял. Проклятая жижа на мостовой — все как маслом намазали. Только чего ради вы меня расспрашиваете, если потом сами слушать не хотите?

— Потому что устал, — раздраженно ответил Равич. — Потому что ночь. А еще, если угодно, потому что все мы только искры на ветру жизни. Езжайте.

— Ну, тогда другое дело, — уважительно протянул таксист и даже коснулся пальцами козырька фуражки. — Это я понимаю.

— Послушайте, — спросил Равич, осененный внезапной догадкой, — вы, часом, не русский?

— Нет. Но читаю много, пока пассажиров жду.

«На русских мне, значит, сегодня не везет, — подумал Равич. Он откинулся на спинку сиденья. — Кофе, — пронеслось у него в голове. — Очень горячего, черного. Надеюсь, кофе у них достаточно.

Триумфальная арка 17

Руки. Мне нужны чертовски твердые руки. В случае чего пусть Вебер сделает мне укол. Но все получится. Должно получиться». Он опустил стекло и долго, глубоко вдыхал влажный осенний воздух.

II

В небольшой операционной было светло как днем. Помещение больше всего напоминало сейчас бойню, только стерильную. Вокруг стояли ведра, полные окровавленной ваты, повсюду валялись бинты и тампоны, алые пятна крови в этом царстве медицинской белизны смотрелись вопиющей бестактностью. Вебер сидел в предбаннике за лакированным стальным столом и что-то записывал; его медсестра кипятила инструменты; вода бурлила, яркий свет, казалось, вот-вот зашипит, и только тело, распростертое на операционном столе, было от всего этого как бы отдельно — его уже ничто не трогало.

Равич плеснул себе на ладони жидкого мыла и принялся намыливать руки. Он тер их с таким ожесточением, будто надумал содрать с них кожу.

— Вот гадство! — цедил он сквозь зубы. — Дерьмо собачье!

Медсестра метала в него возмущенные взгляды. Вебер поднял глаза от своих бумаг.

— Спокойно, Эжени! Все хирурги ругаются. Особенно когда дело дрянь. Уж вам-то пора бы знать.

Сестра бросила пригоршню инструментов в кипящую воду.

— Профессор Перье никогда не сквернословил, — возразила она оскорбленным тоном. — И тем не менее спас много жизней.

— Профессор Перье оперировал на мозге. Это, считайте, все равно что точная механика. А наш брат в потрохах копается. Это совсем другое дело. — Вебер захлопнул тетрадь с записями и встал. — Вы хорошо работали, Равич. Но если до тебя приложил руку коновал, тут уж ничего поделать нельзя.

— Да нет. Иногда можно. — Равич вытер руки и закурил. Медсестра с демонстративным неодобрением тут же распахнула форточку.

— Браво, Эжени! — похвалил Вебер. — Все строго по инструкции.

— У меня есть обязанности в жизни. К тому же я вовсе не желаю взлететь на воздух.

— Вот и прекрасно, Эжени. Это успокаивает.

— А вот некоторые вообще без обязанностей живут. И не желают жить иначе.

— Это в ваш огород, Равич, — хохотнул Вебер. — Полагаю, лучше нам исчезнуть. Эжени с утра обычно не в духе. Да и нечего нам тут больше делать.

Равич окинул взглядом операционную. Глянул на медсестру, верную своим обязанностям. Та встретила его взгляд с исступленным бесстрашием. Никелированная оправа очков придавала ее пустому лицу холодную неприступность. А ведь она тоже человек, как и он, но любая деревяшка — и та ему ближе.

— Простите меня, — проговорил он. — Вы совершенно правы.

На белом столе лежало то, что еще пару часов назад было надеждой, дыханием, болью, трепетным биением жизни. Теперь же это был всего лишь никчемный труп — а бездушный человек-автомат в лице медсестры Эжени, страшно гордой тем, что она никогда не совершала ошибок, уже накрыл этот труп простыней и вывозил на каталке. Такие дольше всех

Триумфальная арка　　　　　　　　　　　　　　　19

живут, подумал Равич, жизнь просто не замечает эти деревянные души, вот и смерть их не берет.

— До свидания, Эжени, — сказал Вебер. — Желаю вам хорошенько отоспаться.

— До свидания, доктор Вебер. Спасибо, господин доктор.

— До свидания, — попрощался Равич. — И простите мне мою ругань.

— Всего хорошего, — ледяным тоном отозвалась Эжени.

Вебер ухмыльнулся:

— Железный характер!

На улице их встретило хмурое утро. По мостовым грохотали мусорные машины. Вебер поднял воротник.

— Ну и погодка! Вас подвезти, Равич?

— Нет, спасибо. Хочу прогуляться.

— В такую погоду? Я правда могу вас подвезти. Нам же почти по дороге.

Равич покачал головой.

— Спасибо, Вебер.

Вебер все еще вопросительно смотрел на него.

— Даже чудно, что вы все еще так переживаете, когда пациент умирает у вас под ножом. Вы ведь уже пятнадцать лет оперируете, должны бы привыкнуть.

— А я и привык. И не переживаю.

Вебер стоял перед ним, дородный, довольный. Его широкая, округлая физиономия светилась румянцем, как нормандское яблоко. В черных, аккуратно подстриженных усиках сияли капельки дождя. Рядом, приткнувшись к тротуару, стоял «бьюик» и тоже сиял. В этом авто Вебер сейчас чинно покатит восвояси, в свой розовый, как игрушка, загородный домик, где его ждут чистенькая жена, тоже сияющая, двое чистеньких, разумеется, сияющих детишек и вообще чистенькая, сияющая жизнь. Такому разве что-нибудь объяснишь, разве расскажешь о том неимоверном напряжении, когда, затаив дыхание, делаешь скальпелем первый разрез, когда в ответ на это усилие из-под лезвия струится первая алая струйка крови, когда тело, послушное движениям крючка и хватке зажимов, раскрывается перед тобой, словно многослойный занавес, высвобождая органы, что никогда еще не видели света, когда сам ты, словно охотник в джунглях, идешь по следу сквозь чащобы поврежденных тканей, сквозь узлы и сращения, все глубже продвигаясь к опухоли, и вдруг, внезапно, оказываешься один на один, с глазу на глаз с великим хищником по имени смерть, и начинается поединок, в котором все твое оружие — только твои инструменты и невероятная твердость руки, — как растолкуешь ему, каково это, что это значит, когда в ослепительную белизну твоей беспредельной сосредоточенности холодом в крови вдруг вторгается черная тень этой вселенской издевки, способной затупить скальпель, сломать иглу, залить свинцом руку, и когда все то незримо трепетное, загадочное, пульсирующее, что звалось жизнью, вдруг утекает из-под твоих бессильных рук, распадается, меркнет, затянутое буруном призрачного, черного, мертвецкого водоворота, до которого тебе не добраться, с которым тебе не совладать; когда лицо человека, у которого только что было дыхание, имя, собственное «я», у тебя на глазах превращается в анонимную застывшую маску — и этот твой яростный, мятежный, но все равно бессмысленный гнев, — ну как, как все это объяснишь и что тут вообще объяснять?

Триумфальная арка

Равич закурил следующую сигарету.

— Двадцать один год ей был, — только и сказал он.

Вебер носовым платком отирал капельки с усов.

— Вы отлично работали. Я бы так не смог. А если не удалось исправить то, что какой-то мясник наворочал, так вашей вины тут нет. Тут по-другому и не рассудишь, иначе куда бы это нас завело...

— Действительно, — отозвался Равич. — Куда бы это нас завело?

Вебер сунул платок обратно в карман.

— К тому же после всего, что вам довелось испытать, у вас, думаю, чертовская закалка.

Равич глянул на него со скрытой усмешкой.

— Закалки в таком деле не бывает. Разве что привычка.

— Так и я о том же.

— В том-то и беда, что не ко всему можно привыкнуть. Тут непросто разобраться. Давайте считать, что это все из-за кофе. Может, это и вправду кофе меня так взбудоражил. А мы думаем, что это от расстройства.

— А что, кофе и вправду был хорош, верно?

— Очень хорош.

— Хороший кофе — мой конек. Я как чувствовал, что вам кофе понадобится, поэтому сам и сварил. Ведь не сравнить с бурдой, которую варит Эжени?

— Никакого сравнения. По части кофе вы и впрямь мастак.

Вебер уселся в машину. Но все еще не спускал с него глаз, даже из окна высунулся.

— Может, вас все-таки подбросить по-быстрому, а? Вы, наверно, чертовски устали?

«Тюлень, — невольно подумал Равич. — Точь-в-точь тюлень и такой же здоровый. Но мне-то что? Что за чушь в голову лезет? И вот вечно так — говоришь одно, а в мыслях совсем другое».

— Я не устал, — ответил он. — Кофе меня взбодрил. Спите как следует.

Вебер рассмеялся. Под черными усами ослепительно сверкнули белоснежные зубы.

— Нет, я уже спать не лягу. Поработаю лучше в саду. Тюльпаны и нарциссы посадить надо.

Тюльпаны и нарциссы, эхом отозвалось в голове у Равича. На аккуратных клумбочках, среди чистеньких гравийных дорожек. Тюльпаны и нарциссы — персиковая и золотистая кипень весны.

— До свидания, Вебер, — сказал он. — Надеюсь, обо всем прочем вы позаботитесь?

— Разумеется. Сегодня же вечером вам позвоню. Гонорар, к сожалению, будет скромный. Даже говорить не о чем. Девчонка была бедная, и родни, похоже, никакой. Ну, там видно будет.

Равич отмахнулся.

— Эжени она сто франков отдала. Похоже, это все, что у нее было. Выходит, вам причитается двадцать пять...

— Хорошо, хорошо, — нетерпеливо оборвал его Равич. — До свидания, Вебер.

— До свидания. Завтра в восемь утра.

Равич медленно брел по улице Лористона. Будь сейчас лето, он бы устроился где-нибудь на скамейке в Булонском лесу, грелся бы на утреннем солнышке, смотрел бы, ни о чем не думая, на воду, на зелень, пока эта жуткая судорога напряжения где-то внутри сама не рассосется. А уж после поехал бы в гостиницу и завалился спать.

Он зашел в бистро на углу Буасьерской. У стойки несколько работяг да шоферюги с грузовиков. Почти все пьют кофе, макая в него булочки. Равич постоял, посмотрел на них. Простая, ясная, надежная жизнь, все в твоих руках: днем работа до упаду, вечером усталость, ужин, жена, а после мертвый сон без всяких сновидений.

— Вишневки, — заказал он бармену.

На щиколотке у умершей была тонкая цепочка дешевенькой позолоты — дурацкое украшение, какие позволительны разве что в молодости, от избытка сентиментальности и отсутствия вкуса. На цепочке даже пластинка имелась, а на пластинке надпись — «Toujour Charles»*, и все это без застежки, запаяно раз и навсегда, чтобы не снимать; цепочка, способная рассказать целую историю — о воскресных свиданиях в рощах по берегам Сены, о первой влюбленности и наивной юности, о ювелирной лавчонке где-нибудь в Нейи, о сентябрьских ночах в мансарде, — а потом вдруг задержка, ожидание, испуг, страх — и навеки Шарль, о котором ни слуху ни духу, и подружка, подсунувшая нужный адрес, и знахарка-повитуха, клеенка на столе, и вдруг боль, нестерпимая, режущая боль, и кровь, и растерянное лицо старухи, дряблые руки, торопливо, лишь бы избавиться, запихивающие тебя в такси, и долгие дни мучений, и хочется заползти куда-то, а потом наконец «скорая помощь», больница, последняя сотенная бумажка, скомканная в горячем, потном кулачке... — поздно, слишком поздно.

---

* «Навеки Шарль» (*фр.*).

Над головой задребезжало радио. Танго, гнусавый голос, слащавые, пошлые слова. Равич поймал себя на том, что мысленно шаг за шагом повторяет весь ход операции. Перепроверяет каждое свое движение. На пару часов пораньше — и, возможно, еще был бы какой-то шанс. Вебер, конечно, распорядился срочно его вызвать. Но в гостинице его не было. И вот из-за того, что он проторчал у Альмского моста, девчонка умерла. А сам Вебер такие операции делать не может. Дурацкая цепь случайностей. Дурацкая цепочка на ступне, безжизненно вывернутой внутрь... «Приди в мою лодку, нам светит луна», — фальцетом верещал тенор.

Равич расплатился и вышел. Остановил такси.

— В «Осирис», — бросил он водителю.

«Осирис» — это был солидный, добротно-буржуазный бордель с необъятным баром в древнеегипетском стиле.

— Так закрываемся уже, — попытался остановить его швейцар. — Никого нет.

— Совсем никого?

— Только мадам Роланда. А дамы все разошлись.

— Вот и прекрасно.

Портье поплелся за ним, сердито шаркая галошами.

— Может, вам лучше такси не отпускать? Здесь потом так просто не поймаешь. А мы уже закончили...

— Это я уже слышал. И такси я как-нибудь раздобуду...

Равич сунул швейцару пачку сигарет в нагрудный карман и, миновав тесную прихожую и гардероб, вошел в просторный зал. Бар и вправду был пуст, являя собой зрелище привычного разгрома, учиненного подгулявшими буржуа: на полу окурки, озерца пролитого вина, несколько опрокинутых стульев, в воздухе затхлый настой табачного дыма, духов и пота.

— Роланда! — позвал Равич.

Она стояла у столика над горкой розового шелкового белья.

— Равич. — Она нисколько не удивилась. — Поздновато. Чего тебе — девочку или выпить? Или и то и другое?

— Водки. Польской.

Роланда принесла бутылку и стопку.

— Сам себе нальешь? Мне еще белье разобрать и записать надо все. Сейчас из прачечной приедут. Если не записать, эти ворюги все растащат, хуже сорок. Ну, шоферня, ты не понял? Девкам своим на подарки.

Равич кивнул.

— Включи музыку, Роланда. Погромче.

— Хорошо.

Роланда включила радио. Под высокими сводами пустого зала во всю мощь барабанов и литавр грянул музыкальный гром.

— Не слишком громко, Равич?

— Нет.

Слишком громко? Слишком громкой сейчас была только тишина. Тишина, от которой, казалось, тебя вот-вот разорвет, как в безвоздушном пространстве.

— Ну вот, готово. — Роланда подошла к столику Равича. Ладная фигура, ясное личико, спокойные черные глаза. И пуритански строгое черное платье, резко выделяющее ее среди полуголых девиц, — знак того, что она здесь распорядительница.

— Выпей со мной, Роланда.
— Давай.

Равич сходил к стойке за еще одной рюмкой, налил. Когда рюмка наполнилась наполовину, Роланда отстранила бутылку.

— Хватит. Больше не надо.

— Полрюмки — это не дело. Лучше просто не допей, оставишь.

— Зачем? Это ж только перевод добру.

Равич поднял глаза. Взглянул в ее надежное, такое рассудительное лицо и улыбнулся:

— Перевод добру. Вечный страх всех французов. А чего ради вся эта бережливость? Тебя, вон, не больно-то берегут.

— Так то ж коммерция. Совсем другое дело.

Равич рассмеялся.

— Тогда выпьем за коммерцию. Во что превратилось бы человечество, если бы не мораль торгашей? В сущий сброд: одни уголовники, идеалисты да лодыри.

— Тебе нужна девушка, — решила Роланда. — Хочешь, я позвоню, вызову Кики? Очень хороша. Двадцать один год.

— Вон как. Тоже двадцать один. Нет, это сегодня не для меня. — Равич снова наполнил свою рюмку. — Скажи, Роланда, перед сном о чем ты обычно думаешь?

— Обычно ни о чем. Устаю очень.

— Ну а когда не устаешь?

— Тогда о Туре.

— С какой стати?

— У одной из моих тетушек там дом с лавкой. Я уже два раза за нее закладную выкупала. Когда она умрет — ей семьдесят шесть, — дом мне достанется. Я тогда вместо лавки кафе открою. Обои светлые, чтобы в цветочек, живая музыка, ну, там, пианино, скрипка, виолончель, а в глубине зала бар. Небольшой, но со вкусом. А что, район хороший и место бойкое. Пожалуй, в девять с половиной тысяч я уложусь, даже на люстры и шторы хватит. Тогда у меня еще пять тысяч про запас останется на первое время. Ну и плата с жильцов к тому же, ведь второй и третий этажи я сдавать буду. Вот о чем я думаю.

— Ты сама из Тура?

— Да. Но там никто не знает, где я и что. А если дела хорошо пойдут, никто и интересоваться не станет. Деньги, они все прикроют.

— Не все. Но многое.

Равич уже чувствовал легкую тяжесть в голове, отчего и голос его теперь звучал как-то тягуче.

— По-моему, с меня достаточно, — сказал он, вытаскивая из кармана несколько бумажек. — И там, в Туре, ты выйдешь замуж, Роланда?

— Не сразу. Но через несколько лет — пожалуй. У меня там есть кое-кто.

— Ты к нему ездишь?

— Редко. Он мне пишет иногда. Не на этот адрес, конечно. Вообще-то он женат, но жена его в больнице. Туберкулез. Врачи говорят, еще год, от силы два. И тогда он свободен.

Равич встал.

— Благослови тебя бог, Роланда! У тебя трезвый ум.

Она улыбнулась, не заподозрив в его словах никакого подвоха. Видимо, и сама так считает. В ясном лице — ни тени усталости. Свеженькое, чистое личико, словно она только что встала. Эта знает, чего хочет. В жизни для нее нет тайн.

Небо прояснилось. Дождь кончился. Стальные писсуары по углам улиц стояли как маленькие бастионы. Швейцар ушел, ночь канула, начинался день, и толпы торопливых прохожих теснились перед дверями подземки, словно это норы, куда их так и тянет провалиться, принося себя в жертву некоему жуткому божеству.

Женщина на софе испуганно вскинулась. Но не вскрикнула — только вздрогнула, издав неясный, приглушенный звук, и так и застыла, приподнявшись на локтях.

— Тихо, тихо, — успокоил ее Равич. — Это всего лишь я. Тот, кто вас сюда и привел пару часов назад.

Женщина перевела дух. Равич толком не мог ее разглядеть: зажженная люстра и вползающее в окно утро заполняли комнату странным, выморочным светом.

— По-моему, это уже пора погасить, — сказал Равич, повернув выключатель.

В висках все еще постукивали мягкие молоточки опьянения.

— Завтракать будете? — спросил он.

Он напрочь забыл о своей гостье и, только забирая у портье ключ, вспомнил, тут же втайне понадеявшись, что та уже ушла. Он-то сам с радостью бы от нее избавился. Он хорошо выпил, шторки сознания в голове раздвинулись, цепочка времени со звоном порвалась, воспоминания и грезы, настырные и бесстрашные, обступили его. Хотелось побыть одному.

— Хотите кофе? — спросил он. — Это единственное, что здесь делают прилично.

Женщина покачала головой. Он глянул на нее пристальнее.

— Что-то не так? Кто-то приходил?
— Нет.

— Но я же вижу: что-то случилось. Вы же смотрите на меня, как на привидение.

Ее губы задрожали.

— Запах, — выдавила она наконец.

— Запах? — недоуменно повторил Равич. — Водка особенно не пахнет. Вишневка и коньяк тоже. А сигареты вы и сами курите. Что вас так напугало?

— Я не о том...

— Бог ты мой, тогда о чем?

— Тот же самый... тот же запах...

— Господи, эфир, что ли? — осенило Равича. — Вы про эфир?

Незнакомка кивнула.

— Вас что, оперировали?

— Нет... Но...

Равич не стал слушать дальше. Он распахнул окно.

— Сейчас выветрится. Можете пока выкурить сигарету.

Он прошел в ванную и отвернул оба крана. Посмотрел на себя в зеркало. Пару часов назад он вот так же тут стоял. Всего пару часов — а человека не стало. Вроде бы ничего особенного. Люди умирают во множестве, каждую секунду. Даже статистика какая-то есть на этот счет. Ничего особенного. Но для того, кто умрет, ничего важнее на свете не будет, ибо этот свет будет жить и кружить уже без него.

Он присел на край ванны и сбросил ботинки. Вечно одно и то же. Неумолимый распорядок бытия. Презренная проза пошлой привычки, вторгающаяся в сияние самых пышных миражей. Сколько бы ни нежились цветущие берега сердца в струях любви, но раз в несколько часов, кто бы ты ни был — поэт, полубог или последний идиот, — тебя стащит с самых блаженных небес потребность помочиться.

И никуда ты от этого не денешься! Насмешка природы. Романтический флер над рефлексами желез и урчанием пищеварения. Дьявольская издевка: органы экстаза, одновременно приспособленные для выделений и испусканий. Равич отбросил ботинки в угол. Дурацкое обыкновение раздеваться. Даже от него никуда не деться! Только живя один, понимаешь, какая это чушь. Сколько в этом покорности, сколько самоуничижения. Много раз он из принципа засыпал не раздеваясь, лишь бы перебороть в себе эту слабость. Но все это была только видимость, самообман. От привычки и правил никуда не деться!

Он включил душ. Прохладная вода заструилась по телу. Он глубоко вздохнул и стал вытираться. Благо уютных мелочей. Вода, твое дыхание, вечерний дождь. Только живя один, начинаешь ценить и это. Благодарное отдохновение кожи. Легкое течение крови в кромешном мраке сосудов. Прилечь на опушке. Березы. Белые летние облака. Небо юности. Где они — былые треволнения сердца? Забиты и задавлены суровыми треволнениями бытия.

Он вернулся в комнату. Женщина на софе, укутавшись в одеяло, забилась в самый угол.

— Холодно? — спросил он.

Она покачала головой.

— Страшно?

Она кивнула.

— Вы меня боитесь?

— Нет.

— Чего-то там? — Он указал на окно.

— Да.

Равич закрыл окно.

— Спасибо, — сказала она.

Он видел перед собой ее затылок. Плечи. Дыхание. Признаки жизни, пусть чужой, но жизни. Тепло. Не окоченевшее тело. Что можно подарить другому, кроме тепла? И можно ли подарить больше?

Женщина шевельнулась. Она дрожала. И смотрела на Равича. Он почувствовал, как разом отлегло от сердца. Пришла легкость и блаженная прохлада. Судорога отступила. Открылся простор. Словно он прожил ночь на чужой планете — а теперь снова очутился на Земле. Все вдруг стало просто, ясно: утро, женщина, — больше можно ни о чем не думать.

— Иди сюда, — сказал он.

Она не сводила с него глаз.

— Иди сюда, — повторил он, уже теряя терпение.

III

Равич проснулся. И сразу почувствовал на себе чей-то взгляд. Ночная гостья, уже одетая, сидела на софе. Но смотрела вовсе не на него, а в окно. Он-то надеялся, что она давно ушла. Ему стало не по себе оттого, что она все еще здесь. По утрам он не выносит возле себя посторонних.

Он прикинул, не попробовать ли снова уснуть, но мешала мысль, что на него будут смотреть. И решил, что пора от незнакомки избавиться. Если она денег ждет, еще проще. Да и вообще — что тут сложного? Он сел на кровати.

— Давно встали?

Вздрогнув, женщина обернулась.

— Не могла больше спать. Извините, если разбудила.

— Вы меня не разбудили.

Она встала.

— Я хотела уйти. Сама не знаю, почему не ушла.

— Подождите. Я сейчас. Только организую для вас завтрак. Знаменитый здешний кофе. На это у нас время еще есть.

Он встал, позвонил. Прошел в ванную. Заметил, что женщина тоже здесь побывала, но все было приведено в порядок, аккуратно разложено по местам, даже использованные полотенца. Пока чистил зубы, слышал, как пришла горничная с завтраком.

Он заторопился.

— Вам было неудобно? — спросил он, выходя из ванной.

— Что? — не поняла женщина.

— Ну, горничная, что она вас видит. Я как-то не подумал.

— Нет. Да она и не удивилась.

Женщина взглянула на поднос. Завтрак был на двоих, хотя Равич об этом не просил.

— Ну, это само собой. Как-никак мы все-таки в Париже. Вот ваш кофе. Голова болит?

— Нет.

— Это хорошо. А у меня болит. Но через часок перестанет. Вот булочки.

— Я не могу.

— Бросьте, можете. Вам просто кажется. Вы попробуйте.

Она взяла булочку. Но снова отложила.

— Правда не могу.

— Тогда выпейте кофе и выкурите сигарету. Солдатский завтрак.

— Хорошо.

Равич уже ел.

Триумфальная арка 33

— Все еще не проголодались? — спросил он немного погодя.

— Нет.

Незнакомка загасила сигарету.

— Кажется... — начала она, но замялась.

— Что вам кажется? — спросил Равич скорее из вежливости.

— Кажется, мне пора.

— Дорогу знаете? Мы тут около Ваграмского проспекта.

— Не знаю.

— Сами-то вы где живете?

— В гостинице «Верден».

— Так это совсем рядом. Выйдем, я вам покажу. Мне все равно вас мимо портье проводить.

— Да, но не в том...

Она снова осеклась. Деньги, подумал Равич. Как всегда, деньги.

— Если у вас затруднения, я охотно вас выручу.

Он достал бумажник.

— Прекратите! Это еще что! — вспыхнула женщина.

— Ничего! — Равич поспешно спрятал бумажник. — Извините...

Она встала.

— Вы были... Я должна вас поблагодарить... Иначе бы я... Эта ночь... Одна я бы...

Только тут Равич вспомнил, что произошло. Начни она из такого пустяка раздувать любовную историю, это было бы просто смешно. Но что она станет его благодарить — этого уж он никак не ожидал, и это было еще неприятнее.

— Я бы совсем не знала, как быть.

Эрих Мария Ремарк

Она все еще стояла перед ним в нерешительности. Какого черта она не уходит?

— Но теперь вы знаете, — пробормотал он, лишь бы что-то сказать.

— Нет. — Женщина посмотрела ему прямо в глаза. — Все еще не знаю. Знаю только, что что-то надо предпринять. Знаю, что нельзя просто так сбежать.

— Это уже немало, — бросил Равич, беря пальто. — Я провожу вас вниз.

— Это не обязательно. Скажите только... — Она снова замялась, мучительно подбирая слова. — Может, вы знаете... что надо делать... когда...

— Когда что? — не дождавшись продолжения, спросил Равич.

— Когда кто-то умер, — выпалила незнакомка, и тут вдруг плечи ее дрогнули. Она даже не всхлипывала, плакала почти беззвучно.

Равич дождался, пока она успокоится.

— У вас кто-то умер?

Она кивнула.

— Вчера вечером?

Она кивнула снова.

— Это вы его убили?

Женщина уставилась на него ошеломленно.

— Что? Что вы сказали?

— Вы его убили? Раз уж вы меня спрашиваете, что делать, я должен знать.

— Он умер! — выкрикнула она. — Сразу...

Она спрятала лицо в ладони.

— Он что, болел?

— Да.

— Врача вызывали?

— Да... Но он не хотел в больницу...

— Вчера врач приходил?

Триумфальная арка

— Нет. Третьего дня. Но он... он с тем врачом разругался и не хотел больше его видеть.

— А другого вызывать не пробовали?

— Других мы не знаем никого. Мы здесь всего три недели. Этого нам официант разыскал. Но он... он от него отказался... сказал, что сам знает... лучше уж сам будет лечиться...

— Что у него было?

— Точно не знаю. Врач сказал — воспаление легких. Но он не поверил. Мол, все врачи шарлатаны. И вчера ему и вправду стало лучше... А потом вдруг...

— Почему вы в больницу его не положили?

— Он не хотел... Говорил... Вбил себе в голову, что без него я стану ему изменять... Он... Вы его не знаете... Бесполезно уговаривать...

— Он все еще в гостинице лежит?

— Да.

— Вы хозяину сообщили?

— Нет. Когда вдруг все стихло... эта тишина... и его глаза... я не выдержала и просто сбежала...

Равич еще раз припомнил минувшую ночь. На секунду он смутился. Но что было, то было, теперь-то не все ли равно — и ему, и ей. Особенно ей. Этой ночью ей было ни до чего, лишь бы выстоять. А на всяких там сантиментах свет клином не сошелся. Лавинь*, когда узнал, что жена его умерла, всю ночь провел в публичном доме. Продажные девки его спасли; надеяться на священников он не стал. Кто в силах понять — поймет. Объяснения тут бесполезны. Зато потом это тебя обязывает...

---

* Лавинь, Эрнст Губерт (1834—1893) — французский художник и скульптор.

Он накинул пальто.

— Пойдемте. Я схожу с вами. Это был ваш муж?

— Нет, — ответила женщина.

Хозяином гостиницы «Верден» оказался гнусного вида толстяк. На лысом черепе ни волосинки, зато крашеные черные усы и кустистые брови тревожно встопорщены. Он маячил посреди вестибюля, из-за спины выглядывал официант, за официантом горничная, за горничной — плоскогрудая кассирша. Равич с первого взгляда понял: этому уже все известно. При виде женщины толстяк побагровел и замахал пухлыми ручонками, обрушивая на постоялицу весь свой праведный гнев, к которому, впрочем, как нетрудно было заметить, примешивалось и несомненное облегчение. Когда он, вволю отведя душу на проклятых иностранцах, перешел к угрозам, упомянув подозрения, полицию и тюрьму, Равич его остановил.

— Вы не из Прованса? — вежливо спросил он.

Хозяин опешил.

— Нет. А это еще при чем?

— Да ни при чем, — бросил Равич. — Просто хотелось вас прервать. А для этого лучше всего годится какой-нибудь идиотский вопрос. Иначе вы бы еще битый час тут распинались.

— Сударь! Да кто вы такой? И что вам тут нужно?

— Пока что это ваша первая разумная фраза.

Хозяин опомнился.

— Кто вы такой? — повторил он, но уже тише и с явной опаской ненароком оскорбить влиятельную особу.

— Я врач.

Хозяин мигом сообразил — бояться нечего.

— Врачи нам уже не нужны! — заорал он с новой силой. — Нам тут полиция нужна!

А сам искоса поглядывал на Равича и женщину, явно ожидая испуга, протестов и просьб с их стороны.

— Отличная мысль. Но если так, почему ее все еще нет? Ведь вам уже несколько часов известно, что у вас умер постоялец.

Хозяин озадаченно молчал и только яростно таращился на Равича.

— Я вам скажу почему. — Равич шагнул поближе. — Потому что вы не хотите переполошить других постояльцев. Ведь многие из них в таком случае съедут. Однако без полиции тут не обойтись — закон есть закон. И только от вас зависит, чтобы все это прошло как можно тише. Но беспокоит вас совсем не это. Вы испугались, что вас надули, подкинули вам покойника и оставили расхлебывать всю эту кашу. Как видите, это не так. Еще вы боялись, что вам не заплатят по счету. Не волнуйтесь, счет будет оплачен. А теперь я хотел бы взглянуть на умершего. Остальным займусь потом.

Минуя хозяина, Равич невозмутимо направился к лестнице.

— Какой у вас номер? — спросил он у женщины.
— Четырнадцатый.
— Вам не обязательно со мной ходить. Я все сам сделаю.
— Нет. Я не хочу здесь оставаться.
— Лучше бы вам этого не видеть.
— Нет. Я не хочу здесь оставаться.
— Хорошо. Как вам будет угодно.

Комната оказалась низкая, окнами на улицу. Перед дверью столпились горничные, коридорные, официант. Равич жестом заставил всех посторониться. Две кровати. На той, что у стены, лежит мужчина. Желтый, неподвижный, как восковая фигура, со странно живыми курчавыми волосами, в красной шелковой пижаме. Рядом с ним на ночном столике — дешевенькая деревянная фигурка мадонны со следами губной помады на лице. Равич взял ее, чтобы разглядеть получше, обнаружил на тыльной стороне надпись «Made in Germany»*. Он еще раз взглянул на покойного: нет, у того губы не накрашены, да и по виду не похож. Глаза приоткрыты, один больше, другой меньше, отчего все лицо приобрело выражение странного безразличия, так и застыв в судороге вечной скуки.

Равич наклонился поближе. Изучил пузырьки с лекарствами на ночном столике, осмотрел тело. Следов насилия нет. Он выпрямился.

— Как звали врача, который к вам приходил? — спросил он у женщины. — Фамилию помните?

— Нет.

Он глянул на нее повнимательнее. Бледная как полотно.

— Сядьте-ка вон туда. Вон на тот стул в углу. Там пока и посидите. Официант, который вызывал вам врача, здесь?

Он обвел глазами собравшихся у двери. На всех лицах одно и то же выражение: смесь ужаса и жадного любопытства.

— На этом этаже Франсуа работает, — сообщила уборщица, выставив перед собой швабру, точно копье.

* «Сделано в Германии» (*англ.*).

Триумфальная арка

— Где Франсуа?

Официант протиснулся вперед.

— Как звали врача, который его лечил?

— Боннэ. Шарль Боннэ.

— Телефон его у вас есть?

Официант порылся в карманах.

— Пасси 27-43.

— Хорошо. — Равич разглядел в коридоре физиономию хозяина. — А теперь распорядитесь-ка закрыть дверь. Или вам охота, чтобы сюда сбежалась вся улица?

— Нет! Вон! Все вон отсюда! Чего встали? Побездельничать решили за мой счет?

Хозяин вытолкал всех в коридор и прикрыл дверь. Равич снял телефонную трубку, набрал номер Вебера и переговорил с ним. Потом позвонил по номеру в Пасси. Боннэ вел прием. Он подтвердил все, что рассказала женщина.

— Этот человек умер, — сообщил Равич. — Вы не могли бы приехать и выписать справку о смерти?

— Этот человек меня выгнал. Причем самым оскорбительным образом.

— Теперь он уже не в силах вас оскорбить.

— Но он не заплатил мне за визит. Предпочел меня обозвать: дескать, я не врач, а рвач, да еще и шарлатан.

— Приезжайте, и ваш счет будет оплачен.

— Я могу кого-нибудь прислать.

— Лучше вам приехать самому. Иначе плакали ваши денежки.

— Хорошо, — согласился Боннэ после непродолжительного раздумья. — Но я ничего не подпишу, пока мне не заплатят. За все про все триста франков.

— Вот и прекрасно. Триста франков. Вы их получите.

Равич повесил трубку.

— Мне очень жаль, что вам приходится все это выслушивать, — сказал он женщине. — Но по-другому никак. Без него нам не обойтись.

Женщина уже доставала купюры.

— Ничего страшного, — сказала она. — Для меня это не внове. Вот деньги.

— Не спешите. Он сейчас приедет. Ему и отдадите.

— А сами вы справку о смерти выписать не можете?

— Нет. Тут нужен французский врач, — пояснил Равич. — Желательно тот, кто его лечил, так будет проще всего.

После ухода Боннэ, едва за ним закрылась дверь, в комнате повисла гнетущая тишина. Словно не просто человек вышел, а что-то еще случилось. Шум машин с улицы доносился теперь как будто сквозь воздушную стену, просачиваясь сквозь нее с превеликим трудом. На смену суете и суматохе минувшего часа в свои права полновластно вступил покойный. Его великое безмолвие осязаемо заполнило собой все пространство дешевой гостиничной комнаты, и не важно было, что на нем шелковисто-переливчатая красная пижама, — будь он хоть в шутовском наряде клоуна, он все равно бы властвовал одной этой своей каменной неподвижностью. Ибо все живое движется, а всему, что движется, энергично ли, грациозно или, наоборот, неуклюже, не дано это отрешенное величие неподвижности, величие кончины, после которой лишь распад и тлен. Только в этой неподвижности явлено совершенство, даруемое каждому покойнику, да и то лишь на краткий срок.

— Так он не был вашим мужем? — еще раз спросил Равич.

— Нет. Да и какая разница?

— Законы. Наследство. Полиция будет составлять опись имущества — что принадлежит вам, что ему. Все ваше оставят вам. А на его имущество будет наложен арест. До появления наследников, если таковые обнаружатся. У него вообще есть родственники?

— Не здесь, не во Франции.

— Но вы ведь с ним жили?

Женщина не ответила.

— Долго?

— Два года.

Равич оглядел комнату.

— У вас что, чемоданов нет?

— Почему?.. Были. Они... вон там стояли... у стены. Еще вчера вечером...

— Понятно. Хозяин.

Равич распахнул дверь. Уборщица со шваброй испуганно шарахнулась в сторону.

— Мамаша, — укорил ее Равич, — вы не по годам любопытны.

Старуха возмущенно зашипела.

— Вы правы, правы, — опередил ее Равич. — В ваши годы чем еще себя потешить? А сейчас позовите мне хозяина.

Старуха фыркнула и со шваброй наперевес кинулась прочь.

— Весьма сожалею, — вздохнул Равич. — Иначе никак нельзя. Вам, вероятно, все это кажется ужасно беспардонным, но тут чем скорей, тем лучше. А если вы сейчас чего-то не понимаете, вам же легче.

— Я понимаю, — вымолвила женщина.

Равич глянул на нее.

— Понимаете?

— Да.

С листком в руках появился хозяин. Он вошел, даже не постучав.

— Где чемоданы? — спросил Равич.

— Сперва счет. Вот он. Первым делом пусть мне оплатят счет.

— Первым делом вы вернете чемоданы. Никто пока что не отказывался платить по счетам. И от комнаты пока тоже никто не отказался. А в следующий раз, прежде чем войти, потрудитесь постучать. Давайте ваш счет и распорядитесь принести чемоданы.

Толстяк смотрел на него с яростью.

— Да получите вы ваши деньги.

Хлопнув дверью, хозяин вылетел вон.

— Деньги в чемоданах? — спросил Равич.

— Я... Нет, по-моему, нет...

— Тогда где? В костюме? Или их вовсе не было?

— Деньги были у него в бумажнике.

— Где бумажник?

— Он под... — Женщина замялась. — Обычно он держал его под подушкой.

Равич встал. Осторожно приподнял подушку вместе с головой покойного, нашарил кожаный черный бумажник и передал женщине.

— Возьмите деньги и все, что сочтете важным. Да скорей же! Сейчас не до сантиментов. На что-то ведь вам надо жить. А для чего еще нужны деньги? Без пользы в полиции валяться?

Он отвернулся и уставился в окно. На улице водитель грузовика материл зеленщика за то, что тот своим фургоном и парой лошадей перегородил дорогу. Судя по всему, мощный мотор внушал ему чувство бесспорного превосходства. Равич обернулся.

— Все?
— Да.
— Дайте сюда бумажник.

Он сунул бумажник обратно под подушку. Отметил про себя, что бумажник заметно похудел.

— Положите все в сумочку, — велел он.

Женщина повиновалась. Равич принялся изучать счет.

— Вы уже оплачивали здесь счета?
— Точно не помню. По-моему, да.
— Это счет за две недели. Всегда ли... — Равич запнулся. Почему-то язык не поворачивался назвать сейчас покойного просто «господином Рашинским». — Счета всегда оплачивались в срок?
— Да, неукоснительно. Он то и дело повторял: в его положении важно за все платить вовремя.
— Ну и скотина же этот ваш хозяин! Как по-вашему, последний оплаченный счет где может лежать?

В дверь постучали. Равич не смог сдержать улыбку. Коридорный внес чемоданы. За ним шествовал хозяин.

— Чемоданы все? — спросил Равич у женщины.
— Да.
— Разумеется, все, — буркнул толстяк. — А вы как думали?

Равич взял тот, что поменьше.

— Ключ от чемодана у вас есть? Нет? Тогда где он может быть?

— В шкафу? У него в костюме.

Равич распахнул шкаф. Тот был пуст.

— Ну? — спросил он, обернувшись к хозяину.

— Ну? — накинулся тот на коридорного.

— Костюм... Я его вынес, — пролепетал тот.

— Зачем?

— Почистить... отутюжить...

— Это, пожалуй, уже ни к чему, — заметил Равич.

— Сейчас же неси сюда костюм, ворье поганое! — заорал хозяин.

Коридорный как-то странно, чуть ли не с подмигиванием, глянул на хозяина и вышел. И почти сразу вернулся с костюмом. Равич встряхнул пиджак, потом брюки. В брюках что-то тихонько звякнуло. Равич на секунду замешкался. Как-то чудно лезть в брюки мертвеца. Словно костюм вместе с ним скончался. А еще чуднее всякую чушь думать. Костюм — он и есть костюм.

Он вытащил ключ и открыл чемодан. Сверху лежала парусиновая папка.

— Это она? — спросил он у женщины.

Та кивнула.

Счет нашелся сразу. Он был оплачен. Равич сунул его под нос хозяину.

— Вы приписали лишнюю неделю.

— Да? — взвился толстяк. — А переполох? А все это свинство? А волнения? Это, по-вашему, все даром? А что у меня опять желчь разыгралась — это, по-вашему, и так входит в стоимость? Вы сами сказали — постояльцы съедут! Столько убытков! А кровать? А дезинфекция номера? А изгвазданное покрывало?

— Покрывало в счете числится. Но там еще и ужин за двадцать пять франков вчера вечером. Вы вчера что-нибудь заказывали? — спросил он у женщины.

— Нет, — ответила та. — Но, может, я просто заплачу? Я... Мне хотелось бы уладить это поскорее...

Уладить поскорее, мысленно повторил за ней Равич. Знаем, проходили. А потом тишина и только покойник. И, словно дубиной по голове, оглушительная поступь безмолвия. Нет уж, пусть лучше так, хоть это и омерзительно. Он взял со стола карандаш и принялся за подсчеты. Потом протянул счет хозяину.

— Согласны?

Толстяк взглянул на итоговую цифру.

— За сумасшедшего меня держите?

— Согласны? — повторил вопрос Равич.

— Да кто вы вообще такой? И с какой стати лезете не в свое дело?

— Я — брат, — сухо пояснил Равич. — Согласны?

— Плюс десять процентов на обслуживание и налоги. Иначе никак.

— Идет. — Равич накинул десять процентов. — С вас двести девяносто два франка, — сообщил он женщине.

Та извлекла из сумочки три сотенных и протянула хозяину. Толстяк взял купюры и двинулся к двери.

— К шести часам попрошу освободить помещение. Иначе еще за сутки заплатите.

— С вас восемь франков сдачи, — напомнил ему Равич.

— А портье?

— Портье мы отблагодарим сами.

Хозяин шваркнул на стол восемь франков.

— Sales etrangers*, — буркнул он себе под нос, выходя из комнаты.

— Это особая гордость хозяев иных французских отелей: они полагают себя вправе ненавидеть иностранцев, живя за их счет.

Равич заметил коридорного, который все еще маячил у двери с чаевыми в глазах.

— Вот вам.

Коридорный сперва посмотрел на купюру.

— Благодарю вас, месье, — проговорил он и удалился.

— Теперь надо дождаться полицию, и только потом можно будет его вывезти, — сказал Равич, бросив взгляд на женщину.

В сгущающихся сумерках та сидела в углу между двумя чемоданами.

— Стоит умереть, и ты сразу важная птица... А пока живешь, до тебя никому нет дела.

Равич глянул на женщину еще раз.

— Может, вам лучше вниз спуститься? — предложил он. — Там у них что-то вроде канцелярии...

Она покачала головой.

— Я могу с вами пойти. Сейчас мой приятель приедет, доктор Вебер. Он уладит все вопросы с полицией. Можем подождать его внизу.

— Нет. Я хотела бы остаться здесь.

— Но здесь... здесь уже ничего не поделаешь. Зачем вам тут оставаться?

— Не знаю. Он... ему уже недолго тут лежать... А я часто... Он не был счастлив со мной. Я часто уходила. Хоть теперь останусь.

---

* Иностранцы поганые (*фр.*).

Она произнесла это спокойно, без всякого надрыва.

— Он об этом уже не узнает, — заметил Равич.

— Не в том дело...

— Ладно. Тогда давайте выпьем. Вам это нужно.

Не дожидаясь ответа, Равич позвонил. Официант явился неожиданно быстро.

— Два двойных коньяка принесите.

— Сюда?

— Конечно. А куда еще?

— Слушаюсь, сударь.

Он принес две рюмки и бутылку курвуазье. Пугливо покосился в угол на смутно мерцающую в сумерках кровать.

— Свет зажечь? — спросил он.

— Не надо. А вот бутылку можете оставить.

Официант поставил поднос на стол и, еще раз оглянувшись на кровать, стремглав удалился.

Равич дополна налил обе рюмки.

— Выпейте, — потребовал он. — Вам станет легче.

Он ожидал, что женщина станет отказываться, и уже приготовился ее уговаривать. Но та без колебаний выпила все до дна.

— В чемоданах есть еще что-то нужное? Важное для вас?

— Нет.

— Что-то, что вы хотели бы сохранить? Что может вам пригодиться? Не хотите хотя бы взглянуть?

— Нет. Ничего там нет. Я знаю.

— И в маленьком чемодане тоже?

— Может быть. Не знаю, что он там держал.

Равич взял чемодан, положил на стол, раскрыл. Несколько бутылок, кое-что из белья, пара блокнотов, коробка акварельных красок, кисточки, книга, в боковом кармашке парусиновой папки — тонкий сверток из пергаментной бумаги. Две купюры. Равич посмотрел их на свет.

— Тут сто долларов, — сообщил он. — Возьмите. Сколько-то времени сможете на них прожить. Мы этот чемоданчик к вашим вещам поставим. С тем же успехом он мог принадлежать и вам.

— Спасибо, — вымолвила женщина.

— Вам, наверно, все это кажется отвратительным. Но это необходимо. Ведь это важно для вас. Деньги — это для вас время.

— Мне это не кажется отвратительным. Просто сама я бы не смогла.

Равич снова наполнил рюмки.

— Выпейте еще.

Она выпила, теперь уже медленно.

— Ну как, лучше? — спросил он.

Она подняла на него глаза.

— Не лучше и не хуже. Вообще никак.

В полумраке ее было почти не видно. Лишь изредка красноватый отблеск рекламы мерцающим всполохом пробегал по рукам и лицу.

— Не могу ни о чем думать, пока он здесь, — призналась она.

Двое санитаров, придвинув носилки к кровати, сбросили с покойника одеяло. Переложили тело на носилки. Все это молча, быстро, деловито. Равич встал к женщине поближе — на тот случай, если она вздумает брякнуться в обморок. Пока санитары не накрыли тело, он наклонился над покойником и взял с ночного столика деревянную фигурку мадонны.

— По-моему, это ваше, — сказал он женщине. — Забирать не будете?

— Нет.

Он попытался сунуть фигурку ей в руки. Она не брала. Тогда он раскрыл маленький чемодан и положил мадонну туда.

Санитары тем временем набросили на труп покрывало. Подняли носилки. Дверь оказалась узкая, да и коридор не слишком широкий. Сколько ни пробовали они развернуться, все было тщетно — носилки утыкались в стену.

— Придется его снять, — решил тот, что постарше. — Так не пройдет.

И выжидательно посмотрел на Равича.

— Пойдемте, — сказал Равич женщине. — Нам лучше подождать внизу.

Женщина покачала головой.

— Хорошо, — бросил он санитарам. — Делайте как знаете.

Те за руки за ноги сняли тело с носилок и переложили на пол. Равич хотел что-то сказать. Посмотрел на женщину. Та стояла как вкопанная. Он промолчал. Санитары сперва вынесли носилки. Потом нырнули обратно в полумрак комнаты и вытащили тело в тускло освещенный коридор. Равич шел за ними. На поворотах лестницы тело приходилось поднимать. Лица санитаров от натуги побагровели и взмокли, они вовсю пыхтели, а покойник колыхался над ними, как живой. Равич дождался, пока они снесут тело вниз. Потом вернулся.

Замерев у окна, женщина смотрела на улицу. Там стояла машина. Санитары засунули тело в недра фургона, как пекарь сажает в печь хлеб. Потом уселись в кабину, мотор будто воем из преисподней

Эрих Мария Ремарк

истошно взревел, и машина, резко рванув с места и качнувшись на повороте, скрылась за углом.

Женщина обернулась.

— Я же говорил: надо было вам сразу спуститься, — буркнул Равич. — К чему смотреть на все это?

— Я не могла. Не могла уйти раньше его. Неужели не понимаете?

— Понимаю. Пойдемте. Выпейте еще.

— Нет.

Когда приехала полиция и санитары, Вебер включил свет. Теперь, без покойника, комната казалась просторнее и выше. Просторнее, выше, но все равно какой-то странно нежилой, словно мертвеца унесли, а сама смерть осталась.

— Останетесь в этой же гостинице? Ведь нет же?
— Нет.
— Знакомые у вас тут есть?
— Нет. Никого.
— А гостиница другая есть на примете?
— Нет.

— Тут поблизости есть гостиница, тоже небольшая, вроде этой. Но там чисто, и вообще порядочное заведение. Можно там что-нибудь для вас подыскать. Гостиница «Милан».

— А нельзя мне в ту гостиницу, где... Ну, в вашу?

— В «Интернасьональ»?

— Да... Я... там... словом, я ее уже немного знаю. Все-таки лучше, чем что-то совсем незнакомое...

— «Интернасьональ» не самое подходящее место для женщины, — заметил Равич. «Этого еще не хватало, — подумал он. К нему в гостиницу. — Что я ей — сиделка, что ли? А потом, уж не думает ли она, часом, что нас теперь что-то связывает? Бывает же». — Там всегда полно. И все сплошь беженцы.

Нет, вам лучше в «Милан». А если там вам вдруг не понравится, переехать никогда не поздно.

Женщина вскинула на него глаза. Ему почудилось, будто она угадала его мысли, и на миг стало стыдно. Но лучше сейчас миг стыда, зато потом живи спокойно.

— Хорошо, — сказала женщина. — Вы правы.

Равич распорядился снести чемоданы вниз и вызвать такси. Гостиница «Милан» и впрямь была всего в нескольких минутах отсюда. Он снял номер и вместе с женщиной поднялся наверх. Комната была на третьем этаже: обои с розочками, кровать, шкаф, стол и два стула.

— Это вас устраивает? — спросил он.

— Да. Очень хорошо.

Равич смотрел на обои. Ужас, а не обои.

— По крайней мере светло, — заметил он. — Светло и чистенько.

— Да.

Внесли чемоданы.

— Ну, вот вы и на новом месте.

— Да. Спасибо. Спасибо большое.

Женщина уже сидела на кровати. Опять эта бледность, и опять на ней лица нет.

— Вам надо выспаться. Заснуть сможете?

— Попробую.

Равич достал из кармана алюминиевую трубочку и вытряхнул оттуда несколько таблеток.

— Вот вам снотворное. Запьете водой. Сейчас примете?

— Нет. Позже.

— Ладно. Мне пора. Через пару дней загляну вас проведать. Попытайтесь поскорее заснуть. На всякий случай вот адрес похоронной конторы. Но сами лучше туда не ходите. Поберегите себя. Я к вам еще наведаюсь. — Равич замялся. — Как вас зовут?

— Маду. Жоан Маду.

— Жоан Маду. Хорошо. Я запомню. — Он знал, что ни черта не запомнит и проведать тоже не придет. И именно поэтому решил придать своим словам побольше достоверности. — Лучше уж запишу, — пробормотал он, вытаскивая из кармана блокнот с бланками для рецептов. — Вот. Может, сами напишете? Так проще будет.

Она взяла блокнот, написала имя и фамилию. Он взглянул на листок, вырвал его из блокнота и сунул в карман пальто.

— Лучше вам сразу лечь спать, — посоветовал он. — Как говорится, утро вечера мудренее. Присказка дурацкая и затасканная, но в вашем случае верная: все, что вам сейчас требуется, — это сон и немного времени. Какой-то срок, чтобы выстоять. Понимаете?

— Да. Я понимаю.

— Так что примите таблетки и ложитесь спать.

— Хорошо. Спасибо вам... Даже не знаю, что бы я без вас делала. Правда не знаю.

Она протянула ему руку. Ладонь была холодная, но пожатие оказалось неожиданно крепким. Вот и хорошо, подумал он. Уже какая-то решимость...

Равич вышел на улицу. Жадно глотнул влажного, теплого ветра. Машины, прохожие, первые шлюхи по углам — здешние, этих он не знает, — пивнушки, бистро, в воздухе смесь табачного дыма, выпивки и бензина — кипучая, переменчивая, стремительно несущаяся жизнь. Он обвел глазами фасады домов. Тут и там уже зажглись окна. В одном видна женщина, просто сидит и смотрит. Он выудил из кармана листок с именем, порвал и выбросил. Забыть. Слово-то какое... В нем и ужас, и утешение, и призрачные миражи... Не умея забывать — как прожить на свете? Но кто способен забыть до конца? Шлаки воспоминаний, раздирающие нам сердце. Свободен лишь тот, кому не для чего больше жить...

Он дошел до площади Звезды. Там толпился народ. Триумфальная арка тонула в сиянии прожекторов. Мощные столбы света выхватывали из тьмы могилу Неизвестного солдата. Над ней колыхалось на ветру огромное сине-бело-красное полотнище. Праздновали двадцатилетие перемирия 1918 года.

Небо насупилось, и на мглистой, рваной пелене облаков лучи прожекторов высвечивали зыбкую, дрожащую тень стяга. Казалось, полотнище гибнет, тонет в меркнущей пучине неба. Где-то надрывался военный оркестр. Завывали трубы, звенела медь. Никто не подпевал. Толпа стояла молча.

— Перемирие, — бормотала женщина рядом с Равичем. — С прошлой войны муж не вернулся. Теперь, выходит, сын на очереди. Перемирие... То ли еще будет...

IV

Новый температурный листок над койкой был девственно чист. В нем значились только имя и адрес. Люсьена Мартинэ. Бют-Шомон, улица Клавеля.

Серое лицо девушки тонуло в подушках. Накануне вечером ее прооперировали. Равич тихонько прослушал сердце. Выпрямился.

— Лучше, — заметил он. — Переливание крови иногда творит чудеса. Если до завтра протянет, можно на что-то надеяться.

— Отлично, — пророкотал Вебер. — Мои поздравления. Вот уж не думал — дело-то совсем худо было. Пульс сто сорок, давление восемьдесят. Кофеин, корамин — еще бы немного, и того...

Равич пожал плечами:

— Не с чем поздравлять. Просто ее доставили чуть раньше, чем ту, прошлую. Ну, с цепочкой на ноге. Вот и все.

Он накрыл девушку.

— Уже второй случай за неделю. Если и дальше так пойдет, можете открывать отдельную клинику для неудачных абортов в Бют-Шомон. Другая ведь тоже оттуда была, верно?

Вебер кивнул:

— Да, и тоже с улицы Клавеля. Вероятно, они знакомы и были у одной и той же повитухи. Ее даже привезли примерно в то же время, что и предыдущую, тоже к вечеру. Счастье еще, что я вас в гостинице застал. Я-то уж думал, вас опять не будет дома.

Равич поднял на него глаза.

— Когда живешь в гостинице, Вебер, вечерами, как правило, куда-нибудь уходишь. А уж в ноябре гостиничный номер и подавно не самое веселое место на свете.

— Могу себе представить. Но почему, собственно, вы в отеле живете?

— Так удобнее: живешь вроде как анонимно. Один — и все же не совсем один.

— И вам это нравится?

— Да.

— Но можно ведь и иначе устроиться. Снять небольшую квартирку где-нибудь, где вас никто не знает...

— Наверно... — Равич склонился над девушкой.

— Верно я говорю, Эжени? — спросил Вебер.

Медсестра вскинула голову.

— Господин Равич не станет этого делать, — холодно заметила она.

— Господин доктор Равич, Эжени, — одернул ее Вебер. — В Германии господин доктор был главным хирургом крупного госпиталя. Не то что я.

— Здесь, у нас... — начала было медсестра, воинственно поправляя очки.

Взмахом руки Вебер оборвал ее на полуслове.

— Знаем, знаем! Нам и без вас это известно. Здесь, у нас, государство не признает зарубежных аттестаций. Что само по себе полнейший бред! Но почему вдруг вы решили, что он не станет снимать квартиру?

— Господин Равич пропащий человек; у него никогда не будет ни семьи, ни домашнего очага.

— Что? — опешил Вебер. — Что вы такое несете?

— Для господина Равича нет ничего святого. Вот и весь сказ.

— Браво, — проронил Равич, все еще не отходя от больничной койки.

— Нет, вы такое слыхали? — Вебер все еще в изумлении пялился на свою медсестру.

— А вы лучше сами его спросите, доктор Вебер.

Равич распрямился.

— В самую точку, Эжени. Но когда для человека нет ничего святого, у него появляются другие святыни, свои, более человеческие. Он начинает боготворить искру жизни, что теплится даже в дождевом черве, время от времени заставляя того выползать на свет. Не сочтите за намек.

— Вам меня не оскорбить! У вас нет веры! — Эжени решительно одернула халат на груди. — А у меня, слава богу, моя вера всегда со мной!

Равич уже брал пальто.

— Вера легко оборачивается фанатизмом. Недаром во имя всех религий пролито столько крови. — Он улыбался, не скрывая насмешки. — Терпимость — дитя сомнений, Эжени. Не потому ли вы при всей вашей вере относитесь ко мне куда агрессивней, чем я, отпетый безбожник, отношусь к вам?

Вебер расхохотался.

— Что, Эжени, получили? Лучше не отвечайте. А то вам совсем худо придется.

— Мое достоинство женщины...

— Вот и хорошо, — оборвал ее Вебер. — Оставьте его при себе. Всегда пригодится. А мне пора. В кабинете еще поработать надо. Пойдемте, Равич. Всего хорошего, Эжени.

— Всего хорошего, доктор Вебер.

— Всего доброго, сестра Эжени, — попрощался Равич.

— Всего доброго, — через силу ответила медсестра, да и то лишь после того, как Вебер строго на нее глянул.

Кабинет Вебера был заставлен мебелью в стиле ампир — белой, с позолотой, на хлипких тоненьких ножках. Над письменным столом висели фотографии его дома и сада. У продольной стены стоял новомодный широкий шезлонг. Вебер в нем спал, когда оставался здесь на ночь. Как-никак клиника была его собственностью.

— Что будете пить, Равич? Коньяк или дюбонне?
— Кофе, если у вас еще найдется.
— Конечно.

Вебер поставил на стол электрокофеварку и включил в сеть. Потом снова обернулся к Равичу.

— Вы не подмените меня сегодня в «Осирисе»? После обеда?
— Само собой.
— Вас это правда не затруднит?
— Нисколько. У меня все равно никаких дел.
— Отлично. А то мне специально ради этого еще раз в город тащиться. Лучше поработаю в саду. Я бы Фошона попросил, но он в отпуске.
— О чем разговор, — бросил Равич. — Не в первый раз.
— Конечно. И все-таки...
— Какие там «все-таки» в наше время? По крайней мере для меня.
— И не говорите. Полный идиотизм. Человек с вашим-то опытом — и лишен права работать, вынужден оперировать нелегально...
— Помилуйте, Вебер. Это же не вчера началось. Все врачи, кто из Германии бежал, в таком положении.
— И тем не менее! Это просто смешно! Вы делаете за Дюрана сложнейшие операции, а он вашими руками делает себе имя.
— Это куда лучше, чем если бы он оперировал своими руками...

Вебер рассмеялся:

— Конечно, не мне об этом говорить. Вы ведь и за меня оперируете. Но я, в конце концов, главным образом гинеколог и на хирурга не учился.

Кофеварка засвистела. Вебер ее выключил, достал из шкафа чашки и разлил кофе.

— Одного я все-таки не пойму, Равич, — продолжал он. — С какой стати, в самом деле, вы живете в этом клоповнике, в «Интернасьонале»? Почему бы вам не снять себе жилье, допустим, в этих новых домах у Булонского леса? Мебель по дешевке всегда можно купить. У вас появится хоть что-то свое, и вы будете знать, на каком вы свете.

— Да, — задумчиво повторил Равич. — Буду знать, на каком я свете...

— Ну так в чем же дело?

Равич отхлебнул кофе. Кофе был горький и очень крепкий.

— Вебер, — вздохнул он. — Вы наглядный пример характерной болезни нашего времени: привычки мыслить, обходя острые углы. Только что вы возмущались тем, что я вынужден работать нелегально, и тут же спрашиваете, почему я не снимаю квартиру.

— Что-то я не пойму, а какая связь?

Равич нервно рассмеялся:

— Как только я сниму квартиру, мне надо будет зарегистрироваться в полиции. Для чего мне потребуется паспорт и виза.

— Точно. Я как-то не подумал. Ну а в гостинице?

— И в гостинице тоже. Но в Париже, слава богу, еще есть гостиницы, где не особо за этим следят. — Равич плеснул себе в кофе немного коньяку. — «Интернасьональ» — одна из таких гостиниц. Потому я там и живу. Уж не знаю, как хозяйка это устраивает. Должно быть, у нее свои связи. А полиция либо не в курсе, либо ее подмазывают. Как бы там ни было, я уже довольно долго там живу, и никто меня не трогает.

Триумфальная арка 59

Вебер откинулся в кресле.

— Равич, — озадаченно проговорил он, — я этого не знал. Я-то думал, вам только работать запрещено. Но это же чертовски неприятное положение.

— По сравнению с немецким концлагерем это сущий рай.

— А полиция? Если она все-таки заявится?

— Если поймают — две недели тюрьмы и выдворение за границу. Обычно в Швейцарию. Если второй раз попадешься — полгода тюрьмы.

— Сколько?

— Полгода, — повторил Равич.

Вебер смотрел на него во все глаза.

— Но это же совершенно немыслимо. Это бесчеловечно.

— Я тоже так думал, пока на себе не испытал.

— То есть как? Вы хотите сказать, что с вами такое уже случалось?

— И не раз. Трижды, как и с сотнями других беженцев. Но это на первых порах, по неопытности, когда я еще свято верил в так называемую гуманность. Покуда не отправился в Испанию — туда, кстати, паспорт не требовался — и не получил второй урок практического гуманизма. От немецких и итальянских летчиков. Ну а после, когда снова сюда вернулся, я уже был стреляный воробей.

Вебер вскочил.

— Господи, — пробормотал он, что-то подсчитывая в уме. — Но тогда... тогда вы, выходит, больше года ни за что ни про что в тюрьме отсидели?

— Гораздо меньше. Всего два месяца.

— Как? Вы же сами сказали: в повторном случае полгода.

Равич улыбнулся:

— Когда опыт есть, повторного ареста можно избежать. Допустим, тебя выдворяют под одним именем, а возвращаешься ты под другим. Желательно через другой пограничный пункт. Тогда участь рецидивиста тебе уже не грозит. Поскольку никаких бумаг при нас все равно нету, доказать что-то можно, только если тебя узнают в лицо. Но такое случается редко. Равич — уже третья моя фамилия. Почти два года она служит мне верой и правдой. И пока все гладко. Похоже, везучая. С каждым днем она мне все больше нравится. А свою настоящую я уже почти забыл.

Вебер затряс головой.

— И это все за то, что вы не нацист.

— Конечно. У нацистов бумаги первый сорт. И визы на любой вкус.

— В хорошем же мире мы живем, нечего сказать. И правительство во всем этом участвует.

— У правительства несколько миллионов безработных, о которых оно обязано заботиться в первую очередь. И потом — вы думаете, только во Франции так? Всюду одно и то же. — Равич встал. — Всего хорошего, Вебер. Часа через два я еще раз взгляну на девчонку. И ночью зайду.

Вебер проводил его до двери.

— Послушайте, Равич, — сказал он. — Заглянули бы как-нибудь вечером к нам. На ужин.

— Обязательно. — Равич твердо знал, что не придет. — Как-нибудь на днях. До свидания, Вебер.

— До свидания, Равич. Нет, правда, приходите.

Равич отправился в ближайшее бистро. Сел у окна, чтобы смотреть на улицу. Он любил так вот посидеть, бездумно глазея на прохожих. Когда нечем заняться, лучше Парижа места нет.

Официант вытер столик и ждал.

— Перно, пожалуйста, — сказал Равич.

— С водой, сударь?

— Нет. Хотя погодите! — Равич на секунду задумался. — Не надо перно.

Что-то ему мешало, какой-то осадок в душе. Привкус горечи, надо срочно смыть. Сладковатая анисовка тут не годится.

— Кальвадос, — решил он наконец. — Двойной кальвадос.

— Хорошо, сударь.

Вебер его пригласил, вот в чем дело. Нотки сострадания в его голосе. Мол, дадим бедолаге возможность провести вечерок по-домашнему, в семейном кругу. Даже друзей французы редко приглашают к себе домой. Предпочитают встречаться в ресторанах. Он еще ни разу не был у Вебера в гостях. Хотя звал-то Вебер от чистого сердца, но тем горше пилюля. От оскорбления еще можно защититься, от сострадания никак.

Он глотнул яблочной водки. Чего ради он стал объяснять Веберу, почему живет в «Интернасьонале»? Какая была в этом нужда? Вебер знал ровно столько, сколько ему положено знать. Что Равич не имеет права оперировать. Этого вполне достаточно. А что Вебер вопреки запрету все же его использует — это уж его дело. Он на этом зарабатывает и имеет возможность браться за операции, на которые сам ни за что бы не решился. Никто об этом не знает, кроме самого Вебера и его медсестры, а та будет держать язык за зубами. И у Дюрана так же было. Только церемоний больше. Тот оставался возле пациента, пока наркоз не подействует. И лишь после этого впускали Равича, дабы произвести операцию, которая само-

Эрих Мария Ремарк

му Дюрану давно не по плечу — слишком стар, да и бездарен. А когда пациент приходил в себя, Дюран снова был тут как тут, в гордом ореоле хирурга-чудотворца. Равич самого пациента вообще не видел, только белую простыню и густо намазанную йодом полоску тела, открытую для операции. Зачастую он не знал даже, кого оперирует. Дюран просто сообщал ему диагноз, и он брался за скальпель. И платил Дюран гроши — раз в десять меньше, чем брал за операцию сам. Но Равич и не думал роптать. Это все равно куда лучше, чем не оперировать вовсе. А Вебер обходится с ним считай что по-товарищески. Платит ровно четверть. Благородный человек.

Равич смотрел в окно. Ну а что кроме? А кроме не так уж много и остается. Он жив, разве этого мало? И вовсе не рвется строить нечто прочное во времена, когда все так шатко и вот-вот начнет рушиться вновь. Лучше уж сплавляться по течению, чем тратить понапрасну силы, ведь силы — это единственное, чего не вернешь. Главное — выстоять, покуда не покажется спасительный берег. Чем меньше растратишь сил, тем лучше, ибо силы еще понадобятся. А с упорством муравья возводить посреди рушащегося столетия гнездышко мещанского счастья, — сколько уж таких гнездышек разорено у него на глазах. Подобный героизм и трогателен, и смешон, но главное — бесполезен. Только попусту себя выматывать. Лавину, если уж сорвалась, не остановишь, под ней только погибнуть можно. Лучше дождаться, пока сойдет, а потом откапывать и спасать кого можно. В дальний поход надо уходить с легким багажом. А уж спасаться бегством и подавно...

Равич взглянул на часы. Пора проведать Люсьену Мартинэ. А потом в «Осирис».

Девицы в «Осирисе» уже ждали. Их, правда, регулярно осматривал казенный врач, но хозяйка считала, что этого недостаточно. Чтобы в ее борделе кто-то подцепил дурную болезнь, — нет, такую роскошь она себе позволить не могла и поэтому заключила договор с частным гинекологом Вебером о дополнительном осмотре каждый четверг. Равич иногда Вебера подменял.

Одну из комнат на втором этаже хозяйка переоборудовала в настоящий смотровой кабинет. Она весьма гордилась тем, что в ее заведении вот уже больше года никто из посетителей ничего не подхватил; зато от самих клиентов, несмотря на все меры предосторожности, семнадцать девиц заразились.

Командующая парадом Роланда принесла ему бутылку бренди и стакан.

— По-моему, Марта не в порядке, — сообщила она.

— Хорошо. Осмотрим с пристрастием.

— Я уже вчера ее к работе не допустила. Она, конечно, отпирается. Но ее белье...

— Хорошо, Роланда.

Девицы в одних комбинашках входили в кабинет по очереди. Почти всех Равич уже знал, новеньких было только две.

— Меня можно не смотреть, доктор, — с порога объявила Леони, рыжая гасконка.

— Это почему же?

— Ни одного клиента за неделю.

— А что хозяйка на это скажет?

— Да ничего. Я для нее на одном шампанском сколько заработала. По семь бутылок за вечер. Трое купчишек из Тулузы. Женатики все. И каждый хочет, но перед другими стесняется. Каждый боится, что если со мной пойдет, остальные двое дома его заложат. Ну и давай напиваться, каждый надеялся других двоих перепить. — Леони хохотнула, лениво почесываясь. — Ну а тот, кто всех перепил, и сам потом подняться не мог.

— Отлично. И все равно я обязан тебя осмотреть.

— Да за милую душу, доктор. Сигаретки не найдется?

— Держи.

Равич взял мазок, проверил на реактив.

— Знаете, чего я никак не пойму? — спросила Леони, не спуская с Равича глаз.

— Чего?

— Как это у вас после таких дел все еще не пропала охота спать с женщинами?

— Я и сам не пойму. Так, ты в порядке. Кто там следующий?

— Марта.

Вошла Марта — бледная, худенькая блондинка. Личико с полотен Боттичелли и ангельские уста, всегда готовые усладить ваш слух отборным матом из подворотен улицы Блонделя.

— Со мной все хорошо, доктор.

— Вот и прекрасно. Сейчас посмотрим.

— Но со мной правда все хорошо.

— Тем лучше.

Тут в комнату вошла Роланда. Глянула на Марту. Та сразу замолкла. Только тревожно посматривала на Равича. Тот обследовал ее с особой тщательностью.

— Да чистенькая я, доктор. Вы же знаете, я всегда остерегаюсь.

Равич не отвечал. Девица продолжала болтать, время от времени испуганно замолкая. Равич взял мазок и теперь его рассматривал.

— Ты больна, Марта, — изрек он наконец.

— Что? — Девица вскочила как ужаленная. — Быть не может!

— Еще как может.

С секунду она смотрела на него молча. И тут ее прорвало:

— Ну, сучий потрох! Кобель паскудный! Я сразу ему не поверила, хмырю болотному! А он заладил: я же студент, медик, уж я-то разбираюсь, ничего не будет, вот козел!

— Ты сама-то почему не береглась?

— Да береглась я, только уж больно наскоро все случилось, а он говорит, мол, я студент...

Равич кивнул. Старая песня: студент-медик, подцепил триппер, решил лечиться сам. Через две недели посчитал себя здоровым, анализы сдавать не стал.

— Это надолго, доктор?

— Месяца полтора. — Равич прекрасно знал: на самом деле дольше.

— Полтора месяца?! — Полтора месяца без заработка. А если еще и в больницу? — Мне что, в больницу теперь?

— Там видно будет. Может, потом будем на дому тебя лечить. Только если ты обещаешь...

— Обещаю! Все, что угодно, обещаю! Только не в больницу.

— Сначала обязательно в больницу. Иначе нельзя.

Марта смотрела на него с отчаянием. Больницы все проститутки боялись как огня. Порядки там очень строгие. Но другого выхода нет. Оставь такую лечиться дома, и уже через день-другой, невзирая на все клятвы, она выйдет на заработки и начнет разносить заразу...

— Мадам заплатит за больницу, — сказал Равич.

— А сама я? Сама? Полтора месяца без заработка! А я только что воротник из чернобурки купила в рассрочку! Пропущу платеж, и всему хана!

Она заплакала.

— Пойдем, Марта, — сказала Роланда.

— И обратно вы меня не возьмете! Я знаю! — Марта всхлипывала все громче. — Вы меня не возьмете потом! Никогда никого не берете! Значит, мне одна дорога — на улицу... И все из-за кобеля этого шелудивого...

— Тебя возьмем. На тебя был хороший спрос. Клиентам ты нравилась.

— Правда? — Марта недоверчиво подняла глаза.

— Конечно. А теперь пошли.

Марта вышла вместе с Роландой. Равич смотрел ей вслед. Черта с два ее обратно возьмут. Мадам в таких делах рисковать не любит. Так что в лучшем случае Марту ждут теперь дешевые притоны на улице Блонделя. Потом просто улица. Потом кокаин, больница, место продавщицы в табачном или цветочном киоске. Или, если повезет, какой-нибудь сутенер, который будет ее поколачивать, вволю попользуется, а уж потом вышвырнет.

Столовая гостиницы «Интернасьональ» располагалась в полуподвале. Поэтому постояльцы без обиняков называли ее «катакомбой». Летом, правда, скудные лучи света еще как-то пробивались сюда сквозь толстые матовые стекла под потолком — эти окна-щели выходили во двор; зимой же электричество не выключали даже днем. Помещение служило одновременно курительной, канцелярией, гостиной, залом собраний, а также убежищем для беспаспортных эмигрантов — когда являлась с проверкой полиция, они могли отсюда двором пробраться в гараж, а уж из гаража смыться на соседнюю улицу.

Равич сидел сейчас с Борисом Морозовым, швейцаром ночного клуба «Шехерезада», в том углу «катакомбы», который хозяйка гордо именовала пальмовым садом, ибо здесь в майоликовой кадке на рахитичном столике доживала свой худосочный век одна чахлая пальма. Морозов вот уже пятнадцать лет жил в Париже. Беженец еще со времен Первой мировой, он был одним из немногих русских, кто не бахвалился службой в царской гвардии и не рассказывал небылицы о своем знатном происхождении.

Они играли в шахматы. В «катакомбе» в этот час было пусто, за исключением одного столика, за которым собралась шумная компания, там много пили и то и дело провозглашали тосты.

Морозов раздраженно оглянулся.

— Равич, ты можешь мне объяснить, по какому случаю здесь сегодня такой галдеж? Какого черта эти эмигранты не отправляются спать?

Равич усмехнулся:

— К этим эмигрантам я лично отношения не имею. В нашей гостинице это фашистская фракция.

— Испания? Но ты ведь тоже там был?

— Был, но на другой стороне. К тому же только как врач. А это испанские монархисты фашистского розлива. Жалкие остатки здешней камарильи, большинство-то уже снова восвояси вернулись. А эти все никак не отважатся. Франко, видите ли, для них недостаточно утончен. Хотя мавры, веками истреблявшие испанцев, — мавры нисколько их не смущали*.

Морозов уже расставлял фигуры.

— Так, может, они отмечают бойню в Гернике?** Или победу итальянских и немецких пулеметов над крестьянами и горняками? Я этих молодчиков ни разу здесь не видел.

— Они уж который год здесь околачиваются. Ты их не видел, потому что не столуешься здесь.

— А ты, что ли, столуешься?

— Нет.

— Ладно, — ухмыльнулся Морозов. — Замнем для ясности мой следующий вопрос, равно как и твой ответ. И то и другое наверняка было бы оскорбительно. По мне, так пусть бы хоть родились здесь. Лишь бы горланили потише. Итак — старый, добрый ферзевый гамбит.

Равич двинул встречную пешку. Первые ходы делались быстро. Но вскоре Морозов начал подолгу задумываться.

— Есть тут один вариантик у Алехина...

Один из испанцев между тем направился в их сторону. То ли взгляд тупой, то ли глаза совсем близко к носу посажены. Остановился возле их столика. Морозов недовольно поднял голову. На ногах испанец держался не слишком твердо.

---

* Имеются в виду так называемые африканские армии генерала Франко, сформированные в значительной мере из жителей Северной Африки арабского происхождения.

** В ходе гражданской войны 26 апреля 1937 года город Герника, древний центр баскской культуры, находившийся в руках республиканцев, был подвергнут многочасовой варварской бомбардировке германской авиацией. Итальянские и немецкие боевые соединения принимали участие в боевых действиях на стороне франкистов.

— Господа, — выговорил он учтиво. — Полковник Гомес приглашает вас выпить с ним бокал вина.

— Сударь, — в тон ему ответил Морозов, — мы как раз разыгрываем партию в шахматы на первенство семнадцатого округа города Парижа. Покорнейше благодарим, но принять приглашение никак не можем.

Испанец и бровью не повел. Он обратился к Равичу с церемонностью, которая сделала бы честь и двору Филиппа Второго:

— Некоторое время назад вы оказали полковнику Гомесу любезность. Вот почему накануне своего отъезда он весьма желал бы выпить с вами бокал вина.

— Мой партнер, — ответил Равич с той же церемонностью, — уже объяснил вам: мы сегодня должны сыграть партию в шахматы. Поблагодарите от нас полковника Гомеса. Весьма сожалею.

Испанец с поклоном удалился. Морозов ухмыльнулся:

— Совсем как мы, русские, в первые годы. Как утопающий за соломинку, из последних сил цеплялись за свои титулы и учтивые манеры. И какую же любезность ты оказал этому готтентоту?

— Как-то раз слабительное прописал. Латинские народы весьма щепетильны в вопросах пищеварения.

— Недурственно! — Морозов снова ухмыльнулся. — Извечная слабина демократии. Фашист в подобном случае прописал бы демократу мышьяк.

Испанец уже подходил к ним снова.

— Позвольте представиться: старший лейтенант Наварро, — объявил он с убийственной серьезностью человека, который явно выпил лишнего, но пока этого не осознает. — Я адъютант полковника Гомеса. Сегодня ночью полковник уезжает из Парижа.

Он направляется в Испанию, дабы присоединиться к доблестным войскам генералиссимуса Франко. И в честь этого события желает выпить с вами бокал вина за свободу Испании и ее победоносную армию.

— Старший лейтенант Наварро, — сухо отозвался Равич, — я не испанец.

— Нам это известно. Вы немец. — Тень заговорщицкой улыбки промелькнула на его пьяном лице. — Именно поэтому полковник Гомес и желает с вами выпить. Германия и Испания — друзья.

Равич и Морозов переглянулись. Это становилось забавным. Уголки губ у Морозова подрагивали.

— Старший лейтенант Наварро, — сказал он. — Как ни жаль, но я вынужден настаивать на необходимости завершения нашей партии с доктором Равичем. Результат сегодня же ночью будет телеграфирован в Нью-Йорк и Калькутту.

— Сударь! — надменно произнес Наварро. — Мы ожидали, что вы откажетесь, ведь Россия — враг Испании. Приглашение касалось только доктора Равича. Вас мы пригласили только потому, что вы вместе.

Морозов поставил на свою огромную, как лопата, ладонь выигранного коня и посмотрел на Равича.

— Пора прекратить этот балаган, тебе не кажется?

— Думаю, да. — Равич повернулся. — Полагаю, молодой человек, вам лучше вернуться на место. Вы совершенно незаслуженно пытаетесь задеть честь полковника Морозова, ибо он враг Советов.

Не дожидаясь ответа, Равич снова склонился над доской. Наварро какое-то время стоял над ними, недоуменно таращась. Потом удалился.

— Он пьян и, как многие латиняне, в пьяном виде напрочь лишен чувства юмора, — заметил Равич. — Однако мы отнюдь не обязаны следовать его примеру. Вот почему я решил произвести тебя в полковники. Хотя, сколько мне известно, ты всего лишь жалкий подполковник. Мысль, что этот Гомес старше тебя по званию, показалась мне нестерпимой.

— Помолчи немного, дружок. Со всей этой суетней я, кажется, напортачил в алехинском варианте. Похоже, слона я теряю. — Морозов поднял голову. — Бог ты мой, еще один пожаловал. Второй адъютант. Ну и народ!

— Не иначе это полковник Гомес собственной персоной. — Равич с интересом откинулся в кресле. — Нас ждет дискуссия двух полковников.

— Недолгая, сын мой.

Полковник оказался еще церемоннее лейтенанта. Он начал с того, что извинился перед Морозовым за промашку своего адъютанта. Извинение было милостиво принято. После чего, поскольку все недоразумения вроде бы благополучно улажены, полковник, усугубляя учтивость почти до неправдоподобия, предложил в знак примирения всем вместе выпить бокал вина за генералиссимуса Франко. На сей раз отказался Равич.

— Но как немец, как союзник... — Полковник явно был в замешательстве.

— Полковник Гомес, — сказал Равич, постепенно теряя терпение, — оставим лучше все как есть. Вы будете пить за кого вам вздумается, а я продолжу играть в шахматы.

На лице полковника отразилась мучительная работа мысли.

— Тогда, выходит, вы...

— Лучше не будем уточнять, — остановил его Морозов. — Во избежание дальнейших разногласий.

Гомес вконец запутался.

— Но тогда вы, белогвардеец и царский офицер, должны бы...

— Ничего мы никому не должны. Мы скроены по старинке. Да, мы разных взглядов, но не считаем, что из-за этого надо сносить друг другу башку.

До Гомеса наконец дошло. Он надменно вскинул голову.

— Понятно! — злобно прокаркал он. — Гнилая демократическая...

— Вот что, любезный! — Голос Морозова не сулил ничего хорошего. — Уматывайте отсюда! Вам давным-давно пора было уматывать. К себе в Испанию. В окопы. А то там за вас итальянцы да немцы воюют. Свободны!

Он встал. Гомес отшатнулся. Посмотрел на Морозова. Потом, как по команде, резко повернулся кругом и зашагал к своему столику. Морозов сел на место, вздохнул и позвонил официантке.

— Принесите-ка нам кальвадоса, Кларисса. Два двойных.

Кивнув, Кларисса ушла.

— Тоже мне вояки. — Равич усмехнулся. — Такой короткий ум и такие сложные представления о чести. Этак и свихнуться недолго, а уж спьяну и подавно.

— Оно и видно. Вон уже следующий идет. Еще немного — и они начнут ходить процессиями. Кто пожалует на сей раз? Может, сам Франко?

Это снова был Наварро. Опасливо остановившись от столика в двух шагах, он на сей раз обратился к Морозову:

— Полковник Гомес сожалеет, что не имеет возможности послать вам вызов. Сегодня ночью он покидает Париж. К тому же его миссия слишком ответственна, и он не может позволить себе неприятности с полицией. — Он повернулся к Равичу. — Полковник должен вам гонорар за консультацию. — С этими словами он бросил на стол сложенную пятифранковую купюру и попытался гордо удалиться.

— Секундочку, — проговорил Морозов. Кларисса как раз подошла к их столику с подносом. Морозов взял рюмку кальвадоса, но, глянув на нее, покачал головой и поставил на место. После чего взял с подноса стакан воды и невозмутимо выплеснул Наварро в лицо. — Это чтобы вы протрезвели, — невозмутимо пояснил он. — И зарубите себе на носу: деньгами не швыряются. А теперь катитесь отсюда, идиот ламанческий...

Наварро ошеломленно утирался. К их столику уже спешили остальные испанцы. Их было четверо. Морозов не спеша поднялся во весь рост. Он был на голову, а то на две выше каждого из испанцев. Равич продолжал сидеть. Он посмотрел на Гомеса.

— Не смешите людей, — посоветовал он. — Вы все, мягко говоря, не трезвы. У вас ни малейшего шанса. Минуты не пройдет, и вы костей не соберете. Даже на трезвую голову у вас все равно шансов никаких.

Он встал, подхватил Наварро под локти, приподнял, повернул и, как болванчика, поставил настолько вплотную к Гомесу, что тому пришлось отступить.

— А теперь оставьте нас в покое. Мы вас не звали, не просили к нам приставать. — Он взял со стола пятифранковую купюру и положил на поднос. — Это вам, Кларисса. Господа хотят вас отблагодарить.

— Первый раз хоть что-то на чай от них получаю, — буркнула официантка. — Ну, спасибо.

Гомес что-то скомандовал по-испански. Все пятеро дружно повернулись кругом и отошли к своему столику.

— Жаль, — вздохнул Морозов. — Этих голубчиков я бы с радостью отделал. А нельзя — и все из-за тебя, бродяги беспаспортного. Ты хоть сам-то жалеешь, что не смог отвести душу?

— Не на этих же. Мне с другими поквитаться надо.

Из-за испанского столика до них доносились обрывки гортанной чужеземной речи. Затем прозвучало троекратное «Viva!»*, звякнули дружно поставленные на стол бокалы, и вся компания чуть ли не строем очистила помещение.

— Такую выпивку и чуть было в эту рожу не выплеснул, — покачал головой Морозов. — Надо же, и вот этакая шваль правит сейчас в Европе. Неужели и мы такими же идиотами были?

— Да, — отозвался Равич.

Еще примерно час они играли молча. Вдруг Морозов вскинул голову.

— Вон Шарль идет, — сообщил он. — Похоже, к тебе.

Равич поднял глаза. Паренек из швейцарской уже подходил к их столику. В руках у него был небольшой сверток.

— Просили вам передать.

— Мне?

Равич осмотрел сверток. Сверток небольшой, в белой шелковистой бумаге, перевязан бечевкой. Адреса на свертке не было.

---

* «Да здравствует!» (*исп.*)

— Я ни от кого ничего не жду. Это какое-то недоразумение. Кто передал?

— Женщина... ну, то есть дама, — поправился паренек.

— Так женщина или дама? — уточнил Морозов.

— Да вроде как посередке...

— А что, метко, — ухмыльнулся Морозов.

— Тут даже не написано, от кого. Она точно сказала, что это мне?

— Ну, не то чтобы прямо. Не по имени. Для доктора, говорит, который у вас живет. А потом... вы эту даму знаете.

— Это она так сказала?

— Да нет. Но это с ней вы недавно приходили ночью, — выпалил парень.

— Да, Шарль, со мной иногда приходят дамы. Но пора бы тебе знать: тактичность и скромность — первые добродетели служащего гостиницы. Нескромность — это только для кавалеров большого света.

— Да вскрой же ты его наконец! — не утерпел Морозов. — Даже если это не тебе. В нашей многогрешной жизни и не такое случалось вытворять.

Равич усмехнулся и развязал бечевку. В свертке прощупывался какой-то предмет. Оказалось, это деревянная фигурка мадонны, которую он оставил в комнате той женщины, как же ее звали... Мадлен... Мад... Он напряг память... Нет, забыл. Что-то похожее. Он разворошил шелковистую бумагу. Ни письма, ни записки.

— Хорошо, — сказал он пареньку. — Все правильно.

И поставил статуэтку на стол. Среди шахматных фигур она смотрелась странно и как-то неприкаянно.

— Она русская? — спросил Морозов.
— Нет. Хотя мне сначала тоже так показалось.
Равич заметил, что губную помаду с лица мадонны отмыли.
— Что прикажешь мне с этим делать?
— Поставь куда-нибудь. На свете множество вещей, которые можно куда-то приткнуть. И для всех находится место. Только не для людей.
— Того человека, наверно, уже похоронили.
— Это та?
— Ну да.
— Но ты хоть заходил к ней еще раз, проведать, как она и что?
— Нет.
— Странно, — задумчиво проговорил Морозов. — Сперва мы думаем, будто помогаем кому-то, а когда человеку тяжелее всего, перестаем помогать.
— Борис, я не армия спасения. Я видывал в жизни случаи куда хуже этого и даже пальцем не пошевельнул. И почему, кстати, ей должно быть сейчас тяжелей?
— Потому что теперь она оказалась по-настоящему одна. В первые дни тот мужчина хоть как-то, но все еще был с ней рядом, пусть даже мертвый. Но он был здесь, на земле. А теперь он под землей, все, его нет. И это вот, — Морозов указал на фигурку, — никакая не благодарность. Это крик о помощи.
— Я переспал с ней, — признался Равич. — Еще не зная, что у нее стряслось. И хочу про это забыть.
— Чепуха! Тоже мне, велика важность! Если это не любовь, то это вообще распоследний пустяк на свете. Я знал одну женщину, так она говорила, ей легче с мужиком переспать, чем назвать его по имени. — Морозов склонил голову. Его лобастый лысый

Триумфальная арка

череп под лампой слегка отсвечивал. — Я так тебе скажу, Равич: нам надо быть добрее — поелику возможно и доколе возможно, потому что в жизни нам еще предстоит совершить сколько-то так называемых преступлений. По крайней мере мне. Да и тебе, наверно.

— Тоже верно.

Морозов облокотился на кадку с чахлой пальмой. Та испуганно покачнулась.

— Жить — это значит жить другими. Все мы потихоньку едим друг друга поедом. Поэтому всякий проблеск доброты, хоть изредка, хоть крохотный, — он никому не повредит. Он сил придает — как бы тяжело тебе ни жилось.

— Хорошо. Завтра зайду, посмотрю, как она.

— Вот и прекрасно, — рассудил Морозов. — Это я и имел в виду. А теперь побоку все разговоры. Белыми кто играет?

V

Хозяин гостиницы сразу же Равича узнал.

— Дама у себя в комнате, — сообщил он.

— Можете ей позвонить и сказать, что я пришел?

— Комната без телефона. Да вы сами можете к ней подняться.

— В каком она номере?

— Двадцать седьмой.

— У меня отвратительная память на имена. Не подскажете, как ее зовут?

Хозяин и бровью не повел.

— Маду. Жоан Маду, — сообщил он. — Не думаю, что это настоящее имя. Скорей всего артистический псевдоним.

— Почему артистический?

— Она и в карточке у нас записалась актрисой. Уж больно звучно, верно?

— Да как сказать. Знавал я одного артиста, так тот выступал под именем Густав Шмидт. А по-настоящему его звали граф Александр Мария фон Цамбона. Густав Шмидт был его артистический псевдоним. Не больно звучно, верно?

Хозяин, однако, не стушевался.

— В наши дни чего только не бывает, — философски заметил он.

— Не так уж много всего и бывает в наши дни. Загляните в учебники истории, и вы легко убедитесь, что нам достались еще относительно спокойные времена.

— Благодарю покорно, мне и этих времен за глаза хватает.

— Мне тоже. Но чем-то же надо себя утешить. Так вы сказали, двадцать седьмой?

— Так точно, месье.

Равич постучал. Никто не ответил. Он постучал снова и на сей раз едва расслышал что-то невнятное. Отворив дверь, он сразу увидел женщину. Та сидела на кровати, что нелепо громоздилась поперек комнаты у торцевой стены, и когда он вошел, медленно подняла глаза. Здесь, в гостиничном номере, странно было видеть на ней все тот же синий костюм, в котором Равич встретил ее в первый вечер. Застань он ее распустехой, валяющейся в замызганном домашнем халате, — и то вид был бы не такой неприкаянный. Но в этом костюме, одетая невесть для чего и кого, просто по привычке, утратившей для нее всякий смысл, она выглядела столь безутешно, что у Равича от жалости дрогнуло сердце. Ему ли не знать этой тоски — он-то сотни людей перевидал вот в такой же безнадежной позе, несчастных эмигрантов, заброшенных жизнью на чужбину из чужбин. Крохотный островок среди безбрежности бытия — они сидели вот так же и так же не знали, как быть и что делать, и лишь сила привычки еще как-то удерживала их на плаву.

Он прикрыл за собой дверь.

— Надеюсь, не помешал? — спросил он и тут же ощутил всю бессмысленность своего вопроса. Кто и что может ей сейчас помешать? Мешать-то уже считай что некому.

Он положил шляпу на стул.

— Удалось все уладить? — спросил он.

— Да. Не так уж и много было хлопот.

— И все без осложнений?

— Вроде да.

Равич сел в единственное имевшееся в номере кресло. Пружины заскрипели, и он почувствовал, что одна из них сломана.

— Вы куда-то уходите? — спросил он.

— Да. Когда-нибудь. Позже. Никуда особенно, так. Что еще остается?

— Да ничего. Это правильно на первых порах. У вас нет знакомых в Париже?

— Нет.

— Никого?

Женщина тяжело подняла голову.

— Никого. Кроме вас, хозяина, официанта и горничной. — Она мучительно улыбнулась. — Не много, правда?

— Не очень. А что, разве у... — Он пытался припомнить фамилию умершего, но не смог. Забыл.

— Нет, — угадала его вопрос женщина. — У Рашинского не было знакомых в Париже. Или я их не видела. Мы только приехали, и он сразу заболел.

Равич не собирался долго засиживаться. Но сейчас, увидев ее вот такой, он передумал.

— Вы уже ужинали?

— Нет. Да мне и не хочется.

— А вообще сегодня что-нибудь ели?

— Да. Обедала. Днем это как-то проще. Но вечером...

Равич огляделся. Небольшая комната казалась голой, от гостиничных стен веяло ноябрем и безнадегой.

— Самое время вам отсюда выбраться, — сказал он. — Пойдемте. Сходим куда-нибудь поужинать.

Он ожидал, что женщина станет возражать. Столько унылого безразличия было во всем ее облике, что казалось, ей эту хандру уже нипочем с себя не стряхнуть. Однако она тотчас же встала и потянулась за плащом.

— Это не подойдет, — сказал он. — Слишком легкий. Потеплее ничего нет? На улице холодно.

— Так ведь дождь был...

— Он и сейчас не кончился. Но все равно холодно. Другого у вас ничего нет? Пальто потеплее или, на худой конец, свитера?

— Да, свитер есть.

Она подошла к чемодану, что побольше. Только тут Равич заметил, что она так почти ничего и не распаковала. Сейчас она извлекла из чемодана черный свитер, сняла жакет, свитер надела. У нее оказались неожиданно ладные, стройные плечи. Прихватив берет, она надела жакет и плащ.

— Так лучше?
— Гораздо лучше.

Они спустились вниз. Хозяина на месте не было. Вместо него за стойкой под доской с ключами сидел консьерж. Он разбирал письма и вонял чесноком. Рядом сидела пятнистая кошка и не сводила с него зеленых глаз.

— Ну что, по-прежнему есть не хочется? — спросил Равич, когда они вышли на улицу.
— Не знаю. Разве что немного...

Равич уже подзывал такси.

— Хорошо. Тогда поедем в «Прекрасную Аврору». Там можно перекусить по-быстрому...

Народу в «Прекрасной Авроре» оказалось немного. Было уже довольно поздно. Они отыскали столик в верхнем зале, узком, с низким потолком. Кроме них, тут была еще только одна пара, устроившаяся у окна полакомиться сыром, да одинокий мужчина, перед которым громоздилась целая гора устриц. Подошел официант, окинул придирчивым взором клетчатую скатерть и решил все-таки ее сменить.

— Две водки, — заказал Равич. — Холодной. Мы здесь выпьем и попробуем разных закусок, — объяснил он своей спутнице. — По-моему, это как раз то, что вам сейчас нужно. «Прекрасная Аврора» специализируется на закусках. Кроме закусок, тут почти ничего и не поешь. Во всяком случае, дальше закусок тут обычно мало кто способен продвинуться. Их тут уйма, на любой вкус, что холодные, что горячие, и все очень хороши. Так что давайте пробовать.

Официант принес водку и достал блокнотик записывать.

— Графин розового, — сказал Равич. — Анжуйское есть?

— Анжуйское разливное, розовое, так точно, сударь.

— Хорошо. Большой графин, на льду. И закуски.

Официант удалился. В дверях он едва не столкнулся с женщиной в красной шляпке с пером, — та стремительно взбегала по лестнице. Отодвинув официанта в сторону, она направилась прямиком к мужчине с устрицами.

— Альберт! — начала она. — Ну ты же и свинья...

— Тсс! — зашикал на нее Альберт, испуганно озираясь.

— Никаких «тсс»! — С этими словами женщина шмякнула мокрый зонт поперек стола и решительно уселась напротив. Альберт, похоже, был не слишком удивлен.

— Chérie!* — начал он и продолжил уже шепотом.

Равич улыбнулся, поднимая бокал.

— Для начала выпьем-ка это до дна. Salute**.

— Salute, — ответила Жоан Маду и выпила свой бокал.

Закуски здесь развозили на специальных столиках-тележках.

— Что желаете? — Равич взглянул на женщину. — Думаю, будет проще, если для начала я сам вам чего-нибудь подберу. — Он наполнил тарелку и передал

---
* Дорогая! (*фр.*)
** Будем здоровы (*ит.*).

Триумфальная арка

ей. — Если что-то не понравится, ничего страшного. Сейчас еще другие тележки подвезут. И это только начало.

Набрав и себе полную тарелку, он принялся за еду, стараясь не смущать женщину чрезмерной заботливостью. Но вдруг, даже не глядя, почувствовал: она тоже ест. Он очистил лангустину и протянул ей.

— Попробуйте-ка! Это нежнее лангустов. А теперь немного здешнего фирменного паштета. С белым хлебом, вот с этой хрустящей корочкой. Что ж, совсем неплохо. И к этому глоток вина. Легкого, терпкого, холодненького...

— Вам со мной столько хлопот, — проговорила женщина.

— Ну да, в роли официанта. — Равич рассмеялся.

— Нет. Но вам со мной правда столько хлопот.

— Не люблю есть один. Вот и все. Как и вы.

— Из меня напарник неважный.

— Отчего же? — возразил Равич. — По части еды — вполне. По части еды вы напарник превосходный. Терпеть не могу болтунов. А уж горлопанов и подавно.

Он глянул на Альберта. Пристукивая в такт по столу зонтиком, красная шляпка более чем внятно объясняла бедняге, почему он такая скотина. Альберт выслушивал ее терпеливо и, похоже, без особых переживаний.

Жоан Маду мельком улыбнулась:

— Я так не могу.

— А вон и очередная тележка с провизией. Навалимся сразу или сперва по сигаретке?

— Лучше сперва по сигаретке.

Эрих Мария Ремарк

— Отлично. У меня сегодня даже не солдатские, не с черным табаком.

Он поднес ей огня. Откинувшись на спинку стула, Жоан глубоко затянулась. Потом посмотрела Равичу прямо в глаза.

— До чего же хорошо вот так посидеть, — проговорила она, и на секунду ему показалось, что она вот-вот разрыдается.

Кофе они пили в «Колизее». Огромный зал на Елисейских полях был переполнен, но им посчастливилось отыскать свободный столик в баре внизу, где верхняя половина стен была из стекла, за которым сидели на жердочках попугаи и летали взад-вперед другие пестрые тропические птицы.

— Вы уже подумали, чем будете заниматься? — спросил Равич.

— Пока что нет.

— А когда в Париж направлялись, что-то определенное имели в виду?

Женщина помедлила.

— Да вроде нет, ничего конкретного.

— Я не из любопытства спрашиваю.

— Я знаю. Вы считаете, мне чем-то надо заняться. И я так считаю. Каждый день себе это говорю. Но потом...

— Хозяин сказал мне, что вы актриса. Хотя я не об этом его спрашивал. Он сам мне сказал, когда я спросил, как вас зовут.

— А вы забыли?

Равич поднял на нее глаза. Но она смотрела на него спокойно.

— Забыл. Записку дома оставил, а припомнить не мог.

Триумфальная арка   85

— А сейчас помните?

— Да. Жоан Маду.

— Я не ахти какая актриса, — призналась женщина. — Все больше на маленьких ролях. А в последнее время вообще ничего. Я не настолько знаю французский...

— А какой вы знаете?

— Итальянский. Я там выросла. И немного английский и румынский. Отец у меня был румын. Умер. А мама англичанка. Она в Италии живет, но я не знаю где.

Равич слушал ее вполуха. Он скучал, да и не знал толком, о чем с ней говорить.

— А еще чем-нибудь занимались? — спросил он, лишь бы не молчать. — Кроме маленьких ролей?

— Да ерундой всякой в том же духе. Где споешь по случаю, где станцуешь...

Он с сомнением на нее глянул. Вид не тот. Какая-то блеклость, затертость какая-то, да и не красавица вовсе. Даже на актрису не похожа. Хотя само слово «актриса» — понятие весьма растяжимое.

— Чем-то в том же духе вы могли бы попробовать заняться и здесь, — заметил он. — Чтобы петь и танцевать, французский особенно не требуется.

— Да. Но сперва надо найти что-то. Если не знаешь никого, это трудно.

«Морозов! — осенило вдруг Равича. — «Шехеразада». Ну конечно!» Морозов должен разбираться в таких вещах. Морозов спроворил ему нынешний тоскливый вечер — вот Равич ему эту артистку и сбагрит, пусть Борис покажет, на что способен.

— А русский знаете? — спросил он.

— Чуть-чуть. Две-три песни. Цыганские. Они на румынские похожи. А что?

— У меня есть знакомый, он кое-что смыслит в таких делах. Вероятно, он сумеет вам помочь. Я дам вам его адрес.

— Боюсь, это без толку. Антрепренеры — они везде одинаковые. Рекомендации тут мало помогают.

«Видно, решила, что я отделаться от нее хочу», — подумал Равич. Это и вправду было так, но соглашаться не хотелось.

— Этот человек не антрепренер. Он швейцар в «Шехерезаде». Это русский ночной клуб на Монмартре.

— Швейцар? — Жоан Маду вскинула голову. — Это совсем другое дело. Швейцар гораздо полезнее, чем антрепренер. Вы хорошо его знаете?

Равич смотрел на нее с изумлением. Вон как по-деловому заговорила. Шустрая, однако, подумал он.

— Он мой друг. Его зовут Борис Морозов, — сообщил он. — Он уже десять лет в «Шехерезаде» работает. Там у них каждый вечер богатая артистическая программа. И номера часто меняют. С метрдотелем Морозов на дружеской ноге. И даже если в «Шехерезаде» ничего для вас не найдется, Морозов наверняка еще где-нибудь что-то подыщет. Ну что, рискнете?

— Конечно. А когда?

— Лучше всего вечерком, часов в девять. Дел у него в это время еще немного, и он сможет уделить вам время. Я с ним договорюсь.

Равич уже заранее радовался, представляя себе физиономию Морозова. У него даже настроение как-то сразу поднялось. И от души отлегло — как мог, он принял участие в судьбе этой женщины, и теперь совесть его чиста. Дальше уж пусть сама выбирается.

— Вы устали? — спросил он.

Жоан Маду посмотрела ему прямо в глаза.

Триумфальная арка

— Я не устала, — ответила она. — Но я знаю: для вас не бог весть какое удовольствие со мной тут сидеть. Вы проявили ко мне сочувствие, и я вам очень за это благодарна. Вы вытащили меня из номера, вы со мной поговорили. Для меня это очень много значит, ведь я за эти дни почти ни с кем и словом не перемолвилась. А теперь я пойду. Вы сделали для меня больше, чем могли. Столько времени потратили. Без вас — что бы со мной было...

Господи, подумал Равич, опять она за свое. От неловкости он поднял глаза на стеклянную стену под потолком. Там в это время голубь как раз пытался изнасиловать самку какаду. Попугаихе его ухищрения были до того безразличны, что она даже не пыталась сбросить наглеца. Просто клевала корм, не обращая на голубя никакого внимания.

— Это не сочувствие, — проронил Равич.

— Тогда что?

Голубь наконец сдался. Он соскочил с широкой спины попугаихи и принялся чистить перышки. А та равнодушно повела хвостом и пульнула вниз струей помета.

— Давайте-ка выпьем доброго старого арманьяка, — предложил Равич. — Это и будет самый правильный ответ. Поверьте, не такой уж я альтруист. И вечерами частенько бываю один. Вы полагаете, это увлекательно?

— Нет. Но я не самая удачная компания, а это еще хуже.

— Я давно уже отучился искать себе компанию. А вот и ваш арманьяк. Будем!

— Будем!

Равич поставил свою рюмку.

— Так, а теперь пора нам из этого птичника слинять. Вам ведь еще не хочется обратно в гостиницу?

Жоан Маду покачала головой.

— Хорошо. Тогда двинемся дальше. А именно в «Шехерезаду». Выпьем там еще. По-моему, нам обоим это не повредит, а вы вдобавок сможете взглянуть, что там к чему.

Было уже три часа ночи. Они стояли перед подъездом гостиницы «Милан».

— Ну как, хорошо выпили? — спросил Равич.

Жоан Маду ответила не сразу.

— Там, в «Шехерезаде», мне казалось, вполне достаточно. Но теперь, как увидела эту дверь, понимаю, что мало.

— Ну, это дело поправимое. Глядишь, в гостинице что-нибудь найдется. А если нет, вон кабачок напротив, возьмем бутылку там. Пойдемте.

Она посмотрела на него. Потом на дверь.

— Ладно, — решилась она. Но тут же запнулась. — Туда... В пустую комнату...

— Я вас провожу. Бутылку прихватим с собой.

Портье проснулся.

— У вас выпить что-нибудь есть? — поинтересовался Равич.

— Коктейль с шампанским? — мгновенно сбрасывая с себя сон, деловито осведомился портье.

— Благодарю. Лучше чего-нибудь покрепче. Коньяк. Бутылку.

— Курвуазье? Мартель? «Хеннесси»? Бисквит Дюбуше?

— Курвуазье.

— Сию секунду, месье. Я откупорю и принесу бутылку в номер.

Они поднялись по лестнице.

— Ключ у вас с собой? — спросил Равич.

— Я не запираю.

— Но у вас же там деньги, документы. Могут обокрасть.

— Если запру, тоже могут.

— И то правда. При таких замках... Но все-таки, когда заперто...

— Может быть. Но когда приходишь с улицы, неохота доставать ключ и пустую комнату отпирать — все равно как склеп отпираешь. Сюда и без ключа-то заходить тошно. Когда тебя никто не ждет, одни чемоданы.

— Да нигде никто и ничто нас не ждет, — заметил Равич. — Так всю жизнь только себя с собой же и таскаешь.

— Может быть. Но иногда хоть иллюзия, хоть видимость какая-то есть. А тут ничего.

Жоан Маду сбросила пальто и берет на кровать и взглянула на Равича. На бледном лице ее светлые глаза казались огромными, гнев и отчаяние застыли в них. Секунду она постояла в нерешительности. Потом принялась расхаживать взад-вперед по маленькой комнате, засунув руки в карманы, широким, энергичным шагом, резко и гибко, всем телом, поворачиваясь на углах. Равич внимательно наблюдал за ней. Откуда вдруг взялась эта сила и порывистая грация: казалось, в гостиничном номере ей тесно, как зверю в западне.

В дверь постучали. Портье внес коньяк.

— Не желают ли господа чего-нибудь перекусить? Холодной курятины? Бутербродов?

— Пустая трата времени, дружище. — Равич расплатился и выпроводил его за дверь. Потом наполнил две рюмки. — Прошу. Варварски, без затей, но иногда, когда совсем худо, только так и надо. Изыски прибережем до лучших времен.

— А потом?

— Потом выпьем еще.

— Я уже пробовала. Не помогает. Одному напиваться плохо.

— Ну, это смотря как напиваться. Если как следует, то нормально.

Равич уселся в узенький, хлипкий шезлонг, что стоял у стены напротив кровати. В прошлый раз он его не заметил.

— Когда я вас сюда привез, разве был здесь шезлонг? — спросил он.

Она покачала головой.

— Это я попросила поставить. Неохота было спать в кровати. Думала, чего ради? Постель расстилать, раздеваться, ну и все такое. Зачем? Утром и днем еще куда ни шло. Но ночью...

— Вам нужно дело какое-нибудь. — Равич закурил сигарету. — Жаль, Морозова мы не застали. Я не знал, что у него сегодня выходной. Завтра же вечером отправляйтесь к нему. Уж что-нибудь он для вас раздобудет. Даже если это работа на кухне — все равно не отказывайтесь. Будете заняты по ночам. Ведь вы этого хотите?

— Хочу.

Жоан Маду перестала расхаживать по комнате. Она выпила свою рюмку и села на кровать.

— Я каждую ночь по городу бродила. Пока бродишь, как-то легче. А когда тут сидишь и на тебя потолок давит...

— И ничего с вами не случилось? Вас даже не обокрали?

— Нет. Должно быть, по мне сразу видно, что красть у меня особо нечего. — Она протянула Равичу свою пустую рюмку. — А все прочее? Иной раз мне так хотелось, чтобы со мной хоть кто-то заговорил! Чтобы хоть что-то еще, кроме хождения этого... Чтобы хоть чей-то взгляд на тебя посмотрел, чьи-то глаза, а не одни эти голые камни! Чтобы не быть изгоем, когда совсем приткнуться некуда. Словно ты на другой планете. — Тряхнув головой, она отбросила назад волосы и взяла протянутую Равичем рюмку. — Не знаю, зачем я об этом говорю. Я не хотела. Может, это оттого, что все эти дни я была как немая. Может, потому, что сегодня вечером я впервые... — Она осеклась. — Вы меня не слушаете?

— Я пью, — отозвался Равич. — Говорите, не стесняйтесь. Сейчас ночь. Никто вас не слышит. Я слушаю только себя. Завтра утром все забудется.

Он откинулся в шезлонге. Где-то в номерах шумела вода. Утробно журчала батарея отопления, а в окно мягкими пальцами все еще постукивал дождик.

— А когда потом придешь, свет выключишь, и сразу темнота наваливается, как вата с хлороформом, — и ты снова свет включаешь и глаза не можешь сомкнуть...

«Похоже, я уже набрался», — подумал Равич. Что-то рановато сегодня. Или всему виной этот полумрак? А может, и то и другое? Но это уже совсем не та невзрачная, бесцветная женщина... Эта совсем другая... У нее вон, оказывается, какие глазищи. И лицо. Он же чувствует: вон как на него смотрят. Не иначе тени. Призраки. И это мягкое пламя в голове. Первые всполохи опьянения.

Он не слушал, что говорит Жоан Маду. Он это знает и больше не желает знать. Одиночество — вечный рефрен жизни. Обычная вещь, не лучше и не хуже, чем многое другое. Просто слишком много о нем разглагольствуют. На самом-то деле ты всегда один. Всегда и никогда. Откуда-то вдруг запела скрипка, одинокий голос в полумраке. Загородный ресторанчик, зеленые холмы вокруг Будапешта. Дурман цветущих каштанов. Ветер. И нахохлившимся совенком на плече, хлопая в сумраке желтыми плошками глаз, — сны, грезы. Ночь, которая все никак не наступит. Час, когда красивы все женщины. Распахнутые крылья вечера, мохнатые, кофейные, как крылья бражника.

Он поднял глаза.

— Спасибо, — тихо сказала Жоан.

— За что?

— За то, что дали мне выговориться и не слушали. Это правильно. То, что было мне нужно.

Равич кивнул. Он увидел, что ее рюмка снова пуста.

— Вот и отлично, — сказал он. — Оставляю вам бутылку.

Он встал. Эта комната. Женщина. И больше ничего. В лице только бледность и уже никакого света.

— Вы уже уходите? — спросила Жоан, тревожно озираясь, словно в комнате затаился кто-то еще.

— Вот адрес Морозова. Имя, фамилия, чтобы вы не перепутали и не забыли. Завтра вечером, в девять. — Равич записал в блокнот для рецептов. Оторвал листок и положил на чемодан.

Жоан Маду тоже встала и уже брала плащ и берет. Равич посмотрел на нее.

— Провожать меня не надо.

— А я и не провожаю. Просто не хочу тут оставаться. Не сейчас. Пойду еще пройдусь.

— Но тогда вам опять возвращаться. И снова входить в пустую комнату. Почему бы вам не остаться? Раз вы уже здесь?

— Скоро утро. Утром вернусь. Утром легче.

Равич подошел к окну. Дождь не прекращался. Его мокрые серые нити колыхались на ветру в золотистых нимбах уличных фонарей.

— Ладно вам, — сказал он. — Давайте еще по рюмочке, а после вы ляжете спать. Погода совсем не для прогулок.

Он взял бутылку. Внезапно Жоан оказалась совсем близко.

— Не бросай меня здесь! — выпалила она, и он даже ощутил ее дыхание. — Не бросай меня здесь, только сегодня не бросай; не знаю, что со мной, но только не сегодня! Завтра я соберусь с духом, а сегодня не могу; я раскисла и совсем расклеилась, у меня ни на что нет сил. Не надо было меня отсюда вытаскивать, пожалуйста, только не сегодня — не могу я сейчас одна остаться.

Равич аккуратно поставил бутылку и осторожно убрал ее руки со своего плеча.

— Детка, — сказал он, — рано или поздно всем нам приходится к этому привыкать. — Глазами он уже изучал шезлонг. — Я могу заночевать и здесь. Какой прок еще куда-то тащиться? Но мне обязательно нужно пару часов поспать. Утром в девять у меня операция. Однако поспать я смогу и здесь, ничуть не хуже, чем у себя. Ночное дежурство — мне не впервой. Это вас устроит?

Она кивнула. Она все еще стояла совсем близко.

— Но в полвосьмого мне надо уйти. Несусветная рань. Вас это не разбудит?

— Не страшно. Я встану и приготовлю вам завтрак, я все...

— Ничего вам делать не надо, — перебил ее Равич. — Позавтракаю в ближайшем кафе, как всякий честный работяга: кофе с ромом и круассаны. Остальное — когда в клинику приду. Недурственно будет попросить медсестру Эжени приготовить мне ванну. Хорошо, остаемся здесь. Две души, заблудшие в ноябрьской ночи. Вы занимаете кровать. Если хотите, могу спуститься к старичку портье, пока вы будете укладываться.

— Нет, — выдохнула Жоан.

— Да я не убегу. Нам все равно кое-что понадобится: подушки, одеяло и прочее.

— Я могу позвонить.

— Позвонить могу и я. Такие дела лучше доверять мужчине.

Портье явился быстро. Он нес вторую бутылку коньяка.

— Вы нас переоцениваете, — усмехнулся Равич. — Большое спасибо. Но мы, видите ли, всего лишь чахлое послевоенное поколение. Нам, наоборот, нужны одеяло, подушка, немного белья. Придется мне здесь заночевать. На улице вон как льет, да и холодно. А я только третьего дня на ноги встал после тяжелейшего воспаления легких. Можете все это устроить?

— Разумеется, сударь. Я уже и сам о чем-то таком подумывал...

— Вот и отлично. — Равич закурил. — Я выйду в коридор. Погляжу, какая там у дверей выставлена обувь. Это моя давняя страсть. Да не сбегу я, — добавил он, перехватив взгляд Жоан Маду. — Я вам не Иосиф Египетский. И пальто свое в беде не брошу.

Портье вернулся с вещами. При виде Равича, изучающего в коридоре обувь постояльцев, лицо его прояснилось.

— Такое увлечение — большая редкость в наши дни, — заметил он.

— Я редко ему предаюсь. Только на день рождения и в Рождество. Давайте сюда вещи, я сам их отнесу. А это еще что такое?

— Грелка, сударь. Ведь у вас было воспаление легких.

— Превосходно. Но я предпочитаю обогреваться коньяком. — Равич достал из кармана несколько бумажек.

— Сударь, у вас наверняка нет с собой пижамы. Могу предложить несколько штук на выбор.

— Спасибо, любезнейший. — Равич смерил старичка взглядом. — Боюсь, мне ваши пижамы будут малы.

— Напротив, сударь. Они будут вам в самый раз. И они совершенно новые. Признаюсь по секрету: мне их как-то по случаю подарил один американец. А тому их подарила одна дама. Но сам я пижамы не ношу. Я сплю в ночной рубашке. Пижамы совершенно новые, месье.

— Ладно, уговорили. Тащите их сюда. Поглядим.

Равич остался ждать в коридоре. Перед дверями обнаружились три пары обуви. Высокие мужские ботинки, но не на шнурках, а с разношенными резиновыми вставками. Из-за двери доносился напористый храп владельца. Еще две пары держались вместе: мужские коричневые полуботинки и дамские лаковые туфельки с пуговичкой и на шпильках. И хотя стояли они рядышком, возле одной двери, вид у обеих пар был на удивление сиротливый.

Портье принес пижамы. Они и впрямь оказались царские. Новехонькие, даже еще в картонке роскошного магазина «Лувр», где они были куплены.

— Жаль, — пробормотал Равич. — Жаль, что нельзя взглянуть на даму, которая их выбирала.

— Можете выбрать любую себе на ночь, сударь. Покупать не обязательно.

— И сколько же стоит прокат такой пижамы?

— Сколько дадите.

Равич полез в карман.

— Ну что вы, сударь, это слишком щедро, — засмущался старичок.

— Вы что, не француз?

— Отчего же. Я из Сен-Назера.

— Тогда, значит, это богатеи-американцы так вас развратили. И запомните: за такую пижаму никаких денег не жалко.

— Я рад, что она вам понравилась. Спокойной ночи, сударь. А пижаму я завтра у дамы заберу.

— Завтра утром я сам вам ее вручу. Разбудите меня в половине восьмого. Только постучите тихонько. Не волнуйтесь, я услышу. Спокойной ночи.

— Вы только взгляните на это. — Равич показал Жоан Маду пижамы. — Хоть Дедом Морозом наряжайся. Этот портье просто кудесник. А что, я эту красоту даже надену. Чтобы выглядеть смешным, мало просто мужества, надо обладать еще и известной мерой непринужденности.

Он постелил себе на шезлонге. Не все ли равно, где спать — у себя в гостинице или здесь. В коридоре он даже обнаружил вполне приличную ванную комнату, а портье снабдил его новой зубной щеткой.

Триумфальная арка   97

А на остальное плевать. Эта женщина все равно что пациент.

Он налил коньяку, но не в рюмку, а в стакан, и поставил вместе с рюмкой возле кровати.

— Полагаю, этого вам хватит, — заметил он. — Так будет проще. Мне не понадобится вставать и наполнять вам рюмку. А бутылку и вторую рюмку я заберу себе.

— Рюмка мне не нужна. Могу выпить и из стакана.

— Тем лучше. — Равич уже устраивался на шезлонге. Это хорошо, что она больше о нем не заботится. Она добилась, чего хотела, и теперь, слава богу, не разыгрывает из себя примерную домохозяйку.

Он налил себе рюмку и поставил бутылку на пол.

— Будем!

— Будем! И... спасибо!

— Не за что. Мне и самому не больно хотелось под дождь вылезать.

— Там все еще дождь?

— Да.

С улицы в безмолвие комнаты прокрадывался слабый, мягкий перестук, словно густой, серой, унылой кашей, безутешнее и горше всего на свете, просилось вползти само горе, — некое давнее, безликое, невесть чье воспоминание накатывало нескончаемой волной, норовя накрыть, слизнуть и похоронить в себе то, что оно когда-то выбросило и позабыло на берегу пустынного острова, — толику души, света, мысли.

— Подходящая ночь для выпивки.

— Да. И совсем неподходящая для одиночества.

Равич помолчал немного.

— К этому всем нам пришлось привыкать, — вымолвил он наконец. — Все, что прежде роднило и сплачивало нас, теперь порушено. Связующая нить порвалась, и мы рассыпались, как бусины. Нам не на что опереться. — Он снова наполнил рюмку. — Мальчишкой я как-то раз заснул на лугу. Дело было летом, небо было ясное. Когда засыпал, я смотрел на Орион, он был далеко над лесом, почти на горизонте. А когда проснулся среди ночи — Орион стоял в вышине прямо надо мной. Никогда этого не забуду. Я учил, конечно, что Земля — небесное тело и что она вращается, но я учил это, как многое учишь из учебника, не особо задумываясь, просто чтобы запомнить. А тут вдруг я впервые ощутил, что это и в самом деле так. Я почувствовал, как земной шар стремительно летит куда-то в неимоверных пространствах. Я так явственно это почувствовал, что хотелось вцепиться руками в траву, лишь бы меня не сбросило. Должно быть, это оттого, что я, очнувшись от глубокого сна, в первый миг оказался как бы вне своей памяти и всего привычного, наедине только с этим необъятным, странно сместившимся небом. Земля подо мной вдруг перестала казаться надежной опорой — и с тех пор так до конца ею и не сделалась.

Он допил свою рюмку.

— Из-за этого многое стало трудней, но многое легче. — Он глянул в ее сторону. — Не знаю, тут ли вы еще. Если устали, просто не отвечайте, и все.

— Еще нет. Но скоро. Одна точка все никак не заснет. Ей холодно и не спится.

Равич снова поставил бутылку на пол. Он чувствовал, как тепло комнаты проникает в него флюидами сонной усталости. Какие-то тени. Призраки. Мановение крыл. Чужая комната, ночь, за окном тихой барабанной дробью монотонный перестук дождя — последний приют на краю хаоса, светлячок оконца среди запустения без края и конца, чье-то лицо, к которому устремлены его слова...

— А вам доводилось чувствовать такое? — спросил он.

Она помолчала.

— Да. Но не совсем так. Иначе. Когда целый день не с кем поговорить, а потом бродишь ночью, и вокруг люди, и все они как-то пристроены в жизни, куда-то идут, где-то живут. Все, кроме меня. Вот тогда мне начинало казаться, что все вокруг сон или что я утонула и брожу в незнакомом городе, как под водой.

За дверью послышались шаги — кто-то поднимался по лестнице. Повернулся в замке ключ, хлопнула дверь. И сразу зашумела вода.

— Чего ради вы остаетесь в Париже, если никого здесь не знаете? — спросил Равич. Его уже одолевала дремота.

— Не знаю. А куда мне еще деваться?

— Вам что, никуда не хочется вернуться?

— Нет. Да и невозможно никуда вернуться.

Ветер плеснул в окно пригоршню дождя.

— А в Париж вы зачем приехали? — спросил Равич.

Жоан Маду не отвечала. Он даже решил, что она заснула.

— Мы с Рашинским приехали в Париж, чтобы расстаться, — вдруг заговорила она снова.

Равич даже не удивился ее словам. Бывают часы, когда перестаешь удивляться. Постоялец, только что вернувшийся в комнату напротив, теперь блевал. Сквозь темноту из его номера доносились глухие стоны.

— Что же вы тогда так отчаивались?

— Да потому что он умер! Умер! Вдруг раз — и нету! И не вернуть! Умер! И уже ничего не поделаешь! Неужели не понимаете? — Приподнявшись на локте, она смотрела на Равича во все глаза.

«Потому что он тебя опередил. Ушел раньше. Оставил одну, а ты не успела подготовиться».

— Я... Мне надо было с ним по-другому... Я была...

— Забудьте. Раскаяние самая бесполезная вещь на свете. Назад все равно ничего не вернешь. Ничего не загладишь. Будь это иначе, мы бы все были святыми. Жизнью в нас предусмотрено все, что угодно, только не совершенство. Совершенству место в музее.

Жоан Маду не отвечала. Равич видел: она выпила еще и откинулась на подушку. Что-то еще ведь надо сказать, но он слишком устал, чтобы додумать. Да и не все ли равно? Спать хочется. Ему завтра оперировать. А это все его не касается. Он поставил пустую рюмку на пол рядом с бутылкой. «Куда меня только не заносит, — думал он. — Даже чудно».

VI

Когда Равич вошел, Люсьена Мартинэ сидела у окна.

— И каково же это, в первый раз подняться с койки? — спросил он.

Девушка глянула на него, потом на пасмурную муть за окном, потом снова на него.

— Погодка нынче не больно хороша, — заметил Равич.

— Отчего же? — откликнулась она. — Для меня так даже очень.

— Почему?

— Потому что выходить не надо.

Она сидела, съёжившись в кресле, на плечах дешевенький бумазейный халатик — щуплое, невзрачное создание с испорченными зубами, но для Равича в эту секунду она была прекраснее, чем сама Елена Троянская. Комочек жизни, который он спас своими руками. Не то чтобы он считал себя вправе гордиться, ведь совсем недавно такой же комочек жизни он потерял. И следующий, возможно, потеряет, а в конечном счёте, строго говоря, потеряет всех, да и себя тоже. Но вот этот, на данную минуту, он спас.

— В такую погоду шляпы разносить — это вам не шутки, — проговорила Люсьена.

— Вы шляпы разносили?

— Да. У мадам Ланвер. Ателье на Матиньонском проспекте. До пяти мы работали. А потом надо было ещё картонки клиентам разносить. Сейчас полшестого. Вот я бы сейчас и бегала. — Она снова глянула в окно. — Жалко, дождя нет. Вчера лучше было. Лило как из ведра. Сейчас кто-то другой за меня отдувается.

Равич уселся на подоконник напротив неё. Вот ведь странность, подумал он. Ты-то ждёшь, что человек, избежавший гибели, будет счастлив до беспамятства. Но так почти никогда не бывает. И эта вот тоже. С ней, можно сказать, чудо свершилось, а её только одно волнует — что ей под дождь не идти.

— Почему вы у нас, именно в нашей клинике оказались, Люсьена? — спросил он.

Она насторожилась.

— Так мне адресок подсказали.

— Кто?

— Знакомая одна.

— Что за знакомая?

Люсьена помедлила.

— Ну, она тоже тут побывала. Я сама ее сюда привезла, до самой двери. Потому и знала.

— Когда это было?

— За неделю до меня.

— Это та, что умерла во время операции?

— Да.

— И вы все равно сюда пришли?

— Ну да, — равнодушно бросила Люсьена. — Почему нет?

Равич много чего хотел сказать, но сдержался. Он смотрел в это блеклое, холодное личико, когда-то по-детски мягкое, но быстро ожесточившееся в передрягах жизни.

— А до этого вы, должно быть, и у той же повитухи побывали? — спросил он.

Люсьена не ответила.

— Или у того же врача? Мне-то можете сказать. Я же все равно не знаю, кто это.

— Мари первая там была. На неделю раньше. Нет, дней на десять.

— А вы потом туда же пошли, хотя и знали, что с Мари случилось?

Люсьена передернула плечами.

— А что мне было делать? Пришлось рискнуть. Другого-то я никого не знала. А ребенок... Ну на что мне ребенок? — Она уставилась в окно. На балконе напротив под зонтиком стоял мужчина в подтяжках. — Сколько мне еще тут быть, доктор?

— Недели две.

— Две недели еще?

— Это немного. А в чем дело?

— Так это ж сколько денег...

Триумфальная арка

— Ну, может, удастся выписать вас на пару дней пораньше.

— Вы думаете, мне это по карману? Да откуда у меня такие деньги? Это же дорого, тридцать франков в сутки.

— Кто вам это сказал?

— Сестра.

— Которая?

— Эжени, конечно... Она говорит, за операцию и перевязки еще отдельно надо платить. Это очень дорого?

— За операцию вы уже заплатили.

— А она говорит, это далеко не все.

— Сестра не очень в курсе, Люсьена. Лучше вы потом доктора Вебера спросите.

— Да я бы поскорее хотела узнать.

— Зачем?

— Хочу подсчитать, сколько мне за это отрабатывать. — Люсьена глянула на свои руки и стала загибать тонкие, исколотые иголками пальцы. — Мне ведь еще за месяц за комнату платить, — объясняла она. — Когда я сюда попала, было как раз тринадцатое. Пятнадцатого надо было хозяйку предупредить, что я съезжаю. А теперь вот за целый месяц ей плати. Ни за что ни про что.

— У вас совсем никого нет, кто бы вам помог?

Люсьена подняла глаза. Лицо ее вдруг постарело лет на десять.

— Вы же сами знаете, доктор! Он только злился. Мол, знал бы, что я такая дурочка, в жизни бы со мной не связался.

Равич кивнул. Обычная история.

— Люсьена, — сказал он, — мы могли бы попытаться что-то взыскать с той женщины, которая так вас искромсала. Это все по ее вине. Вы только должны ее назвать.

Девушка мгновенно ощетинилась. В замкнутом лице читалось лишь одно — отпор.

— В полицию? Ну нет, еще сама влипнешь.
— Да без полиции. Достаточно просто припугнуть.

Она только усмехнулась:

— Это ее-то? Ничего вы с нее не получите. Железяка, а не человек. Три сотни с меня содрала. И за это меня же... — Она оправила на себе халатик. — Просто некоторым людям не везет в жизни, — добавила она без тени обиды в голосе, словно говорит не о себе, а о ком-то еще.

— Только не вам, — возразил Равич. — Вам-то как раз повезло, да еще как.

В операционной он застал Эжени. Та чистила что-то никелированное до полного блеска. Одно из ее любимейших занятий. Она была настолько увлечена, что даже не услышала, как он вошел.

— Эжени, — позвал он.

Та вздрогнула.

— Ах, это вы! Опять вы меня пугаете!
— Не знал, что я такая страшная птица. Но вот вам, Эжени, не следовало бы пугать пациентов россказнями о гонорарах и прочих затратах.

Эжени, все еще с тряпкой в руках, тут же приняла боевую стойку.

— А эта потаскуха, конечно, уже все разболтала.
— Эжени, — устало сказал Равич, — среди женщин, ни разу не переспавших с мужчиной, куда больше потаскух, чем среди тех, кто зарабатывает этим свой нелегкий хлеб. Не говоря уж о замужних.

Кроме того, девчонка никому ничего не разболтала. Просто вы испортили ей день, вот и все.

— Подумаешь, велика важность! При таком-то образе жизни — и такая чувствительность!

«Ах ты, проповедь ходячая, — мысленно ругнулся Равич. — Что знаешь ты, мерзкая спесивая ханжа, о беспросветном одиночестве малютки-белошвейки, которая храбро пошла к той же самой повитухе, что изуродовала ее подружку, а потом в ту же самую клинику, где эта подружка умерла, и которая обо всем этом только и может сказать: а что мне было делать? Да еще: а как я за все это расплачусь?»

— Вам замуж пора, Эжени, — посоветовал Равич. — Подыщите себе вдовца с детьми. А еще лучше — хозяина похоронной конторы.

— Господин Равич, — голос Эжени был исполнен достоинства, — попрошу вас впредь не беспокоиться о моей личной жизни. Иначе я буду вынуждена пожаловаться господину доктору Веберу.

— Да вы и так с утра до ночи ему на меня стучите. — Равич не без удовольствия наблюдал, как по щекам медсестры расползаются два красных пятна. — Скажите, Эжени, ну почему набожные люди так редко бывают терпимы? Вот у циников характер куда легче. А самый несносный — у идеалистов. Вас это не наводит на размышления?

— Слава богу, нет.

— Я так и полагал. Ну что ж, отправлюсь-ка я в обитель греха. То бишь в «Осирис». Это на тот случай, если я доктору Веберу понадоблюсь.

— Не думаю, что вы доктору Веберу понадобитесь.

— Девственность еще не гарантия ясновидения, Эжени. Всякое бывает. Так что примерно до пяти я пробуду там. А потом у себя в гостинице.

— Тоже мне гостиница. Еврейский клоповник.

Равич обернулся.

— Эжени, отнюдь не все беженцы евреи. И даже не все евреи — евреи. И, напротив, бывают такие евреи, о которых ни за что не догадаешься, что они евреи. Лично я знавал даже одного еврея-негра. Страшно одинокий был человек. Единственное, что он по-настоящему любил, — это китайскую еду. Чего только не бывает на свете.

Сестра ничего не ответила. Она исступленно терла никелированный поднос, и так начищенный до блеска.

Равич сидел в бистро на Буасьерской и сквозь потоки дождя смотрел на улицу, когда вдруг увидел за окном лицо того человека. Это был как удар под дых. На миг он оторопел и вообще не понимал, что происходит, но еще через секунду, оттолкнув столик, он вскочил со стула и, не обращая внимания на многочисленных посетителей, кинулся к выходу.

Кто-то цапнул его за рукав. Он обернулся.

— Что?

Оказалось, это официант.

— Месье, вы не расплатились.

— Что? Ах да... Сейчас вернусь. — Он попытался вырваться.

Официант побагровел.

— Не положено! Вы...

— Держите...

Равич выхватил из кармана купюру, швырнул ее официанту и рванул на себя дверь. Протиснувшись сквозь кучку людей у входа, он метнулся за угол, на Буасьерскую.

Кого-то он толкнул, еще кто-то ругнулся ему вслед. Он опомнился, перешел с бега на быстрый шаг, но такой, чтобы не бросалось в глаза. «Это невозможно, — пронеслось у него в голове, — невозможно, с ума сойти, нет, невозможно! Лицо, это лицо, чушь, видимо, просто сходство, случайное, но чудовищное сходство, дурацкая игра воспаленного воображения — да не может он быть в Париже, он в Германии, в Берлине, это просто мокрое стекло, было плохо видно, вот я и обознался, наверняка обознался...»

Но он все шел и шел дальше, стремглав, проталкиваясь сквозь толпу, вывалившую из кинотеатра, оборачиваясь на каждого, кого обгонял, всматриваясь в лица, заглядывая под поля шляп, не обращая внимания на удивленные, недовольные взгляды, вперед, вперед, еще лицо, еще шляпы, серая, черная, синяя, он обгонял, оборачивался, буравил глазами...

Дойдя до проспекта Клебера, он остановился. Женщина, женщина с пуделем, вдруг вспомнил он. А сразу за ней появился тот, другой...

Но женщину с пуделем он давным-давно обогнал. Он метнулся обратно. Еще издали заметив даму с собачкой, он остановился на краю тротуара. Стиснув в карманах кулаки, впивался в лицо каждому прохожему. Пудель задержался у фонарного столба, долго его обнюхивал, потом торжественно, медленно задрал заднюю лапу. Обстоятельно поскреб брусчатку и гордо побежал дальше. Равич вдруг почувствовал: затылок взмок от пота. Он подождал еще пару минут — лицо не появлялось. Он оглядел поставленные вдоль тротуара машины. Нигде никого. Тогда он снова повернул и дошел до станции подземки на проспекте Клебера. Спустился вниз, пробил билет и вышел на перрон. Народу было довольно много. Он не успел пройти перрон до конца — подошел поезд, забрал пассажиров и уполз в жерло тоннеля. Перрон разом опустел.

Он не торопясь вернулся в бистро. Сел за тот же столик. Там все еще стояла его недопитая рюмка кальвадоса. Было странно, что она все еще тут стоит.

Хорьком подскочил официант.

— Извините, сударь. Я не знал...

— Да ладно, — отмахнулся Равич. — Принесите мне лучше другую рюмку кальвадоса.

— Другую? — Официант недоуменно смотрел на его недопитую рюмку. — А эту, что ли, допивать не будете?

— Нет. Другую мне принесите.

Официант взял рюмку и даже ее понюхал.

— Что, плохой кальвадос?

— Да нет. Просто принесите мне другую рюмку.

— Как скажете, месье.

«Я обознался, — думал Равич. — Мокрое стекло, сплошь потеки, как тут что-то разглядишь?» Он безотрывно смотрел в окно. Словно охотник, поджидающий зверя, он пристально вглядывался в каждого прохожего, — но в те же минуты в голове его призрачной кинолентой воспоминаний, в череде серых, но до боли отчетливых кадров, обрывками воспоминаний прокручивалось совсем другое кино...

Берлин тридцать четвертого, летний вечер, штаб-квартира гестапо; кровь; унылые, вовсе без окон, стены камеры; нестерпимый свет голых электрических лампочек; гладкий, в бурых запекшихся пятнах, стол с перетяжками ремней; болезненная ясность в истерзанной бессонницей голове, когда тебя сперва душат до потери сознания, а потом, чтобы очухался, окунают в ведро с водой; почки, отбитые до такой степени, что уже не чувствуешь боли; искаженное ужасом лицо Сибиллы; подручные палача, несколько молодчиков в мундирах, ее держат, и эта ухмыляющаяся рожа, и этот голос, почти ласково объясняющий тебе, что с этой женщиной сделают, если ты не признаешься, — Сибилла, которую три дня спустя обнаружат в камере мертвой, — якобы повесилась.

Снова подошел официант, поставил перед ним рюмку.

— Это другой сорт, месье. От Дидье из Кана. Старше и крепче.

— Хорошо. Ладно. Благодарю.

Равич выпил. Достал из кармана пачку сигарет, выудил одну, закурил. Руки все еще ходили ходуном. Он бросил спичку на пол и заказал еще кальвадоса.

Эта ухмыляющаяся рожа, это лицо, которое, как ему показалось, он только что видел снова, — да нет, тут какая-то ошибка! Чтобы Хааке — и вдруг в Париже, нет, невозможно. Исключено! Он даже головой тряхнул, лишь бы отогнать воспоминание. Какой прок изводить себя понапрасну, пока ты ничего не можешь поделать? Вот когда там все рухнет, когда можно будет вернуться — тогда и наступит час...

Он подозвал официанта, расплатился. Но на обратном пути так и не смог заставить себя не вглядываться в лицо каждому встречному.

Они сидели с Морозовым в «катакомбе».

— Так ты не веришь, что это был он? — спросил Морозов.

— Нет. Хотя с виду похож. Сходство просто поразительное. Либо это память уже пошаливает.

— Обидно, что ты в бистро сидел.

— Да уж.

Морозов помолчал.

— Из-за этого потом с ума сходишь, верно? — спросил он затем.

— Да вроде нет. Почему?

— Да потому что точно не знаешь.

— Я знаю.

Морозов не ответил.

— Тени прошлого, — пояснил Равич. — Я-то думал, что уже от них избавился.

— От них не избавишься. Меня тоже донимали. Особенно поначалу. Лет пять, шесть. В России меня еще трое дожидаются. Было семеро. Четверо уже на том свете. Двоих своя же партия в расход пустила. А я уже лет двадцать своего часа жду. С семнадцатого. Хотя одному из этих троих, которые в живых остались, уже под семьдесят. Но другим двоим годков по сорок — пятьдесят. С ними-то, надеюсь, еще успею поквитаться. За батюшку моего.

Равич глянул на Бориса. Детина, конечно, но ведь ему уже за шестьдесят.

— Успеешь, — сказал он.

— М-да... — Глядя на свои ладони, Морозов сжал и разжал кулаки. — Только того и жду. Стараюсь жить аккуратнее. Даже пить стал не так часто. Конечно, совсем скоро оно, наверно, не получится. Так что силушку беречь надо. Я ведь хочу, чтобы без пули и без ножа...

— Я тоже.

Какое-то время они сидели молча.

— Ну что, не сыграть ли нам партию? — спросил Морозов.

— С удовольствием. Только доски свободной что-то не видно.

— Да вон у профессора как раз освободилась. Он с Леви сражался. Выиграл, как всегда.

Равич пошел брать доску и фигуры.

— Долго же вы играли, профессор, чуть не с обеда.

Старичок профессор кивнул.

— Зато отвлекает. Шахматы куда лучше, чем карты. В картах тебе либо везет, либо нет. Разве это отвлечение? А шахматы — это целый мир, свой, особый. И пока играешь, здешнего мира для тебя словно вообще нет. — Он поднял на Равича воспаленные глаза. — Не говоря уж о том, что мир шахмат куда совершеннее.

Леви, его партнер, вдруг залился блеющим смехом, но тут же умолк, испуганно озираясь, и поспешил удалиться вместе с профессором.

Они сыграли две партии. Затем Морозов встал.

— Мне пора. Пойду распахивать двери перед сливками человечества. Почему, кстати, ты перестал к нам заглядывать?

— Не знаю. Так совпало.

— Как насчет завтра? Вечерком?

— Завтра вечером не могу. Иду ужинать. К «Максиму».

Морозов ухмыльнулся:

— Не слишком ли большая наглость для беспаспортного беженца — по самым шикарным парижским кабакам шляться?

— Как раз там-то, Борис, самое безопасное место для нашего брата. Если ведешь себя как беженец, то тебя и прихватят, как беженца. Уж тебе ли, с твоим-то нансеновским паспортом, этого не знать?

— Тоже верно. И с кем же ты ужинаешь? Уж не с германским ли послом — по персональному приглашению?

— С Кэте Хэгстрем.

Морозов присвистнул.

— Кэте Хэгстрем, — повторил он. — Так она вернулась?

— Завтра возвращается. Из Вены.

— Ну, тогда, значит, я тебя совсем скоро у нас увижу.

— Может, да, а может, и нет.

Морозов отмахнулся.

— Быть такого не может. Когда Кэте Хэгстрем в Париже, «Шехерезада» — ее главная резиденция.

— Сейчас другое дело. Она приехала ложиться на операцию. Уже на днях.

— Тогда тем более придет. Ты совсем не знаешь женщин. — Морозов пристально прищурился. — А может, тебе не хочется, чтобы она туда пришла?

— Это почему еще?

— Да я вот только что сообразил: ты перестал заходить как раз с тех пор, как прислал мне ту женщину. Жоан Маду. Сдается мне, это не просто совпадение.

— Чушь. Я даже не знал, что она все еще у вас. Значит, на что-то пригодилась?

— Ну да. Сперва в хоре была. А теперь у нее даже маленький сольный номер. Две-три песни.

— Выходит, она у вас как-то прижилась?

— Конечно. А ты сомневался?

— Уж больно она была несчастная. Совсем бедолага.

— Что?

— Говорю же тебе: бедолага.

Морозов улыбнулся.

— Равич, — проговорил он отеческим тоном, и в лице его вдруг отразились бескрайние просторы, степи, луга и вся мудрость человеческая, — не городи ерунды. Она, если хочешь знать, та еще стерва.

— Что?

— Стерва. Не потаскуха. А именно стерва. Был бы ты русский — знал бы, в чем разница.

Равич усмехнулся:

— Тогда, наверно, она сильно переменилась. Будь здоров, Борис. И храни господь твой глаз-алмаз.

VII

— И когда же мне в клинику, Равич? — спросила Кэте Хэгстрем.

— Когда хотите. Завтра, послезавтра, когда угодно. Днем позже, днем раньше, не имеет значения.

Она стояла перед ним тоненькая, по-мальчишески стройная, миловидная, уверенная в себе — но, увы, уже не юная.

Два года назад Равич удалил ей аппендикс. Это была его первая операция в Париже. И она, он считал, принесла ему удачу. С тех пор он не сидел без работы, и неприятностей с полицией тоже не было. Так что Кэте стала для него чем-то вроде талисмана.

— В этот раз я боюсь, — призналась Кэте. — Сама не знаю почему. Но боюсь.

— Вам нечего бояться. Самая обычная операция.

Она подошла к окну. За окном пластался двор гостиницы «Ланкастер». Могучий старик каштан простирал к дождливому небу свои кряжистые руки.

— Этот дождь, — проговорила Кэте. — Из Вены выезжала — дождь. В Цюрихе проснулась — дождь. И здесь тоже... — Она задернула занавески. — Не знаю, что со мной. Старею, наверно.

— Так все говорят, кто еще не начал стареть.

— Но я по-другому должна себя чувствовать. Две недели назад развелась. Казалось бы, радоваться надо. А у меня — одна усталость. Все повторяется, Равич. Отчего так?

— Ничто не повторяется. Это мы повторяемся, вот и все.

Слабо улыбнувшись, она присела на софу возле искусственного камина.

— Хорошо, что я снова здесь, — вздохнула она. — Вена — это теперь сплошная казарма. Тоска. Немцы все растоптали. И австрийцы с ними заодно. Да-да, Равич, и австрийцы тоже. Я думала, австрийский нацист — это нонсенс, такого не бывает в природе. Но я их видела своими глазами.

— Неудивительно. Власть — самая заразная болезнь на свете.

— Да, и она сильней всего деформирует личность. Из-за этого я и развелась. Очаровательный бонвиван, за которого я вышла замуж два года назад, превратился в горлопана-штурмфюрера. Старичка профессора Бернштейна он заставил шваброй драить мостовую, а сам смотрел и гоготал. Того самого профессора Бернштейна, который за год до этого вылечил его от воспаления почек. Гонорар, видите ли, был непомерный. — Кэте Хэгстрем скривила губы. — Гонорар, который, между прочим, уплатила я, а не он.

— Так радуйтесь, что вы от него избавились.

— За развод он потребовал двести пятьдесят тысяч шиллингов.

— Это дешево, — заметил Равич. — Все, что можно уладить деньгами, очень дешево.

— Он не получил ни гроша. — Кэте Хэгстрем вскинула свое изящное личико, безупречное, резное, как гемма. — Я ему выложила все, что думаю о нем самом, о его партии и о его фюрере, и пообещала, что впредь то же самое буду всем и каждому говорить публично. Он пригрозил мне гестапо и концлагерем. Я подняла его на смех. У меня все еще американское гражданство, и я нахожусь под защитой посольства. Со мной-то ничего не сделают, а вот с ним, когда выяснится, на ком он женат... — Она издала легкий смешок. — Этого он не предусмотрел. И больше препятствий не чинил.

Гражданство, посольство, защита, думал Равич. Слова-то какие, как с другой планеты.

— Странно, что Бернштейну все еще разрешают врачебную практику, — заметил он.

— А ему и не разрешают. Он меня принял нелегально, сразу после первого кровотечения. Какое счастье, что мне нельзя рожать. Ребенок от нациста...

Ее всю передернуло.

Равич встал.

— Ну, я пойду. Вебер после обеда еще раз вас обследует. Так, проформы ради.

— Конечно. И все равно в этот раз мне почему-то страшно.

— Бросьте, Кэте, вам же не впервой. Это куда проще, чем операция аппендицита, которую я вам делал два года назад. — Равич приобнял ее за плечи. — Вы же первый пациент, кого я оперировал в Париже. Это все равно что первая любовь. Так что я постараюсь. К тому же вы для меня вроде как талисман. Принесли мне удачу. Вам надо продолжать в том же духе.

— Хорошо, — сказала она и посмотрела на него.

— Вот и прекрасно. До свидания, Кэте. Вечером в восемь я за вами зайду.

— До свидания, Равич. А я схожу пока что в Мэнбоше, куплю себе вечернее платье. Надо сбросить с себя эту чертову усталость. И дурацкое чувство, будто угодила в паутину. А все эта Вена, — горько усмехнулась она. — Тоже мне, город грёз.

Равич спустился на лифте в просторный вестибюль и, минуя бар, направился к выходу. В баре коротали время несколько американцев. Посреди зала на столике стоял огромный букет гладиолусов. В сером полумраке вестибюля они казались увядшими, цвета спекшейся крови. И лишь подойдя ближе, Равич убедился, что цветы совсем свежие. Это мутный, пасмурный свет с улицы превратил их невесть во что.

На третьем этаже гостиницы «Интернасьональ» творилось что-то неладное. Двери многих комнат были настежь, горничные и коридорный носились взад вперед, а хозяйка, стоя в коридоре, командовала всем и вся. Такую картину и застал Равич, поднявшись по лестнице.

— Что стряслось? — спросил он.

Хозяйка была женщина крупная, с могучим бюстом, но маленькой головкой с короткими черными кудряшками.

— Так испанцы же съехали, — пояснила она.

— Я знаю. Но чего ради затевать уборку чуть ли не ночью?

— Комнаты нужны к утру.

— Новые немецкие эмигранты?

— Да нет, испанские.

— Испанские? — удивился Равич, в первый момент решив, что ослышался. — Так ведь они же только что съехали.

Хозяйка глянула на него черными бусинами глаз и снисходительно улыбнулась. Это была улыбка неподдельной иронии и житейской умудренности.

— Другие приедут.
— Какие другие?
— Которые с другой стороны. Оно всегда так бывает. — Между делом она успела прикрикнуть на пробегавшую горничную. — Как-никак мы почтенное заведение, — продолжила она не без гордости. — Постояльцы хранят нам верность. Они любят возвращаться в свои комнаты.

— Возвращаться? — не понял Равич. — Кто любит возвращаться?

— Те, которые с другой стороны. Большинство у нас уже когда-то останавливались. Кое-кого, конечно, уже поубивали. Но многие еще живы, в Биаррице сидят или там в Сен-Жан-де-Луэ и ждут не дождутся, когда у нас комнаты освободятся.

— И что, они уже раньше у вас останавливались?
— Но, господин Равич! — Хозяйка явно была поражена столь вопиющей неосведомленностью. — Конечно, еще во времена, когда в Испании была диктатура Примо де Ривера*. Им тогда пришлось бежать, вот они у нас и жили. А когда Испания стала республиканской, вернулись на родину, зато сюда монархисты и фашисты пожаловали. Теперь этим

---
* Примо де Ривера и Орбанеха, Мигель (1870—1930) — испанский военный и политический деятель, в 1923—1930 годах — диктатор, глава правительства Испании при короле Альфонсе XIII.

пришел черед возвращаться, зато те, другие, опять приедут. Ну, те, кто уцелел.

— Верно. Я как-то не подумал.

Хозяйка заглянула в одну из комнат. Там над кроватью красовалась цветная литография — портрет короля Альфонса.

— Жанна, сними это, — скомандовала она.

Горничная принесла портрет.

— Вот сюда поставь. Сюда.

Хозяйка поставила портрет на пол, прислонив его к правой стенке, и двинулась дальше. В следующей комнате обнаружился портрет генерала Франко.

— Этого тоже снимай. Поставь туда же.

— А чего это испанцы свои картины с собой не взяли? — поинтересовался Равич.

— Эмигранты вообще редко картины с собой берут, когда на родину возвращаются. На чужбине для них это утешение. А на родине кому они нужны? К тому же рамы перевозить — одно мучение, да и стекло чуть что бьется. Вот их почти всегда и оставляют.

Она прислонила к стене еще двух жирных генералиссимусов, одного Альфонса и небольшой портрет генерала Кейпо де Льяно*.

— Иконы можно оставить, — рассудила она, обнаружив в одной из комнат аляповатую мадонну. — Святые — они вне политики.

— Не всегда, — заметил Равич.

— В тяжелые времена Бог никогда не помешает. Уж сколько атеистов у меня на глазах здесь молились. — Хозяйка энергичным тычком утрамбовала

---

* Кейпо де Льяно и Сьерра, Гонсало (1875—1951) — испанский генерал, один из военачальников франкистских войск в гражданской войне 1936—1939 годов в Испании.

свою левую грудь. — Да вот хотя бы вам — вам разве не приходилось молиться, когда совсем припрет, когда жизнь на волоске?

— Разумеется. Да я и не атеист. Всего лишь слабоверующий.

По лестнице поднимался коридорный. Он тоже тащил целую охапку портретов.

— У вас что, перемена декораций? — спросил Равич.

— Конечно. В нашем деле знаете какая деликатность нужна? Только так и создается репутация заведения. Особенно при наших-то постояльцах, которые в подобных мелочах ой как щепетильны. И то сказать: какая радость человеку от комнаты, если со стенки на него смертельный враг пялится, да еще весь гордый такой, в красках и золоченой раме? Я права?

— На сто процентов.

Хозяйка переключилась на коридорного.

— Поставь-ка их всех сюда, Адольф. Хотя нет, прислони к стене вон там, где посветлее, рядком, чтобы лучше видно было.

Коридорный, хмыкнув, принялся за работу.

— Что же вы сейчас собираетесь развесить? — полюбопытствовал Равич. — Оленей? Пейзажи? Извержение Везувия?

— Ну, это на крайний случай. Если прежних картин не хватит.

— Каких прежних?

— Которые раньше висели. Которые господа побросали, когда на родину спешили, где ихние к власти пришли. Да вон они все.

Она указала на левую сторону коридора. Там коридорный тем временем успел расставить вдоль стенки другие портреты, аккуратной шеренгой напротив выдворенных. Здесь красовались два Маркса, три Ленина, один, правда, почему-то наполовину заклеен бумагой, один Троцкий, две газетные фотографии Негрина* в скромных рамочках и несколько таких же портретов других вождей республиканской Испании. Эта шеренга оказалась куда скромнее противоположной: ни одного цветного портрета, ни тебе орденов, ни эполетов, не то что все эти Альфонсы, Франко и Примо де Ривера. Два мировоззрения стояли в боевом строю, молча таращась друг на друга в полутьме коридора, а между ними прохаживалась хозяйка французской гостиницы, умудренная жизненным опытом, тактом и ироническим складом ума — этими неизменными доблестями галльского духа.

— Когда господа съезжали, я эти вещи сберегла, — рассуждала она. — Правительства в наши дни долго не живут. Как видите, я не ошиблась: теперь они пригодились снова. В нашем деле прозорливость нужна.

И стала распределять, кого куда повесить. Троцкого она сразу забраковала — с ним все было как-то непонятно. Равич тем временем изучал загадочный портрет Ленина, почему-то заклеенный наполовину. Он отодрал полоску бумаги на уровне ленинской головы и обнаружил под ней голову все того же Троцкого, взирающего на Ленина с лучистой улыбкой. Очевидно, кто-то из поклонников Сталина его заклеил.

* Хуан Негрин, Лопес (1892—1956) — испанский политический деятель, в 1937—1939 годах премьер-министр правительства республиканской Испании.

— Вот, — сказал Равич. — Еще один Троцкий, замаскировавшийся. Затаился с добрых старых времен сплоченности и партийного единства.

Хозяйка придирчиво осмотрела изображение.

— Можно спокойно выбрасывать, — рассудила она. — Это ни на что не годится. Тут либо одна половина оскорбительна, либо другая. — Она отдала картину коридорному. — Раму оставишь, Адольф. Рама хорошая, дуб.

— А этих куда денете? — спросил Равич. — Всех этих Альфонсов и Франко?

— Как куда? В подвал. Вдруг опять понадобятся.

— То-то у вас в подвале, наверно, красота. Мавзолей, правда, временный. И много там еще?

— Конечно! Русские. Несколько Лениных в картонных рамках, про запас, потом последний царь, тоже несколько штук. Эти от умерших постояльцев остались. Один портрет вообще замечательный, оригинал, масло, роскошная золоченая рама. Хозяин с собой покончил. Итальянцы есть. Два Гарибальди, три короля и один Муссолини, правда, плохонький, на газетной бумаге, еще с тех времен, когда он социалистом был в Цюрихе. Ну, он-то, впрочем, уже только как раритет интересен. Его никто к себе вешать не хочет.

— И немцы есть?

— Сколько-то Марксов, этих больше всего, один Лассаль, один Бебель, потом групповой снимок — Эберт, Штреземан, Носке*, ну и еще там по мелочи.

---

* Эберт, Фридрих (1871—1926), Штреземан, Густав (1878—1929), Носке, Густав (1868—1946) — немецкие политические деятели, в 20-е годы — лидеры правительства Веймарской республики.

Носке, кстати, уже чернилами замазан, он, как мне объяснили, с нацистами связался.

— Это правда. Можете отправить его к Муссолини. А на другую сторону немцев у вас нет?

— Ну как же. Один Гинденбург, один кайзер Вильгельм, один Бисмарк и даже, — хозяйка улыбнулась, — один Гитлер имеется, в плаще. У нас комплект на все случаи жизни.

— Как? — изумился Равич. — Даже Гитлер есть? Но этот-то как к вам успел пробраться?

— От одного гомосексуалиста остался. Он в тридцать четвертом заселился, ну, когда у вас там Рёма[*] и многих других поубивали. Все время боялся и молился без конца. Потом один богач аргентинец его с собой забрал. Имя у него смешное было — Пуцци. Хотите на Гитлера взглянуть? Он в подвале.

— Не сейчас. Не в подвале. Лучше дождусь, когда вся эта красота в комнатах висеть будет.

Хозяйка стрельнула в него своими черными бусинами.

— Ах вон что, — догадалась она. — Хотите сказать: когда они сюда эмигрантами приедут?

На входе в «Шехерезаду» в роскошной ливрее с золотыми галунами стоял Борис; он любезно открыл дверцу их такси. Равич вылез. Морозов ухмыльнулся:

— Ты вроде к нам не собирался.

— Да я и не хотел.

---

[*] Рём, Эрнст Юлиус (1887—1934) — один из лидеров немецких национал-социалистов, соратник Гитлера, руководитель так называемых штурмовых отрядов (СА). Расстрелян летом 1934 года в ходе передела власти внутри нацистской правящей верхушки.

Триумфальная арка

— Это я его притащила, Борис. — Кэте Хэгстрем уже обнимала Морозова. — Слава богу, я снова с вами!

— Душой вы русская, Катя. Одному богу известно, как это вас угораздило в Бостоне родиться. Вперед, Равич! — Морозов распахнул тяжелую дверь. — Велик человек в своих намерениях, да слаб в их осуществлении. В этом и беда, и прелесть рода человеческого.

Зал «Шехерезады» был оформлен в виде восточного шатра. Здесь обслуживали русские официанты в красных черкесках. Имелся и свой оркестр из русских и румынских цыган. Гости сидели за низкими столиками на банкетках-диванчиках, расставленных по кругу вдоль стены. В зале было довольно темно и довольно людно.

— Что будете пить, Кэте? — спросил Равич.

— Водку. А цыгане пусть играют. Хватит с меня «Сказок Венского леса» в ритме парадного марша. — Она скинула туфли и забралась с ногами на банкетку. — Знаете, Равич, усталость мою как рукой сняло. Несколько часов Парижа вернули меня к жизни. Но по-прежнему такое чувство, будто я бежала из концлагеря. Представляете?

Равич глянул на нее.

— Более или менее, — уклончиво ответил он.

Черкес уже принес им небольшую бутылку водки и рюмки. Равич их наполнил, одну поставил перед Кэте. Она жадно, залпом, выпила и только потом, поставив рюмку, огляделась по сторонам.

— Барахляный шалман, — изрекла она с улыбкой. — Но к ночи становится приютом бездомных и обителью грез.

Она откинулась на спинку диванчика. Мягкий свет из-под столешницы высветил ее лицо.

— Почему так, Равич? — заговорила она. — Почему ночью все становится красочней? И кажется, будто все легко и нет ничего невозможного, а если что-то и недостижимо, можно восполнить это грезами... Почему?

Он улыбнулся:

— Мы тешим себя грезами, потому что без них нам не вынести правды.

Оркестранты уже настраивали инструменты. Запела, задавая тон, квинта, потом пару раз вскрикнула всеми струнами скрипка.

— Вы не похожи на человека, который станет обманываться пустыми грезами.

— Обманываться можно и правдой. Это куда опасней, чем грезами.

Оркестр заиграл. Сперва только цимбалы. Обернутые замшей палочки осторожно, едва слышно тронули струны, извлекая из них в темноте потаенную, нежную мелодию, чтобы потом взметнуть ее ввысь в мягком глиссандо и передать скрипкам.

Пересекая пустынный круг сцены, к их столику медленно шел цыган. С плотоядно-отрешенным выражением лица, на котором бездумно застыла хищная улыбка, он остановился, прижимая скрипку к подбородку, и вперился в них нахальными, маслеными глазами. Без скрипки это был бы заурядный конский барышник, но сейчас это был посланец степей, волшебных закатов, бескрайних далей и всякой прочей небывальщины.

Кэте Хэгстрем упивалась мелодией, купалась в ней, как в освежающих струях апрельского ручья. Она вся обратилась в эхо, но ей не на что было отозваться. Где-то совсем вдали едва слышались чьи-то голоса, проплывали обрывки воспоминаний, иногда, словно в складках парчи, что-то мелькало высверком, чтобы тут же погаснуть, — но зова, чтобы откликнуться, не было. Ее никто не звал.

Цыган отвесил поклон. Равич незаметно сунул ему купюру. Кэте, мечтательно замершая в своем углу, встрепенулась.

— Вы когда-нибудь были счастливы, Равич?

— Бывал, и не раз.

— Я не об этом. Я имею в виду — по-настоящему счастливы. Бездыханно, до беспамятства, всем существом своим.

Равич смотрел в это взволнованное, изящное, точеное лицо, которому ведомо лишь одно, самое хрупкое проявление счастья, счастье любви, и неведомо никакое другое.

— Не раз, Кэте, — повторил он, думая о чем-то совсем ином и втайне понимая: это тоже было не то.

— Вы не хотите меня понять. Или не хотите говорить об этом. Кто это там поет?

— Не знаю. Я давно тут не был.

— Певицу отсюда не видно. Среди цыган ее нет. Похоже, она сидит за одним из столиков.

— Должно быть, кто-то из гостей. Здесь это не редкость.

— Странный голос какой, — заметила Кэте. — Грустный и вместе с тем неистовый.

— Это песня такая.

— А может, это я такая. Вы понимаете слова?

— «Я вас любил...» Это Пушкин.

— Вы знаете русский?

— Совсем чуть-чуть. Только то, чему от Морозова нахватался. В основном ругательства. По этой части язык и впрямь выдающийся.

— Вы о себе рассказывать не любите, верно?

— Я о себе даже думать не люблю.

Она немного помолчала. Потом заговорила снова:

— Иногда мне кажется: прежней жизни уже не вернешь. Беззаботность, чаяния — все это кануло безвозвратно.

Равич улыбнулся:

— Ничто не кануло, Кэте. Жизнь слишком грандиозная штука, чтобы кончиться до нашего последнего вздоха.

Она, похоже, его не слушала.

— Часто это просто страх, — продолжала она. — Внезапный, необъяснимый страх. Ну, такое чувство, будто мы с вами сейчас выйдем отсюда, а там, на улице, весь мир уже рухнул в тартарары. У вас такое бывает?

— Да, Кэте. У каждого такое бывает. Типичная европейская болезнь. Вот уже двадцать лет по Европе гуляет.

Она опять умолкла.

— А это уже не русский, — заметила она, снова прислушиваясь к песне.

— Да, итальянский. «Санта Лючия».

Луч прожектора переполз от скрипача к столику возле оркестра. Теперь Равич увидел, кто поет. Это была Жоан Маду. Она сидела за столиком одна, опершись на него локтем, и смотрела прямо перед собой, словно думая о чем-то своем и никого вокруг не замечая. В круге света лицо ее казалось очень бледным. От того, что он помнил, от прежней стертости и расплывчатости в этом лице не осталось и следа. Сейчас оно вдруг предстало в ореоле пронзительной, какой-то гибельной красоты, и он вспомнил, что однажды уже видел его таким — той ночью у нее в комнате, однако тогда решил, что это просто плутни опьянения, да и само лицо вскоре угасло и кануло во тьму. И вот оно снова перед ним, теперь уже во всей своей немыслимой явности.

— Что с вами, Равич? — услышал он голос Кэте. Он обернулся.

— Ничего. Просто песня знакомая. Душещипательная неаполитанская чушь.

— Вспомнили что-то?

— Да нет. Не о чем вспоминать.

Это прозвучало резче, чем ему хотелось. Кэте Хэгстрем глянула на него пристально.

— Иногда, Равич, мне и вправду хотелось бы знать, что с вами творится.

Он пренебрежительно отмахнулся.

— Примерно то же, что и со всеми остальными. На свете нынче полно авантюристов поневоле. Вы их найдете в любом пансионе для беженцев. И у каждого за душой такая история, что Александр Дюма или Виктор Гюго за счастье бы почли воспользоваться. А нынче, стоит кому-то начать нечто подобное о себе рассказывать, люди только зевают. Вот вам новая водка, Кэте. Самое невероятное приключение в наши дни — это спокойная, тихая, мирная жизнь.

Оркестр заиграл блюз. Получалось, впрочем, неважно. Тем не менее несколько пар уже танцевали. Жоан Маду встала и направилась к выходу. Она шла так, будто в зале вообще никого нет. Равич вдруг вспомнил, что говорил о ней Морозов. Она прошла довольно близко от их столика. Ему показалось, что она его заметила, но взгляд ее тотчас же равнодушно скользнул дальше, и она вышла.

— Вы ее знаете? — спросила Кэте Хэгстрем, следившая за его лицом.

— Нет.

VIII

— Видите, Вебер? — спросил Равич. — Вот. И вот. И вот...

Вебер склонился над открытой, в операционных зажимах, полостью.

— Да.

— Эти вот мелкие узелки — вот... и вот еще — это не киста и не сращения...

— Нет.

Равич распрямился.

— Рак, — произнес он. — Классический, несомненный рак. Самая злокозненная операция из всех, какие я делал в последнее время. Осмотр зеркалом ничего не показал, пальпация в области малого таза выявляет только легкое размягчение слева, так, небольшое выбухание. Предположительно киста или миома, ничего серьезного, но снизу оперировать невозможно, надо через брюшную полость, мы вскрываем, и что мы видим? Несомненный рак.

Вебер взглянул на него.

— Что вы намерены предпринять?

— Можем сделать срез, заморозить, отдать на биопсию. Буассон еще в лаборатории?

— Наверняка.

Вебер поручил сестре-ассистентке позвонить в лабораторию. Бесшумно ступая на резиновых подошвах, та мгновенно исчезла.

— Надо оперировать, — решил Равич. — Сделаем гистероэктомию. Что-то еще предпринимать не имеет смысла. Но она ведь ничего не знает, вот в чем беда. Пульс какой? — спросил он у сестры-анестезиолога.

— Ровный. Девяносто.
— Давление?
— Сто двадцать.
— Хорошо.

Равич смотрел на тело Кэте Хэгстрем. Та лежала в положении Трендельбурга: голова совсем низко, ноги кверху.

— О таких вещах пациента положено предупреждать заранее. Получить согласие. Не можем мы просто так в ней копаться. Или можем?

— По закону нет. Но... мы все равно уже начали.

— Иначе было нельзя. Выскабливание было невозможно, снизу там не пройти. Но плод выскоблить — это одно, а матку удалить — совсем другое.

— Но ведь она, Равич, кажется, вам доверяет?

— Откуда мне знать? Может, и да. Но вот согласилась ли бы она? — Он поправил локтем съехавший на сторону резиновый фартук, надетый поверх халата. — И все-таки... я попробую продвинуться дальше. Насчет гистероэктомии потом решим. Скальпель, Эжени.

Он продлил разрез до пупка, наложил зажимы на мелкие сосуды. Более крупные перевязал двойными узлами, взял другой скальпель и взрезал желтоватую фасцию. Раздвинул мышцы тыльной стороной ножа, приподнял, вскрыл брюшину и закрепил ее к стерильному белью.

— Расширитель!

Ассистентка уже держала его наготове. Она пробросила цепочку с грузом между ног Кэте Хэгстрем и поставила широкий ретрактор, закрывающий мочевой пузырь.

— Салфетки!

Он обложил разрез влажными теплыми салфетками и аккуратно ввел щипцы.

— Смотрите, Вебер. Вот... И вот... Вот эта широкая связка. Обширное, затвердевшее образование. Зажимом Кохера уже не возьмешь. Слишком далеко все зашло.

Вебер пристально смотрел на место, которое показывал ему Равич.

— Видите, вот здесь, — объяснял Равич. — Артерии уже не перехватишь. Прорвутся, труха. И тут вон уже все проросло... Цветет пышным цветом. Безнадежно.

Он осторожно срезал тонкую полоску ткани.

— Буассон у себя?

— Да, — отозвалась сестра. — Он ждет.

— Хорошо. Пошлите это ему. Можем подождать результата. Это займет минут десять, не больше.

— Скажите ему, пусть сообщит по телефону, — распорядился Вебер. — Сразу же. Мы пока приостановим операцию.

Равич выпрямился.

— Пульс?

— Девяносто пять.

— Давление?

— Сто пятнадцать.

— Хорошо. Полагаю, Вебер, нам ни к чему ломать голову насчет согласия пациентки. Тут уже ничего поделать нельзя.

Вебер кивнул.

— Зашьем, — решил Равич. — Плод удалим, и все. Зашьем и ничего не скажем.

Равич стоял над вскрытым телом. Яркий свет усиливал контраст белоснежных простыней и зияющего жерла кровавой раны. Кэте Хэгстрем — тридцати четырех лет от роду, своенравная, хорошенькая, загорелая, тренированная, полная воли к жизни — приговорена к смерти в незримых клешнях, что неумолимо перемалывают клетки ее организма.

Он снова склонился над телом.

— Надо ведь еще...

Ребенок. В этом пожираемом болезнью теле зародилась и слепо прорастает новая жизнь. Тоже приговоренная к смерти. Она еще питается, еще жадно сосет, вбирает соки, подчиняясь только одному стремлению — расти и расти, этот комочек, еще без мысли, но уже наделенный желанием гулять в садах, кем-то стать, инженером, священником, солдатом, убийцей, человеком, наделенным желанием жить, страдать, изведать счастье и крах надежд... Инструмент осторожно двинулся вдоль незримой перегородки, нащупал нечто плотное, надломил, оторвал, потянул на себя — кончено... Конец неосознанному кружению крови, неизведанному дыханию, восторгу, печали, взрослению, становлению. Вместо всего этого — только мертвый, бледный клочок плоти да пара кровавых сгустков.

— От Буассона есть что-нибудь?
— Пока нет. Ждем с минуты на минуту.
— Ничего, время пока терпит.

Эрих Мария Ремарк

Равич отошел от стола.

— Пульс?

Взгляд его упал за экран и неожиданно встретился с глазами Кэте Хэгстрем. Та смотрела на него — не слепо, а вполне ясным, осознанным взглядом, будто она уже все знает. Уж не очнулась ли? Он даже шагнул к ней, но тут же остановился. Вздор. Невозможно. Игра света, обман зрения.

— Пульс какой? — требовательно повторил он.

— Пульс сто. Давление сто двенадцать. Падает.

— Пора бы уже, — буркнул Равич. — Пора бы Буассону управиться.

Снизу едва слышно донесся телефонный звонок. Вебер уставился на дверь. Равич на дверь не смотрел. Он ждал. Он ее и так услышит. Вошла сестра.

— Да, — сообщил Вебер. — Рак.

Равич кивнул и снова принялся за работу. Снял щипцы, зажимы. Извлек ретрактор, салфетки. Эжени, стоя рядом, пересчитывала инструменты.

Начал зашивать. Он работал уверенно, точно, предельно сосредоточенно, но уже как автомат. Без единой мысли. Вот и смыкается могила. Пласты тканей ложатся слоями, один за другим, вплоть до последнего, внешнего. Он наложил скобки и выпрямился.

— Готово.

Эжени педалью снова привела операционный стол в горизонтальное положение и накрыла Кэте Хэгстрем простыней. «Шехерезада», проносилось в голове у Равича, только позавчера, платье от Мэнбоше, вы когда-нибудь были счастливы, не раз, мне страшно, вам же не впервой, обычная операция, цыгане с их музыкой. Он взглянул на часы над дверью. Двенадцать. Полдень. В городе сейчас распахиваются двери контор и фабрик, здоровые люди спешат на обед. Сестры вдвоем выкатили плоскую тележку из операционной. Равич содрал с себя резиновые перчатки и пошел в предоперационную мыть руки.

— У вас сигарета, — напомнил Вебер, мывший руки над соседней раковиной. — Губы обожжете.

— Ага. Спасибо. Только вот кто ей об этом скажет, Вебер?

— Вы, — отозвался тот без тени сомнения в голосе.

— Придется ей объяснить, почему мы ее разрезали. Она-то думала, мы сделаем все изнутри. Ей ведь не расскажешь, что мы обнаружили.

— Вы что-нибудь придумаете, — ободрил его Вебер.

— Вы считаете?

— Конечно. Время у вас есть, до вечера.

— А вы?

— Мне она не поверит. Она же знает, что оперировали вы, от вас и захочет все услышать. А если явлюсь я, она сразу насторожится.

— И то правда.

— Не понимаю, за такой короткий срок — чтобы такая опухоль. Как такое может быть?

— Может. Хотел бы я знать, что мне ей говорить.

— Что-нибудь придумаете, Равич. Какую-нибудь кисту или миому.

— Да, — повторил Равич. — Какую-нибудь кисту или миому.

Ночью он еще раз наведался в клинику. Кэте Хэгстрем спала. Вечером проснулась, ее вырвало, примерно час она лежала без сна, потом снова уснула.

— Она о чем-нибудь спрашивала?

— Нет, — ответила розовощекая медсестра. — Она была еще не вполне в себе и ни о чем не спросила.

— Полагаю, она проспит до утра. Если раньше проснется и спросит, скажете ей, все прошло хорошо. Пусть спит дальше. В случае чего дадите ей снотворного. Если волноваться начнет, позвоните доктору Веберу или мне. Я скажу портье, где меня искать.

Он стоял посреди улицы, словно только что еще раз сумел улизнуть от смерти. Несколько часов отсрочки — прежде чем придется врать прямо в глаза, в эти милые, доверчивые глаза. Ночь вдруг показалась теплой и какой-то мерцающей. Серую проказу жизни опять милосердно прикроют несколько подаренных часов пощады, чтобы вспорхнуть под утро стайкой голубей. Но и эти часы — тоже обман, никакой это не подарок, в этой жизни подарков не бывает, только отсрочка, хотя, с другой стороны, — а что не отсрочка? Разве сама жизнь — не отсрочка, не пестроцветное марево, застящее наш дальний, но неуклонный путь к черным, неумолимо надвигающимся вратам?

Он зашел в бистро, сел за мраморный столик у окна. В прокуренном зале было шумно. Подошел официант.

— Один дюбонне и пачку «Колониаль».

Он вскрыл пачку, вытянул толстенькую крепкую сигарету, закурил. За соседним столиком компания французов жарко спорила о своем продажном правительстве и о мюнхенском пакте[*]. Равич слушал

---

[*] Имеется в виду договор между Англией и Францией с одной стороны и Германией и Италией с другой, подписанный 30 сентября 1938 года, по условиям которого Англия и Франция дали согласие на оккупацию Германией Судетских обла-

вполуха. Любому дураку ясно: мир вяло сползает навстречу новой войне. И никто особо не сопротивляется — отсрочка, еще год, еще два, вот и все, на что человечество еще способно подвигнуться. И здесь тоже только отсрочка — как во всем, всегда и везде.

Он выпил коктейль. Сладковатый, тягучий вкус аперитива все еще гулял во рту приторным осадком. Какого черта он его вообще заказал? Он махнул официанту.

— Коньяку. Отборного.

Глядя в окно, он пытался отогнать невеселые мысли. Если ничего поделать нельзя — какой смысл попусту с ума сходить? Он вспомнил, когда он этот урок усвоил. Один из главных уроков в жизни...

В девятьсот шестнадцатом это было, в августе, под Ипром. Их рота за день до этого с передовой вернулась. Впервые за все месяцы на фронте им такие спокойные деньки достались. Вообще тишина. В тот день они лежали под теплым августовским солнышком вокруг костра и пекли накопанную в поле картошку. А еще через минуту от всего этого только воронка осталась. Внезапный артиллерийский залп, снаряд, угодивший прямо в костер, — когда он, без единой царапины, очнулся, то подле себя сразу увидел двоих убитых, а чуть поодаль его друг Пауль Месман, тот самый Пауль, которого он знал с малолетства, с которым они вместе играли, вместе в школу пошли и вообще были не разлей вода, — этот Пауль Месман дергался теперь на земле с развороченным животом, и из живота этого выползали внутренности.

стей Чехословакии в обмен на пакт о ненападении сторон. Договор был очевидной уступкой европейских стран агрессивной политике фашистской Германии.

На плащ-палатке они тащили его в лазарет самой короткой дорогой, вверх по пологому склону прямиком через пшеничное поле. Тащили вчетвером, каждый за свой угол, а он лежал на буром брезенте, придерживая руками свои белые, жирные, окровавленные кишки, рот раскрыт, глаза бессмысленно выпучены.

Два часа спустя он умер. Перед смертью все кричал: «Одной меньше...»

Равич запомнил, как они вернулись. Он, как неживой, сидел в бараке. Первый раз в жизни он такое видел. Тут его и нашел Качинский, их ротный, до войны он сапожником был.

— Пошли, — сказал ему Качинский. — У баварцев в буфете пиво есть и водка. И колбаса.

Равич уставился на него с ужасом. Как можно! Какое кощунство!

Качинский некоторое время смотрел на него, потом сказал:

— Ты пойдешь. А не пойдешь, я тебя измордую и силком отведу. Ты у меня пожрешь досыта, напьешься, а потом еще в бордель отправишься.

Равич ничего не отвечал. Тогда Качинский присел с ним рядом.

— Я знаю, что с тобой. И знаю, что ты сейчас обо мне думаешь. Но я уже два года воюю, а ты без году неделю. Сам посуди. Мы хоть чем-то Месману можем помочь? Нет. Думаешь, хоть кто-то из нас не пошел бы на все, будь хоть крохотная надежда его спасти?

Равич поднял на него глаза. Он знал: Качинский говорит правду.

А тот не унимался:

Триумфальная арка   137

— Да, верно. Он убит. Его уже нет. Но нам-то послезавтра опять на передовую. И на сей раз такого курорта не будет. Если вот так все время сидеть и о Месмане думать, ты только зря себя изведешь. Нервы попусту издергаешь, силу потеряешь. И этого вполне достаточно, чтобы при следующем артобстреле тебя прихлопнуло, как муху. Опоздаешь на полсекунды — и мы уже тебя, как Месмана, потащим. Кому от этого прок? Месману? Нет. Еще кому-то? Нет. Ты только себя угробишь, вот и все. Ты понял меня?

— Понял. Но я не смогу.

— Заткнись, сосунок! Еще как сможешь! Другие-то смогли! Не ты первый.

После той ночи ему и впрямь полегчало. Он пошел вместе со всеми, такой вот был его первый урок. Помогай, когда можешь, делай, что можешь, а когда ничем уже не помочь, забудь! Отвернись! Соберись с духом! Сострадание — это для спокойных времен. Не для таких, когда жизнь на волоске. Мертвецов похорони, а сам зубами вгрызайся в жизнь! Она тебе еще пригодится. Скорбь скорбью, но факты — упрямая вещь. И скорбь твоя ничуть не убавится оттого, что ты сумеешь посмотреть фактам в лицо. Ибо только так и можно выжить.

Равич допил коньяк. Французы за соседним столиком все еще трепались про свое правительство. Про позор Франции. Про Англию. Про Италию. Про Чемберлена. Слова, слова. Пока эти болтают, те, другие, действуют. И вовсе не потому, что они сильнее, просто решительнее. Не потому, что они мужественней — просто знают, что отпора не встретят. Ладно, еще отсрочка, но как ее используют? Чтобы срочно вооружиться, наверстать упущенное, хотя бы собраться с силами? Нет, чтобы просто наблюдать, как вооружаются другие, — сидеть сложа руки и ждать, уповая на новую отсрочку. Как стадо моржей. Их на берегу сотни, а между ними прохаживается охотник с колотушкой и по очереди забивает одного за другим. Вместе они бы вмиг стерли его в порошок — но каждый лежит, смотрит, как убивают сородичей, и даже не шелохнется; ведь убивают-то соседей, правда, одного за другим. Вот она, европейская история. История моржового стада. Кровавый закат цивилизации. Жалкие, немощные сумерки богов. Пустопорожние лозунги о правах человека. Распродажа континента. Вода все прибывает, надвигается потоп, а на берегу лихорадочный торг за последние барыши. Все тот же убогий ансамбль песни и пляски на краю вулкана. Народы, покорно бредущие на скотобойню. Овец прирежут, блохи спасутся. Как всегда.

Равич ввинтил сигарету в пепельницу. Огляделся вокруг. К чему все это? Только что, совсем недавно, был сизый вечер, мягкий, кроткий и пушистый, как голубь. Мертвецов похорони, а сам зубами вгрызайся в жизнь! Век недолог. Главное — выстоять. Когда-нибудь ты еще понадобишься. Ради этого стоит уцелеть и быть наготове. Он подозвал официанта и расплатился.

Когда он вошел в «Шехерезаду», в зале было темно. Играла музыка, и одинокий луч прожектора полным кругом выхватывал из тьмы столик рядом с оркестром, за которым сидела Жоан Маду.

Равич остановился в дверях. Тут же подошел официант и пододвинул ему столик. Но Равич остался стоять, не сводя глаз с Жоан Маду.

— Водки? — спросил официант.

— Да. Графин.

Он сел. Налил себе рюмку и выпил залпом. Хотелось залить тоску, одолевавшую его весь вечер. Отогнать от себя гримасы прошлого, все эти ухмылки смерти — вид человеческого нутра, то вспоротого осколком снаряда, то разъеденного раком. Тут он понял, что сидит за тем же столиком, что и позавчера, когда был здесь с Кэте Хэгстрем. Столик рядом как раз освободился. Но пересаживаться он не стал. Не все ли равно, за каким столиком сидеть, за этим ли, за соседним, Кэте Хэгстрем все равно уже не поможешь. Как это Вебер его однажды спросил? Отчего вы так расстраиваетесь, если случай все равно безнадежный? Сделаешь, что в твоих силах, и спокойно отправляешься домой. А что еще остается? Вот именно. Что остается? Он слушал голос Жоан Маду. Кэте Хэгстрем была права — голос и впрямь волнующий. Рука сама ухватила за горлышко графин с бесцветным напитком. Один из тех мигов, когда все теряет цвет, когда жизнь разом сереет прямо у тебя на глазах, под твоими же бессильными руками. Таинственный, непостижимый провал. Беззвучная, бездыханная пропасть между двумя вдохами. Резцы времени, неумолимо подтачивающие сердце. «Санта Лючия» — выводил голос в унисон с оркестром. Он наплывал, как морская волна, докатившаяся от несусветно дальних берегов, где все в цвету.

— Вам нравится?

— Кто? — очнулся Равич, машинально вставая.

У его столика стоял метрдотель. Он кивнул в сторону Жоан Маду.

— Да. Вполне.

— Не шедевр, конечно. Но на паузы между номерами годится.

Метрдотель поспешил дальше. Его острая бородка черным клином промелькнула в луче прожектора, и он исчез в темноте. Равич посмотрел ему вслед, сел и снова потянулся за рюмкой.

Прожектор угас. Оркестр заиграл танго. Освещенные столики выплыли из темноты, а над ними, смутно, и лица посетителей. Жоан Маду уже шла между столиками. По пути несколько раз остановилась, пропуская пары, выходившие танцевать. Равич смотрел на нее. Она тоже его видела. На лице ни тени удивления. Она шла прямо к его столику. Он встал, отодвинул столик, пропуская ее к банкетке. На помощь ему поспешил официант.

— Спасибо, я справлюсь, — сказал Равич. — Только рюмку еще одну нам принесите.

Он подвинул столик на место и наполнил поданную официантом рюмку.

— У меня водка, — пояснил он. — Не помню, вы ее пьете?

— Да. Мы с вами ее уже пили. В «Прекрасной Авроре».

— Верно.

«Мы и здесь уже однажды были, — вспомнил Равич. — С тех пор целая вечность прошла. Три недели. Тогда ты сидела здесь в своем плащишке, комочек горя, готовый, казалось, вот-вот угаснуть в полумраке. А теперь...»

— Будем, — сказал он.

Она просветлела лицом. Не улыбнулась, нет, просто лицо ее как бы само высветилось.

— Давненько я этого не слышала, — проговорила она. — Будем.

Он выпил и взглянул на нее. Высокие брови, глаза вразлет, губы — все, что прежде казалось выцветшим, стертым и как бы разрозненным, теперь вдруг слилось воедино и предстало лицом — ясным, светлым, но и загадочным, причем главной загадкой этого лица была именно его открытость. Оно ничего не прятало, а значит, ничего и не выдавало. «Как же я раньше этого не видел? — удивлялся Равич. — Хотя, наверно, ничего такого и не было, все заслонили, должно быть, растерянность, горе и страх».

— Сигарета у вас не найдется?

— Только алжирские. Крепкие, черный табак. — Равич уже хотел кликнуть официанта.

— Не такие уж они крепкие, — сказала она. — Вы меня уже угощали. На Альмском мосту.

— И то правда.

«Может, правда, а может, и не совсем, — подумал он. — Ты была тогда бледным затравленным зверьком, ты была вообще никем. Потом между нами и еще кое-что было, а теперь вдруг все это быльем поросло, даже и не поймешь — было, не было».

— Я уже заходил сюда, — сказал он. — Позавчера.

— Я знаю. Я вас видела.

О Кэте Хэгстрем она не спросила. Сидит себе напротив в уголке, спокойная, расслабленная, и курит, всецело поглощенная каждой затяжкой. Потом выпила, опять-таки спокойно и неспешно, всецело поглощенная каждой выпитой каплей. Всякое действие, пусть даже самое пустяковое, казалось, захватывает ее безраздельно. И отчаяние ее тогда тоже было безраздельным, припомнил Равич, точно так же, как ее нынешняя невозмутимость. Откуда вдруг взялась и эта теплота, и уверенность в себе, и само собой разумеющаяся непринужденность? Уж не в том ли причина, что жизнь ее сейчас ничто не тревожит извне? Как бы там ни было, он ощущал лишь одно — лучистое тепло.

Графин опустел.

— Продолжим то же самое? — спросил он.

— А чем вы меня тогда угощали?

— Когда? Здесь? По-моему, мы тогда много всего вперемешку пили.

— Нет. Не здесь. В первый вечер.

Равич попытался припомнить.

— Не знаю. Запамятовал. Может, коньяк?

— Нет. По цвету похоже на коньяк, но что-то другое. Я всюду спрашивала, хотела найти, но попадалось все время не то.

— Зачем? Это было так вкусно?

— Не в том дело. Просто никогда в жизни меня ничто так не согревало.

— И где же мы пили?

— В небольшом бистро неподалеку от Арки. Там еще лесенка была в подвал. Народу немного было, шоферы, две-три девицы. А у официанта татуировка на руке, ну, с женщиной.

— А, припоминаю. Скорей всего это был кальвадос. Яблочная водка, в Нормандии делают. Такая не попадалась?

— По-моему, нет.

Равич махнул официанту.

— У вас кальвадос есть?

— Нет, сударь. К сожалению. Никто не заказывает.

— Слишком простецкий напиток для такого заведения. Да, скорей всего это был кальвадос. Жаль, не можем удостовериться. Проще всего было бы в тот же кабачок наведаться. Но сейчас нельзя.

— Почему нельзя?
— Разве вы не обязаны тут оставаться?
— Нет. Я уже освободилась.
— Прекрасно. Тогда пошли?
— Пошли.

Кабачок Равич отыскал без труда. На сей раз там было довольно безлюдно. Официант с голой девицей на бицепсе только мельком глянул на них, после чего, шаркая шлепанцами, выскользнул из-за стойки и протер для них столик.

— Прогресс, — отметил Равич. — В тот раз такого не было.

— Не этот столик, — сказала Жоан. — Вон тот.

Равич улыбнулся:

— Вы так суеверны.

— Иногда.

Официант стоял рядом.

— Точно, — согласился он, поиграв татуировкой. — В прошлый раз вы там сидели.

— Неужто помните?

— Конечно.

— Вы бы в генералы могли выйти, — сказал Равич. — С такой-то памятью.

— Я никогда ничего не забываю.

— Тогда я только одному удивляюсь: как вы еще живы? Может, вы еще помните, что мы пили?

— Кальвадос, — не задумываясь, ответил официант.

— Отлично. Тогда и сегодня будем пить то же самое. — Равич обернулся к Жоан Маду. — Как просто разрешаются иные вопросы. Посмотрим, так же ли он хорош на вкус.

Официант уже нес рюмки.

— Двойные. Вы тогда заказали два двойных.

— Вы начинаете меня пугать, милейший. Может, вы еще помните, во что мы были одеты?

— Пальто и плащ. На даме был берет.

— Да вы здесь просто пропадаете ни за грош. Вам бы в варьете работать.

— А я и работал, — невозмутимо отозвался тот. — В цирке. Я же вам говорил. Забыли?

— Забыл. К стыду своему.

— Господин вообще забывчив, — заметила Жоан, обращаясь к официанту. — Забывать он мастак. Почти такой же, как вы все помнить.

Равич поднял глаза. Она смотрела прямо на него. Он усмехнулся.

— Может, не такой уж и мастак, — бросил он. — А теперь отведаем-ка лучше кальвадоса. Будем!

— Будем!

Официант все еще стоял возле их столика.

— Что позабудешь, того потом в жизни недостает, месье, — заметил он. Похоже, тема была для него еще далеко не исчерпана.

— Верно. А что запомнишь, превращает твою жизнь в ад.

— Только не мою. Прошлое — оно же прошло. Как оно может кого-то мучить?

— Как раз потому, что его не воротишь, дружище. Но вы, я погляжу, не только искусник, вы еще и счастливец. Это тот же кальвадос? — спросил он у Жоан Маду.

— Нет, лучше.

Он посмотрел на нее. И его снова обдало легкой волной тепла. Он понял, что она имеет в виду, и его даже слегка обескуражило, что она способна так прозрачно на это намекнуть. Похоже, ее нисколько не заботило, как он ее слова воспримет. И здесь, в этом убогом кабачке, она уже расположилась как дома. Ни настырный свет голых электрических ламп, ни две шлюхи, что сидели поодаль и годились ей в бабушки, — ничто ей не мешало и ничуть ее не беспокоило. Все, чему он успел изумиться в полумраке ночного клуба, продолжало изумлять его и здесь. Это смелое, ясное лицо ни о чем не вопрошало, в нем было только спокойствие явности и еще чуть-чуть ожидания, — в сущности, совершенно пустое лицо, подумалось ему, лицо, способное, как небо, перемениться от малейшего дуновения. Лицо, готовое вобрать в себя любые твои грезы. Оно — как красивый пустующий дом, замерший в ожидании ковров и картин. Вместилище возможностей: хочешь, станет дворцом, хочешь — борделем. В зависимости от того, кто вздумает его заполнить. Насколько недалекими кажутся рядом с ним все эти застывшие, закосневшие лица-маски.

Он спохватился: ее рюмка была пуста.

— Вот это я понимаю, — похвалил он. — Как-никак двойной кальвадос. Хотите еще один?

— Да. Если вы не торопитесь.

«Куда бы это я мог торопиться?» — пронеслось у него в голове. Потом он сообразил: ведь в прошлый раз она видела его с Кэте Хэгстрем. Он поднял глаза.

Лицо ее оставалось непроницаемым.

— Я не тороплюсь, — сказал он. — Завтра в девять мне оперировать, но это и все.

— И вы можете оперировать, когда так поздно ложитесь?

— Да. Это никак не влияет. Дело привычное. Да я и не каждый день оперирую.

Подошел официант, снова наполнил их рюмки. Кроме бутылки, он принес еще пачку сигарет и положил на стол. «Лоран», зеленые.

— Вы ведь эти в прошлый раз просили, точно? — торжествующе спросил он.

— Понятия не имею. Вы наверняка лучше помните. Верю вам на слово.

— Те самые, — подтвердила Жоан Маду. — «Лоран», зеленые.

— Видите, у дамы память лучше вашей, месье.

— Это еще вопрос. Но сигареты нам в любом случае пригодятся.

Равич вскрыл пачку и протянул ей.

— Вы все еще в той же гостинице? — спросил он.

— Да. Только комнату попросила побольше.

В зал ввалилась компания шоферов. Они устроились за соседним столиком, громогласно что-то обсуждая.

— Пошли? — спросил Равич.

Она кивнула.

Он подозвал официанта, расплатился.

— Вам точно не нужно обратно в «Шехерезаду»?
— Нет.

Он подал ей манто, которое она, однако, надевать не стала, накинула на плечи. Это была норка, но из дешевых, а может, вообще подделка, — однако на ней она не смотрелась дешево. Дешево смотрится лишь то, что носится напоказ, подумал Равич. Ему уже случалось видеть дешевку даже из королевского соболя.

— Тогда везем вас сейчас в гостиницу, — то ли предложил, то ли решил Равич, когда они вышли на улицу под мелкую осеннюю морось.

Она медленно обернулась.

— Разве мы не к тебе?

Ее лицо смотрело на него снизу, совсем близко. Фонарь над входной дверью высветил его полностью. Крохотные жемчужинки тумана сверкали в волосах.

— Да, — сказал он.

Подкатило и остановилось такси. Шофер подождал. Потом прищелкнул языком, ударил по газам и рванул с места.

— Я тебя ждала. Ты не знал? — спросила она.

— Нет.

Свет фонаря отражался в ее глазах, как в бездонном омуте. Казалось, в них можно тонуть и тонуть без конца.

— Я только сегодня тебя увидел, — признался он. — Прежде то была не ты.

— Не я.

— Прежде все было не то.

— Да. Я уже забыла.

Как накат и откат волны, он ощущал приливы и отливы ее дыхания. Все существо ее незримо и трепетно льнуло к нему, мягко, почти неосязаемо, но доверчиво и без боязни — чужая душа в чуждом холоде ночи. Он вдруг услышал биение собственной крови. Оно нарастало, пульсировало все сильнее — это не только кровь в нем заговорила, это пробуждалась сама жизнь, тысячекратно им проклятая и благословенная, столько раз почитай что потерянная и чудом обретенная вновь, — еще час назад то была пустыня, сушь без края и конца, одно только безутешное вчера — и вот она уже нахлынула потоком, суля мгновения, в которые он уже и верить перестал: он снова был первым человеком на краю вод морских, из чьей пены мерцанием ослепительной красоты восставало нечто невероятное, тая в себе вопрос и ответ, отзываясь в висках необоримым гулом прибоя...

— Держи меня, — выдохнула Жоан.

Не спуская глаз с ее запрокинутого лица, он обнял ее. Ее плечи устремились в его объятие, как корабль в гавань.

— А тебя надо держать? — спросил он.

— Да.

Ее ладони легли ему на грудь.

— Что ж, значит, буду держать.

— Да.

Еще одно такси, взвизгнув тормозами, остановилось возле них. Шофер смотрел на них терпеливо и безучастно. У него на плече сидела маленькая собачонка в вязаной жилетке.

— Такси? — прокаркал водитель из-под густых пшеничных усов.

— Видишь, — сказал Равич. — Вот он вообще ничего о нас не знает. Ему и невдомек, что нас коснулось чудо. Он смотрит на нас, но не видит, насколько мы преобразились. В этом весь бред нашей безумной жизни: ты можешь обернуться архангелом, дурачком, преступником — и ни одна собака не заметит. Зато, не дай бог, у тебя пуговица отлетит — и тебе каждый встречный на это укажет.

— Никакой это не бред. Это даже хорошо. Просто нас предоставляют самим себе.

Равич глянул на нее. «Нас» — пронеслось у него в голове. Слово-то какое! Самое загадочное слово на свете.

— Такси? — еще громче гаркнул шофер, теряя терпение, и закурил сигарету.

— Пошли, — сказал Равич. — Этот все равно не отстанет. Профессионал.

— Зачем нам ехать? Пешком пойдем.

— Но дождь начинается.

— Какой это дождь? Туман. Не хочу в такси. Хочу с тобой пешком.

— Хорошо. Тогда дай я хоть растолкую ему, что с нами случилось.

Равич подошел к машине и перебросился с водителем парой слов. Тот расцвел в ослепительной улыбке, с неподражаемым шармом, на какой в подобных случаях способны одни французы, помахал рукой Жоан и укатил.

— Как же ты ему растолковал? — спросила Жоан, когда он вернулся.

— Деньгами. Самый доходчивый способ. К тому же он ночью работает, значит, циник. До него сразу дошло. Был вежлив, доброжелателен, хотя и с оттенком презрения.

Она с улыбкой прильнула к его плечу. Он чувствовал, как что-то раскрывается, ширится в душе, откликаясь во всем его существе теплом и нежностью, наполняя приятной истомой, словно тысячи ласковых рук влекут тебя вниз, и вдруг ему показалось невыносимым и немыслимым, что они все еще стоят рядом, на ногах, в смешном прямостоячем положении, с трудом удерживая равновесие на подошвах, этих узких и шатких точках опоры, вместо того чтобы, потеряв голову, повинуясь силе тяжести, уступить голосу стенающей плоти, подчиниться зову сквозь тысячелетия, из тех времен, когда ничего этого еще не было — ни умствований разума, ни вопросов, ни мучительных сомнений, — а только темное, счастливое забытье бурлящей крови...

— Пошли, — сказал он.

Эрих Мария Ремарк

Сквозь нежную паутину дождя они пошли по пустынной антрацитовой мостовой, и вдруг в конце улицы перед ними опять всей своей безграничной ширью распласталась площадь, а над ней тяжелым густо-серым колоссом в серебристой дымке вздымалась и парила Триумфальная арка.

IX

Равич возвращался в гостиницу. Утром, когда он уходил, Жоан еще спала. Он рассчитывал через час вернуться. С тех пор минуло еще добрых три часа.

— Здравствуйте, доктор, — окликнул его кто-то на лестнице, когда он поднимался на свой третий этаж.

Равич поднял глаза. Бледное лицо, копна всклокоченных черных волос, очки. Он не знает этого человека.

— Альварес, — представился тот. — Хайме Альварес. Вы меня не помните?

Равич покачал головой.

Мужчина наклонился и поддернул брючину. От щиколотки до самого колена тянулся шрам.

— Теперь узнаете?

— Это я, что ли, оперировал?

Альварес кивнул.

— На кухонном столе, у самой передовой. Полевой лазарет под Аранхуэсом. Белый особнячок в миндальной роще. Теперь вспомнили?

Равича вдруг обдало пряным дурманом цветущего миндаля. Он тонул в этом запахе, но тонул куда-то ввысь, словно поднимаясь по лестнице в затхлый подвал, откуда тошнотворно несло потом и спекшейся кровью.

— Да, — проговорил он. — Вспомнил.

В ярком свете луны раненые лежали на террасе штабелями. Плоды славных трудов нескольких немецких и итальянских летчиков. Женщины, дети, крестьяне — все, кто угодил под бомбежку. Ребенок без лица; беременная женщина, вспоротая до самой груди; старик, испуганно сжимавший в левой руке оторванные пальцы правой, — надеялся, что их еще можно пришить. И над всеми — густой миндальный аромат ночи и свежевыпавшей росы.

— И как нога? В порядке? — спросил Равич.

— Более-менее. Сгибается не до конца. — Альварес слабо улыбнулся. — Но переход через Пиренеи осилила. Гонсалеса убили.

Равич понятия не имел, кто такой Гонсалес. Зато вдруг вспомнил молоденького студента, который ему ассистировал.

— А как там Маноло, не знаете?
— Попал в плен. Расстреляли.
— А Серна? Бригадный командир?
— Убит. Под Мадридом.

Альварес снова улыбнулся. Улыбка была машинальная и неживая, она появлялась ни с того ни с сего, вне связи со словами и чувствами.

— Мура и Ла Пенья тоже попали в плен. Расстреляны.

Равич не помнил ни Муру, ни Ла Пенью. Он пробыл в Испании всего полгода, пока не прорвали фронт и не расформировали их госпиталь.

— Карнеро, Орта и Гольдштейн в концлагере, — сообщил Альварес. — Во Франции. Блатский тоже уцелел. Перешел границу и где-то там прячется.

Равич смутно припомнил лишь Гольдштейна. Слишком много лиц тогда перевидать пришлось.

— А вы, значит, тут живете? — спросил он.

— Да. Мы вчера поселились. Вот тут. — Он кивнул в сторону третьего этажа. — До этого в лагере торчали у самой границы. Выпустили наконец. Хорошо еще деньги какие-то остались. — Он снова улыбнулся. — А тут кровати. Настоящие кровати. Хорошая гостиница. И даже портреты наших вождей на стенах.

— Да, — без тени иронии согласился Равич. — Приятно, должно быть, после всего.

Попрощавшись с Альваресом, он отправился к себе в номер.

В комнате было прибрано и пусто. Жоан не было. Он осмотрелся. Она ничего не оставила. Он, впрочем, и не ожидал ничего.

Он позвонил. Горничная явилась довольно быстро.

— Дама ушла, — сообщила она прежде, чем он успел о чем-либо спросить.

— Это я и сам вижу. Откуда вы знаете, что здесь кто-то был?

— Но, господин Равич... — Девушка сделала обиженное лицо.

— Она позавтракала?

— Нет. Я ее не видела. Иначе я бы уж позаботилась. Помню с прошлого раза.

Равич глянул на нее. Последние слова ему не понравились. Он сунул горничной несколько франков в кармашек передника.

— Вот и прекрасно, — сказал он. — И впредь будете действовать так же. Завтрак подадите, только если я попрошу. А убирать приходите, только когда в комнате никого нет.

Девушка понимающе улыбнулась:

— Как скажете, господин Равич.

Он с неприязнью проводил горничную глазами. Он знал, о чем та думает. Решила, что Жоан замужняя дама и не хочет, чтобы ее здесь видели. Прежде он бы только посмеялся. Но сейчас его это покоробило. С чего вдруг, подумал он, передернув плечами. Потом подошел к окну. Гостиница — она и есть гостиница. Тут уж ничего не поделаешь.

Он распахнул окно. Пасмурный день стлался над крышами. В водосточных желобах буйствовали воробьи. Этажом ниже переругивались два голоса — мужской и женский. Должно быть, опять Гольдберги. Он на двадцать лет старше жены. Оптовый хлеботорговец из Бреслау. Его жена крутит шашни с эмигрантом Визенхофом. И свято верит, что никто об этом не знает. Хотя единственный, кто не в курсе, это ее муж.

Равич закрыл окно. Нынче утром он оперировал желчный пузырь. Совершенно анонимный пузырь кого-то из пациентов Дюрана. Кусок живота безвестного мужчины, который он вместо Дюрана взрезал. За двести франков. После этого он зашел к Кэте Хэгстрем. У нее был жар. Сильный. Он с час примерно у нее просидел. Спала она беспокойно. Вообще-то ничего чрезвычайного. Но лучше бы жара все-таки не было.

Он все еще смотрел в окно. Это странное чувство опустошенности, какое бывает после всякого «после». Застланная постель, которая уже ни о чем не напоминает. Новый день, безжалостно растерзавший вчерашний, как шакал добычу. Ночные кущи, сказочно разросшиеся в темноте, уже снова где-то бесконечно далеко, словно фата-моргана, мираж над пустыней минувших часов...

Он отвернулся. Взгляд упал на листок на столе — это адрес Люсьены Мартинэ. Ее недавно выписали. И все равно она его беспокоит. Он был у нее позавчера. Вообще-то нет необходимости навещать ее еще раз; но делать все равно нечего, и он решил сходить.

Жила она на улице Клавеля. На первом этаже, в мясной лавке, могучего вида мадам, лихо орудуя топором, рубила мясо. Она была в трауре. Ее муж-мясник умер две недели назад. Теперь она, помыкая затурканным приказчиком, хозяйничала в лавке сама. Равич не упустил случая мимоходом на нее глянуть. Похоже, она собралась в гости. На ней уже была длинная вуаль черного крепа, но тут для кого-то из знакомых покупательниц срочно понадобилось отрубить свиную ногу. Вуаль взвилась над разделанной тушей, сверкнул топор, хрястнула кость.

— С одного удара, — удовлетворенно крякнула вдова, шваркнув ногу на весы.

Люсьена снимала каморку под самой крышей. Оказалось, она не одна. Посреди комнаты восседал на стуле хмырь лет двадцати пяти. Не потрудившись снять велосипедную кепку, он дымил самокруткой, прилепив ее к верхней губе, — видимо, так ему проще было разговаривать. Когда Равич вошел, он и не подумал встать.

Люсьена лежала на кровати. От растерянности она покраснела.

— Доктор... Я не знала, что вы придете... — Она оглянулась на парня. — А это...

— Никто, — грубо перебил ее хмырь. — Нечего тут именами швыряться. — Он откинулся на спинку стула. — А вы, значит, тот самый доктор?

— Как вы себя чувствуете, Люсьена? — спросил Равич, не обращая на парня внимания. — Это хорошо, что вы лежите.

— Да ей встать давно пора, — заявил хмырь. — Она в порядке. Пусть идет работает, а то это ж какие деньги...

Равич обернулся.

— Выйдите-ка отсюда, — сказал он.

— Что?

— Выйдите. За дверь. Мне надо осмотреть Люсьену.

Хмырь расхохотался.

— Это и при мне можно. Чего тут деликатничать? И вообще — чего ее осматривать? Вы только позавчера приходили. Деньжат еще за один визит слупить?

— Вот что, юноша, — спокойно сказал Равич. — Не похоже, чтобы эти деньжата вы платили. Так что не ваше дело, сколько это стоит и стоит ли вообще. А теперь выметайтесь.

Парень нагло осклабился и только шире раскорячил ноги. На нем были остроносые лаковые штиблеты и фиолетовые носки.

— Пожалуйста, Бобо, — попросила Люсьена. — Только на минуточку.

Бобо ее вообще не слушал. Он не сводил глаз с Равича.

— Хотя это даже кстати, что вы заглянули, — изрек он. — Я вам заодно и растолкую кой-чего. Если вы, господин хороший, надеетесь счет нам всучить за операцию, больницу и все такое — дудки! Мы ничего такого не просили — ни больницы, ни тем более операции, так что зря вы на большие деньги раззявились. Еще спасибо скажите, что мы с вас возмещения ущерба не требуем. Операция-то без спроса, без нашего согласия. — Он оскалился, обнажив два ряда полусгнивших зубов. — Что, съели? То-то. Бобо знает, что к чему, его на мякине не проведешь.

Парень был очень доволен собой. Он полагал, что шикарно все раскрутил и всех обвел вокруг пальца. Люсьена побледнела. Она боязливо поглядывала то на Бобо, то на доктора.

— Понятно теперь? — торжествующе спросил Бобо.

— Это тот самый? — спросил Равич у Люсьены. Та не ответила. — Значит, тот самый, — заключил Равич и смерил Бобо взглядом.

Тощий долговязый хмырь в дешевом шарфике искусственного шелка вокруг цыплячьей шеи, на которой пугливо пляшет кадык. Покатые плечи, нос крючком, тяжелая челюсть дегенерата — типичный сутенер из предместья, прямо как с картинки.

— Что значит «тот самый»? — ощетинился Бобо.

— По-моему, вам достаточно ясно и не один раз было сказано: выйдите отсюда. Я должен произвести осмотр.

— Да пошел ты! — огрызнулся Бобо.

Равич так и сделал: пошел прямо на Бобо. Уж очень тот ему надоел. Парень вскочил, попятился, и в тот же миг в руках у него оказалась тонкая, с метр длиной, веревка. Равич сразу понял, что тот задумал: нырнуть под руку, из-за спины накинуть ему веревку на шею и душить. Прием хотя и подлый, но действенный, особенно если противник такого не ждет и намерен только кулаками работать.

— Бобо! — взвизгнула Люсьена. — Бобо, не смей!

— Ах ты, молокосос, — усмехнулся Равич. — Жалкий трюк с удавкой? Хитрее ничего не придумал?

Бобо растерялся. Глазенки его испуганно забегали. В тот же миг Равич одним рывком сдернул с него пиджак до локтей, разом обездвижив парню обе руки.

— Что, такому тебя не учили? — Распахнув дверь, он взашей вытолкал Бобо в коридор. — Захочешь научиться, пойди повоюй сперва, апач недоделанный! И больше не приставай к взрослым.

Он запер дверь на ключ.

— Так, Люсьена, — сказал он. — Ну, давайте посмотрим.

Та вся дрожала.

— Спокойно, спокойно. Все уже хорошо. — Он стянул с кровати старенькое бумазейное покрывало и сложил его на стуле. Потом откинул зеленое одеяло.

— Пижама? А это еще зачем? Вам же в ней неудобно. И вставать вам тоже особенно ни к чему.

Она ответила не сразу.

— Это я только сегодня надела.

— У вас что, не хватает ночных рубашек? Я могу вам парочку из клиники прислать.

— Нет, не в том дело. Я потому пижаму надела, что знала... — Она глянула на дверь и продолжила шепотом: — Знала, что он придет. Он говорит, мол, вовсе я никакая не больная. Ну и не хочет больше ждать.

— Что? Жаль, я не знал. — Равич метнул яростный взгляд в сторону двери. — Подождет!

Как у всех слабеньких, малокровных женщин, у Люсьены была очень белая, нежная кожа. Через

Эрих Мария Ремарк

такую жилки просвечивают. Девушка была хорошо сложена, узка в кости, тоненькая, изящная, но не тощая. Еще одна из бессчетного числа девушек, подумалось Равичу, которых природа бог весть с какой целью создает столь прелестными существами, будто ведать не ведая, что большинство из них очень скоро превратятся в страхолюдин, изнуренных непосильным трудом или нездоровым образом жизни.

— Вам еще неделю надо постельный режим соблюдать, Люсьена. Вставать, конечно, можно, по комнате ходить тоже, но немного. И будьте осторожны. Тяжелого не поднимать! И по лестнице еще несколько дней не ходите. Есть кто-нибудь, кто вам поможет? Кроме этого Бобо?

— Хозяйка. Но она и так уже ворчит.

— Больше никого?

— Нет. Мари раньше была. Так умерла.

Равич оглядел комнату. Чистенько и бедно. На подоконнике горшки с фуксиями.

— Ну а Бобо? — спросил он. — Снова объявился, как только опасность миновала?

Люсьена ничего не ответила.

— Почему вы его не прогоните?

— Он не такой уж плохой, доктор. Только буйный...

Равич смотрел на нее молча. Любовь, подумал он. И это тоже любовь. Таинство, древнее как мир. Она не только озаряет радугой серое небо будничности, она даже распоследнюю погань способна романтическим ореолом украсить; она и чудо, она и издевка бытия. Ему вдруг сделалось немного не по себе, будто и он, пусть невольно, пусть косвенно, повинен в этой несообразности.

— Ладно, Люсьена, — сказал он. — Не берите в голову. Вам сперва надо выздороветь.

Она с облегчением кивнула.

— А насчет денег, — смущенно залепетала она, — вы его не слушайте. Это он так просто говорит. Я все выплачу. Все. По частям. Когда мне снова на работу можно?

— Недели через две, если не наделаете глупостей. Особенно с Бобо. Не вздумайте, Люсьена! Если не хотите умереть. Вы меня поняли?

— Да, — ответила девушка без особой убежденности в голосе.

Равич укрыл одеялом ее хрупкое тельце. А подняв глаза, вдруг увидел, что она плачет.

— А раньше никак нельзя, доктор? — спросила она. — Я ведь и сидя могла бы работать. Мне ведь надо...

— Может быть. Там видно будет. В зависимости от вашего поведения. Скажите мне лучше, как зовут ту повитуху, которая вами занималась.

Опять этот отпор в ее глазах.

— Да не пойду я в полицию, — успокоил ее Равич. — Ручаюсь. Я только попытаюсь вернуть деньги, которые вы ей заплатили. Вам же легче будет. Сколько вы отдали?

— Триста франков. Только от нее вам их ни в жизнь не получить.

— Попытка не пытка. Как ее зовут, где живет? Вам, Люсьена, она больше не понадобится. Вы уже не сможете иметь детей. И не бойтесь вы ее, ничего она вам не сделает.

Девушка все еще колебалась.

— Там, в ящике, — вымолвила она наконец. — В ящике справа.

— Вот эта записка?

— Да.

— Хорошо. На днях схожу туда. Ничего не бойтесь. — Равич надел пальто. — Что такое? Зачем вы встаете?

— Бобо. Вы его не знаете.

Он улыбнулся:

— Я и не таких знавал. Лежите ради бога. Судя по тому, что я видел, опасаться особо нечего. До свидания, Люсьена. Я на днях еще зайду.

Повернув ключ и одновременно нажав ручку, Равич стремительно распахнул дверь. Но в коридоре никого не оказалось. Он так и думал. Знает он таких смельчаков.

В мясной лавке теперь остался приказчик, пресный малый с желтушным лицом без тени азарта, присущего хозяйке. Он тоскливо что-то тяпал тесаком. После похорон он совсем вялый стал. А все равно — жениться на хозяйке у него шансов ноль. Пустые хлопоты! Скорее она и его тоже на погост снесет. Все это громогласно разъяснял вязальщик метел, устроившийся в бистро напротив. Парень и так уже заметно сдал. А вдова, напротив, расцветает на глазах. Равич выпил рюмку черносмородиновой наливки и расплатился. Он-то рассчитывал повстречать в бистро Бобо, да не вышло.

Жоан Маду вышла из дверей «Шехерезады» и распахнула дверцу такси, в котором ее ждал Равич.

— Давай скорее, — выдохнула она. — Скорее отсюда. Поехали к тебе.

— Стряслось что-нибудь?

— Нет. Ничего. Просто довольно с меня этой ночной жизни.

— Секунду. — Равич подозвал цветочницу, что торговала у входа. — Матушка, — сказал он ей, — отдай мне все розы. Сколько с меня будет? Только по совести.

— Шестьдесят франков. Только для вас. За то, что вы мне рецепт от ревматизма выписали.

— Помогло?

— Нет. Да и как оно поможет, ежели я ночь напролет в сырости стою?

— Из всех моих пациентов вы самая благоразумная.

Он взял розы.

— Это вместо извинения за то, что сегодня утром тебе пришлось проснуться одной да еще и остаться без завтрака, — сказал он Жоан, кладя розы на пол между сиденьями. — Хочешь чего-нибудь выпить?

— Нет. Поедем к тебе. Только цветы с пола подними. Положи сюда.

— Прекрасно и там полежат. Цветы, конечно, надо любить, но не стоит с ними церемониться.

Она резко к нему повернулась.

— Ты хочешь сказать: не надо баловать, кого любишь?

— Нет. Я имел в виду другое: даже прекрасное не стоит превращать в мелодраму. К тому же сейчас просто удобнее, что цветы не лежат между нами.

Жоан глядела на него испытующе. Потом лицо ее вдруг прояснилось.

— Знаешь, что я сегодня делала? Я жила. Снова жила. Дышала. Снова дышала. Была наяву. Снова наяву. Впервые. Почувствовала, что у меня снова есть руки. И глаза, и губы.

На узкой улице таксист лавировал между другими машинами. Потом вывернул вправо и резко рванул вперед. От толчка Жоан бросило на Равича. На секунду она оказалась в его объятиях, и он ощутил ее всю. И пока она вот так сидела рядом с ним и что-то рассказывала, все еще захваченная своими чувствами, его словно обдавало теплым ветром, который растапливал ледовую броню, намерзшую в нем за день, — эту дурацкую кольчугу холода, которую приходится таскать в себе ради самообороны.

— Целый день все струилось вокруг меня, как будто повсюду родники, ручьи, они журчали, кружили мне голову, бились в грудь, словно я вот-вот пущу почки, бутоны, зазеленею, расцвету, и меня все влекло, влекло куда-то и не отпускало — и вот я тут, и ты...

Равич смотрел на нее. Вся подавшись вперед, она словно готова была вспорхнуть с замызганного кожаного сиденья, и ее мерцающие плечи тоже рвались из черного вечернего платья. Настолько вся она была сейчас открыта, и безрассудна, и даже бесстыдна, и так свободно говорила о своих чувствах, что он рядом с ней казался себе жалким сухарем.

«А я сегодня оперировал, — думал он. — И забыл про тебя. Я был у Люсьены. Потом вообще где-то в прошлом. Без тебя. И лишь позже, к вечеру, постепенно подступило тепло. Но я все еще был не с тобой. Я думал о Кэте Хэгстрем».

— Жоан, — сказал он, мягко накрывая ладонями ее руки на сиденье. — Мы не можем сразу ко мне поехать. Мне обязательно надо еще раз заглянуть в клинику. Только на несколько минут.

— Это к той женщине, которую ты оперировал?

— Не к сегодняшней. К другой. Подождешь меня где-нибудь?

— Тебе обязательно сейчас туда надо?

— Лучше так. Не хочу, чтобы меня потом вызывали.

— Я могу подождать у тебя. У нас есть время к тебе в гостиницу заехать?

— Да.

— Тогда лучше к тебе. А ты потом приедешь. Я буду ждать.

— Хорошо. — Равич назвал водителю адрес. Откинувшись назад, ощутил затылком ребристый кант спинки сиденья. Его ладони все еще накрывали руки Жоан. Он чувствовал: она ждет, чтобы он сказал что-то. Что-то о себе и о ней, о них обоих. Но он не мог. Она и так сказала слишком много. Да нет, не так уж и много, подумал он.

Такси остановилось.

— Поезжай, — сказала Жоан. — Я тут сама разберусь. Не страшно. Только ключ мне отдай.

— Ключ у портье.

— Значит, у него возьму. Пора научиться. — Она подняла с полу букет. — С мужчиной, который смывается, пока ты спишь, а возвращается, когда его не ждешь, приходится многому учиться. Сейчас прямо и начну.

— Я поднимусь с тобой вместе. Не стоит сразу так усердствовать. Достаточно того, что я опять тебя одну оставлю.

Она рассмеялась. Какое же молодое у нее лицо.

— Подождите, пожалуйста, минутку, — бросил он таксисту.

Тот как-то по-особому, медленно подмигнул:

— Могу и дольше.

— Давай ключ! — выпалила Жоан, когда они уже поднимались по лестнице.

— Зачем?

— Давай, говорю.

Она сама отперла дверь. На пороге замерла.

— Замечательно, — сказала она в темноту комнаты, куда с другой стороны сквозь пелену облаков заглядывала в окно полная луна.

— Замечательно? В этой-то конуре?

— Да, замечательно. Здесь все замечательно.

— Ну, может, сейчас. Пока темно. Но... — Равич потянулся к выключателю.

— Не надо. Я сама. А теперь иди. Только не вздумай опять возвращаться завтра, да еще к полудню.

Она так и осталась стоять в темном дверном проеме. Серебристый свет от окна смутным сиянием омывал ее голову и плечи. И было что-то таинственное, волнующее в этом неясном силуэте. Манто соскользнуло с ее плеч и черными волнами легло у ног. Она стояла, прислонясь к двери, и полоска света из коридора выхватывала из темноты лишь одну ее руку.

— Иди и возвращайся, — вымолвила она, затворяя дверь.

Температура у Кэте Хэгстрем спала.

— Она проснулась? — спросил Равич у заспанной медсестры.

— Да. В одиннадцать. Сразу спросила вас. Я сказала ей все, как вы велели.

— Про перевязки что-нибудь спрашивала?

— Да. Я сказала, что вам пришлось оперировать. Операция простая. Вы, мол, сами ей все объясните.

— И все?

— Да. Она сказала, раз это вы так решили, значит, все в порядке. Просила передать вам привет, если вы ночью еще раз заглянете, и сказать, что она вам доверяет.

— Вот как...

Равич постоял немного, не сводя глаз с ровного, как по линеечке, пробора в черных волосах девушки.

— Сколько вам лет? — спросил он вдруг.

Та удивленно вскинула головку.

— Двадцать три.

— Двадцать три. И давно вы имеете дело с пациентами?

— Два с половиной года уже. В январе два с половиной исполнится.

— Работу свою любите?

Круглое яблочко ее лица расплылось в улыбке.

— А что, мне нравится, — затараторила она. — Конечно, некоторые больные сложные, но большинство очень даже милые люди. Мадам Бриссо вчера мне шелковое платье подарила, почти новое. А на прошлой неделе от мадам Лернер мне туфли перепали, лаковые. Ну, это та, которая потом дома умерла. — Она снова улыбнулась. — Я вещи почти не покупаю. Тут все время что-то дарят. И даже если мне что не годится, я у подружки обменять могу, она свой магазинчик держит. Так что грех жаловаться. Мадам Хэгстрем тоже все время очень щедра. Она просто деньги дает. Последний раз вообще целых сто франков. Всего за двенадцать суток. А сейчас сколько она у нас пролежит, доктор?

— Подольше. Несколько недель.

Сестра просияла от счастья. Он прямо видел, как под ее ясным, без малейших складок лобиком уже крутится арифмометр, подсчитывая будущий заработок. Равич снова склонился над Кэте Хэгстрем. Дыхание ровное. Слабый запах йода и карболки вперемешку с терпким ароматом духов. Ему вдруг стало совсем невмоготу. Она ему доверяет. Доверяет. Этот вспоротый худенький, почти девичий животик, который пожирает изнутри ненасытная тварь. Зашили, ибо все равно ничего не поделаешь. Доверяет...

— Спокойной ночи, сестра, — попрощался он.
— Спокойной ночи, доктор.

Пухленькая медсестра уселась в кресло в углу. Она завесила лампу, чтобы свет не падал на кровать, укутала ноги пледом и потянулась за журнальчиком. Журнал был из дешевых, с детективами и фотографиями кинозвезд. Устроившись поудобнее, медсестра углубилась в чтение. Рядом на столике лежал пакетик с шоколадным печеньем. Равич еще успел увидеть, как она не глядя достала одно и сунула в рот. Иные вещи просто не укладываются в голове, подумалось ему, — ведь вот же, в одной комнате, совсем рядом один человек обречен на смерть, а другому на это начхать. Он прикрыл за собой дверь. «Но разве со мной не то же самое? Разве не ухожу я из этой же комнаты, чтобы поскорее попасть в другую, где...»

В комнате было темно. Дверь в ванную слегка приоткрыта. Там горел свет. Равич замер в нерешительности. Не мог понять, там ли Жоан. Но тут до него донеслось ее дыхание. Тогда он через всю комнату прошел прямиком в ванную. Ни слова не сказав. Он знал, она здесь, она не спит, но и она не сказала ни слова. Вся комната вдруг наполнилась молчанием и напряженным ожиданием, как воронка водоворота, беззвучно влекущая куда-то вглубь, как неведомая головокружительная бездна по ту сторону всякой мысли, над которой стелется багряный маковый дурман.

Он прикрыл дверь ванной. В ясном свете белых ламп все стало снова знакомым и близким. Он отвернул краны душа. Это был единственный душ на всю гостиницу. Равич сам его купил, сам оплатил установку. Он знал: в его отсутствие хозяйка тайком до сих пор демонстрирует эту достопримечательность друзьям и родственникам.

Горячая вода струилась по телу. Совсем рядом, за стеной, лежит Жоан и ждет его. Ее волосы волной захлестнули подушку, нежная кожа светится, а глаза сияют даже во тьме, словно вбирая в себя скудное мерцание зимних звезд за окном. Она лежит рядом, гибкая, страстная, переменчивая, ибо способна уже через час быть совсем иной, чем прежде, одаряя всеми соблазнами и страстями, каких ждешь от женщины помимо любви, — и тем не менее он вдруг ощутил к ней нечто вроде неприязни, какой-то отпор, вдвойне странный оттого, что ему сопутствовал внезапный порыв острой нежности. Он непроизвольно оглянулся, и окажись сейчас в ванной вторая дверь, он, вполне возможно, потихоньку бы оделся и пошел куда-нибудь выпить.

Он уже вытерся, но все еще медлил. Даже чудно, накатит же вот такое, ни с того ни с сего. Невесть что, невесть откуда. Может, это оттого, что он у Кэте Хэгстрем побывал? Или из-за того, о чем Жоан сегодня в такси говорила? Слишком уж рано, а может, слишком легко? А может, просто оттого, что это его ждут, ведь он-то привык ждать сам. Он скривил губы и открыл дверь.

— Равич, — донесся голос Жоан из темноты. — Кальвадос на столе у окна.

Он даже остановился. Только теперь он понял, в каком он был напряжении. Она могла бы сказать тысячу вещей, которых он просто бы не вынес. Но она все сказала правильно. Напряжение разом спало, уступив место мягкой, спокойной уверенности.

— Разыскала бутылку? — то ли спросил, то ли заметил он.

— Это было несложно. Стояла на виду. Но я ее откупорила. Я даже штопор откопала сама не знаю как. Налей-ка мне еще.

Он наполнил две рюмки, одну подал ей.

— Прошу.

Как же хорошо снова ощутить этот пряный, пьянящий яблочный дух. И как же хорошо, что Жоан все сказала правильно.

Запрокинув голову, она допивала свою рюмку. Волосы ниспадали на плечи, и в эту секунду она вся отдавалась этим последним каплям. Равич и прежде за ней это замечал. Что бы она ни делала — это поглощало ее всецело. Он лишь смутно, краем сознания для себя отметил, что в этом не только особая прелесть, но и опасность тоже. Она само упоение, когда пьет, сама любовь, когда любит, само отчаяние, когда отчаивается, — и само забвение, когда станет забывать.

Жоан поставила рюмку и вдруг рассмеялась.

— Равич, — сказала она, — я ведь знаю, о чем ты думал.

— Правда?

— Правда. Ты почувствовал себя уже почти что в браке. Да и я себя тоже. Сам посуди: что за радость, когда тебя вот этак бросают в дверях? Да еще и с охапкой роз в придачу. Счастье еще, хоть кальвадос нашелся. Ты, кстати, с бутылкой-то не жмись.

Равич подлил.

— Ты все-таки невероятная особа, — признался он. — Твоя правда. Только что в ванной я не слишком тебя жаловал. Но сейчас ты просто замечательная. Будем!

— Будем!

Он допил свою рюмку.

— Это вторая ночь, — заметил он. — Самая опасная. Прелесть новизны уже миновала, прелесть близости еще не возникла. Но мы выстоим.

Жоан поставила свою рюмку.

— Похоже, ты ужас сколько всего об этом знаешь.

— Ничего я не знаю. Болтаю просто. И никто ничего не знает. Тут всегда и все по-другому. И сейчас тоже. Никакой второй ночи не бывает. Всякая ночь первая. А когда вторая — это уже был бы конец.

— Ну и слава богу. Иначе куда бы это нас завело? Это уже была бы арифметика. А теперь иди сюда. Я еще совсем не хочу спать. Хочу пить с тобой. Смотри, вон звезды в небе, там стужа, а они совсем голые. Когда ты один, ничего не стоит замерзнуть. Даже если вокруг жара. А вдвоем никогда.

— Вдвоем и замерзнуть не страшно.

— Но мы не замерзнем.

— Конечно, нет, — сказал Равич, и в темноте она не увидела, как дрогнуло его лицо. — Мы — нет.

X

— Что со мной было, Равич? — спросила Кэте Хэгстрем.

Она лежала почти полусидя, под головой две подушки. В палате стойкий аромат туалетной воды и духов. Форточка слегка приоткрыта. Свежий, подмороженный воздух с улицы, смешиваясь с жилым теплом, дышал весной, словно на дворе не январь, а уже апрель.

— У вас был жар, Кэте. Несколько дней. Потом вы спали. Почти сутки. Теперь температуры нет, все в порядке. Как вы себя чувствуете?

— Слабость. Все еще слабость. Но не так, как раньше. Без этой судороги внутри. И болей почти нет.

— Боли еще будут. Не очень сильные, и мы вам поможем их перенести. Но, разумеется, перемены наступят. Да вы и сами знаете.

Она кивнула.

— Вы меня разрезали, Равич...

— Да, Кэте.

— Иначе было нельзя?

— Нет. — Равич выжидал. Лучше пусть сама спросит.

— Сколько мне еще лежать?

— Недели три, может, месяц.

Она помолчала.

— Может, оно и к лучшему. Покой мне не помешает. Я ведь совсем измучилась. Только сейчас понимаю. И слабость была. Но я не хотела ее замечать. Это как-то было связано одно с другим?

— Конечно. Безусловно.

— И то, что иногда были кровотечения? Не только месячные?

— И это тоже, Кэте.

— Тогда хорошо. Хорошо, что у меня будет время. Может, так было нужно. Сейчас вот так сразу встать и опять выносить все это... По-моему, я бы не смогла.

— Вам и не нужно. Забудьте об этом. Думайте о сиюминутном. Допустим, что вам сегодня подадут на завтрак.

— Хорошо. — Она слабо улыбнулась. — Тогда подайте-ка мне зеркало.

Он взял с ночного столика зеркальце и передал ей. Она принялась внимательно себя разглядывать.

— Равич, вон те цветы — от вас?

— Нет. От клиники.

Она положила зеркальце рядом с собой на постель.

— Клиники не заказывают пациентам сирень в январе. В клиниках ставят астры или что-то в этом роде. В клиниках к тому же понятия не имеют, что сирень — мои любимые цветы.

— Только не у нас, Кэте. Как-никак вы у нас ветеран. — Равич поднялся. — Мне пора. Часов в шесть я еще раз к вам загляну.

— Равич...

— Да...

Он обернулся. Вот оно, мелькнуло у него. Сейчас спросит. Она протянула ему руку.

— Спасибо, — сказала она. — За цветы спасибо. И спасибо, что вы за мной приглядели. Мне с вами всегда так покойно.

— Ладно вам, Кэте. Там и приглядывать-то было нечего. Поспите еще, если сможете. А будут боли, вызовите сестру. У нее для вас лекарство, я прописал. Ближе к вечеру я снова зайду.

— Есть что-нибудь выпить, Вебер?

— Что, было так худо? Вон коньяк. Эжени, выдайте доктору емкость.

Эжени с явным неудовольствием принесла рюмку.

— Да не этот наперсток! — возмутился Вебер. — Нормальный стакан! Да ладно, а то у вас, чего доброго, еще руки отвалятся. Я сам.

— Я не понимаю, господин доктор Вебер! — вспылила Эжени. — Всякий раз, стоит господину Равичу прийти, вы сразу...

— Ладно-ладно, — оборвал ее Вебер. Он налил Равичу коньяка. — Держите, Равич. Что она сказала?

— Она ни о чем не спрашивает. Верит каждому слову и не задает вопросов.

Вебер вскинул голову.

— Видите! — торжествующе воскликнул он. — Я вам сразу сказал!

Равич выпил свой коньяк.

— Вам случалось выслушивать благодарности от пациента, для которого вы ровным счетом ничего не смогли сделать?

— Не раз.

— И чтобы вам вот так же безоглядно верили?

— Разумеется.

— И что вы при этом чувствовали?

— Как что? — удивился Вебер. — Облегчение. Огромное облегчение.

— А меня с души воротит. Будто я последний прохвост.

Вебер рассмеялся. Бутылку он уже убрал.

— С души воротит, — повторил Равич.

— Первый раз в вас открылось хоть что-то человеческое, — заметила Эжени. — Если отбросить, конечно, вашу манеру изъясняться.

— Вы здесь не первооткрывательница, Эжени, вы здесь медсестра, не забывайтесь, — одернул ее Вебер. — Значит, с этим все улажено, Равич?

— Да. Пока что.

Триумфальная арка

— Ну и хорошо. Утром сегодня она санитарке сказала, что после госпиталя хочет в Италию уехать. Тогда мы вообще выкрутимся. — Вебер радостно потирал руки. — Пусть тамошние медики этим занимаются. Не люблю смертные случаи. Для репутации заведения это всегда, знаете ли, ущерб...

...Равич позвонил в дверь повитухи, которая изувечила Люсьену. Чернявый небритый малый открыл лишь после нескольких звонков. Увидев Равича, он попридержал дверь.

— Чего надо? — пробурчал он.
— Хочу поговорить с госпожой Буше.
— Некогда ей.
— Не страшно. Я подожду.

Чернявый попытался захлопнуть дверь.

— Если нельзя подождать, я зайду попозже, — уведомил Равич. — Но уже не один, а кое с кем, для кого у нее точно время найдется.

Малый не сводил с него глаз.

— В чем вообще дело? Чего надо?
— Я вам уже сказал. Я хотел бы переговорить с госпожой Буше.

Чернявый соображал.

— Подождите, — буркнул он наконец, но дверь захлопнул.

Равич смотрел на обшарпанную коричневую дверь, на облупившийся железный почтовый ящик, на эмалированную табличку с фамилией. Сколько же горя и страха переступило этот порог. Пара идиотских законов — и несчастные женщины вынуждены идти к таким вот повитухам вместо врачей. И детей от этого на свете точно не прибавляется. Кто не хочет рожать, всегда найдет выход, хоть по закону, хоть без. С той лишь разницей, что вот этак тысячи матерей из года в год перестают быть матерями.

Дверь распахнулась снова.

— Вы из полиции? — спросил небритый.

— Будь я из полиции, стал бы я на пороге торчать?

— Проходите.

И чернявый темным коридором провел Равича в комнату, битком набитую мебелью. Плюшевая софа, сколько-то позолоченных стульев, поддельный обюссонский ковер, комод орехового дерева, по стенам — гравюры с пастушками. У окна на подставке клетка с канарейкой. И повсюду, куда ни глянь, фарфор и прочие безделушки.

Тут появилась и сама госпожа Буше. Это оказалась необъятных размеров дама в еще более необъятном кимоно, к тому же малость засаленном. Просто слон, а не женщина, правда, личико довольно ухоженное и даже смазливое, если бы не беспокойно бегающие глазки.

— Месье? — деловито спросила она и замерла в ожидании.

Равич встал.

— Я от Люсьены Мартинэ. Вы делали ей аборт.

— Чушь! — ответила дама с полнейшей невозмутимостью. — Знать не знаю никакой Люсьены Мартинэ и не делаю никаких абортов. Вы, должно быть, ошиблись адресом, или вас ввели в заблуждение.

Всем своим видом она показывала, что разговор окончен, и уже повернулась уходить. Но не ушла. Равич ждал. Наконец она оглянулась:

— Еще что-нибудь?

— Аборт был произведен неудачно. У девушки было сильное кровотечение, она едва не умерла. Ее пришлось прооперировать. Операцию делал я.

— Ложь! — вдруг зашипела повитуха. — Все вранье! Эти сучки! Сами в себе ковыряются, а потом с больной головы на здоровую! Но ничего, я ей еще покажу! Вот ведь сучки! Ничего, мой адвокат этим займется. Меня все вокруг знают, я исправно плачу налоги, и мы еще поглядим, как эта наглая тварь, как эта потаскуха, которая спит с кем ни попадя...

Равич смотрел на нее как завороженный. Поразительно, но вспышка праведного гнева никак не затронула ее лицо. Оно оставалось по-прежнему гладким и миловидным, и лишь губы, округлившись трубочкой, изрыгали ругань пулеметными очередями.

— Девушка хочет не так уж много, — прервал он повитуху. — Всего-навсего получить назад деньги, которые она вам уплатила.

Буше только рассмеялась:

— Деньги? Назад? Это когда же она мне платила? У нее, может, еще и квитанция имеется?

— Разумеется, нет. Полагаю, вы квитанций не выдаете.

— Да я в глаза ее не видела! Кто ей вообще поверит?

— Поверят. У нее есть свидетели. Ее прооперировали в клинике доктора Вебера. Диагноз однозначный. Имеется протокол.

— Да хоть тысячу протоколов! Где написано, что я ее хоть пальцем тронула? Клиника! Доктор Вебер! Не смешите меня! Такую сучку еще и в клинике лечить! Вам что, больше делать нечего?

— Да нет. Дел у нас достаточно. Послушайте... Девушка заплатила вам триста франков. Но она может вчинить вам иск за ущерб здоровью...

Дверь открылась. В комнату заглянул чернявый.

— Что-нибудь не так, Адель?

Эрих Мария Ремарк

— Ерунда. Иск? Ущерб? Пусть только сунется — ее саму же и засудят! Она первая сядет, как пить дать, ведь ей придется признать, что она пошла на аборт. А что именно я его ей сделала — это еще доказать надо. Да где ей!

Чернявый что-то промямлил.

— Тихо, Роже, — цыкнула на него хозяйка. — Иди к себе.

— Так ведь Брюнье пришел.

— Ну и что? Скажи, пусть подождет. Ты же знаешь...

Чернявый кивнул и вышел. Вместе с ним из комнаты улетучился и явственный запах коньяка. Равич принюхался.

— А коньяк-то превосходный, — заметил он. — Тридцать лет выдержки. Если не все сорок. Есть же счастливцы, которым дозволено потреблять такой продукт даже днем.

Буше замерла и ошалело уставилась на Равича. Потом криво усмехнулась:

— И то правда. Хотите?

— Почему бы нет?

Несмотря на всю свою тучность, к двери она подлетела мгновенно и бесшумно.

— Роже!

Чернявый не замедлил объявиться.

— Опять дорогой коньяк лакал! Не ври! От тебя, вон, разит! Давай сюда бутылку! Нечего рассуждать, бутылку неси!

Роже покорно принес бутылку.

— Это я Брюнье угощал. А он один не хочет, вот меня и заставил.

Хозяйка не удостоила Роже ответом, захлопнув дверь у него перед носом. После чего достала из орехового комода фигуристую рюмку на витой ножке. Равич смотрел на рюмку с плохо скрываемым омерзением: на ней вдобавок была выгравирована еще и женская головка. Налив коньяк, Буше поставила рюмку перед ним на скатерть с павлинами.

— Судя по всему, месье, вы ведь человек разумный, — заметила она.

Такому противнику Равич не мог отказать в известном уважении. И вовсе она не из железа, как уверяла Люсьена, она из резины, что гораздо хуже. Железо можно проломить, а резину нет. И все ее возражения насчет судебного иска были сущей правдой.

— Операцию вы сделали неудачно, — сказал он. — Это привело к тяжелым последствиям. Разве этого не достаточно, чтобы вернуть деньги?

— Разве вы возвращаете деньги, если у вас пациент умирает после операции?

— Нет. Но мы иногда вообще не берем денег за операцию. Как, например, с Люсьены.

Буше подняла на него глаза.

— Так в чем тогда дело? Чего ей еще надо? Пусть радуется.

Равич поднял рюмку.

— Мадам, — сказал он, — мое почтение. Вас голыми руками не возьмешь.

Слониха медленно поставила бутылку на стол.

— Дорогой мой, многие пытались. Но вы, похоже, поразумнее других будете. Думаете, для меня это шуточки и сплошные барыши? Из этих трех сотен почти сотня сразу полиции уходит. Сами посудите: разве иначе мне бы дали работать? Вон за стенкой уже очередной дармоед сидит, денег дожидается. Тут только успевай подмасливать. Иначе никак. Но учтите: это я вам с глазу на глаз говорю, а вздумаете ссылаться — все буду отрицать, да и полиция дело замнет для ясности. Уж поверьте.

— Охотно верю.

Буше метнула в него острый взгляд. Поняв, что он не подтрунивает, придвинула стул и села. Стул, кстати, она придвинула, словно перышко, похоже, под подушками жира силы в ней таились недюжинные. Она налила ему еще одну рюмку своего драгоценного коньяка, который держала, похоже, тоже на предмет умасливания.

— На первый взгляд три сотни вроде как приличные деньги. Но уходит-то у меня гораздо больше, не только на полицию. За квартиру плати, а она тут, понятное дело, гораздо дороже, белье, инструменты, которые мне тоже втридорога достаются, не то что врачам, комиссионные за клиентов, взятки, подарки, тут никого забывать нельзя, ни самих, ни их жен, ни в Новый год, ни на день рождения, — расходов тьма, дорогой мой. Иной раз почти и не остается ничего.

— Понимаю. Тут и возразить нечего.

— Тогда против чего вы возражаете?

— Против того, что произошло, допустим, с Люсьеной.

— А разве у врачей такого не случается? — выпалила слониха.

— Да, но совсем не так часто.

— Месье, — она выпрямилась, — я играю по-честному. Каждой, которая сюда приходит, я объясняю, что может произойти. Хоть бы одна ушла! Какой там! Они же меня умоляют! Плачут, волосы на себе рвут! С собой покончить грозят, ежели я им откажу. Видели бы вы, какие тут сцены разыгрываются. Вот на этом ковре они в ногах у меня валяются! Видите, вон на комоде внизу на уголке фанеровка отлетела? Это одна весьма состоятельная дама от отчаяния головой билась. Но я могу и другое показать. На кухне пятилитровая банка сливового джема стоит, это она же вчера мне прислала. Заметьте, исключительно в знак признательности, деньги-то она давно заплатила. Я вам вот что скажу, дорогой мой, — голос ее возвысился и зазвучал торжественно, — можете звать меня злодейкой, но другие... другие ангелом меня зовут и благодетельницей.

Она встала. Кимоно придавало ей вид почти величественный. В тот же миг, словно по команде, в клетке запела канарейка. Равич тоже поднялся. Он знал толк в мелодраме. Но ему ясно было и другое: Буше ничего на приукрасила и даже не переигрывает.

— Замечательно, — бросил он. — Я пойду. Но для Люсьены вы отнюдь не стали благодетельницей.

— Видели бы вы вашу Люсьену, когда она сюда пришла! И потом — чего ей еще надо? Она здорова, от ребенка избавилась — все, как она хотела. Да еще и за клинику платить не пришлось.

— Она больше не сможет иметь детей.

Слониха смешалась, но лишь на секунду.

— Тем лучше, — невозмутимо заметила она. — Ей же, сучке драной, легче.

Равич понял: тут ему ничего не добиться.

— До свидания, госпожа Буше, — сказал он учтиво. — Было интересно побеседовать с вами.

Она подошла к нему почти вплотную. Подавать ей руку Равичу совсем не хотелось. Но у нее этого и в мыслях не было.

— Вы, я вижу, благоразумный человек, месье. — Она доверительно понизила голос: — Куда разумнее большинства других врачей. Жаль, что вы... — Она запнулась и одарила его многообещающим взглядом. — Иногда, в особых случаях... совет знающего врача очень может пригодиться...

Равич не сказал ни да ни нет. Он с интересом ждал продолжения.

— И сами бы в обиде не остались, — добавила Буше. — Особенно в сложных случаях... — Она смотрела на него ласковыми глазами кошки, которая обожает пташек. — Клиенты ведь бывают и весьма состоятельные. Оплата, разумеется, только вперед... и с полицией никаких неприятностей, это я гарантирую... а вам, полагаю, несколько сотен приработка уж никак не помешают. — Она похлопала его по плечу. — Мужчине, тем более такому представительному... — Она широко и хищно улыбнулась, снова берясь за бутылку. — Ну, что скажете?

— Благодарю. — Равич вежливо отстранил бутылку. — Больше не надо. Много не пью. — Эти слова дались ему нелегко, коньяк и впрямь был отменный. Бутылка без фабричной этикетки, явно из какого-то первоклассного частного погребка. — Что до другого вашего предложения, то я должен подумать. С вашего позволения я на днях зашел бы еще. Хотелось бы взглянуть на ваши инструменты. Может, и посоветую кое-что.

— На инструменты сможете взглянуть, когда в следующий раз придете. А я взгляну на ваши бумаги. Доверие должно быть взаимным.

— Определенное доверие вы мне уже выказали.

— Ни в коей мере, — усмехнулась Буше. — Я всего лишь сделала вам деловое предложение, которое в любую секунду могу взять назад. Вы иностранец, по акценту слышно, хотя говорите вы хорошо. Да и с виду вы не француз. Скорей всего вы беженец. —

Она усмехнулась откровеннее прежнего и впилась в Равича холодным взглядом. — Вам никто не поверит, в лучшем случае поинтересуются вашим французским дипломом врача, которого у вас нет. Вот тут, за дверью, в прихожей, полицейский сидит. Если угодно, можете прямо сейчас на меня заявить. Только вы этого не сделаете. А вот предложение мое советую обдумать. Свою фамилию и адрес вы ведь мне не сообщите, верно?

— Нет, — ответил Равич, чувствуя, что бит по всем статьям.

— Я так и предполагала. — Сейчас Буше и впрямь напоминала исполинскую, разъевшуюся кошку. — До свидания, месье. А над предложением моим подумайте. Я давно прикидываю, не привлечь ли мне врача из беженцев.

Равич улыбнулся. Ему ли не знать, зачем ей врач-беженец. Он же будет полностью у нее в руках. А если что случится, он первый за все и ответит.

— Обязательно подумаю, — пообещал он. — До свидания, мадам.

По темному коридору он пробирался почти на ощупь. За одной из дверей ему явственно послышался чей-то стон. Очевидно, комнаты оборудованы как больничные палаты. Там женщины отлеживаются по нескольку часов, прежде чем домой вернуться.

В прихожей сидел смуглый худощавый субъект с аккуратно подстриженными усиками. Он окинул Равича цепким взглядом. Тут же обретался и Роже. Между ним и гостем на столике красовалась вторая бутылка дорогого коньяка. При виде Равича Роже конвульсивным движением попытался было спрятать бутылку, но тут же облегченно осклабился и отдернул руку.

— Всего хорошего, сударь, — сказал он, ощерив пятнистые зубы.

Похоже, он подслушивал под дверью.

— Всего хорошего, Роже, — небрежно бросил в ответ Равич, посчитав фамильярность в данном случае вполне уместной.

За каких-то полчаса эта бронированная бой-баба из непримиримого врага превратила его едва ли не в сообщника. После нее Роже показался ему чуть ли не родным человеком, и запросто переброситься с ним парой слов было сущим облегчением.

Внизу на лестничной площадке ему повстречались две девушки. Они изучали таблички на дверях.

— Простите, месье, — спросила одна, внезапно решившись, — мадам Буше здесь живет?

Равич замялся. Впрочем, какой прок предостерегать? Без толку. Они все равно пойдут и найдут. И ничего другого он им предложить не может.

— Четвертый этаж. На двери табличка.

Светящийся циферблат часов мерцал в темноте, как крохотное потаенное солнце. Было пять утра. Жоан собиралась вернуться в три. Может, еще и придет. А может, слишком устала и поехала прямиком к себе в гостиницу.

Равич откинулся на подушку, намереваясь снова заснуть. Но ему не спалось. Он долго лежал без сна, глядя в потолок, по которому с регулярными промежутками в пару секунд красной полосой проползал отсвет рекламы с крыши дома, что наискосок напротив. Внутри была какая-то пустота, и он не знал, с чего бы это. Казалось, тепло собственного тела просачивается сквозь кожу и уходит неведомо куда, казалось, будто кровь в нем норовит пролиться еще в кого-то, кого рядом нет, и она падает, падает в какую-то сладостно-тревожную бездну. Он скрестил руки за головой и замер. Только теперь он понял, что ждет. И еще он понял, что ждет Жоан не только его сознание — ее ждут его руки, его кровь, и эта странная, непривычная нежность в нем самом тоже ее ждет.

Он встал, набросил халат, сел к окну. Теплая шерстяная ткань привычно согревала тело. Этот старый халат он уже сколько лет за собой таскает; в нем он ночевал, когда спасался бегством, в нем грелся холодными ночами в Испании, когда еле живой от усталости возвращался с дежурства в барак; под этим халатом Хуана, двенадцатилетняя девчушка с глазами восьмидесятилетней старухи, умерла в разбомбленном мадридском пансионе — умерла вместе со своим неистовым желанием когда-нибудь надеть платье из такой же вот мягкой шерсти и позабыть, как изнасиловали ее мать и сапогами насмерть забили отца.

Он оглядел комнату. Четыре стены, пара чемоданов, кое-какие вещи, стопка зачитанных книг — человеку не так уж много нужно для жизни. А в неспокойные времена к пожиткам привыкать и вовсе не стоит. Когда их слишком много — их либо приходится бросать, либо их у тебя отнимут. А сам ты в любой день должен быть готов сорваться с места. Именно поэтому он и живет один; когда ты на марше, никто и ничто не смеет тебя удерживать. А уж брать за сердце и подавно. Разве что мимолетный роман, но не более того.

Он посмотрел на кровать. Белесое пятно смятых простыней. Не страшно, что он сейчас ждет. Ему часто приходилось ждать женщин. Но он чувствовал: прежде он ждал иначе — проще, понятней, неистовей. Иногда, впрочем, и с неясной, беспредметной нежностью, этакой серебристой оторочкой вожделения, — но совсем не так, как нынче. Помимо его воли в него прокралось, проскользнуло что-то. Неужто опять шевельнулось? И теперь снова? Когда это случилось? С каких пор? Или то опять зов далекого прошлого, из его сизых глубин, откуда вдруг повеет свежестью луга, и апрельским лесом, и пряной мятой, и зачем-то снова встанет на горизонте ровный строй пирамидальных тополей? Нет, он больше не хочет. Не хочет обладать всем этим. Не хочет, чтобы все это снова обладало им.

Он на марше.

Он встал и принялся одеваться. Нужно сохранять независимость. Все начинается с таких вот мелких зависимостей. Ты их не замечаешь — и вдруг опутан ими, как паутиной привычки. Привычки, у которой столько разных имен — любовь лишь одно из них. Не надо ни к чему привыкать. Даже к чьему-то телу.

Дверь запирать не стал. Если Жоан придет, она его не застанет. Если захочет, пусть остается. На секунду он задумался, не оставить ли записку. Но врать не хотелось, а ставить в известность, куда он отправляется, — тем более.

Он вернулся утром около восьми. Брел под промозглой стужей утренних фонарей, в голове было ясно, да и дышалось легко. Но на подходе к гостинице он снова ощутил прежнее напряжение.

Жоан не было. Равич сказал себе, что ничего другого и не ждал. Но в комнате было как-то совсем уж пусто. Он осмотрелся, надеясь обнаружить хоть какой-то след ее пребывания. Ничего не нашел.

Позвонил горничной. Та явилась тотчас.

— Я хотел бы позавтракать, — сказал он.

Она только взглянула на него, но ничего не сказала. А спрашивать он не стал.

— Кофе и круассаны, Эва.

— Хорошо, сударь.

Он взглянул на кровать. Если даже Жоан приходила, вряд ли можно предположить, что она ляжет в разворошенную, пустую постель. Даже странно: все, что как-то связано с телом — постель, белье, даже ванная, — будто помертвело, разом лишившись живого тепла. И как все умершее, внушало отвращение.

Он закурил. Она ведь могла решить, что его срочно вызвали к пациенту. Но тогда-то он точно мог записку оставить. Он вдруг понял, что повел себя как полный идиот. Хотел независимость свою выказать, а выказал лишь невнимание. Невнимание и глупость, словно восемнадцатилетний юнец, который что-то самому себе доказать хочет. И тем самым только еще больше свою зависимость обнаруживает.

Горничная принесла завтрак.

— Постель сменить? — спросила она.

— Сейчас-то зачем?

— Ну, если вы еще прилечь захотите.. В свежей постели лучше спится.

Она смотрела на него без всякого подвоха.

— Ко мне кто-нибудь приходил? — спросил он напрямик.

— Не знаю. Я только в семь заступила.

— Эва, а каково это вообще: каждое утро за незнакомыми людьми дюжину кроватей застилать?

— Да нормально, месье Равич. Ежели постояльцы другого чего не требуют. Только почти всегда кто-нибудь да полезет. А ведь в Париже такие дешевые бордели.

— Но утром-то в бордель не пойдешь, Эва. А как раз по утрам у многих постояльцев прилив сил.

— Да уж, особенно у старичков. — Она передернула плечами. — Если не согласишься, без чаевых остаешься, только и всего. Правда, некоторые тогда жаловаться начинают — то им, дескать, в комнате не подмели, то нагрубили. Это все со злости. Тут уж ничего не поделаешь. Жизнь — она и есть жизнь.

Равич достал купюру.

— Так давайте сегодня ее немножко облегчим, Эва. Купите себе шляпку. Или кофточку.

Глаза Эвы заметно оживились.

— Спасибо, господин Равич. Как удачно день начинается. Так вам попозже постель сменить?

— Да.

Она посмотрела на него.

— А дама у вас очень интересная, — заметила она. — Та, которая к вам теперь приходит.

— Еще слово, и я заберу деньги обратно. — Равич уже подталкивал Эву к двери. — Дряхлые сластолюбцы уже ждут вас. Не вздумайте их разочаровывать.

Он сел к столу и принялся за завтрак. Но аппетита не было. Он встал, продолжая есть стоя. Так вроде повкусней. Над крышами вывалилось багряное солнце. Гостиница просыпалась. Старик Гольдберг прямо под ним уже начал свой утренний концерт.

Он кряхтел и кашлял, словно у него шесть легких. Эмигрант Визенхоф распахнул свое окошко и насвистывал парадный марш. Этажом выше зашумела вода. Застучали двери. И только у испанцев все было тихо. Равич потянулся. Вот и ночь прошла. Все подкупы темноты миновали. Он решил, что ближайшие дни поживет один.

На улице мальчишки-газетчики уже выкрикивали утренние новости. Инциденты на чешской границе. Немецкие войска подошли к Судетам. Мюнхенский пакт под угрозой.

XI

Мальчишка не кричал. Только смотрел на врачей. У него еще был шок, и он пока не чувствовал боли. Равич взглянул на его раздробленную ногу.

— Сколько ему лет? — спросил он у матери.

— Что? — непонимающе переспросила женщина.

— Лет ему сколько?

Женщина в косынке продолжала шевелить губами.

— У него нога! — проговорила она. — Его нога! Это был грузовик.

Равич послушал сердце.

— Он чем-нибудь болел? Раньше?

— У него нога! — повторила женщина. — Нога у него!

Равич выпрямился. Сердцебиение учащенное, прямо как у птахи, но само по себе это не страшно. Мальчишка хилый, рахитичный, при наркозе надо следить. Но начинать надо немедленно. Нога вся всмятку, там одной грязи вон сколько.

— Ногу мне отрежут? — спросил мальчишка.

— Нет, — ответил Равич, хотя сам себе не верил.

— Лучше вы ее отрежьте, чем я колченогим останусь.

Равич внимательно глянул в стариковское лицо мальчишки. По-прежнему никаких признаков боли.

— Там посмотрим, — буркнул он. — Пока что придется тебя усыпить. Это проще простого. Бояться нечего. Не волнуйся.

— Минутку, господин доктор. Номер машины FO 2019. Вас не затруднит записать это для моей матери?

— Что? Что такое, Жанно? — всполошилась мать.

— Я запомнил номер. Номер машины. FO 2019. Я видел его совсем близко. А свет был красный. Виноват водитель. — Мальчишка уже тяжело дышал. — Страховку заплатят. Номер...

— Я записал, — сказал Равич. — Не беспокойся. Я все записал. — И махнул Эжени, чтобы та приступала к наркозу.

— Мать пусть в полицию пойдет. Нам страховку заплатят. — Крупные бусины пота выступили у него на лице внезапно, словно упавшие капли дождя. — Если ногу отрежете, заплатят больше, чем если... я колченогим останусь...

Глаза его тонули в синих кругах, что мутными омутами уже заполняли глазницы. Мальчишка застонал, но все еще пытался сказать что-то.

— Моя мать... она не понимает... Вы ей... помогите...

Больше он не выдержал. Слова потонули в диком крике, который исторгся откуда-то изнутри, словно там бесновался раненый зверь.

Триумфальная арка

...— Что нового на белом свете, Равич? — спросила Кэте Хэгстрем.

— К чему вам это знать, Кэте? Думайте лучше о чем-нибудь приятном.

— Мне кажется, я здесь уже целую вечность. А все остальное отодвинулось, будто тонет.

— Ну и пусть себе тонет на здоровье.

— Нет. А то мне начинает казаться, будто эта палата мой последний ковчег, а за окнами уже подступает потоп. Так что там нового на белом свете, Равич?

— Нового ничего, Кэте. Мир по-прежнему рьяно готовится к самоубийству и столь же рьяно не желает себе в этом признаваться.

— Значит, война?

— Что будет война, знает каждый. Единственное, чего не знает никто, — это когда. И все уповают на чудо. — Равич усмехнулся. — Столько уверовавших в чудо государственных мужей, как нынче в Англии и Франции, я в жизни не видывал. Зато в Германии их мало, как никогда.

Она лежала молча.

— Неужто такое возможно... — вымолвила она наконец.

— Да, это кажется настолько невозможным, что однажды и впрямь случится. Как раз потому, что каждый считал это невозможным и ничего не предпринимал. Боли бывают, Кэте?

— Не настолько часто, чтобы нельзя было терпеть. — Она поправила под головой подушку. — Как бы я хотела смыться от всего этого, Равич...

— М-да, — ответил он без особой убежденности. — А кто бы не хотел?

— Вот выйду отсюда и сразу поеду в Италию. Во Фьезоле. Там у меня тихий старый дом с садом. Поживу покамест там. Правда, будет еще прохладно. Бледное, но уже ласковое солнышко. К полудню первые ящерицы на южной стене. Вечером колокольный звон из Флоренции. А ночью луна и звезды над кипарисами. В доме книги и большой каминный зал с деревянными скамейками. Можно сидеть у огня. В решетке камина специальная полочка, чтобы бокал можно было поставить. Красное вино — оно тепло любит. И людей никого. Только старички, муж с женой, они за домом присматривают.

Она взглянула на Равича.

— Замечательно, — сказал он. — Тишина, огонь, книги — и мир. В прежние времена это все считалось мещанством. А нынче... Нынче это мечта о потерянном рае.

Она кивнула:

— Вот я и хочу какое-то время там побыть. Месяц. Может, и пару месяцев. Не знаю. Успокоиться хочу. А уж потом снова сюда — и домой в Америку.

Равич слышал, как в коридоре развозят подносы с ужином. Позвякивала посуда.

— Хорошо, Кэте, — сказал он.

Она замялась.

— Равич, я еще могу иметь детей?

— Ну, не сразу. Сперва вам надо как следует окрепнуть.

— Я не о том. Когда-нибудь. После этой операции. Мне...

— Нет, — отчеканил Равич. — Мы ничего не удаляли.

Она вздохнула.

— Вот это я и хотела знать.

— Но это потребует времени, Кэте. Весь ваш организм еще должен перестроиться.

— Не важно. Сколько бы это ни продлилось. — Она пригладила волосы. Перстень на пальце смутно сверкнул в сумерках. — Смешно, что я об этом спрашиваю? Именно сейчас.

— Да нет. Так часто бывает. Чаще, чем мы думаем.

— Мне как-то вдруг все здесь стало невмоготу. Хочу вернуться домой, выйти замуж, по-настоящему, по-старомодному, рожать детей, жить в покое, воздавать благодарение Господу и любить жизнь.

Равич смотрел в окно. Неистовым багрянцем над крышами бушевал закат. Огни рекламы тонули бесцветными тенями.

— Вам, наверно, все это кажется блажью — после всего, что вы обо мне знаете.

— Нет, Кэте. Нисколько. Вовсе нет.

Жоан Маду пришла под утро, в четыре. Равич проснулся, услышав, как отворилась дверь. Он спал, он уже не ждал ее. И сразу увидел ее в дверном проеме. Она пыталась бесшумно протиснуться в дверь с охапкой огромных хризантем. Лица ее он не мог разглядеть. Виден был только ее силуэт и огромные светлые соцветия.

— А это еще откуда? — удивился он. — Это не букет, это роща. Бога ради, что все это значит?

Жоан наконец-то протиснулась с цветами в дверь и, пройдя через комнату, с размаху бросила всю охапку на кровать. Цветы были влажные, прохладные, а листья пахли осенью и сырой землей.

— Подарили, — сказала она. — С тех пор как с тобой познакомилась, меня задаривают.

— Слушай, убери. Я пока что не умер, чтобы лежать под грудой цветов. Вдобавок еще и хризантем. Добрая старая кровать отеля «Интернасьональ» превращается в гроб...

— Нет! — Жоан судорожно схватила цветы и сбросила на пол. — Не смей так говорить! Никогда, слышишь!

Равич глянул на нее озадаченно. Он совсем запамятовал, как они познакомились.

— Забудь! — сказал он. — Я совсем не то имел в виду.

— Никогда так не говори! Даже в шутку! Обещай мне!

Губы ее дрожали.

— Но, Жоан, — попробовал оправдаться он. — Неужто это и вправду так тебя пугает?

— Да. Это не просто испуг. Я не знаю, что это.

Равич встал.

— Обещаю никогда больше на эту тему не шутить. Теперь ты меня прощаешь?

Она кивнула, прижавшись к его плечу.

— Я не знаю, что это. Просто не могу, и все. Как будто рука из темноты тянется. Это страх такой, жуткий, безотчетный, безумный. Он словно меня подкарауливает. — Она прильнула к нему еще сильнее. — Не подпускай его ко мне.

Равич сжал ее в объятиях.

— Не бойся. Не подпущу.

Она снова кивнула.

— Ты ведь можешь...

— Да, — ответил он с горечью и даже с легкой усмешкой в голосе, вспомнив о Кэте Хэгстрем. — Могу, конечно же, могу...

Она слабо шелохнулась в его руках.

— Я вчера здесь была...

Равич не дрогнул.

— Была?

— Да.

Он молчал. Вот все и сдуло как ветром. Повел себя как мальчишка! Ждать, не ждать — что за чушь? Дурацкие игры с тем, кто вовсе не думает играть.

— А тебя не было.

— Не было.

— Я знаю, не надо спрашивать, где ты был.

— Не надо.

Она отстранилась.

— Хочу принять ванну, — сказала она изменившимся голосом. — Озябла. Еще не поздно? Или я всех перебужу?

Равич снова усмехнулся:

— Если хочешь что-то сделать, не задумывайся о последствиях. Иначе никогда не сделаешь.

Она глянула на него.

— О мелочах можно и задуматься. О серьезных вещах — нет.

— Тоже верно.

Она прошла в ванную и включила воду. Равич уселся у окна и достал пачку сигарет. За окном над крышами, теряясь в пелене снегопада, слабым отраженным сиянием светился ночной город. Внизу на улице вякнул клаксон такси. Белесыми шарами мерцали на полу хризантемы. На софе лежала газета. Он принес ее сегодня вечером. Бои на чешской границе, бои в Китае, ультиматум, отставка правительственного кабинета. Он засунул газету под цветы.

Жоан вышла из ванной. Теплая, ласковая, она уселась на корточках рядом с ним прямо среди цветов.

— Так где ты был вчера ночью? — спросила она.

Он протянул ей сигарету.

— Ты правда хочешь знать?

— Да.

Он помолчал.

— Я был здесь, — сказал он наконец. — Ждал тебя. А когда решил, что ты не придешь, ушел.

Жоан все еще ждала. В темноте огонек ее сигареты то разгорался, то снова гас.

— Это все, — сказал Равич.

— Пошел пить?

— Да...

Жоан обернулась к нему и заглянула в глаза.

— Равич, — спросила она, — ты правда только из-за этого ушел?

— Да.

Она обняла его за колени. Сквозь халат он чувствовал ее живое тепло. Да, это было ее тепло, но и тепло его халата, с которым он сжился и свыкся за много лет, и ему вдруг почудилось, что оба этих тепла сроднились давным-давно и, значит, Жоан тоже вернулась к нему откуда-то из давней прежней жизни.

— Равич, я ведь каждый вечер к тебе приходила. С какой стати ты вчера решил, что я не приду? Может, ты оттого ушел, что просто не хотел меня больше видеть?

— Нет.

— Если не хочешь меня больше видеть, лучше скажи прямо.

— Я бы сказал.

— Но это не так?
— Нет, это правда не так.
— Тогда я счастлива.
Равич глянул на нее.
— Что это ты такое говоришь?
— Я счастлива, — повторила она.
Он помолчал минуту.
— Ты хоть понимаешь, что ты сказала? — спросил он затем.
— Да.
Мягкий свет с улицы мерцал в ее глазах.
— Жоан, такими словами не бросаются.
— А я и не бросаюсь.
— Счастье, — проговорил Равич. — Где оно начинается, где заканчивается? — Ногой он случайно тронул хризантему на полу. Счастье, думал он. Лазурные мечтания юности. Золотисто-благополучная старость. Счастье. Бог ты мой, куда все это подевалось?
— Счастье в тебе начинается и в тебе заканчивается, — изрекла Жоан. — Это же так просто.
Равич ничего не ответил. Что она такое говорит, думал он про себя.
— Ты скажи еще, что ты меня любишь.
— Я тебя люблю.
Он вздрогнул.
— Ты же меня почти не знаешь.
— При чем тут это?
— Очень даже при чем. Любишь — это когда ты готов дожить с человеком до старости.
— Чего не знаю, того не знаю. Любить — это когда ты без человека жить не можешь. Вот это я знаю.
— Где у нас кальвадос?
— На столе. Я принесу. Сиди.

Она принесла бутылку и рюмку и поставила прямо на пол среди цветов.

— А еще я знаю, что ты меня не любишь, — вдруг сказала она.

— Тогда ты знаешь обо мне больше, чем я сам.

Она вскинула на него глаза.

— Но ты меня еще полюбишь.

— Вот и хорошо. За это и выпьем.

— Погоди. — Она плеснула себе кальвадоса и выпила. Потом налила рюмку доверху и протянула ему. Он осторожно принял рюмку из ее рук и на секунду так и замер с рюмкой в руке. Это все неправда, думал он. Сладкие грезы на исходе увядающей ночи. Слова, произнесенные во тьме, — да разве могут они быть правдой? Настоящим словам нужен свет, много света.

— Откуда тебе все это так точно известно? — спросил он.

— Просто я люблю тебя.

«Как она обходится с этим словом! — то ли удивлялся, то ли негодовал про себя Равич. — Не раздумывая, как с пустой миской. Плеснет туда чего хочешь и называет любовью. Чего только в эту миску не наливали! Страх одиночества, влечение к другому «я», желание польстить собственному самолюбию, призрачные домыслы фантазии! Но кому дано знать правду? Разве то, что я сказанул насчет дожить с человеком до старости, — разве это не еще глупее? Может, она в своем неразумении, в нераздумывании своем куда больше права? С какой стати в эту зимнюю ночь, словно на переменке между двумя войнами, я тут расселся, точно учитель-зануда, и раскладываю слова по полочкам? Зачем сопро-

Триумфальная арка 197

тивляюсь — вместо того, чтобы ринуться с головой, пусть и не веря?»

— Зачем ты сопротивляешься? — спросила Жоан.
— Что?
— Зачем ты сопротивляешься? — повторила она.
— Да не сопротивляюсь я. Чему мне сопротивляться?
— Не знаю. Но что-то в тебе замкнуто наглухо, и ты не хочешь туда впускать... никого и ничего.
— Брось, — буркнул Равич. — Налей-ка мне еще.
— Я счастлива и хочу, чтобы ты тоже был счастлив. Я совершенно счастлива. Я просыпаюсь с тобой, засыпаю с тобой. И больше ни о чем знать не хочу. Когда я о нас с тобой думаю, у меня в голове серебристый звон, а иной раз будто бы скрипка. Нами обоими полнятся улицы, словно музыкой, подчас вторгаются и людские голоса, и кадры плывут, как в кино, но музыка не стихает. Она всегда со мной.

«Еще пару недель назад ты была несчастна, — думал Равич, — и меня вообще не знала. Какое легкое счастье!» Он выпил свою рюмку.

— И часто ты бывала счастлива? — спросил он.
— Да нет. Не часто.
— Но иногда. Когда в последний раз у тебя в голове был серебристый звон?
— Зачем ты спрашиваешь?
— Да так просто. Лишь бы спросить.
— Забыла. И вспоминать не хочу. Это было по-другому.
— Это всегда по-другому.

Она ему улыбнулась. Лицо светлое и открытое, как цветок с редкими лепестками, ничего не желающими скрывать.

— Два года назад, — сказала она. — Это было недолго. В Милане.

— Ты жила тогда одна?

— Нет. Кое с кем другим. Он очень переживал, ревновал меня жутко, а понять не мог.

— Еще бы.

— Ты бы понял. А он... ужасные сцены закатывал. — Она устроилась поудобнее: стащила с софы подушку, подсунула себе за спину и прислонилась к софе. — Как же он ругался! Потаскухой меня обзывал, тварью неблагодарной, изменщицей. Только все это неправда. Я была ему верна, пока любила. Он никак не мог понять, что я его больше не люблю.

— Этого никто никогда понять не может.

— Ну нет, ты бы понял. Но тебя я всегда любить буду. Ты другой совсем, и у нас с тобой все по-другому. Он даже убить меня хотел. — Она рассмеялась. — Все они такие: чуть что, сразу убить. Месяца через два и тот, другой, тоже прикончить меня собрался. Но они только грозятся. А вот ты никогда меня убить не захочешь.

— Разве что кальвадосом, — серьезно сказал Равич. — Дай-ка мне бутылку. Слава богу, хоть человеческий разговор пошел. А то уж я было порядком струхнул.

— Из-за того, что я тебя люблю?

— Умоляю, только не начинай снова-здорово. Это все равно что выход на природу в кринолинах и париках. Мы вместе, а уж надолго или нет — кто его знает? Мы вместе — этого достаточно. А весь этот этикет — к чему он нам?

— Надолго или нет — мне это не нравится. Но все это только слова. Ты меня не бросишь. Хотя и это только слова, и ты это знаешь.

— Конечно. А тебя бросал любимый человек?

— Да. — Она подняла на него глаза. — Кто-то из двоих всегда бросает. Иногда другой успевает раньше.

— И что же ты делала?

— Да все! — Она выхватила рюмку из его руки и допила остаток. — Все! Только все без толку. Я была такая несчастная — мерзость просто.

— И долго?

— Неделю.

— Это недолго.

— Если ты по-настоящему несчастлив, это целая вечность. А я была настолько переполнена горем, что через неделю меня просто не хватило. Несчастливы были мои волосы, моя кожа, моя постель, даже моя одежда. Я была до того полна несчастьем, что всего остального для меня просто не существовало. А когда остального для тебя нет, горе мало-помалу перестает казаться горем — тебе его не с чем сравнивать. И остается лишь опустошенность. Ну и тогда все кончается. И начинаешь понемногу снова жить.

Она поцеловала его руку. Он ощутил робкую нежность ее губ.

— О чем ты думаешь? — спросила она.

— Ни о чем, — отозвался он. — Ну разве что о твоей непуганой невинности. Ты и разнузданна до крайности, и целомудренна, все вместе. Самая опасная смесь на свете. Дай-ка мне рюмку. Хочу выпить за моего дружка Морозова, он большой знаток человеческих сердец.

— Мне твой Морозов не нравится. За кого-нибудь другого выпить нельзя?

— Конечно, он тебе не нравится. Он тебя насквозь видит. Тогда выпьем за тебя.

— За меня?

— Да, за тебя.

— И вовсе я не опасная, — проговорила Жоан. — Я уязвима, я сама в опасности, но чтобы опасная... нет.

— То, что ты такой себя видишь, делает тебя еще опаснее. С тобой никогда ничего не случится. Будем!

— Будем. Но ты меня не понимаешь.

— Да кто кого вообще понимает? От этого все недоразумения на свете. Передай мне бутылку.

— Ты слишком много пьешь. Зачем тебе напиваться?

— Жоан! Настанет день, когда ты скажешь: это уж слишком. Ты слишком много пьешь, скажешь ты, свято веря, будто желаешь мне добра, а на самом деле ты будешь желать совсем другого: прекратить мои загулы туда, куда тебе нет доступа, где я тебе неподвластен. Так что давай отпразднуем! Мы доблестно избежали громких слов, что грозовой тучей лезли к нам в окно. Мы их пришибли другими громкими словами. Будем!

Он ощутил, как она вздрогнула. Она привстала, опершись на руки, и теперь смотрела на него в упор. Глаза широко распахнуты, купальный халат соскользнул с плеча, грива волос отброшена назад — сейчас, в полумраке, она походила на молодую светло-золотистую львицу.

— Я знаю, — спокойным голосом сказала она, — ты подтруниваешь надо мной. Я это знаю, но мне плевать. Просто чувствую, что живу, чувствую всем существом своим, я теперь дышу иначе, сплю по-другому, все мое тело снова обрело смысл, и в ладонях больше нет пустоты, и мне все равно, что ты об этом думаешь и что скажешь, я просто даю волю своему бегу, своему полету, и кидаюсь с головой не раздумывая, и я счастлива, без оглядки и страха, и не боюсь сказать об этом, сколько бы ты меня ни вышучивал и сколько бы ты надо мной ни смеялся...

Равич ответил не сразу.

— Я над тобой не смеюсь, Жоан, — сказал он наконец. — Я над собой смеюсь.

Она прильнула к нему.

— Но почему? Что там у тебя в упрямой твоей башке, что тебе мешает? Почему?

— Да нет, ничего мне не мешает. Просто, наверно, я не так скор, как ты.

Она тряхнула головой.

— Дело не только в этом. Какая-то часть тебя хочет одиночества. Я же чувствую. Это как преграда.

— Никакая это не преграда. Просто у меня за спиной на пятнадцать лет жизни больше. И совсем не всякая жизнь — это дом, которым ты волен распоряжаться по своему хотению, все богаче обставляя его мебелью воспоминаний. Кому-то суждено ютиться в гостиницах, то в одной, то в другой, во многих. И годы захлопываются за спиной, как гостиничные двери, а на память остаются мгновения риска, крупицы куража и ни капли сожалений.

Она долго не отвечала. Он даже не понял, слушала ли она его вообще. Сам же он смотрел в окно, каждой жилкой в себе ощущая ток кальвадоса, искристый, горячий. Пульсирующий гул крови стихал, уступая место воцаряющейся тишине, и пулеметные очереди мигов и секунд быстротекущего времени тоже заглохли. Размытым красноватым серпом вздымался над крышами полумесяц, словно венец гигантской, укутанной облаками мечети, что оторвалась от земли и уплывает в бездонность снежной круговерти.

— Я знаю, — сказала Жоан, кладя руки ему на колени и опершись на них подбородком, — глупо было рассказывать тебе все эти вещи о своем прошлом. Могла бы просто промолчать, могла бы и соврать, но я не хочу. Почему мне не рассказать тебе все, как было, не придавая этому особого значения? Лучше я расскажу, тогда и значение сойдет на нет, потому что для меня сейчас это всего лишь смешно, я даже не понимаю, что там такого было, а ты сколько хочешь над этим смейся, а заодно, если угодно, и надо мной.

Равич взглянул на нее. Ее колени попирали пышные белые цветы, а заодно и газету, которую он успел под них сунуть. «Какая странная ночь, — подумалось ему. — Ведь где-то сейчас стреляют и за кем-то гонятся, кого-то уже бросили за решетку, пытают, убьют, где-то вот так же, как эти цветы, попран спокойный, привычный, мирный быт, а ты в это время здесь и обо всем этом знаешь, но совершенно бессилен что-либо сделать, а в освещенных кабаках бурлит злачная жизнь, и никому ни до чего нет дела, люди спокойно ложатся спать, а я сижу здесь с этой женщиной, что устроилась между белесых хризантем, и бутылкой кальвадоса, и бледная тень любви, зыбкая, печальная, всему на свете чужая, встает над нами, неприкаянная, как и сама эта женщина, — неистовая, порывистая, она изгнана из уютных садов своего прошлого, словно у нее нет права...»

— Жоан, — медленно произнес он, словно хотел сказать что-то совсем другое, — это замечательно, что ты здесь.

Она смотрела на него.

Он взял ее руки в свои.

— Понимаешь, что это значит? Это больше, чем тысячи разных слов...

Она кивнула. Он вдруг заметил слезы у нее в глазах.

— Ничего это не значит, — выдохнула она. — Ровным счетом ничего. Я-то знаю.

— Но это не так, — возразил Равич, прекрасно зная, что это именно так.

— Да нет. Ровным счетом ничего. Ты должен любить меня, милый, вот и все.

Он не ответил.

— Ты должен любить меня, — повторила она. — Иначе я пропала.

Пропала, мысленно повторил он. Как же легко ей это говорить. Кто по-настоящему пропал, тот уже не разговаривает.

XII

— Ногу отрезали? — спросил Жанно.

Его бескровное, осунувшееся личико цветом напоминало серую, замшелую побелку старой стены. Веснушки выделялись на нем резко и вчуже, словно капли разбрызганной краски. Обрубок ноги был упрятан в проволочный каркас, выступавший под одеялом.

— Боли есть? — спросил Равич.

— Да. В ноге. Нога болит очень. Я уже сестру спрашивал. Но эта старая карга ничего не говорит.

— Ногу мы тебе ампутировали, — сообщил Равич.

— Выше колена или ниже?

— Сантиметров на десять выше. Колено раздроблено начисто, его было не спасти.

— Это хорошо, — задумчиво сказал Жанно. — Это процентов на десять повышает страховку. Очень хорошо. Протез — он и есть протез. Выше колена, ниже колена, один черт. Зато пятнадцать процентов прибавки каждый месяц в карман положить можно. — Он задумался. — Матери лучше пока не говорите. С этой клеткой ей под одеялом все равно не видно.

— Мы ей не скажем, Жанно.

— Страховка должна быть пожизненная. Вроде как пенсия. Ведь так, доктор?

— Думаю, да.

Землистое лицо неожиданно расплылось в злорадной ухмылке.

— То-то они очумеют! Мне ведь только тринадцать. Долго же им платить придется. Вы уже знаете, какая это страховая компания?

— Пока нет. Но нам известен номер машины. Ты же его запомнил. Из полиции уже приходили. Хотят тебя допросить. Но утром ты еще спал. Сегодня вечером опять придут.

Жанно о чем-то задумался.

— Свидетели, — произнес он затем. — Важно, чтобы у нас были свидетели. Они у нас есть?

— По-моему, твоя мать записала два адреса. Я видел листок у нее в руках.

Мальчишка встревожился.

— Она же потеряет. Если уже не потеряла. Старость, сами знаете. Где она сейчас?

— Твоя мать всю ночь около тебя просидела. Только под утро мы уговорили ее домой пойти. Она скоро придет.

— Будем надеяться, она их не потеряла. Полиция... — Он слабо махнул своей тощей ручонкой. — Все жулье. Наверняка заодно со страховщиками.

Триумфальная арка   205

Но если свидетели надежные... Когда она обещала прийти?

— Скоро. Ты насчет этого не волнуйся. Все устроится.

Жанно пожевал губами, что-то прикидывая.

— Иногда они предлагают все сразу выплатить. Вроде как отступные. Вместо пенсии. Мы бы тогда свою лавку могли открыть. На пару, мать и я.

— Ты лучше сейчас отдохни, — предложил Равич. — Еще успеешь все обдумать.

Мальчишка затряс головой.

— Нет, правда, — не отступался Равич. — У тебя должна быть ясная голова, когда полиция придет.

— И то верно. Так что мне делать?

— Спать.

— Но тогда...

— Мы тебя разбудим...

— Красный свет... Это точно был красный.

— Конечно. А теперь постарайся заснуть. Если что понадобится, вот звонок.

— Доктор...

Равич обернулся.

— Если дело выгорит... — Сморщенное, почти стариковское лицо мальчишки тонуло в подушке, но слабая тень плутоватой улыбки играла на нем. — Везет же кому-то в жизни, а?

...Вечер выдался слякотный, но теплый. Рваные облака низко тянулись над городом. На тротуаре перед рестораном «Фуке» пылали жаром круглые коксовые печурки. Между ними выставили несколько столиков и стулья. За одним уже сидел Морозов и призывно махал Равичу.

— Иди сюда, выпьем!

Равич подсел к нему.

— Мы слишком много сидим в помещениях, — начал Морозов. — Ты не находишь?

— Только не ты. Ты же круглые сутки на улице торчишь перед своей «Шехерезадой».

— Опять ты со своей скудоумной логикой, школяр несчастный. Да, вечерами я, если угодно, ходячая дверь «Шехерезады», но уж никак не человек на свежем воздухе. Говорю тебе: мы слишком много сидим в помещениях. Мы в помещениях думаем. В помещениях живем. В помещениях впадаем в отчаяние. Вот скажи: разве на вольном воздухе можно впасть в отчаяние?

— Еще как, — буркнул Равич.

— Но только оттого, что мы слишком много живем в помещениях. А ежели ты к свежему воздуху привык — никогда. Да и отчаиваться на лоне природы куда сподручней, чем в квартире или на кухне. К тому же душевней как-то. И не возражай! Страсть вечно возражать — признак узости западноевропейского ума и вообще заката Европы. Что за манера вечно доказывать свою правоту? У меня сегодня свободный вечер, и я хочу пожить настоящей жизнью. Мы, кстати, слишком часто пьем в помещениях.

— И писаем тоже.

— Оставь свою дурацкую иронию при себе. Данности бытия грубы и тривиальны. Только наша фантазия дарует им подлинную жизнь. Только она превращает унылые жердины для просушки белья во флагштоки наших грез. Я прав?

— Нет.

— Разумеется, нет. Да и не больно хотелось.

— Конечно, ты прав.

Триумфальная арка

— Вот и ладно, братишка. Мы и спим слишком много в помещениях. Мы превращаемся в мебель. Каменные дома переломили нам хребет. Мы теперь ходячие диваны, ночные столики, несгораемые шкафы, строчки в договорах аренды и платежной ведомости, мы теперь ходячие кастрюли и ватерклозеты.

— Правильно. А еще — ходячие партийные директивы, военные заводы, сумасшедшие дома и приюты для слепых.

— Что ты все время меня перебиваешь, маньяк со скальпелем! Пей, молчи и живи в свое удовольствие! Ты только глянь, во что мы превратились! Если память мне не изменяет, только у греков были боги пития и веселья — Вакх и Дионис. А у нас вместо этого Фрейд, комплекс неполноценности и психоанализ, а еще боязнь искренних слов в любви и половодье громких слов в политике. Жалкое племя! — Морозов подмигнул.

Равич подмигнул в ответ.

— Жалкий жизнелюб, старый циник-мечтатель! Морозов ухмыльнулся:

— Зато ты у нас герой-романтик без мечты, на короткий миг мироздания обретший имя Равич.

— Но на очень короткий. Если по именам считать, это уже моя третья жизнь. Что за водка у тебя? Польская?

— Балтийская. Из Риги. Лучше не бывает. Плесни себе еще, и давай посидим спокойно, глядя на лучшую в мире улицу, благословляя этот дивный вечер и поплевывая в морду отчаянию.

Пламя в коксовых печурках уютно потрескивало. Уличный музыкант со скрипочкой встал на краю тротуара и заиграл «Auprès de ma blonde»[*]. Прохожие его толкали, задевали инструмент. Смычок соскальзывал, но скрипач невозмутимо играл дальше, никого вокруг не замечая. Скрипка заунывно стонала. Казалось, она мерзнет. Между столиками прохаживались два марокканца, предлагая посетителям аляповатые ковры искусственного шелка.

Мимо пробегали мальчишки-газетчики с вечерними выпусками. Морозов купил «Пари суар» и «Энтрансижан». Он проглядел заголовки и брезгливо отодвинул газеты в сторону.

— Фальшивомонетчики, — буркнул он. — Ты не замечал, что мы живем в век фальшивок?

— Нет. Мне-то казалось, мы живем в век консервов.

— Консервов? В каком смысле?

Равич кивнул на газеты.

— Думать больше не нужно. Для тебя все заранее обдумано, разжевано, пережито. Консервы. Только вскрыть. Поставляются на дом трижды в сутки. И не надо больше ничего самому разводить и выращивать, готовить на огне вопросов, стремлений и сомнений. Консервы. — Он ухмыльнулся. — Нам нелегко живется, Борис. Зато дешево.

— Мы живем среди фальшивок. — Для наглядности Морозов приподнял газеты. — Ты только посмотри на это. Они строят военные заводы во имя мира; концентрационные лагеря во имя правды; в тогу справедливости у них рядятся партийные распри; политики, эти бандиты, у них спасители человечества; свобода — только громкое слово, ширма, чтобы прикрыть жажду власти. Все липа!

---

[*] «Подле милой блондинки моей» (*фр.*).

Умственная туфта! Пропагандистские враки! Макиавелли доморощенные! Идеалисты подзаборные! Ну хоть бы словечко правды! — Он скомкал газеты и сбросил их со стола.

— Мы и газет слишком много читаем в помещениях, — поддел его Равич.

Морозов рассмеялся:

— Точно! На свежем воздухе ими хотя бы огонь...

Он осекся. Равича рядом не было. Морозов услышал, как тот вскочил, а теперь успел заметить, как он проталкивается сквозь толпу в направлении проспекта Георга Пятого.

Морозов замешкался лишь на секунду. Потом вынул из кармана деньги, бросил их в блюдечко, что служило подставкой для рюмки, и кинулся вдогонку за Равичем. Он не понял, что стряслось, но поспешил вслед за Равичем на всякий случай, если тому понадобится помощь. Хотя полиции вроде не видно. И не похоже, чтобы Равич убегал от частного детектива. Народу на улице полно. Тем лучше, подумал Морозов. Если его, чего доброго, опознал полицейский, легче ускользнуть. Равича он снова углядел уже только на проспекте. Как раз переключили светофор, и скопище машин, дожидавшихся зеленого, с ревом ринулось вперед. Не обращая на них внимания, Равич, словно лунатик, пытался перейти улицу. Он чуть было не угодил под такси. Водитель обматерил его на чем свет стоит. Морозов едва успел ухватить Равича за рукав и оттащить обратно.

— Ты с ума сошел? — заорал он. — Тебе что, жить надоело? Что с тобой?

Равич не отвечал. Он не отрываясь смотрел на другую сторону улицы.

Машины шли сплошным потоком. Одна за одной, в четыре ряда. Не проскочишь. Равич стоял на краю тротуара, весь подавшись вперед и не сводя глаз с противоположной стороны.

Морозов легонько его встряхнул.

— В чем дело? Полиция?

— Нет. — Равич не отрывал взгляда от мелькающих авто.

— Тогда что? Да скажи же!

— Хааке.

— Что? — Глаза Морозова хищно прищурились. — Как выглядит? Скорей!

— Серое пальто...

Пронзительная трель полицейского свистка донеслась откуда-то с середины Елисейских полей — регулировщик перекрыл движение. Равич кинулся на проезжую часть, лавируя между последними машинами. Темно-серое пальто — это все, что он успел запомнить. Он перебежал проспект Георга Пятого и улицу Бассано. Откуда вдруг столько серых пальто? Чертыхаясь, он пробивался вперед как можно скорее. На перекрестке с улицей Галилея, слава богу, движение было перекрыто. Он перешел на другую сторону и, расталкивая прохожих, метнулся дальше. Добежав до Пресбурской, он проскочил перекресток и тут замер, словно наткнувшись на стену: перед ним раскинулась площадь Звезды, громадная, кишащая машинами и людьми, что ручейками и потоками вливались в нее из соцветия окружающих улиц. Хана! Тут никого не найдешь.

Он повернул, медленно побрел по Елисейским полям обратно, пристально вглядываясь в лица встречных прохожих, — но порыв и ярость вдруг угасли в нем. Как-то сразу накатила пустота. Опять он обознался — или Хааке опять от него ускользнул. Но как можно обознаться дважды? И чтобы человек второй раз как сквозь землю провалился? Но есть ведь еще и боковые улицы. Хааке мог свернуть. К примеру, вот сюда, на Пресбурскую. Машины, люди, опять машины, опять люди. Конец рабочего дня, час пик. Прочесывать нет смысла. Опять упустил.

— Пусто? — спросил подошедший навстречу Морозов.

Равич только головой покачал:

— Должно быть, мне опять призраки мерещатся.

— Но ты его узнал?

— По-моему, да. Так мне показалось. Но теперь... я вообще ни в чем не уверен.

Морозов глянул на него пристально.

— Есть много похожих лиц.

— Да, но есть и незабываемые.

Равич остановился.

— И что ты намерен предпринять? — спросил Морозов.

— Не знаю. А что тут сделаешь?

Морозов смотрел на поток прохожих.

— Вот черт! Ну надо же! И как назло, еще и время такое. Конец дня. Народу тьма.

— Да...

— И свету мало. Сумерки. Ты хоть как следует его разглядел?

Равич не ответил.

Морозов взял его под локоть.

— Послушай, — сказал он. — Рыскать сейчас по улицам все равно без толку. Пока по одной мечешься, только и будешь думать, что он на соседней. Пустое дело. Пойдем-ка лучше обратно в «Фуке». Там самое подходящее место. Сядешь там и смотри себе в оба, чем зря бегать. Если обратно пойдет, ты его не упустишь.

Они выбрали столик у самого края, откуда просматривалась вся улица. Сидели молча. Наконец Морозов спросил:

— Что будешь делать, если его увидишь? Ты уже решил?

Равич покачал головой.

— А ты подумай. Надо заранее знать. Тут нельзя полагаться на случай, а потом глупостей наделать, когда этот случай тебя же застигнет врасплох. Тем более в твоем положении. Ты же не хочешь годков на десять в тюрягу загреметь?

Равич поднял голову. Он не ответил. Просто молча смотрел на Морозова.

— Ну да, на твоем месте мне бы тоже было плевать, — рассудил Морозов. — На себя. Но мне-то на тебя не плевать. Вот сейчас что бы ты сделал, если бы там, на углу, его встретил?

— Не знаю, Борис. Честное слово, не знаю.

— При себе у тебя что-нибудь имеется?

— Нет.

— Но если ты просто так, не раздумывая, на него набросишься, вас мигом растащат. И ты очутишься в полицейском участке, а он скорей всего отделается парочкой фингалов, верно?

— Верно. — Равич, насупившись, смотрел себе под ноги.

Морозов задумался.

— Ты мог бы разве что попытаться столкнуть его под машину. На каком-нибудь перекрестке. Но это ведь не наверняка. И тогда он скорей всего отделается парочкой шрамов.

— Не стану я его под машину пихать. — Равич все еще глазел на мостовую.

— Да знаю я. Я бы тоже не стал.

Морозов помолчал.

— Равич, — сказал он затем. — Если это правда был он и если ты его снова встретишь, тебе нельзя допустить промашку. Ты это понимаешь? Второго шанса у тебя точно не будет.

— Я понимаю. — Равич все еще изучал брусчатку у себя под ногами.

— Если увидишь, иди за ним следом. Ничего больше. Выследи его. Узнай, где он живет. Этого достаточно. Все остальное успеешь обдумать после. Не спеши. И не наломай дров, слышишь?

— Да, — отрешенно вымолвил Равич, по-прежнему не поднимая глаз.

К их столику подходил торговец фисташками. Его сменил мальчишка с заводными мышами. Мыши послушно танцевали на мраморном полу и бодро взбирались по рукаву хозяина. Потом снова явился скрипач. На сей раз он играл «Parlez moi d'amour»* и был в шляпе. Женщина с сифилитическим носом пыталась всучить им фиалки.

Морозов глянул на часы.

— Уже восемь, — объявил он. — Дальше ждать смысла нет, Равич. Мы уже третий час тут торчим. Он не придет. Во Франции в эту пору всякий нормальный человек ужинает.

— Иди себе, Борис. Тебе вообще со мной сидеть не обязательно.

---

* «Говорите мне о любви» (*фр.*).

— При чем тут это? Я буду сидеть с тобой, сколько захочешь. Но мне неохота видеть, как ты сводишь себя с ума. Говорю тебе: бессмысленно караулить здесь до скончания века. Шансы повстречаться с ним сейчас повсюду одинаковые. Больше того: в любом ресторане, в любом ночном клубе, в любом борделе они выше, чем здесь.

— Я знаю, Борис.

Огромная волосатая ручища Морозова легла ему на плечо.

— Равич, — сказал он, — послушай меня. Если тебе суждено его встретить, ты его встретишь. Если нет — можешь хоть сто лет его ждать, и все без толку. Да ты и сам прекрасно все понимаешь. Смотри в оба — везде и всюду. И будь начеку. А в остальном живи как жил и считай, что ты обмишурился. Может, кстати, оно и вправду так. Это единственное, что тебе остается. Иначе ты себя доконаешь. Я сам через такое прошел. Годков этак двадцать назад. В любом прохожем мне кто-то из убийц моего батюшки мерещился. Галлюцинации. — Он допил свою рюмку. — Чертовы галлюцинации. А теперь пошли. Пора где-нибудь поужинать.

— Ужинай без меня, Борис. Я попозже уйду.

— Ты правда хочешь тут остаться?

— Посижу еще немножко. А потом к себе в гостиницу. У меня еще дела.

Морозов глянул на него внимательно. Он-то знал, что Равичу в гостинице понадобилось. Но знал он и другое: тут уж ничего не поделаешь. Это только ему, Равичу, решать.

— Ладно, — сказал он. — Если что — я в «Матушке Мари». А потом в «Бубличках». Звони. Заходи. — Он вскинул свои кустистые брови. — И не рискуй зря.

Не геройствуй. Не будь идиотом. Стреляй, только когда наверняка сможешь уйти. Это тебе не игрушки и не кино про гангстеров.

— Я знаю, Борис, не волнуйся.

Равич сходил в гостиницу «Интернасьональ» и отправился обратно. Но по дороге решил заглянуть в гостиницу «Милан». Посмотрел на часы. Полдевятого.

Может, Жоан еще у себя.

Она кинулась ему навстречу.

— Равич! — изумилась она. — Ты решил меня навестить?

— Ну да...

— Ты хоть помнишь, что ни разу здесь не был? С того вечера, когда ты меня отсюда забрал.

Он слабо улыбнулся:

— Это правда, Жоан. Мы с тобой ведем странную жизнь.

— Не говори. Прямо как кроты. Или летучие мыши. Или совы. Видимся только под покровом ночи.

Она расхаживала по комнате — широким шагом, гибкая, грациозная, порывистая. На ней был темно-синий, мужского покроя, домашний халат, туго перехваченный поясом. На кровати было разложено черное вечернее платье, приготовленное для «Шехерезады». Она была сейчас невероятно красива и столь же бесконечно далека.

— Тебе еще не пора идти, Жоан?

— Пока нет. Через полчасика. Самое любимое мое время. Перед отходом. Кофе, свободное время — все удовольствия. А вдобавок и ты пришел. И даже кальвадос имеется.

Она принесла бутылку. Он принял у нее из рук бутылку и, не вынув пробку, поставил на стол. Потом нежно взял ее за руки.

— Жоан, — начал он.

Ее глаза тотчас же угасли. Она стояла близко-близко.

— Говори сразу, что?
— О чем ты? Что такое?
— Не знаю, но что-то... Когда ты такой, всегда что-то случается. Ты из-за этого пришел?

Он чувствовал: ее руки отдаляются. Хотя она не двигалась, и руки не двигались тоже. И все-таки казалось, будто некая сила ее от него оттаскивает.

— Жоан, сегодня вечером не надо ко мне приходить. Сегодня, а может, и завтра, и еще пару дней.
— У тебя работа в клинике?
— Нет. Тут другое. Не могу говорить. Но ни с тобой, ни со мной, вообще с нами это никак не связано.

Она постояла молча.

— Ладно, — вымолвила она.
— Ты меня понимаешь?
— Нет. Но раз ты так говоришь, значит, так нужно.
— Ты не сердишься?

Она вскинула голову.

— Господи, Равич, — вздохнула она. — Ну как я могу на тебя сердиться?

Он поднял глаза. У него сжалось сердце. Жоан сказала лишь то, что хотела сказать, но, сама того не желая, ударила в самое уязвимое место. Он не особенно прислушивался к словам, которые она то нашептывала, то горячо лепетала ему по ночам, ведь под утро, едва серая мгла сумерек затягивает окна, слова забываются. Он знал: самозабвение, охватывавшее ее в такие часы, было именно забвением себя, но и забвением его тоже, и воспринимал его как любовный угар, как яркую вспышку страсти, не более. Но сейчас, словно летчик, в разрыве облаков сквозь прятки света и тени вдруг узревший землю, эти плывущие под ним четкие лоскуты зелени и бурой пашни, он впервые увидел нечто большее. В самозабвении он вдруг ощутил самоотдачу, в дурмане страсти — искренность глубокого чувства, в бездумном шелесте слов — преданность и доверие. Он-то ожидал как раз недоверия, подозрительности, расспросов, но только не этого. Истина, как всегда, обнажила себя не в громких словах, а в мелочах. Громкие слова — они подбивают на театральщину, а театральщина подбивает на ложь.

Гостиничный номер. Четыре стены. Парочка чемоданов, кровать, лампа, окно зияет пустотой ночи и чернотой прошлого — и это светлое лицо, эти серые глаза, высокие полукружия бровей, и золото дерзко взметнувшихся волос, — жизнь, сама жизнь, подвижная, струистая, распахнутая ему навстречу, как цветущий куст олеандра навстречу солнцу, — вот же она, стоит перед тобой, безмолвно, вся ожидание и вся призыв. Возьми меня! Держи меня! Разве он когда-то, давным-давно, не сказал ей: «Что ж, буду держать»?

Он подошел к двери.
— Спокойной ночи, Жоан.
— Спокойной ночи, Равич.

Он снова сидел перед кафе «Фуке». За тем же столиком, что и прежде. Сидел долго, за часом час все глубже погружаясь в черную пучину прошлого, где тускло светился лишь один-единственный огонек — надежда на отмщение.

Его схватили в августе тридцать третьего. Он две недели прятал у себя двоих друзей, которых разыскивало гестапо, а потом помог им бежать. Один из них еще в семнадцатом, под Биксхооте во Фландрии, спас ему жизнь, когда под прикрытием пулеметного огня вытащил его, истекающего кровью, с ничейной земли к своим, в окопы. Второй был еврейский писатель, давний его знакомец. Равича привели на допрос, главное, что их интересовало — куда эти двое бежали, на чьи имена у них документы и кто еще будет пособничать им в побеге. Допрашивал его Хааке. Едва очнувшись после первого обморока, Равич бросился на Хааке в надежде выхватить у него револьвер, а то и просто удавить голыми руками. Ну и вместо этого сам получил по голове, тут же провалившись в кровавое забытье. Конечно, это была глупость — что он мог один против четверых вооруженных громил? Потом три дня он то долго, бесконечно долго выныривал из забытья, то, ошпаренный несусветной болью, погружался в него снова — но, выплывая, всякий раз видел над собой холодную, невозмутимую ухмылку Хааке. Три дня одни и те же вопросы, три дня одни и те же муки в истерзанном теле, казалось, уже почти утратившем способность чувствовать боль. А потом, в конце третьего дня, привели Сибиллу. Хотя она вообще ничего не знала. Ей показали Равича — в уверенности, что она сразу расколется. Изысканное, избалованное создание, выросшее в роскоши и ни к чему другому не приученное, она вела беззаботную, шаловливую жизнь женщины-игрушки. Он-то ожидал, что она забьется в истерике и тут же сломается. Ничего подобного. Сибилла накинулась на палачей с руганью. Она смертельно их оскорбила. Смертельно для себя, она это знала. Неизменная ухмылка сползла с физиономии Хааке. Он прервал допрос. А на следующий день подробно разъяснил Равичу, что сделают с его приятельницей в женском концентрационном лагере, если он не признается. Равич молчал. Тогда Хааке разъяснил ему, что с ней сделают еще до лагеря. Равич все равно ни в чем не признался — да и не в чем было. Он тщетно пытался убедить Хааке, что эта женщина вообще ни при чем, она ничего знать не может. Сказал, что и знаком-то с ней скорее случайно. Что в его жизни она значила не больше изящной безделушки. Что уж ей-то он никогда бы ничего на свете не доверил и ни во что бы ее не втянул. И это была чистая правда. Хааке в ответ только ухмылялся. Три дня спустя Сибиллы не стало. Сказали, что повесилась в концлагере. На следующий день привели одного из беглецов — еврейского писателя. Равич его увидел, но вообще не узнал, даже по голосу. Однако понадобилась еще целая неделя допросов у Хааке, чтобы этот полутруп умер окончательно. Тогда и самого Равича отправили в концлагерь. Потом был госпиталь. Потом побег из госпиталя.

Заливая небо серебром, над Триумфальной аркой зависла луна. Фонари вдоль Елисейских полей убегали вдаль, раскачиваясь на ветру. Их яркий свет дробился в рюмках на столе. Все как во сне — рюмки эти, эта луниша, эта ночь и этот час, навевающий даль и близь, словно все это уже когда-то было, в другой жизни, под другими звездами, на иной планете, — и сами эти воспоминания о годах минувших, канувших, ушедших на дно, столь живых и одновременно столь же мертвых, — эти воспоминания тоже как сон, фосфоресцируют в мозгу, сверкая окаменелостями слов, — а еще призрачнее, еще невероятней непостижимое чудо, что течет во мраке жил, неостановимо и неустанно, поддерживая температуру 36,7, чуть солоноватое на вкус, четыре литра тайны и круговращения, кровь, омывающая нервные узлы и то незримое, неведомо в какой пустоте подвешенное хранилище, именуемое памятью, где от года до года — бессчетно световых лет, и каждый как звезда, то светлый, то омраченный оспинами пятен, то кровавый, как Марс, что повис сейчас над улицей Берри, — необъятный небосвод воспоминаний, под которым сиюминутная злоба дня торопливо обделывает свои суетные делишки.

Зеленый огонек отмщения. Город, тихо мерцающий в позднем лунном свете под мерный, далекий гул автомобильных моторов. Цепочки домов, длинные, нескончаемые шеренги окон, за которыми, во всю длину улицы, клубки, связки и хитросплетения человеческих судеб. Биение миллионов сердец, человеческих сердец, непрестанное и неумолчное, как рокот бессчетноцилиндрового мотора, медленно, медленно ползущего по улице жизни, с каждым тактом на крохотный миллиметр все ближе к смерти.

Он встал. На Елисейских полях было пусто. Кое-где на перекрестках еще слонялись последние шлюхи. Он двинулся куда глаза глядят, миновал Шаронскую, улицу Марбеф, Мариньянскую, добрел до Круглой площади и повернул обратно к Триумфальной арке. Перешагнул через цепи ограды и подошел вплотную к могиле Неизвестного солдата. Язычок голубого пламени из горелки лампады сиротливо трепетал во мраке сводов. Рядом лежал увядший венок. Равич пересек всю площадь Звезды и направился к бистро, возле которого ему впервые померещился Хааке. За столиками коротали время несколько таксистов. Он сел у окна, там же, где сидел в прошлый раз, и попросил кофе. Таксисты болтали о Гитлере. Гитлер им представлялся шутом гороховым, а если сунется на линию Мажино, ему вообще будет крышка. Равич неотрывно смотрел в окно. «Чего ради я тут сижу, — думал он. — С тем же успехом можно сидеть в любом другом парижском кабаке — шансы одинаковые». Он глянул на часы. Почти три. Хааке — если это и вправду был он — в такое время по улицам шататься не станет.

Мимо продефилировала очередная шлюха. Заглянула в освещенное окно и двинулась дальше. «Вот обратно пойдет — и я уйду, — сказал себе Равич. Шлюха вернулась. Но он не ушел. — Еще раз пройдет — и тогда уж точно», — твердо решил он. Тогда, значит, Хааке вообще нет в Париже. Шлюха показалась снова. Даже кивнула ему и прошла мимо. Он остался сидеть. Она вернулась еще раз. Он все равно не ушел.

Официант начал составлять стулья на столы. Таксисты расплатились и ушли. Официант выключил свет над барной стойкой. Зал погрузился в неприветливый полумрак. Равич оглянулся по сторонам.

— Счет! — бросил он.

На улице задул ветер и заметно похолодало. Облака плыли теперь выше и резвее. Он шел мимо гостиницы Жоан и на миг остановился. Во всех окнах темно, кроме одного, — там за занавесками брезжил свет ночника. Комната Жоан. Он знал: она боится, ненавидит входить в темную комнату. А свет оставила, потому что ей сегодня возвращаться сюда, а не к нему. Он еще раз взглянул на ее окно и недоуменно потупился. Какого черта он не захотел ее видеть? Воспоминание о Сибилле давно угасло, только память о ее смерти осталась.

А все прочее? Какое это имеет к ней отношение? Даже к нему — какое это имеет отношение даже к нему? Если он такой дурак, что охотится за привидениями, не в силах совладать с ужимками памяти, с клубком воспоминаний, с мрачными судорогами прошлого в собственном мозгу, что под влиянием случайной встречи, разительного сходства снова разворошил в себе остывшие шлаки тех мертвых лет, если, потрафив собственной слабости, отомкнул один из смрадных склепов прошлого и опять дал волю едва залеченному неврозу, подвергая опасности все, что с таким трудом возводил в себе все эти годы, а вдобавок и единственного человека, по-настоящему близкого ему во всей этой текучке, — кто виноват? Какая связь между тем и этим? Забудь — разве сам он не внушал себе это снова и снова? Разве иначе смог бы он выжить? И где бы сейчас был?

Он ощутил, как тает свинцовая тяжесть во всем теле. Перевел дух. Ветер все новыми порывами тревожил сон улиц. Он снова глянул на освещенное окно. Там живет некто, кому он небезразличен, кто, завидев его, меняется в лице, — и такого человека он готов был принести в жертву миражной иллюзии, своей заносчивой, нетерпеливой и эфемерной надежде на отмщение...

Чего он хочет? Зачем сопротивляется? Для какой такой цели себя бережет? Жизнь сама идет к нему в руки, а он, видите ли, имеет возражения. И не потому, что предложенного мало, — наоборот, слишком много. Неужто надо было пережить в памяти кровавую грозу прошлого, чтобы постигнуть такую простую вещь? Он передернул плечами. Сердце, подумалось ему. Сердце! Как оно раскрывается! Как его все трогает! Окно, подумалось ему, это окно, одиноко не гаснущее в ночи, отсвет другой жизни, безоглядно бросившейся ему на грудь, до того доверчивой и открытой, что и сам он готов раскрыться. Пламя желания, высверки нежности, вспыхивающие багряные зарницы крови, ты это знаешь, ты все изведал, изведал до такой степени сполна, что неколебимо уверился — уж тебя-то это чарующее, ослепительное смятение никогда не захлестнет, — и вдруг ты стоишь среди ночи под окнами третьеразрядной гостинички, а оно вот оно, клубится, как марево над асфальтом, неведомо как занесенное сюда будто с другого края земли, просочившись дыханием тропической весны с лазурных кокосовых островов сквозь толщи океана, коралловые заросли, мрак и огонь подземных недр и вынырнув здесь, в Париже, на заштатной улочке Понселе, ароматом мимозы и мальвы, теснит эту ночь, полную жажды мести и прошлого, таинственным, неоспоримым и необоримым самораскрытием живого чувства...

В «Шехерезаде» было полно. Жоан сидела за столиком в компании каких-то людей. Равича она увидела сразу, едва тот застыл в дверях. Зал тонул в волнах музыки и табачного дыма. Сказав что-то своим спутникам, Жоан стремительно подошла к нему.
— Равич...
— Ты еще занята?
— А что такое?
— Хотел тебя увести.

— Но ты же говорил...
— Забудь. У тебя еще здесь дела?
— Нет. Только вот им скажу, что мне уйти надо.
— Давай скорей. Я на улице жду, в такси.
— Хорошо. — Она остановилась. — Равич?
Он оглянулся.
— Ты только из-за меня сюда приехал?
Он на секунду смешался.
— Да, — тихо вымолвил он прямо в это лицо, трепетно раскрытое ему навстречу. — Да, Жоан. Из-за тебя. Только из-за тебя.
Она резко повернулась.
— Тогда пошли, — выдохнула она. — Уйдем скорее! А те... какое нам до них дело...

Такси ехало по Льежской.
— Так в чем было дело, Равич?
— Ни в чем.
— Я так боялась.
— Забудь. Не о чем говорить.
Жоан взглянула на него.
— Я думала, ты вообще уже не вернешься.
Он склонился над ней. И почувствовал, что ее всю трясет.
— Жоан, — сказал он, — не думай ни о чем и ни о чем не спрашивай. Видишь эти фонари, видишь эти сотни светящихся вывесок? Мы живем в погибающем столетии, а этот город бурлит жизнью. Мы с тобой оторваны ото всего, и у нас ничего нет, кроме наших сердец. Считай, что я побывал на Луне, а теперь вернулся, и ты здесь, и ты — это сама жизнь. Не спрашивай больше ни о чем. В твоих волосах больше тайны, чем в тысяче вопросов. Здесь, сейчас нас ждет ночь, всего несколько часов и целая

вечность, покуда за окном не загрохочет утро. То, что люди любят друг друга — понимаешь, это все; это чудо и это простейшая вещь на свете, я это понял, прочувствовал сегодня, когда ночь заблагоухала цветением весны, когда ветер принес аромат земляники. Без любви ты никто, ты всего лишь мертвец в отпуске, так, имя, фамилия и парочка дат для надгробия, с тем же успехом можно и сразу умереть...

Свет фонарей скользил по окнам машины, как луч прожектора по стенам корабельной каюты. На бледном лице глаза Жоан то светлели, то казались совсем черными.

— Мы не умрем, — прошептала она у Равича в руках.

— Нет. Мы — нет. Не сейчас. Только время. Это проклятое время. Оно умирает всегда. А мы живем. Мы живем вечно. Ты просыпаешься — и у тебя весна, засыпаешь осенью, а в промежутках у тебя тысячу раз зима и лето, и если любить друг друга по-настоящему, мы будем вечны и нетленны, как биение сердца, как ветер и дождь, а это немало. Мы выигрываем дни, а теряем годы, только что нам до того и какая в том печаль? Нынешний час — это и есть жизнь. Мгновение — оно ближе всего к вечности, твои глаза мерцают, сквозь бесконечность веков сочится звездная пыль, дряхлеют боги, но свежи и молоды твои губы, тайна трепещет меж нами, только Ты и Я, зов и отклик, из сумерек и первоистоков, из упоения всех любящих, выжимкой из всех стонов страсти обратившись в любовную бурю, пройдя бесконечный путь от амебы до Руфи и Эсфири, Елены и Аспазии, до лазурных мадонн в церквях, от пресмыкания в древнейшем сне до волхования в тебе и мне.

Она лежала в его объятиях недвижно, белея лицом, настолько всецело ему вверившись, что ее отрешенность казалась почти надменной, — а он, склонившись над ней, все говорил и говорил, и поначалу ему даже чудилось, будто это не он, будто кто-то другой заглядывает ему через плечо, и эта тень беззвучно, с загадочной улыбкой что-то нашептывает, и он склонялся все ниже и чувствовал, как Жоан вся подается ему навстречу, а тень все еще была тут, пока не исчезла...

XIII

— Скандал, — изрекла дама в изумрудах, глядя на Кэте Хэгстрем, сидевшую напротив. — Грандиозный скандал! Весь Париж хохочет. Ты когда-нибудь могла заподозрить, что Луи гомосексуалист? Ну конечно же, нет. Мы все ничего не знали. Он превосходно замаскировался. Лина де Ньюбур чуть ли не официально считалась его любовницей — и представь себе: неделю назад приезжает он из Рима, на три дня раньше, чем сам же обещал, отправляется вечерком на квартиру к этому самому Ники, желая сделать тому сюрприз, — и кого он там застает?

— Свою жену, — сухо бросил Равич.

Дама в изумрудах изумленно вскинула голову. Вид у нее был такой, будто ей только что сообщили, что ее муж обанкротился.

— Вы уже знаете эту историю? — разочарованно спросила она.

— Нет. Но это напрашивалось.

— Не понимаю. — Дама не сводила с Равича недоуменного взгляда. — Такое невозможно было предположить.

Кэте Хэгстрем улыбнулась:

— У доктора Равича своя теория, Дэзи. Он называет ее систематикой случайности. Суть в том, что самое невероятное наиболее возможно.

— Как интересно. — Дэзи вежливо улыбнулась, впрочем, без всякого интереса. — Так вот, ничего бы не раскрылось, — продолжила она, — но Луи закатил жуткую сцену. Он рвал и метал. А теперь вообще переехал в отель «Крийон». Желает разводиться. Все с нетерпением ждут, что он укажет в качестве причины. — В ожидании реакции она удовлетворенно откинулась в кресле. — Ну, что ты на это скажешь?

Кэте Хэгстрем бросила взгляд на Равича. Тот изучал ветку орхидеи, что лежала на столе между шляпными коробками и корзиной винограда и персиков, — удивительные, похожие на бабочек белые цветки, испещренные сладострастными алыми сердечками.

— Невероятно, Дэзи, — откликнулась Кэте. — Просто невероятно.

Дэзи наслаждалась своим триумфом.

— Ну что, уж этого вы, полагаю, никак не ожидали? — обратилась она к Равичу.

Тот бережно поставил орхидею в изящную высокую хрустальную вазу.

— Нет, этого, признаться, не ожидал.

Дэзи удовлетворенно кивнула и принялась собирать сумочку, перчатки и пудреницу.

— Мне уже пора. У Луизы в пять коктейль-прием. Министр ее пожалует. Сейчас чего только не болтают. — Она встала. — Кстати, Фреди и Марта снова разбежались. Она отослала ему подаренные драгоценности. Уже в третий раз. И, представь, всякий раз действует безотказно. Этот осел доверчив, как ягненок! Искренне полагает, будто его любят не из-за денег. Он все вернет ей снова и в награду за бескорыстие подарит что-нибудь еще. Как всегда. Он-то, святая простота, не догадывается, а она уже присмотрела себе утешительный приз у Остертага. Он всегда только там ей покупает. Рубиновую брошь, ромбом, камни отменные, крупные, чистейшая голубиная кровь. Ловко, ничего не скажешь.

Она расцеловала Кэте Хэгстрем.

— Прощай, милочка. Теперь ты по крайней мере в курсе, что вообще в мире творится. Скоро ты отсюда выберешься? — Она посмотрела на Равича.

Тот встретился глазами с Кэте.

— Пока что нет, — сказал он. — К сожалению.

И подал Дэзи манто. Темная норка без воротника. Шубка для Жоан, мелькнуло у него в голове.

— Приходите как-нибудь вместе с Кэте на чашку чая, — пригласила Дэзи. — По средам у меня почти никого, можем спокойно поболтать. Меня страшно интересуют операции.

— С удовольствием.

Равич прикрыл за ней дверь и вернулся.

— Отменные изумруды, — проронил он.

Кэте Хэгстрем рассмеялась.

— Вот такая раньше была у меня жизнь, Равич. Представляете?

— Вполне. Почему бы и нет? Если сил хватает — прекрасно. Избавляет от многих других забот.

— А я вот уже не представляю.

Она встала с кресла и осторожно пошла к кровати. Равич внимательно смотрел, как она идет.

— Это ведь более или менее все равно, как жить, Кэте. Можно и с удобствами, не это важно. Важно, ради чего живешь. Да и то не всегда.

Она закинула на кровать свои красивые, длинные ноги.

— Все не важно, — сказала она, — когда столько недель провалялся в постели, а теперь можешь встать.

— Вам не обязательно здесь оставаться, если не хотите. Можете в «Ланкастер» перебраться, только сиделку наймите.

Кэте Хэгстрем покачала головой:

— Нет, останусь здесь, пока не смогу уехать. Здесь я хотя бы избавлена от всех этих Дэзи.

— Гоните их вон, если будут надоедать. Нет ничего утомительнее болтовни.

Она осторожно вытянулась на кровати.

— Вы не поверите, но при всей своей говорливости Дэзи — замечательная мать. Представляете? У нее двое детей, и она превосходно их воспитывает.

— Бывает, — бесстрастно проронил Равич.

Она укрылась одеялом.

— Клиника — все равно что монастырь, — заметила она. — Начинаешь снова ценить простейшие вещи: то, что тебе дано ходить, дышать, видеть.

— Да. Счастье — оно у нас под ногами. Достаточно просто нагнуться и поднять.

Она посмотрела на него.

— Я серьезно говорю, Равич.

— Я тоже, Кэте. Только простые вещи не обманывают ожиданий. А счастья, его, чем ниже падаешь, тем больше подберешь.

Жанно лежал на койке, разбросав перед собой целый веер брошюр.

— Ты почему свет не включаешь? — спросил Равич.

— Мне и так пока видно. У меня глаза хорошие.

Брошюры оказались рекламными проспектами протезов. Жанно добывал их где только можно. Мать недавно принесла ему новую партию. Он показал Равичу особенно красочный. Равич включил свет.

— Это самый дорогой, — пояснил мальчик.

— Но не самый лучший, — возразил Равич.

— Зато самый дорогой. Я страховщикам скажу, что мне только такой нужен. Мне-то он вообще ни к чему. Пусть мне только по страховке за него заплатят. Я и деревянной ногой обойдусь, а денежки приберу.

— У страховщиков свои врачи, Жанно. И у них все под контролем.

Мальчишка даже сел в кровати.

— Это что же, они не оплатят мне протез?

— Оплатят. Ну, может, не самый дорогой. Но деньгами не дадут, проследят, чтобы ты именно протез получил.

— Тогда я протез возьму и тут же обратно продам. Ну, с убытком, конечно. Как вы считаете, процентов двадцать скидки будет достаточно? Для начала-то я десять предложу. Может, вообще имеет смысл с магазином заранее сговориться. Страховщикам-то какое дело, что я возьму — протез или деньги? Их дело раскошелиться, а там какая им разница. Так или нет?

— Конечно. Попробовать можно.

— А для меня разница большая. Мы на эти денежки могли бы сразу прилавок купить и все, что нужно для небольшой молочной. — Он хитровато усмехнулся. — Такой протез с шарниром и всеми прибамбасами кучу денег стоит. Это ж какая тонкая работа! Во лафа!

— От страховой компании кто-нибудь приходил?

— Нет. Насчет ноги и денег пока нет. Только насчет операции и клиники. Нам, может, адвоката нанять? Вы как думаете? Он на красный ехал! Это точно! Полиция...

Вошла медсестра, принесла ужин. Поставила на столик возле койки Жанно. Мальчик замолчал, дожидаясь, когда та выйдет.

— Еды так много, — вздохнул он. — Я в жизни столько не ел. Одному мне все и не осилить. Хорошо хоть мать приходит, она доедает. Тут нам обоим хватает за глаза. А ей экономия. Палата здесь вон сколько стоит.

— Палата в счет страховки оплачивается. Ты в любой можешь лежать.

Серое лицо мальчика озарила лукавая улыбка.

— Я с доктором Вебером уже поговорил. Он мне десять процентов обещал. Ну, он счет страховой компании выставит за все про все, а когда ему деньги придут, десять процентов мне отдаст. Наличными.

— Да ты у нас деловой, Жанно.

— Когда беден, иначе нельзя.

— Это правда. Боли есть?

— Да. Нога болит. Которой нет.

— Это нервы. Они все еще ногу чувствуют.

— Да знаю я. Все равно чудно. Когда у тебя болит то, чего уже нету. Может, это душа моей ноги все еще тут? — Он улыбнулся собственной шутке. Потом аккуратно накрыл верхний судок с ужином. — Суп, курица, овощи, пудинг. Ну, это вот для матери. Она курицу обожает. Дома-то мы ее не часто едим. — Он блаженно откинулся на подушку. — Иной раз ночью проснусь и думаю: как же мы за все за это расплатимся? Ну, спросонок, с перепугу, так часто бывает. И только потом соображаю, что я тут лежу, как сынок богатеньких родителей, и могу просить, чего захочется, и сестру могу вызвать, и та придет, а за все это какие-то другие люди заплатят. Шикарно, правда?

— Да, — согласился Равич. — Шикарно.

Равич сидел в смотровом кабинете в «Осирисе».

— Кто-нибудь еще есть? — спросил он.

— Да, — отозвалась Леони. — Ивонна. Она последняя.

— Зови ее. Ты здорова, Леони.

Ивонна была блондинка лет двадцати пяти, плотненькая, курносая и, как многие ее подруги по ремеслу, с толстенькими ручками-ножками. Она вплыла в кабинет, развязно покачивая бедрами, и приподняла шелковую комбинашку.

— Туда, — бросил Равич, указывая на кресло.

— А так нельзя? — спросила Ивонна.

— Это еще почему?

Вместо ответа она молча повернулась, демонстрируя свой ладный крепкий зад. Он был весь в синих полосах. Кто-то учинил ей нещадную порку.

— Надеюсь, клиент хотя бы как следует тебе заплатил, — заметил Равич. — Это не шутки.

Ивонна покачала головой:

— Ни сантима, доктор. Это не клиент.

— Значит, для удовольствия. Вот уж не думал, что ты охотница до таких забав.

Светясь от гордости и загадочно улыбаясь, Ивонна снова покачала головой. Было видно, что ей все это страшно нравится. Приятно было чувствовать себя важной птицей.

— Я не мазохистка, — выговорила она, щеголяя знанием ученого слова.

— Тогда что? Скандал?

Ивонна выдержала секундную паузу.

— Любовь, — изрекла она и сладко повела плечами.

— Значит, ревность?
— Да. — Ивонна сияла.
— Очень больно?

— От такого больно не бывает. — Она осторожно улеглась в кресло. — А знаете, доктор, мадам Роланда сперва даже не хотела меня к работе допускать. Я ее еле упросила. Хотя бы на часок, говорю, только на часок, для пробы, разрешите! Сами увидите! А теперь с этой синей задницей на меня спрос куда больше, чем прежде.

— Это почему же?

— Сама не знаю. Но некоторые чудики прямо с ума сходят. Ну, заводит их сильно. На прошлой неделе я на двести пятьдесят франков больше заработала. Сколько эта красота у меня еще продержится?

— Недели две-три, никак не меньше.

Ивонна аж языком прищелкнула от удовольствия.

— Если и дальше так пойдет, шубку себе куплю. Лисицу. Вообще-то кошку, но такую, что не отличишь.

— Ну а если не хватит, дружок всегда тебя снова отделать может.

— Нет, ни за что! — с живостью возразила Ивонна. — Он не из таких. Не какой-нибудь клещ расчетливый, вы не подумайте! Если и отлупит, то только в сердцах. Когда найдет на него. А так ни за что — хоть на коленях буду умолять.

— С характером, значит. — Равич вскинул на нее глаза. — Ты здорова, Ивонна.

Она встала с кресла.

Эрих Мария Ремарк

— Ну, тогда за работу! А то меня внизу уже старичок ждет. С седенькой бородкой такой. Я ему уже и синяки показала. Он чуть на стенку не полез. Дома-то под каблуком, наверно. Небось спит и видит, как он старуху свою лупцует. — Она залилась колокольчатым смехом. — Все-таки странная штука жизнь, верно, доктор? — И величаво выплыла из кабинета.

Равич вымыл руки. Потом убрал инструменты и подошел к окну. Серебристой дымкой между домами уже сгущались сумерки. Голые деревья тянулись из асфальта, как черные руки мертвецов. В засыпанных окопах на такие иногда натыкаешься. Он распахнул окно и выглянул на улицу. Таинственный час между явью и сном, между днем и ночью. Час любви в укромных гостиницах — для замужних женщин, для женатых мужчин, которые чуть позже будут чинно восседать за семейным столом. Час, когда итальянки в долинах Ломбардии уже начинают желать друг другу felicissima notte*. Час отчаяния и час мечтаний.

Он закрыл окно. Казалось, в комнате сразу потемнело. В нее влетели тени и устроились по углам, затевая свои беззвучные беседы. Бутылка коньяка, принесенная Роландой, мерцала на столе огромным шлифованным топазом. Равич постоял еще минутку — и пошел вниз.

Там уже играла пианола, а просторный зал был залит ярким светом. Девицы в откровенных розовых комбинациях в два ряда сидели в центре на высоких табуретках. Все, понятное дело, были без бюстгальтеров: покупателю надо показывать товар лицом. Клиентов

---

* Доброй ночи (*ит.*).

было уже с полдюжины. В основном мелкие буржуа средних лет, явно из числа осторожных завсегдатаев: зная, что девицы сегодня проходили обследование, они торопились воспользоваться гарантией венерической безопасности. Ивонна была со своим старичком. Тот сидел за столиком перед бутылкой дюбонне, а она стояла над ним, поставив ногу на его стул, и пила шампанское. С каждой заказанной бутылки ей причиталось десять процентов. Старичок, должно быть, и впрямь от нее без ума, если уж на шампанское раскошелился. Обычно такое позволяют себе только иностранцы. Но Ивонна свое дело знала. У нее был победоносный вид цирковой укротительницы.

— Закончил, Равич? — спросила Роланда, стоявшая у входа.

— Да. Все в порядке.

— Выпьешь чего-нибудь?

— Нет, Роланда. Домой пора. Я весь день работал. Горячая ванна да свежее белье — вот и все, что мне сейчас нужно.

И, минуя гардероб возле бара, направился к выходу. На улице мерцанием фиолетовых глаз его встретил вечер. По голубому небу, одинокий и деловитый, куда-то спешил аэроплан. Черным комочком на самой высокой ветке одного из безлистых деревьев щебетала птица.

Безнадежная пациентка, пожираемая изнутри раком, этой безглазой, серой тварью; калека-мальчишка, подсчитывающий свою будущую пенсию; шлюха, чей зад превратился в золотую жилу; первый дрозд в ветвях — все это снова и снова проносилось в памяти, пока он, ничего вокруг не замечая, сквозь сумерки и ароматы свежего хлеба медленно шел туда, где его ждала женщина.

...— Еще кальвадоса хочешь?

Жоан кивнула:

— Да, не помешало бы.

Равич махнул официанту.

— А есть у вас кальвадос постарше этого?

— Вам этот не понравился?

— Отчего же. Но, может, у вас в подвале найдется что-нибудь поинтереснее?

— Надо посмотреть.

Официант направился к кассе, где в обществе своей кошки мирно дремала хозяйка. Пошептавшись с ней, он скрылся за дверью с матовыми стеклами — там была конторка, где колдовал над счетами хозяин. Немного погодя он появился оттуда с важной, сосредоточенной миной и, даже не взглянув в сторону Равича, пошел к подвальной лестнице.

— Похоже, нас что-то ждет.

Официант вернулся с бутылкой, которую нес на руках, бережно, как младенца. Бутылка была грязная; не живописно вымазанная пересохшей грязью, как это делают специально для туристов, нет, это была откровенно грязная бутылка, явно много лет пролежавшая в подвале, в паутине и в пыли. Официант откупорил ее с особой осторожностью, понюхал пробку и только после этого подал им два пузатых бокала.

— Прошу вас, сударь, — церемонно произнес он и плеснул Равичу на самое донышко.

Равич взял бокал и глубоко вдохнул аромат. Пригубил и откинулся на стуле. Потом кивнул. Официант торжественно кивнул в ответ и только после этого наполнил оба бокала примерно на треть.

— Теперь попробуй, — сказал Равич Жоан.

Она отпила глоток и поставила бокал. Официант внимательно за ней наблюдал. Она подняла на Равича изумленные глаза.

— Такого я в жизни не пила, — проговорила она и тут же отхлебнула еще. — Ты это не пьешь, а как будто вдыхаешь.

— В этом вся соль, мадам, — умиротворенно заметил официант. — Вы сразу разобрались.

— Равич, — сказала Жоан, — ты даже не знаешь, чем рискуешь. После этого кальвадоса я же никакой другой пить не смогу.

— Сможешь. И еще как.

— Но я буду все время мечтать об этом.

— Вот и прекрасно. Станешь мечтательницей. Мечтать о кальвадосе — это так романтично.

— Но другой-то мне уже не будет нравиться.

— Напротив. Он будет казаться тебе даже вкусней, чем он есть на самом деле. Это будет кальвадос с привкусом мечты о совсем другом кальвадосе. Одно это лишит его всякой будничности.

Жоан рассмеялась:

— Чушь какая-то! Да ты и сам знаешь.

— Конечно, чушь. Но только этим мы и живы. А вовсе не сухарями повседневности. Откуда иначе взялась бы на свете любовь?

— При чем тут любовь?

— Да при всем. Она поддерживает жизнь. Иначе мы любили бы только однажды, а все прочее, что встретилось бы потом, отметали. А так тоска по брошенному нами или оставившему нас нимбом переходит на того, кого мы встретим после. Ореол былой утраты сообщает романтический флер новому избраннику. Старый, как мир, фокус влюбчивости.

Жоан вскинула на него глаза.

— По-моему, это отвратительно, когда ты так говоришь.

— По-моему, тоже.

— Не говори так больше. Даже в шутку. Чудо ты превращаешь в какой-то трюк.

Равич промолчал.

— И потом... все это звучит так, словно ты от меня уже устал и подумываешь бросить.

Равич наблюдал за ней как бы со стороны, но с нежностью.

— Вот уж о чем не тревожься, Жоан. Время придет — и это ты меня бросишь. Но не я тебя. Это наверняка.

В сердцах она даже бокал отставила.

— Ну что за чепуха! Никогда я тебя не брошу. Зачем ты опять мне голову морочишь?

Эти глаза, думал Равич. Как будто молнии в них сверкнули. Нежные, красноватые молнии отблеском незримых свечей.

— Жоан, — сказал он, — ничуть я тебе голову не морочу. Давай лучше я расскажу тебе историю про волну и утес. История очень старая. Намного старше нас. Вот послушай. Жила-была когда-то волна, и любила она утес где-то в море, ну, допустим, в бухте на Капри. И вот уж она этот утес и нежила, и омывала, холила и лелеяла, целовала день и ночь, обвивала своими белыми пенистыми руками. Вздыхала и плакала и умоляла прийти к ней, ведь она так утес любит, так омывает, так нежит, так подтачивает, и в один прекрасный день утес наконец не выдержал и рухнул в ее объятия.

Он отхлебнул кальвадоса.

— Ну? И дальше что? — спросила Жоан.

— И оказалось вдруг, что никакой он больше не утес и его не обнимешь, не обласкаешь, не омоешь ни пеной, ни горючими слезами. Это был теперь всего лишь огромный каменный обломок на дне морском, где-то глубоко под ней. Волна была страшно разочарована, почувствовала себя обманутой и ушла в море на поиски нового утеса.

— Ну? — Жоан смотрела на него, явно ожидая какого-то подвоха. — Что все это значит? Ему надо было просто оставаться утесом.

— Волны всегда так говорят. Но всякое движение сильнее любой твердыни. Вода камень точит.

Она досадливо отмахнулась.

— Какое это имеет отношение к нам? Это всего лишь сказка, и она ничего не значит. Или ты опять надо мной потешаешься. А когда дело до дела дойдет, ты меня бросишь, вот и все. Я это точно знаю.

— Это будет твое последнее слово, когда ты будешь от меня уходить, — со смехом заключил Равич. — Ты мне заявишь, что это я тебя бросил. И приведешь доводы, и сама в них поверишь, и докажешь свою правоту перед старейшим судом на свете. Перед природой.

Он подозвал официанта.

— Мы хотели бы купить эту бутылку.

— Вы желаете забрать ее с собой?

— Именно.

— Сожалею, месье, но у нас это не положено. Навынос не продаем.

— Спросите все-таки у хозяина.

Официант вернулся с газетой в руках. Это была «Пари суар».

— Шеф разрешил в порядке исключения, — объявил он, с силой вогнал в горлышко пробку и завернул бутылку в газету, предварительно вынув, аккуратно сложив и сунув в карман спортивное приложение. — Прошу вас, месье. Храните в темноте, в прохладном месте. Это кальвадос еще из поместья деда нашего хозяина.

— Замечательно. — Равич расплатился и взял бутылку, чтобы получше ее рассмотреть. — Пойдем с нами, солнышко, так долго согревавшее яблоки на нормандских ветрах в старом, заброшенном саду жарким летом и ясной синей осенью. Ты нам очень пригодишься. Потому как воздух мироздания пахнет бурей.

Они вышли на улицу. Начинался дождь. Жоан остановилась.

— Равич? Ты меня любишь?
— Да, Жоан. Сильнее, чем ты думаешь.

Она прильнула к нему.

— Иной раз что-то не похоже.
— Наоборот. Иначе я бы никогда ничего подобного тебе не рассказывал.
— Лучше б ты рассказывал что-то другое.

Он глянул на дождь и улыбнулся:

— Любовь, Жоан, это не тихая заводь, чтобы млеть над своим отражением. В ней бывают свои приливы и отливы. Свои бури, осьминоги, остовы затонувших кораблей и ушедшие под воду города, ящики с золотом и жемчужины. Жемчужины, правда, очень глубоко.

— Мне это все ни о чем не говорит. Любовь — это быть вместе. Навсегда.

Навсегда, эхом отозвалось в нем.

Бабушкины сказки для малых деток.

Тут даже за минуту ручаться нельзя.

Жоан запахнула пальто.

— Скорее бы лето, — вздохнула она. — Никогда еще я его так не ждала, как в этом году.

Триумфальная арка

Она достала из шкафа свое черное вечернее платье и бросила на кровать.

— Как же я иногда все это ненавижу. Вечное это платье. «Шехерезаду» эту вечную. Изо дня в день одно и то же! Вечно одно и то же!

Равич смотрел на нее молча.

— Неужели ты не понимаешь?

— Еще как понимаю.

— Так почему ты не заберешь меня отсюда, милый?

— Куда?

— Куда-нибудь! Все равно куда!

Равич развернул бутылку кальвадоса и вытащил пробку. Принес рюмку и налил до краев.

— Выпей.

Она покачала головой:

— Не поможет. Иногда даже выпивка не помогает. Иногда вообще ничего не помогает. Не хочу сегодня вечером туда идти, к идиотам этим.

— Так оставайся.

— И что?

— Позвонишь, скажешь, что заболела.

— Ну так завтра все равно туда тащиться, только хуже будет.

— Ты и несколько дней проболеть можешь.

— А, все равно. — Она подняла на него глаза. — Да что же это? Что же это со мной, милый? Или это все дождь? И слякоть эта ночная? Иногда я словно в гробу лежу. Эти серые дни, я в них просто тону. А ведь еще сегодня у меня такого и в мыслях не было, я была счастлива с тобой в том ресторанчике, но ты зачем-то начал рассуждать, кто кого бросит. Не хочу об этом ни знать, ни слышать! Мне от этого тоскливо, в голову бог весть что лезет, и я места себе не нахожу. Я знаю, ты не о том совсем думал, но меня это ранит. Меня это ранит, и сразу начинается дождь, и эта темень. Тебе не понять. Ты сильный.

— Я сильный? — переспросил Равич.
— Да.
— Откуда ты знаешь?
— Ты ничего не боишься.
— Я больше ничего не боюсь. Отбоялся свое. А это, Жоан, не одно и то же.

Но она его не слушала. Мерила комнату своими длинными шагами, и комната была ей мала. У нее походка — как будто она все время идет против ветра, подумал Равич.

— Я хочу отсюда прочь, — сказала она. — Ото всего. От гостиницы этой, от этого ночного клуба, от тамошних липких взглядов, прочь! — Она остановилась. — Равич, ну почему мы должны жить вот так? Неужели нельзя жить, как все люди живут, когда любят друг друга? Быть вместе, вместе проводить вечера, среди любимых вещей, в укромном уюте, а не тосковать целыми днями среди чемоданов в гостиничном номере, где все чужое?

Лицо Равича оставалось непроницаемым. Вот оно, подумалось ему, сейчас начнется. Рано или поздно этого надо было ожидать.

— Ты и вправду такими нас видишь, Жоан?
— Почему нет? Другие ведь живут! В тепле, в согласии, несколько комнат, дверь закрываешь — и вся суета, все тревоги позади, за порогом, а не лезут, как здесь, во все щели.
— Ты правда это видишь? — повторил Равич.
— Да.

— Небольшая милая квартирка, свой милый мещанский мирок? Милый мещанский покой на краю вулкана? Ты правда это видишь?

— Мог бы и иначе сказать, — с горечью проронила она. — Не с таким презрением. Когда любишь, совсем другие слова подбираешь.

— Разве в словах дело, Жоан? Ты правда все это видишь? И не видишь, что мы оба для этого не созданы?

Она опять остановилась.

— Почему? Я вполне.

Равич улыбнулся. В улыбке была нежность, ирония, но и грусть.

— Жоан, — произнес он, — ты тоже нет. Ты еще меньше, чем я. Но это не единственная причина. Есть и другая.

— Ну да, — проронила она с горечью. — Я знаю.

— Нет, Жоан. Этого ты не знаешь. Но я тебе сейчас скажу. Так будет лучше. Чтобы ты больше не думала о том, о чем сейчас думаешь.

Она все еще стояла перед ним.

— Отделаемся от этого поскорей, — сказал он. — Только потом ты уж меня особо не донимай.

Она не ответила. Стояла с пустым лицом. Точно с таким же, какое он видел прежде, в первые дни. Он взял ее руки в свои.

— Я проживаю во Франции нелегально, — сказал он. — У меня нет документов. Это и есть главная причина. Не могу я снять квартиру, нигде и никакую. И жениться не могу, если полюблю кого-то. Для всего этого мне нужны паспорт и виза. У меня их нет. Я и работать не имею права. Только по-черному. И никогда не смогу жить иначе, чем сейчас.

Она смотрела на него во все глаза.

— Это правда?

Он передернул плечами.

— Еще сколько-то тысяч людей живут так же. И ты наверняка об этом знаешь. Всякий знает. Так вот, я — один из них. — Он улыбнулся и выпустил ее руки. — Человек без будущего, как называет это Морозов.

— Да... но...

— Мне-то еще грех жаловаться. У меня работа есть. Работаю, живу, у меня есть ты — что там какие-то мелкие неудобства?

— А полиция?

— Полиция не слишком нами интересуется. Если случайно поймают — выдворят, вот и все. Но это маловероятно. А теперь иди звони в свой ночной клуб, скажи, что сегодня не придешь. Высвободим этот вечер для себя. Целиком. Скажись больной. Если им нужна справка, я тебе у Вебера выпишу.

Она никуда не пошла.

— Выдворят? — повторила она, казалось, только сейчас начиная осознавать смысл этого слова. — Выдворят? Из Франции? И тогда тебя здесь не будет?

— Ненадолго.

Похоже, она его не слышала.

— Не будет? — повторила она. — Не будет! А что же мне тогда делать?

— Вот именно. — Равич улыбнулся ей. — Что тебе тогда делать?

Уронив руки на колени, она сидела как неживая.

— Жоан, — попытался успокоить ее Равич, — я уже два года здесь, и пока что ничего не случилось.

Все то же отрешенное лицо.

— А если случится?

— Тогда я вскоре вернусь. Через неделю-другую. Все равно что побуду в отъезде, вот и все. А теперь звони в «Шехерезаду».

Она нерешительно поднялась.

— Что мне сказать?

— Что у тебя бронхит. Постарайся сипеть.

Она подошла к телефону. Но тут же прибежала обратно.

— Равич!

Он ласково высвободился из ее рук.

— Брось, — сказал он. — Забыли. Может, это даже благо. Не позволит нам жить на проценты от былой страсти. Сохранит любовь в чистоте — у нас она пламя, а не кухонная плита для семейной солянки. А теперь иди и звони.

Она сняла трубку. Он прислушивался к разговору. Поначалу она не могла сосредоточиться, то и дело поглядывая в его сторону, словно его вот-вот арестуют. Но мало-помалу пришла в себя и начала врать довольно легко и натурально. Привирая даже больше, чем требовалось. Лицо ее оживилось, на нем уже отражались боли в груди, весьма красноречиво ею описываемые. Голос зазвучал слабо и утомленно, с каждым словом она сипела все больше, а в конце разговора уже кашляла. Больше на Равича не смотрела, только прямо перед собой, полностью сжившись со своей ролью. Он наблюдал за ней молча, потом отхлебнул приличный глоток кальвадоса. Никаких комплексов, подумал он. Зеркало. Отражает замечательно. Не удерживает ничего.

Жоан положила трубку и поправила прическу.

— Они всему поверили.

— Ты была великолепна.

— Сказали: лежите и не вставайте. И если завтра не полегчает, ради бога, оставайтесь дома.

— Вот видишь. И насчет завтра все улажено.

— Да, — уронила она, мгновенно помрачнев. — Если так посмотреть... — Потом подошла к нему. — Ты напугал меня, Равич. Скажи, что это все неправда. Ведь ты многие вещи говоришь просто так. Скажи, что это неправда. Не так, как ты рассказал.

— Это неправда.

Она положила голову ему на плечо.

— Ну не может это быть правдой. Не хочу снова остаться одна. Ты не смеешь меня бросить. Когда я одна — я никто. Без тебя я никто, Равич.

Равич искоса поглядывал на нее сверху.

— Тебя не поймешь: ты то девчонка из привратницкой, то Диана-охотница. А иногда то и другое вместе.

Она все еще лежала у него на плече.

— А сейчас я кто?

Он улыбнулся:

— Диана. Богиня охоты с серебряным луком. Неуязвимая и смертоносная.

— Почаще бы говорил мне такое.

Равич промолчал. Она явно не так его поняла. Ну и ни к чему объяснять. Она слышит лишь то, что ей хочется услышать, а остальное ее не волнует. Но ведь именно это его в ней и привлекает, разве нет? Кому интересен избранник, во всем похожий на тебя? И кому интересна в любви мораль? Мораль вообще выдумка слабаков. И нытье жертв на заклании.

— О чем ты думаешь?

— Ни о чем.

— Ни о чем?

— Ну, не совсем, — проговорил он. — Пожалуй, давай уедем на пару деньков, Жоан. Поближе к солнцу. В Канны или в Антиб. К черту осмотрительность! К черту все грезы о трехкомнатной квартирке и мещанском уюте под стоны скрипочки! Это все не для нас. Разве не живут в твоей памяти дурманным предвестием лета свечи цветущих каштанов? В аллеях над Дунаем, залитых лунным серебром? Ты права! Скорее прочь от этой темени, от холода и дождя! Хотя бы на пару дней.

Она вся встрепенулась.

— Ты это всерьез?

— Конечно.

— А... полиция?

— К черту полицию! Там не опаснее, чем здесь. В местах, где полно туристов, строгости не в чести. А уж в хороших отелях и подавно. Никогда там не была?

— Нет. Никогда. В Италии была, на Адриатике. И когда же мы едем?

— Недели через две-три. Лучшее время.

— Разве у нас есть деньги?

— Есть немного. А через две недели будет достаточно.

— Мы и в небольшом пансионе могли бы остановиться.

— Тебе пансион не к лицу. Тебе к лицу либо хижина, либо первоклассный отель. В Антибе мы будем жить в отеле «Кап». В таких отелях постоялец в полной безопасности, и, кроме денег, никаких бумаг там не спрашивают. А мне в ближайшее время предстоит взрезать пузо одной весьма важной чиновной персоне; вот он-то и позаботится о недостающей сумме.

Жоан порывисто встала.

— Ладно, — сказала она. — Плесни-ка мне еще этого волшебного кальвадоса. Похоже, с ним и вправду сбываются мечты. — Она подошла к кровати, взяла в руки свое вечернее платье. — Господи, у меня же, кроме этих двух старых тряпок, ничего нет!

— И этой беде можно помочь. За две недели всякое может случиться. Острый аппендицит в высшем свете, осложненный переломом со смещением у какого-нибудь миллионера...

XIV

Андре Дюран просто пылал праведным гневом.

— С вами невозможно больше работать, — заявил он.

Равич пожал плечами. От Вебера он узнал, что Дюран получит за эту операцию десять тысяч. Если заранее не объявить ему свои условия, Дюран просто пошлет ему чек на двести франков. Как в прошлый раз.

— За полчаса до операции! От вас я такого не ожидал, доктор Равич.

— Я тоже.

— Вы же знаете, вы всегда могли полагаться на мою щедрость. Не понимаю, откуда вдруг такая меркантильность. Мне даже как-то неловко в такую минуту, когда пациент знает, что его жизнь в наших руках, говорить о деньгах.

— А мне нет.

Дюран смерил его взглядом. Его морщинистое лицо с аристократической испанской бородкой излучало благородное негодование. Он поправил свои золотые очки.

— И на какую же сумму вы рассчитывали? — пересилив себя, спросил он.

— Две тысячи франков.

— Что? — Дюран дернулся, как подстреленный, который еще не осознает, что в него попали. — Не смешите, — бросил он затем.

— Прекрасно, — не смутился Равич. — Вы легко найдете кого-нибудь еще. Вызовите Бино, он отличный хирург.

Он потянулся за пальто. Дюран не сводил с него оцепенелого взгляда. Сложная гамма переживаний отразилась на его благообразном лице.

— Погодите, — выдавил он, когда Равич уже взял шляпу. — Не можете же вы просто так меня бросить! Почему вы вчера мне ничего не сказали?

— Вчера вы были за городом, и с вами нельзя было связаться.

— Две тысячи франков! Вы хоть знаете, что я даже запросить не могу такую сумму? Пациент мой друг, я возьму с него только возмещение расходов.

В свои семьдесят лет Андре Дюран внешностью напоминал доброго боженьку из детских книжек. Диагност он был неплохой, но хирург никудышный. Блестящая слава его клиники зиждилась главным образом на прекрасной работе его бывшего ассистента Бино, которому, однако, два года назад удалось наконец-то обзавестись собственной практикой, обретя долгожданную независимость. С тех пор на всех сложных операциях Дюран использовал Равича. Тот умел работать на минимальных разрезах, да и послеоперационные рубцы оставлял почти незаметные. Зато Дюран был знатоком бордоских вин, желанным гостем в высшем свете, где и вербовал большинство своих пациентов.

— Знал бы я раньше, — буркнул он.

На самом деле он всегда это знал. И именно поэтому за день-два до операции всегда уезжал в свой загородный дом. Избегая таким образом предварительного разговора о гонораре. После операции все было куда проще, ведь всегда можно пообещать что-то на следующий раз, чтобы потом повторить обещание снова. Однако на сей раз Равич застиг Дюрана врасплох, явившись за полчаса до назначенного времени, еще до начала анестезии. И тот не мог оборвать разговор под предлогом срочности неотложных действий.

Приоткрыв дверь, в кабинет заглянула медсестра.

— Можно приступать к наркозу, господин профессор?

Дюран посмотрел на нее, потом на Равича, безмолвно воззвав к его человечности.

Равич ответил ему вполне человечным, но непреклонным взглядом.

— Что вы скажете, господин доктор Равич? — спросил Дюран.

— Решать вам, профессор.

— Минутку, сестра. Мы еще не все этапы обсудили.

Сестра покорно испарилась. Дюран воззрился на Равича.

— Ну и что? — спросил он с укором.

Равич сунул руки в карманы.

— Отложите операцию на завтра. Или на час. Вызовите Бино.

Бино чуть не двадцать лет вкалывал на Дюрана, делая за него все операции, причем без малейшего для себя проку: Дюран методично пресекал ему все пути к самостоятельности, всем и каждому объясняя, какой он замечательный ассистент. Равич знал: Бино Дюрана ненавидит и запросит не меньше пяти тысяч. Дюран тоже это знал.

— Доктор Равич, — начал он снова, — не стоит ронять престиж нашей профессии подобным торгашеством.

— Я тоже так считаю.

— Почему бы вам не довериться моей деликатности, моему чувству справедливости, наконец? Ведь прежде-то вы всегда были довольны.

— Никогда.

— Но вы ни на что не жаловались.

— Смысла не было. Да и интереса особого тоже. А на сей раз интерес имеется. Деньги нужны.

Снова появилась медсестра.

— Пациент нервничает, господин профессор.

Дюран вперился взглядом в Равича. Равич невозмутимо ответил ему тем же. Он знал: выбить деньги из француза — задача почти непосильная. Даже из еврея проще. У еврея на уме хотя бы расчеты и деловой интерес, а француз, кроме денег, которые вот сейчас, сей же час, придется отдать, вообще ничего не видит.

— Минутку, сестра, — отозвался Дюран. — Измерьте температуру и давление.

— Уже измерила.

— Тогда приступайте к наркозу.

Сестра удалилась.

— Хорошо, — вздохнул Дюран, приняв наконец решение. — Дам я вам эту тысячу.

— Две тысячи, — уточнил Равич.

Но Дюран и не думал сдаваться. Он пригладил свою холеную бородку.

— Послушайте, Равич, — заговорил он с особой теплотой в голосе. — Как беженец, не имеющий права работать практикующим...

— Я не имею права оперировать и у вас, — спокойно перебил его Равич. Теперь оставалось дождаться традиционной тирады о том, как он должен быть благодарен за то, что его еще не погнали из страны.

Но этим доводом Дюран решил пренебречь. Видимо, понял, что не поможет, а время поджимало.

— Две тысячи, — вымолвил он с такой горечью, словно каждое слово — тысячная купюра, вылетевшая изо рта. — Из собственного кармана придется выложить. А я-то думал, вы не забудете всего, что я для вас сделал.

Он все еще выжидал. «Удивительно, — подумал Равич, — до чего эти кровопийцы обожают мораль разводить. Вместо того чтобы устыдиться, этот старый прохвост с розеткой ордена Почетного легиона в петлице еще имеет наглость попрекать меня в том, что я его использую. И даже свято верить в это».

— Значит, две тысячи, — подытожил он. — Две тысячи, — повторил он. Это прозвучало как «Прощай, родина, прощай, Господь Бог, и зеленая спаржа, и нежные рябчики, и запыленные бутылки доброго старого «Сан-Эмийон»!» — Ну что, можем приступать?

При довольно хилых ручках и ножках брюшко у пациента оказалось очень даже солидное. На сей раз Равич в порядке исключения случайно знал, кого оперирует. Это был важный чиновник по фамилии Леваль, в ведении которого находились дела эмигрантов. Это Вебер ему рассказал, для пикантности. Среди беженцев в «Интернасьонале» не было никого, кто не слыхал бы эту фамилию. Равич уверенно и быстро сделал первый разрез. Кожаный покров распахнулся, как учебник. Он закрепил края зажимами и глянул на выползающие подушки желтоватого сала.

— В качестве бесплатного одолжения придется облегчить его на парочку килограммов, — сказал он Дюрану. — Ничего, потом снова наест.

Дюран не ответил. Равич удалял жировые отложения, торопясь добраться до мышечной ткани. Вот он лежит, царь и бог всех беженцев, думал он. Человек, в чьих руках сотни эмигрантских судеб, в этих слабых ручонках, что безжизненно покоятся сейчас на операционном столе. Человек, выдворивший профессора Майера; старика Майера, у которого уже не было сил на новый крестный путь эмигрантских скитаний и который накануне высылки попросту взял да и повесился у себя в номере. В платяном шкафу, потому что подходящего крюка нигде больше не нашлось. И у него это даже получилось: он настолько отощал от голода, что крючок для одежды запросто его выдержал. Мешок тряпья, костей и удавленной плоти — вот и все, что наутро нашла в платяном шкафу горничная. А наскреби этот вот пузан в своей душонке хоть каплю милосердия, Майер был бы еще жив.

— Зажим! — скомандовал он. — Тампоны!

Он продолжил работу. Точность безошибочного лезвия. Ощущение правильности разреза. Разъявленное чрево. Белые черви скрученных кишок.

У этого, который сейчас тут разлегся, даже моральные принципы имелись. По-человечески он даже посочувствовал старику Майеру, однако он, видите ли, осознавал и то, что позволил себе назвать своим долгом перед нацией. Вечно они выставляют перед тобой своего рода ширму — начальника, над которым висит другой начальник, предписания, директивы, приказы, распоряжения, служебный долг, а пуще всех самое страшное чудовище — многоголовая гидра морали. Суровая необходимость, неумолимая логика жизни, ответственность, — да мало ли еще найдется ширм, чтобы отгородиться от проявлений элементарной человечности.

А вот и наш желчный пузырь, гнойный, совсем никудышный. Это сотни порций турнедо с гренками и паштетом, фаршированных желудков, обжаренных в кальвадосе, утки в красном вине и жирных соусов вкупе с сотнями литров доброго старого бордо и скверным настроением так его доконали. Старик Майер от подобных неприятностей был избавлен. Оплошай он, Равич, сейчас хоть немного, сделай разрез чуть шире, чуть глубже — и через недельку в затхлом кабинете, где все провоняло молью и старыми скоросшивателями, а под дверями дрожащие эмигранты ожидают решений, от которых зависит их жизнь или смерть, воцарится другой, возможно, более душевный начальник. Хорошо, если он будет лучше прежнего. А если хуже? Вот этот, в беспамятстве распластанный сейчас на столе под ярким светом ламп шестидесятилетний экземпляр человеческой породы, несомненно, считает себя очень даже гуманным. Он, наверно, заботливый отец, любящий супруг — но стоит ему переступить порог своего кабинета, и он превращается в неумолимого деспота, закованного в броню непререкаемых отказов, начинающихся словами «Не можем же мы...» или «Куда бы это нас завело...» — и так далее, и тому подобное. Ничего бы с их драгоценной Францией не сделалось, позволь он несчастному Майеру и дальше раз в день съедать свой скудный обед, а вдове Розенталь и дальше ютиться в «Интернасьонале» в убогой каморке для прислуги, дожидаясь своего сыночка, давно уже насмерть забитого в гестапо; не убыло бы от их Франции, если бы бельевщик Штальман не отсидел полгода в тюрьме за незаконный переход границы, чтобы вскоре после освобождения умереть, в страхе дожидаясь высылки из страны.

Отлично. Разрез нормальный. Не слишком широкий и по глубине в самый раз. Кетгут. Узел. (Перетяжка? Лигатура?) Желчный пузырь. Он показал Дюрану. В ярком белом свете пузырь лоснился от жира. Выбросил в ведро. Дальше. И почему это они во Франции зашиваютревердином? Зажим прочь! Теплое чрево чиновника средней руки с жалованьем от тридцати до сорока тысяч в год. Откуда, кстати, у него тогда десять тысяч на операцию? Чем и на чем, интересно знать, он еще зарабатывает? А ведь когда-то этот пузан тоже, наверно, в камушки играл. Так, шов хороший. Стежок за стежком. А у Дюрана на физиономии все еще две тысячи франков, даже когда пол-лица и бородка маской закрыты. В глазах стоят. Ровно по тысяче на каждый глаз. «Все-таки любовь портит характер. Если бы не любовь, разве стал бы я без ножа резать старикашку Дюрана, подрывая его несокрушимую веру в божественные устои эксплуататорского мироздания?» Завтра он с елейной улыбочкой уже будет сидеть возле койки пузана и милостиво выслушивать благодарности за свою блестящую работу. Стоп, тут еще один зажим! Пузан — это неделя в Антибе. «Неделя солнца для нас с Жоан под пеплом и дымом готового к извержению лихолетья. Просвет небесной синевы перед грозой». Так, теперь брюшная стенка. С особой тщательностью, за две-то тысячи. Оставить, что ли, ему там ножницы на память о Майере? Шипящий белый свет ламп. Отчего это мысли так скачут? Наверно, от газет и от радио. Одни болтуны да трусы. Лавина слов, где уж тут сосредоточиться. Запутавшиеся умы. Растерянные. Распахнутые для любой демагогической дряни. Отвыкшие грызть черствый хлеб познания. Беззубые умы. Чушь какая. Так, это тоже в порядке. Теперь только этот кожаный мешок. Через пару недель снова будет выдворять трясущихся эмигрантов. Может, теперь, без желчного пузыря, он малость подобреет? Если не помрет. Хотя такие помирают не раньше восьмидесяти, в почете, гордясь собой, окруженные благоговением внуков. Готово! Все, с глаз долой!

Равич стянул с рук перчатки и маску с лица. Важного чиновника на бесшумных колесиках уже выкатывали из операционной. Равич посмотрел ему вслед. «Знал бы ты, Леваль, — подумал он, — что твой высокопоставленный желчный пузырь обеспечит мне, распоследнему нелегальному беженцу, неделю абсолютно нелегального отдыха на Ривьере...»

В предоперационной он начал мыться. Рядом с ним медленно и методично мыл руки Дюран. Руки старика гипертоника. Тщательно намыливая каждый палец, он в такт движениям медленно двигал нижней челюстью, словно перемалывая зерно. Переставая намыливать, прекращал и жевать. Возобновлял мытье — челюсть снова принималась за работу. В этот раз он мылся особенно медленно и долго. Должно быть, хочет еще на пару минут оттянуть расставание с двумя тысячами, подумалось Равичу.

— Чего вы, собственно, ждете? — немного погодя спросил Дюран.

— Вашего чека.

— Деньги я вам вышлю, когда пациент со мной расплатится. Это еще несколько недель, пока он из клиники не выпишется. — Дюран уже вытирался полотенцем. Потом плеснул на ладонь немного одеколона и протер руки. — Надеюсь, уж настолько-то вы мне доверяете, или?.. — спросил он.

«Вот мерзавец, — подумал Равич. — Хочет, чтобы я за свои деньги еще и поунижался».

— Вы же говорили, пациент ваш друг и вы возьмете с него лишь возмещение расходов.

— Ну да, — уклончиво ответил Дюран.

— Но расходы-то невелики, сколько-то на материалы, что-то на сестру. Клиника ваша собственная. За все про все франков сто набежит... Можете их удержать, потом отдадите.

— Расходы, доктор Равич, — горделиво выпрямляясь, заявил Дюран, — к сожалению, оказались гораздо выше, чем я предполагал. Две тысячи вашего гонорара, несомненно, тоже в них войдут. И мне, следовательно, придется поставить их в счет моему пациенту. — Он понюхал свои надушенные руки. — Так что сами видите...

Он улыбнулся. Желтоватые зубы неприятно контрастировали с белоснежной бородкой. «Моча на снегу, — мелькнуло у Равича. — Заплатит как миленький, куда он денется. А деньги эти я пока что просто у Вебера займу. Унижаться перед этим старым козлом — ну нет, не дождется».

— Прекрасно, — бросил он. — Если для вас это так затруднительно, вышлите мне деньги после.

— Для меня это нисколько не затруднительно. Хотя требования ваши, не скрою, оказались полнейшей неожиданностью. Это просто порядка ради.

— Хорошо, сделаем все порядка ради. Раньше, позже, не все ли равно.

— Это отнюдь не все равно.

— Главное, я все равно их получу, — сказал Равич. — А теперь извините, я должен выпить. Всего хорошего.

— Всего хорошего, — растерянно протянул Дюран.

...Кэте Хэгстрем улыбалась:

— Почему бы вам не поехать со мной, Равич? — На своих длинных, стройных ногах она стояла перед ним, изящная, уверенная, руки в карманах пальто. — Во Фьезоле в эту пору, наверно, уже вовсю цветут форситии. Настоящее желтое пламя по всей садовой ограде. Камин. Книги. Покой.

На улице прогромыхал по мостовой грузовик. Фотографии в рамках на стенах маленькой приемной боязливо задребезжали стеклами. Это были виды Шартрского собора.

— Ночью тишь. Вдали от всего, — продолжала Кэте. — Неужели вам бы не понравилось?

— Еще как. Только вряд ли бы я долго это выдержал.

— Почему?

— Покой хорош, только когда он и на душе тоже.

— Но я вовсе не покойна.

— Вы знаете, чего хотите. Это почти то же самое, что покой.

— А вы разве не знаете?

— Я ничего не хочу.

Кэте Хэгстрем неторопливо застегивала пальто.

— Что так, Равич? С горя? Или от счастья?

Он нервно усмехнулся:

— Скорей всего и то и другое. Как обычно. Не стоит слишком над этим раздумывать.

— А что тогда стоит делать?

— Радоваться жизни.

Она подняла на него глаза.

— Для этого никто другой не нужен.

— Для этого всегда нужен кто-то другой.

Он умолк. «Что я тут несу? — думал он. — Предотъездная неловкость, напутственная болтовня, пасторские наставления».

— Я не о маленьком счастье, о котором вы говорили когда-то, — продолжил он. — Оно-то расцветает где угодно, как фиалки вокруг пепелища. Я о другом: кто ничего не ждет, тот не обманется. При таком взгляде на жизнь у вас полно новостей и не бывает разочарований.

— Это все пустое, — возразила Кэте. — Годится, только когда ты совсем немощный, пластом лежишь и даже думать боишься. А когда ты уже встал и ходить начал — все. Забываешь напрочь. Тебе этого уже мало.

Косой луч света из окна перерезал ее лицо надвое: глаза оставались в тени, и только губы пылали, как чужие.

— У вас есть свой врач во Флоренции? — спросил Равич.

— Нет. А что, нужен?

— Да мало ли какая болячка может вылезти. Всякое бывает. Мне спокойнее было бы знать, что у вас там есть врач.

— Но я вполне хорошо себя чувствую. А если что — я же всегда могу вернуться.

— Конечно. Это только так, на всякий случай. Я знаю хорошего врача во Флоренции. Профессор Фиола. Запомните? Фиола.

— Наверняка забуду. Мне ведь это не нужно, Равич.

— Я вам запишу. Он за вами присмотрит.

— Но зачем? У меня все хорошо.

— Обычная перестраховка всех медиков, Кэте. Больше ничего. Я ему напишу, и он вам позвонит.

— Ради бога. — Она взяла сумочку. — Прощайте, Равич. Ухожу. Может, из Флоренции я сразу поеду в Канны, а оттуда на «Конте де Савойя» прямиком в Нью-Йорк. Будете в Америке, разыщете вместо меня домохозяйку где-нибудь на ферме, при муже, детях, лошадях и собаках. А ту Кэте, которую вы знали, я оставляю здесь. У нее даже маленькая могилка имеется — в «Шехерезаде». Не забывайте хоть изредка помянуть, когда там будете.

— Хорошо. Водкой, конечно.

— Ну да. Только водкой. — В полумраке приемной она все еще стояла в нерешительности. Полоска света переползла теперь с ее лица на одну из шартрских фотографий. Резной алтарь с распятием.

— Странно, — сказала она. — Мне бы радоваться. А я не рада.

— Так всегда при прощании, Кэте. Даже если расстаешься со своим отчаянием.

Она стояла перед ним, все еще медля, какая-то по-особому трепетная и нежная, исполненная решимости и печали.

— Самое верное при расставании — просто взять и уйти, — рассудил Равич. — Пойдемте, я вас провожу.
— Да.

За порогом теплый уличный воздух обдал их сыростью. Закатное небо раскаленным железом пылало между домами.

— Сейчас я подгоню вам такси, Кэте.
— Не надо. Хочу пройтись до угла. Там и подхвачу. Ведь это чуть ли не первый мой выход на улицу.
— И каково это?
— Пьянит, как вино.
— Может, мне все-таки сходить за такси?
— Нет-нет. Хочу пройтись.

Она смотрела на мокрую мостовую. Потом рассмеялась.

— А где-то в глубине души все еще сидит страх. Это тоже нормально?
— Да, Кэте. Это нормально.
— Прощайте, Равич.
— Прощайте, Кэте.

На секунду она опять замешкалась, словно хотела еще что-то сказать. Потом осторожным шагом сошла вниз по ступенькам, тоненькая, все еще гибкая, и двинулась по улице — навстречу фиалковому вечеру и своей кончине. Больше не оглянулась.

Равич шел назад. Проходя мимо палаты, где лежала Кэте Хэгстрем, из-за двери услышал музыку. От удивления он даже остановился. Новый пациент еще не мог туда въехать.

Эрих Мария Ремарк

Осторожно приоткрыв дверь, он увидел медсестру: та стояла на коленях перед радиолой. Девушка вздрогнула и испуганно вскочила. Радиола проигрывала старую пластинку — «Le dernier valse»*.

Девушка смущенно одернула халатик.

— Это госпожа Хэгстрем мне подарила, — сообщила она. — Американский аппарат. Здесь такой не купишь. Во всем Париже не найдешь. Один-единственный на весь город. Вот, проверить хотела. Он пять пластинок подряд играет. Автоматически. — Она сияла от радости. — Такой тысячи три стоит, не меньше. И пластинок в придачу еще вон сколько. Пятьдесят шесть штук. В нем еще и радиоприемник. Вот счастье-то!

Счастье, подумал Равич. Опять счастье. На сей раз это радиола. Он постоял, послушал. Скрипка порхала над оркестром голубкой, сентиментально и жалостливо. Одна из тех душещипательных мелодий, которые иной раз берут за сердце похлеще всех шопеновских ноктюрнов. Равич обвел глазами палату. Кровать голая, матрас поставлен на попа. Собранное белье грудой валяется у двери. Окна настежь. В них с усмешкой заглядывает вечер. Улетучивающийся аромат духов и стихающие аккорды салонного вальса — вот и все, что осталось от Кэте Хэгстрем.

— Мне все сразу не забрать, — посетовала медсестра. — Слишком тяжело. Отнесу сперва аппарат, а уж потом, и то в две ходки, пластинки. Если не в три. Вот здорово-то. Хоть кафе открывай.

— Отличная идея, — заметил Равич. — Смотрите, не разбейте ничего.

---

* «Последний вальс» (*фр.*).

XV

Равич мучительно выбирался из сна. Какое-то время он еще лежал в странном небытии между сном и явью — сон, уже блеклый, обрывками, все еще был с ним, — и в то же время он осознавал, что уже снова спит. Он был в Шварцвальде, неподалеку от немецкой границы, на каком-то полустанке. Поблизости шумел водопад. С гор веяло густым хвойным настоем. Было лето, знойный воздух напоен смолой и травами. Ленточки рельсов багряно поблескивали в закатном солнце — словно сочащийся кровью товарняк проехал по ним. «Зачем я здесь? — думал Равич. — Что мне понадобилось в Германии? Я же во Франции. В Париже». Но мягкая, убаюкивающая волна уже опять уносила его в сон. Париж... Париж уже таял, тонул, растекался в туманной дымке. Нет, он не в Париже. Он в Германии. Каким ветром его снова сюда занесло?

Он расхаживал по платформе. Возле газетного киоска стоял дежурный по станции. Это был мордастый мужчина средних лет с выгоревшими соломенными бровями. Он читал «Фёлькишер Беобахтер»*.

— Когда следующий поезд? — спросил его Равич.

Дежурный нехотя оторвался от газеты.

— А куда вам надо?

В тот же миг Равича окатило удушливой волной страха. Где он вообще? В каком месте? Как хоть станция называется? Сказать, что ему во Фрейбург? Черт, да как же это он не знает, где оказался? А сам тем временем украдкой посматривал на перрон. Нигде никакой таблички. Ни указателя, ни названия. Он улыбнулся.

---

* Официозный орган нацистской партии.

Эрих Мария Ремарк

— Да я в отпуске, — сказал он.

— Куда вам надо-то? — повторил свой вопрос железнодорожник.

— Да я просто так, катаюсь. Вышел вот тут, наобум. Из окошка вроде понравилось. А теперь уже вроде как нет. Водопады терпеть не могу. Хочу вот дальше ехать.

— Хотите вы куда? Должны же вы знать, куда вам надо?

— Послезавтра мне надо во Фрейбурге быть. До тех пор время пока есть. Вот разъезжаю просто так, для собственного удовольствия.

— Фрейбург не на этом направлении, — глядя прямо на него, сухо изрек дежурный.

«Что я такое творю? — лихорадочно думал Равич. — Зачем вообще полез с расспросами? Нет бы помалкивать. Как хоть я сюда попал?»

— Я знаю, — откликнулся он. — Но времени-то еще полно. Где тут можно вишневки выпить? Настоящей, шварцвальдской?

— Да вон, в буфете, — ответил дежурный, все еще не спуская с него глаз.

Равич неторопливо двинулся по платформе. Каждый его шаг по бетону гулким эхом разносился под станционным навесом. В зале ожидания первого и второго классов сидели двое мужчин. Он спиной ощутил на себе их взгляды. Две ласточки пронеслись вдоль перрона под навесом. Он сделал вид, что следит за их полетом, а сам краем глаза глянул на дежурного. Тот сложил газету. И направился вслед за Равичем. Равич заглянул в буфет. Здесь воняло пивом. Вообще никого. Он вышел из буфета. Дежурный все еще торчал на перроне. Увидев, что Равич в буфете не задержался, он пошел в зал

Триумфальная арка

ожидания. Равич ускорил шаг. Он вдруг понял: его уже заподозрили, «засекли». Дойдя до угла станционного здания, он оглянулся. На перроне никого. Он стремительно двинулся вдоль багажного отсека, миновал пустующее окошко багажной кассы. Пригнувшись, проскочил вдоль багажной стойки, на которой громоздилось несколько молочных бидонов, а потом и мимо окошечка, за которым выстукивал телеграф, и оказался на другом конце платформы. Быстро осмотревшись, пересек железнодорожные пути и цветущим лугом побежал к лесу. На бегу он сшибал серые шары одуванчиков, оставляя за собой марево их разлетающегося пуха. Добежав до ельника, оглянулся: дежурный и двое из зала ожидания уже стояли на перроне. Дежурный заметил его, показал, и те двое не раздумывая побежали в его сторону. Равич отскочил в тень и кинулся в глубь леса напролом. Колючие еловые ветки хлестали по лицу. Он резко метнулся в сторону и, пробежав метров сто, остановился, чтобы не выдать себя. Услышав, как ломятся через ельник преследователи, побежал дальше. Но все время прислушивался. Когда треск стихал — он тоже мгновенно останавливался, выжидая. Треск возобновлялся — и он полз дальше, теперь уже по-пластунски, лишь бы не шуметь. Когда прислушивался, сжимал кулаки и задерживал дыхание. Страшно, до боли в мышцах, хотелось вскочить и помчаться опрометью — но этим он бы только выдал свое местонахождение. Двигаться можно, только когда те двое бегут и его не слышат. Он лежал в глухой чащобе среди сине-голубых цветочков печеночницы благородной. Hepatica triloba, вспомнил он. Печеночница благородная. Hepatica triloba. Печеночница благородная. Лесу, казалось, не будет конца.

Треск теперь слышался со всех сторон. Его прошиб пот, с него текло, как из губки. И почему-то вдруг слабость в коленях, ноги не держат. Он попытался встать, но ноги не слушались. Как будто под ними трясина. Он огляделся. Да нет, вроде нормальная твердая почва. Дело в ногах. Они как ватные. А преследователи все ближе. И идут, он слышит, прямо на него. Он рванулся, но колени опять предательски подкосились. Выдергивая ноги из этого болота, он чапал вперед, через силу, из последних сил, а треск за спиной все слышнее, все ближе, и вдруг сквозь сучья голубизной проглянуло небо, там опушка, если быстро не проскочить, он знал, ему хана, он дернулся, подавшись вперед всем телом, а когда оглянулся — увидел мерзкую рожу Хааке, его наглую ухмылку, и нет спасения, его затягивает, засасывает все глубже, уже по грудь, уже по горло, уже нет воздуха, сколько ни барахтайся, сколько ни рви на себе рубаху, он стонет...

Это он стонал? Где он? Он понял, что руками держится за горло. Руки все мокрые. И шея тоже. И лицо. Он раскрыл глаза. Все еще не вполне понимая, где находится — в том лесном болоте или еще где-то. Парижа и в мыслях не было. Неведомо где белая луна застряла в черном кресте. Бледный свет безжизненно повис на этом кресте, словно распятый нимб. Блеклое, мертвенное сияние беззвучно вопило с бледного, чугунно-серого неба. Полная луна за перекрестьем оконной рамы гостиничного номера отеля «Интернасьональ» в Париже. Равич приподнялся. Что это было? Товарняк, истекающий кровью, уезжает по окровавленным рельсам навстречу летнему закату — сотни раз виденный-перевиденный сон, он снова в Германии, его обложили, преследуют, вот-вот возьмут гестаповцы, эти заплечных дел мастера на службе у кровавого режима, узаконившего убийство, — в который же раз ему все это снится! Он смотрел на луну, что своим отраженным светом высасывает из мира цвета и краски. О, эти сны, полные лагерного ужаса, чехарда неживых, окоченевших лиц убитых товарищей и бесслезная, окаменевшая боль в лицах тех, кто выжил, боль расставаний и одиночества, боль, что уже по ту сторону стенаний и жалоб, — днем еще как-то удается от нее отгородиться, обнести себя защитным валом выше уровня глаз, — он долго, годами этот вал в себе возводил, удавливая желания и порывы цинизмом, захоронив воспоминания под коростой бессердечия, вырвав из души и памяти все, что только можно, вплоть до имени, зацементировав все чувства, а если вдруг, несмотря ни на что, бледный лик прошлого по недосмотру сладостно-призрачным видением и стоном прорывался в сознание, его можно заглушить алкоголем. Но это днем, зато ночью ты все еще бессилен — тормоза выдержки отпускают, и тележка катится вниз все быстрее, чтобы вынырнуть уже где-то за горизонтом сознания, и тогда прошлое восстает из могил, тает ледяная судорога памяти, поднимаются тени, дымится кровь, мокнут раны, и черная буря сметает все бастионы и баррикады забвения напрочь. Запамятовать легко, покуда мир вокруг тебя высвечен фонарем твоей воли; но стоит фонарю погаснуть, стоит тебе услышать шорох могильных червей, когда разрушенный мир былого, словно затонувшая Винета, восстает из вод и оживает снова, — это совсем другое дело. Этим тяжелым, свинцовым дурманом можно напиться до одури — стоит только пригубить.

Из вечера в вечер, глуша в себе все живое, ты торопишься превратить ночи в дни, а дни в ночи, ибо днем сны все-таки полегче и ты не столь заброшен в этой пустыне беспросветного мрака. Да разве он не пытался? Сколько раз возвращался он в гостиницу вместе с ползущим по улицам слабым, еще робким рассветом. Или дожидался в «катакомбе», в компании с любым, кто готов был с ним выпить, когда вернется из своей «Шехерезады» Морозов, чтобы пить уже с ним, в этом склепе без окон, под искусственной пальмой, где только по часам на стене и можно было понять, воцарился ли свет на улице. Все равно что напиваться в подводной лодке. Со стороны-то, конечно, легко укоризненно покачивать головой и взывать к благоразумию. Только ему, будь оно все проклято, совсем не сладко приходилось! Разумеется, жизнь — она и есть жизнь, она и всего дороже, она же и не стоит ничего, можно и отбросить — это тоже просто. Но это значит — вместе с ней отбросить и месть, а еще все то, что изо дня в день, из часа в час подвергается поруганию, измывательствам, осмеиванию, но что вопреки всему по-прежнему можно считать чем-то вроде веры в человечность и человечество. Даже впустую прожитую жизнь зазорно отбрасывать, как стреляную гильзу. Глядишь, она еще понадобится, еще пригодится в борьбе, в свой час, когда этот час наступит. И не по каким-то личным мотивам, и даже не ради мести, сколь бы глубоко ни внедрилась ее жажда в твою кровь, не из эгоизма, но и не из всеобщего человеколюбия, сколь бы ни важно было пособить и хоть на один оборот колеса подтолкнуть этот мир вперед, вытаскивая его из крови и грязи, — нет, в конечном счете надо сберечь ее хотя бы ради того, чтобы, дождавшись своего часа, выйти на борьбу и просто бороться, бороться до последнего вздоха. Только вот ожидание съедает силы, к тому же, быть может, ты ждешь безнадежно, а тут еще и страх, что когда дело до дела дойдет, ты будешь уже слишком слаб, слишком этим ожиданием измотан, слишком вял и безразличен в каждой клеточке своего духа и тела, чтобы встать в строй и пойти вместе со всеми. Не из-за этого ли ты столь яростно пытаешься втоптать в забвение весь этот морок, терзающий нервы, беспощадно и небезуспешно выжигаешь все это сарказмом и иронией, напускной черствостью и ернической сентиментальностью, а теперь вот и бегством в другого человека, в чужое «я». Покуда снова не накатит свирепая оторопь ночи, отдавая тебя на растерзание призракам и снам...

Дородная луна нехотя сползала с оконного перекрестья. И никакого тебе больше пригвожденного нимба — это просто жирный, наглый соглядатай, шарящий зенками по комнатам и постелям. Равич окончательно проснулся. Это еще довольно безобидный сон. Не чета другим. Хотя в последнее время ему давно ничего не снилось. Он попытался припомнить — пожалуй, почти все время с тех пор, как он спит не один.

Он пошарил возле кровати. Бутылки не было. С некоторых пор она стоит не у кровати, а на столе в углу комнаты. Он еще колебался. Особой нужды пить вроде не было. Потом все-таки встал, босиком прошел к столу. Отыскал стакан, откупорил бутылку, выпил. Это были остатки старого кальвадоса. Он поднес стакан ближе к окну. Лунный свет наполнил его опаловым блеском. Спиртное нельзя держать на свету, вспомнилось ему. Ни под солнцем, ни под луной. Раненые солдаты, в полнолуние пролежавшие ночь под открытым небом, ослабевали раньше других. Он тряхнул головой и выпил. И тут же налил себе снова. Но, обернувшись, увидел, что Жоан открыла глаза и на него смотрит. Он замер, не зная, спит она или проснулась.

— Равич, — сонно пробормотала она.
— Да...

Тут она вздрогнула, будто только теперь очнулась окончательно.

— Равич, — повторила она уже нормальным голосом. — Равич, ты что делаешь?
— Пью кое-что.
— Но почему... — Она приподнялась. — В чем дело? — растерянно спросила она. — Что стряслось?
— Ничего.

Она поправила волосы.

— Господи, как ты меня напугал!
— Прости, я не хотел. Думал, ты не услышишь.
— А я чувствую: тебя нет рядом. Холодно стало. Словно ветерок какой. Ветерок страха. Гляжу, а ты вон где стоишь. Случилось что-нибудь?
— Да нет. Ничего. Ровным счетом. Просто я проснулся, и захотелось выпить.
— Дай-ка и мне глоточек.

Равич плеснул ей кальвадоса и со стаканом подошел к кровати.

— Ты сейчас совсем как маленькая девочка, — сказал он.

Она взяла стакан обеими руками и принялась пить. Пила медленно, глядя на него поверх стакана.

— С чего это ты проснулся? — спросила она.
— Не знаю. Луна, наверно.
— Ненавижу луну.
— В Антибе она тебе понравится.

Она поставила стакан.
— Мы правда поедем?
— Да, поедем.
— Прочь от этого дождя и тумана?
— Да, прочь от этого проклятого дождя и тумана.
— Налей мне еще.
— Спать не хочешь?
— Не-а. Жалко спать. Во сне столько жизни пропускаешь. Налей мне еще. Это наш, тот самый? Мы его с собой возьмем?
— Не надо ничего брать с собой.
Она вскинула глаза.
— Никогда?
— Никогда.

Равич подошел к окну и задернул занавески. Они сошлись не до конца. Настырный лунный свет, проливаясь в проем, делил комнату на две сумеречные половины.

— Почему ты не ложишься?

Равич стоял возле софы по другую сторону лунной дорожки. Отсюда он лишь смутно различал Жоан. Ее волосы тяжелым золотистым потоком падали за спину. Она сидела в кровати голая. Между ними, как между двух темных берегов, сам по себе, в никуда, лился рассеянный свет. Пролетев бесконечный путь по черным безвоздушным просторам эфира, отразившись от холодной, мертвой звезды, претерпев магическое превращение из теплой солнечной неги в холодный свинцовый блеск, он втекал в укромное пространство комнаты, еще сохранившее в себе тепло сна, втекал струясь и оставаясь недвижным, вливаясь в комнату, но так и не заполняя ее до конца.

— Ну что же ты не идешь? — спросила Жоан.

Равич прошел к ней, сквозь тьму, потом свет, потом снова тьму, всего несколько шагов, но ему показалось — бесконечно далеко.

— Бутылку принес?

— Да.

— Стакан тебе дать? Который час?

Равич глянул на свои часы со светляками делений на циферблате.

— Почти пять.

— Пять. Могло быть и три. Или семь. Ночью время останавливается. Только часы идут.

— Да. Хотя происходит-то все как раз ночью. Или именно поэтому.

— Что?

— Все. То, что потом днем выходит на свет.

— Не пугай меня. То есть ты считаешь, без нашего участия, пока мы спим?

— Да.

Она забрала у него стакан и выпила сама. Она была очень красива, и сейчас он чувствовал, насколько же сильно он ее любит. Да, она красива, но не красотой статуи или картины, а красотой летнего луга под порывами ветра. В ней ощущается трепетное биение жизни, таинственно возникшей из ничего, из соития двух клеток в женском лоне, но создавшей ее именно такой, как она есть. В ней сохранилась все та же непостижимая загадка бытия, когда в зернышке семени уже целиком заключено будущее дерево, пусть пока микроскопической окаменелостью, но уже все, уже целиком, предопределенное заведомо, с ветвями и верхушкой, плодами и листьями, с цветущей кипенью всех апрельских рассветов, — та же загадка, когда из ночи любви и двух слившихся капелек слизи возникают лицо, глаза, плечи — именно вот эти глаза и плечи, и они существуют, затерянные где-то на белом свете среди миллионов других людей, а потом однажды ноябрьской ночью ты стоишь у Альмского моста, а они вдруг выплывают из темноты именно на тебя...

— Почему ночью? — спросила Жоан.

— Потому, — откликнулся Равич. — Прильни ко мне, любимая, возвращенная мне после провалов в бездны сна, после бескрайних лунных полей ночи, ибо они предательски коварны — и сон, и ночь. Помнишь ли ты, как мы засыпали этой ночью, тесно прижавшись друг к дружке, мы были так близки, как только могут быть близки люди. Наши лица, наша кожа, наши мысли, наши вздохи соприкасались, мы сливались друг с другом — а потом между нами, просачиваясь, начал потихоньку залегать сон, серый, бесцветный, сперва несколько пятнышек, потом больше, больше, он коростой проказы ложился на наши мысли, вливался в кровь, по капле, по песчинке, из слепоты вселенского беспамятства он проникал в нас — и вдруг каждый из нас остался один, нас уносило куда-то, каждого своим течением, по неведомым темным каналам, на произвол неведомых сил и неисповедимых опасностей. Проснувшись, я увидел тебя. Ты спала. И ты была где-то совсем не здесь. Ты совершенно от меня отдалилась. Вообще обо мне не помнила, ты меня знать не знала. Ты была где-то в недосягаемости, куда мне путь заказан. — Он поцеловал ее руку. — О каком счастье любви может быть речь, когда каждую ночь во сне я вот так же тебя теряю?

— Но я же была рядом с тобой. В твоих объятиях.

— Ты была в неведомом царстве. Да, рядом со мной, но окажись ты на Сириусе — и то была бы ближе. Когда днем тебя нет, это ничего — про день мне все ясно. Но кому и что дано знать про ночь?

— Я была с тобой.

— Ты была не со мной. Ты лежала рядом, да. Но как знать, какой ты вернешься из этой обители сна, где нам все неподвластно? Станешь другой — и сама не заметишь.

— Так ведь и ты тоже.

— Да, и я тоже, — согласился Равич. — А теперь дай-ка мне стакан. А то пока я тут всякую чушь несу, ты напиваешься.

Она протянула ему стакан.

— Хорошо, что ты проснулся, Равич. Да будет благословенна луна. Без нее мы бы все еще спали, не помня друг друга. Или в кого-нибудь из нас, пользуясь нашей беззащитностью, проникло бы семя разлуки. Незримое, оно бы росло и росло, медленно, исподволь, покуда однажды не пробилось бы наружу.

Она тихо рассмеялась. Равич глянул на нее.

— Похоже, ты это все не слишком всерьез, да? — спросил он.

— Не слишком. А ты?

— Тоже нет. Но что-то во всем этом есть. Потому мы и не принимаем это всерьез. Тем и силен человек...

Она снова рассмеялась.

— А я вот нисколько не боюсь. Я доверяю телу. Нашим телам. Они лучше знают, что нам нужно, лучше, чем наши головы, куда по ночам бог весть что лезет.

Равич допил свой стакан.

— Пожалуй, — проронил он. — И то правда.

— А как насчет того, чтобы этой ночью вообще больше не спать?

Триумфальная арка

Равич приподнял бутылку, глянул сквозь нее на серебристый лик ночи. Оставалась примерно треть.

— Не бог весть что, конечно, — вздохнул он. — Но попытаться можно.

И поставил бутылку на ночной столик у кровати. Потом повернулся и посмотрел на Жоан.

— Ты воплощение всех мужских желаний, и вдобавок еще одного, о котором мужчина даже не догадывается.

— Вот и хорошо, — согласилась она. — Теперь, Равич, каждую ночь будем просыпаться. Ночью ты совсем не такой, как днем.

— Лучше?

— Не такой. Ночью ты непредсказуем. Вообще непонятно, с какой стороны ты нагрянешь.

— А днем не так?

— Не всегда. Изредка.

— Ничего себе признание, — заметил Равич. — Пару недель назад ты бы мне такого не сказала.

— Нет. Я ведь тебя еще меньше знала, чем сейчас.

Он вскинул голову. Ни намека на подвох в ее глазах. Она действительно так думает и запросто выкладывает. Обидеть его или сказануть что-то особенное — нет, у нее такого и в мыслях нет.

— А что, начало неплохое, — сказал он.

— В каком смысле?

— Ну, через пару недель ты будешь знать меня еще лучше, и я буду уже не такой непредсказуемый.

— Совсем как я, — вставила Жоан и рассмеялась.

— Ты нет.

— Почему нет?

— Почему? Пятьдесят тысячелетий биологического развития — вот почему. Женщину любовь делает умней, а мужчина от нее теряет голову.

— А ты меня любишь?
— Да.
— Мог бы говорить это и почаще.

Она потянулась. Точь-в-точь как сытая кошка, подумал Равич. Как сытая кошка, уверенная, что добыча не уйдет.

— Иногда так бы тебя в окно и выбросил, — усмехнулся он.

— Так почему не выбросишь?

Он поднял на нее глаза.

— Ты бы смог?

Он не ответил. Она снова откинулась на подушку.

— Уничтожить кого-то, потому что любишь? Убить, потому что любишь до смерти?

Равич потянулся за бутылкой.

— Бог ты мой, — вздохнул он. — За что мне все это? Проснуться среди ночи, чтобы вот такое выслушивать?

— А что, разве не правда?

— Ну да. Для третьеразрядных поэтов и женщин, с которыми ничего подобного не происходит.

— Но и для тех, с кем происходит.

— Если угодно.

— Ты бы смог?

— Жоан, — сказал Равич, — хватит болтать ерунду. Подобные умственные игрища уже не для меня. Слишком много я убил людей. И как любитель, и как профессионал. И солдатом, и врачом. При таком опыте научаешься относиться к жизни и наплевательски, и уважительно, и с презрением, по-всякому. Кто много убивал, из-за любви убивать не станет. Это делает смерть смешной, даже мелкой. А смерть смешной не бывает. И мелкой тоже. И вообще: при чем тут женщины? Смерть — дело мужское.

Триумфальная арка

Он помолчал немного.

— Что мы такое несем? — одернул он сам себя и склонился над ней. — Счастье ты мое залетное! Легче облачка летучего, ярче прожектора слепучего! Дай я тебя поцелую! Никогда еще жизнь не была мне дороже, чем сейчас, когда она так мало стоит.

XVI

Свет. Снова и снова — этот свет! Белой пеной вскипает на горизонте, между синевой моря и голубизной неба, и летит сюда, задыхаясь от своей же стремительности, неся в себе и яркость свечения, и игру отражения, неся простое и древнее счастье — сиять и мерцать и парить во всей своей бестелесности...

Как он все озаряет над ее головой, думал Равич. Словно лучезарный нимб, только бесцветный! Эта ширь без дали! Как он обтекает ее плечи! Словно молоко земли Хананеев*, словно шелк, сотканный из лучей! Он окутает любого, под таким светом не бывает наготы. Кожа приемлет его и отражает свечением, как вон та скала в бухте отражает волну. Пенистость света, прозрачное марево, тончайшая туника из солнечного тумана...

— Сколько мы уже здесь? — спросила Жоан.

— Восьмой день.

— А кажется, будто восемь лет, правда?

— Нет, — возразил Равич. — Будто восемь часов. Восемь часов и три тысячелетия. Там, где ты сейчас

---

* Ср.: «И иду избавить его от руки египтян и вывести его из земли сей в землю хорошую и пространную, где течет молоко и мед, в землю Хананеев...» (Исход, 3, 8).

стоишь, ровно три тысячи лет назад стояла этрусская красавица, и точно так же ветер из Африки гнал над морем этот дивный свет.

Жоан присела рядом с ним на скалу.

— Когда нам обратно в Париж?

— Сегодня вечером в казино узнаем.

— Мы в выигрыше?

— Да, но пока этого недостаточно.

— Ты играешь, словно всю жизнь играл. Может, так оно и есть? Я же ничего о тебе не знаю. С какой стати крупье перед тобой расстилался, будто ты оружейный магнат?

— Он принял меня за оружейного магната.

— Неправда. Ты ведь тоже его узнал.

— Сделал вид, что узнал. Иначе невежливо.

— Когда ты в последний раз здесь был?

— Не помню уже. Много лет назад. До чего же ты загорела! Тебе надо всегда быть такой.

— Тогда мне надо всегда жить здесь.

— Ты бы хотела?

— Не всегда. Но жить хочу всегда так же, как здесь. — Движением головы она отбросила волосы за спину. — Ты, конечно, считаешь это ужасным мещанством, верно?

— Нет.

Она с улыбкой повернулась к нему вся.

— Да знаю я, что это мещанство, милый, но, бог ты мой, в нашей проклятой жизни так мало было этого мещанства! Война, голод, разруха, перевороты — всего этого мы хлебнули с лихвой, а еще и революции, и инфляции, а вот хоть немного надежности, беззаботности, времени и покоя — этого не было никогда. А тут ты еще без конца твердишь, что опять будет война. Нашим родителям, Равич, и то куда легче жилось, честное слово.

— Да.

— А жизнь всего одна, да еще и короткая, и проходит... — Она положила ладони на теплый камень. — Я не считаю себя какой-то особенной, Равич. И меня нисколько не греет, что мы живем в исторические времена. Я просто хочу быть счастлива и чтобы не так тяжко, не так трудно все было. И больше ничего.

— Да кто же этого не хочет, Жоан?

— Значит, ты тоже?

— Конечно.

Какая синева, думал Равич. Эта почти бесцветная голубизна на горизонте, где небо окунается в воду, а потом это буйство, этот накат синего, в море и в небе до самого зенита и в этих глазах, что здесь гораздо голубей, чем в Париже.

— Как бы я хотела, чтобы мы могли так жить...

— Но мы уже так живем — сейчас.

— Да, сейчас. На время, на несколько дней. А потом обратно в Париж, в этот ночной клуб, где все опостылело, и в гостиницу эту вонючую, и вообще во всю эту жизнь...

— Не преувеличивай. Гостиница у тебя вовсе не вонючая. Моя — да, довольно-таки вонючая, не считая моей комнаты.

Она облокотилась на скалу. Ветерок чуть трогал ее волосы.

— Морозов говорит, ты врач от бога. И жалко, что ты вот этак живешь. Большие деньги мог бы зашибать. Тем более ты хирург. Профессор Дюран...

— А этого ты откуда знаешь?

— Иногда заходит к нам в «Шехерезаду». Рене, метрдотель наш, говорит, меньше чем за десять тысяч этот Дюран и пальцем не пошевельнет.

— Твой Рене неплохо осведомлен.

— А он иной раз по две, а то и по три операции в день делает. Дом шикарный, «паккард»...

«Как странно, — думал Равич. — Лицо не изменилось. Пожалуй, даже одухотвореннее, чем прежде, пока она весь этот вековечный бабский вздор несет. В глазах морская синева, пыл — ну чисто амазонка, а раскудахталась как наседка, читая мне тут банкирские проповеди. Но разве она не права? Разве такая красота не права всегда и заведомо? И разве все на свете оправдания не на ее стороне — опять же заведомо?»

Внизу в бухте по пенному следу он углядел моторку; но не шелохнулся, хотя и знал, чья это лодка и за кем пришла.

— Вон друзья твои пожаловали, — сказал он.

— Где? — спросила Жоан, хотя и сама давно на эту лодку смотрела. — Почему мои? Уж скорее это твои друзья. Ты раньше меня с ними познакомился.

— На десять минут.

— Но раньше же.

Равич рассмеялся.

— Хорошо, Жоан, будь по-твоему.

— Я не обязана к ним идти. Все очень просто. Не пойду, и все.

— Конечно, нет.

Равич растянулся на скале и закрыл глаза. В тот же миг солнце укрыло его золотистым теплым одеялом. Он-то знал, что будет дальше.

— Вообще-то не слишком вежливо с нашей стороны, — заметила Жоан немного погодя.

— Ничего, влюбленным простительно.

— Люди специально приехали. Хотели нас захватить. Если мы не хотим, ты мог бы спуститься и сказать им об этом.

— Ладно, — сказал Равич, лениво приоткрыв глаза. — Сделаем проще. Спускайся к ним, скажешь, что мне надо работать, а сама поезжай. Так же, как вчера.

— Работать... Так странно звучит. Кто здесь работает? Почему бы тебе просто не поехать? Ты им обоим очень нравишься. Они уже вчера огорчились, что ты не пришел.

— О господи! — Равич открыл глаза полностью. — Ну почему все женщины обожают подобные идиотские препирательства?! Ты хочешь покататься, у меня нет лодки, жизнь коротка, мы приехали всего на несколько дней, зачем, скажи на милость, я еще должен ломать комедию, заставляя тебя сделать то, что ты и так все равно сделаешь, лишь бы ты сделала это со спокойной совестью?

— Можешь не заставлять. Сама пойду. — Она взглянула на него. Глаза сияли по-прежнему, только губы на секунду скривились, придав лицу выражение, которому Равич в первый миг даже не поверил, решив, что почудилось. Но потом понял: не почудилось.

Внизу, у мостков причала, волны бились о скалы. Брызги разлетались высоко, их искристую взвесь подхватывал ветер. Равич почувствовал, как его обдало холодной влагой.

— Твоя волна, — заметила Жоан. — Прямо как из сказки, которую ты мне в Париже рассказывал.

— Еще помнишь?

— Ага. Только ты не утес. Ты бетонная стена.

И пошла вниз, к лодочному причалу, и вся небесная голубизна по-прежнему лежала на ее плечах. Казалось, она уносит небо с собой. Теперь, после размолвки, она даже получила желанное оправдание. «Будет сидеть в белой лодке, ветер будет трепать ее волосы, а я идиот, что с ней не поехал, — думал Равич. — Только не для меня эта роль. Пусть с моей стороны это дурацкая, давно забытая мальчишеская спесь, донкихотство, но что еще остается нашему брату, кроме этого? Цветущий инжир в лунном свете, философия Сенеки и Сократа, скрипичный концерт Шумана и мудрость раньше других осознать утрату».

Снизу послышался голос Жоан. Потом сытое урчание мотора. Он встал. Она наверняка сядет на корме. Где-то там, в море, лежит остров, на нем монастырь. Иногда оттуда даже доносится далекое петушиное кукареканье. «Все красным-красно, это солнце просвечивает сквозь веки. Заповедные луга моего детства, алеющие маками ожидания, нетерпением крови. Старая, как мир, колыбельная песня прибоя. Колокола Винеты. Волшебное счастье — не думать ни о чем». Он почти сразу заснул.

После обеда он вывел из гаража машину. Это был «тальбо», взятый для него Морозовым напрокат еще в Париже. На нем они с Жоан сюда и добрались.

Равич катил по-над морем. День был очень ясный и какой-то почти ослепительно светлый. По средней дороге поехал в сторону Ниццы, Монте-Карло и Вильфранша. Он любил эту старую, уютную гавань, где посидел часок за столиком перед бистро на набережной. В Монте-Карло побродил по знаменитому парку возле казино, потом заглянул на кладбище самоубийц, что высоко над морем; отыскал там могилу, долго стоял перед ней, улыбался. Потом колесил по узеньким улицам старой Ниццы и по раскидистым площадям с монументами и памятниками в новом городе; а уж оттуда двинулся в Канны и еще дальше, туда, где алеют на закате скалы и рыбацкие деревни носят библейские имена.

Про Жоан забыл. Он и себя забыл. Просто распахнулся навстречу этому ясному дню, этому триединству солнца, моря и суши, уже окрасившему пестроцветьем весны все побережье, тогда как наверху, в горах, дороги еще завалены снегом. Над всей Францией льют дожди, над Европой свирепствуют бури — а эта узкая полоска вдоль берега, казалось, ни о чем таком ведать не ведает. Ее словно забыли, поэтому и жизнь здесь еще течет совсем по-другому; и хотя там, за горами, страна, живя предчувствием угрозы, уже погружается в свинцовую мглу бедствий, здесь, казалось, всегда безмятежно сияет солнце, и последняя пена умирающего мира нежится под его веселыми, ласковыми лучами.

Перепляс мотыльков и мошек в лучах заката — веселый и суетный, как всякое мельтешение мошкары; никчемный, как эта легкая музыка из кафе и баров — как весь этот мир, обреченный и неуместный, словно бабочки в октябре, когда они, уже ощутив своими крохотными летними сердечками первое дыхание стужи, спешат наиграться и напорхаться, пережить все упоения любви и измены, все флирты и обманы, покуда не обрушится шквал зимы и не сверкнет коса смерти.

Равич свернул к Сан-Рафаэлю. Прямоугольник небольшой гавани кишел парусами и моторками. Перед барами и кафе на набережной пестрели грибки солнечных зонтиков. За столиками женщины в шоколадном загаре. До чего все это узнаваемо, подумал Равич. Пленительные картины беззаботной жизни. Лукавый соблазн беспечности, игры — как ему все это по-прежнему знакомо, хотя столько лет прошло. И ведь жил же когда-то вот этак, словно ночной мотылек, и казалось, другого не надо. Крутизной поворота машину вынесло на шоссе и бросило навстречу горящему закату.

Он вернулся в отель, где его ждало известие от Жоан. Она звонила и просила передать, что к ужину не приедет. Он спустился на набережную, пошел в «Иден Рок». Гостей в ресторане было немного. Вечерами курортная публика уезжала развлекаться в Канны или в Жуан-ле-Пен. Он устроился у самых перил на террасе, что возвышалась на скале над морем, словно корабельная палуба. Переливаясь всеми оттенками багрово-красного и зелено-голубого, волны все набегали и набегали со стороны заката, ближе к берегу сменяя свой наряд на золотисто-оранжевый, а потом, ныряя в прибрежный полумрак, и вовсе на темно-серый, пока с грохотом не разбивались о скалы, взметнув фонтаны пестрых пенных брызг.

Равич долго сидел на террасе. Ему было холодно и бесконечно одиноко. Слишком отчетливо, с полным бесстрастием он провидел, что его ждет. Он знал — ход событий еще можно как-то замедлить, оттянуть, есть на этот счет всякие уловки и трюки. Он все их знал — и знал, что ими не воспользуется. Для таких штук слишком далеко все зашло. Уловки и трюки для мелких интрижек хороши, а здесь оставалось только одно — выстоять, причем выстоять честно, не обманываясь и не пряча голову в песок.

Он поднял на свет бокал легкого прованского вина. «Прохладная ночь, обласканная шелестом волн терраса, в небе раскатистый хохот уходящего солнца и бубенчики далеких звезд — а во мне, холодным щупальцем света, прожектор заведомого знания, выхватывающий из мрака мертвую тишину грядущих месяцев, перебирая и снова погружая во тьму день за днем, ночь за ночью, и я знаю, пока еще без боли знаю, что без боли не обойдется, и жизнь моя снова — как вот этот бокал в моей руке, прозрачный, наполненный чужим вином, которому недолго там оставаться, ведь вино выдохнется, будет уксус, кислятина былой сладости».

Недолго оставаться. Слишком многое сулила вначале эта иная жизнь, чтобы такой и остаться. Наивно и безоглядно, как растение к солнцу, раскрылась она навстречу соблазну и пестрой мишуре упоительно легкого существования. Она возжаждала будущего — а все, что он сумел ей дать, оказалось жалкими крохами настоящего. Хотя ничего еще не произошло. Но в этом и нет нужды. Все решается заранее, задолго до того. Ты просто об этом не знаешь, принимая за решающий финал мелодраматическую сцену расставания, тогда как на самом деле решение вынесено безмолвно и давным-давно, месяцы назад.

Равич допил свой бокал. Легкое вино показалось на вкус иным, чем прежде. Он наполнил бокал снова и снова выпил. Да нет, вкус все тот же, светлый, воздушный, тающий во рту.

Он встал из-за стола и поехал в Канны, в казино.

Он играл не зарываясь, на небольших ставках. Играл, все еще чувствуя в себе прежний холод и зная, что будет выигрывать, пока этот холод не растает. Он последовательно поставил на третью дюжину, квадрат от двадцать семи и двадцать семь. Через час выиграл около трех тысяч. Он удвоил ставки на квадрат и вдобавок сыграл четверку.

Жоан он увидел сразу, как только та вошла. Она переоделась и, очевидно, вернулась в гостиницу почти сразу после его отъезда. Ее сопровождали двое кавалеров, те самые, что увезли ее кататься на моторке. Представляясь, один назвался Леклерком, он был бельгиец, второй Найджентом, этот был американец. Жоан была очень хороша. Белое платье с узором из крупных серых цветов шло ей необычайно. Он купил ей его накануне отъезда. При виде платья Жоан завизжала от восторга и кинулась на него, как безумная. «Ты еще и в вечерних платьях разбираешься? С каких это пор? — спросила она. — Оно куда лучше моего. — А потом, приглядевшись, добавила: — И дороже. «Пташка, — подумалось ему, — еще на моей ветке, но крылышки уже расправила, вот-вот упорхнет».

Крупье придвинул ему горку фишек. Квадрат выиграл. Выигрыш он отложил, а ставку оставил. Жоан направилась к столам, где играли в баккара. Он не понял, заметила она его или нет. Некоторые гости, из тех, что не играли, на нее оборачивались. Походка у нее — словно она идет против ветра, хотя не очень знает куда. Слегка повернув голову, она что-то сказала Найдженту — и в тот же миг Равич ощутил жгучее желание побросать фишки, да и самого себя отбросить от зеленого сукна, вскочить, забрать Жоан и стремглав, расталкивая встречных-поперечных, распахивая двери, сметая все на своем пути, умыкнуть ее на какой-нибудь остров, да хоть на тот, что здесь, в Антибе, маячит на горизонте, — лишь бы прочь отовсюду и от всех, запереть ее, удержать, сохранить.

Он сделал новые ставки. Выпала семерка. Острова не спасают. А смятение сердца так не уймешь, потерять легче всего то, что держишь в руках, — а вот то, что сам отбросил, никогда. Шарик катился медленно. Двенадцать.

Он поставил снова.

А когда поднял голову — на него в упор смотрела Жоан. Она стояла по другую сторону стола и смотрела прямо на него. Он кивнул ей и улыбнулся. Она не отвела взгляд. Он показал глазами на рулетку и пожал плечами. Выпало девятнадцать.

Он сделал ставки и поднял глаза. Жоан больше не было. Он заставил себя усидеть на месте. Взял сигарету, пачка лежала под рукой. Лакей услужливо поднес спичку. Это был лысенький человек с брюшком, в ливрее.

— Не те пошли времена, — вздохнул он.

— Да уж, — отозвался Равич. Он вообще не знал этого человека.

— То ли дело в двадцать девятом...

— Да уж...

Равич не помнил, был ли он в Каннах в двадцать девятом, и не мог понять, имеет этот лысенький в виду что-то конкретное или бормочет просто так, для души. Он увидел, что выпала четверка, а он пропустил, и попытался снова сосредоточиться. Но в тот же миг ему стало противно при мысли, что он играет тут жалкой мелочью — и все ради того, чтобы пробыть еще несколько дней. Зачем все это? Зачем вообще было сюда приезжать? Дурацкая слабость, больше ничего. Она вгрызается в тебя исподволь, бесшумно, а замечаешь ее, только когда надо сделать усилие, а ты не можешь. Морозов прав. Самый верный способ потерять женщину — это показать ей шикарную жизнь, которую ты сумеешь ей обеспечить лишь на несколько дней. Она непременно попытается заполучить все это снова — но уже с кем-то, кто способен обеспечить такую жизнь надолго. «Надо будет сказать ей, что все кончено. В Париже расстанусь с ней, пока не поздно».

Он прикинул, не сменить ли ему стол. Но охота играть почему-то пропала. Не стоит мелочиться в том, что когда-то делал с размахом. Он огляделся. Жоан нигде не видно. Пошел в бар, выпил коньяку. Потом отправился на стоянку забирать машину: решил часок покататься.

Только он запустил мотор, как увидел Жоан. Та стремительно шла в его сторону. Он вылез из машины.

— Ты хотел уехать без меня? — спросила она.

— Я хотел на часок проехаться в горы, потом вернуться.

— Врешь! Ты не собирался возвращаться! Хотел меня тут оставить, с этими идиотами!

— Жоан, — вздохнул Равич, — скажи еще, что ты с этими идиотами исключительно по моей вине.

— И скажу! Я только со злости к ним в лодку села! Почему тебя не было в отеле, когда я вернулась?

— Но ты же отправилась с этими идиотами ужинать.

На секунду она смешалась.

— Я с ними потому только пошла, что тебя не было, когда я вернулась.

— Ладно, Жоан, — сказал Равич. — Давай не будем больше об этом. Ты хотя бы получила удовольствие?

— Нет.

В синей дымке теплой южной ночи она стояла перед ним, тяжело дыша, взволнованная, разгоряченная, яростная; лунный свет позолотил ее волосы, яркие губы на бледном, отчаянном лице казались почти черными. Был февраль тридцать девятого, в Париже уже вот-вот должно было начаться неотвратимое, медленно, ползуче, со всей смутой, ложью и унижениями тех дней; он хотел с ней порвать еще до того, но пока что они здесь, и не так уж много времени им осталось...

— Куда ты собирался ехать?

— Никуда. Просто так, покататься.

— Я еду с тобой.

— А что скажут твои идиоты?

— Ничего. Я с ними уже попрощалась. Сказала, что ты меня ждешь.

— Неплохо, — хмыкнул Равич. — Умненькая девочка. Погоди, я подниму верх.

— Оставь так. Я в пальто, не замерзну. Только поехали медленно. Мимо всех этих кафе, где прохлаждаются все эти счастливцы, у которых нет других дел, кроме как наслаждаться своим счастьем, даже не считая нужным оправдываться.

Она скользнула на сиденье рядом с ним и поцеловала его.

— Я в первый раз на Ривьере, Равич, — сказала она. — Имей снисхождение. Я в первый раз по-настоящему с тобой вместе, и ночи уже не холодные, и я счастлива.

Он вырулил из плотного потока машин и, миновав отель «Карлтон», свернул в сторону Жуан-ле-Пен.

— В первый раз, — повторила она. — В первый раз, Равич. И я знаю все, что ты на это можешь сказать, только это все ни при чем. — Она прильнула к нему и положила голову ему на плечо. — Забудь все, что сегодня было! Даже не думай об этой ерунде! Ты хоть знаешь, как замечательно водишь машину? Вот сейчас, только что, как шикарно ты это сделал! Идиоты, кстати, тоже восторгались. Они же видели вчера, что ты за рулем вытворяешь. А все-таки ты какой-то жутковатый. У тебя, вон, прошлого вообще будто нет. О тебе ведь ничего не известно. Я про жизнь этих идиотов — и то уже раз в сто больше знаю, чем про твою. Как ты считаешь, сейчас где-нибудь можно кальвадоса выпить? После всех тревожнений этой ночи мне просто необходимо. Как же тяжело с тобой жить.

Машина прижималась к дороге, как низко летящая птица.

— Не слишком быстро? — спросил Равич.

— Нет. Хочу быстрей! Чтобы мурашки по коже! Чтобы насквозь, как дерево на ветру! Чтобы ночь летела мимо! Пусть меня изрешетит любовью! Чтобы от любви через себя же все насквозь видеть! Я так тебя люблю, сердце готово перед тобой распластаться, как женщина под взглядом мужчины на пшеничной ниве. Мое сердце так и хочет пасть перед тобой на землю. На лугу. Чтобы замирать и взлетать. Оно любит тебя, когда ты вот так, за рулем. Давай никогда в Париж не возвращаться. Давай украдем чемоданчик драгоценностей, машину эту, сейф в банке обчистим — лишь бы не обратно, лишь бы не в Париж.

Возле невзрачного бара Равич притормозил. Рокот мотора умолк, и тотчас же совсем издалека донеслось мощное, ровное дыхание моря.

— Пойдем, — сказал он. — Здесь тебе дадут твоего кальвадоса. Сколько ты уже выпила?

— Слишком много. А все из-за тебя. Но потом мне вдруг стало невмоготу от болтовни этих идиотов.

— Почему же ты ко мне не пришла?

— Я пришла.

— Только когда поняла, что я уезжаю. Ты хоть ела что-нибудь?

— Немного. Я голодная. А ты выиграл?

— Да.

— Тогда давай поедем в самый дорогой ресторан, будем есть икру, пить шампанское и вообще будем, как наши родители, еще до всех этих войн, беззаботны, сентиментальны, и никаких тебе страхов, и никаких предрассудков, и дурного вкуса хоть отбавляй, и чтобы слезы, скрипки, луна, олеандр, море, любовь! Хочу поверить, что у нас будут дети и свой дом, даже с садом, и что у тебя будет паспорт, а я ради тебя пожертвую блестящей карьерой, и мы будем любить и даже ревновать друг друга еще и через двадцать лет, и ты все еще будешь считать меня красивой, а я спать не буду, если ты хоть однажды заночуешь не дома, и...

Он увидел: по лицу ее текут слезы. Но она улыбалась.

— Это все из той же оперы, любимый, все от дурного вкуса.

— Давай-ка вот что, — решил он. — Поехали в «Шато Мадрид». Это в горах, и там русские цыгане и вообще все, что твоей душеньке угодно.

...Было раннее утро. Далеко внизу, серой притихшей гладью, раскинулось море. На небе ни облачка и ни единой краски. Только на горизонте из воды, разгораясь, выползала узкая полоска серебра. Было так тихо, что они слышали дыхание друг друга. Из ресторана они ушли после всех. Цыгане уже укатили вниз по серпантину на стареньком «форде». И официанты на «ситроенах». И даже шеф-повар на своем шестиместном «делайе» двадцать девятого года выпуска отправился на рынок закупать провизию.

— Вот уже и день наступает, — сказал Равич. — А где-то ведь еще ночь. Когда-нибудь изобретут самолет, на котором можно будет ее догнать. Просто он будет летать с той же скоростью, с какой вращается Земля. Захочешь ты, допустим, любить меня в четыре утра, и у нас с тобой всегда будет четыре; мы просто полетим вместе со временем вокруг Земли, и время остановится.

Жоан прильнула к нему.

— Ничего не могу с собой поделать. Это так прекрасно! Упоительно прекрасно! Можешь смеяться...

— Это и правда прекрасно, Жоан.

Она посмотрела на него.

— Ну и где этот твой самолет? Мы уже будем стареньким, милый, когда его изобретут. Не хочу состариться. А ты?

— Я не против.

— Правда?

— Да, чем старше, тем лучше.

— Почему?

— Хотелось бы взглянуть, что станется с нашей планетой.

— Нет, я не хочу стареть.

— А ты и не будешь. Ты не состаришься. Жизнь лишь коснется твоего лица, вот и все, оно станет даже еще прекрасней. Стар лишь тот, кто уже ничего не чувствует.

— Нет, лишь тот, кто уже не любит.

Равич не ответил. «Бросить, — думал он. — Тебя бросить! Неужто еще несколько часов назад в Каннах я и вправду такое думал?»

Она чуть шелохнулась в его объятиях.

— Вот и празднику конец, и мы поедем домой и будем спать друг с другом. Как же это прекрасно! Как прекрасно жить сполна, а не только какой-то частицей себя. Когда ты полон до краев и даже пошевельнуться боишься, потому что еще хоть капля — и ты себя расплещешь, прольешься. Скорей, поехали домой, в наше съемное жилище, в наш роскошный белый отель, так похожий на усадьбу в саду.

Машина почти беззвучно, своим ходом, катила под уклон по виткам серпантина. Медленно занимался день. Земля дышала росой. Равич выключил фары. Когда они пересекли верхнее шоссе, по нему двигались подводы с зеленью и цветами — в Ниццу везли товар. Потом они обогнали отряд североафриканской кавалерии[*]. Перестук копыт был слышен даже сквозь мерный рокот мотора. Далеко разносясь по утрамбованной щебенке, цокот этот звучал донельзя искусственно. Смуглые лица всад-

---

[*] Европейские страны, в разные периоды своей истории имевшие статус мировых держав, в том числе Испания и Франция, до середины XX века располагали колониальными владениями в Азии, Африке, Латинской Америке и имели в составе своих вооруженных сил подразделения, приспособленные для боевых действий в условиях тропического климата. В значительной мере такие части вербовались из коренного населения колониальных стран.

ников под капюшонами бурнусов казались и вовсе черными.

Равич взглянул на Жоан. Она улыбнулась в ответ. Ее бледное от недосыпа лицо казалось невероятно хрупким. Тень усталости сообщала ему тихую нежность, особенно трогательную этим волшебным, еще сумеречно-сонным утром, когда вчера уже окончательно кануло в прошлое, а сегодня еще толком не настало, еще медлило, еще беспечно парило в безвременье, не ведая ни сомнений, ни страхов.

Бухта Антиба разворачивалась перед ними всей своей ширью. Светало на глазах. В голубоватую дымку наступающего дня четырьмя грозными серо-стальными тенями врезались четыре военных корабля — три эсминца и крейсер. Очевидно, они пришли ночью. Низкие, угрюмые, безмолвные, они тяжело застыли под отпрянувшим небом. Равич посмотрел на Жоан. Она заснула у него на плече.

XVII

Равич шел в клинику. Он уже неделю как вернулся с Ривьеры. Шел — и вдруг замер на месте. Происходящее напоминало детскую игру. Стальные леса новостройки поблескивали на солнце, словно только что собранные из детского конструктора; на фоне светлого неба строящееся здание в паутине стояков и труб походило на чертеж из учебника — как вдруг прямо у него на глазах одна из вертикалей с уцепившейся за нее черной фигуркой пошатнулась, отошла от ажурного каркаса, накренилась и стала медленно падать — со стороны это напоминало падение спички с сидящей на ней мухой. Она все падала,

падала, и казалось, никогда не упадет, но тут фигурка отделилась, обернувшись тряпичной куклой, что, беспомощно размахивая ватными руками, кувыркалась в воздухе. На секунду показалось, будто мир онемел — такая мертвая воцарилась тишина. Ни шороха, ни ветерка, ни вздоха, ни вскрика — только эта нелепая фигурка и огромная балка все падали, падали вниз... И только потом обрушился шум, и все разом задвигалось. Лишь теперь Равич понял, что у него перехватило дыхание. Но он уже бежал.

Пострадавший распластался на мостовой. Еще секунду назад улица была пуста. Теперь она кишела людьми. Сбегались со всех сторон, словно на звон набата. Равич протиснулся сквозь толпу. Увидел, как двое работяг пытаются поднять упавшего.

— Не трогать! Оставьте его! — крикнул он.

Люди вокруг расступились, давая ему дорогу. Работяги все еще держали жертву на весу.

— Положите! Только тихо! Осторожно!
— Вы кто? — спросил один из работяг. — Врач?
— Да.
— Тогда ладно.

Они положили пострадавшего обратно на мостовую. Равич опустился на колени послушать, есть ли дыхание. Осторожно расстегнул мокрую от пота рубаху и приложил ладонь к груди.

— Ну, что он? — спросил работяга, поинтересовавшийся у Равича, врач ли он. — Без сознания?

Равич покачал головой.

— Тогда что? — все еще не понимал работяга.
— Умер, — сказал Равич.
— Умер?
— Да.

— Как же так? — растерянно проговорил работяга. — Ведь только что обедали вместе...

— Где тут врач? — послышалось вдруг из задних рядов окружившей их толпы.

— В чем дело? — отозвался Равич.

— Где тут врач? Скорее!

— Да что случилось?

— Женщина... Там...

— Какая еще женщина?

— Ее балкой задело! Там кровищи...

Равич уже снова проталкивался сквозь толпу. Маленькая, тщедушного вида женщина в синем рабочем фартуке — фартук казался на ней огромным — лежала на песке возле ямы с известью. Морщинистое, страшно бледное лицо, на котором двумя черными угольками застыли глаза. Из-под шеи фонтанчиком хлестала кровь. Она выплескивалась косой пульсирующей струйкой, словно плевками, и выглядело все это ужасно неопрятно. Под головой женщины, въедаясь в песок, расползалась черная лужица.

Равич зажал артерию. Из небольшой походной аптечки, которую на всякий случай всегда таскал с собой, выхватил бинт.

— Подержите кто-нибудь, — сказал он стоящим рядом.

Четыре руки потянулись к аптечке одновременно. Аптечка упала на песок и раскрылась. Он схватил ножницы, тампон, вскрыл бинт.

Женщина лежала молча. Немигающий взгляд устремлен в одну точку, все тело сведено судорогой страха.

— Все в порядке, мамаша, — ободрил ее Равич. — Все в порядке.

Удар пришелся на плечо и шею. Плечо размозжено, ключица сломана, сустав раздроблен. Сгибаться не будет.

— Так, рука левая, — автоматически приговаривал Равич, а сам уже осторожно прощупывал затылок. Кожа содрана, но все остальное вроде цело. Ступня вывихнута, он проверил, цела ли кость ноги. Серые чулки, штопанные-перештопанные, но без дыр, перехваченные черной повязкой ниже колен — до чего отчетливо это всякий раз запоминается! Черные ботинки на шнурках, шнурки завязаны двойным узлом, мыски у ботинок залатаны.

— «Скорую» кто-нибудь вызвал? — спросил он.

Никто не ответил.

— Полицейский, кажись, звонил, — откликнулся наконец кто-то.

Равич вскинул голову.

— Полицейский? Где?

— Да там. Около второго.

Равич поднялся.

— Ну, тогда все в порядке.

Он хотел смыться. Но в ту же секунду полицейский раздвинул кольцо зевак. Это был молодой парень с блокнотиком в руке. Он нервно слюнявил огрызок карандаша.

— Минутку, — проговорил он и принялся что-то записывать.

— Да тут все в порядке, — бросил Равич.

— Минутку, месье.

— Но я очень спешу. У меня срочный вызов.

— Минутку, месье. Вы врач?

— Я остановил кровотечение, только и всего. Вам остается дождаться «скорую».

— Не торопитесь, месье! Я должен записать ваши данные. Это важно. Вы свидетель. Вдруг она умрет, что тогда?

— Да не умрет она!

— Это еще не факт. И с возмещением ущерба наверняка будет морока.

— Вы «скорую» вызвали?

— Напарник мой вызывает. А теперь не мешайте, иначе еще дольше провозимся.

— Человек, вон, помирает, а вам лишь бы уйти, — попрекнул Равича один из работяг.

— Если б не я, она бы уже умерла.

— Вот именно, — вопреки всякой логике запальчиво подтвердил рабочий. — Тем более вам надо остаться.

Рядом щелкнул затвор фотоаппарата. Мужчина в модной шляпе, тулья пирожком, широко ему улыбался.

— Вы не присядете, как будто повязку накладываете?

— Нет.

— Но это же для прессы, — пояснил мужчина. — И вас тоже упомянут, адрес, фамилия, ну и текст, что вы эту женщину спасли. Лучше всякой рекламы. Попрошу вас, вот сюда, здесь освещение лучше.

— Идите к черту! — разозлился Равич. — Ей срочно нужна «скорая». Повязка временная, долго не продержится. «Скорую» вызывайте, срочно!

— Всему свой черед, месье, — заявил полицейский. — Первым делом я протокол должен оформить.

— Покойник тебе уже сказал, как его зовут? — язвительно поинтересовался какой-то юнец из толпы.

— Ta gueule!* — цыкнул полицейский и сплюнул пареньку под ноги.

— Сфотографируйте, пожалуйста, еще разок, вот отсюда, — обратился кто-то к фотографу.

— Это еще зачем?

— Чтобы видно было, что тут огорожено. Улица перекрыта была. Видите, вон там. — И он показал на криво прибитую фанерку с надписью «Осторожно! Опасно для жизни! Проход закрыт!». — Снимите так, чтобы было видно. Нам это нужно. О возмещении ущерба не может быть и речи.

— Я фотокорреспондент, — надменно заявил человек в шляпе. — И фотографирую только то, что сам сочту интересным.

— Так это же и есть самое интересное! Что может быть интереснее? Объявление на заднем плане...

— Объявление никому не интересно. Интересно само событие.

— Тогда занесите в протокол. — Неугомонный мужчина деликатно, двумя пальцами, постучал полицейского по плечу.

— А вы кто такой? — досадливо спросил тот.

— Представитель строительной фирмы.

— Отлично, — буркнул полицейский. — Оставайтесь на месте. Как вас зовут? — снова обратился он к пострадавшей. — Хоть это вы, надеюсь, помните?

Женщина шевельнула губами. Веки ее затрепетали. «Словно крылья бабочки, серой бабочки на последнем издыхании, — подумал Равич. И в ту же секунду: — Идиот несчастный! Тебе же смываться надо!»

---

* Вякни у меня еще! (*фр.*)

— Вот черт! — крякнул полицейский. — Может, она вообще рехнулась. Возись тут с ней! А у меня в три дежурство кончается.

— Марсель, — вымолвила вдруг женщина.

— Что? Секундочку! Как? — Полицейский ждал ответа. — Еще раз! Повторите еще раз!

Женщина молчала.

— Все вы с вашей дурацкой болтовней! — набросился он на представителя фирмы. — Ну как тут прикажете протокол составлять!

В эту секунду снова щелкнул затвор фотокамеры.

— Благодарю, — сказал фотограф. — Очень живенько.

— Вывеску нашу засняли? — спросил представитель фирмы, нисколько не испугавшись полицейского. — Закажу сразу полдюжины!

— Нет! — отрезал фотограф. — Я социалист. Лучше бы рабочим страховку платили, прихвостень несчастный, шавка миллионерская!

Взвыла сирена. «Скорая». Сейчас или никогда, мелькнуло у Равича. Он потихоньку шагнул в сторону. Но полицейский уже держал его за рукав.

— Месье, вам придется пройти в отделение. Сожалею, но так положено, все надо запротоколировать.

Дежурный по отделению молча выслушал доклад обоих полицейских. После чего обратился к Равичу.

— Вы не француз, — изрек он. Это был не столько вопрос, сколько утверждение.

— Нет, — ответил Равич.

— Тогда кто вы?

— Чех.

— Как в таком случае вы оказались здесь врачом? Вы же иностранец и не имеете права работать практикующим врачом, если только не получили французское гражданство.

Равич улыбнулся:

— А я и не работаю врачом. Я здесь как турист. Путешествую для собственного удовольствия.

— Паспорт при вас?

— Тебе это нужно, Фернан? — спросил его напарник. — Господин оказал помощь пострадавшей, адрес его у нас есть. Этого вполне достаточно. Есть и другие свидетели.

— А мне интересно. Так паспорт у вас при себе? Или другое удостоверение личности?

— Разумеется, нет, — ответил Равич. — Кому охота таскать с собой паспорт?

— И где же он?

— В консульстве. На прошлой неделе туда отнес. На продление.

Равич знал: если он скажет, что паспорт в отеле, его пошлют туда в сопровождении полицейского и все его нехитрые плутни немедленно раскроются. Кроме того, он из предосторожности указал, конечно же, адрес совсем другого отеля. С консульством шансы выкрутиться были получше.

— В каком консульстве? — не унимался Фернан.

— В чешском. В каком же еще?

— Мы ведь можем позвонить и проверить. — Фернан не сводил с него глаз.

— Конечно.

Фернан выдерживал паузу.

— Хорошо, — произнес он наконец. — И проверим.

Он встал и вышел в соседнюю комнату. Его напарник был явно смущен.

— Вы уж извините, месье, — обратился он к Равичу. — Вообще-то можно было и без этого обойтись. Ничего, сейчас все разъяснится. А за помощь мы вам весьма признательны.

Разъяснится, эхом пронеслось в голове у Равича. Доставая сигарету, он как бы невзначай осмотрелся. У двери стоял еще один полицейский. Просто так, случайно.

Всерьез его пока что никто не подозревал.

Можно, конечно, оттолкнуть и броситься вон, но за дверью еще и представитель фирмы, и двое работяг. Нет, эту идею придется отбросить. Да и при входе в участок обычно парочка полицейских стоит.

Вернулся Фернан.

— В консульстве паспорта на ваше имя не числится.

— Возможно, — проронил Равич.

— Что значит «возможно»?

— Один работник, да еще по телефону, не может всего знать. Там полдюжины людей паспортами занимаются.

— Нет, этот точно знал.

Равич ничего не ответил.

— Никакой вы не чех, — заявил Фернан.

— Послушай, Фернан, — попытался вмешаться второй полицейский.

— У вас акцент не чешский, — продолжил свои умозаключения Фернан.

— Возможно, и нет.

— Вы немец! — торжествующе выпалил он. — И у вас нет паспорта!

— Нет, — возразил Равич. — Я марокканец, и у меня французских паспортов сколько угодно и каких хотите.

— Я попрошу! — заорал Фернан. — Что вы себе позволяете?! Вы оскорбляете французское государство!

— Дерьма пирога! — внятно сказал один из рабочих. Зато представитель фирмы изменился в лице и, казалось, готов отдать честь.

— Фернан, да брось ты...

— Вы врете! Вы не чех! Так есть у вас паспорт или нету? Отвечайте!

«Крыса, а не человек, — подумал Равич. — Крыса в человеке, и никакими силами ее не утопишь. Не все ли равно этому идиоту, есть у меня паспорт или нет? Но крыса что-то учуяла и уже лезет из норы».

— Отвечайте! — надрывался Фернан.

Клочок бумаги. Есть он у тебя, нет ли — это всего лишь клочок бумаги. Достань он его сейчас из кармана, и эта тварь будет кланяться и рассыпаться в извинениях. Пусть ты целую семью зарезал, пусть ты банк ограбил — покажешь паспорт, и этот долдон как миленький отдаст тебе честь. Но будь ты хоть сам Иисус Христос — без паспорта ты бы давно подох в тюряге. Впрочем, до своих тридцати трех он бы сейчас и с паспортом не дожил — забили бы за милую душу.

— Я вас задерживаю до установления личности, — распорядился Фернан. — Я лично этим займусь.

— Прекрасно, — отозвался Равич.

Чеканя шаг, Фернан вышел. Второй полицейский смущенно перебирал бумаги.

— Мне очень жаль, месье, — сказал он немного погодя. — Он на таких делах прямо с ума сходит.

— Ничего.

— С нами-то все? — спросил один из работяг.

— Да.

— Вот и ладно. — Уходя, он повернулся к Равичу. — После мировой революции вам никакой паспорт не понадобится.

— Поймите, месье, — продолжил второй полицейский. — У Фернана отец на войне погиб. Ну, в мировую. Он всех немцев ненавидит, вот и устраивает такие штуки. — Он поднял на Равича смущенный взгляд. Видимо, догадался, что к чему. — Крайне сожалею, месье. Будь я один...

— Ничего страшного, — утешил его Равич. Он еще раз огляделся. — Можно мне позвонить, пока этот Фернан не вернулся?

— Конечно. Телефон вон там, у стола. Только поскорее.

Равич позвонил Морозову. По-немецки рассказал ему, что случилось. Попросил известить Вебера.

— И Жоан тоже? — спросил Морозов.

Равич задумался.

— Нет. Пока не надо. Скажи ей, меня задержали, но дня через два-три все будет в порядке. Присмотри за ней.

— Ладно, — без особого энтузиазма отозвался Морозов. — Будь здоров, Войцек.

Равич положил трубку, как только вошел Фернан.

— Это на каком же языке вы беседовали? — спросил он с ехидной улыбочкой. — Неужто на чешском?

— На эсперанто, — ответил Равич.

Наутро явился Вебер.

— Ничего себе мерзость, — опешил он, оглядывая камеру.

— Французские тюрьмы — это еще самые настоящие тюрьмы, — заметил Равич. — Их не затронул презренный тлен гуманизма. Добротное вонючее восемнадцатое столетие.

— Отвратно, — пробормотал Вебер. — Отвратно, что вы сюда угодили.

— Ни одно доброе дело не остается безнаказанным. Надо было оставить эту женщину истекать кровью. Мы живем в стальные времена, Вебер.

— В чугунные. Эти ребятки уже докопались, что вы в стране нелегально?

— Конечно.

— И адрес знают?

— Конечно, нет. Разве могу я подвести под монастырь старый добрый «Интернасьональ»? За постояльцев без регистрации хозяйку оштрафуют. И, конечно, устроят облаву, сцапав еще дюжину беженцев. Местом жительства я в этот раз указал отель «Ланкастер». Небольшой, дорогой, изысканный отель. Когда-то гостевал там в прошлой жизни.

— А зовут вас теперь, значит, Войцек.

— Владимир Войцек. — Равич ухмыльнулся. — Уже четвертое мое имя.

— Вот ведь переплет, — сокрушался Вебер. — Что мы можем сделать, Равич?

— Не так уж много. Главное, чтобы эти ребятки не выведали, что я здесь не в первый раз. Не то полгода тюрьмы мне обеспечено.

— Вот черт.

— Да-да, мир день ото дня становится все гуманнее. Живи опасно, как говаривал Ницше. Эмигранты следуют его наказу, хотя и поневоле.

— Ну а если они не дознаются?

— Две недели, думаю так. Ну и как обычно: выдворение.

— А потом?

— А потом я вернусь.
— Пока вас опять не сцапают?
— Именно. В этот раз мне еще повезло. Два года как-никак. Целая жизнь.
— С этим надо что-то делать. Дальше так продолжаться не может.
— Почему? Вполне. Да и что вы можете сделать?

Вебер задумался.

— Дюран, — вдруг произнес он. — Конечно! Дюран кучу важных людей знает, у него связи. — Он осекся. — Господи, да вы же сами оперировали чуть ли не главного шефа по этим делам! Того, с желчным пузырем!

— Только не я. Дюран.

Вебер расхохотался.

— Да, старику так прямо об этом не скажешь. Но сделать он кое-что может. Уж я сумею попросить.

— Вы мало чего добьетесь. Я недавно выбил из него две тысячи. Он мне этого не забудет.

— Забудет как миленький, — заверил Вебер с явным удовольствием, — он же побоится, что вы расскажете, кто на самом деле за него оперирует. Вы ведь десятки операций вместо него сделали. Ну и потом — вы же ему нужны!

— Запросто найдет себе кого-нибудь еще. Либо того же Бино, либо кого-то другого из беженцев. От желающих отбоя нет.

Вебер огладил усы.

— Не с такой рукой, как у вас. В любом случае попытаться можно. Сегодня же с ним поговорю. Чем я еще могу вам помочь? Кормят как?

— Отвратительно. Но я плачу — и мне приносят.

— Курево?

— Тоже есть. Единственное, в чем я нуждаюсь, вы все равно обеспечить не сможете: это ванна.

Две недели Равич провел в камере с евреем-сантехником, полуевреем-писателем и с поляком. Сантехник тосковал по Берлину, писатель Берлин ненавидел, поляку было на все наплевать. Равич обеспечивал всех сигаретами. Писатель рассказывал еврейские анекдоты. Сантехник оказался незаменимым специалистом по борьбе с вонью.

Через две недели за Равичем пришли. Сначала его отвели к инспектору, который поинтересовался, есть ли у него деньги.

— Есть.

— Хорошо. Тогда поедете на такси.

К нему приставили полицейского в штатском. На улице по-летнему светило солнышко. До чего же приятно на воле! У ворот тюрьмы старик продавал воздушные шары. Равич подивился, с какой стати тот выбрал для своего товара столь странное место. Его провожатый уже подзывал такси.

— Куда хоть мы едем? — поинтересовался Равич.

— К шефу.

Равич понятия не имел, к какому именно шефу. Впрочем, покуда это не директор немецкого концлагеря, ему более или менее все равно. По-настоящему страшно в нынешнем мире только одно: безоружным оказаться во власти неприкрытого террора. Остальное все пустяки.

В такси имелся радиоприемник. Равич включил. Сперва сообщили о ценах на овощи, только потом — политические новости. Полицейский зевнул. Равич покрутил ручку настройки. Музыка. Модная песенка. Лицо провожатого просветлело.

— Шарль Трене*, — пояснил он. — «Менильмонтан»**. Шикарная вещичка!

Такси остановилось. Равич расплатился. Его отвели в приемную, которая, как все приемные на свете, провоняла скукой и страхом ожидания, потом и пылью.

Он просидел с полчаса, читая старый номер «Ля ви паризьен», оставленный кем-то из посетителей. После двух недель вовсе без книг газетенка показалась ему чуть ли не шедевром литературной классики. Потом наконец его препроводили к шефу.

Прошла, быть может, минута, прежде чем он этого толстенького коротышку узнал. Когда оперируешь, к лицам пациентов обычно вообще не присматриваешься. Они тебе безразличны, все равно что номера. Единственное, что интересует, — это оперируемый орган. Но на это лицо Равич тогда все же взглянул не без любопытства. И вот он восседает перед ним, жив-здоров, пузо уже снова наел, без желчного пузыря, Леваль, собственной персоной. Равич только сейчас вспомнил, что Вебер обещал подключить Дюрана, и никак не ожидал, что его к самому Левалю доставят.

Леваль оглядел его с ног до головы. Он умело выдерживал паузу.

— Ваша фамилия, разумеется, не Войцек, — пробурчал он наконец.

— Нет.

— И какая же настоящая?

---

* Шарль Трене (1913—2001) — знаменитый французский шансонье.
** Менильмонтан — район Парижа.

Триумфальная арка

— Нойман. — Так они с Вебером условились. А Вебер должен был Дюрану сказать. Войцек — слишком экзотично.

— Вы немец, не так ли?

— Да.

— Беженец?

— Да.

— А так не скажешь. По внешнему виду.

— Не все беженцы евреи, — объяснил Равич.

— Почему дезинформировали? Настоящее имя почему скрывали?

Равич передернул плечами.

— А что поделаешь? Мы и так стараемся врать как можно меньше. Но приходится. И отнюдь не ради собственного удовольствия.

Леваль побагровел.

— Думаете, мы тут с вами ради собственного удовольствия возимся?

Сплошная серость, думал Равич. Грязноватая седина, под глазами грязновато-сизые мешки, рот старчески приоткрыт. Тогда-то он не распинался; был просто тушкой дряблого мяса с прогнившим желчным пузырем внутри.

— Живете где? Адрес тоже указали фиктивный.

— Где придется. То тут, то там.

— И давно?

— Три недели. Три недели назад перебрался из Швейцарии. Через границу провели. Вы же знаете, без документов мы нигде не имеем права жить, а решиться на самоубийство большинство пока не в состоянии. Именно по этой причине вам и приходится с нами возиться.

— Вот и оставались бы у себя в Германии, — пробурчал Леваль. — Не так уж там все и страшно. Как начнут, понимаешь, преувеличивать...

«Резани я чуть-чуть не так, — думал Равич, — ты бы сейчас здесь не сидел и не нес бы всю эту околесину. Черви без всяких документов запросто пересекли бы твои границы — либо ты был бы уже пригоршней праха в аляповатой урне».

— Так где вы тут жили? — повторил свой вопрос Леваль.

«Вот что тебе хотелось бы разузнать, — думал Равич. — Других хочешь сцапать».

— В дорогих отелях, — ответил он. — Под разными именами, по нескольку дней.

— Это неправда.

— Зачем спрашивать, если вам и так все лучше меня известно, — заметил Равич, которому все это постепенно стало надоедать.

Леваль гневно пристукнул ладошкой по столу.

— Прекратите тут хамить! — прикрикнул он и озабоченно глянул на свою ладошку.

— Вы по ножницам стукнули, — любезно пояснил ему Равич.

Леваль спрятал ладошку в карман.

— Вы не находите, что довольно нагло себя ведете? — спросил он с неожиданным спокойствием человека, который может позволить себе роскошь самообладания, зная, что собеседник всецело в его власти.

— Нагло? — Равич глянул на него с неприкрытым удивлением. — Это вы мне говорите о наглости? Мы здесь не в школе, не в монастыре для раскаявшихся изуверов! Я борюсь за спасение своей жизни — а вам хочется, чтобы я чувствовал себя уголовником, который вымаливает у вас приговор помягче. Только потому, что я не нацист и у меня нет документов. Так вот: не чувствовать себя преступниками, хоть мы провинились лишь тем, что пытаемся выжить, вдоволь нахлебались тюрем, полиции, унижений, — это единственное, что еще позволяет нам сохранять веру в себя, как вы этого не поймете? И видит бог, это все, что угодно, только не наглость.

Леваль ничего на это не ответил.

— Врачебной практикой здесь занимались? — спросил он сухо.

— Нет.

«Шов, должно быть, уже почти незаметен, — думал Равич. — Я тогда хорошо зашил. Работенки было дай бог, одного жира сколько. А он опять его нажрал. Нажрал и напил».

— Это сейчас главная опасность, — изрек Леваль. — Околачиваетесь тут без диплома, без экзамена, без ведома властей! Неизвестно сколько времени! Так я и поверил в эти ваши три недели! Кто знает, во что вы совались, в каких темных делишках замешаны!

«Еще как совался. В твой бурдюк с твоими жесткими склеротическими артериями, с твоей жирной печенкой, с твоим прогнившим желчным пузырем, — думал Равич. — А если бы не совался, так твой дружок, тупица Дюран, вполне гуманно зарезал бы тебя на столе, благодаря чему прославился бы как светило хирургии еще больше и за операции стал бы драть еще дороже».

— Это главная опасность! — повторил Леваль. — Работать врачом вам запрещено. Но вы, понятное дело, хватаетесь за все, что подвернется. Недавно как раз я имел разговор на эту тему с одним из наших медицинских корифеев: он всецело того же мнения.

Если вы действительно в курсе медицинской науки, то должны знать это имя...

Нет, подумал Равич. Быть не может, чтобы он сейчас Дюрана назвал. Жизнь не способна на такие шутки.

— Профессор Дюран, — торжественно провозгласил Леваль. — Он мне, можно сказать, глаза раскрыл. Санитары, фельдшеры, студенты-недоучки, массажисты — кто только не выдает себя теперь за медицинское светило из Германии! А как проверить? Как проконтролировать? Подпольные операции, аборты, часто на пару со знахарками, повитухами, шарлатанами всякими, — одному богу известно, каких бед они натворили и еще могут натворить! Вот почему от нас требуется величайшая бдительность! В таком деле любой бдительности мало!

Дюран, думал Равич. Вот и отлились те две тысячи. Только кто же теперь будет за него оперировать? Наверно, Бино. Наверно, опять договорились.

Он понял, что болтовню Леваля уже не слушает. И лишь когда тот упомянул Вебера, снова навострил уши.

— Тут некто доктор Вебер за вас хлопотал. Вы знакомы?

— Мельком.

— Он приходил. — Леваль вдруг замер, вытаращив глаза. Потом оглушительно чихнул, извлек из кармана носовой платок, обстоятельно высморкался, изучил полученные результаты, аккуратно сложил платок и сунул обратно. — Ничем помочь не могу. Мы обязаны проявлять твердость. Вы будете выдворены.

— Я знаю.

— Вас что, уже выдворяли?

— Нет.

— В случае повторного задержания шесть месяцев тюрьмы. Это вам известно?

— Да.

— Я прослежу, чтобы вас выдворили как можно скорей. Это единственное, что я могу для вас сделать. Деньги у вас есть?

— Да.

— Хорошо. В таком случае оплата за проезд до границы для вас и сопровождающего лица за ваш счет. — Он кивнул. — Можете идти.

— Нам нужно вернуться к определенному часу? — спросил Равич у своего конвоира.

— Ну, не совсем. Более-менее. А что?

— Неплохо бы промочить горло.

Сопровождающий глянул на него испытующе.

— Да не сбегу я, — сказал Равич, а сам уже многозначительно поигрывал в руках двадцатифранковой купюрой.

— Ну ладно. Минутой больше, минутой меньше...

У первого же бистро они попросили таксиста притормозить. Несколько столиков уже были выставлены на тротуаре. Было прохладно, но солнечно.

— Что будете пить? — спросил Равич.

— «Амер Пикон». В это время ничего другого не употребляю.

— А мне двойной коньяк. Только отборного. И воды не надо.

Равич спокойно сидел за столиком и дышал свежим воздухом. Если б на воле — какое это было бы счастье! На деревьях вдоль тротуара уже набухли блестящие бурые почки. Пахло свежим хлебом и молодым вином. Официант принес заказ.

— Где у вас телефон?

— В зале, справа, где туалеты.
— Но-но... — спохватился полицейский.

Равич сунул ему в ладонь двадцать франков.

— Сами прикиньте: ну кому еще бывает нужно позвонить? Никуда я не денусь. Хотите, постойте рядом. Пойдемте.

Конвоир колебался недолго.

— Ладно, — сказал он, поднимаясь. — В конце концов, все мы люди.

...— Жоан!

— Равич! Господи! Где ты? Тебя выпустили? Ради бога, где ты?

— В бистро...

— Не дури! Где ты на самом деле?

— Я правда в бистро.

— Где? Так ты уже не в тюрьме? Где ты пропадал все это время? Этот твой Морозов...

— Он сказал тебе все как есть.

— Он даже не сказал мне, куда тебя отправили. Я бы сразу...

— Вот потому-то он тебе и не сказал, Жоан. Поверь, так лучше.

— Почему тогда ты звонишь из бистро? Почему ко мне не едешь?

— Не могу. У меня всего несколько минут. Уговорил сопровождающего ненадолго остановиться. Жоан, меня на днях вывезут в Швейцарию и... — Равич глянул в застекленную дверь телефонной кабинки. Конвоир, прислонившись к стойке, мирно с кем-то беседовал. — И я сразу вернусь. — Он подождал. — Жоан...

— Я уже еду! Сейчас же! Где ты?

Триумфальная арка

— Ты не можешь приехать. Тебе до меня полчаса. А у меня только несколько минут.

— Задержи полицейского! Дай ему денег! Я привезу денег!

— Жоан, — сказал Равич. — Ничего не выйдет. И так проще. Так лучше.

Он слышал ее взволнованное дыхание.

— Ты не хочешь меня видеть? — спросила она, помолчав.

До чего же тяжело! Не надо было звонить, подумал Равич. Разве можно хоть что-то объяснить, не глядя друг другу в глаза?

— Больше всего на свете я хочу тебя видеть, Жоан.

— Так приезжай! И человек этот пусть приезжает!

— Это невозможно. Я должен заканчивать. Скажи только быстренько, чем ты сейчас занята?

— Что? О чем ты?

— Что на тебе надето? Где ты в данную секунду?

— В номере у себя. В постели. Вчера опять засиделись допоздна. Но мне одеться — минутное дело, я сейчас же приеду!

Вчера, опять допоздна. Ну конечно! Все идет своим чередом, даже если кого-то упрятали в тюрягу. Это забывается. В постели, еще сонная, грива волос на подушке, на стульях вразброс чулки, белье, вечернее платье — как все вдруг расплывается перед глазами: наполовину запотевшее стекло душной телефонной кабинки, физиономия конвоира, что смутно виднеется в нем, как в аквариуме.

— Я должен заканчивать, Жоан.

До него донесся ее растерянный голос:

— Но как же так! Не можешь ты просто так уехать, а я даже не знаю, куда и что... — Она привстала, подушка отброшена, трубка в руке словно оружие, причем вражеское, плечи, глаза, глубокие и темные от волнения...

— Не на войну же я ухожу. Просто надо съездить в Швейцарию. Скоро вернусь. Считай, что я коммерсант и должен всучить Лиге наций партию пулеметов...

— А когда вернешься, опять будет то же самое? Да я жить не смогу от страха.

— Повтори это еще раз.

— Но это правда так! — Голос ее зазвенел от гнева. — Почему я все узнаю последней? Веберу можно тебя посещать, а мне нет! Морозову ты звонишь, а мне нет! А теперь еще уезжаешь...

— О господи, — вздохнул Равич. — Не будем ссориться, Жоан.

— Я и не ссорюсь. Просто говорю все как есть.

— Хорошо. Мне надо заканчивать. Пока, Жоан.

— Равич! — закричала она. — Равич!

— Да...

— Возвращайся! Слышишь, возвращайся! Без тебя я пропала!

— Я вернусь.

— Да... да...

— Пока, Жоан. Я скоро вернусь.

Еще пару секунд он постоял в душной, тесной кабинке. Только потом заметил, что все еще держит в руке телефонную трубку. Открыл дверь. Сопровождающий смотрел на него с добродушной улыбкой.

— Закончили?

— Да.

Они вернулись на улицу к своему столику. Равич допил свой коньяк. «Не надо было звонить, — думал он. — Ведь был же спокоен. А теперь взбаламучен. Пора бы знать: от телефонного разговора ничего другого и ждать не приходится. Ни для себя, ни для Жоан». Так и подмывало вернуться к телефону, позвонить снова и сказать все, что он не успел, не сумел сказать. Объяснить, почему им нельзя увидеться. Что не хочет он, чтобы она его таким видела — грязным, пропахшим тюрягой. Только ничего это не даст: выйдет из кабинки, и на душе будет то же самое.

— Ну, кажется, нам пора, — напомнил конвоир.
— Да...
Равич подозвал официанта.
— Принесите две бутылочки коньяка, всех газет и дюжину пачек «Капорал». И счет. — Он глянул на конвоира. — Не возражаете?
— Все мы люди, — отозвался тот.
Официант принес бутылки и сигареты.
— Откупорите, пожалуйста, — попросил Равич, деловито рассовывая по карманам сигареты. После чего снова заткнул бутылки, но не до конца, чтобы пробки можно было вынуть без штопора, и упрятал их во внутренние карманы пальто.
— Неплохо, — одобрил конвоир.
— Жизнь научила. К сожалению. Мальчишкой ни за что бы не поверил, что на старости лет снова придется играть в индейцев.

Поляк и писатель коньяку обрадовались чрезвычайно. Сантехник, как выяснилось, крепкого вообще не пьет. Он оказался любителем пива и принялся объяснять, насколько в Берлине пиво лучше, чем здесь. Равич улегся на койке читать газеты. Поляк ничего не читал — он не знал по-французски. Зато он курил и был счастлив. Ночью сантехник вдруг заплакал. Равич проснулся. Он слушал, как потихоньку всхлипывает сокамерник, и смотрел в оконце, за которым уже брезжило предрассветное небо. Ему не спалось. И позже, когда сантехник притих, он все еще не мог уснуть. «Слишком хорошо жилось, — думал он. — А теперь хорошего не стало, вот ты и изводишься».

XVIII

Равич шел с вокзала. Усталый и грязный. Тринадцать часов он парился в душном вагоне среди попутчиков, от которых несло чесноком, — это не считая охотников с собаками и торговок с корзинами, в которых кудахтали куры и шебаршились голуби. А до этого он три месяца околачивался возле границы...

В сумерках что-то сверкало. Равич пригляделся. Если ему не померещилось, то по периметру всей Круглой площади расставлены какие-то зеркальные штуковины, отражающие последние смутные отблески майского дня.

Он остановился, пригляделся. И впрямь зеркальные пирамиды. Расставлены повсюду, призрачно повторяя друг друга среди клумб с цветущими тюльпанами.

— Это еще что за невидаль? — спросил он у садовника, ровнявшего поблизости газон.

— Зеркала, — ответил тот, не поднимая головы.

— Это я и сам вижу. Но когда я последний раз здесь проходил, их в помине не было.

— И давно это было?

— Месяца три тому.

— Эге, месяца три. Их только недели две как поставили. Для короля Англии. Сам пожалует. Вот и поставили, чтобы мог поглядеться.

— Жуть, — сказал Равич.

— Конечно, — невозмутимо подтвердил садовник.

Равич двинулся дальше. Три месяца, три года, три дня — что такое вообще время? Все и ничего. Вон каштаны уже в цвету, а тогда были еще голые; за это время Германия опять нарушила все договоры и целиком оккупировала Чехословакию; в Женеве эмигрант Йозеф Блюменталь в припадке истерического хохота застрелился перед дворцом Лиги наций; а у него, Равича, в груди все еще покалывает и хрипит после воспаления легких, которое он под фамилией Гюнтер перенес в Бельфоре; и вот он снова здесь, майским вечером, мягким и нежным, как женская грудь, — и почти ничему не удивляется. Жизнь принимаешь такой, как есть, с философским спокойствием фаталиста — этим последним оружием беспомощности. Небо одинаково безучастно взирает на убийство и ненависть, на любовь и на жертвы, деревья ничтоже сумняшеся расцветают каждый год, сливово-сизые сумерки опускаются и рассеиваются снова и снова, и их не волнуют людские паспорта, предательства, безутешности и надежды. И все-таки хорошо снова оказаться в Париже. Хорошо снова пройтись, неспешно пройтись по этой вот улице, залитой серебристым светом, не думая ни о чем; хорошо снова длить этот час, еще полный отсрочки и расплывчатой неизвестности, на зыбкой границе, где самая затаенная печаль и тишайшее счастье, что ты снова просто выжил, еще тают, еще смешиваются в дымке на горизонте, — этот первый час прибытия, пока ножи и стрелы повседневности еще не вонзились в тебя снова; хорошо ощутить в себе это драгоценное самочувствие живой твари, это дыхание неизвестно чего неизвестно откуда, эти еще почти не осязаемые дуновения на дорогах сердца, этот проход мимо мрачных огней данности, мимо распятий прошлого и вдоль шипов грядущего, эту цезуру, это безмолвие отрыва и взлета, миг безвременья, паузу твоего бытия, раскрытого всему и от всего замкнутого, мягкую поступь вечности в этом бреннейшем из миров.

Морозов сидел в пальмовом зале «Интернасьоналя». Перед ним стоял графин вина.

— Борис, старина, привет, — сказал Равич. — Похоже, я как нельзя кстати. Это, часом, не «Вувре»?

— Оно самое. На сей раз тридцать четвертого года. Чуть слаще и ароматней предыдущего. Здорово, что ты снова здесь. Три месяца, верно?

— Да. Дольше обычного.

Морозов позвонил в старомодный колокольчик над столом.

Звон был как в сельской церкви, когда служка извещает о начале мессы. Хотя освещение в «катакомбе» было уже электрическое, до электрических звонков здесь еще не доросли.

— Как хоть тебя теперь величать? — поинтересовался Морозов.

— По-прежнему Равич. В полиции я это имя не засветил. Назывался там Войцеком, Нойманом, Гюнтером. Блажь, конечно. Не хотелось с Равичем расставаться. Нравится мне.

— И где ты живешь, они тоже не докопались?

— Конечно.

— Ну да. Иначе наверняка бы уже облаву устроили. Тогда, выходит, ты снова можешь заселяться. Комната твоя, кстати, свободна.

— А старуха знает, что со мной было?

— Нет. Вообще никто. Я сказал, что ты в Руан уехал. Вещи твои у меня.

Пришла официантка с подносом.

— Кларисса, принесите господину Равичу бокал, — распорядился Морозов.

— О, господин Равич! — Девушка ощерила зубы, изображая улыбку. — Снова к нам? Давно вас не было. Полгода, не меньше.

— Три месяца, Кларисса.

— Быть не может. А я-то думала, полгода.

С этими словами она удалилась. Немедля появился и жирный официант с бокалом, давний знакомец всех «катакомбных» завсегдатаев. Он нес бокал просто в руке, полагая, очевидно, что на правах старожила в отношении других старожилов может позволить себе подобную фамильярность. По лицу его Морозов сразу догадался, о чем тот спросит, и решил его упредить.

— Спасибо, Жан. Ну-ка, скажи, сколько господин Равич у нас не был? Точно можешь вспомнить?

— Но, господин Морозов! Конечно, я помню! С точностью до одного дня! — Он выдержал театральную паузу, улыбнулся и возвестил: — Ровно четыре с половиной недели.

— Точно! — подтвердил Равич, не давая Морозову возразить.

— Точно, — эхом отозвался Морозов.

— Ну разумеется. Я никогда не ошибаюсь. — Жан гордо удалился.

— Не хотелось его огорчать, Борис.

— Мне тоже. Я только хотел продемонстрировать тебе зыбкость времени, когда оно становится прошлым. Оно и лечит, и калечит, и выжигает душу. В нашем лейб-гвардии Преображенском полку был такой старший лейтенант Бильский; судьба разлучила нас в Москве в августе семнадцатого. А мы были большие друзья. Он уходил на север, через Финляндию. А мне пришлось через Маньчжурию и Японию выбираться. Когда через восемь лет мы свиделись снова, я был уверен, что в последний раз видел его в девятнадцатом году в Харбине, а он был свято убежден, что мы встречались в двадцать первом в Хельсинки. Расхождение в два года — и в десяток тысяч километров. — Морозов взял графин и разлил вино по бокалам. — А тебя, как видишь, тут все еще узнают. Это должно сообщать хоть что-то вроде чувства родины, а?

Равич глотнул вина. Оно было прохладное и легкое на вкус.

— Меня за это время однажды аж до самой немецкой границы занесло, — сказал он. — Просто рукой подать, в Базеле. Там одна сторона дороги еще швейцарская, а другая уже немецкая. Я стоял на швейцарской стороне, ел вишни. А косточки на немецкую сторону поплевывал.

— И ты почувствовал близость родины?

— Нет. Никогда я не был от нее дальше, чем там.

Морозов усмехнулся:

— Что ж, можно понять. А как вообще все прошло?

— Как всегда. Только труднее, вот и вся разница. Они теперь границы строже охраняют. Один раз в Швейцарии меня сцапали, другой раз во Франции.

— Почему от тебя не было никаких вестей?

— Так я же не знал, что полиция про меня разнюхала. У них иной раз бывают приступы розыскного усердия. На всякий случай лучше никого не подставлять. В конце концов, алиби у всех нас отнюдь не безупречные. Старая солдатская мудрость: заляг и не высовывайся. Или ты чего-то другого ожидал?

— Я-то нет.

Равич пристально на него глянул.

— Письма, — сказал он наконец. — Что толку в письмах? Какой от них прок?

— Никакого.

Равич выудил из кармана пачку сигарет.

— Странно, как все это бывает, когда тебя долго нет.

— Не обольщайся, — усмехнулся Морозов.

— Да я и не обольщаюсь.

— Уезжать хорошо. Возвращаться — совсем другое дело. Все снова-здорово.

— Может, и так. А может, и нет.

— Что-то больно смутно ты стал изъясняться. Впрочем, может, оно и к лучшему. Не сыграть ли нам партию в шахматишки? Профессор-то умер. Единственный, можно считать, достойный противник. А Леви в Бразилию подался. Место официанта получил. Жизнь нынче страшно быстро бежит. Ни к чему привыкать нельзя.

— Это уж точно.

Морозов вскинул на Равича пристальный взгляд.

— Я не это имел в виду.

— И я не это. Но, может, сбежим из этого пальмового склепа? Три месяца не был, а воняет, как будто и не уезжал, — стряпней, пылью и страхом. Когда тебе заступать?

— Сегодня вообще никогда. Сегодня у меня свободный вечер.

— Ну и правильно. — Равич мельком улыбнулся. — Вечер большого стиля, больших бокалов и огромной матушки России.

— Ты со мной?

— Нет. Не сегодня. Устал. Последние ночи почти не спал. А если и спал, то не слишком спокойно. Просто выйдем на часок, посидим где-нибудь. А то я совсем отвык.

— Опять «Вувре»? — недоумевал Морозов. Они сидели на улице перед кафе «Колизей». — Что это вдруг, старина? Дело к вечеру. Самое время для водки.

— Вообще-то да. И тем не менее «Вувре». На сегодня мне этого достаточно.

— Да что с тобой? Может, хотя бы коньяку?

Равич помотал головой.

— Когда приезжаешь куда-то, братец, в первый же вечер просто положено напиться в стельку. Натрезво глядеть в лицо мрачным теням прошлого — это же совершенно бессмысленный героизм.

— А я и не гляжу, Борис. Я просто втихомолку радуюсь жизни.

Видно было, что Морозов ему не верит. Равич не стал его переубеждать. Он сидел за крайним столиком, что ближе всего к улице, попивал винцо и наблюдал ежевечерний поток фланирующих прохожих. Покуда он был вдалеке от Парижа, все представлялось ему донельзя отчетливым и ясным. Но теперь туманная пестрота и мгновенная сменяемость впечатлений приятно кружили ему голову — он словно стремительно спустился с гор в долину, и все шумы доходили до него как сквозь вату.

— До гостиницы куда-нибудь заходил?

— Нет.

— Вебер пару раз о тебе справлялся.

— Я ему позвоню.

— Не нравишься ты мне. Расскажи, в чем дело?

— Да в общем-то ни в чем. В Женеве границу охраняют теперь очень строго. Попробовал сперва там, потом в Базеле. Тоже тяжело. В конце концов все-таки перебрался. Но простыл. Провел целую ночь в чистом поле под дождем и снегом. Что тут поделаешь? В итоге воспаление легких. В Бельфоре знакомый врач определил меня в больницу. Как-то исхитрился оформить и прием, и выписку. Потом еще десять дней у себя дома держал. Надо еще деньги ему отослать.

— Но сейчас-то ты хоть в порядке?

— Более или менее.

— Водку не пьешь из-за этого?

Равич улыбнулся:

— Слушай, чего бродить вокруг да около? Я устал немного, надо сперва попривыкнуть. Вот и вся правда. Даже странно, сколько всяких мыслей успеваешь передумать, пока ты в пути. И до чего их мало по приезде.

Морозов только отмахнулся.

— Равич, — сказал он отеческим тоном. — Ты говоришь не с кем-нибудь, а с папашей Борисом, знатоком человеческих сердец. Брось свои околичности и спроси прямо, чтобы нам больше к этому не возвращаться.

— Хорошо. Где Жоан?

— Не знаю. Вот уже несколько недель о ней ни слуху ни духу. Даже мельком нигде не видел.

— Ну а до того?

— До того она несколько раз о тебе спрашивала. Потом перестала.

— В «Шехерезаде», значит, она больше не работает?

— Нет. Месяц с небольшим как ушла. Потом еще раза два-три заглянула. И все.

— Ее что, нет в Париже?

— Похоже, что нет. По крайней мере ее нигде не видно. Иначе в «Шехерезаде» хоть разок-другой появилась бы.

— Ты хоть знаешь, чем она занимается?

— Что-то с кино. Вроде как съемки. Так по крайней мере она гардеробщице нашей сказала. Сам знаешь, как это делается. Благовидный предлог.

— Предлог?

— Конечно, предлог, — с горечью заметил Морозов. — А что еще, Равич? Или ты чего-то иного ожидал?

— Ожидал.

Морозов промолчал.

— Но ожидать — это одно, а знать — совсем другое, — проговорил Равич.

— Только для таких неискоренимых романтиков, как ты. Выпей-ка лучше чего-нибудь стоящего, чем этот лимонад посасывать. Возьми нормального, доброго кальвадоса...

— Ну, так уж прямо сразу кальвадос. Лучше коньяку, если тебе так спокойнее. Хотя, по мне, так пусть даже и кальвадос...

— Ну наконец-то! — крякнул Морозов.

...Окна. Сизые очертания крыш. Старая облезлая софа. Кровать. Равич знал: чему быть — того не минуешь, надо выдержать и это. Сидел на софе и курил. Морозов притащил ему его пожитки и сказал, где, в случае чего, его можно застать.

Старый костюм он уже выбросил. Принял ванну, горячую, с целым сугробом мыльной пены. Смыл и соскреб с себя эти проклятые три месяца. Переоделся во все чистое, сменил костюм, побрился; он бы с удовольствием еще и в турецкую баню сходил, да поздно уже. Проделывая все это, он вполне прилично себя чувствовал. Он был бы не прочь и еще чем-нибудь заняться, потому что сейчас, когда он от нечего делать присел у окна, на него изо всех углов полезла пустота.

Он плеснул себе кальвадоса. В чемодане среди вещей нашлась бутылка, почти пустая уже. Он вспомнил ночь, когда они с Жоан этот кальвадос последний раз пили, но почти ничего при этом не почувствовал. Слишком давно это было. Припомнил только, что это тот самый старый, очень хороший кальвадос.

Луна медленно поднималась над крышами. Захламленный двор внизу превращался под ее лучами в настоящий дворец из серебра и теней. Чуть-чуть фантазии — и любую грязь можно обратить в чистое серебро. В окно дохнуло ароматом цветов. Запах цветущей гвоздики, особенно пряный ночью. Равич высунулся из окна и посмотрел вниз. Этажом ниже прямо под ним на подоконнике стоял деревянный цветочный ящик. Это цветы эмигранта Визенхофа, если он все еще там живет. Помнится, как-то раз, на прошлое Рождество, Равич делал ему промывание желудка.

Бутылка опустела. Он шваркнул ее на кровать. Теперь она валялась там, как черный эмбрион. Он встал. Какой смысл пялиться на пустую кровать? Если у тебя нет женщины, значит, надо привести. В Париже это совсем несложно.

По узеньким улочкам он направился к площади Звезды. С Елисейских полей на него дохнуло теплом и соблазнами ночной жизни. Он повернул и сначала быстро, а потом все медленнее пошел назад, покуда не добрел до гостиницы «Милан».

— Как жизнь? — спросил он у портье.

— А-а, сударь. — Портье почтительно встал. — Давненько вас не было.

— Да, пожалуй. Меня и в Париже не было.

Портье поглядывал на него своими живыми, любопытными глазками.

— Мадам у нас больше не проживает.

— Я знаю. И давно?

Портье знал свое дело. И без всяких расспросов прекрасно понимал, что от него хотят узнать.

— Да уж месяц как, — сообщил он. — Месяц назад съехала.

Равич выудил из пачки сигарету.

— Мадам не в Париже? — вежливо поинтересовался портье.

— Она в Каннах.

— О, Канны! — Портье мечтательно провел ладонью по лицу. — Хотите верьте, сударь, хотите нет, но еще восемнадцать лет назад я работал портье в Ницце, в отеле «Рюль».

— Охотно верю.

— Какие были времена! Какие чаевые! После войны — такой расцвет! А сегодня...

Опытный и желанный постоялец, Равич понимал гостиничную обслугу с полуслова. Он достал из кармана пятифранковую бумажку и невзначай положил на стойку.

— Большое спасибо, сударь! Желаю приятно провести время! Вы, кстати, стали моложе выглядеть!

— И чувствую себя соответственно. Всего доброго!

Равич стоял на улице. Чего ради он поперся в эту гостиницу? Теперь недостает только еще и в «Шехерезаду» заявиться и напиться там до чертиков.

Он взглянул на небо, испещренное россыпью звезд. Радоваться надо, что все так обернулось. Без лишних слов и ненужных разговоров. Он все знал, и Жоан знала. По крайней мере под конец. Она выбрала единственный верный выход. Никаких объяснений. Объяснения — это уже второй сорт. Для чувств никаких объяснений не требуется. Только действия, только поступки. Слава богу, у Жоан ничего подобного и в мыслях не было. Она действует. Раз — и готово. И все дела. И никаких тебе тудысюды. И он тоже только действует. Чего тогда, спрашивается, он тут торчит? Должно быть, всему виной воздух. Этот упоительный коктейль из майской теплыни и парижского вечера. Да и ночи, конечно. Ночью всегда все иначе, нежели днем.

Он снова зашел в гостиницу.

— Вы позволите позвонить?

— Конечно же, сударь. Правда, кабинок у нас нет. Вот аппарат.

— Этого вполне достаточно.

Равич взглянул на часы. Возможно, Вебер еще в клинике. Последний приемный час.

— Доктор Вебер у себя? — спросил он у медсестры. Голос, кстати, был незнакомый. Должно быть, новенькая.

— Доктор Вебер не может подойти к телефону.

— Его что, нет?

— Он здесь. Но он занят.

— Послушайте, девушка, — сказал Равич. — Пойдите и передайте ему, что Равич звонит. Сейчас же. Это важно. Я жду.

— Хорошо, — неуверенно промямлила девушка. — Я, конечно, передам, но он не подойдет.

— Это мы посмотрим. Вы, главное, передайте. Равич.

Не прошло и полминуты, как Вебер взял трубку.

— Равич! Вы где?

— В Париже. Сегодня приехал. У вас что, еще операция?

— Да. Через двадцать минут. Экстренный случай. Острый аппендицит. Потом встретимся?

— Я мог бы приехать.

— Прекрасно. Когда?

— Прямо сейчас.

— Замечательно. Тогда я вас жду.

— Вот вам выпивка, — суетился Вебер. — Вот газеты, вот журналы медицинские. Располагайтесь как дома.

— Мне одну рюмку коньяку, халат и перчатки.

Вебер уставился на него с изумлением.

— Это всего-навсего аппендицит. Это совершенно не ваш уровень. Я и сам с сестричками мигом управлюсь. Вы же наверняка устали с дороги.

— Вебер, сделайте одолжение, позвольте мне прооперировать. Я не устал, и я в полном порядке.

Вебер расхохотался:

— Эк вам не терпится! Соскучились по любимому делу! Отлично. Как вам будет угодно. Вообще-то даже могу понять.

Равич вымыл руки, дал надеть на себя халат и перчатки. А вот и операционная. Он глубоко вдохнул запах эфира. Эжени стояла в изголовье у операционного стола и уже начала наркоз. Вторая сестра, молоденькая и очень хорошенькая, раскладывала инструменты.

— Добрый вечер, сестра Эжени, — поздоровался Равич.

Та едва не выронила капельницу.

— Добрый вечер, доктор Равич, — пролепетала она.

Вебер довольно усмехнулся. Эжени впервые соизволила назвать Равича доктором. А Равич уже склонился над пациентом. Яркий свет ламп заливал стол ослепительным белым сиянием. Этот свет, словно воздушный колокол, отгораживал его от всего остального мира. И от ненужных мыслей. Деловитый, холодный, безжалостный, но и добрый. Равич взял скальпель, поданный ему хорошенькой медсестрой. Сквозь тонкие перчатки он ощутил холодную твердость стали. Было приятно ощутить ее снова и вспомнить. Было приятно из смутной неопределенности наконец-то окунуться в эту точность, безусловную и непреложно ясную. Он сделал разрез. Тоненькая алая струйка крови потянулась вслед за лезвием. Все вдруг стало донельзя просто. Впервые с той минуты, как он вернулся, он вновь почувствовал себя самим собой. Беззвучный, но такой пронзительный свет. Дома, подумал он. Наконец-то дома!

XIX

— Она здесь, — сообщил Морозов.
— Кто?

Морозов огладил свою ливрею.

— Не прикидывайся дурачком. И не зли старого папашу Бориса при всем честном народе. Думаешь, я не понимаю, чего ради ты за две недели уже третий раз в «Шехерезаду» захаживаешь? Один раз хотя бы с ослепительной синеокой брюнеткой пришел, но два-то раза и вовсе один? Человек слаб, в чем и прелесть его.

— Иди к черту, — огрызнулся Равич. — Не унижай меня, болтливый привратник, в трудную минуту, мне сейчас силы нужны, как никогда.

— Тебе было бы лучше, если бы я тебя не предупредил?

— Конечно.

Морозов посторонился, пропуская двух американцев.

— Тогда отправляйся восвояси и приходи в другой раз, — посоветовал он.

— Она одна?

— Пора бы тебе знать: особу женского пола, пусть даже царственную, без сопровождения мужчины сюда никто не пропустит. Зигмунда Фрейда твой вопрос немало бы позабавил.

— Много ты понимаешь в Зигмунде Фрейде. Ты, видать, напился, вот сейчас как пожалуюсь твоему начальнику капитану Чеченидзе.

— Капитан Чеченидзе, мой мальчик, служил всего лишь поручиком в полку, где я был подполковником. И он об этом все еще помнит. Так что валяй, жалуйся.

— Ладно. Пропусти меня.

— Равич, — тяжеленные лапы Морозова легли ему на плечи, — не будь ослом! Пойди позвони своей синеокой красотке и приходи с ней, если тебе уж так неймется. Раз в кои-то веки послушай мудрого совета. Будет и дешево, и сердито.

— Нет, Борис. — Равич глянул Морозову прямо в глаза. — Дешевые уловки здесь ни к чему. Да и не хочу я.

— Тогда отправляйся домой, — изрек Морозов.

— В вонючий пальмовый зал? Или к себе в конуру?

Морозов выпустил наконец Равича из своих могучих лап и поспешил подозвать такси для вышедшей пары. Равич подождал, пока он вернется.

— А ты разумней, чем я предполагал, — похвалил Морозов. — Иначе уже проскочил бы.

И он чуть сдвинул на затылок форменную фуражку с золотыми галунами. Но прежде чем он успел еще что-то добавить, в дверях показался изрядно подвыпивший молодой человек в белом смокинге.

— Господин полковник! Мне только гоночную!

Морозов подозвал следующее по очереди такси и препроводил к нему пошатывающегося шутника.

— Вы не смеетесь, — сокрушался тот. — Насчет полковника шутка ведь недурна, разве нет?

— Отличная шутка. А насчет гоночной, пожалуй, даже еще лучше.

— Я передумал, — сказал Морозов, возвратившись на место. — Заходи. Наплюй на все. Я бы тоже так поступил. Когда-то это все равно должно случиться. Так почему не сейчас? Покончи с этим, так или эдак. Мальчишество, конечно, зато верный признак, что ты еще не старик.

— Я тоже передумал. Схожу лучше куда-нибудь еще.

Морозов смотрел на Равича с неприкрытым и веселым любопытством.

— Прекрасно, — заметил он наконец. — Тогда этак через полчасика снова увидимся.

— А если нет?

— Ну, значит, через часок.

Два часа спустя Равич все еще сидел в «Клош д'Ор». В кафе было еще почти пусто. Внизу у длинной барной стойки, как попугаи на насесте, о чем-то болтали шлюхи. Тут же околачивались торговцы кокаином, поджидали туристов. Наверху за столиками несколько пар лакомились луковым супом. На банкетке в углу прямо напротив Равича, попивая шерри-бренди, о чем-то перешептывались две лесбиянки. У той, что в костюме мужского покроя, с галстуком, в глазу торчал монокль; вторая, рыженькая пышечка, была в вечернем платье с блестками и глубоким декольте.

«Идиотство, — думал Равич. — Какого черта я не пошел в «Шехерезаду»? Чего испугался? От кого сбежал? Да, растрава в душе только усилилась, я знаю. За три месяца ничего не надломилось, наоборот, только окрепло. И нечего себя обманывать. Это чувство — едва ли не единственное, что поддерживало меня, пока я шастал по закоулкам, прятался по чердакам и каморкам, изводился от одиночества бесприютными, дождливыми, беззвездными ночами. Разлука только все распалила — куда сильнее, чем смогла бы сама зазноба, а теперь вот...»

Сдавленный крик прервал его невеселые раздумья. Он и не заметил, как в зал вошли несколько женщин. Одна из них, смуглая, почти как мулатка, явно сильно подвыпившая, лихо сдвинув на затылок шляпу с цветами, со звоном отбросила на пол обычный столовый нож и направилась вниз по лестнице. Никто не пытался ее задержать. Правда, навстречу по лестнице уже спешил официант. Но подруга мулатки преградила ему дорогу.

— Все в порядке, — заверила она. — Ничего не случилось.

Официант пожал плечами и пошел назад. Равич между тем наблюдал, как рыжеволосая в углу медленно встала. Подруга мулатки, та, что не пропустила официанта, тем временем поспешила по лестнице вниз, к бару. Рыжая стояла молча, прижав руку к пышной груди. Потом осторожно раздвинула два пальца и опустила глаза. На платье теперь виднелся небольшой, в несколько сантиметров, разрез, а под ним — открытая рана. Кожи вообще было не видно, как будто рана зияет прямо в поблескивающем, ирисовом вечернем платье. В ужасе, не веря своим глазам, рыжая смотрела на этот разрез.

Равич непроизвольно дернулся. Но, опомнившись, заставил себя усидеть на месте. Хватит с него и одного выдворения. Он видел: та, что с моноклем, с силой пихнула рыжую обратно на банкетку. А из бара с рюмкой водки в руке уже бежала вторая, та, что не пускала официанта. Та, что в галстуке, зажала рыжей рот и резко отвела ее руку от груди. Вторая выплеснула водку прямо в рану. Дезинфекция подручными средствами, успел подумать Равич. Рыжая стонала, дергалась, но подруга держала ее железной хваткой. Еще две подоспевшие женщины загородили их столик от прочих гостей. Все было проделано весьма умело и быстро. Еще через минуту, словно по мановению волшебной палочки, в зал ввалилась шумная и пестрая ватага лесбиянок и гомосексуалистов. Они обступили столик в углу, поставили рыжеволосую на ноги и, поддерживая, под прикрытием шумящих, болтающих, хохочущих товарок и товарищей как ни в чем не бывало вывели из кафе. Большинство гостей вообще почти ничего не заметили.

— Не слабо, да? — спросил кто-то у Равича за спиной. Это оказался официант.

Равич кивнул.

— А в чем дело-то вообще?

— Да ревность. Эти извращенцы та еще публика.

— Но остальные-то откуда так быстро набежали? Прямо телепатия какая-то.

— Они все чуют, месье, — сухо заметил официант.

— Наверно, все-таки кто-то позвонил. Но все равно — реакция мгновенная.

— Говорю вам, они чуют. И все одна шайка. Друг на друга никто никогда не заявит. Только никакой полиции — это первое, что они вам скажут. Сами промеж собой разбираются. — Официант взял со стола пустую рюмку. — Вам повторить? Что вы пили?

— Кальвадос.

— Хорошо. Еще один кальвадос.

Он отошел. Равич поднял глаза — и через несколько столиков от себя увидел Жоан. Очевидно, она вошла, пока он болтал с официантом. Во всяком случае, он не заметил, как она вошла. За столиком с ней было двое мужчин. В ту секунду, когда он ее обнаружил, она тоже его заметила. Бледность проступила на ее лице даже сквозь загар. В первый миг она замерла, не сводя с него глаз. Потом резко, с силой отодвинула столик, встала и направилась прямо к нему. Пока шла, лицо ее менялось на глазах. Оно как бы расплывалось, становилось размытым, и только глаза, неподвижные, ясные, как кристаллы, смотрели на него неотрывно. Такими светлыми Равич эти глаза никогда не видал. Они излучали силу и, кажется, чуть ли не гнев.

— Ты вернулся, — то ли сказала, то ли выдохнула она.

Она подошла совсем близко. Словно хотела порывисто обнять. Но одумалась, не стала. Даже руки не подала.

— Ты вернулся, — повторила она.

Равич ничего не ответил.

— И давно ты вернулся? — все так же тихо спросила она.

— Недели две.

— Две недели... а я даже... ты даже не...

— Никто не знает, где ты. Ни в гостинице твоей, ни в «Шехерезаде».

— «Шехерезада»... я же была... — Она запнулась. — Почему ты не написал мне ни разу?

— Не мог.

— Врешь.

— Допустим. Не хотел. Не знал, вернусь ли я вообще.

— Опять врешь. Это не причина.

— Почему же? Я мог вернуться — а мог и не вернуться. Неужели не понятно?

— Непонятно. Зато понятно, что ты уже две недели здесь и даже пальцем не пошевельнул, чтобы меня...

— Жоан, — сказал Равич как можно спокойнее, — этот шикарный загар ты тоже не в Париже нагуляла.

Мимо проходил официант. Он покосился на Жоан и Равича. Видимо, недавняя сцена все еще не изгладилась из его памяти. Как бы невзначай он подошел к их столику и убрал с красной в клеточку скатерти тарелку, две вилки и два ножа. От Равича его тревога не укрылась.

— Все в порядке, — бросил он официанту.

— Что в порядке? — вскинулась Жоан.

— Да так. Было тут кое-что.

Она все еще не сводила с него глаз.

— Ты ждешь кого-то? Женщину?

— Господи, да нет же. Только что здесь была небольшая заварушка. Кое-кого ранили. Я на сей раз не стал вмешиваться.

— Вмешиваться? — До нее наконец дошло. Она сразу изменилась в лице. — Что ты тут делаешь? Тебя же опять схватят! Я теперь все знаю. В следующий раз — это уже будет полгода тюрьмы! Тебе надо уехать отсюда! Я не знала, что ты в Париже. Думала, ты вообще не вернешься.

Равич промолчал.

— Думала, ты вообще не вернешься, — повторила она.

Равич поднял на нее глаза.

— Жоан...

— Нет! Это все неправда! Все! Все неправда!

— Жоан, — почти ласково сказал Равич, — отправляйся за свой столик.

В глазах ее вдруг блеснули слезы.

— Отправляйся за свой столик, — повторил он.

— Это все ты виноват! — выпалила она. — Ты! Ты один!

Она резко повернулась и пошла. Равич чуть подвинул свой столик и снова сел. Снова увидел перед собой рюмку кальвадоса и потянулся выпить. Но не стал. Пока говорил с Жоан, был совершенно спокоен. Зато теперь накатило волнение. «Вот чудно», — подумал он. Мышца на груди предательски дергалась. «Почему именно там?» — пронеслось в голове. Взял рюмку — проверить, не дрожит ли рука. Рука не дрожала. Он выпил, не чокнувшись с Жоан на расстоянии. Мимо пробегал официант.

— Сигареты, — попросил Равич. — Пачку «Капораль».

Закурив, он допил свою рюмку. Снова почувствовал на себе неотрывный взгляд Жоан. «Чего она ждет? — подумал он. — Что я прямо у нее на глазах стану тут с горя напиваться?» Он подозвал официанта и расплатился. Едва он встал, Жоан оживленно заговорила с одним из своих спутников. И не подняла глаз, когда он проходил мимо ее столика. На жестком, холодном, почти безучастном лице застыла напряженная улыбка.

Равич бесцельно бродил по улицам, покуда, сам не зная как, не очутился снова у дверей «Шехерезады». Лицо Морозова расплылось в ухмылке.

— Молодцом, вояка! А я уж почти поставил на тебе крест. Приятно, впрочем, когда твои пророчества сбываются.

— Рано радуешься.

— Да я вовсе не за тебя. Ты-то уже опоздал.

— Знаю. Мы уже встретились.

— Что?

— В «Клош д'Ор».

— Ничего себе... — озадаченно пробормотал Морозов. — Старушка жизнь все еще горазда на сюрпризы.

— Когда ты заканчиваешь, Борис?

— С минуты на минуту. Уже никого. Переодеться только осталось. Зайди покамест, выпей водки за счет заведения.

— Нет. Я тут обожду.

Морозов глянул на него пристально.

— Как ты вообще?
— Вообще погано.
— А ты что, другого ожидал?
— Да. Ждешь всегда чего-то другого. Иди переодевайся.

Равич прислонился к стенке. Рядом с ним старуха цветочница упаковывала нераспроданные цветы. Ему даже не подумала предложить. Глупость, конечно, но ему страшно захотелось, чтобы она хотя бы спросила. Выходит, у него такой вид, будто цветы ему вообще никогда не понадобятся. Он скользнул взглядом вдоль вереницы домов. Два-три окна еще горели. Медленно проползали мимо такси. Чего он ожидал? Он-то хорошо знает. А вот чего он никак не ожидал — это что Жоан сама пойдет в атаку. Хотя почему нет, собственно? Старое, веками проверенное правило: нападение — лучшая защита.

Из «Шехерезады» выходили официанты. Всю ночь они изображали гордых кавказцев в красных черкесках и высоких мягких сапожках. Теперь это были всего лишь усталые люди в штатском. Сами стесняясь своего будничного платья, они вышмыгивали из дверей почти украдкой и спешили поскорее уйти. Последним вышел Морозов.

— Куда? — спросил он.
— Да я сегодня уже всюду был.
— Тогда пошли в гостиницу, сыграем в шахматы.
— Что?
— В шахматы, говорю. Игра такая есть, деревянными фигурами. И отвлекает, и помогает сосредоточиться.
— Ладно, — согласился Равич. — Почему бы и нет?

Триумфальная арка

...Он проснулся и сразу почувствовал: Жоан в комнате. Было еще темно, он ее не видел, но точно знал — она здесь. Комната стала иной, окно, воздух, он сам — все стало иным.

— Брось дурить, — сказал он. — Зажги свет и иди сюда.

Она не шелохнулась. Даже дыхания не слышно.

— Жоан, — сказал он, — ты же не в прятки играть пришла.

— Нет, — ответила она тихо.

— Тогда иди сюда.

— Ты знал, что я приду?

— Нет.

— У тебя дверь была открыта.

— Она у меня почти всегда открыта.

Она помолчала.

— Я думала, тебя еще нет, — продолжила она. — Хотела только... думала, ты еще где-нибудь сидишь и пьешь.

— Я и хотел. Но вместо этого в шахматы играл.

— Что?

— В шахматы. С Морозовым. Внизу, у нас в подвале, там как в аквариуме, только без воды.

— Шахматы? — Она вышла из своего угла. — Шахматы! Это же... Как можно играть в шахматы, когда...

— Я тоже так думал, но вполне. И очень неплохо. Одну партию даже выиграл.

— Такого бесчувственного, такого бессердечного...

— Жоан, — сказал Равич, — давай без сцен. Обожаю мелодраму. Но только не сегодня.

— Никакая это не сцена. Я просто до смерти несчастна, вот и все.

— Отлично. Тогда тем более не надо. Сцены хороши, когда человек несчастен не до смерти. Один мой знакомый, когда у него умерла жена, до самых похорон заперся у себя в комнате и решал шахматные задачи. Его тоже посчитали бессердечным, но я-то знаю, что он свою жену любил больше всего на свете. Просто он не знал, как ему быть. Вот и решал шахматные задачи день и ночь, лишь бы не думать о своем горе.

Жоан уже стояла посередине комнаты.

— Так ты с горя в шахматы играл?

— Нет. Говорю же тебе — это был не я, другой человек. Когда ты пришла, я вообще спал.

— Да, ты спал! Как ты можешь спать!

Равич сел в кровати.

— Я знавал еще одного человека, который тоже потерял жену. Так он бухнулся в кровать и проспал двое суток кряду. Теща его была вне себя от негодования. Она не понимала: в безутешном горе человек способен делать самые несуразные вещи. Даже смешно, но как раз на случаи несчастья людьми разработан самый строгий, то бишь самый дурацкий этикет. Застань ты меня здесь пьяным в доску — и приличия были бы соблюдены. Но то, что я играл в шахматы, а потом улегся спать, вовсе не означает, что я чурбан бесчувственный. Я понятно объясняю или нет?

Грохот и звон сотрясли комнату. Это Жоан шарахнула об пол вазу.

— Отлично, — заметил Равич. — Мне эта уродина давно глаза мозолила. Смотри только, не поранься об осколки.

Она отшвырнула осколки ногой.

— Равич, — сказала она, — зачем ты так?

— М-да, — отозвался он. — В самом деле, зачем? Наверно, чтобы собраться с духом, Жоан. Разве не заметно?

Она порывисто повернулась к нему всем лицом.

— Похоже на то. Только у тебя никогда ничего не поймешь.

Осторожно ступая среди осколков, она подошла к нему и присела на кровать. Теперь, в ранних сумерках утра, он хорошо видел ее лицо. И изумился: в нем не было и тени усталости. Молодое, ясное, просветленное лицо. На ней был элегантный плащ, которого он прежде у нее не видел, и платье уже другое, не то, в котором она была в «Клош д'Ор».

— Я думала, Равич, ты уже не вернешься, — сказала она.

— Все затянулось. Я просто не мог приехать раньше.

— Почему ты не написал ни разу?
— А это бы что-то изменило?
Она отвела глаза.
— Так было бы лучше.

— Лучше было бы мне вовсе не возвращаться. Но нет для меня другой страны... и другого города нет. Швейцария маленькая, там все как на ладони. А дальше везде фашисты.

— Но здесь... ведь полиция...

— У здешней полиции ровно столько же шансов меня сцапать, сколько и прежде, ни больше ни меньше. В прошлый раз это была, считай, глупая случайность. Даже вспоминать не стоит.

Он потянулся за сигаретами. Пачка лежала на столе возле кровати. Это был вполне удобный, средних размеров стол, на котором умещались и сигареты, и книги, и еще много всякой всячины. Хлипкие сооружения из полочек искусственного мрамора, этакую уродливую помесь этажерки и табуретки, которые принято ставить в гостиницах под видом ночного столика, Равич ненавидел от всей души.

— Дай и мне сигарету, — попросила Жоан.
— Выпьешь чего-нибудь? — спросил он.
— Да. Не вставай. Сама принесу.

Она принесла бутылку и две рюмки. Одну налила ему, вторую себе и тут же выпила. Когда пила, запрокинув голову, плащ соскользнул с плеч. Только тут, в светлеющих сумерках, Равич разглядел, что на ней то самое платье, которое он подарил ей перед Антибом. С какой стати она именно сейчас его надела? Ведь это единственное платье, которое он ей купил. Обычно он о таких вещах не думает. Да и что за охота об этом думать?

— Когда я тебя увидела, Равич, — сказала Жоан, — это все было так неожиданно, я вообще ничего не соображала. Ну совсем ничего. А когда ты ушел... я решила: все, больше я тебя не увижу. Но я не сразу так подумала. Сперва ждала, вдруг ты еще вернешься в «Клош д'Ор». Мне казалось, ты обязательно вернешься. Почему ты не пришел?

— А зачем?
— Я бы ушла с тобой.

Он знал, что это неправда. Но и об этом не хотелось думать. Почему-то вдруг захотелось вообще ни о чем не думать. Вот уж не предполагал, что одного ее прихода ему будет достаточно. Он понятия не имел, чего ради она пришла и чего на самом деле хочет, — но странным, каким-то глубоко успокоительным образом ему одного этого уже было достаточно. «Да что же это? — проносилось у него в голове. — Неужели уже оно? По ту сторону всякого самоконтроля? Где вступают в свои права мрак, неистовый зов крови, буйство фантазии и неведомые угрозы?»

— Я подумала, ты решил меня бросить, — сказала Жоан. — А ты и решил! Скажи честно!

Равич не ответил.

Она все еще смотрела на него.

— Я знала! Знала! — исступленно повторила она.

— Налей-ка мне еще кальвадоса.

— А это кальвадос?

— Да. Что, не признала?

— Нет. — Она налила. И, наливая, как бы невзначай положила руку ему на грудь. Его словно током ударило. Она тем временем взяла свою рюмку и пригубила. — Да, и правда кальвадос. — И снова устремила на него глаза. — Хорошо, что я пришла. Я знала. Хорошо, что я пришла.

Стало еще светлее. Уже потихоньку поскрипывали оконные ставни. Утренний ветерок.

— Ведь хорошо, что я пришла? — спросила она.

— Не знаю, Жоан.

Она склонилась над ним.

— Знаешь. Должен знать.

Лицо ее было так близко, что волосы ласкали ему плечи. Он смотрел в это лицо. Он созерцал этот пейзаж, столь же родной, сколь и чуждый, всегда один и тот же — и всегда разный. Сейчас он заметил, что кожа на лбу слегка шелушится от загара; заметил, что накрасилась она в спешке, на верхней губе помада легла с крошками, — он все это разглядел в лице, склонившемся сейчас над ним столь низко, что весь прочий мир, казалось, перестал существовать, — он все это видел и в то же время прекрасно осознавал, что лишь его собственное воображение, всем подсмотренным подробностям вопреки, сообщает этому лицу загадочность непостижимой тайны; осознавал, что бывают лица красивее, умнее, чище этого, — но знал и вот что: на всем белом свете не найти другого лица, которое обладало бы над ним столь же необоримой властью. И властью этой наделил его только он сам.

— Пожалуй, знаю, — ответил он. — Наверно, хорошо. А уж так или этак — там видно будет.

— Я бы не вынесла, Равич.

— Что?

— Если бы ты ушел. Насовсем ушел.

— Но ты же сама только что говорила: думала, что я больше не вернусь.

— Это не одно и то же. Окажись ты в другой стране — это было бы уже другое. Мы были бы в разлуке. Я могла бы к тебе приехать. Но здесь, живя в одном городе... неужели не понимаешь?

— Наверно, понимаю.

Она выпрямилась и откинула назад волосы.

— Ты не можешь оставить меня одну. Ты за меня в ответе.

— А ты разве одна?

— Ты за меня в ответе, — повторила она с улыбкой.

В эту секунду он ее ненавидел — и за улыбку эту, и за эти слова.

— Не говори ерунды, Жоан.

— Нет-нет. Это правда так. С того самого первого раза... Если бы не ты...

— Отлично. Тогда я в ответе и за оккупацию Чехословакии. А теперь хватит об этом. Светает уже. Тебе скоро уходить.

— Что? — Она уставилась на него во все глаза. — Ты не хочешь, чтобы я осталась?

— Нет.

— Ах так, — произнесла она тихо и с неожиданной злостью. — Вот, значит, как! Ты меня больше не любишь!

— Господи боже, — вздохнул Равич. — Только этого мне недоставало. С какими идиотами ты общалась все это время?

— Вовсе они не идиоты. А что мне было делать? Торчать в гостинице «Милан», на стены таращиться и с ума сходить?

Равич снова привстал на локтях.

— Вот только не надо подробностей, — сказал он. — Я вовсе не жажду выслушивать признания. Просто хотелось немного приподнять уровень разговора.

Она смотрела на него неотрывно. Рот приоткрыт, глаза пустые. Лицо пустое.

— Почему ты вечно ко мне придираешься? Другие вот не придираются. А тебе вечно надо все усложнять.

— И то правда. — Равич отхлебнул кальвадоса и снова лег.

— Конечно, правда, — не отступила она. — С тобой вообще не поймешь, куда ты клонишь. Вот и скажешь ненароком совсем не то, что хотелось. А ты рад попользоваться.

У Равича даже дыхание перехватило. О чем, бишь, он только что размышлял? Неисповедимость любви, прихоти воображения — как же быстро, однако, тебя стаскивают с небес на землю! Причем сами, неуклонно и без всякой посторонней помощи. Они сами, первыми и рьяно разрушают все наши возвышенные грезы. Только разве они виноваты? Нет, правда, разве они виноваты — все эти прекрасные, заблудшие, гонимые ветром создания, — когда где-то там, глубоко под землей, должно быть, есть гигантский магнит, а наверху пестрое многолюдство человеческих фигурок, мнящих себя хозяевами собственной воли и собственной судьбы, — разве все они виноваты? И разве сам он не один из них? Все еще не веря, все еще хватаясь за соломинку осторожности и дешевого сарказма, — разве он, в сущности, не знает, чем все это неизбежно кончится?

Жоан сидела в изножье кровати. Со стороны взглянуть — то ли разозленная красотка-прачка, то ли растерянный ангел, сброшенный с Луны на грешную землю. Сумерки сменились первым рассветным багрянцем, что робкими, осторожными лучами уже тронул ее лицо и фигуру. Откуда-то издалека легкий ветерок, овевая грязные дворы и закопченные крыши, дохнул в окно свежестью юного занимающегося дня, ароматами леса, зелени, жизни.

— Жоан, — снова заговорил Равич. — Зачем ты пришла?

— Зачем ты спрашиваешь?

— В самом деле — зачем я спрашиваю?

— Почему ты все время спрашиваешь? Я здесь. Разве этого не достаточно?

— Да, Жоан. Ты права. Этого достаточно.

Она вскинула голову.

— Наконец-то! Но сперва надо обязательно всю радость испортить.

Радость. У нее это называется радость. То, что тысячью черных пропеллеров тянет тебя ввысь, в головокружительную воронку желания, — это всего лишь радость? Давеча за окном росистое дыхание утра, десять минут тишины, прежде чем день потянется к тебе своими когтями, — вот это радость. Впрочем, какого черта? К чему опять все эти умствования? Разве она не права? Правотой росы, воробьев, ветра, наконец, крови? К чему тогда расспросы? Что он хочет выпытать? Она здесь, впорхнула, не ведая сомнений, как ночная бабочка, сиреневый бражник или павлиний глаз, а он разлегся бревном, считает точечки и линии на узоре крыльев и глазеет на чуть потертую пыльцу. «Она пришла, а я, идиот, пыжусь от сознания собственного превосходства, раз это она ко мне пришла. А не приди она — я бы лежал сейчас в тоске, строил из себя оскорбленного героя, а втайне всеми фибрами души желал бы только одного — лишь бы она пришла!»

Он откинул одеяло, одним махом вскочил, исхитрившись сразу попасть ногами в тапочки.

— Ты что? — испуганно спросила Жоан. — Решил меня выставить?

— Нет. Поцеловать. Давно надо было это сделать. Я идиот, Жоан. Чушь какую-то нес. Это замечательно, что ты здесь.

Глаза ее посветлели.

— Мог бы поцеловать и не вставая, — сказала она.

Рассвет уже вовсю разгорался за домами. Небо над багрянцем робко окрашивалось еще бледной, немощной голубизной. Редкие облачка плыли в ней, как спящие фламинго.

— Ты только взгляни, Жоан! День-то какой! А помнишь, какие были дожди?

— Да, милый. Лило целыми днями. Была сырость, серость — и все время лило.

— И когда я уезжал, тоже еще были дожди. И ты была в унынии из-за проклятой погоды. Зато теперь...

— Да, — повторила она. — Зато теперь...

Она лежала, прижавшись к нему всем телом.

— Теперь у нас все, что душе угодно, — продолжил он. — Даже сад имеется. Гвоздики под нами, в цветочном ящике эмигранта Визенхофа. И птицы на каштанах во дворе.

Только тут он заметил, что она плачет.

— Почему ты не спрашиваешь меня, Равич? — пробормотала она.

— Я и так слишком много тебя спрашивал. Разве не ты совсем недавно меня этим попрекнула?

— То совсем другое.

— Не о чем спрашивать.

— О том, что было, пока тебя не было.

— Так ничего и не было.

Она покачала головой.

— За кого ты меня принимаешь, Жоан? — вздохнул он. — Выгляни вон в окошко. Посмотри на этот багрянец, это золото, эту лазурь. Разве они спросят, был ли вчера дождь? Идет ли война в Китае или в Испании? Сколько человек в эту секунду умерло, а сколько родилось? Они просто здесь, плывут по небу, вот и все. А ты хочешь, чтобы я расспрашивал. Твои плечи отливают бронзой под этим солнцем, а ты хочешь, чтобы я задавал вопросы? Твои глаза в отблесках этого багрянца, словно море древних греков, мерцают фиалками и золотистым вином, а я буду выведывать о чем-то, что было и прошло? Ты здесь, а я, как последний дурак, буду ворошить прошлогоднюю листву былого? За кого ты меня принимаешь, Жоан?

Слезы ее высохли сами собой.

— Как же давно я такого не слышала, — вздохнула она.

— Значит, тебя окружали чурбаны стоеросовые. Женщин надо либо обожествлять, либо бросать. Третьего не дано.

Она спала, прильнув к нему вся, словно никогда и ни за что больше не отпустит. Спала крепко, а он слушал ее ровное, легкое дыхание у себя на груди. Какое-то время так и лежал без сна. В гостинице исподволь пробуждались утренние звуки. Зашумела вода, захлопали двери, внизу эмигрант Визенхоф приступом кашля уже начал ежеутреннюю симфонию. Он ощущал плечи Жоан у себя под рукой, чувствовал дремотное тепло ее кожи, а слегка повернув голову, мог видеть и ее безмятежное, такое любящее, такое преданное лицо, чистое, как сама невинность. Обожествлять либо бросать, мысленно повторил он. Словеса. Кому такое под силу? Да и охота кому?

XX

Он проснулся. Жоан рядом уже не было. Он услышал шум воды из ванной и привстал. Сон как рукой сняло. Последние месяцы снова приучили его просыпаться мгновенно. Кто успеет проснуться, иной раз успеет и выжить. Он глянул на часы. Десять утра. Вечернее платье Жоан в обнимку с ее плащом валялось на полу. У окна пристроились ее замшевые туфельки. Одна прилегла на бок.

— Жоан, — крикнул он. — С чего это вдруг ты полезла под душ среди ночи?

Она приоткрыла дверь.

— Прости, я не хотела тебя будить.

— Не важно. Я-то в любое время могу спать. Но чего ради ты уже на ногах?

Она стояла перед ним вся мокрая, в купальной шапочке. Золотистые плечи влажно поблескивали. Ну просто амазонка в элегантном, изящном шлеме.

— Я больше не сова-полуночница, Равич. С «Шехерезадой» покончено.

— Это я знаю.

— От кого?

— От Морозова.

Она кинула на него испытующий взгляд.

— Морозов, — процедила она. — Старый сплетник. Что он тебе еще наболтал?

— Ничего? А было что порассказать?

— Ничего из того, что швейцару знать не положено. Но что швейцары, что гардеробщицы — одна шайка. Только и знают, что сплетни разносить, будто это главная их работа.

— Оставь в покое Морозова. Ночные портье и врачи — прирожденные пессимисты, это и есть их главная работа. Да, они живут за счет темных сторон жизни. Но никогда не болтают лишнего. Деликатность — душа их профессии.

— Теневая сторона жизни, — повторила Жоан. — Кому охота на это смотреть?

— Никому. Но большинству поневоле приходится. Кстати, это именно Морозов устроил тебе работу в «Шехерезаде».

— Что же мне теперь, по гроб жизни благодарить и кланяться? К тому же я нисколько его не подвела. Я своих денег стоила, иначе стали бы меня держать, как же. К тому же он это ради тебя сделал. Не ради меня.

Равич потянулся за сигаретой.

— Скажи, чем он тебе так насолил?

— Ничем. Просто не нравится. Он всегда смотрит так... Ни за что бы такому не поверила. И тебе не советую.

— Что?

— Не советую тебе ему доверять. Пора бы знать: во Франции все портье — полицейские шпики.

— Так. Что еще? — спокойно спросил Равич.

— Можешь, конечно, мне не верить. Только в «Шехерезаде» это всем известно. И как знать...

— Жоан! — Он отбросил одеяло и встал. — Не городи ерунды! Что с тобой творится?

— Ничего. Что со мной может твориться? Просто терпеть его не могу, вот и все. Он дурно на тебя влияет, а вы с ним не разлей вода.

— Ах вон что, — заметил Равич. — Только поэтому.

Она вдруг улыбнулась:

— Да, поэтому.

Равич чуял: не только поэтому. Тут и еще кое-что.

— Что ты хочешь на завтрак? — спросил он.

— Сердишься? — вместо ответа спросила она.

— Нет.

Только теперь она вышла из ванной и обвила его руками за шею. Сквозь тонкую ткань пижамы он ощущал ее еще влажную кожу. Он чувствовал ее тело и глухое биение своей крови.

— Сердишься, что я ревную к твоим друзьям? — снова спросила она.

Он покачал головой. Этот шлем. Амазонка. Наяда, вышедшая из пенистых волн, неся на себе дыхание моря, свежесть юности, шелковистость кожи...

— Отпусти меня, — попросил он.

Она не ответила. Эта летящая линия от скулы до подбородка. Эти полураскрытые губы. Тяжелые, смежающиеся веки. Груди, уже раздвинувшие полы его пижамы, уже льнущие к его коже.

— Отпусти меня, или...
— Или что? — выдохнула она.

Перед открытым окном настойчиво гудела пчела. Равич следил за ней глазами. Не иначе ее приманили гвоздики эмигранта Визенхофа, и теперь она искала, чем бы еще полакомиться. Пчела влетела в комнату и опустилась на рюмку из-под кальвадоса, оставленную на подоконнике.

— Ты по мне скучал? — спросила Жоан.
— Да.
— Очень?
— Очень.

Пчела взлетела. Сделала несколько кругов над рюмкой, после чего вылетела в окно, навстречу солнышку и, должно быть, гвоздикам эмигранта Визенхофа.

Равич лежал подле Жоан. Лето, думал он. Лето, утренние луга, волосы пахнут сеном, а кожа клевером, — благодарная кровь бесшумно струится по жилам, как ручей, когда он плавно и беззаботно перекатывается над песчаными отмелями, водная гладь, в которой вдруг неблизко отразится лицо и улыбка на этом лице. И всюду влага, и всюду жизнь, и нет больше засухи и смерти, на один этот светлый миг, березы и тополя, и тишина, и тихий ропот, как раскаты эха от далеких, затерянных небес где-то глубоко в жилах.

— Хочу у тебя остаться, — пробормотала Жоан у него на плече.

— Оставайся. Давай спать. Мы не выспались сегодня.

— Не могу. Надо идти.

— В этом вечернем платье — куда ты сейчас пойдешь вся разряженная?

— У меня другое с собой.

— Где?

— Под плащом принесла. И туфли тоже. Где-то там, под вещами. У меня все с собой.

Она так и не сказала, куда ей надо идти. И зачем. А Равич не стал спрашивать.

Пчела вернулась. Теперь она и не думала бесцельно жужжать и кружить. Сразу устремилась к рюмке и деловито уселась на край. Должно быть, знает толк в кальвадосе. Или во фруктозе.

— Ты не сомневалась, что у меня останешься?

— Нет, — ответила Жоан и даже не шелохнулась.

Роланда внесла поднос с бутылками, рюмками и стаканами.

— Сегодня без спиртного, — сказал Равич.

— Что, и водки не выпьешь? Смотри, это же зубровка.

— Сегодня ни капли. Можешь дать мне кофе. Только крепкого.

— Хорошо.

Он отставил микроскоп. Потом закурил сигарету и подошел к окну. На улице платаны уже зазеленели вовсю. А последний раз, когда он здесь был, стояли голыми.

Роланда принесла кофе.

— А девушек у вас изрядно прибавилось, — заметил Равич.

— Да, на двадцать человек больше.

— Неужто такой спрос? Это летом-то, в июне?

Роланда подсела к нему.

— Спрос такой, что мы вообще ничего понять не можем. Люди как с цепи сорвались. Уже после обеда валом валят. А уж вечером...

— Может, это от погоды?

— Погода ни при чем. Я же помню, как это обычно бывает в мае, в июне. А сейчас просто безумие какое-то. Бар торгует — ты не поверишь как. Можешь вообразить, чтобы французы у нас, по нашим-то ценам, шампанское заказывали?

— Нет.

— Ну, иностранцы — это понятно. На то они и иностранцы. Но чтобы французы! Да еще парижане! Шампанское! И не только заказывают — платят! Вместо дюбонне, пива или там коньяка. Можешь поверить?

— Пока сам не увижу — нет.

Роланда налила ему кофе.

— А на девушек спрос, — продолжила она, — просто одуреть. Да сам увидишь, когда вниз сойдешь. И это сейчас, днем! И никаких тебе больше осмотрительных торгашей, которые твоего визита дожидались. Там уже просто орава! Что на людей нашло, Равич?

Равич передернул плечами.

— Океанский лайнер идет ко дну. Старая история.

— Но мы-то совсем не тонем, Равич! Дела идут на загляденье!

Дверь отворилась. В розовых шелковых штанишках вошла Нинетта, красотка двадцати одного года от роду, тоненькая, задорная, немножко под мальчика. При ангельском личике она считалась одной из самых умелых девиц заведения. Сейчас она внесла поднос с хлебом, масленкой и двумя горшочками мармелада.

— Хозяйка прослышала, что доктор кофе попросил, — объявила она с неожиданной басовитой хрипотцой. — Вот, послала вам мармелада попробовать. Собственного изготовления! — Нинетта вдруг подмигнула. Ангельское личико преобразилось в озорную похабную гримаску. Она поставила поднос и, пританцовывая, удалилась.

— Сам видишь, — вздохнула Роланда. — Стыда никакого. Знают, что без них никуда.

— Ну и правильно, — заметил Равич. — Когда же еще им распускаться, как не сейчас? Но как прикажешь понимать этот мармелад?

— Что ты, это же гордость нашей хозяйки. Сама варит. В своем имении на Ривьере. И в самом деле хороший мармелад. Попробуешь?

— Мармелад терпеть не могу. Особенно когда его варят миллионерши.

Роланда открутила стеклянную крышку, зачерпнула пару ложек мармелада, положила на плотный лист вощеной бумаги, добавила ломтик масла и два куска хлеба, завернула все в аккуратный пакет и дала Равичу.

— Потом можешь выкинуть, — сказала она. — А сейчас возьми, сделай ей приятное. Она же потом придет, спросит, ел ли ты, понравилось ли. Последняя радость женщины, у которой на старости лет других иллюзий не осталось. Просто из вежливости возьми, и все.

— Ладно. — Равич встал и приоткрыл дверь. — Да у вас тут дым коромыслом, — заметил он, прислушиваясь. Снизу доносились голоса, музыка, крики и смех. — Это что, все французы?

— Эти нет. В большинстве иностранцы.

— Американцы?

— Что самое странное — нет. В основном немцы. Столько немцев у нас отродясь не было.

— Ничего странного.

— И большинство очень хорошо говорят по-французски. Совсем не то, что пару лет назад.

— Я так и думал. Наверно, и ваших вояк много. Новобранцев и из колониальных войск?

— Ну, эти-то всегда ходили.

Равич кивнул.

— И что, немцы много тратят?

Роланда усмехнулась:

— Еще как! Любого готовы угостить, кто с ними захочет выпить.

— Особенно ваших военных, верно? А ведь в Германии строгие ограничения на иностранную валюту и границы на замке. Выехать можно только с разрешения властей. И денег с собой не больше десяти марок. Разве не странно, что у вас при этом столько развеселых щедрых немцев, запросто болтающих по-французски?

Роланда передернула плечиками:

— По мне так пусть. Лишь бы платили.

Домой он вернулся после восьми.

— Никто мне не звонил? — спросил он у портье.

— Нет.

— И после обеда тоже?

— Нет. Весь день никто.

— Может, кто заходил, меня спрашивал?

Портье покачал головой:

— Абсолютно никто.

Равич направился к лестнице. Поднимаясь к себе, на втором этаже услышал, как ругаются супруги Гольдберг. На третьем орал младенец. Не простой младенец, а французский гражданин Люсьен Зильберман, одного года и двух месяцев от роду. Для своих родителей, торговца кофе Зигфрида Зильбермана и его жены Нелли, урожденной Леви из Франкфурта-на-Майне, он был и свет в окошке, и важный практический резон. Как-никак родился он во Франции, в связи с чем Зильберманы надеялись на два года раньше получить французские паспорта. Не по возрасту сметливое чадо, пользуясь родительским обожанием, мало-помалу превращалось в домашнего тирана. На четвертом этаже дудел граммофон. Он принадлежал беженцу Вольмайеру, бывшему заключенному концлагеря Ораниенбург, большому любителю немецких народных песен. Коридор провонял затхлостью, сумерками и тушеной капустой.

Равич пошел к себе в номер почитать. Когда-то по случаю он купил несколько томов всемирной истории и время от времени погружался в их изучение. Веселого в этом занятии было не много. Единственным, что хоть как-то утешало, давая повод для мрачного злорадства, была мысль, что в происходящем сегодня с общеисторической точки зрения ничего нового нет. Все это уже было, и не один, а десятки раз. Вероломства, измены, убийства, варфоломеевские ночи, подкупы и продажность ради власти, войны беспрерывной и неумолимой чередой — история человечества писалась слезами и кровью, и в образах прошлого, среди тысяч обагренных кровью статуй злодеев лишь изредка проблеском света мелькал серебристый нимб добра. Демагоги, обманщики, убийцы отцов, братьев, лучших друзей, опьяненные жаждой власти себялюбцы, фанатики-пророки, насаждавшие любовь огнем и мечом, — все было вечно одно и то же, снова и снова терпеливые народы позволяли гнать себя на бойню, натравлять себя друг на друга во имя царей, религий и вообще любых безумцев и безумств — и не было этому конца.

Он отложил книгу. Снизу из-за открытого окна слышались голоса. Он их узнал — это были Визенхоф и жена Гольдберга.

— Нет, не сейчас, — говорила Рут Гольдберг. — Он скоро вернется. Через час.

— Так это ж целый час.

— Может, и раньше.

— Куда хоть он пошел?

— К американскому посольству. Каждый вечер туда ходит. Просто стоит и смотрит. Больше ничего. Потом возвращается.

На это Визенхоф что-то еще сказал, но Равич его слов не расслышал.

— Конечно, — сварливо отозвалась Рут. — А кто не сумасшедший? А что он старый, я и без тебя знаю.

— Прекрати, — послышалось немного погодя. — Не до этого мне. И вообще настроения нет.

Визенхоф что-то промямлил.

— Тебе хорошо говорить, — ответила она. — Все деньги у него. У меня вообще ни гроша. А ты...

Равич встал. В нерешительности посмотрел на телефон. Уже почти десять. С тех пор как Жоан утром от него ушла, от нее не было никаких вестей. Он не спросил, придет ли она сегодня вечером. Но был уверен, что придет. И только теперь начал сомневаться.

— Тебе все просто! Тебе лишь бы свое получить, и больше ничего, — ворчала внизу жена Гольдберга.

Равич пошел к Морозову. Но его комната оказалась заперта. Тогда он спустился в «катакомбу».

— Если позвонят, я внизу, — бросил он консьержу.

Морозов и правда был тут. Играл в шахматы с каким-то рыжим. В «катакомбе», кроме них, было еще несколько женщин. С сосредоточенными лицами те сидели по углам — кто с чтением, кто с вязаньем.

Некоторое время Равич наблюдал за ходом партии. Рыжий оказался силен. Он играл быстро и внешне совершенно бесстрастно. Морозов проигрывал.

— Видал, как меня громят? — спросил он.

Равич передернул плечами. Рыжий вскинул глаза.

— Это господин Финкенштайн, — представил его Морозов. — Только что из Германии.

Равич кивнул.

— Ну и как оно там? — спросил он без особого интереса, скорее из вежливости.

Рыжий только приподнял плечи и ничего не ответил. Равич, впрочем, другого и не ждал. Это только в первые годы было: торопливые расспросы, надежды, ожидания неминуемого краха не сегодня, так завтра. Теперь-то каждый давно осознал: избавление может принести только война. И всякий сколько-нибудь способный мыслить человек понимал: у правительства, которое решает проблемы безработицы за счет производства вооружений, только две дороги — одна прямиком к войне, вторая — к национальной катастрофе. Значит, война.

— Мат, — без всякого восторга, скорее буднично объявил рыжий и встал. Потом посмотрел на Равича. — Что бы такое придумать от бессонницы? Не могу спать. Только засну — и сразу просыпаюсь.

— Выпить, — посоветовал Морозов. — Много бургундского или пива.

— Я дам вам таблеток, — сказал Равич. — Пойдемте со мной.

— Только возвращайся, Равич, — крикнул вслед Морозов. — Не оставляй меня в беде, братишка!

Некоторые из женщин вскинули головы. Потом снова принялись за чтение или вязание, словно от этого усердия их жизнь зависит. Вместе с Финкенштайном Равич поднялся к себе в комнату. Когда открыл дверь, волна сквозняка из распахнутого окна обдала его темной ночной прохладой. Он глубоко вздохнул, повернул выключатель и окинул взглядом всю комнату. Никто не приходил. Он дал Финкенштайну таблетки.

— Спасибо, — все с той же непроницаемой физиономией поблагодарил Финкенштайн и удалился, словно призрак.

Только тут Равич внезапно понял: Жоан не придет. А еще он понял, что еще утром знал это. Просто признаться себе не хотел. Он даже оглянулся, словно кто-то другой, у него за спиной, ему это подсказал. Все вдруг стало просто и ясно как день. Она добилась своего, а теперь можно и не спешить. А чего, собственно, он ждал? Что ради него она все бросит? Вернется и будет приходить каждую ночь, как прежде? Какой же он дурак! Конечно, у нее есть кто-то другой, и не только он один, — у нее теперь вся жизнь другая, и она от этой жизни ни за что не откажется!

Он снова спустился вниз. На душе было тошно.

— Кто-нибудь звонил? — спросил он.

Только что заступивший ночной консьерж, сосредоточенно жуя чесночную колбасу, только головой мотнул.

— Я жду звонка. Если что, я пока внизу. — И он отправился к Морозову.

Они сыграли партию. Морозов выиграл и удовлетворенно огляделся. Женщины тем временем бесшумно исчезли. Он позвонил в допотопный колокольчик.

— Кларисса! Графин розового, — распорядился он. — Этот Финкенштайн играет как швейная машина, — заявил он затем. — Противно смотреть. Одно слово — математик. Ненавижу безукоризненность. Есть в ней что-то бесчеловечное. — Он взглянул на Равича. — А ты что здесь потерял в такой вечер?

— Звонка жду.

— Опять готовишься кого-нибудь строго по науке угробить?

— Да я уже вчера кое-кому желудок вырезал.

Морозов наполнил бокалы.

— Сидишь тут, пьешь, — пробурчал он. — А где-то там твоя несчастная жертва в бреду мается. В этом тоже есть что-то бесчеловечное. Пусть бы у тебя хотя бы желудок болел, что ли...

— И то правда, — отозвался Равич. — Все беды нашего мира как раз от этого: мы не ведаем, что творим. И не чувствуем! Но если ты надумал улучшить мир, почему ты решил начать именно с врачей? Политики и генералы, по-моему, куда больше подходят. Глядишь, прямо сразу вечный мир и настанет.

Морозов откинулся на спинку стула и уперся в Равича тяжелым взглядом.

— С врачами лучше вообще не иметь ничего личного, — изрек он. — Иначе трудно им доверять. Мы с тобой сколько раз вместе напивались — ну как, скажи, мне после этого к тебе на операцию лечь? Знай я даже, что как хирург ты сильнее кого-то другого, с кем я не знаком, — все равно лучше к незнакомому лягу. Склонность доверяться неизведанному — исконное, глубинное человеческое свойство, старина! Врачей надо бы безвылазно держать в больницах, не допуская их к прочим смертным. Ваши предшественники, колдуны и ведьмы, прекрасно это знали. Ложась под нож, я должен верить в хирурга-сверхчеловека.

— Да я бы и не стал тебя оперировать, Борис.

— Это почему же?

— Кому охота оперировать родного брата?

— Я тебе в любом случае такого одолжения не сделаю. Умру во сне от разрыва сердца. Как видишь, я усердно работаю в этом направлении. — Морозов посмотрел на Равича глазами расшалившегося ребенка. Потом встал. — Все, мне пора. Стоять при дверях в храме культуры на Монмартре. И чего ради, собственно, живет человек?

— Ради раздумий над подобными вопросами. У тебя еще какие-нибудь в запасе?

— Да. Почему, предаваясь подобным размышлениям и даже сделав из себя на склоне лет что-то толковое, он тут как раз и помирает?

— Некоторые, между прочим, умирают, так и не сделав из себя ничего толкового.

— Ты не увиливай. И не вздумай кормить меня баснями насчет переселения душ.

— Позволь, сперва я тебя кое о чем спрошу. Как известно, львы поедают антилоп, пауки — мух, лисы — кур. Существа какой породы, единственные на земле, непрестанно друг с другом сражаясь, убивают себе подобных?

— Детский вопрос. Понятное дело, человек, венец творения, успевший изобрести такие слова, как любовь, добро, милосердие.

Триумфальная арка

— Хорошо. Существа какой породы, опять-таки единственные в земной фауне, не только способны на самоубийства, но и совершают их?

— Опять же человек — хотя он придумал вечность, Бога и даже его воскресение.

— Отлично, — продолжил Равич. — Теперь ты сам видишь, из скольких противоречий мы состоим. И после этого ты еще спрашиваешь, отчего мы умираем?

Морозов растерянно вскинул на него глаза. Потом отхлебнул изрядный глоток из своего бокала.

— Ты просто софист, — заявил он. — И трусливый двурушник.

Равич смотрел на него. Жоан, простонало что-то в нем. Ну что бы ей сейчас войти, прямо вот в эту запыленную стеклянную дверь!

— Вся беда в том, Борис, — начал он, — что мы научились думать. Сохрани мы себя в блаженном неведении похоти и обжорства, ничего бы не случилось. Но кто-то проводит над нами эксперименты — и, похоже, не пришел пока ни к какому результату. Но сетовать нам не к лицу. И у подопытных животных должна быть своя профессиональная гордость.

— Это мясники пусть так рассуждают. Но не быки. Ученые. Но не морские свинки. Медики пусть так распинаются. Но только не белые мыши.

— Тоже правильно. Да здравствует логический закон достаточного основания. Давай, Борис, выпьем лучше за красоту — эту вечную прелесть мгновения. Знаешь, чего еще, кроме человека, никто из живых существ не умеет? Смеяться и плакать.

— И упиваться. Спиртным, вином, философией, женщинами, надеждой и отчаянием. И знаешь, чего еще, кроме него, никто не знает? Что он неминуемо умрет. Зато в качестве противоядия ему дарована фантазия. Камень существует сам по себе. Растение и животное тоже. Они целесообразны. И не ведают, что умрут. А человеку это известно. Возвысься, душа! Лети! А ты, узаконенный убийца, не распускай нюни! Разве мы только что не воспели хвалу роду человеческому? — Морозов тряхнул чахлую пальму так, что с той посыпалась пыль. — Прощай, мечта в кадке, доблестный символ пленительных южных надежд, комнатная отрада владелицы заштатного французского отеля! Прощай и ты, безродный отщепенец, вьюнок, не имеющий, что обвить, жалкий воришка, обшаривающий карманы смерти! Гордись тем, что ты один из последних романтиков!

Он расплылся в улыбке.

Однако Равич не улыбнулся в ответ. Он смотрел на дверь. Дверь отворилась и впустила ночного портье. Тот шел прямо к их столику. Телефон, застучало в висках у Равича. Наконец-то! Все-таки!

Но он не вскочил.

Он ждал. Ждал и чувствовал, как напряглись руки.

— Ваши сигареты, господин Морозов, — сказал портье. — Мальчишка-посыльный только что принес.

— Благодарю. — Морозов засунул в карман коробку русских папирос. — Пока, Равич! Позже еще увидимся?

— Может быть. Пока, Борис!

...Человек без желудка смотрел на Равича в упор. Его тошнило, но не рвало. Нечем было. Это примерно так же, как болят ампутированные ноги.

Больной был беспокоен. Равич сделал ему укол. Шансов выжить у него немного. Сердце не ахти, одно легкое изъедено застарелыми кавернами. Для своих тридцати пяти особым здоровьем этот пациент похвастаться не может. Матерая язва желудка, худо-бедно залеченный туберкулез, а теперь вот рак. В истории болезни значилось, что больной четыре года был женат, жена умерла родами, а ребенок три года спустя от туберкулеза. Других родственников не имеется. И вот он лежит, смотрит на него в упор и не хочет умирать, терпеливо и мужественно переносит страдания и пока еще не знает, что кормить его теперь надо через катетер напрямую в кишечник и одна из немногих оставшихся радостей в его жизни — возможность полакомиться вареной говядиной с горчицей и маринованными огурчиками — теперь навсегда ему заказана. Вот он лежит, весь раскромсанный, воняет, и тем не менее в нем все еще теплится нечто, что высвечивает смыслом глаза и зовется душой. Гордись, что ты один из последних романтиков! Воспеть хвалу роду человеческому!

Равич повесил на место график температуры и пульса. Сестра у койки почтительно встала в ожидании указаний. Рядом с ней на стуле лежал недовязанный свитер. С воткнутыми спицами, с клубком шерсти, что покоился тут же на полу. Тонкая шерстяная нить свисала со стула, как струйка крови, — казалось, это свитер истекает кровью.

«Вот он лежит, — думал Равич, — и даже после укола ночь у него будет не приведи господи — боли, полная неподвижность, затрудненное дыхание, кошмары и бред, а я всего-навсего жду женщину и имею наглость полагать, что, если женщина не придет, ночь у меня тоже выдастся нелегкая. Я знаю, насколько это смешно в сравнении с муками вот этого умирающего или в сравнении с участью Гастона

Перье из соседней палаты, которому раздробило руку, в сравнении с тысячами других несчастных, в сравнении с тем, что случится на планете хотя бы одной этой сегодняшней ночью, — и все равно мне от этого ничуть не легче. Не легче, не проще, не спокойнее — мне все так же худо. Как это Морозов сказал? Почему у тебя не болит желудок? В самом деле, почему?»

— Позвоните мне, если потребуется, — сказал он медсестре. Это была та самая, круглолицая, которой Кэте Хэгстрем подарила радиолу.

— Господин такой смиренный, — заметила она.

— Какой-какой? — не понял Равич.

— Смиренный. Очень хороший пациент.

Равич окинул взглядом палату. Ровным счетом ничего, что эта хваткая особа могла бы присмотреть себе в подарок. Смиренный! Эти медсестры иной раз такое сказанут! Бедолага всеми армиями своих кровяных телец и всеми своими нервными клетками из последних сил сражается со смертью — черта с два он смиренный!

Он пошел обратно в гостиницу. У подъезда встретил Гольдберга — почтенного старика с седой бородой и толстой золотой цепочкой карманных часов в жилетке.

— Вечерок-то какой, — сказал Гольдберг.

— Да, — отозвался Равич, а сам лихорадочно соображал, успела ли жена Гольдберга смыться из комнаты Визенхофа. — Погулять не хотите?

— Да я уже прогулялся. До площади Согласия и обратно.

До Согласия. Ну да, именно там американское посольство. Величественный особняк сияет белизной под звездами, заветный Ноев ковчег, где штемпелюют вожделенные визы, пустой, безмолвный, неприступный. Гольдберг стоял там поодаль, возле отеля «Крийон», и, как зачарованный, не сводил глаз с закрытых ворот и темных окон, будто это шедевр Рембрандта или легендарный бриллиант «Кохинор».

— Может, все-таки пройдемся? До Арки и обратно? — спросил Равич, а сам подумал: «Если я сейчас этих двоих спасу, Жоан уже ждет в номере или придет, пока меня не будет».

Но Гольдберг покачал головой:

— Домой пора. Жена и так заждалась. Я больше двух часов гуляю.

Равич глянул на часы. Почти половина первого. А спасать-то и некого. Заблудшая супруга давным-давно вернулась к себе в комнату. Он посмотрел вслед Гольдбергу, чинно поднимавшемуся по лестнице. Потом заглянул к портье.

— Мне никто не звонил?
— Нет.

В номере впустую горел свет. Он вспомнил: уходя, забыл выключить. На столе пятном только что выпавшего снежка белел листок. Он взял эту записку, которую сам же оставил, уведомляя, что через полчаса вернется, и порвал. Поискал чего-нибудь выпить. Не нашлось ничего. Опять спустился вниз. Кальвадоса у портье не оказалось. Только коньяк. Он взял бутылку «Хеннесси» и бутылку «Вувре». Поболтал немного с портье, который доказывал ему, что на предстоящих скачках в Сен-Клу в заезде двухлеток у Лулу Второй самые верные шансы. Мимо них прошел испанец Альварес. Про себя Равич отметил, что тот по-прежнему чуток прихрамывает. Купил газету и вернулся к себе в номер. До чего нескончаемо может тянуться вечер! Кто в любви не способен верить в чудо, тот конченый человек — так в тридцать третьем в Берлине заявил адвокат Аренсен. Три недели спустя его упекли в концлагерь по доносу его возлюбленной. Равич откупорил бутылку «Вувре» и притащил себе со стола томик Платона. Но уже вскоре книгу отложил и сел к окну.

Он не сводил глаз с телефона. У-у, чурка бессловесная! Молчит как утюг. Сам он Жоан позвонить не может. У него нет ее нового номера. Он даже не знает, где она вообще живет. Он не спросил, а она не сказала. Вероятно, неспроста. Зато лишнее оправдание всегда в запасе.

Он выпил бокал легкого «Вувре». «Какая глупость, — думал он. — Ждать женщину, которая только нынче утром от тебя ушла. За все три с половиной месяца, что мы не виделись, я так по ней не тосковал, как сегодня с утра до ночи». Не встреться они снова, все было бы куда проще. Ведь он уже свыкся. А теперь...

Он встал. Дело не в том. Проклятая неуверенность, вот что его точит. Неуверенность и недоверие — закравшись, растут теперь с каждым часом.

Он подошел к двери. Хотя ведь знает, что не заперта, а все равно проверил еще раз. Попробовал читать газету, но строчки плыли перед глазами, как сквозь пелену. Инциденты в Польше. Неизбежные столкновения. Притязания на Данцигский коридор. Англия и Франция вступают в союз с Польшей. Война все ближе. Он уронил газету на пол и выключил свет. Лежал в темноте и ждал. Заснуть не удавалось. Он снова зажег свет. Бутылка «Хеннесси» стояла на столе. Он не стал открывать. Снова поднялся, подошел к окну, сел. Холодная ночь щедро рассыпала в высоком небе яркие звезды. Кое-где во дворах орали кошки. На балконе напротив стоял мужчина в подштанниках и почесывался. Он громко зевнул и ушел обратно в свою освещенную комнату. Равич оглянулся на пустую кровать. Он знал: сегодня ему уже не заснуть. Читать тоже без толку. Он ведь только что читал — и уже почти ничего не помнит. Самое лучшее было бы уйти. Только куда? Не все ли равно? Но ведь и уходить не хочется. Хочется кое-что знать с определенностью. Вот черт — он уже хватанул за горлышко бутылку коньяка, но тут же отставил. Вместо этого пошел к своей сумке, разыскал там снотворное, достал две таблетки. Те же самые, что он дал рыжему. Тот теперь спит. Равич проглотил обе. Все равно сомнительно, что он заснет. Принял еще одну. А если Жоан придет, уж как-нибудь он проснется.

Но она не пришла. И на следующую ночь тоже.

XXI

Головка Эжени просунулась в дверь палаты, где лежал пациент без желудка.

— Господин Равич, вас к телефону.

— Кто?

— Не знаю. Не спрашивала. Мне телефонистка сказала.

Голос Жоан Равич узнал не сразу. Очень далекий, он звучал как будто сквозь вату.

— Жоан, — сказал он. — Ты где?

Казалось, она звонит откуда-то издалека. Он почти не сомневался: сейчас она назовет какой-нибудь курорт на Ривьере. Да и в клинику она прежде никогда ему не звонила.

— Я у себя в квартире, — ответила она.

— Здесь, в Париже?
— Конечно. Где же еще?
— Ты заболела?
— Нет. С чего вдруг?
— Ну, раз ты в клинику звонишь.
— Я сперва в гостиницу позвонила. Тебя не было. Вот и звоню в клинику.
— Случилось что-нибудь?
— Да нет же. Что могло случиться? Хотела узнать, как ты там.

Голос теперь звучал яснее. Равич выудил из кармана сигарету и спички. Прижав коробок к столику локтем, зажег спичку, закурил.

— Как-никак это клиника, Жоан. Тут что ни звонок — либо болезнь, либо несчастный случай.
— Я не больна. Я в постели, но не больна.
— Ну и хорошо. — Равич двигал спички туда-сюда по белой клеенке стола. Ждал, что будет дальше.

Жоан тоже молчала. Он слышал ее дыхание. Хочет, чтобы он первый начал. Ей так проще.

— Жоан, — сказал он, — я не могу долго разговаривать. У меня перевязка не закончена, пациент ждет.

Она и тут ответила не сразу.

— Почему о тебе ничего не слышно? — спросила она наконец.
— Обо мне ничего не слышно, потому что я не знаю ни твоего телефона, ни где ты живешь.
— Но я же тебе давала.
— Нет, Жоан.
— Ну как нет? Конечно, давала. — Теперь она была в своей стихии. — Точно. Я хорошо помню. Просто ты опять все забыл.

— Хорошо. Пусть я забыл. Скажи еще раз. У меня есть карандаш.

Она продиктовала адрес и телефон.

— Я уверена, что я тебе все это уже давала. Совершенно уверена.

— Ну и прекрасно, Жоан. Мне пора идти. Как насчет того, чтобы сегодня вместе поужинать?

Опять пауза.

— Почему бы тебе меня не навестить?

— Хорошо. Могу и навестить. Сегодня вечером. Часов в восемь?

— Почему бы тебе сейчас не приехать?

— Сейчас у меня еще работа.

— Надолго?

— Примерно на час.

— Вот сразу и приезжай.

Ах так, вечером мы заняты, подумал он и тут же спросил:

— А почему не вечером?

— Равич, — сказала она. — Иногда ты простейших вещей не понимаешь. Потому что мне хочется, чтобы ты пришел поскорей. Не хочется ждать до вечера. Стала бы я иначе в такое время тебе на работу названивать?

— Хорошо. Как только закончу, приеду.

Он задумчиво сложил листок с адресом и направился обратно в палату.

Это оказался угловой дом на улице Паскаля. Жоан жила на последнем этаже. Открыла сама.

— Заходи, — сказала она. — Хорошо, что ты пришел. Да заходи же!

На ней был строгий черный домашний халат мужского покроя. Это было одно из свойств, которое Равичу в ней нравилось: она не носила пышных шелков, кружев и всяких прочих тюлевых финтифлюшек. Лицо бледнее, чем обычно, и чуть взволнованно.

— Заходи, — повторила она. — Посмотришь наконец, как я живу.

И пошла в комнаты первой. Равич усмехнулся. Хитра! Как ловко упредила и заранее пресекла все вопросы! Он смотрел на ее красивые, гордые плечи. Свет золотится в волосах. На какую-то бездыханную секунду он любил ее, как никогда.

Она ввела его в просторную комнату. Это был богатый рабочий кабинет, залитый сейчас послеполуденным солнцем. Огромное окно смотрело на сады и парки между проспектами Рафаэля и Прудона. Справа открывался вид вплоть до Мюэтских ворот, а дальше в золотисто-зеленой дымке угадывался Булонский лес.

Обстановка не без претензии на стиль модерн. Раскидистая тахта синей обивки, несколько кресел, удобных только с виду, слишком низкие столики, каучуковое дерево, в просторечии фикус, американская радиола и один из чемоданов Жоан, приткнувшийся в углу. Ничто вроде бы не режет глаз, но ничто особенно и не радует. Уж лучше либо полное убожество, либо безупречный вкус. Все, что посередке, Равичу не по душе. А фикусы он вообще не выносит.

Он заметил: Жоан пристально за ним наблюдает. Она не знала, как он ко всему этому отнесется, и все же у нее хватило смелости его пригласить.

— Чудненько, — сказал он. — И просторно.

Он открыл крышку радиолы. Это был солидный, дорогой аппарат с механизмом, позволяющим менять пластинки автоматически. Пластинки в беспорядке лежали тут же, рядом, на низеньком столике. Жоан выбрала одну и поставила.

— Включать умеешь? — спросила она.

Конечно, умеет.

— Нет, — ответил он.

Она повернула одну из ручек.

— Шикарная вещь! Играть может часами! И не надо вставать, пластинки менять, переключать. За окном темнеет, а ты лежи себе, слушай и предавайся грезам.

Аппарат и впрямь был отличный. Равич знал эту фирму, знал и то, что стоит эта игрушка тысяч двадцать. Мягкие, плавные волны насыщенного звука заполнили всю комнату вкрадчивой, задушевной мелодией парижской песенки — «J'attandrai»*.

Жоан подалась чуть вперед, вся обратившись в слух.

— Тебе нравится? — спросила она.

Равич кивнул. Но смотрел не на радиолу. Он на Жоан смотрел. На ее лицо, поглощенное и упоенное музыкой. Как легко ей это дается — и как он любил ее за эту вот легкость, которой сам он обделен! Кончено, подумал он без всякой боли, скорее как путешественник, что покидает Италию, отправляясь обратно на родимый и мглистый север.

Отрешившись от музыки, Жоан улыбнулась:

— Пойдем, ты еще спальню не видел.

— Это обязательно?

Она посмотрела на него долгим, испытующим взглядом.

— Не хочешь взглянуть? Почему?

---

* «Я буду ждать» (*фр.*).

— И в самом деле, почему? — спросил он в ответ.
— Вот именно.

Она погладила его по щеке и поцеловала. И он знал, зачем и почему.

— Пойдем, — сказала она, беря его под руку.

Спальня была обставлена, что называется, во французском духе. Кровать огромная, подделка в стиле Людовика XVI, овальный туалетный столик того же пошиба, зеркало в стиле барокко, тоже подозрительно новое, обюссонский ковер современной работы, стулья, кресло — короче, полный набор дешевой голливудской декорации. Тут же, однако, как говорится, ни к селу ни к городу, обнаружился подлинный и очень красивый расписной флорентийский ларь XVI века, который посреди всей этой дешевки выглядел принцем крови в обществе разбогатевших мещан. Его, впрочем, бесцеремонно приткнули в угол. Сейчас на этом антикварном шедевре валялись шляпа с фиалками и пара серебряных парчовых туфелек.

Постель была не застелена и даже не прибрана. На простынях еще не изгладилась вмятина от тела Жоан. На туалетном столике — духи в изрядном количестве флаконов. Один из встроенных шкафов распахнут настежь, внутри платья. Платьев явно больше, чем было у нее прежде. Жоан все еще не отпускала его руку. Сейчас она прильнула к нему.

— Тебе нравится?
— Прекрасно. Прекрасно к тебе подходит.

Она кивнула. Он чувствовал ее руку, ее грудь и сам не заметил, как привлек ее к себе еще теснее. Она не противилась, скорее наоборот. Их плечи соприкоснулись. Ее лицо, совсем близко, было теперь спокойно, от прежнего волнения в нем не осталось и следа. Уверенное, ясное, оно, казалось, смотрело на Равича не только с потаенным удовлетворением, но и с едва скрываемым торжеством.

Удивительно, подумал Равич, до чего им к лицу даже такие вот низости. Держит меня за обыкновенного жиголо и в наивности своего бесстыдства даже не стесняется показывать мне фатеру, обставленную для нее любовником, — а выглядит при этом как сама Ника Самофракийская.

— Жаль, что ты ничего такого себе позволить не можешь, — вздохнула она. — Понимаешь, квартира... В квартире ты совсем иначе себя чувствуешь. Не то что в этих жутких гостиничных бараках...

— Ты права. Что ж, рад был повидать все это. Я пойду, Жоан.

— Как, ты уходишь? Уже? Не успел прийти — и уже...

Он взял ее руки в свои.

— Да, я ухожу, Жоан. Насовсем. Ты живешь с другим. Женщин, которых люблю, я не привык делить с кем-то еще.

Она резко отпрянула.

— Что? Что ты такое говоришь? Чтобы я... Да кто тебе сказал? Это надо же! — Она испепеляла его взглядом. — Хотя догадываюсь... Морозов, конечно, этот...

— Какой, к черту, Морозов? Зачем мне что-то рассказывать? Тут все говорит само за себя!

Лицо ее вдруг побелело от бешенства. Еще бы — она уже уверовала в успех, и тут вдруг...

— Я знаю, в чем дело! Если у меня теперь квартира и я больше не работаю в «Шехерезаде», значит, меня, конечно же, кто-то содержит! Ну конечно! А как же иначе! Иначе никак!

— Я не сказал, что тебя кто-то содержит.

— Не в словах дело! Будто я не понимаю! Сперва ты засовываешь меня в этот ночной притон, потом бросаешь, оставляешь одну, а если кто со мной заговорит, познакомится, позаботится немного, поможет — так это сразу означает, что он меня содержит! Ну конечно! Что еще может вообразить себе ночной портье, кроме такой вот гнусности? А что человек сам из себя что-то представляет, сам работать может, чего-то добиться, кем-то стать — это в его лакейском умишке просто не умещается! Он же холуй, у него одни чаевые за душой! И ты, именно ты, за ним такое повторяешь! Постыдился бы!

Не долго думая, Равич повернул ее к себе, схватил за локти, приподнял и бросил поперек кровати.

— Так! — сказал он. — И хватит вздор молоть!

Она была настолько ошеломлена, что даже не пыталась подняться.

— Может, еще изобьешь меня? — спросила она немного погодя.

— Да нет. Просто надоело всю эту ерунду выслушивать.

— Меня бы не удивило, — тихо, сдавленным голосом проговорила она. — Меня бы не удивило.

Она все еще лежала неподвижно. Лицо белое, пустое, даже губы поблекли, и глаза будто стеклянные. Халат чуть распахнулся, приоткрыв обнаженную грудь и ногу, бесстыдно, во всю длину, свисающую с края кровати.

— Я тебе звоню, — начала она снова, — звоню как дура, ни о чем не подозреваю, радуюсь, жду встречи, и что же? И что же? — с презрением повторила она. — А я-то думала, ты не такой!

Равич стоял в дверях спальни. Перед ним как на ладони была вся комната с ее фальшивой меблировкой, и Жоан, распластанная на кровати посреди комнаты, и все это замечательно смотрелось вместе. Он злился на себя — зачем было что-то говорить? Надо было просто уйти, и делу конец. Но тогда она бы к нему пришла, и было бы то же самое.

— Именно ты, — повторила она. — Уж от тебя-то я этого никак не ожидала. Думала, ты не такой.

Он не ответил. Все было пошло до непереносимости. Он вдруг вообще перестал понимать, как это он целых три дня всерьез полагал, что из-за этой женщины, если она не вернется, он лишится сна? Да какое ему дело до всей этой дешевки? Он достал сигарету и закурил. Во рту пересохло. Только теперь до него дошло, что радиола все еще играет. Она как раз снова завела пластинку, с которой начала — «Я буду ждать...». Он прошел в гостиную и выключил музыку.

Когда он вернулся, Жоан по-прежнему лежала на кровати. Вроде бы все в той же позе. Однако халат был распахнут чуть шире, чем раньше.

— Жоан, — сказал он, — чем меньше мы будем выяснять отношения, тем лучше.

— Не я начала.

Больше всего ему хотелось схватить флакон духов и запустить ей в голову.

— Знаю, — ответил он. — Начал я, я и заканчиваю.

Он повернулся и двинулся к выходу. Но не успел он дойти до двери, как Жоан оказалась перед ним. Захлопнула дверь и встала, ухватившись руками за косяки.

— Вот как! — выпалила она. — Ты, значит, заканчиваешь! Просто берешь и уходишь! Как все просто, правда? Но уж нет, мне тоже есть что сказать! Много чего сказать! Ты, не кто иной, как ты, видел меня в «Клош д'Ор» и видел, с кем я там была, а когда я потом пришла к тебе ночью, тебе было плевать, ты переспал со мной, и утром тебе тоже еще было плевать, видно, не натешился, и ты переспал со мной снова, и я любила тебя, а ты был такой дивный и знать ничего не хотел; и я любила тебя за это, как никогда прежде, я знала, ты таким и должен быть, таким, и никаким другим, и я плакала, пока ты спал, и целовала тебя, и была счастлива, когда шла домой, и боготворила тебя — а теперь? Теперь ты приходишь и тычешь мне в нос все, что прежде, когда тебе переспать со мной приспичило, ты великодушно ручкой этак отбросил и позабыть соизволил, — а сейчас снова из-за пазухи вытащил и в нос мне суешь, и оскорбленную добродетель из себя корчишь, и сцену ревности закатываешь, будто ты мне законный муж! Чего ты от меня требуешь? И по какому такому праву?

— Ни по какому, — ответил Равич.

— Вот как! Хорошо хоть это ты понимаешь. Тогда чего ради ты сюда явился и все это мне в лицо тычешь? Почему раньше помалкивал, когда я ночью к тебе пришла? Конечно, тогда-то...

— Жоан, — сказал Равич.

Она умолкла.

Смотрела на него в упор, тяжело дыша.

— Жоан, — повторил он. — В ту ночь, когда ты пришла, я думал, что ты вернулась. Ты вернулась, и этого было достаточно. Но я ошибся. Ты не вернулась.

— Как это не вернулась? Кто же тогда к тебе приходил? Может, дух бесплотный?

— Приходила ты. Но ты не вернулась.

— Что-то больно для меня витиевато. Хотелось бы знать, в чем разница?

— Ты прекрасно знаешь в чем. Это я тогда еще не знал. Зато сегодня знаю. Ты живешь с другим.

— Ах вон что, живу с другим. Снова-здорово! Если у меня появились друзья, значит, я уже живу с другим! Что мне, по-твоему, целый день сидеть взаперти, ни с кем словом не перемолвиться, лишь бы никто не думал, что я живу с другим?

— Жоан, — сказал Равич. — Не будь смешной.

— Смешной? Это кто смешной? Это ты смешной!

— Хорошо, пусть. Мне что, силой тебя от двери оттаскивать?

Она не сдвинулась с места.

— Если даже я с кем-то и была, тебе-то какое дело? Ты сам сказал: ни о чем знать не желаю.

— Правильно. Я и не хотел знать. Считал, что это в прошлом. Что прошло — то меня не касается. Оказалось, все не так. Ошибка. Мог бы и раньше догадаться. Вероятно, я и сам хотел обмануться. Слабость, конечно, только это ничего не меняет.

— Как так ничего не меняет? Если ты признаешь, что был не прав...

— Дело не в том, кто прав, кто не прав. Ты не просто с кем-то была, ты и сейчас с ним не рассталась. И не хочешь расставаться. Я тогда этого еще не знал.

— Вот только не ври, — прервала она его неожиданно спокойным голосом. — Ты всегда это знал. И тогда тоже.

Она смотрела ему прямо в глаза.

— Ладно, — вздохнул Равич. — Будь по-твоему. Допустим, я это знал. Значит, тогда я не хотел этого знать. Знал — и не верил. Тебе не понять. С женщинами такого не бывает. К тому же это все равно ничего не меняет.

Неподдельный, отчаянный, панический испуг вдруг исказил ее лицо.

— Но не могу же я просто так, ни с того ни с сего выставить из дома человека, который ничего плохого мне не сделал? Только потому, что ты вдруг снова объявился? Как ты не понимаешь?

— Понимаю.

У нее сейчас был вид загнанной в угол кошки, изготовившейся к прыжку и вдруг обнаружившей, что прыгать не на кого.

— Понимаешь? — растерянно переспросила она. Яростный блеск в глазах мгновенно потух, даже плечи опустились. — А если понимаешь, зачем тогда так меня мучить? — устало спросила она.

— Отойди от двери.

Равич сел в кресло, удобное, только если в него не садиться. Жоан все еще медлила.

— Отойди, — сказал он. — Да не убегу я.

Она медленно прошла в комнату и картинно упала на тахту. Вид у нее был вконец обессиленный, но Равич знал, что это только вид.

— Дай мне чего-нибудь выпить, — попросила она.

Он видел: она пытается выиграть время. Что ж, пусть, ему все равно.

— Где у тебя бутылки? — спросил он.

— Там, в буфете.

Равич открыл нижнюю дверцу буфета. Там обнаружилась целая батарея бутылок. Явное большинство составляли осанистые пузыри с мятным ликером. Равич с отвращением отодвинул их в сторонку. Только после этого совсем в углу нашлась бутылка «Мартеля» и бутылка кальвадоса. Та, что с кальвадосом, была еще непочатая. Он не стал ее трогать, взял коньяк.

— Это ты перешла на мятный ликер? — поинтересовался Равич.

— Нет, — ответила она все еще с тахты.

— Ну и хорошо. Тогда я несу коньяк.

— Там кальвадос есть, — сказала она. — Кальвадос открой.

— И коньяк сгодится.

— Открой кальвадос.

— В другой раз.

— Но я не хочу коньяка. Я хочу кальвадоса. Пожалуйста, открой бутылку.

Равич снова заглянул в буфет. Справа — пузыри с мятным ликером для кого-то еще, слева — кальвадос для него. Все так домовито, по-хозяйски, любо-дорого смотреть, даже трогательно. Он достал бутылку кальвадоса, вскрыл. Почему нет, собственно? Дорогая сердцу символика любимых напитков, сентиментальной слезой размазанная по душещипательной сцене расставания. Он прихватил две рюмки и направился к столику. Жоан наблюдала, как он разливает кальвадос по рюмкам.

За окном послеполуденное солнце дарило летний день, золотой и огромный. Свет стал ярче, краски насыщеннее, небо синей. Равич глянул на часы. Начало четвертого. Он посмотрел на секундную стрелку, в первый миг решив даже, что та стоит. Но нет, длинный тонкий золотой клювик исправно склевывал деления секунд на циферблате. Хочешь верь, хочешь нет — он пробыл здесь всего полчаса. Мятный ликер, подумалось ему. Ну и вкусы!

Жоан по-прежнему была на синей тахте, но уже сидела.

— Равич, — сказала она мягким, вкрадчивым и все еще утомленным голосом, — это что, опять какой-нибудь твой подвох, или ты и вправду меня понимаешь?

— Никакой не подвох. Чистая правда.

— Правда, понимаешь?

— Да.

— Я так и знала. — Она ему улыбнулась. — Я это знала, Равич.

— Вообще-то не так уж трудно понять.

Она кивнула.

— Дай мне немного времени. Не могу я так сразу. Ведь он ничего плохого мне не сделал. А я вообще не знала, вернешься ли ты. Не могу же я ему так сразу в лоб брякнуть.

Равич залпом допил свою рюмку.

— К чему нам эти подробности?

— Чтобы ты знал. Чтобы понял. Это... словом, мне нужно какое-то время. Он... я просто не знаю, что с ним будет. Он меня любит. И я ему нужна. Он же не виноват.

— Конечно, нет, Жоан. И времени у тебя сколько угодно.

— Да не нужно мне сколько угодно. Совсем немного. Чтобы не сразу. — Она откинулась на подушки тахты. — А эта квартира, Равич, с ней все совсем не так, как ты, возможно, думаешь. Я сама зарабатываю. Больше, чем раньше. Он только мне помог. Он актер. У меня теперь роли в кино, небольшие, правда. Он меня только протолкнул.

— Я примерно так и думал.

— Талант у меня не бог весть какой, — продолжала она. — На этот счет иллюзий я не строю. Но хотелось вырваться из ночного клуба. Там не продвинешься. А здесь можно. Даже без таланта. А я хочу независимости. Тебе, наверно, все это покажется смешным...

— Нет, — сказал Равич. — Это вполне разумно.

Она глянула на него недоверчиво.

— Разве ты не за этим тогда в Париж приехала?

— Ну да.

«Вот она сидит, смотрит на меня, — думал Равич, — сама святая невинность, горько обиженная судьбой-злодейкой и мной заодно. Такая спокойная, почти благостная, ибо первую бурю, слава богу, пронесло. Она, конечно же, все мне простит, и если я не успею вовремя смыться, еще доложит мне во всех подробностях, как она жила эти последние месяцы, — эта стальная орхидея, к которой я пришел в твердом намерении раз и навсегда с ней порвать и которая уже исхитрилась с больной головы все перевалить на здоровую, чуть ли не меня самого объявив во всем виноватым».

— Все хорошо, Жоан, — сказал он. — Ты уже многого достигла. И еще продвинешься.

Она вся подалась вперед.

— Ты считаешь?

— Несомненно.

— Правда, Равич?

Он встал. Еще минуты три — и его втянут в профессиональный разговор о кино. «С ними лучше вообще никогда никаких диспутов не затевать, — подумал он. — Уходишь всегда побежденным. Логика в их руках — все равно что воск. Никаких слов, только поступки. Раз, и готово».

— Я не совсем то имел в виду. По этой части ты лучше спроси своего специалиста.

— Ты что, уже уходишь?

— Да, у меня дела.

— Почему бы тебе еще не остаться?

— Мне надо обратно в клинику.

Она завладела его рукой и искательно, снизу, заглядывала в глаза.

— Но ты ведь сам сказал, что все закончишь и только потом ко мне придешь.

Он прикидывал, сказать ли ей сразу, что больше он вообще к ней не придет. Но нет, на сегодня, пожалуй, достаточно. И ему, и ей. Выходит, она и тут своего добилась. Но ничего, это все само сделается.

— Ну останься, Равич! — попросила она.

— Не могу.

Она встала и прильнула к нему. Еще и это, подумал он. Старая, как мир, игра. Дешево и сердито. Пустилась во все тяжкие. Да и как заставишь кошку щипать траву? Он мягко отстранился.

— Мне надо идти. Там, в клинике, пациент умирает.

— У врачей всегда уважительные причины, — медленно, со значением проговорила она, не сводя с него глаз.

— Как и у женщин, Жоан. У нас дела по части смерти, у вас по части любви. Самые важные дела на свете. И причины самые уважительные.

Она не ответила.

— А еще у нас, врачей, желудки крепкие, — добавил Равич. — Без этого никак. Иначе нам не справиться. Где нормального человека стошнит, нам только интересней становится. Прощай, Жоан.

— Ты еще придешь, Равич?

— Не думай об этом, Жоан. Ты же сама просила дать тебе время. Вот со временем все и узнаешь.

И он решительно, не оглядываясь, направился к двери. На сей раз Жоан не стала его удерживать. Но он знал: она неотрывно смотрит ему вслед. Почему-то вдруг разом заглохли все звуки — словно он идет под водой.

XXII

Крик донесся явно из окна Гольдбергов. Равич прислушался. Как-то не верилось, что старик Гольдберг запустил в жену чем-то тяжелым, а то и вовсе решил поколотить. Да и криков больше не слышно. Вместо этого беготня, чьи-то возбужденные голоса внизу, в номере эмигранта Визенхофа, хлопанье дверей.

В ту же секунду к нему постучали, и в номер ворвалась хозяйка гостиницы.

— Скорей, скорей! Месье Гольдберг...

— Что с ним?

— Повесился. На окне. Скорее...

Равич отбросил книгу.

— Полиция уже здесь?

— Нет, конечно. Иначе разве бы я вас позвала? Его только что нашли.

Равич уже спускался вместе с ней по лестнице.

— Веревку хотя бы срезали?

— Да нет! Они его держат.

В полумраке номера смутным пятном у самого окна виднелась группа людей. Равич разглядел Рут Гольдберг, эмигранта Визенхофа и еще кого-то. Он зажег свет. Визенхоф и Рут Гольдберг держали старика Гольдберга на весу, словно куклу, а третий человек лихорадочно и неумело пытался развязать узел галстука, намертво затянувшийся на оконной ручке.

— Да обрежьте вы!
— Ножа нет! — выкрикнула в ответ Рут Гольдберг.

Равич достал из сумки ножницы. Галстук был толстый, добротного тяжелого шелка, и поддался не сразу. Пока резал, Равич совсем близко, прямо перед собой, видел лицо Гольдберга. Выпученные глаза, разявленный рот, жидкая седая бороденка, вываленный наружу язык, темно-зеленый, в белый горошек, галстук, глубоко врезавшийся во вздувшуюся морщинистую шею. Тело Гольдберга на руках у Визенхофа и Рут Гольдберг слегка покачивалось, как бы позволяя себя убаюкивать и издевательски над этим гогоча — жутким, закоченевшим, беззвучным смехом.

Лицо Рут Гольдберг, мокрое от слез, побагровело от натуги, а рядом, под грузом тела, которое никогда не было столь тяжелым при жизни, пыхтел и потел Визенхоф. Два взмокших, стонущих, искаженных ужасом лица — и над ними, безмолвно перекатываясь туда-сюда и ухмыляясь чему-то нездешнему, голова Гольдберга, которая, едва Равич перерезал наконец галстук, тюкнулась в плечо супруге, так что та вскрикнула и в ужасе отскочила, вследствие чего тело, безжизненно и по-клоунски взмахнув руками, резко накренилось в ее сторону, словно силясь ее догнать.

Равич едва успел его подхватить и с помощью Визенхофа уложил на пол. После чего, развязав петлю, приступил к осмотру.

— В кино, — лепетала Рут Гольдберг. — Он в кино меня послал. Руфочка, говорит, ты совсем у меня не развлекаешься, что бы тебе не сходить в «Курсель», там у них сейчас фильм с Гретой Гарбо, «Королева Кристина», почему бы тебе не посмотреть? Купи себе билет на хорошие места, в партер или в ложу, получи удовольствие, на два часа забудешь про все наши горести, это уже немало, — так он сказал, спокойно так, ласково и даже по щеке меня потрепал. А потом, говорит, зайди еще в кондитерскую у парка Монсо, возьми себе шоколадного и ванильного мороженого, сделай себе приятное, Руфочка, — так он сказал, и я пошла, а когда вернулась, смотрю...

Равич поднялся. Рут Гольдберг испуганно умолкла.

— Похоже, он сделал это, как только вы ушли, — сказал он.

Она в ужасе прижала кулачок ко рту.

— Он что?..

— Попытаемся что-то сделать. Для начала — искусственное дыхание. Вы умеете? — спросил он у Визенхофа.

— Да нет. То есть... не совсем.

— Тогда смотрите.

Равич схватил Гольдберга за руки, раскинул их в стороны до пола, потом резко прижал к груди, снова в стороны, снова к груди. В горле у Гольдберга что-то захрипело.

— Он жив! — взвизгнула жена.

— Нет, это просто воздух выходит.

Равич еще пару раз показал, что надо делать.

— Так, теперь попробуйте вы, — бросил он Визенхофу.

Тот боязливо опустился перед Гольдбергом на колени.

— Ну же, — поторопил Равич. — Берите его за руки, а еще лучше за локти.

Визенхоф уже взмок от страха.

— Так. Сильнее, — командовал Равич. — Чтобы весь воздух из легких вышел.

А сам уже обернулся, ища глазами хозяйку. Народу в комнату тем временем набилось изрядно. Углядев хозяйку, Равич жестом позвал ее в коридор.

— Умер, — сказал он, когда они вышли. — Это все пустые хлопоты. Так, проформы ради. Если вдруг подействует, я уверую в чудеса.

— Что же делать?

— Что всегда в таких случаях.

— «Скорую» вызывать? Но тогда через десять минут и полиция заявится.

— Без полиции вам так и так не обойтись. У Гольдбергов хоть какие-то документы есть?

— Да. Хорошие. Паспорт и удостоверение личности.

— А у Визенхофа?

— Вид на жительство. И продленная виза.

— Отлично. Тогда у них все в порядке. Скажите обоим, чтобы обо мне ни слова. Ну, что я тут был. Она вернулась домой, увидела, закричала. Визенхоф перерезал петлю, снял его, до приезда «скорой» пытался делать искусственное дыхание. Запомнили?

Хозяйка только стрельнула в него своими птичьими глазками.

— Конечно. Да я и сама тут останусь, полиции дождусь. Уж как-нибудь прослежу.

Триумфальная арка

— Ну и хорошо.

Они вернулись в номер. Склонившись над Гольдбергом, Визенхоф трудился в поте лица. Со стороны в первый миг могло показаться, что это у них такой урок гимнастики. Хозяйка остановилась в дверях.

— Дамы и господа! — объявила она. — Я обязана вызвать «скорую помощь». Врач или санитар, приехав сюда, немедленно уведомят полицию. И та не позже чем через полчаса будет здесь. Тем из вас, у кого нет документов, лучше сразу собрать вещи, по крайней мере все, что на виду лежит, снести это в «катакомбу» и самим оставаться там же. Не исключено, что полиция захочет осмотреть номера или опросить свидетелей.

В тот же миг комната опустела. Хозяйка деловито кивнула Равичу в знак того, что Рут Гольдберг и Визенхофа она проинструктирует. Он подобрал свою сумку и ножницы, что лежали на полу рядом с перерезанным галстуком. Конец галстука валялся изнанкой вверх, была видна этикетка фирмы. «С. Фёрдер, Берлин». Такой галстук марок десять стоил, не меньше. Куплен Гольдбергом еще в добрые старые времена его благополучной жизни.

Равич эту фирму знал. Сам покупал там галстуки. Сейчас он распихал свои пожитки в два чемодана и отнес в номер к Морозову. Конечно, это всего лишь предосторожность. Полиция скорее всего вообще ничем не заинтересуется. Но все равно — береженого Бог бережет. Полицейского Фернана Равич еще не скоро забудет. Он спустился в «катакомбу».

Там уже возбужденно толпился кое-какой народ. Это были эмигранты без документов. Вся беспаспортная рать. Официанты Кларисса и Жан помогали составлять чемоданы в кладовку. В самой «катакомбе» готовились к ужину: на столах корзиночки с хлебом, из кухни доносились ароматы жареной рыбы.

— Времени еще много, — успокаивал Жан особо нервных эмигрантов. — Полиция никогда не торопится.

Однако перспектива успеть еще и поужинать не прельщала эмигрантов. Они не привыкли полагаться на удачу. Все лихорадочно торопились запихнуть свои вещи в подвал. Среди них и испанец Альварес. О приходе полиции хозяйка, разумеется, известила всех постояльцев. Альварес как-то странно, чуть ли не виновато, Равичу улыбнулся. Равич так и не понял почему.

Одним из последних спустился изящный худенький господин. Это был Эрнст Зайденбаум, доктор филологии и философии.

— Учения, — бросил он Равичу. — Генеральная репетиция. Остаетесь здесь?

— Нет.

Зайденбаум, ветеран с шестилетним эмигрантским стажем, пожал плечами:

— А я останусь. Неохота бегать. Думаю, констатацией факта все и ограничится. Смерть старого еврея, беженца из Германии, — кому это интересно?

— Смерть — никому. Зато тут живых беженцев полно, нелегальных.

Зайденбаум элегантно поправил пенсне.

— Пусть. Мне все равно. Знаете, что я во время последней облавы сделал? Тогда какой-то дотошный сержант даже в «катакомбу» спустился. Года два назад, если не больше. Так я у Жана белый официантский китель позаимствовал и стал помогать обслуживать. Подавал господам полицейским выпивку.

— А что, остроумно.

Зайденбаум кивнул:

— Знаете, со временем даже удирать надоедает. — С этими словами он удалился на кухню — выяснить, что будет на ужин.

Через черный ход Равич выбрался из «катакомбы» во двор. Под ногами у него шмыгнула кошка. Впереди поспешали другие постояльцы. Выйдя на улицу, они быстро расходились кто куда. Альварес слегка прихрамывал. Наверно, операцией еще не поздно исправить, про себя машинально отметил Равич.

Уже сидя за ужином в кафе на Тернской площади, он вдруг ясно почувствовал: сегодня ночью придет Жоан. Он понятия не имел, откуда такая странная уверенность, — просто почувствовал, и все.

Расплатившись, он неспешно побрел обратно к гостинице. Было тепло, и вывески дешевых отелей на час красноватым сиянием тут и там выхватывали из ночной тьмы очередной кусок какого-нибудь злачного закоулка. Щелки яркого света в зашторенных окнах. Компания матросов подцепила стайку шлюх. Молодые, громогласные, распаленные летом и вином, все они дружно устремились к дверям гостиницы. Где-то надрывно пела губная гармошка. И вдруг, словно ракета в ночи, в сознании Равича ярко вспыхнула, раскрылась и поплыла отчетливая картина: Жоан дожидается его в отеле, чтобы броситься к нему, осыпая поцелуями и ласками, и сказать, что она все оставила, что она вернулась...

Он даже остановился. «Да что со мной такое? — думал он. — Какого черта я тут стою и обнимаю руками воздух, словно под ладонями у меня любимый затылок и пышное золото волос? Слишком поздно. Ничего уже не вернешь. Никто ни к кому не вернется. Как не вернуть любой прожитый час: было — и прошло».

Он двинулся дальше, дошел до гостиницы, опять же двором и через черный ход проник в «катакомбу». Еще от дверей увидел, что там уже полно. И Зайденбаум на месте. Отнюдь не в форме официанта, в обычном штатском. Похоже, опасность миновала. Тогда можно заходить.

Морозов был у себя в номере.

— А я уж уходить собирался. Как чемоданы твои увидел, решил, все, тебя опять того, в Швейцарию...

— Все обошлось?

— Конечно. Полиция отчалила и не вернется. Уже разрешили жене доступ к телу. Случай-то ясный. Он еще наверху. Его уже прибирать начали.

— Отлично. Тогда и мне можно к себе в конуру вернуться.

Морозов вдруг рассмеялся:

— Ох, уж этот Зайденбаум! Представляешь, все время был там. В своем пенсне, при портфеле и даже с какими-то бумагами. Прикидывался адвокатом, да еще и представителем страховой компании. С полицией вообще не церемонился. Отбил у них паспорт старика Гольдберга. Уверял, что паспорт ему обязательно нужен, а они, дескать, имеют право забрать только удостоверение личности, ну, карточку эту. И ему все сошло! У самого-то у него документы хотя бы есть?

— Ни листочка.

— Шикарно, — крякнул Морозов. — Паспорт этот нынче дороже золота. Он еще целый год действителен. По нему вполне жить можно. Ну, не сказать, чтобы прямо в Париже, если, конечно, не иметь наглости Зайденбаума. Фотографию подменить проще простого. А если новый Аарон Гольдберг возрастом не вышел, дату рождения выправить тоже недорого стоит — есть специалисты. Чем тебе не переселение душ: паспорт один, а живут по нему многие.

— Выходит, Зайденбаум у нас теперь Гольдбергом станет?

— Нет, Зайденбаум нет. Сразу отказался. Дескать, ниже его достоинства. Он же у нас Дон-Кихот, защитник всех бесправных и беспаспортных, так сказать, всех подпольных космополитов. К тому же фаталист — ему слишком любопытно узнать, как распорядится им судьба-индейка, и он не станет портить себе весь азарт гарантиями чужого паспорта. А вот как насчет тебя?

Равич покачал головой:

— Тоже нет. Тут я на стороне Зайденбаума.

Он подхватил свои чемоданы и пошел к себе наверх. По пути, как раз на этаже Гольдбергов, его обогнал на лестнице могучий старик в черном кафтане, при бороде и пейсах, с лицом библейского патриарха. Широким, но бесшумным шагом — не иначе, на резиновых подошвах, — бледный и грозный, он уплыл в полумрак коридора. Там он распахнул дверь гольдбергского номера. На мгновение его фигуру высветил красноватый отблеск, должно быть, от свечей, и до Равича донеслось странное, приглушенное, заунывное, но все равно какое-то дикое завывание. Плакальщицы, что ли, подумал он. Неужели еще бывает такое? Или это сама Рут Гольдберг?

Он открыл дверь и сразу увидел: у окна сидит Жоан. Она вскочила.

— Это ты! Что случилось? Чемоданы зачем? Тебе опять уезжать?

Равич поставил чемоданы около кровати.

— Ничего не случилось. Простая предосторожность. Умер кое-кто. Ждали полицию. Теперь все это позади.

— Я звонила. Мне сказали, ты больше тут не живешь.

— Наверно, хозяйка. Умна и предусмотрительна, как всегда.

— Я помчалась сюда. Дверь открыта, тебя нет. И вещей никаких. Я решила... Равич! — Голос ее дрогнул.

Равич через силу улыбнулся:

— Сама видишь... Такой вот скользкий тип. Ни в чем нельзя положиться. Надежности никакой.

В дверь постучали. На пороге стоял Морозов с двумя бутылками в руках.

— Равич, ты свое горючее забыл.

Тут он увидел в полумраке комнаты Жоан, но сделал вид, что ее не заметил. Равич даже не понял толком, узнал ли он ее. Морозов вручил ему бутылки и, не заходя, откланялся.

Равич поставил на стол кальвадос и вино. В открытое окно донесся тот же голос, который он слышал, поднимаясь по лестнице. Заупокойный плач. Тише, громче, потом снова тише. Должно быть, этой душной ночью у Гольдбергов окна настежь, и там, среди всех этих мебелей красного дерева, окоченелое тело старика Аарона уже потихоньку начинает разлагаться.

— Равич, — проговорила Жоан. — Мне так тоскливо. Сама не знаю отчего. Целый день. Можно, я у тебя останусь?

Он ответил не сразу. Сперва надо было в себя прийти. Он не этого ожидал. Чтобы так сразу, в лоб.

— Надолго? — спросил он.
— До завтра.
— Это не называется надолго.
Она села на кровать.
— Ну неужели нельзя один разочек все забыть?
— Нет, Жоан.
— Но мне не надо ничего. Просто посплю рядом. Или вон на тахту меня пусти.
— Так не пойдет. К тому же мне еще надо уйти. В клинику.
— Не страшно. Я тебя подожду. Мне не впервой.
Он не ответил. Только удивлялся про себя собственному каменному спокойствию. Волнение, пыл, все то, что еще недавно одолевало его на улице, теперь как рукой сняло.
— И вовсе не надо тебе ни в какую клинику, — сказала Жоан.
Он все еще безмолвствовал. Одно он понимал ясно: если сейчас переспит с ней, все, он пропал. Это все равно как вексель подписать, не имея за душой никакого покрытия. Ее тогда уже не отвадишь, будет приходить снова и снова, внедряясь в пробитую брешь и расширяя ее все больше и всякий раз добиваясь чего-то еще, сама же не поступаясь ничем, пока он, жалкая жертва собственных страстей, полностью не окажется у нее в руках, безвольный, съеденный ею с потрохами, и тогда она, вдоволь наигравшись, скучливо его отбросит. Она не к этому стремится, у нее и в мыслях такого нет, но в конечном счете именно так все и будет. Казалось бы, ну что стоит разрешить себе простую мысль: подумаешь, еще одна ночь, велика важность, — но с каждым разом ты будешь терять толику способности к сопротивлению, запродавая в себе очередную частичку самого свято-

го на свете. Прегрешение против духа, так называет это католический катехизис, да еще с опасливым, туманным и, по сути, противоречащим всем догматам учения присловьем, что прегрешения эти невозможно искупить ни в этой, ни в иной, загробной жизни.

— Что правда, то правда, — ответил наконец Равич. — В клинику мне не надо. Но я не хочу, чтобы ты осталась.

Он ожидал бури. Но Жоан спросила спокойно:
— Почему?

Попробовать, что ли, ей объяснить? Только вот как?

— Тебе здесь больше не место, — сказал он.
— Только здесь мне и место.
— Нет.
— Почему нет?

Он молчал. «До чего же ловка!» — подумалось ему. Простейшими вопросами добивается от него объяснений. А стоит пуститься в объяснения, ты волей-неволей уже оправдываешься.

— Сама знаешь, — ответил он. — И не прикидывайся дурочкой.

— Ты меня больше не хочешь?

— Нет! — отрезал он, а потом, неожиданно для себя, добавил: — Уже не так.

За окном монотонный плач из номера Гольдбергов. Плач по смерти. Заунывный похоронный напев пастухов с гор ливанских разносился над парижским переулком.

— Равич, — сказала Жоан, — ты должен мне помочь.

— Лучшая помощь с моей стороны — тебя оставить. Да и с твоей тоже.

Она словно вообще его не услышала.

— Ты должен мне помочь. Я могла бы и дальше обманывать, но не хочу. Да, у меня есть кто-то. Но это совсем другое, не то, что с тобой. Будь это одно и то же, я бы сюда не пришла.

Равич достал из кармана сигарету. Ощутил под пальцами приятную сухую плотность папиросной бумаги. Вот оно что. Зато все ясно. Как холодный нож под ребра — без всякой боли. Узнавать никогда не больно. Больно только до и после.

— Это — всегда другое, — сказал он. — И всегда одно и то же. «Ну что за пошлости я несу, — подумал он. — Газетные афоризмы. Вроде бы истина, а стоит произнести — до чего же убого звучит...»

Жоан подняла голову.

— Равич, — сказала она, — ты ведь знаешь: неправда, что любить можно только одного человека. Есть, конечно, однолюбы. Но это счастливчики. А есть совсем другие, которых то туда бросит, то сюда. Ты же знаешь.

Он наконец закурил. Сейчас, даже не глядя на Жоан, он ясно представлял, как она выглядит. Бледная, собранная, глаза от волнения потемнели, с виду хрупкая, в чем душа жива, но на самом деле ее ничем не собьешь, никакими силами. Вот такая же она была недавно у себя в квартире — словно ангел-провозвестник, вдохновенный, окрыленный и исполненный несокрушимой веры: неспешно пригвождая тебя к кресту, лишь бы ты не ушел, он свято убежден, что тебя спасает.

— Да, — проговорил он. — Это одна из обычных отговорок.

— Никакая это не отговорка. Такому человеку нет в жизни счастья. Его так и носит туда-сюда, и он ничего с собой поделать не может. И все в тебе таким клубком, накрепко, и не распутаешь, просто мрак какой-то, — а тебе через это обязательно пройти надо. И никуда ты от этого не денешься. Куда ты, туда и оно. И не развяжешься, это все равно сильней тебя.

— Зачем тогда думать? Подчинись, раз оно все равно сильней.

— Да я так и делаю. Знаю ведь, по-другому все равно не выйдет. Но... — Голос ее дрогнул. — Равич, я не хочу тебя терять.

Он молчал. Курил и не чувствовал вкуса дыма. «Терять меня ты не хочешь, — думал он. — Но и другого тоже. Вот в чем штука. И ведь можешь же! Как раз поэтому и нужно с тобой порвать. Дело совсем не в том, что у тебя был другой, — это-то забыть легче легкого. И простить тоже, ради бога, сколько угодно. Но ведь тебя это захватило, и ты не могла с этим совладать, вот же в чем несчастье. Хорошо, от этого ты, допустим, избавишься. Но попадется что-то другое. А потом еще, и снова, и снова. Это в тебе самой. Я и сам когда-то мог вот так же. Но с тобой не могу. Поэтому и нужно с тобой порвать. Пока я еще в силах. А то в следующий раз...»

— Ты думаешь, у нас с тобой что-то особенное, — заговорил он. — А это самая обычная вещь на свете. Называется: муж и любовник.

— Неправда!

— Правда. Просто разновидностей полно. Одна из них как раз твой случай.

— Да как у тебя язык поворачивается! — Она даже вскочила. — Да ты кто угодно, но только не муж и не будешь никогда! Скорее уж тот, другой... — Она осеклась. — Хотя нет, и он тоже нет. Не знаю, как объяснить.

— Хорошо, назовем это иначе: чувство опоры и приключение. Звучит вроде получше. Но на самом деле все то же самое. Хочется и одно удержать, и другое не упустить.

Она покачала головой.

— Равич, — сказала она из темноты, и в этот миг голос ее перевернул ему всю душу. — Слова-то можно найти всякие, и красивые, и нехорошие. Только этим не изменишь ничего. Я люблю тебя и буду любить до последнего вздоха. Я это знаю и очень ясно знаю. Ты для меня вроде как горизонт: на тебе все мысли кончаются. Что бы там со мной ни случилось, ты все равно во мне, пусть даже тебя это нисколько не трогает. Поверь, я не обманываю и не обманываюсь. И тебя от этого нисколько не убудет. Вот почему я снова и снова к тебе прихожу, вот почему не жалею ни о чем и даже виноватой себя не чувствую.

— В чувствах какая же может быть вина, Жоан? Откуда ты это вообще взяла?

— Я думала. Я так много думала, Равич. О тебе, о себе. Ты никогда не хотел меня всецело. Ты, может, и сам об этом не знаешь. Но в тебе всегда оставалось что-то, наглухо для меня закрытое. Ты меня туда не пускал. А я так рвалась! Как я рвалась! И все время это чувство, будто ты в любую секунду можешь уйти навсегда. И никакой уверенности ни в чем. Тебя вот полиция сцапала, тебе уехать пришлось — но точно так же и что-то еще могло случиться, все время было чувство, будто ты не сегодня завтра исчезнешь, сам, по своей воле, куда вздумается, куда глаза глядят, и тебя просто больше не будет рядом...

Равич неотрывно смотрел на ее лицо, в темноте едва различимое. А ведь кое в чем она права.

— И всегда было так, — продолжала она. — Всегда. А потом вдруг появился кто-то, для кого я была желанна, кто хотел меня, и только меня, всецело и навсегда, просто и без всяких оговорок. Без сложностей. Я сперва потешалась, не хотела, играла с ним, настолько все это казалось легко, безобидно, в любую секунду отбросить можно, — а потом вдруг, незаметно как-то, это превратилось в нечто большее, влечение, что-то во мне тоже захотело, я противилась, только бесполезно, желание было как будто вне меня и сильнее меня, словно это какая-то часть меня, вырвавшаяся наружу, и она меня тащила. Это все равно как лавина: начинается медленно, ты даже смеешься, не понимая, что происходит, — и вдруг под ногами никакой опоры, и ухватиться не за что, и все рушится, и ты бессилен. Но это все было не мое, Равич. Мое — это ты.

Он выбросил сигарету в окно. Она светляком полетела в черноту двора.

— Что случилось, Жоан, то случилось, — сказал он. — Теперь уже ничего не изменишь.

— Да я и не хочу ничего менять. Само пройдет. Просто ты во мне. Почему я все время к тебе прихожу? Почему стою под дверью? Жду тебя, хоть ты меня вышвырнешь, а я все равно приду снова? Я знаю, ты мне не веришь, думаешь, у меня какие-то еще свои причины. Да только какие? Если бы то, другое, владело мной сполна, я бы не приходила. Я бы позабыла тебя. Вот ты решил, будто я ищу в тебе чувство опоры. Это не так. Я любви ищу.

Словеса, думал Равич. Красивые слова. Льстивый сладкоречивый елей. Помощь, любовь, единение, счастье после разлуки — слова, красивые слова. И ничего, кроме слов. Простое, дикое, дремучее влечение двух тел друг к другу — и сколько для него придумано всяких красивых слов! Какая над ним сияет радуга фантазий, лжи, чувств и самообманов! И вот этой ночью прощания он стоит, само спокойствие, во тьме, под сладостным дождичком красивых слов, означающих только одно: прощай, прощай, прощай. В любви только начни разговоры разговаривать — все, пропала любовь. У бога любви чело в крови. Он слов не жалует.

— А теперь тебе пора идти, Жоан.

Она встала.

— Но я хочу остаться. Позволь мне остаться. На одну эту ночь всего.

Он покачал головой.

— А обо мне ты подумала? Я же не бездушный автомат.

Она прильнула к нему. Он почувствовал: она вся дрожит.

— Все равно. Позволь мне остаться.

Он осторожно отстранил ее от себя.

— Если надумала тому, другому, изменять, зачем же начинать это прямо сейчас и непременно со мной? Он еще успеет от тебя натерпеться.

— Ну не могу я идти домой одна.

— Не так уж долго продлится твое одиночество.

— Да нет, я сейчас одна. Уже который день. Он уехал. Его нет в Париже.

— Вот как... — Равич сумел сохранить спокойствие. — Что ж, по крайней мере откровенно. Сразу понятно, что к чему.

— Я совсем не из-за этого пришла.

— Конечно, не из-за этого.

— Могла бы ведь и умолчать — никто за язык не тянул.

— И то правда.
— Равич, я не хочу идти домой одна.
— Тогда я тебя провожу.

Словно не веря себе, она осторожно отступила на шаг.

— Ты не любишь меня больше, — проговорила она тихо и почти с угрозой.

— Ты из-за этого сюда пришла? Именно это хотела выяснить?

— Да. И это тоже. Не только — но и из-за этого.

— Господи, Жоан, — вздохнул Равич, начиная терять терпение. — В таком случае будем считать, что ты выслушала сегодня одно из самых проникновенных признаний в любви, какие только бывают на свете.

Она молчала. Смотрела в упор и молчала.

— Подумай сама: иначе что бы мне помешало оставить тебя на ночь, плюнув на то, что ты с кем-то живешь?

На лице ее медленно проступила улыбка. Собственно, даже и не улыбка, а как бы сияние, разгоравшееся изнутри — словно в ней затеплился огонек, и свет медленно поднимался снизу до самых глаз.

— Спасибо, Равич, — выдохнула она. А немного погодя, все еще не спуская с него глаз, робко спросила: — И ты меня не бросишь?

— Зачем ты спрашиваешь?

— Будешь ждать? Не бросишь меня?

— Сколько я тебя теперь знаю, опасность эта не слишком тебе грозит.

— Спасибо.

Она преобразилась на глазах. Как же быстро, однако, такое вот создание способно утешиться, подумал Равич. Но почему бы и нет? Она полагает, что добилась своего, хоть ей и не удалось остаться. А она вон тем временем уже его целует.

— Я знала, что ты такой. Будешь таким. Должен быть таким. Вот теперь я пойду. Не провожай меня. Теперь я и одна доберусь.

Она уже стояла в дверях.

— Больше не приходи, — сказал он. — И не тревожься понапрасну. Ты не пропадешь.

— Нет. Спокойной ночи, Равич.

— Спокойной ночи, Жоан.

Он пошел к выключателю и зажег свет. «Должен быть таким». Его слегка передернуло. Из грязи и золота, вот из чего они сотворены. Из лжи и трепета. Из хитрых уловок и бесстыдства правды. Он сел к окну. Снизу все еще доносился плач, тихий, заунывный, жалобный. Женщина, изменявшая мужу, теперь безутешно оплакивает его кончину. А может, просто соблюдает установления веры. Равич даже удивился: несчастнее, чем прежде, он себя не чувствовал.

XXIII

— Да, Равич, я вернулась, — сказала Кэте Хэгстрем.

Она сидела у себя в номере в отеле «Ланкастер». Тоненькая, еще больше похудевшая. Изящные длинные руки слегка одрябли, словно из упругих и гладких мышц каким-то специальным инструментом высасывали плоть. Черты лица и контуры прежде столь ладной фигуры заострились, а кожа была словно шелк — казалось, вот-вот порвется.

— Я-то думал, вы во Флоренции, или в Каннах, или уже в Америке, — пробормотал Равич.

— Только во Флоренции сидела, все время. Во Фьезоле. Сколько хватило сил. Помните, как я вас уговаривала со мной поехать? Обещала книги, камин по вечерам, покой? Книг было сколько угодно, и камин горел исправно — но покой? Равич, даже в городе Франциска Ассизского шум стоит неимоверный. И никакого покоя — как и повсюду в стране. Там, где он проповедовал любовь цветам и птицам, теперь маршируют колонны горлопанов в мундирах, которые вконец одурели от мании величия, собственного пустозвонства и ненависти непонятно к кому.

— Но ведь оно всегда так было, Кэте.

— Так, да не так. Еще пару лет назад мой управляющий был вполне мирным и любезным человеком, расхаживал в вельветовых брюках и соломенных тапочках на босу ногу. Теперь это вояка в начищенных сапогах и черной рубашке, да еще и позолоченные кинжалы отовсюду торчат, — и он теперь читает мне целые доклады: Средиземное море непременно будет итальянским, Англия будет уничтожена, а Ницца, Корсика и Савойя снова отойдут Италии. Равич, эта гостеприимная нация, которая уже целую вечность ни одной войны не выигрывала, теперь, когда им позволили кого-то победить в Абиссинии и Испании, просто сошла с ума. Мои друзья, еще три года назад вполне разумные люди, теперь всерьез меня уверяют, что одолеют Англию за три месяца. Страна бурлит. Да что же это творится на свете? Я из Вены от бесноватых коричневорубашечников сбежала — теперь из Италии, где от черных рубашек проходу нет, еще где-нибудь зеленые объявятся, в Америке наверняка серебряные — мир что, на рубашках помешался?

— Похоже. Но скоро все это переменится. На всех будет один цвет — красный.

— Красный?

— Да, красный — алый цвет крови.

Кэте Хэгстрем глянула вниз, во двор. Теплый предзакатный свет сочился на брусчатку сквозь зелень каштанов.

— Все равно не верится, — сказала она. — Две войны за двадцать лет — не многовато ли? Мы еще от предыдущей толком не оправились.

— Это победители. Но не побежденные. Победы расслабляют.

— Да, может быть. — Теперь она глянула на него. — Похоже, времени немного осталось?

— Боюсь, не слишком.

— Как вы считаете: на мой век хватит?

— А почему нет? — Равич вскинул голову. Она встретила его взгляд. — Вы у Фиолы были? — спросил он.

— Да, пару раз. Он один из немногих, кто не заразился этой черной чумой.

Равич молчал. Он ждал продолжения.

Кэте взяла со стола нитку жемчуга и небрежно пропустила сквозь пальцы. В ее изящных, фарфоровых руках дорогие бусы казались четками.

— Я иной раз сама себе кажусь Вечным Жидом, — проговорила она. — Вечно в поисках покоя. Только, боюсь, время выбрала неудачное. Покоя нет нигде. Разве что здесь чуть-чуть, и то остатки.

Равич смотрел на жемчужины. Серые, бесформенные моллюски вырастили их в себе, потому что некое инородное тело, песчинка какая-нибудь, проникло в створки их раковин. Случайная помеха, раздражение клеток породило вот эту дивную, мягко мерцающую красоту. Не худо бы запомнить, подумалось ему.

— Вы же вроде в Америку хотели уехать, Кэте, — сказал он. — Сейчас всякому, кто может покинуть Европу, стоит это сделать. Других выходов уже не видно.

— Вы хотите меня отослать? С глаз долой?

— Да нет же. Но разве сами вы в последний раз не говорили, что хотите уладить здесь все дела и уехать в Америку?

— Говорила. Хотела. Но теперь больше не хочу. Пока нет. Хочу еще побыть здесь.

— В Париже летом жара и вообще противно.

Она отложила бусы обратно.

— Если только это не твое последнее лето.

— Последнее?

— Да. Последнее. Перед отъездом.

Равич промолчал. Что ей известно? Что сказал ей Фиола?

— Как поживает «Шехерезада»? — спросила Кэте.

— Давно там не был. Морозов говорит, каждый вечер битком. Как и в любом другом ночном клубе.

— Даже сейчас, летом?

— Да, летом, когда обычно все заведения вообще закрывались. Вас это удивляет?

— Нет. Каждый спешит ухватить свое, пока все не рухнуло окончательно.

— Именно, — согласился Равич.

— Сходите как-нибудь со мной туда?

— Конечно, Кэте. Как только пожелаете. Я думал, вам там надоело.

— Я тоже так думала. А теперь думаю по-другому. Тоже хочу ухватить все, что еще успею.

Он снова поднял на нее глаза.

— Хорошо, Кэте, — сказал он немного погодя. — Как только пожелаете.

Он встал. Она проводила его до двери. Прислонилась к косяку, тоненькая, хрупкая, какая-то вся почти прозрачная, с шелковисто-пергаментной кожей, которую, казалось, тронь — и она зашуршит. Глаза, очень ясные, стали как будто больше, чем прежде. Она подала ему руку. Ладонь была сухая и горячая.

— Почему вы не сказали мне, что с мной? — легко, как бы между прочим, словно о погоде, спросила она.

Он посмотрел ей прямо в глаза и ничего не ответил.

— Я бы выдержала, — сказала она, и легкая ироничная улыбка, впрочем, без тени укора, скользнула по ее лицу. — Прощайте, Равич.

Человек без желудка умер. Трое суток он стонал, мучался, и даже морфий ему уже почти не помогал. Равич и Вебер знали, что он умрет. Они вполне могли бы избавить его от этих трехдневных мучений. Но не избавили, ибо религия, проповедующая любовь к ближнему, возбраняет сокращать страдания человеческие. И ее в этом строжайше поддерживает закон.

— Родственникам телеграфировали? — спросил Равич.

— У него нет родственников.

— Но друзья, знакомые?

— Никого нет.

— Вообще никого?

— Никого. Приходила консьержка из его подъезда. Он даже писем не получал — только рекламу и медицинские проспекты о вреде алкоголизма, туберкулеза, венерических болезней и тому подобное. Его ни разу никто не навестил. За операцию и месяц пребывания в клинике заплатил вперед. Ну да, переплатил за две недели. Консьержка утверждала, будто он обещал оставить ей все, что имеет, потому что она якобы о нем заботилась. И на этом основании всерьез рассчитывала получить обратно деньги за две недели. Послушать ее, так она была ему как мать родная. Поглядели бы вы на эту мамашу. Уверяла, будто кучу своих денег на него потратила. Якобы даже платила за него за квартиру. Я ей на это сказал: если он здесь все оплатил заранее, не вижу причин, почему он и с квартирой должен был поступить иначе. А вообще лучше ей с этим обратиться в полицию. Тут она меня прокляла.

— Деньги, — вздохнул Равич. — Деньги развивают в человеке изобретательность.

Вебер рассмеялся.

— Надо уведомить полицию. Дальнейшее уже забота властей. Включая похороны.

Равич бросил прощальный взгляд на бедолагу без родни и без желудка. Он лежал, уже бездыханный, но лицо его за последний час переменилось сильнее, чем за все тридцать пять лет жизни. Сквозь судорожную натугу последнего вздоха теперь медленно и непреклонно проступал строгий лик смерти. Все случайное таяло и отпадало, последние следы мучительного умирания сходили на нет, и вместо мелких, заурядных, искаженных страданием черт — отрешенная, безмолвная, вступала в свои права маска вечности. Еще через час только она и останется.

Равич вышел. В коридоре он встретил ночную сестру. Та только что пришла.

— Пациент из двенадцатой умер, — сообщил он ей. — Полчаса назад скончался. Вам сегодня не нужно возле него дежурить. — И, увидев ее лицо, спросил: — Он вам что-то оставил?

Она на миг смешалась.

— Нет. Он был совсем как чужой. А в последние дни вообще почти не разговаривал.

— Да уж, ему было не до разговоров.

В глазах медсестры появилось знакомое рачительно-хозяйственное выражение.

— У него был замечательный туалетный набор. Все из серебра. Для мужчины, пожалуй, даже слишком изящный. Скорее дамская вещица.

— Вы ему об этом говорили?

— Как-то раз, по случаю. В прошлый вторник ночью. Он вроде как поспокойнее был. Но он сказал, мол, серебро и мужчине прекрасно подходит. А щетки вообще замечательные. Таких давно уже не делают. А больше ничего и не сказал.

— Серебро теперь казне отойдет. У него родственников не осталось.

Сестра понятливо кивнула.

— Жаль! Почернеет ведь. А щетки, если не новые и ими не пользоваться, портятся быстро. Их бы сперва вымыть как следует.

— Да, жаль, — заметил Равич. — Уж лучше бы все это досталось вам. Хоть кому-то была бы радость.

Сестра благодарно улыбнулась.

— Не страшно. Я и не ждала ничего. Умирающие вообще редко дарят. Выздоравливающие — другое дело. А умирающим не верится, что они умрут. Вот они и не дарят ничего. А некоторые просто по злобе жадничают. Вы, господин доктор, даже представить себе не можете, насколько ужасно некоторые умирающие себя ведут. И что они тебе успевают наговорить перед смертью.

Ее круглое, ясное, краснощекое личико излучало доверчивое простодушие. Над вещами, которые не укладываются в ее бесхитростную картину мира, она предпочитала особо не задумываться. Умирающие — это для нее все равно что дети, либо непослушные, либо просто беспомощные. Надо за ними присматривать, пока не помрут, тогда на их место поступят другие пациенты; одни выздоравливают и даже что-то дарят, другие не дарят ничего, ну а кому-то суждено умереть. Такова жизнь. И нечего тут особо переживать. Куда важнее, будут ли в этом году на распродаже в «Бонмарше» скидки до двадцати пяти процентов? Или, к примеру, женится ли ее кузен Жан на Анне Кутюрье?

Оно и впрямь важнее, подумал Равич. Малый круг, узкий мирок, защищающий тебя от грандиозного хаоса. Если бы не это — до чего бы мы докатились?

Он сидел за столиком перед кафе «Триумф». Ночь была облачная, белесая. Стояла теплынь, и где-то по краям неба бесшумно вспыхивали зарницы. А мимо, не замирая ни на миг, текла по тротуарам ночная жизнь. Женщина в синей атласной шляпке подсела к нему за столик.

— Вермутом не угостишь? — спросила она.
— Угощу. Только не приставай. Я жду кое-кого.
— Можем подождать и вместе.
— Лучше не надо. Ко мне сейчас придет дзюдоистка из Дворца спорта.

Женщина улыбнулась. Она была настолько сильно накрашена, что улыбку можно было различить только по движению губ, лицо же оставалось белой неподвижной маской.

— Пошли ко мне, — предложила она. — У меня квартирка миленькая. И я все умею.

Покачав головой, Равич положил на стол пятифранковую бумажку.

— На вот. И на этом все. Будь здорова.

Женщина бумажку взяла, деловито сложила и сунула за подвязку чулка.

— Хандра? — поинтересовалась она.

— Нет.

— Я от хандры мигом избавлю. И подружка имеется. Молоденькая, — добавила она после паузы. — Грудки острые, что твоя Эйфелева башня.

— В другой раз.

— Ну, как знаешь. — Женщина встала и отсела за один из соседних столиков. Оттуда она еще пару раз на него глянула, потом купила себе спортивную газету и углубилась в изучение результатов матчей.

Равич смотрел на пестрый людской поток, тянувшийся мимо без начала и конца. Оркестр в зале играл венские вальсы. Молнии полыхали все ярче. Ватага молоденьких гомосексуалистов, кокетливо и призывно галдя, устраивалась за соседним столиком, словно стайка попугаев. Парни были выряжены по последней моде: при бакенбардах и в сильно приталенных пиджаках с подчеркнутыми набивными плечами.

Какая-то девица остановилась возле столика Равича, пристально на него глядя. Лицо показалось ему смутно знакомым, но он столько лиц на своем веку перевидал. На первый взгляд просто хорошенькая шлюха в амплуа беспомощной гимназистки.

— Вы меня не узнали? — робко спросила она.

— Конечно, узнал, — твердо ответил Равич. Он понятия не имел, кто она такая. — Как дела?

— Хорошо. Но вы ведь правда же меня не узнали?

— У меня ужасная память на имена. Но, конечно же, я вас узнал. Просто мы давно не виделись.

— Ага. Ну и нагнали же вы тогда на моего Бобо страху. — Она улыбнулась. — Ведь вы мне жизнь спасли, а теперь вот уже и не узнаете.

Бобо. Жизнь спас. Повитуха. Равич все вспомнил.

— Вы Люсьена, — сказал он. Ну конечно. — Просто тогда вы были больны. А сейчас здоровы. В этом все дело. Потому я вас сразу и не признал.

Люсьена просияла.

— Правда?! Вы правда вспомнили?! И спасибо вам большое за те сто франков, что вы сумели для меня выбить у мадам Буше.

— Ах это... Ну да... — После полного фиаско у повитухи он и правда послал тогда девчонке сотню из своих денег. — К сожалению, не все.

— Да что вы, и этого хватило. Я совсем не рассчитывала.

— Ну и ладно. Хотите со мной чего-нибудь выпить, Люсьена?

Она кивнула и робко присела за его столик.

— «Чинзано» с сельтерской, если можно.

— Что поделываете, Люсьена?

— Живу. Не жалуюсь.

— Вы все еще с Бобо?

— Да, конечно. Но он теперь совсем другой стал. Лучше гораздо.

— Ну и хорошо.

А больше особенно и спрашивать-то не о чем. Малютка-белошвейка стала малюткой-шлюхой. Ради этого он ее с того света вытаскивал. Об остальном Бобо позаботился. Зато беременность ей теперь не грозит. Опять же преимущество. Сейчас-то она, конечно, еще начинающая, и обаяние юности делает ее особенно привлекательной для пожилых греховодников — как фарфоровую статуэтку, пока та еще не потерлась и не облупилась от многочисленных прикосновений. Сидит, как птичка, и пьет деликатно, мелкими глоточками, но глазенки-то уже так и бегают. Картина, что и говорить, не слишком отрадная. Хотя и сожалеть тоже особо не о чем. Это просто жизнь, она идет себе своим ходом, на нас не оглядываясь.

— Ты хоть довольна? — спросил он.

Она кивнула. Видно было: она и вправду довольна. А что, у нее все в порядке и все правильно. Было бы о чем трагедии разводить.

— Вы один? — спросила она.

— Да, Люсьена.

— В такой вечер — и один?

— Да.

Она смотрела на него с робкой улыбкой.

— А у меня как раз есть время.

«Да что же это с ними со всеми? Неужто у меня такой изголодавшийся вид, что всякая шлюха спешит подкормить меня крохами продажной любви?»

— Слишком уж далеко к тебе ехать, Люсьена. А у меня времени в обрез.

— Ко мне нам нельзя. Бобо ничего не должен знать.

Равич поднял на нее глаза.

— Бобо что, никогда ничего об этом не знает?

— Ну нет. О других-то он знает. Он же следит. — Она снисходительно улыбнулась. — Он же у меня молоденький еще. Думает, я иначе денежки прикарманивать буду. Но от вас-то мне денег не надо.

— И из-за этого Бобо не должен ничего узнать?

— Нет, не из-за этого. Просто приревнует. А он тогда буйный.

— И что же, он ко всем ревнует?

Люсьена удивленно вскинула глаза.

— Нет, конечно. То ведь просто заработок.

— Значит, он ревнует, только когда ты не берешь денег?

Люсьена смутилась. И даже вдруг зарделась слегка.

— Не из-за этого. Только когда думает, что это не просто так. — Она снова замялась. — Когда думает, что я при этом что-то чувствую.

Теперь она глаз не подняла. Равич взял ее за руку, что лежала на столе как потерянная.

— Люсьена, — сказал он. — Я тронут, что ты обо мне помнишь. И что хотела пойти со мной. Ты очень мила, и я бы с радостью. Но с женщиной, которую оперировал, я спать не могу. Надеюсь, ты понимаешь?

Она вскинула длинные темные ресницы и с готовностью кивнула:

— Да. — Она встала. — Тогда я пойду, ладно?

— Прощай, Люсьена. Всего хорошего. И береги себя, смотри не заболей.

— Хорошо.

Равич быстро нацарапал что-то на листке бумаги и протянул ей.

— Купишь вот это, если у тебя еще нет. Это самое надежное. И не отдавай ты Бобо всех денег.

Она улыбнулась и согласно кивнула. Но кивок был не слишком уверенный, и оба они знали: она не последует его совету. Равич смотрел вслед девушке, пока та не скрылась в толпе. Потом подозвал официанта.

Шлюха в синей шляпке направилась в его сторону. Видимо, она наблюдала за их разговором. Сейчас, обмахиваясь сложенной газетой, она оскалила в улыбке все свои фальшивые зубы.

— Ты, милок, либо импотент, либо гомик, — добродушно бросила она на ходу. — Но все равно большое спасибо. И счастья тебе!..

Равич брел сквозь ночную теплынь. Над крышами змеились молнии. Но в воздухе по-прежнему ни ветерка. К его удивлению, вход в Лувр призывно сиял огнями. Двери стояли настежь. Он вошел.

Оказалось, в Лувре ночь открытых дверей. Не все, но многие залы освещены. Он прошел по залам египетской коллекции, которые все как один напоминали огромную залитую светом усыпальницу. Высеченные из камня фараоны трехтысячелетней давности, кто сидя, кто стоя, гранитными полушариями глазниц безмолвно таращились на слоняющихся студентов, дамочек в прошлогодних шляпках, скучающих пожилых субъектов. В воздухе пахло затхлостью, мертвечиной и бессмертием.

В греческих залах перед Венерой Милосской возбужденно шушукались несколько девушек, нисколько на нее не похожих. Равич остановился. После сурового гранита и зеленоватого сиенита египтян белый мрамор казался мягким и таил в себе что-то упадническое. Мягкие, дородные очертания Венеры источали безмятежный покой купающейся домохозяйки, женщины красивой и совершенно бессмысленной. Победитель змея Аполлон сильно смахивал на гомосексуалиста, которому неплохо бы укрепить мускулатуру. Вся беда в том, что стоят они в залах — а для них это смерти подобно. Египтянам это нисколько не мешает, ведь они созданы для храмов и гробниц. А грекам — им нужно солнце, воздух и колонны, залитые золотым сиянием Афин.

Равич пошел дальше. Навстречу ему уже надвигался огромный зал с взбегающим каскадом лестницы. И внезапно там, на самом верху, парящая над всем и вся, ему открылась Ника Самофракийская.

Он давно ее не видел. В последний раз погода была пасмурная, мрамор казался блеклым и каким-то неживым, и под музейными сводами в тусклом свете зимнего дня богиня победы выглядела неприкаянной и озябшей. Теперь же, выхваченная из тьмы светом прожекторов, она гордо реяла над пролетами лестниц, стоя на мраморном корабельном форштевне, осиянная, широко раскинувшая крылья, вот-вот готовая взлететь в своих развевающихся на ветру одеждах, из которых, казалось, так и рвется ее прекрасное, невесомое, охваченное порывом тело. За спиной ее чудился рокот винноцветных волн саламинских и темный бархат замершего в ожидании неба.

Ей нет дела до морали. Она не знает сомнений. Ей неведомы потаенные бури и темные бездны крови. А ведомы ей только победы и поражения, а что уж там выпадет — ей почти все равно. Она никого собой не прельщает — она летит; никого за собой не зовет — просто она сама безоглядность порыва. Она ничего не таит — и все же волнует куда сильнее, нежели Венера, стыдливо пытающаяся прикрыть свой срам, тем самым лишний раз на него указывая. Эта богиня, богиня победы, под стать только птицам и кораблям, а еще ветрам, волнам и неоглядным далям. И у нее нет родины.

У нее нет родины, думал Равич. Ей и не нужна родина. Ее родина — на любом корабле, в неистовстве битвы и даже в дыму поражения, если в поражении нет паники и отчаяния. Она не только богиня победы — она богиня отваги и риска, а значит, и богиня всех эмигрантов — доколе те не теряют мужества и не опускают рук.

Он оглянулся. Вокруг уже никого. Студенты и экскурсанты со своими путеводителями разошлись по домам. По домам... А какой дом у того, кому некуда деться, у кого вообще нет пристанища — разве что смятенного и ненадолго, в сердце другого человека? И не потому ли любовь, поразив такого безродного скитальца в самое сердце, сотрясает и мучит его с такой силой и завладевает им столь всецело — ведь другого-то у него ничего нет? И не потому ли все эти годы он так старался разминуться с чувством? И не потому ли оно все-таки именно его нашло, настигло и сразило? А ведь на предательском льду чужбины снова подниматься на ноги куда тяжелее, чем на почве родного и привычного отечества.

На миг что-то отвлекло его взгляд. Что-то маленькое, белое, порхающее. Мотылек. Должно быть, залетел в распахнутые двери. Бог весть откуда его сюда занесло — наверно, с теплых кустов розария в садах Тюильри, где его случайно вспугнула любовная парочка, вырвав из сладкого дурмана и бросив на свет непонятных, неведомых солнц, среди которых он метался, вконец запутавшись, покуда спасительная тьма раскрытых дверей не обняла его своей прохладой, и вот теперь он мужественно и безнадежно порхает под сводами огромных залов, где ему суждено принять смерть — утомившись, тихо заснуть на мраморном карнизе, на подоконнике или даже на плече у сияющей богини, а наутро проснуться, полететь на поиски цветов, полных сладкого нектара и жизни, но ничего не найти и снова уснуть на тысячелетнем мраморе, уже обессилевая, уже изнемогая, покуда хватка цепких лапок не ослабнет вконец и мотылек не спикирует вниз — изящным палым листком преждевременной осени, безжизненным и сухим.

Что за сентиментальный вздор в голову лезет, подумал Равич. Богиня победы и мотылек-беженец. Дурацкая расхожая символика. Но что сильнее трогает душу, как не такие вот расхожие вещи, — расхожая символика, расхожие чувства, расхожая сентиментальность? И что сделало их столь расхожими, как не их слишком явная истинность? Когда жизнь хватает тебя за глотку, тут не до снобизма. Мотылек исчез в полумраке музейных сводов. Равич вышел. Теплый воздух улицы обдал его с ног до головы, словно он вошел в теплую воду. Он остановился. Расхожие чувства! Да разве сам он не угодил такому чувству в лапы? Причем самому расхожему! Он вглядывался в широкую площадь двора, по углам которого затаились вековые тени, и вдруг ощутил, как неистовость чувства всей своей силой набросилась на него — будто в кулачной драке. Он даже пошатнулся от такого натиска. Перед мысленным взором все еще парила белая, легкокрылая Ника — но над ее крылами уже всплывало из тьмы совсем другое лицо, столь же банально расхожее, сколь дорогое и бесценное, в чьих чертах, словно нескончаемый индийский шарф в колючих ветвях шиповника, безнадежно и навсегда запуталось его воображение. Сколько ни тяни, как ни дергай, шипы держат цепко, не отпускают ни шелковые, ни золотые нити, все переплелось намертво, и глазу уже не различить, где колючие ветки, а где нежная мерцающая ткань.

Лицо! Вот оно, это лицо! И кому какое дело, драгоценно оно или заурядно? Раньше надо было задаваться такими вопросами, а теперь, когда ты в это лицо влип, поздно, да и бесполезно ответы искать. Ты влип в любовь, а не в конкретного человека, которого она случайно осенила своим ореолом. О чем еще судить да рядить, когда ты ослеплен пламенем собственного воображения? Любовь не рассуждает, а уж тем более о ценностях.

Небо насупилось и опустилось еще ниже. Бесшумные молнии яростно вырывали из мрака сернисто-желтые клочковатые тучи. Бесформенное бельмо предгрозовой духоты тысячами слепых глаз ложилось на крыши. Равич брел по улице Риволи. За колоннадами галерей светились витрины. Поток зевак тянулся мимо них. Нескончаемой цепью мелькающих огней проносились по улице автомобили. «Вот я иду, с виду неотличимый от тысяч других ночных прохожих, — думал он, — иду руки в брюки, мимо всех этих выставок хлама и красоты, дешевки и дороговизны, — но кровь во мне бурлит, а в двух пригоршнях серо-белых извилин студенистой моллюскообразной массы, именуемой мозгом, бушует незримая битва, во вспышках которой действительное предстает нереальным, а нереальное — действительным. Я ощущаю случайные прикосновения чьих-то плеч, чьих-то рук, ловлю на себе чьи-то взгляды, слышу рокот моторов, голоса — короче, зримо и осязаемо воспринимаю все более чем явные приметы реального мира, находясь в плотной их гуще, но сам при этом далек от них, как если бы находился на Луне и даже дальше — на некой планете по ту сторону неопровержимых фактов и всякой логики, и что-то неистовое во мне выкрикивает, повторяет имя, хоть и зная, что имя тут вообще ни при чем, но все равно выкрикивает его в черноту вселенского безмолвия, которую уже столько миллионов раз оглашали подобные же крики — хоть ни на один не было отклика; и, даже зная все это, я ничего не могу с собой поделать — крик во мне повторяется снова и снова, этот извечный зов любви и смерти, крик экстаза и рушащегося в бездны сознания, крик джунглей и пустынь, и я могу вспомнить тысячу ответных криков, но тот единственный, что мне нужен, — вне меня и недосягаем».

Любовь! Сколько всего вынуждено нести в себе это слово! От мягчайшей нежности кожи до дерзновенных воспарений духа, от бесхитростного желания завести семью до смертоносных душевных потрясений, от безудержной похоти до противоборства Иакова с ангелом небесным*. «Вот я иду, — говорил себе Равич, немолодой уже человек сорока с лишним лет от роду, не раз битый жизнью, в стольких водах мытый, в стольких жерновах тертый, падавший и поднимавшийся снова, умудренный уроками прожитого и пережитого, закалив в испытаниях душу, остудив пыл молодости холодом и скепсисом опыта, — ведь я же этого не хотел и поверить не мог, что такое еще раз со мной может случиться, — а оно вот оно, и весь твой опыт ни к чему, а знания только пуще разжигают боль, ибо ничто не горит в пламени чувства веселее и ярче, чем плотно сбитые доски сухого цинизма и столь бережно собранная щепа многолетних скептических наблюдений».

---
* По ветхозаветному преданию (Бытие, 30, 24), Иаков, третий из библейских патриархов, однажды во время ночного бдения повстречался с Богом в обличье ангела и боролся с ним, требуя благословения.

Он все брел и брел по улицам, и ночь гулко вторила его шагам, и ночи не было конца; он шел наугад, не зная, часы миновали или минуты, и почти не удивился, когда обнаружил, что ноги сами привели его в парк за проспектом Рафаэля.

А вот и дом на углу улицы Паскаля. Бледный, белесый взлет этажей — на самых верхних роскошные артистические квартиры, кое-где в окнах еще горит свет. Он отыскал окна квартиры Жоан. Тоже освещены. Значит, она дома. Хотя, может, и нет, просто свет оставила. Она же боится заходить в темные комнаты. Как и он сам. Равич перешел на другую сторону улицы. Возле дома несколько авто. Среди них желтый родстер, серийная спортивная модель с пижонской претензией на имитацию гоночной машины. Вполне возможно, это как раз авто ее нынешнего избранника. А что, для актера-то в самый раз. Сиденья красной кожи, приборная панель прямо как в самолете, множество ненужных прибамбасов — ну конечно, это его игрушка. «Да неужто я ревную? — с изумлением подумал он. — Ревную к первому встречному, за которого она случайно уцепилась? Ревную к чужой жизни, что никаким боком меня не касается? Можно ревновать к любви, от тебя отвернувшейся, — но уж никак не к тому, на что она соизволила обратить свои очи».

Он пошел обратно в парк. Клумбы дышали из темноты цветочным дурманом, сладко, пряно, вперемешку с запахами земли и прохладной зелени. Все запахи сильные, пьянящие, должно быть, перед грозой. Он отыскал скамейку и сел. «Это не я, — думал он, — нет, этот карикатурный любовник, ночующий на скамье перед домом женщины, что его бросила, не сводя глаз с ее окон, кто угодно, только не я! Это не меня всего трясет от желаний, все компоненты которых я хоть сейчас способен разложить по полочкам, но совладать с которыми тем не менее не в силах! Этот идиот, готовый отдать годы жизни, лишь бы вернуть мгновения блаженства с белокурой пустышкой, нашептывавшей и стонавшей ему в уши односложный вздор, кто угодно, только не я! Этот шут гороховый, что сидит здесь и — к черту все отговорки! — убитый горем, обезумев от ревности, с превеликой радостью поджег бы сейчас этот пижонский желтый автомобиль, — кто угодно, только не я!»

Он нашарил в кармане сигарету. Успокоительный красный огонек. Невидимый дым. Падучий кометный промельк гаснущей спички. Почему бы ему не подняться к ней наверх? Ну что тут такого особенного? Еще не так поздно. Свет еще горит. Уж как-нибудь совладал бы с неловким положением. Почему бы просто не вытащить ее оттуда? Теперь, когда ему все известно? Вытащить и забрать с собой и никогда уже больше от себя не отпускать?

Он вперился в темноту. Хорошо, а что толку? Что бы это дало? Того, другого, из жизни не выкинешь. А уж из чужого сердца и подавно не выкинешь никого и ничего. И разве не мог он оставить ее у себя, когда она сама к нему пришла? Так почему не оставил?

Он бросил сигарету. Не оставил, потому что этого недостаточно. В том-то все и дело. И никогда не будет достаточно, даже если она вернется и все позабудется, быльем порастет, все равно этого будет недостаточно, никогда и никак, сколь бы странным и даже чудовищным это ни казалось. Что-то пошло прахом, что-то непоправимо нарушилось, лучик фантазии не встретится больше с нужным зеркальцем и не преломится в линзе, разжигая в фокусе накала ответное пламя, он улетит в никуда, в слепую безответность, и никакими силами, никакими зеркалами его уже не поймать и не вернуть. Разве что отдельные случайные блики, да и те вразброс, невозвратимо; а лучик, безнадежно затерянный в пустынных небесах любви, будет блуждать, скользя по облакам и туманам, высвечивая их бесформенные взвеси, и никогда уже не обернется радугой, сияющим нимбом над челом возлюбленной. Магический круг разбит, распался, оставив после себя лишь стон жалобы и осколки былой надежды.

Из дома между тем кто-то вышел. Мужчина. Равич вскинул голову. За ним вышла и женщина. Оба смеялись. Нет, это не они. Он достал новую сигарету. Хорошо, а будь она другой — сумел бы он ее удержать? И что вообще можно удержать? Разве только иллюзию, а нечто большее вряд ли. Но разве иллюзии не достаточно? И разве достижимо нечто большее? Кому что известно о черных бурунах и омутах жизни, что неисповедимым и неукротимым потоком несутся в непознаваемой глубине наших чувств, вырываясь оттуда шипящими выплесками формы, представая вещами и понятиями, предметными обликами слов — «стол», «лампа», «родина», но еще и «ты», и «любовь»? Мы лишь смутно чувствуем эти бездны, пугающие нас своим жутким и манящим полумраком. Разве этого не достаточно?

Нет, недостаточно. Достаточно, только когда ты этому веришь. А если кристалл веры под молотом сомнений хоть разок дал трещинку, его можно только склеить, но целым ему все равно уже не бывать. Склеить, обманывая себя и с тоской взирая, как тускло преломляются в трещине лучи, когда-то завораживавшие тебя своим незамутненным, чистейшей воды сиянием. И ничего уже не вернуть. Ничто не восстановится. Ничто. Даже если Жоан к нему вернется, ничто уже не будет как прежде. Кристалл треснул. Час пробил, и заветный миг упущен. Его не возвратить никакими силами.

Мысль эта, едва осознанная, пронзила его острой, непереносимой болью. Что-то рвалось, разрывалось в нем непоправимо, навсегда. «Господи, бог ты мой, — пронеслось в голове, — да неужто можно так страдать? Так и из-за такого? Ведь вот, казалось бы, я гляжу на себя со стороны, а все равно не помогает. Я знаю, обрети я ее снова, я снова ее бы не удержал, но знание это не способно погасить мою страсть. Я препарирую эту страсть на части, как труп на анатомическом столе, — а она только распаляется в тысячу крат сильнее. Я знаю, когда-то страсть пройдет, но и от этого мне ничуть не легче!» Невидящим взором он все еще смотрел на освещенные окна в верхнем этаже, понимая, что смешон до невозможности, но, даже понимая это, поделать с собой ничего не мог.

Тяжкий удар грома внезапно сотряс небо над городом. Крупные капли дождя застучали по листьям. Равич встал. Он увидел, как засверкали, заплескались на мостовой фонтанчики черного серебра. Ливень уже затягивал свою мощную песню. Увесистые теплые капли уже били по лицу. И он вдруг понял, что не знает — смешон ли он или несчастлив по-настоящему, взаправду ли страдает или нет. Одно только он знал: он сейчас жив! Он снова жив! И жизнь снова владеет им всецело, его сотрясают ее биения, он больше не сторонний наблюдатель, неистовый жар неодолимых чувств вновь растекается по жилам, как пламя в топке мартеновской печи, и ему уже почти безразлично, счастлив он или несчастлив, ибо он снова жив и чувствует в себе жизнь, снова и сполна, и одного этого достаточно!

Он стоял под дождем, и ливень рушился на него шквальным огнем из тысяч небесных пулеметов. А он стоял и сам был и ливнем, и грозой, и водой, и твердью, и молнии сверкали и скрещивались над его головой от горизонта до горизонта; он был и тварью, и стихией, и свет отделялся от тьмы, и не было еще слов и имен, он был один-одинешенек на целом свете, в этих рушащихся потоках воды и любви, в этих мертвенных всполохах над перепуганными крышами, когда земля, казалось, встает дыбом и ничему уже нет границ, а он, под стать всему этому бушеванию, упивался полнотой жизни, рядом с которой счастье и несчастье — всего лишь пустые гильзы, отброшенные взрывной мощью этой необоримой полноты.

— Ты, там наверху, — сказал он, глядя на освещенное окно, и рассмеялся, сам не осознавая, чему смеется. — Ты — свет в ночи, фата-моргана, ты, лик, возымевший надо мной столь странную власть, хотя на планете есть сотни тысяч других ликов, лучше, красивей, умнее, добрее, вернее, понятливей тебя, — ты, случай, подброшенный на дорогу моей жизни однажды ночью, ты, принесенное волнами чувство, бездумное, властное, неодолимое, неведомо как во сне заползшее мне под кожу, ты, кто не знает обо мне почти ничего, кроме того, что я однажды оказался у тебя на пути, а ты и зацепилась, а когда я с пути сошел, ты с радостью понеслась дальше, — будь благословенна! Вот я стою перед тобой, хотя в жизни не думал, что когда-нибудь буду стоять так же снова. Дождь плещет по ладоням моим, и он теплее, и прохладней, и мягче твоих рук и твоей кожи; вот я стою, убитый горем, раздираемый когтями ревности, жаждущий и алчущий тебя, презирая тебя и боготворя, ибо ты молния, поджегшая меня, молния, что таится в каждом лоне, ты искра жизни и ее темный огонь; вот я стою, уже не мертвец в отпуске, сам себя заколотивший в гроб напускного цинизма, сарказма и невеликого мужества, и нет во мне уже мертвецкого холода; я снова живу, да, пусть я при этом страдаю, но я снова открыт всем бурям жизни, заново рожденный и подпавший ее исконному могуществу! Будь же благословенна, мадонна с изменчивым сердцем, Ника с румынским акцентом. Мечта и обман, треснувшее зеркало темного бога, ты, не ведавшая, что творишь, — благодарю тебя! Ничего из этого я никогда тебе не скажу, ибо признания мои ты беспощадно обратишь в капитал себе же на пользу, но ты вернула мне все, чего не смогли дать ни Платон, ни звездчатые хризантемы, ни бегство, ни свобода, ни вся поэзия и все сострадание на свете, ни отчаяние, ни самая трепетная и дерзкая надежда, — ты вернула меня к простой, непосредственной, подлинной и сильной жизни, которая в эти жуткие времена, в этом провале от катастрофы до катастрофы казалась мне чуть ли не преступлением. Будь благословенна! Благодарю тебя! Только потеряв тебя, я смог осознать все это! Будь благословенна!

Дождь шел уже сплошной серебристо мерцающей стеной. Блаженно благоухали кусты. Благодарно и глубоко дышала земля. Из дома напротив выскочил человек и кинулся натягивать брезентовую крышу на открытый желтый родстер. Не важно кто.

Теперь все не важно. Важна только ночь и этот ливень с самых звезд, что благодатным животворным таинством лился на каменный город с его аллеями и парками, и миллионы цветов жадно раскрывались, подставляя ему пестрые лона своих соцветий, и миллионы распушенных ветвей принимали его в свои объятия, и он проникал, вторгался, внедрялся, впитывался все глубже в землю, верша темное соитие с миллионами обомлевших в неистовом ожидании корней, — все это бушевало здесь и сейчас, ведать не ведая о смерти, разрушениях, злодеяниях, ложных святынях, поражениях и победах; ливень, ночь, природа, произрастание — они были здесь, как это случается из года в год, но на сей раз, этой дивной ночью, он тоже был с ними, чувствуя, как треснула скорлупа, как зарождается жизнь, снова и снова жизнь, да славится она и благословится!

Легко и быстро шагал он парками и улицами. Назад не оглядывался, он шел и шел, и купы Булонского леса шумели над ним, как огромный потревоженный улей, ибо ливень барабанил по ним, а они весело и благодарно колыхались в ответ. Почему-то было такое чувство, будто он снова совсем молодой и впервые в жизни идет к женщине.

XXIV

— Что желаете? — Официант любезно склонился над Равичем.

— Принесите мне...

— Что-что?

Равич все еще безмолвствовал.

— Извините, месье, я не вполне разобрал, — повторил официант.

— Да что-нибудь. Все равно что.

— Может, перно?

— Хорошо.

Равич закрыл глаза. Потом медленно открыл. Человек никуда не исчез, сидел на прежнем месте. На сей раз это уж точно не обман зрения.

За столиком возле двери сидел Хааке. Он был один, он ужинал. На столе перед ним поблескивало серебряное блюдо с распластанными половинками лангуста и ведерко со льдом, из которого выглядывала бутылка настоящего шампанского. Рядом, за сервировочным столиком, официант заканчивал готовить салат: выкладывал изящно нарезанные помидоры между листьями зеленого салата. Равич видел все это настолько отчетливо, что казалось, происходящее запечатлевается в его сознании рельефом из воска. Он хорошо разглядел перстень с печаткой на красном камне, когда Хааке потянулся к ведерку со льдом — подлить шампанского. Он узнал и этот перстень, и эту белую, пухлую руку. В бреду методического безумия, когда он, привязанный к пыточным козлам, на короткий миг приходил в себя, выныривая из черного беспамятства на нестерпимо яркий свет, он хорошо запомнил эту белую, холеную, пухлую ручонку, которой Хааке, отходя в сторону — чтобы, не дай бог, не забрызгать новехонький, с иголочки, мундир, когда Равича ледяной водой окатывали, — на него указывал и мягким, вкрадчивым голосом говорил: «Это еще только начало. Эту пока сущие пустяки. Может, теперь соизволите назвать имена? Или прикажете продолжить? У нас еще много способов в запасе. Вон и ноготки у вас, я вижу, пока целы».

Хааке вскинул голову. И вдруг посмотрел Равичу прямо в глаза. Равичу стоило невероятных усилий усидеть на месте. Он взял свою рюмку, неспешно пригубил перно и заставил себя перевести взгляд на блюдо с салатом, словно его безмерно интересует процесс приготовления. Он не понял, узнал его Хааке или нет. Но спина у него мгновенно взмокла.

Немного погодя он снова как бы невзначай глянул в ту сторону. Хааке ел лангуста. Он был всецело поглощен этим занятием. Его лысина лоснилась и мирно поблескивала в свете люстр. Равич огляделся. Народу полно. Что тут поделаешь? Оружия у него при себе нет, и если он просто так сейчас на Хааке бросится, со всех сторон кинутся люди их растаскивать. Еще через пару минут здесь будет полиция. Остается одно: ждать, пока Хааке покончит с трапезой, и его выследить. Выведать, где он живет.

Он выкурил сигарету и только после этого позволил себе снова глянуть на Хааке. И то не сразу — сперва он неспешно, как бы скучая, обвел глазами весь зал. Хааке только-только управился наконец с лангустом. Теперь он взял салфетку и отирал губы. Причем не одной рукой, а сразу двумя. Держал салфетку за края и промокал ею губы, сперва нижнюю, потом верхнюю, как это делают женщины, отирая губную помаду. И смотрел при этом прямо на Равича.

Равич равнодушно перевел взгляд на следующий столик. Но все еще чувствовал: Хааке по-прежнему на него смотрит. Пришлось подозвать официанта и заказать вторую рюмку перно. К Хааке тем временем подошел другой официант и заслонил собой его столик. Он убрал остатки лангуста, подлил в опустевший бокал шампанского и подал блюдо с сырами. Хааке выбрал почти жидкий бри на соломенной подложке.

Равич снова закурил. Немного погодя краем глаза он снова поймал на себе пристальный взгляд Хааке. Нет, это уже не случайность. По коже побежали мурашки. Если Хааке его узнал... Он остановил пробегающего официанта.

— Не отнесете ли мне перно на террасу? Хочу на свежем воздухе посидеть. Там прохладнее.

Официант замялся.

— В таком случае, месье, было бы удобнее, если бы вы сперва расплатились. На террасе другой официант обслуживает. А перно я вам, разумеется, вынесу.

Равич досадливо покачал головой, но полез за деньгами.

— Тогда уж я эту рюмку здесь допью, а следующую закажу там. Во избежание неурядиц.

— Как вам будет угодно, месье. Большое спасибо.

Равич неторопливо допил свою рюмку. Он знал: Хааке его разговор с официантом слышал. Даже жевать перестал, когда Равич говорил. И только теперь снова принялся за сыр. Равич пока что по-прежнему сидел как ни в чем не бывало. Если Хааке его узнал, остается только одно: делать вид, будто он, Равич, Хааке не узнает, и украдкой продолжить слежку.

Несколько минут спустя он встал и неспешно направился на террасу. Там почти все столики оказались заняты. Равич не сразу отыскал глазами местечко, откуда будет видна входная дверь и даже кусочек стола, за которым откушивает Хааке. Самого Хааке, правда, он видеть не мог, но когда тот встанет, собираясь уходить, увидит обязательно. Он заказал еще рюмку перно и сразу же расплатился. Надо быть наготове.

— Равич, — позвал его кто-то совсем рядом.

Он вздрогнул, как от удара. Прямо перед его столиком стояла Жоан. Он смотрел на нее, ничего не понимая.

— Равич, — повторила она. — Ты что, не узнаешь меня больше?

— Узнаю, конечно. — Он не отрывал взгляда от столика Хааке. Туда как раз подошел официант подать кофе.

Равич перевел дух. Время еще есть.

— Жоан, — проговорил он устало, — какими судьбами?

— Что за странный вопрос? В этом кафе бывает весь Париж.

— Ты одна?

— Одна.

Только тут он сообразил, что она все еще стоит, а он разговаривает с ней сидя. Он встал, но так, чтобы не упускать из виду столик Хааке.

— У меня тут дело, Жоан, — торопливо бросил он, даже не глядя на нее. — Объяснять некогда. Но ты мне можешь помешать. Будь добра, оставь меня одного.

— Нет уж, я подожду. — Жоан села. — Хочу взглянуть, как она выглядит.

— Кто «она»? — спросил Равич, не понимая, о чем речь.

— Женщина, которую ты ждешь.

— Это не женщина.

— Тогда кто?

Он посмотрел на нее молча.

— Ты меня даже не узнаешь, — продолжила она. — Торопишься от меня отделаться, ты взволнован, я же вижу, тут замешан кто-то еще. Вот и хочу взглянуть, кто бы это мог быть.

Пять минут еще, лихорадочно прикидывал Равич. Может, десять, а то и все пятнадцать, на кофе. Потом, вероятно, еще сигарета. Одна сигарета, вряд ли больше. За это время, кровь из носа, надо как-то от Жоан избавиться.

— Ладно, — сказал он. — Запретить тебе я не могу. Но сядь, пожалуйста, куда-нибудь еще.

Она не ответила. Только глаза посветлели, и лицо как будто окаменело.

— Это не женщина, — сказал он. — Но, черт возьми, даже если женщина, тебе-то какое дело? Отправляйся к своему актеру и не смеши людей своей дурацкой ревностью.

Жоан не ответила. Проследив направление его взгляда, она обернулась, пытаясь понять, на кого он смотрит.

— Прекрати сейчас же, — процедил Равич.

— Она что, с другим мужчиной?

Внезапно передумав, Равич сел. Хааке ведь слышал, что он собирается перейти на террасу. Если он его и вправду узнал, то должен насторожиться и наверняка захочет взглянуть, вправду ли Равич тут. В таком случае куда правдоподобнее и естественнее будет, если он увидит его здесь с женщиной.

— Хорошо, — сказал он. — Оставайся. Хотя все твои предположения — полная чушь. Через какое-то время я просто встану и уйду. Проводишь меня до такси, но со мной не поедешь. Согласна?

— К чему вся эта конспирация?

— Никакая это не конспирация. Просто здесь человек, которого я давно не видел. Хочу выяснить, где он живет. Только и всего.

— И это не женщина?

— Да нет же. Это мужчина, а больше я тебе ничего сказать не могу.

Возле их столика остановился официант.

— Выпьешь что-нибудь? — спросил Равич.

— Кальвадос.

— Один кальвадос, пожалуйста, — заказал Равич. Официант удалился.

— А ты не будешь?

— Нет. Я пью вот это.

Жоан смерила его взглядом.

— Ты даже понятия не имеешь, до чего я тебя иногда ненавижу.

— Бывает. — Равич скользнул глазами по столику Хааке. Стекло, думал он. Дрожащее, зыбкое, мерцающее стекло. Улица, столики, люди — все тонет в прозрачной глазури этого отражения.

— Ты холодный, самовлюбленный...

— Жоан, давай обсудим это как-нибудь в другой раз.

Она умолкла, дожидаясь, пока официант поставит перед ней рюмку. Равич тотчас же расплатился.

— Это ты втянул меня во все это, — продолжила она с вызовом.

— Я знаю. — На секунду он увидел над столиком белую пухлую руку Хааке, потянувшуюся за сахарницей.

— Ты! Только ты, и никто другой! Ты никогда меня не любил, только играл со мной, хоть и видел, что я-то тебя любила, но тебе было все равно.

— Святая правда.

— Что?

— Святая правда, — повторил Равич, все еще на нее не глядя. — Зато потом все стало иначе.

— Ну да, потом! Потом! Потом все перепуталось. И было слишком поздно. Это все ты виноват!

— Я знаю.

— Не смей так со мной разговаривать! — Лицо ее побелело от гнева. — Ты даже не слушаешь!

— Слушаю. — Он посмотрел ей в глаза. Говорить, лишь бы говорить, не важно что. — Ты разругалась со своим актером?

— Да!

— Ничего, помиритесь.

Голубой дымок из угла, где столик Хааке. Официант снова наливает кофе. Похоже, Хааке никуда не торопится.

— Я могла бы не признаваться, — проговорила Жоан. — Могла бы сказать, что просто мимо проходила. Но это не так. Я искала тебя. Я хочу от него уйти.

— Обычная история. Без этого не бывает.

— Но я его боюсь. Он мне угрожает. Обещает пристрелить.

— Что? — Равич вскинул голову. — О чем ты?

— Он обещает меня пристрелить.

— Кто? — Он ведь толком ее не слушал. Потом наконец сообразил. — Ах, этот? Надеюсь, ты понимаешь, что это не всерьез?

— Но он вспыльчивый ужасно.

— Глупости. Кто грозится убить, тот не убьет. А уж актер и подавно.

«Что я такое несу? — мелькнуло в голове. — К чему мне все это? К чему этот голос, и лицо это, и весь этот шум в ушах? Мне-то какое дело до всего этого?»

— С какой стати ты мне все это рассказываешь?
— Я хочу от него уйти. Хочу к тебе вернуться.

Если ловить такси, на это время уйдет, думал Равич. Пока остановишь, он может уехать, и поминай как звали. Он встал.

— Подожди. Я сейчас.
— Ты куда?

Он не ответил. Быстро пересек тротуар, остановил такси.

— Вот десять франков. Можете подождать меня несколько минут? Мне надо еще кое-что уладить.

Таксист взглянул на купюру. Потом на Равича. Равич подмигнул. Таксист ответил тем же. Задумчиво повертел купюру в руках.

— Это будет на чай, — сказал Равич. — Теперь понятно?

— Понятно. — Таксист ухмыльнулся. — Хорошо, подожду.

— Но поставьте машину так, чтобы сразу тронуться!

— Как скажете, шеф.

Проталкиваясь сквозь поток прохожих, Равич поспешил к своему столику. И тут вдруг у него перехватило горло. Хааке уже стоял в дверях. Жоан снова что-то говорила, но Равич ее не слышал.

— Подожди! — бросил он. — Подожди! Я сейчас! Минутку!

— Нет! — Она вскочила. — Ты еще пожалеешь! — Она с трудом сдерживала рыдания.

Он заставил себя улыбнуться. Схватил ее за руку. Хааке все еще стоял в дверях.

— Присядь! — сказал Равич. — Хоть на секунду!
— Нет!

Она вырывала руку не притворно, всерьез. Он отпустил. Нельзя, чтобы на них обратили внимание. А она уже уходила стремительно по проходу между столиками, вплотную к двери. Хааке проводил ее взглядом. Медленно обернулся на Равича, потом снова в ту сторону, куда ушла Жоан. Равич сел. Кровь застучала в висках. Он достал из кармана бумажник, делая вид, будто что-то в нем ищет. Краем глаза заметил, что Хааке движется между столиками. Равнодушно посмотрел в другую сторону. Только не встречаться с Хааке глазами.

Он ждал. Секунды тянулись бесконечно. Внезапно он похолодел от страха: а что, если Хааке вдруг повернул? Он порывисто оглянулся. Хааке нигде не было. На миг все закружилось перед глазами.

— Вы позволите? — спросил кто-то совсем рядом.

Равич даже толком не расслышал вопроса. Он смотрел на дверь. Нет, в ресторан Хааке не вернулся. Вскочить, пронеслось у него в голове. Побежать, попытаться догнать, пока не поздно. За спиной у него снова раздался чей-то голос. Он обернулся и едва не оцепенел. Оказывается, Хааке подошел к нему сзади и теперь стоял прямо перед ним. Указывая на стул, на котором только что сидела Жоан, он еще раз спросил:

— Вы позволите? К сожалению, свободных столиков совсем не осталось.

Равич кивнул. Сказать что-либо он был не в состоянии. Казалось, кровь замерла в жилах, а потом и вовсе отхлынула и стала утекать. Утекала, утекала беззвучной струйкой куда-то под стул, на котором оставался только пустой тюк тела. Он плотнее прижался к спинке стула. Но вот же перед ним на столе его рюмка. Анисовое пойло молочного цвета. Он поднял рюмку, выпил. Какая тяжелая. Он смотрел на рюмку у себя в руке. Нет, рюмка не дрожит. Это у него внутри дрожь.

Хааке заказал себе коньяка «шампань». Добрый старый коньяк отборных сортов. По-французски он говорил с тяжелым немецким акцентом. Равич подозвал к себе мальчишку с газетами.

— «Пари суар».

Мальчишка покосился в сторону входной двери. Он-то знал: там стоит старуха газетчица и он вторгается на ее территорию. Сложив газету вдвое, он незаметно, как бы невзначай сунул ее Равичу, подхватил монетку и был таков.

«Не иначе он меня все-таки узнал, — думал Равич. — С какой еще стати ему ко мне подсаживаться? Как же это я не предусмотрел?» Теперь оставалось только сидеть и ждать, что предпримет Хааке, а уж потом действовать по обстоятельствам.

Он развернул газету, пробежал глазами заголовки и снова положил ее на столик. Хааке вскинул на него глаза.

— Дивный вечер, — сказал он по-немецки.

Равич кивнул.

Хааке самодовольно улыбнулся:

— Наметанный глаз, верно?

— Похоже на то.

— Я вас еще там, в зале, приметил.

Равич снова кивнул, вежливо и равнодушно. Внутри все дрожало, как натянутая струна. Он никак не мог понять, что Хааке задумал. О том, что он, Равич, во Франции нелегально, Хааке знать не может. Хотя, может, гестапо уже и это известно. Ладно, всему свое время.

— Я вас сразу раскусил, — продолжил Хааке.

Теперь Равич посмотрел на него в упор.

— Дуэльная отметина, — пояснил Хааке, глазами указывая на его лоб. — Лихие нравы студенческой корпорации*. Значит, немец. Или в Германии учились.

Он рассмеялся. Равич все еще не спускал с него глаз. Быть не может! Смех, да и только! Тиски внутри разом ослабли, он перевел дух. Хааке вообще понятия не имеет, кто он такой. Шрам на виске он принял за дуэльный рубец. Теперь и Равич рассмеялся. Они с Хааке теперь смеялись вместе. Пришлось сжать кулаки и до боли ногтями впиться себе в ладони, лишь бы унять этот идиотский смех.

— Что, угадал? — не без гордости спросил Хааке.
— Точно.

Этим шрамом на виске его наградили в подвалах гестапо, и Хааке при сем лично присутствовал. Кровь тогда заливала глаза, затекала в рот. А теперь Хааке сидит перед ним, полагая, что это шрам от студенческой дуэли, и кичится своей догадливостью.

Официант принес Хааке его коньяк. Хааке с видом знатока понюхал благородный напиток.

— Что да, то да, — заявил он. — Коньяк у них и впрямь отменный. Но в остальном... — Он по-свойски прищурился. — Сплошная гниль. Народ иждивенцев. Кроме спокойствия и сытости, ничего не надо. Где им против нас.

Равичу казалось, что он не сможет вымолвить ни слова. Стоит ему раскрыть рот — и он схватит рюмку, разобьет о край стола и этой «розочкой» полоснет

---

* Студенческие корпорации, существовавшие в Германии с конца XVIII века, отличались ревностным соблюдением старинных традиций, к коим еще и в начале XX столетия относились и фехтовальные дуэли.

Хааке по глазам. Из последних сил сдерживаясь, он осторожно взял рюмку, допил, аккуратно поставил на стол.

— Что это вы пьете? — поинтересовался Хааке.

— Перно. Это теперь вместо абсента.

— А-а, абсент! Пойло, из-за которого все французы импотенты, верно? — Хааке довольно ухмылялся. — Прошу прощения, я, конечно, не вас лично имел в виду.

— Абсент запрещен, — пояснил Равич. — А это безобидная замена. Абсент вызывает бесплодие, а не импотенцию. Из-за этого и запрещен. А это анис. На вкус как микстура от кашля.

«Смотри-ка, получается, — изумлялся Равич. — Идет как по маслу. И я даже не слишком волнуюсь. Отвечаю, причем легко, без запинки. Внутри, правда, жуть, воронка, и в ней все черно — но на поверхности все спокойно».

— Живете здесь? — поинтересовался Хааке.

— Да.

— Давно?

— Всю жизнь.

— Понимаю, — задумчиво протянул Хааке. — Немец-иностранец. Родились здесь, да?

Равич кивнул.

Хааке отхлебнул коньяка.

— Некоторые из наших лучших товарищей тоже не в Германии родились. Первый заместитель фюрера — в Египте. Розенберг — в России. Дарре вообще из Аргентины. Решает не происхождение, а образ мыслей.

— Исключительно, — твердо поддакнул Равич.

— Я так и думал. — Лицо Хааке светилось довольством. Он слегка подался вперед, и на миг показалось, что он даже прищелкнул под столом каблуками. — Кстати, позвольте представиться: фон Хааке.

Произведя примерно ту же пантомиму, Равич ответил:

— Хорн.

Это была одна из его прежних вымышленных фамилий.

— Фон Хорн? — уточнил Хааке.

— Да.

Хааке кивнул. Он явно проникался все большим расположением к собеседнику. Еще бы, приятно ведь встретить человека своего круга.

— Вы, конечно, хорошо знаете Париж?

— Неплохо.

— Я имею в виду отнюдь не музеи. — Хааке улыбнулся свойской ухмылкой светского бонвивана.

— Понимаю, о чем вы.

Арийскому сверхчеловеку захотелось гульнуть, а он не знает, где и как, подумал Равич. Заманить его сейчас в какую-нибудь дыру, в сомнительный кабак, в притон к девкам, лихорадочно соображал он. Куда-нибудь, где можно без помех...

— Здесь ведь чего только нет, верно?

— Вы не так давно в Париже?

— Приезжаю раз в две недели дня на два, на три. Считайте, что с инспекцией. По весьма важным делам. Мы за последний год многое тут организовали. И все отлично работает. Особо распространяться не могу, но... — Хааке усмехнулся. — Здесь, знаете ли, почти все можно купить. Продажная нация, пробы ставить негде. Почти все, что нужно, нам уже известно. И даже искать ничего не надо. Сами все несут. Государственная измена здесь чуть ли не форма патриотизма. Прямое следствие многопартийной системы. Всякая партия норовит продать другую, а заодно и национальные интересы, ради собственной выгоды. А получается, что к нашей выгоде. У нас тут много единомышленников. Причем в очень влиятельных кругах. — Он поднял свой бокал, убедился, что тот уже пуст, и поставил на место. — Они даже не вооружаются. Уверены, что нам от них ничего больше и не требуется — лишь бы они не вооружались. Если вам сказать, сколько у них танков и самолетов... Со смеху умрете. Чистой воды государственное самоубийство.

Равич внимательно слушал. Он был сосредоточен до предела, и все равно перед глазами как-то все плыло, словно во сне, когда вот-вот проснешься. Столики, официанты, приятная вечерняя суета, скользящие по улице вереницы машин, луна над домами, зазывные всполохи реклам на фасадах — и напротив, глаза в глаза, словоохотливый матерый изувер, на чьей совести тысячи жизней, включая и его, Равича, жизнь, которую он если не загубил, то уж порушил точно.

Мимо прошли две молодые женщины в облегающих модных костюмах. Они улыбнулись Равичу. Иветта и Марта из «Осириса». Значит, у них сегодня выходной.

— Хороши, черт возьми! — восхитился Хааке.

В переулок, думал Равич. Узенький переулок, безлюдный, вот бы куда его залучить. Или в Булонский лес.

— Эти красотки промышляют любовью, — бросил он.

Хааке еще раз глянул им вслед.

— А до чего шикарно выглядят... Вы, конечно, весьма хорошо осведомлены по этой части?

Он заказал себе еще один коньяк.

— Позвольте, я и вас угощу.

— Благодарю, предпочитаю не смешивать.

— Здесь, я слышал, некоторые заведения — просто сказка. С музыкой, с целыми представлениями и все такое. — Глазки у Хааке азартно заблестели. Совсем как в ту ночь, много лет назад, под слепящими лампами гестаповского подвала.

«Не смей об этом думать, — приказал себе Равич. — Не сейчас».

— И что, вы ни в одном не побывали? — притворно удивился он.

— Отчего же, бывал. Из познавательного интереса, так сказать. Посмотреть, до чего способна опуститься нация. Но все это, похоже, было не совсем то. К тому же приходится соблюдать определенную осторожность. Во избежание неприятных недоразумений.

— На этот счет можете не беспокоиться. Есть места, где туристов вообще не бывает.

— И вам они известны?

— Еще бы. Очень даже.

Хааке допил свой второй коньяк. Он явно расслабился. Строгие рамки бдительности и дисциплины, в которых ему приходилось держать себя в Германии, здесь отпали. Равич видел: он вообще ничего не подозревает.

— Я сегодня как раз собирался поразвлечься, — сообщил он Хааке.

— Правда?

— Да. Позволяю себе время от времени. Жизнь следует познавать во всех ее проявлениях.

— Вот это верно! Совершенно верно!

Хааке смотрел на него совершенно тупым взглядом. Напоить, пронеслось в голове у Равича. Если иначе не получится, просто напоить и затащить куда-нибудь.

Но в глазах у Хааке уже снова ожила некая мысль. Нет, он не пьян, просто это он так думает.

— Жаль, — проговорил он наконец. — Охотно составил бы вам компанию.

Равич переубеждать не стал. Больше всего он боялся Хааке вспугнуть.

— Но мне сегодня ночью уже обратно в Берлин. — Хааке взглянул на часы. — Через полтора часа.

Равич и бровью не повел. Надо с ним пойти, лихорадочно соображал он. Наверняка он в отеле остановился. Не на частной же квартире. Пройти с ним к нему в номер и уж там...

— Я здесь просто попутчиков жду, — пояснил Хааке. — Вот-вот должны подойти. Вместе едем. У меня и вещи уже на вокзале. Так что отсюда прямо на поезд.

«Хана, — мысленно чертыхнулся Равич. — Ну почему я не ношу с собой револьвер?! Почему я, идиот, решил, что тогда, пару месяцев назад, это был всего лишь обман зрения? Можно ведь пристрелить его на улице и попытаться скрыться в подземке».

— Жаль, — повторил Хааке. — Но, быть может, в следующий раз наверстаем? Через две недели я снова буду в Париже.

Равич перевел дух.

— Хорошо, — сказал он.

— Где вы живете? Я, как приеду, сразу позвоню.

— В «Принце Уэльском». Это тут, за углом.

Хааке вытащил блокнотик и записал адрес. Равич смотрел на изящную книжицу в красном сафьяновом переплете. Еще и с тоненьким золотым стило. Сколько же там всего понаписано, подумал он. А ведь для кого-то эти записи — будущие пытки и смерть.

Хааке сунул блокнотик обратно в карман.

— У вас тут было рандеву. Кстати, роскошная женщина, — заметил он.

Равич на секунду опешил.

— Ах это... Да, конечно.

— Не иначе киноактриса?

— Вроде того.

— И ваша хорошая знакомая?

— Именно так.

Хааке мечтательно вздохнул.

— Это здесь самое трудное. Завести приятное знакомство. Времени в обрез, да и мест подходящих не знаешь...

— Это вполне можно устроить.

— Что, правда? И вы не заинтересованы?

— В чем?

Хааке смущенно усмехнулся:

— Ну, к примеру, в очаровательной даме, с которой вы здесь беседовали?

— Нисколько.

— Черт побери, вот это было бы неплохо! Она француженка?

— По-моему, итальянка. Ну и еще парочка примесей.

Хааке ухмыльнулся:

— Неплохо. Дома-то у нас это исключено. Но здесь, когда ты инкогнито, сами понимаете...

— А вы здесь инкогнито?

Хааке на секунду смешался. Потом улыбнулся:

— Ну, для своих-то, конечно, нет. А вообще да, причем строжайше. Кстати, хорошо, что напомнили: у вас, часом, нет знакомств среди беженцев?

— Да не особенно, — осторожно ответил Равич.

— Вот это жаль. Нам бы совсем не помешала... кое-какая информация на этот счет... Мы за это даже платим. — Хааке вскинул руку. — Нет-нет, вы-то, разумеется, выше всего этого. Но вообще-то любые сведения...

Равич заметил: Хааке очень внимательно на него смотрит.

— Возможно, — ответил он наконец. — Никогда не знаешь. А бывает всякое.

Хааке даже придвинул стул и весь подался еще ближе.

— Видите ли, это одна из моих задач здесь. Выявление связей оттуда сюда, ну и обратно. Весьма непросто бывает что-то нащупать. Хотя люди у нас тут очень дельные. — Он многозначительно вскинул брови. — Но в нашем с вами случае решают, конечно, соображения совсем иного порядка. Дело чести. Родина как-никак.

— Разумеется.

Хааке поднял голову.

— А вот и мои сослуживцы. — Он бросил пару купюр на фарфоровую тарелочку, предварительно подсчитав общую сумму. — Это они удобно придумали: цены прямо на тарелочках писать. Неплохо бы и у нас ввести такое. — Он встал, протянул руку. — До свидания, господин фон Хорн. Было весьма приятно. Через две недели я позвоню. — Он улыбнулся. — И, разумеется, никому ни слова.

— Конечно. Не забудьте позвонить.

— Я ничего не забываю. Ни лиц, ни договоренностей. При моей работе это, знаете ли, непозволительно.

Равич тоже встал. Ему казалось немыслимым подать Хааке руку: все равно что бетонную стену прошибить. Но вот он уже ощутил его ладонь в своей. Даже не ладонь, а лапку: неожиданно маленькую и на удивление мягкую.

Еще пару секунд он постоял в нерешительности, глядя Хааке вслед. Потом снова сел. И вдруг понял, что его всего трясет. Спустя какое-то время расплатился и вышел. Пошел в ту же сторону, куда, как ему показалось, удалился Хааке со своими спутниками. Только потом вспомнил, что сам видел, как они усаживались в такси. Смысла нет куда-то идти. Из отеля Хааке уже съехал. А еще одна якобы случайная встреча этого мерзавца только понапрасну насторожит. Равич повернул и направился к себе в «Интернасьональ».

— Ты действовал совершенно разумно, — рассудил Морозов. Они сидели за столиком перед кафе на Круглой площади.

Равич не отрываясь смотрел на свою правую руку. Он уже несколько раз отмывал ее в спирте. Понимал, что глупость несусветная, но ничего не мог с собой поделать. Рука сейчас была сухая, как пергамент.

— Было бы сущим безумием с твоей стороны хоть что-то попытаться сделать, — продолжал Морозов. — И это просто замечательно, что у тебя ничего не оказалось при себе.

— Да, — уныло проронил Равич.

Морозов поднял на него глаза.

— Ну не идиот же ты, чтобы из-за такой мрази под суд идти, да еще за убийство или покушение на убийство?

На сей раз Равич вообще ничего не ответил.

— Равич! — Морозов даже пристукнул по столу бутылкой. — Не будь мечтателем.

— Да вовсе я не мечтатель! Но как ты не понимаешь: сама мысль, что я опять упустил возможность, сводит меня с ума. Встреть я его часа на два раньше — и можно было бы его затащить куда-то или еще что-то придумать...

Морозов наполнил рюмки.

— Выпей-ка вот. Это водка. Никуда он от тебя не уйдет.

— Это еще вопрос.

— Не уйдет. Он приедет снова. Эта мразь, когда приманку унюхала, своего не упустит. А приманку ты хорошую забросил. Твое здоровье!

Равич выпил свою рюмку.

— И сейчас еще не поздно на Северный вокзал сбегать. Может, он еще не уехал.

— Ну конечно. Можно даже попробовать его прямо там и пристрелить при всем честном народе. Двадцать лет каторги тебе обеспечены. У тебя еще много столь же остроумных планов?

— Да. Надо было проследить, вправду ли он уезжает.

— Ага. И попасться ему на глаза и все испортить.

— Надо было спросить, в каком отеле он останавливается.

— Его бы это только насторожило. — Морозов снова наполнил рюмки. — Послушай, Равич. Я знаю, ты вот сейчас сидишь и гложешь себя: мол, я все запорол, все сделал неправильно! Выкинь ты это из головы! Ну, хочешь, расколошмать что-нибудь, если тебе от этого полегчает. Что-нибудь покрупнее и желательно не слишком дорогое. По мне, так хоть весь пальмовый сад в «Интернасьонале» разнеси в клочья.

— А смысл?

— Тогда выговорись. Отведи душу, говори хоть до потери сознания. Тебе легче станет. Был бы ты русский, сразу бы так и сделал.

Равич вскинул голову.

— Борис, — сказал он, — я знаю одно: крыс надо просто уничтожать, не опускаясь до грызни с ними. Но говорить об этом я не могу. Я буду об этом думать. Думать, как и что надо сделать. Буду прорабатывать все в уме, как перед операцией, когда готовлюсь. Насколько возможно здесь проработать и подготовиться. Я с этим свыкнусь. У меня две недели срока. Это хорошо. Чертовски хорошо. Я приучу себя думать об этом спокойно и трезво. Ты прав, конечно. Иной раз надо выговориться, чтобы успокоиться и снова обрести ясную голову. Но можно добиться этого и путем размышлений. Можно переплавить свою ненависть в мысль. Хладнокровно переработать ее в цель, в замысел. В уме я столько раз успею его убить, что когда он приедет снова, для меня это будет как дважды два. Одно дело — в первый раз, и совсем другое — в тысячный. А теперь давай поговорим. Но только о чем-нибудь другом. По мне — так хоть вон о тех белых розах. Ты только взгляни на них! Они же как снег во тьме этой удушливой ночи! Как пена в волнах ночного прибоя. Теперь ты мной доволен?

— Нет, — отозвался Морозов.

— Хорошо. Тогда поговорим об этом лете. Лете тридцать девятого года. Оно провоняло серой. А розы эти и впрямь белы как снег, только уже на братских могилах грядущей зимы. И все мы премило на это взираем, молодцы, нечего сказать! Да здравствует век невмешательства! Век морального оцепенения! Этой вот ночью, Борис, убивают людей. И так из ночи в ночь — убивают. Во множестве. Пылают города, где-то вопят в смертных муках евреи, где-то в лесах подыхают чехи, заживо сгорают политые японским газолином китайцы, свирепствуют палачи в концлагерях — неужто мы будем сентиментальничать, как бабы, если надо попросту уничтожить убийцу? Мы его прикончим, и все дела, — как не раз поневоле убивали даже безвинных людей только из-за того, что на них другая, чем у нас, военная форма.

— Хорошо, — сказал Морозов. — Или по крайней мере уже лучше. Тебя когда-нибудь обучали обращению с ножом? Нож убивает без шума и грохота.

— Сегодня оставь меня с этим в покое. Когда-то и мне надо выспаться. Черт его знает, получится ли заснуть, пусть внешне я и прикидываюсь таким спокойным. Ты понимаешь меня?

— Да.

— Этой ночью я буду убивать и убивать, снова и снова. За две недели я должен превратиться в автомат. Главное для меня теперь — дождаться. Дожить до того часа, когда я смогу наконец уснуть. Выпивка тут не поможет. И снотворное тоже, даже укол. Я должен заснуть от изнеможения. Ты понимаешь?

Морозов некоторое время сидел молча.

— Тебе сейчас женщина нужна, — сказал он затем.

— Это еще зачем?

— Не важно зачем. Переспать с женщиной никогда не помешает. Позвони Жоан. Она придет.

Жоан. Верно. Она ведь сегодня там была. Говорила что-то. Он уже забыл что.

— Ты же знаешь, я не русский, — сказал Равич. — Другие идеи есть? Попроще. Самые простые.

— Бог ты мой! К чему так все усложнять? Самый простой способ избавиться от женщины — это время от времени с ней спать. Без всяких там фантазий. Зачем драматизировать самую естественную вещь на свете?

— Ага, — проронил Равич. — Действительно, зачем?

— Тогда давай я просто позвоню. Мигом тебе кого-нибудь устрою. Даром, что ли, я ночной портье?

— Брось, сиди, никуда не бегай. Все отлично. Давай пить и любоваться этими розами. Кстати, лица убитых после пулеметной атаки с воздуха белеют ночью ничуть не хуже. Случалось однажды видеть. В Испании. Небо — чисто фашистское изобретение, как сказал тогда рабочий-металлист Пабло Нонас. У него к тому моменту оставалась уже только одна нога. И он страшно на меня обижался, что вторую, ампутированную, я ему не заспиртовал. Говорил, дескать, его уже на четверть похоронили. Откуда ему было знать, что ногу эту злосчастную собаки утащили и сгрызли.

XXV

В перевязочную заглянул Вебер. Поманил к себе Равича. Они вышли в коридор.

— Там Дюран на телефоне. Просит вас как можно скорее приехать. Говорит, особо сложный случай и какие-то непредвиденные обстоятельства.

Равич глянул на Вебера.

— Это значит, он запорол операцию и хочет повесить на меня ответственность, так, что ли?

— Не думаю. Слишком взволнован. Похоже, и вправду не знает, что делать.

Равич покачал головой. Вебер ждал.

— Откуда ему вообще известно, что я вернулся? — спросил Равич.

Вебер пожал плечами:

— Понятия не имею. Может, кто-то из медсестер сказал.

— Почему он не позвонит Бино? Бино прекрасный хирург.

— Я ему то же самое предложил. Но он говорит, это особо сложный случай. И как раз по вашему профилю.

— Чушь. В Париже по любому профилю хороших врачей сколько угодно. Почему он Мартелю не позвонит? Это вообще один из лучших хирургов мира!

— А вы сами не догадываетесь?

— Догадываюсь. Не хочет перед коллегами позориться. А нелегальный хирург-беженец — совсем другое дело. Будет держать язык за зубами.

Вебер все еще на него смотрел.

— Случай экстренный. Так вы поедете?

Равич уже развязывал тесемки своего халата.

— Конечно, — в ярости буркнул он. — А что мне еще делать? Но только если вы поедете со мной.

— Хорошо. Тогда я вас и отвезу.

Они спустились по лестнице. Лимузин Вебера горделиво поблескивал на солнце перед входом в клинику.

— Работать буду только в вашем присутствии, — предупредил Равич. — Кто знает, какую подлость этот голубчик мне подстроит.

— По-моему, ему сейчас совсем не до того.

Машина тронулась.

— Я и не такое видывал, — буркнул Равич. — В Берлине знавал я одного молодого ассистента, у него были все задатки, чтобы стать хорошим хирургом. Так его профессор, оперируя в пьяном виде, напортачил и, ничего ему не сказав, предложил продолжить операцию. Бедняга ничего не заметил, а через полчаса профессор поднял скандал — дескать, этот юнец все запорол. Пациент умер на операционном столе, ассистент — днем позже, самоубийство. А профессор продолжил дальше пить и оперировать как ни в чем не бывало.

На проспекте Марсо им пришлось остановиться: по улице Галилея тянулась колонна грузовиков. Солнце палило нещадно. Вебер нажал кнопку на панели приборов. Верх лимузина с жужжанием сложился в гармошку. Вебер кинул на Равича гордый взгляд.

— Недавно по заказу установили. Электропривод. Шикарно! Техническая мысль творит чудеса, верно?

Их обдало спасительным ветерком. Равич кивнул:

— Да уж, не говорите. Последние ее достижения — магнитные мины и торпеды. Как раз вчера где-то прочел. Такая торпеда, если промахивается, сама разворачивается и снова наводит себя на цель. Воистину нет предела человеческой изобретательности.

Вебер повернул к Равичу свою разопревшую, добродушную физиономию.

— Далась вам эта война, Равич! До войны сейчас дальше, чем до луны. И вся болтовня на эту тему — не более чем политический шантаж, вы уж поверьте!

Кожа как голубой перламутр. Цвет лица — пепельный. А под ним, в ослепительном свете операционных ламп, копна рыжевато-золотистых волос. Они пылают вокруг пепельного лица столь ярким пламенем, что это кажется почти непристойностью. Кричащее буйство жизни вокруг мертвенной маски — словно из тела жизнь уже ушла и осталась только в волосах.

Молодая женщина на операционном столе была очень красива. Высокая, стройная, с лицом, безупречные черты которого не смогло исказить даже тяжелое беспамятство, она была создана для любви и роскоши.

Кровотечение не профузное, слабое. Пожалуй, даже подозрительно слабое.

— Матку вскрывали? — спросил Равич у Дюрана.

— Да.

— И что?

Дюран не отвечал. Равич поднял глаза. Дюран смотрел на него молча.

— Ладно, — сказал Равич. — Сестры нам пока не нужны. Нас тут трое врачей, этого достаточно.

Дюран понял, кивнул, слегка махнул рукой. Сестры и ассистент тотчас же удалились.

— И что? — повторил Равич свой вопрос, дождавшись, когда закроется дверь.

— Вы же сами видите.

— Нет, не вижу.

Разумеется, Равич видел, но он хотел, чтобы Дюран сам, в присутствии Вебера, сказал, в чем дело. Так оно надежнее.

— Беременность на третьем месяце. Кровотечение. Пришлось прибегнуть к выскабливанию. Прибег. Похоже на повреждение матки.

— И что? — неумолимо продолжил допрос Равич.

Он смотрел Дюрану в лицо. Того, казалось, вот-вот разорвет от бессильной ярости. «Этот теперь возненавидит меня на всю оставшуюся жизнь, — подумал он. — Хотя бы из-за того, что Вебер все это видит и слышит».

— Перфорация, — выдавил из себя Дюран.

— Ложкой?

— Разумеется, — помявшись, ответил Дюран. — Чем же еще?

Кровотечения больше не было. Равич молча продолжил осмотр. Потом выпрямился.

— Вы допустили перфорацию. Не заметили этого. Втянули через перфоративное отверстие петлю кишечника. Этого тоже не заметили. Вероятно, приняли ее за оболочку плода. Повредили и ее тоже. Поцарапали. Слегка рассекли. Так было дело?

На лбу у Дюрана внезапно выступили крупные капли пота. Борода под маской шевелилась, словно он заглотил и никак не может прожевать огромный кусок.

— Может быть.

— Сколько продолжается операция?

— Всего, до вашего прихода, три четверти часа.

— Так. Внутреннее кровотечение. Повреждение тонкого кишечника. Острая угроза перитонита. Кишечник срочно зашить. Матку удалить. Приступайте.

— Что? — испуганно переспросил Дюран.

— Вы и сами прекрасно знаете что, — бросил Равич.

Веки Дюрана панически затрепетали.

— Да, конечно, я знаю. Но я вовсе не для этого вас пригласил.

— Это все, что я могу для вас сделать. Зовите своих людей и продолжайте операцию. И мой вам совет — поторопитесь.

Дюран все еще что-то жевал.

— Я сейчас слишком взволнован. Вы не могли бы продолжить операцию вместо меня?

— Нет. Как вам прекрасно известно, я во Франции нелегально и не имею права на врачебную практику.

— Вы... — начал было Дюран, но осекся.

«Санитары, фельдшеры, студенты-недоучки, массажисты — кто только не выдает себя теперь за медицинское светило из Германии!» Мысленно Равич припомнил Дюрану все, что тот наплел Левалю.

— Некий месье Леваль дал мне на сей счет самые недвусмысленные разъяснения, — сказал он. — Перед тем как меня выдворить.

Он увидел, как вскинул голову Вебер. Дюран молчал.

— Доктор Вебер может провести операцию вместо вас, — предложил Равич.

— Но вы так часто за меня оперировали. Если это вопрос гонорара...

— Это не вопрос гонорара. Говорю вам: с тех пор, как я вернулся, я больше не оперирую. А уж тем более в случаях, когда пациент не давал согласия на операцию.

Дюран снова вперился в него глазами.

— Но не выводить же пациентку сейчас из наркоза, чтобы спросить ее согласия?

— Почему, можно. Но вы рискуете развитием перитонита.

Лицо Дюрана взмокло от пота. Вебер вопросительно посмотрел на Равича. Тот кивнул.

— Ваши медсестры не проболтаются? — спросил Вебер Дюрана.

— Нет.

— Ассистент нам не нужен. Только мы, трое хирургов, и две медсестры.

— Равич... — снова начал было Дюран.

— Позвали бы Бино, — отрезал тот. — Или Маллона. Или Мартеля. Все первоклассные хирурги.

Дюран безмолвствовал.

— Вы согласны прямо сейчас, в присутствии доктора Вебера, признать, что допустили перфорацию матки и повредили петлю кишечника, приняв ее за оболочку плода?

Повисла тяжелая пауза.

— Да, — хрипло выдавил наконец Дюран.

— Согласны ли вы, далее, заявить, что просите доктора Вебера, а также меня в качестве его ассистента, случайно здесь оказавшегося, произвести гистерэктомию[*], резекцию[**] тонкой кишки и анастомоз?[***]

— Да.

— Согласны ли вы принять на себя полную ответственность за операцию и ее исход, а также за тот факт, что пациент не осведомлен о характере операции и не давал на нее согласия?

---

 [*] Гинекологическая операция, при которой удаляется матка женщины.

 [**] Операция частичного иссечения поврежденного органа.

 [***] Соединение полых органов (в данном случае кишечника) с наложением двух- или трехрядного шва.

Триумфальная арка

— Да, конечно же, согласен, — прокряхтел Дюран.
— Хорошо. Тогда зовите медсестер. Ассистент не понадобится. Скажете им, что попросили Вебера и меня ассистировать вам, поскольку случай экстренный и особо сложный. Мол, давняя договоренность или что-то в том же духе. Анестезию возьмете на себя. Сестрам нужна повторная стерилизация рук?
— Нет, они у меня надежные. Ничего не трогали.
— Тем лучше.

Брюшная полость уже вскрыта. Равич с предельной осторожностью вытягивал кишечную петлю из прорехи, по мере извлечения оборачивая ее стерильными салфетками во избежание сепсиса, покуда не дошел до поврежденного места. После чего полностью перекрыл салфетками саму матку.
— Внематочная беременность, — негромко объяснял он Веберу. — Смотрите, вот тут, наполовину в матке, наполовину в трубе. Его даже не в чем особенно упрекнуть. Случай-то довольно редкий. Но все-таки...
— Что? — спросил Дюран из-за экрана в изголовье стола. — Что вы сказали?
— Да ничего.

Равич закрепил зажимы, удалил поврежденный участок кишки. Потом быстро зашил открытые концы и наложил боковой межкишечный анастомоз.

Ход сложной операции уже всецело поглотил его. Он даже о Дюране забыл. Он перевязал маточную трубу и питающие ее сосуды, после чего верхний конец трубы отрезал. Затем приступил к удалению матки. «Почему почти нет крови? — думал он. — Почему этот орган кровоточит не сильнее, чем сердце?»

Там средоточие жизни, здесь возможность ее продолжения, а он вот вырезает.

Человек, распростертый перед ним на столе, был мертв. Да, по всем внешним признакам он будет жить, но на самом деле он уже мертв. Засохшая ветвь на древе жизни. Чудо цветения, но без таинства плода. Гигантские человекоподобные обезьяны сквозь тысячи поколений выбирались из первобытных лесов, древние египтяне строили пирамиды, расцветала Эллада, все выше и выше вздымалось древо рода человеческого, питаемое таинственным током крови, чтобы наконец-то воплотиться в этом вот прекрасном создании, которое лежало теперь перед ним, бесплодное, как пустой колос, не в силах передать ток крови дальше — сыну или дочери. Цепочка преемственности разомкнута грубой, бездарной рукой Дюрана. Но разве над самим Дюраном не поработали тысячи поколений предков, разве не ради него расцветали Эллада и Возрождение, дабы в конце концов произвести на свет эту вот плюгавую его бороденку?

— Мерзость! — невольно вырвалось у Равича.

— Что? — не понял Вебер.

— Да все.

Равич выпрямился.

— Кончено.

Он глянул на мертвенно-бледное, такое милое лицо в ореоле огненных волос по ту сторону экрана. Глянул в ведро, где в кровавых сгустках валялось то, что еще недавно сообщало этому лицу всю его прелесть. Потом глянул на Дюрана.

— Кончено, — повторил он.

Дюран завершил анестезию.

Триумфальная арка

На Равича он не смотрел. Дождался, пока сестры вывезут из операционной каталку. После чего, ни слова не говоря, вышел.

— Завтра он потребует за операцию на пять тысяч больше, — сказал Равич Веберу. — А пациентке еще объяснит, что жизнь ей спас.

— Ну, сейчас-то вид у него не слишком победоносный.

— Сутки — большой срок. А чувство вины — штука очень недолговечная. Особенно когда можно променять его на барыши.

Равич мыл руки. В окно, что рядом с умывальником, он видел фасад противоположного дома. Там на одном из подоконников пышным цветом пылала герань. Под алыми кистями соцветий восседала серая кошка.

Примерно в час ночи он позвонил в клинику Дюрана. Звонил из «Шехерезады». Ночная сестра сообщила, что пациентка спит. Два часа назад стала проявлять признаки беспокойства. Вебер был там и ввел немного снотворного. Похоже, пока все шло как надо.

Равич распахнул дверь телефонной кабинки. Его обдало волной пряного аромата дорогих духов. Крашеная блондинка, явно гордясь своей вытравленной белокурой копной, величаво проплыла к дамскому туалету. У той, в клинике, волосы были натуральные. Золотистые, с огненным оттенком... Он закурил и направился обратно в зал. Там все тот же извечный русский хор затянул извечные «Очи черные»; вот уже лет двадцать таскают эти очи за собой по всему свету. Трагедийный душевный надрыв за двадцать лет непрерывного использования начал отдавать фарсом. Трагике, ей краткость нужна.

— Извините, — сказал он Кэте Хэгстрем. — Надо было позвонить.

— Все в порядке?

— Пока да.

«С какой стати она спрашивает? — со смутной тревогой подумал он. — Ведь у самой-то, видит бог, совсем не все в порядке».

— Это все, что вашей душе угодно? — спросил он, кивнув на графинчик с водкой. — Нет?

— Нет. — Кэте Хэгстрем покачала головой. — Лето, все дело в нем. Летом в ночном клубе тоска. Летом надо на террасе сидеть. И обязательно под сенью дерева, пусть хоть самого чахлого. На худой конец, пусть даже обнесенного решеткой.

Он поднял голову и сразу увидел Жоан. Должно быть, пришла, пока он звонил. Прежде-то ее здесь не было. А теперь, вон, в дальнем углу устроилась.

— Хотите, поедем куда-то еще? — спросил он у Кэте.

Та покачала головой:

— Нет. Может, вы хотите? Под какое-нибудь худосочное деревце?

— Там и водка будет худосочная. А здесь хотя бы водка хорошая.

Хор закончил песню, и музыка сменилась. Оркестр заиграл блюз. Жоан встала и направилась к танцевальному кругу в центре зала. Равич не мог толком ее разглядеть. И с кем она, тоже не видел. Лишь когда лиловатый луч прожектора скользил по танцующим, он всякий раз на миг выхватывал из многолюдства ее лицо, чтобы тут же снова упрятать его в полумраке.

— Вы сегодня оперировали? — спросила Кэте.
— Да.
— И каково это — после операции сидеть в ночном клубе? Наверно, все равно как из пекла сражения перенестись в мирный город? Или вернуться к жизни после тяжелой болезни?
— Не всегда. Иной раз это просто чувство пустоты.

Глаза Жоан в бледном мертвенном свете казались совсем прозрачными.

Она смотрела на него. «Когда говорят «сжалось сердце», сжимается на самом деле вовсе не сердце. Желудок. Это как удар в солнечное сплетение. А ведь столько стихотворений написано. И это удар вовсе не извне, не от тебя, прелестный, слегка разгоряченный танцем слепок живой плоти, он исходит из темных глубин моего мозга, это всего лишь вспышка, мерцающий контакт, удар тока, усиливающийся, когда ты обрисовываешься там в полоске света».

— Не та ли это женщина, что прежде здесь пела? — спросила вдруг Кэте Хэгстрем.
— Да, это она.
— Больше не поет?
— По-моему, нет.
— Красивая.
— Вот как?
— Да. И даже больше. Она не просто красива. В этом лице как будто распахнута сама жизнь.
— Может быть.

Кэте смотрела на Равича искоса, с легким прищуром. И улыбалась. Только улыбка была на грани слез.

— Налейте мне еще рюмку, а потом, если можно, пойдемте отсюда, — попросила она.

Вставая, Равич чувствовал на себе взгляд Жоан. Он взял Кэте под руку. Нужды в этом не было, Кэте вполне может ходить без посторонней помощи, но он решил, что Жоан это не повредит — пусть полюбуется.

— Хотите оказать мне любезность? — спросила Кэте, когда они уже вернулись в «Ланкастер», в ее номер.

— Разумеется. Если смогу.

— Пойдете со мной на бал к Монфорам?

— А что это такое, Кэте? Я в первый раз слышу.

Она села в кресло. Кресло было для нее слишком велико. Она казалась в нем совсем маленькой и хрупкой — как статуэтка китайской танцовщицы. И надбровные дуги сильнее проступили под кожей.

— Бал у Монфоров — главное событие светской жизни Парижа в летний сезон, — пояснила она. — Это в следующую пятницу, в доме и в саду у Луи Монфора. Это имя ничего вам не говорит?

— Абсолютно.

— Пойдете со мной?

— А меня пустят?

— Я позабочусь о приглашении для вас.

Равич все еще смотрел на нее с недоумением.

— Зачем вам это, Кэте?

— Хочу сходить. А одной идти неудобно.

— Неужели вам не с кем?

— Получается так. Ни с кем из прежних знакомых идти неохота. Я их просто больше не выношу. Понимаете?

— Вполне.

— А это последний и самый красивый летний праздник в Париже. Я четыре года подряд не пропускала. Так сделаете мне одолжение?

Равич понимал, почему она хочет пойти именно с ним. Так ей будет спокойнее.

Отказать невозможно.

— Хорошо, Кэте, — сказал он. — Только не надо добывать для меня приглашение. Когда кто-то идет вместе с вами, в приглашении, полагаю, нет нужды.

Она кивнула:

— Конечно. Благодарю вас, Равич. Сегодня же позвоню Софи Монфор.

Он встал.

— Так я в пятницу за вами заеду. Что вы собираетесь надеть? — Она смотрела на него снизу вверх. Туго стянутые волосы поблескивали на свету. Головка ящерицы, подумал он. Миниатюрная, сухенькая и твердая элегантность бесплотного совершенства, абсолютно недоступного здоровому человеку. — Кое о чем я вам еще не успела сказать, — заметила она не без смущения. — Бал костюмированный. Летний праздник времен Людовика Четырнадцатого.

— Боже милосердный! — Равич даже снова сел.

Кэте Хэгстрем рассмеялась. Смех был неожиданно веселый, звонкий, совсем детский.

— Вон добрый старый коньяк, — сказала она. — Выпьете рюмочку?

Равич покачал головой:

— Это ж надо. Чего только люди не придумают...

— Да, у них каждый год что-то новенькое, но всегда в том же духе.

— Это значит, мне придется...

— Я обо всем позабочусь, — поспешила она его успокоить. — От вас ничего не потребуется. Костюм я возьму на себя. Что-нибудь попроще. Вам даже на примерку ходить не надо. Только скажите мне ваш размер.

— Пожалуй, рюмка коньяка мне все-таки не повредит, — вздохнул Равич.

Кэте придвинула ему бутылку.

— Только теперь уж, чур, не отказываться.

Он выпил коньяка. Еще двенадцать дней, думал он. Двенадцать дней до приезда Хааке. Двенадцать дней, которые надо как-то убить. Двенадцать дней — вот теперь и вся его жизнь, а все, что потом, укрыто мраком. Двенадцать дней — а за ними темный провал бездны. Не все ли равно, как провести этот срок? Бал-маскарад? На фоне этих судорожных двух недель даже маскарад не покажется гротеском.

— Хорошо, Кэте.

Он снова забежал в клинику Дюрана. Красавица с огненно-золотистыми волосами спала. Крупные бусины пота проступили на ее чистом лбу. Лицо слегка порозовело, губы приоткрыты.

— Температура? — спросил он у медсестры.

— Тридцать семь и восемь.

— Хорошо.

Он еще ниже склонился над влажным от пота лицом. Хотел послушать дыхание. Запаха эфира больше не чувствовалось. Дыхание было свежее, чистое, с легким пряным оттенком. Тимьян, вспомнилось ему, луговина в горах Шварцвальда, он ползет, задыхаясь, под палящим солнцем, где-то внизу крики преследователей — и густой, сильный, одуряющий дух тимьяна. Тимьян — еще и двадцать лет спустя даже слабый его запах будет вырывать из пыльных закромов памяти картину того дня, панику бегства, горный пейзаж в Шварцвальде, словно все это случилось вчера. Не двадцать лет, напомнил он себе, — двенадцать дней.

Разомлевшим от теплыни городом он шел к себе в гостиницу. Было около трех пополудни. Он поднялся по лестнице. Под дверью своего номера увидел белый конверт. Поднял. Только его имя, ни марки, ни штемпеля. Жоан, подумал он, уже вскрывая конверт. Оттуда выпал чек. От Дюрана. Равич равнодушно глянул на цифры. Потом глянул еще раз. И все равно не поверил. Вместо обычных двухсот франков — две тысячи. Должно быть, старик и впрямь струхнул не на шутку. Чтобы Дюран по доброй воле на две тысячи расщедрился — вот уж поистине чудо из чудес!

Он сунул чек в бумажник и положил на столик возле кровати стопку книг. Он их позавчера купил, на случай бессонницы. С книгами вообще странная штука: с годами они становятся все важней. Конечно, они не способны заменить все, но проникают в тебя глубже, чем что-либо иное. Ему вспомнилось: в первые годы на чужбине он к книгам вообще не притрагивался, все, о чем в них повествовалось, меркло в сравнении с тем, что пережил он сам. Зато теперь они стали вроде как оборонительным валом — защитить, правда, не защитят, но хотя бы прильнуть, опереться можно. Не бог весть какая подмога, но во времена, когда наползает сплошной мрак, они хоть как-то спасают от безысходного отчаяния. А это уже немало. В сущности, этого достаточно. В них были мысли, плоды чьих-то раздумий, над которыми сегодняшний мир презрительно посмеивается, но люди думали не зря, мысли-то останутся, и одного этого достаточно.

Не успел он взяться за книги, как позвонил телефон. Он не стал снимать трубку. Телефон звонил долго. Выждав, когда он умолкнет, Равич снял трубку и спросил у консьержа, кто звонил.

— Так она не назвалась, — недовольно ответил тот. Было слышно, как он срочно что-то дожевывает.

— Значит, женщина?

— Угу.

— Голос с акцентом?

— Откуда мне знать? — Прожевать он так и не успел.

Равич позвонил в клинику Вебера. Нет, оттуда не звонили. И от Дюрана тоже. На всякий случай проверил и отель «Ланкастер». Телефонистка любезно сообщила: нет, его номер никто не заказывал. Значит, Жоан. Должно быть, из «Шехерезады» звонила.

Еще через час телефон затрезвонил снова. Равич отложил книгу. Встал, подошел к окну. Облокотившись на подоконник, ждал. Легкий ветерок донес сладкий аромат лилий. Эмигрант Визенхоф высадил их у себя на окне вместо увядших гвоздик. Теперь теплыми ночами по всей гостинице благоухало, как в кладбищенской часовне или в монастырском саду. Одного Равич не мог понять: Визенхоф посадил лилии в знак скорби, в память о старике Гольдберге, или просто так, потому что лилии тоже хорошо приживаются в ящиках? Телефон молчал. «Этой ночью я, пожалуй, засну», — подумал он, направляясь к кровати.

Когда пришла Жоан, он уже спал. А она, конечно, первым делом, щелкнув выключателем, зажгла верхний свет и застыла в дверях. Он проснулся, раскрыл глаза.

— Ты один? — спросила она.

— Нет. Погаси свет и уходи.

Она на секунду растерялась. Потом решительно прошла через комнату и распахнула дверь ванной.

— Все шутишь! — Она довольно улыбалась.
— Убирайся к черту! Я устал.
— Устал? С чего бы это?
— Устал, и все. Будь здорова.

Она подошла ближе.

— Ты только что домой вернулся. Я каждые десять минут звонила.

Сказала и смотрит, выжидает, что он ответит. Он не стал уличать ее во лжи. «Переспала с тем типом, отправила его домой, а сама заявилась сюда — меня врасплох застигнуть, а заодно и Кэте Хэгстрем, которую она полагала здесь застать: пусть полюбуется, какой я кобель, раз бабы ко мне прямо среди ночи шастают, — значит, от такого надо держаться подальше». Он невольно улыбнулся. Совершенство военной хитрости, даже если хитрость направлена против него, всегда вызывало в нем восхищение.

— Чему ты радуешься? — вскипела Жоан.
— Смеюсь. Только и всего. Свет погаси. А то выглядишь жутко. И убирайся.

Она словно вообще его не услышала.

— Кто эта шлюха, с которой ты был?

Равич приподнялся на локтях.

— Говорю тебе — пошла вон, иначе я в тебя чем-нибудь запущу.
— Ах вон как... — Она смотрела на него в упор. — Так, значит. Вот до чего уже дошло...

Равич нервно потянулся за сигаретой.

— Послушай, не смеши людей. Сама живешь с другим, а мне тут сцены ревности закатываешь. Отправляйся к своему актеру и оставь меня в покое.
— Это совсем другое, — изрекла она.

— Ну конечно!

— Конечно, это совсем другое! — Она уже снова «завелась». — И ты прекрасно знаешь, что это совсем другое. Просто это сильней меня. Я и сама не рада. Сама не знаю, как это вышло...

— Это всегда именно так и выходит.

Она все еще смотрела на него в упор.

— Ты... Ты всегда был такой уверенный! До того уверенный — с ума сойти! Эту твою уверенность, казалось, ничем не прошибить! Как я ненавидела это твое высокомерие! Это твое превосходство! А мне нужно, чтобы мной восхищались! Голову из-за меня теряли! Чтобы кто-то без меня жить не мог! А ты можешь! И всегда мог! Я тебе не нужна. Ты холодный, как рыба! И пустой! Ты никого не любишь! Тебе до меня почти никогда и дела не было! Я соврала, когда сказала, что тебя два месяца не было и потому все так вышло. Даже если бы ты был, оно все равно бы так вышло! И нечего улыбаться! Да, я прекрасно вижу разницу, я все знаю, знаю, что другой не такой умный и вообще не такой, как ты, но ради меня он в лепешку расшибется, важнее меня для него никого на свете нет, он, кроме меня, ни о чем и ни о ком думать не желает, я для него свет в окошке, и именно это мне и нужно!

Тяжело дыша, она стояла над его кроватью. Равич невольно потянулся за бутылкой кальвадоса.

— Чего ради ты тогда здесь? — спросил он.

Она ответила не сразу.

— Ты и сам знаешь, — проговорила она тихо. — Зачем спрашиваешь?

Он налил рюмку до краев и протянул ей.

— Да не хочу я пить, — заявила она. — Кто эта женщина?

— Пациентка. — Врать было неохота. — И она очень больна.

— Так я и поверила. Соври что-нибудь поумней. Если больна — ей место в больнице. А не в ночном клубе.

Равич поставил рюмку на ночной столик. Правда и впрямь иной раз выглядит не слишком достоверно.

— Тем не менее это правда.

— Ты ее любишь?

— А тебе какое дело?

— Ты ее любишь?

— Тебе-то какое до этого дело, Жоан?

— Такое! Пока ты никого не любишь... — Она запнулась.

— Ты только что назвала эту женщину шлюхой. Значит, о какой любви может быть речь?

— Это я просто так сказала. Сразу видно: никакая не шлюха. Потому и сказала. Стала бы я из-за шлюхи приходить. Так ты ее любишь?

— Погаси свет и уходи.

Она шагнула еще ближе.

— Я знала. Видела.

— Убирайся к черту! — буркнул Равич. — Я устал. Избавь меня от своих дурацких головоломок, которые тебе одной бог весть какой невидалью кажутся: один у тебя, дескать, для поклонения, для бурных кратких свиданий, для карьеры, а другому ты втолковываешь, будто любишь его сильнее, глубже и совсем иначе, но только в промежутках, он твоя тихая гавань, раз уж он такой осел и готов этой ролью довольствоваться. Убирайся к черту: столько разновидностей любви для меня многовато.

— Неправда. Все не так, как ты говоришь. Все по-другому. Неправда это. Я хочу к тебе. И я к тебе вернусь.

Равич снова наполнил свою рюмку.

— Не исключаю, что тебе и вправду этого хочется. Но это самообман. Самообман, которым ты сама себя тешишь, лишь бы от правды убежать. Ты никогда не вернешься.

— Нет, вернусь!

— Да нет. А даже если и вернешься, то ненадолго совсем. Потому что вскоре кто-то другой появится, для кого весь свет на тебе клином сойдется, ну и так далее. Хорошенькое будущее меня ждет, нечего сказать.

— Да нет же, нет! Я только с тобой останусь!

Равич рассмеялся.

— Ненаглядная ты моя, — сказал он почти с нежностью. — Не останешься ты со мной. Ветерок не запрешь на замок. И воду тоже. А если и запрешь — протухнут. Вместо свежего ветра будет одна духота. Не можешь ты остаться, ты для этого не создана.

— Но и ты тоже.

— Я? — Равич допил свою рюмку.

Сперва та красотка с огненными волосами, думал он, потом Кэте Хэгстрем с пергаментной кожей и со смертью в нутре — а теперь вот эта, безоглядная, полная жажды жизни, сама не своя и в то же время настолько своя, насколько ни один мужчина сам собой быть не в состоянии, святая наивность, которую ничто не остановит, по-своему верная даже в своей изменчивости, даже бросив тебя, она всеми силами будет стараться тебя удержать, вечно увлекающаяся и куда-то влекомая, совсем как ее мать-природа...

— Я? — повторил он. — А что ты обо мне знаешь? Что ты вообще знаешь о жизни, в которой все под вопросом и в которую вдруг вторгается любовь? Что против этого все твои пошленькие страсти? Когда в бесконечном падении вдруг встречается опора, когда вместо нескончаемого «зачем?» перед тобой вдруг в безусловной окончательности возникает некое «ты», когда средь пустыни безмолвия вдруг сказочным миражом на тебя зримей всякой яви выплывает чудо живого чувства, когда оно, вырастая из буйства твоей же крови, раскрывается перед твоим ошеломленным взором картиной такой красоты, перед которой самые дивные твои мечты меркнут и кажутся скучными, пошленькими мещанскими грезами! Пейзажи из серебра, города из самоцветов и розового кварца, сверкающие на солнце отблесками самой алой и самой жаркой крови, — что ты обо всем этом знаешь? Думаешь, об этом так сразу и запросто можно рассказать? Думаешь, язык без костей и способен все это сразу перемолоть в стандартные клише расхожих слов и таких же чувств? Откуда тебе знать, как разверзаются могилы, а ты стоишь, оледенев от ужаса бессчетных и бесцветных ночей минувшего, — а могилы все равно разверзаются, и ни в одной уже нет скелетов, только земля. Черная плодородная земля и даже первая едва различимая зелень. Что ты об этом знаешь? Тебе подавай бури страстей, торжество покорения, раболепное чужое «ты», истово готовое, хотя и неспособное раствориться в тебе всецело, ты обожаешь пьянящий морок крови, но в сердце у тебя пусто — ибо невозможно сохранить то, чего ты прежде сам в себе не вырастил. А в буре страстей ничего толком не вырастишь. Другое дело — пустынные ночи одиночества, вот когда в человеке вырастает многое, если, конечно, не впадать в отчаяние. Что ты обо всем этом знаешь?

Он говорил медленно, задумчиво, не глядя на Жоан и как будто позабыв о ней. И только теперь поднял глаза.

— Что это я разболтался? — пробормотал он. — Чушь всякую несу, старую, как мир. Должно быть, лишнего выпил. Давай-ка выпей и ты, а потом отправляйся.

Она села к нему на кровать и взяла рюмку.

— Я поняла, — сказала она. Лица ее было не узнать. Не лицо, а зеркало, подумалось ему. Отражает все, что ему ни скажешь. Теперь оно сосредоточенно и прекрасно. — Я поняла, — повторила она. — А иногда даже что-то чувствовала. Но, Равич, ты за своей любовью к жизни и к самой любви меня-то зачастую просто забывал. Я была только повод — ты уходил в города свои серебряные, а обо мне и не вспоминал.

Он посмотрел на нее долгим взглядом.

— Может быть, — проронил он.

— Ты был настолько поглощен собой, столько всего в себе самом открывал, что я поневоле всегда оказывалась для тебя где-то сбоку припека, на краю твоей жизни.

— Может быть. Но ведь с тобой, на тебе ничего нельзя построить, Жоан. И ты это знаешь.

— А ты хотел?

— Нет, — ответил Равич, немного подумав. Потом улыбнулся. — Когда по жизни ты беженец и поневоле бежишь от всего прочного, того и гляди угодишь в странный переплет. И странные вещи делаешь. Конечно же, я не хотел. Но чем меньше у тебя возможностей, тем больше желаний...

Ночь вдруг наполнилась благостным покоем. Тем же покоем, как и целую вечность назад, когда вот эта Жоан подле него лежала. Куда-то далеко-далеко вдруг отодвинулся город, напоминая о себе только слабым гулом на горизонте, череда часов распалась, и время безмолвствовало, будто и вправду остановилось. Происходило самое простое и самое непостижимое чудо на свете: два человека, наедине друг с другом, говорили по душам, пусть каждый свое, — и из звуков, именуемых словами, в их головах, в таинственном подрагивающем веществе под костями черепа формировались схожие образы и чувства, и из сочетания бессмысленных, казалось бы, вибраций голосовых связок и необъяснимых откликов на эти звуки в серых слизистых извилинах мозга заново рождалось небо, а в нем отражались и плыли облака, и ручьи, и все цветение и увядание былого.

— Ты любишь меня, Равич, — сказала Жоан, и, пожалуй, это даже не было вопросом.

— Да. Но делаю все, чтобы от тебя избавиться. — Он сказал это совершенно спокойно, как будто их обоих сказанное ничуть не касается.

— Я даже представить себе не могу, как это мы можем быть не вместе. Но только на время. Не навсегда. Навсегда — никогда, — сказала она, и у нее даже мурашки пробежали по коже. — Никогда, какое ужасное слово, Равич. Я даже представить себе не могу, как это мы можем быть не вместе.

Равич ничего не ответил.

— Позволь мне остаться, — сказала она. — Не хочу больше уходить. Никогда.

— Да ты завтра же уйдешь. И сама это знаешь.

— Когда я здесь, я представить себе не могу, как это я тут не останусь.

— Это одно и то же. Ты сама знаешь.

Провал во времени. Крохотная освещенная кабинка гостиничного номера в пустотах времен — все как прежде, и даже тот же человек с тобой в этой кабинке, человек, которого ты любишь, тот же и все-таки каким-то непостижимым образом уже не совсем тот — казалось бы, руку протяни, и можно до него дотронуться, а все равно он недосягаем, уже недосягаем.

Равич поставил свою рюмку.

— Ты сама знаешь, что уйдешь — завтра, послезавтра, когда-нибудь, — сказал он.

Жоан опустила голову.

— Да.

— И даже если вернешься — ты же знаешь, что снова уйдешь?

— Да.

Она подняла лицо. Оно было мокрым от слез.

— Да что же это такое, Равич? Что же это?

— Я и сам не знаю. — Он слегка улыбнулся. — Любовь иногда совсем невеселая штука, верно?

— Да уж. — Она смотрела на него. — Что же это такое с нами, Равич?

Он только плечами передернул.

— Я тоже не знаю, Жоан. Может, это оттого, что нам не за что больше ухватиться. Раньше-то много всего было: уверенность, надежный тыл, вера, цель, — все знакомо, во всем есть опора, смысл, даже когда любовь тебя изводит. А теперь у нас ничего нет — кроме толики отчаяния и толики мужества, а дальше чужбина, и вокруг, и в себе. И если уж тут любовь залетит — это как факел в солому. И тогда у тебя ничего, кроме нее, не останется, поэтому и любовь совсем другая — роковая, разрушительная, важней которой ничего на свете нет. — Он наполнил свою рюмку. — Лучше вообще об этом не думать. От таких мыслей и помереть недолго. А мы ведь еще не собираемся умирать, верно?

Жоан покачала головой:

— Нет. Так кто была эта женщина, Равич?

— Пациентка. Я и раньше однажды с ней приходил. Когда ты еще пела. Сто лет назад. Сейчас-то ты хоть чем-то занята?

— В маленьких ролях. По-моему, звезд с неба не хватаю. Но зарабатываю достаточно, чтобы себя обеспечивать. Лишь бы можно было в любую минуту уйти. А особых амбиций у меня и нет.

Глаза снова сухие. Она допила свой кальвадос и встала. Вид утомленный.

— Ну почему все вот так перемешано, Равич? Почему? Ведь есть же какая-то причина! Иначе зачем бы мы спрашивали?

Он горько улыбнулся.

— Это древнейший вопрос в истории человечества, Жоан. Почему? Вопрос вопросов, над которым по сей день тщетно бьется вся логика, вся философия, вся наука.

Она уходит. Уходит. Уже в дверях. Что-то взметнулось внутри. Уходит. Уходит. Он приподнялся. Ну невозможно, нет сил, невозможно, одну только ночь еще, одну только ночь, чтобы это лицо, спящее на твоем плече, тогда завтра он горы свернет, еще только раз это дыхание рядом с твоим, еще только раз этот мягкий провал в мягкий дурман, в сладостный обман... «Не уходи, не уходи, мы умираем в муках и живем в муках, не уходи, не уходи, иначе что мне останется? К чему мне тогда все мое дурацкое мужество? Куда нас несет? Только ты одна и есть явность!

Сон мой ярчайший! О, заросшие асфоделиями дурманные луга забвения в царстве мертвых!* Еще только раз! Еще только раз искру вечности! Для кого еще мне себя беречь? Во имя какой такой безнадежной цели? Ради какой черной неопределенности? Жизнь-то, считай, уже пропала, уже похоронена и зарыта, двенадцать дней всего, а потом ничего, двенадцать дней и одна эта ночь, и мерцающая нагота кожи, ну зачем ты пришла именно сегодня, этой ночью, что беззвездно тонет, теряется в облаках былых сновидений, почему именно этой ночью ты надумала прорвать мои форты, мои бастионы, этой ночью, в которой никого не осталось в живых, кроме нас обоих? Разве уже не вздымается волна? Вот же она, сейчас поглотит, сейчас...»

— Жоан! — позвал он.

Она обернулась. В тот же миг лицо ее озарилось беспамятством необузданного, лютого счастья. Бросив и отбросив все, она кинулась к нему.

XXVI

Машина остановилась на углу Вожирарской улицы.

— В чем дело? — спросил Равич.

— Демонстрация. — Таксист обернулся. — На сей раз коммунисты.

Равич покосился на Кэте Хэгстрем. Тоненькая, непреклонная, она как ни в чем не бывало сидела

---

* У древних греков существовало мифическое представление о полях (или лугах) асфоделий в Аиде (подземном мире), по которым блуждали тени умерших, подверженных забвению прежней жизни.

в углу в наряде фрейлины при дворе Людовика XIV. Лицо сильно напудрено. Впрочем, нездоровую бледность не могла скрыть даже пудра. Сильнее прежнего проступили скулы и даже виски.

— Веселенькая жизнь, — вздохнул Равич. — Июль тридцать девятого, пять минут назад мы проехали фашистскую демонстрацию «Огненных крестов», теперь вот коммунисты, а мы тут с вами между двух огней, в костюмчиках славного семнадцатого столетия. Чудненько, правда, Кэте?

— Ничего страшного. — Кэте улыбалась.

Равич поглядывал на свои лакированные туфли-лодочки. Костюмчик и впрямь хоть куда. Не говоря уж о том, что в таком виде первый же полицейский немедленно его задержит.

— Может, нам другой дорогой поехать? — обратилась Кэте к шоферу.

— Нам не развернуться, — сказал Равич. — Сзади уже полно машин.

Демонстрация неспешно тянулась через перекресток. Люди несли флаги, лозунги, плакаты. Все это молча, без песен. Шествие сопровождал целый отряд полицейских. Еще одна группа полицейских как бы невзначай стояла на углу Вожирарской улицы. Эти были с велосипедами. Один из них уже катил вдоль по улице. Заглянул к ним в машину, посмотрел на Кэте Хэгстрем, но даже бровью не повел и поехал дальше.

Кэте Хэгстрем перехватила тревожный взгляд Равича.

— Видите, он нисколько не удивился, — сказала она. — Он знает. Полиция все знает. Маскарад у Монфоров — это же гвоздь летнего сезона. И дом, и сад — все будет под охраной полиции.

— Это чрезвычайно меня успокаивает.

Кэте Хэгстрем только улыбнулась. Откуда ей знать, на каком он тут положении.

— В Париже не скоро можно будет увидеть столько драгоценностей за один вечер. Костюмы подлинные, и бриллианты тоже. Полиция в таких случаях смотрит в оба. Среди гостей наверняка будут и детективы.

— Тоже в маскарадных костюмах?

— Наверно. А в чем дело?

— Спасибо, что предупредили. А я-то уж на ротшильдовские изумруды нацелился.

Кэте Хэгстрем покрутила ручку, приоткрывая окно.

— Вам это скучно, я знаю. Но вам все равно уже не отвертеться.

— Ничуть мне не скучно. Напротив. Иначе я бы вообще не знал, куда себя девать. Надеюсь, выпивки будет достаточно?

— Думаю, да. В случае чего я намекну управляющему. Он мой добрый приятель.

С улицы доносились шаги демонстрантов. Нет, это был не слаженный марш. Беспорядочное, унылое шарканье. Можно подумать, стадо гонят.

— Если б выбирать — в каком столетии вы предпочли бы жить?

— В нынешнем. Иначе я давно бы умер и в моем костюме на этот бал ехал бы какой-то другой идиот.

— Я не о том. В каком столетии вы хотели бы очутиться, если бы привелось жить еще раз?

Равич поглядел на бархатный рукав своего камзола.

— Бесполезно, — буркнул он. — Все равно в нашем. Хотя это самый вшивый, самый кровавый, самый продажный, самый безликий, самый трусливый и гнусный век на свете — все равно в нем.

— А я нет. — Сцепив руки, Кэте Хэгстрем прижала их к груди, словно ей зябко. Пышные складки мягкой парчи укрывали ее худобу. — Вот в этом, — сказала она. — В семнадцатом или даже раньше. В любом, только не в нашем. Я лишь пару месяцев назад поняла. Раньше как-то не думала об этом. — Она опустила стекло до конца. — Ну и жарища! И духота страшная. Эта демонстрация когда-нибудь кончится?

— Да. Вон уже хвост.

Выстрел грохнул откуда-то с улицы Камброна. В следующий миг полицейские уже оседлали велосипеды. Где-то закричала женщина. Толпа в ответ взревела. Люди уже разбегались. Полицейские, налегая на педали, мчались наперерез, размахивая дубинками.

— Что это было? — испуганно спросила Кэте.

— Ничего. Должно быть, шина лопнула.

Таксист обернулся. Он переменился в лице.

— Эти...

— Поезжайте, — резко оборвал его Равич. — Сейчас как раз проскочим. — Перекресток и впрямь был пуст, демонстрантов как ветром сдуло. — Скорей!

С улицы Камброна опять донеслись крики. Снова грянул выстрел. Шофер рванул с места.

Они стояли на террасе, что выходила в сад. От пестроты и пышности костюмов рябило в глазах. В густой тени деревьев пунцовели розы. Свечи в лампионах подрагивали трепетным, неровным светом. В павильоне небольшой оркестр играл менуэт. Антураж напоминал ожившие полотна Ватто.

— Ведь красиво? — спросила Кэте Хэгстрем.
— Да.
— Нет, правда?
— Правда, Кэте. По крайней мере отсюда, издали.
— Пойдемте. Прогуляемся по саду.

Под вековыми раскидистыми деревьями глазу открывалось и впрямь невероятное зрелище. Зыбкий свет множества свечей поблескивал на серебре и золоте парчи, на бесценных, переливчато-розовых, блекло-голубых и темной морской волны атласных шелках, мягко мерцал в локонах париков, на обнаженных, припудренных плечах, овеваемых нежным пением скрипок; под серебристый плеск фонтанов, посверкивая эфесами шпаг, публика группами, врозь и парами чинно прохаживалась взад-вперед по аллеям в безупречном стилистическом обрамлении аккуратно подстриженных самшитовых кустиков.

Даже слуги, подметил Равич, и те были в костюмах. Коли так, наверно, и детективы тоже. Вот славно будет, если его здесь арестует какой-нибудь Расин на пару с Мольером. Или, уж совсем потехи ради, придворный карлик-шут.

Он вскинул голову. Только что на руку ему упала тяжелая, теплая капля. Розоватое предзакатное небо темнело на глазах.

— Сейчас будет дождь, Кэте, — сказал он.
— Нет. Быть не может. А как же сад?
— Еще как может. Пойдемте скорее.

Взяв Кэте под руку, Равич увлек ее на террасу. Едва они взошли по ступенькам, хлынул ливень. Вода рушилась с небес стеной, в один миг заливая свечи, превращая изящные панно в линялое тряпье, повергая в панику светскую публику. Маркизы, герцогини, придворные фрейлины, подобрав парчовые кринолины, мчались к террасе; графы, кардиналы и фельдмаршалы, тщетно пытаясь спасти свои парики, отталкивая дам и друг друга, толпились на лестнице, как перепуганные куры в курятнике.

Вода, не зная пощады, рушилась на парики, жабо и декольте, смывая пудру и румяна; свирепая белесая вспышка на миг озарила сад, чтобы в следующую секунду с треском оглушить его тяжелым раскатом грома.

Кэте Хэгстрем стояла на террасе под навесом, испуганно прижимаясь к Равичу.

— Такого еще никогда не было, — оторопело приговаривала она. — Я столько раз здесь бывала. И никогда ничего. За все годы.

— Зато какой шанс добраться до изумрудов...

— Да уж. Бог ты мой!

Слуги в плащах и с зонтиками носились по саду, нелепо сверкая атласными туфлями из-под современных дождевиков. Они приводили из сада последних, заблудших, насквозь промокших придворных дам и снова уходили под дождь на поиски потерянных вещей и накидок. Один уже нес пару золотых туфелек. Туфельки были изящные, и в своих могучих ручищах он нес их с величайшей осторожностью. Вода хлестала по пустым столам, барабанила по матерчатым навесам, словно само небо бог весть почему хрустальными палочками дождя выбивало боевую тревогу.

— Пойдемте в дом, — сказала Кэте.

Комнаты дома, однако, оказались не в состоянии вместить такое количество гостей. Похоже, на сюрпризы погоды никто не рассчитывал. Недавняя уличная духота еще полновластно царила здесь, а сутолока и давка ее только усугубили. Широкие платья дам нещадно мялись. Жалобно трещал старинный шелк — на него беспардонно наступали ногами. Теснота была жуткая — не повернуться.

Равич и Кэте оказались возле самых дверей. Прямо перед ними все никак не могла отдышаться мнимая маркиза де Монтеспан[*], чьи слипшиеся волосы напоминали сейчас мочалку. На красной, распаренной шее испуганно поблескивало ожерелье из крупных, в форме груши, бриллиантов. Выглядела она как ряженая толстуха-зеленщица на карнавале. Рядом с ней тщетно силился прокашляться лысый старикан вовсе без подбородка. Равич даже его узнал. Это был некий Бланше из министерства иностранных дел, расфуфыренный под Кольбера[**]. Перед ним застряли в толчее две хорошенькие, стройные фрейлины, в профиль сильно смахивающие на борзых; рядом еврейской наружности барон, толстый, громогласный, с бриллиантами в шляпе, похотливо поглаживал их обнаженные плечи. Несколько латиноамериканцев, переодетых пажами, с безмолвным изумлением наблюдали за происходящим. Между ними, мерцая рубинами и порочным взором падшего ангела, затесалась графиня Беллен в образе Луизы де Лавальер[***]; Равич припомнил, что год назад, по диагнозу Дюрана, удалил ей яичники. Здесь

---

[*] Франсуаза Атенаис де Рошешуар де Мортемар (1640—1707), известная как маркиза де Монтеспан или мадемуазель де Тонне-Шарант — официальная фаворитка короля Франции Людовика XIV в период с 1667 по 1683 год.

[**] Жан-Батист Кольбер (1619—1683) — французский государственный деятель, фактический глава правительства Людовика XIV после 1665 года.

[***] Луиза Франсуаза де Ла Бом Ле Блан (1644—1710) — герцогиня де Лавальер и де Вожур, фаворитка Людовика XIV.

Триумфальная арка

вообще была его, Дюрана, вотчина. В двух шагах от себя он заприметил молодую, очень богатую баронессу Ремплар. Она вышла замуж за англичанина и тут же лишилась матки. Удалял тоже он, Равич, по ошибочному диагнозу Дюрана. Зато гонорар — пятнадцать тысяч. Секретарша Дюрана ему потом по секрету шепнула. Равичу перепало двести франков, а пациентка, вероятно, потеряла лет десять жизни и возможность иметь детей.

Набухший от влаги воздух с улицы и застоявшаяся комнатная духота смешивались с запахами парфюмерии, мокрых волос, пота. Разгримированные дождем лица под буклями париков представали в такой неприглядной наготе, в какой их не видывали даже без маскарада. Равич с интересом оглядывался по сторонам: вокруг было много красивых и немало умных, тронутых печатью скепсиса лиц, — но еще привычнее его взгляд различал малоприметные признаки болезни, которые он умел разглядеть даже за показной оболочкой внешней безупречности. Он-то знал: определенные слои общества верны себе более или менее во все эпохи, и во все эпохи им сопутствуют одни и те же симптомы болезни и распада. Вялая неразборчивость половых связей, потакание слабостям, выморочная состязательность в чем угодно, только не в силе, бесстыдство ума, остроумие лишь как самоцель, потехи ради, ленивая, усталая кровь, испорченная отравой иронии, холодным азартом мелких интрижек, судорогами жадности, пошлым напускным фатализмом, унылой бесцельностью существования. Ждать спасения отсюда мир может хоть до скончания века. А откуда еще его ждать?

Он глянул на Кэте Хэгстрем.

— Тут вам не выпить, — заметила она. — Слугам сюда не пробиться.

— Не важно.

Вялым продвижением толпы их мало-помалу занесло в соседнюю комнату. Тут вдоль стен уже срочно расставляли столы и разливали шампанское.

Где-то уже горели светильники. Их робкий матовый свет проглатывали свирепые вспышки молний, на миг превращая лица окружающих в мертвенные, призрачные посмертные маски. Потом с грохотом обрушивался гром, перекрывая своими раскатами гул голосов, шум и вообще все и вся, — покуда мягкий свет, очнувшись от ужаса, не возвращался в комнаты своим робким мерцанием, а вместе с ним возвращалась жизнь и прежняя духота.

Равич кивнул на столы с шампанским.

— Вам принести?

— Нет. Слишком жарко. — Кэте Хэгстрем посмотрела на него. — Вот, значит, он какой, мой праздник.

— Может, дождь скоро кончится.

— Нет. А если и кончится — праздник уже все равно испорчен. Знаете, чего мне хочется? Уехать отсюда.

— Отлично. Мне тоже. Здесь как-то сильно попахивает французской революцией. Кажется, вот-вот нагрянут санкюлоты.

Прошло немало времени, пока они пробились к выходу. В результате этой экспедиции шикарное платье Кэте выглядело так, будто она несколько часов в нем спала. На улице по-прежнему тяжело и отвесно рушился ливень. Фасады домов, что напротив, расплывались, словно смотришь на них сквозь залитое водой стекло цветочной витрины.

Рокоча мотором, подкатило авто.

— Куда поедем? — спросил Равич. — Обратно в отель?

— Нет еще. Хотя в этих костюмах куда нам еще деваться? Давайте просто немного покатаемся.

— Хорошо.

Машина неспешно катила по вечернему Парижу. Дождь барабанил по крыше, перекрывая почти все прочие звуки. Из серебристой пелены медленно выплыла и столь же торжественно исчезла серая громада Триумфальной арки. Парадом освещенных витрин потянулись мимо Елисейские поля. Площадь по имени Круглая веселой пестроцветной волной прорезала унылое однообразие дождливой мглы и дохнула в окна свежим благоуханием своих клумб. Необъятная, как море, исторгая из своих пучин тритонов и прочих морских гадов, раскинулась во всю свою сумрачную ширь площадь Согласия. Мимолетным напоминанием Венеции проплыла улица Риволи с изящным пробегом своих светлых аркад, чтобы почтительно уступить место седому и вечному великолепию Лувра с нескончаемостью его двора и праздничным сиянием высоких окон. Потом пошли набережные, мосты, чьи тяжелые и невесомые силуэты призрачно тонут в сонном течении вод. Тяжелые баржи, буксир с огоньком на корме, теплым, уютным, как привет с тысячи родин. Сена. Бульвары с их автобусами, шумом, магазинами, многолюдством. Кованые кружева ограды Люксембургского дворца и сад за ней, зачарованный, как стихотворение Рильке. Кладбище Монпарнас, безмолвное, заброшенное. Узенькие древние переулки старого города, стиснутые толчеей домов, замершие площади, внезапно, из-за угла открывающие взгляду свои деревья, покосившиеся фасады, церкви, замшелые памятники, фонари в зыбкой дрожи дождя, маленькие неколебимые бастионы торчащих из земли писсуаров, задворки с отелями на час и укромные, словно позабытые улочки прошлого с веселенькими, улыбчивыми фасадами чистейшего рококо и барокко, а между ними сумрачные, таинственные подворотни, как из романов Пруста.

Кэте Хэгстрем, забившись в свой угол, ехала молча. Равич курил. Он видел огонек своей сигареты, но вкуса дыма не чувствовал. В темноте вечернего такси сигарета почему-то казалась совсем бесплотной, и постепенно все происходящее стало принимать зыбкие, нереальные контуры сна — и сама эта поездка, и бесшумное авто в пелене дождя, эти плывущие мимо улицы, эта женщина в старинном платье, притихшая в углу машины под скользящими отсветами фонарей, ее руки, уже тронутые дыханием смерти и недвижно замершие на парче, — призрачный вояж по призрачному Парижу, пронизанный странным чувством общего, ни словом, ни помыслом не изреченного знания и молчаливым предвестием неминуемой и страшной, окончательной разлуки.

Он думал о Хааке. Пытался понять, чего он на самом деле хочет. И не мог — мысли сбивались, растекались под дождем. Думал о той женщине с огненно-золотистыми волосами, которую недавно прооперировал. Вспомнил дождливый вечер в Ротенбурге-на-Таубере, проведенный с женщиной, которую он давно позабыл; гостиницу «Айзенхут» и одинокий голос скрипки из чьего-то окна. Ему вспомнился Ромберг, убитый в 1917-м во Фландрии на цветущем маковом поле в грозу, раскаты которой так странно было слышать под ураганным огнем: казалось, самому Господу до того обрыднул весь род человеческий, что он принялся обстреливать его с небес. Вспомнилась губная гармошка, ее жалобный плач, безнадежно фальшивый, но полный безысходной тоски, — какой-то солдатик из морской пехоты все мусолил и мусолил ее в Хотхолсте. В памяти всплыл дождь в Риме, потом раскисший проселок под Руаном — вечный ноябрьский дождь над барачными крышами концлагеря; убитые испанские крестьяне, в чьих раззявленных ртах скапливалась, да так и стояла дождевая вода; мокрое, такое светлое лицо Клэр, тяжелый, пьянящий аромат сирени по пути в университет в Гейдельберге — упоение и отрава миражей минувших времен, фата-моргана, нескончаемая процессия картин и образов прошлого, плывущих мимо, как эти улицы за окном такси.

Он ввинтил сигарету в пепельницу, откинулся на спинку сиденья. Довольно. Хватит назад оглядываться — этак недолго налететь на что-нибудь, а то и в пропасть рухнуть.

Такси меж тем ползло вверх переулками Монмартра. Дождь вдруг кончился. По небу еще тянулись тучи, торопливые, посеребренные по краям, словно тяжелые лунным светом, от бремени которого им не терпится разрешиться. Кэте Хэгстрем попросила водителя остановиться. Они вышли — размять ноги, пройтись по улочкам, недалеко, хотя бы вон до того угла.

И внезапно внизу, под ними, раскинулся весь Париж. Со всеми своими улицами, площадями, ночной мглой, пеленой облаков, лунным светом. Париж. Мерцающий венок бульваров, смутно белеющие холмистые склоны, башни, крыши, чересполосица света и тьмы. Париж. Овеваемая ветрами со всех горизонтов, искрящаяся огнями равнина, черно-серые прочерки мостов и полосы ливня над Сеной, жадные глаза бессчетных автомобильных фар. Париж. Отспоривший себя у бездонного марка ночи, гигантский улей, полный гудения жизни, возведенный над зловонной сетью своих клоак, буйно расцветший на своих же нечистотах, он и болезнь, и красота, и смертоносный рак, и бессмертная Мона Лиза.

— Обождите минутку, Кэте, — сказал Равич. — Я сейчас, только раздобуду кое-что.

Он зашел в ближайший кабак. Теплый запах свежей колбасы, кровяной и ливерной, шибанул в нос с порога. Экстравагантность его одеяния никого не удивила. Ему без вопросов выдали бутылку коньяка и две пузатые рюмки. Откупорив бутылку, хозяин снова аккуратно заткнул горлышко пробкой.

Кэт стояла на прежнем месте все в той же позе, будто он и не уходил. Тоненькая, стойкая, такая хрупкая в своем старинном платье на фоне бегучего неба — словно оброненная из другого столетия, да так и позабытая в веках, а вовсе не американка шведского происхождения, родом из Бостона.

— Вот, Кэте. Лучшее средство от холода, дождя и вообще от погодных и душевных потрясений. Давайте выпьем за этот город у нас под ногами.

— Да. — Она взяла поданную рюмку. — Хорошо, что мы сюда забрались, Равич. Это лучше всех праздников на свете.

Она выпила залпом. Лунный свет падал ей на плечи, на платье, на лицо.

— Коньяк, — отметила она. — И даже хороший.

— Верно. И пока вы способны это оценить, все будет в порядке.

— Плесните-ка мне еще. А потом поедемте вниз, мне пора переодеться, да и вам тоже, а после отправимся в «Шехерезаду», и я устрою там себе настоящую сентиментальную оргию, буду упиваться жалостью к себе и прощаться со всей сладостной мишурой, что так украшает поверхность жизни, а уж с завтрашнего дня начну читать философов, писать завещания и вообще вести себя достойно своего положения и состояния.

Поднимаясь по лестнице к себе в номер, Равич столкнулся с хозяйкой. Та его остановила.
— У вас найдется минутка?
— Конечно.
Она повела его на третий этаж и там своим ключом от всех дверей отперла одну из комнат. Равич сразу понял, что тут еще живут.
— Это как понимать? — изумился он. — С какой стати вы сюда вламываетесь?
— Здесь Розенфельд живет, — сказала хозяйка. — Он съезжать собрался.
— Мне пока и в моей конуре неплохо.
— Он собрался съезжать, а не платит уже три месяца.
— Но его вещи еще тут. Можете забрать их в залог.
Хозяйка презрительно пнула облезлый незапертый чемодан, сиротливо приткнувшийся к кровати.
— Да что у него брать? Рвань да тряпье. Чемодан — и тот фибровый. Рубашки потрепанные. Костюм — сами видите какой. Их у него и всего-то два. За все про все и ста франков не выручишь.
Равич пожал плечами.
— А он сам сказал, что съезжает?

— Нет. Но у меня на такие вещи нюх. Я сегодня ему прямо в лицо все сказала. И он признался. Ну, я его и уведомила: чтобы до завтра за все расплатился. Без конца держать жильцов, которые не платят, мне не по карману.

— Прекрасно. А я тут при чем?

— Картины. Эти картины — тоже его имущество. Он уверяет, дескать, они очень ценные. Говорит, ими хоть за тысячу комнат запросто заплатить можно и еще останется. А картины-то, прости господи, — вы только взгляните!

Равич на стены не успел посмотреть. Теперь взглянул. Перед ним, над кроватью, висел арльский пейзаж Ван Гога, причем его лучшей поры. Он подошел поближе. Никаких сомнений, картина подлинная.

— Ужас, правда? — недоумевала хозяйка. — И это называется деревья, эти вот загогулины жуткие! А теперь сюда взгляните!

Сюда — это над столом, над клеенкой, где всего-навсего просто так висел Гоген. Обнаженная таитянка на фоне тропического пейзажа.

— Разве это ноги? — возмущалась хозяйка. — Это же мослы, прямо как у слона! А лицо до чего тупое! Вы только поглядите, как она таращится! Ну и еще вот эта, так она вообще не дорисованная...

«Вообще не дорисованной картиной» оказался портрет госпожи Сезанн кисти Сезанна.

— Рот вон кривой весь! А вместо щеки вообще белое пятно! И вот на этой мякине он меня провести думает! Вы мои картины видали? Вот это картины! Все с натуры, все похоже, все на своих местах. Зимний пейзаж с оленями в столовой, разве плохо? Разве можно сравнить с этой пачкотней? Я не удивлюсь, если он сам все это намалевал. Как вы считаете?

Триумфальная арка

— Все может быть...

— Вот это я и хотела знать. Вы человек культурный, вы разбираетесь. Даже рам — и то нету.

Картины и вправду висели неокантованные. На грязных обоях они светились как окна в совершенно иной мир.

— Если бы еще рамы приличные, золоченые! Хотя бы рамы пригодились. Но такое! Ох, чует мое сердце, останусь я на бобах с мазней этой жуткой. Вот она, награда за мою доброту!

— Я думаю, вам не придется забирать эти картины, — заметил Равич.

— А что еще забирать-то?

— Розенфельд раздобудет для вас деньги.

— Да откуда? — Она стрельнула в него своими птичьими глазками. Лицо ее мгновенно преобразилось. — Что, может, и впрямь вещи стоящие? Иной раз посмотришь, вроде такая же мазня, а люди платят! — Равич прямо видел, как под ее округлым желтым лбом лихорадочно скачут мысли. — Я, пожалуй, прямо сейчас возьму одну какую-нибудь в счет уплаты за последний месяц! Какую, как вы считаете? Вон ту, большую, над кроватью?

— Никакую. Дождитесь Розенфельда. Я уверен, он придет с деньгами.

— А я нет. И я как-никак здесь хозяйка.

— В таком случае почему вы так долго ждали? Обычно-то вы совсем не так терпеливы.

— Так он мне зубы заговаривал! Столько всего наплел! Будто сами не знаете, как оно бывает!

В эту секунду на пороге, как из-под земли, возник сам Розенфельд. Молчаливый, маленький, спокойный человечек. Не давая хозяйке ни слова сказать, достал из кармана деньги.

— Вот. А это мой счет. Я бы попросил квитанцию.

Хозяйка, не веря себе, уставилась на банкноты. Потом перевела глаза на картины. Потом снова на деньги. Она много чего хотела сказать — но потеряла дар речи.

— Я вам сдачи должна, — проговорила она наконец.

— Я знаю. И даже рассчитываю ее получить.

— Да, конечно. У меня с собой нет. Касса внизу. Сейчас разменяю.

С видом оскорбленной невинности она удалилась. Розенфельд вопросительно смотрел на Равича.

— Извините, — сказал тот. — Эта особа меня сюда затащила. Я понятия не имел, что у нее на уме. Хотела выяснить, что у вас за картины.

— И вы ей объяснили?

— Нет.

— Тогда хорошо. — Розенфельд смотрел на Равича со странной улыбкой.

— Да как же вы держите у себя такие картины? — спросил Равич. — Они хоть застрахованы?

— Нет. Да и кто нынче крадет картины? Разве что из музея, раз в двадцать лет.

— Но эта ночлежка запросто сгореть может!

Розенфельд пожал плечами:

— Что ж, это риск, с которым приходится считаться. Страховка мне все равно не по карману.

Равич смотрел на пейзаж Ван Гога. Он стоил миллиона четыре, не меньше.

Розенфельд проследил за его взглядом.

— Я знаю, о чем вы думаете. Имея такие сокровища, нельзя не иметь денег на страховку. Но если у меня их нет? Я и так только за счет картин и живу.

Триумфальная арка

Мало-помалу продаю, хотя продавать смерть как не люблю.

Прямо под Сезанном на столе стояла спиртовка. Жестянка с кофе, хлеб, горшочек масла, несколько кульков. Комнатушка и сама по себе убогая, нищенская. Зато со стен глядела немыслимая красота.

— Это я понимаю, — проговорил Равич.

— Я думал, уложусь, — продолжал Розенфельд. — Все оплатил. Поезд, пароход, все, только эти злосчастные три месяца за гостиницу остались. Жил впроголодь, а все равно ничего не вышло. Слишком долго давали визу. Сегодня пришлось продать Моне. Ветейльский пейзаж. А так надеялся с собой увезти.

— Но там-то все равно пришлось бы продать...

— Да. Но на доллары. И выручил бы вдвое больше.

— В Америку едете?

Розенфельд кивнул:

— Да. Пора отсюда сматываться. — И, заметив, что Равич все еще на него смотрит, загадочно пояснил: — Стервятник уже снялся с места.

— Какой еще стервятник? — не понял Равич.

— Ну, в смысле Маркус Майер. Мы его так прозвали. Он чует смерть и беду, чует, когда пора драпать.

— Майер? — переспросил Равич. — Это маленький такой, лысый, иногда в «катакомбе» на пианино музицирует?

— Точно. Вот его и зовут стервятником — еще с Праги.

— Ничего себе имечко.

— Он всегда раньше всех чуял. За два месяца до победы Гитлера на выборах уехал из Германии. За три месяца до присоединения Австрии бежал из Вены. За полтора месяца до захвата Чехословакии —

из Праги. А я на него равнялся. Всегда. Говорю же, он чует. Только благодаря этому я и картины спас. Деньги-то из Германии было уже не вывезти. Валютные ограничения. А у меня полтора миллиона вложены. Попытался обналичить — но нацисты уже тут как тут, поздно. Майер-то поумней оказался. Какую-то часть денег контрабандой сумел провезти. Но это, знаете, не для моих нервов. А теперь вот он в Америку навострился. И я вслед за ним.

— Но оставшиеся деньги вы вполне можете с собой взять. Здесь-то на вывоз валюты пока ограничений нет.

— Могу, разумеется. Но если бы я продал Моне там, за океаном, я бы на эти деньги прожил дольше. А так, боюсь, мне скоро и Гогена продавать придется.

Розенфельд возился со своей спиртовкой.

— Это у меня последние, — пояснил он. — Только эти три, и все. На них и буду жить. Найти работу давно уже не рассчитываю. Это было бы чудо. Только эти три. Одной меньше — куском жизни меньше. — Он пригорюнился, задумчиво глядя на свой чемодан. — В Вене пять лет. Дороговизны еще не было, и я жил очень экономно. И все равно это обошлось мне в двух Ренуаров и одну пастель Дега. В Праге я прожил и проел одного Сислея и пять рисунков. Рисунки ни одна собака брать не хотела — а ведь это были два Дега, один Ренуар мелом и две сепии Делакруа. В Америке я бы прожил за них на целый год дольше. А теперь, сами видите, — он горестно вздохнул, — у меня только эти три вещи. Еще вчера было четыре. Эта проклятая виза будет стоить мне два года жизни. Если не все три!

— У большинства людей вообще нет картин, на которые можно жить.

Розенфельд вскинул щуплые плечи.

— Меня это как-то не утешает.

— Нет, конечно, — согласился Равич. — Что правда, то правда.

— Мне на эти картины войну пережить надо. А война будет долгая.

Равич промолчал.

— Стервятник, во всяком случае, так утверждает. Он даже не уверен, что в Америке будет безопасно.

— Куда же он после Америки собрался? — спросил Равич. — Там и стран-то уже почти не остается.

— Он еще не знает точно. Подумывает о Гаити. Считает, что негритянская республика вряд ли в войну ввяжется. — Розенфельд говорил совершенно серьезно. — Или Гондурас. Тоже маленькая латиноамериканская республика. Сальвадор. Еще, может быть, Новая Зеландия.

— Новая Зеландия? А не далековато?

— Далековато? — с мрачной усмешкой переспросил Розенфельд. — Это смотря откуда.

XXVII

Море. Море гремучей тьмы, плещущей в уши. Потом пронзительный звон в коридорах, корабль, рев гудка, паника крушения — и сразу ночь, и что-то знакомое в ускользающем сне, смутно сереющий лоскут окна, но все еще звон, звонок, телефон.

Равич сдернул трубку.

— Алло!

— Равич!

— В чем дело? Кто это?

— Это я. Не узнаешь?

— Теперь узнал. Что случилось?

— Приезжай! Скорее! Немедленно!

— Да что случилось-то?

— Приезжай, Равич! Случилось...

— Что случилось?

— Говорю же тебе, случилось! Мне страшно! Приезжай, приезжай сейчас же! Помоги мне! Равич! Приезжай!

В трубке щелкнуло. Все еще ничего не понимая, Равич слушал короткие гудки. Жоан повесила трубку. Он тоже положил трубку на рычажок, уставившись спросонок в сереющую мглу за окном. Пелена тяжелого сна все еще застилала сознание. Первая мысль была — это Хааке, конечно, Хааке, — покуда он не разглядел окно, сообразив, что он у себя, в гостинице «Интернасьональ», а вовсе не в «Принце Уэльском», куда ему еще только предстоит перебраться. Посмотрел на часы. Светящиеся стрелки показывали четыре. И тут его словно подбросило. В тот день, когда он с Хааке беседовал, Жоан ведь что-то такое говорила — опасность, она боится... Если вдруг... А что, все бывает! Он и не такую дурь на своем веку повидал. Поспешно собирая все необходимое, он на ходу одевался.

Такси сумел поймать сразу за углом. Таксист ездил с собакой. На шее у него живой горжеткой устроился карликовый пинчер. На каждой неровности мостовой собачонка невозмутимо подскакивала вместе с машиной. Равича это просто бесило. Хотелось схватить песика и шваркнуть на сиденье. Но он слишком хорошо знал, что за народ парижские таксисты.

Одиноко тарахтя, машина катила сквозь теплынь июльской ночи. В воздухе робкое дыхание свежей листвы. Волны аромата, где-то цветет липа, жасминная россыпь звезд на светлеющем небе, тут же и самолет, мигая сигнальными огнями, зеленым и красным, словно тяжелый жужжащий жук между светляками; притихшие улицы, звенящая пустота, истошное пение двух пьяных, аккордеон откуда-то из подвала, и вдруг — накатом — испуг, страх, паника, он не успеет, да скорей же, скорей...

Вот и дом. Сонное царство. Лифт ползет вниз. Ползет нескончаемо долго, жирной светящейся гусеницей. Равич уже взбежал по пролету лестницы, но опомнился, повернул. Лифт, даже такой медленный, все равно быстрее.

О, эти игрушки-клетушки парижских лифтов! Словно пеналы камер-одиночек, обшарпанные, трясучие, гремучие, при этом открытые со всех сторон, — только пол, редкие прутья ограждения, одна лампочка вполнакала, другая мигает на последнем издыхании, наконец-то верхний этаж. Он раздвинул решетку, позвонил.

Открыла сама Жоан. Равич впился в нее глазами — ни крови, ни синяков. Лицо нормальное, вообще ничего.

— Что случилось? — выпалил он. — Где...
— Равич! Ты приехал!
— Где... Ты что-то натворила?

Она посторонилась, пропуская его в квартиру. Он вошел. Огляделся. Никого.

— Где? В спальне?
— Что? — не поняла она.
— У тебя в спальне кто-то? Есть там кто-нибудь?

— Да никого. С какой стати? — И, удивляясь его недоумению, добавила: — Зачем мне кто-то, когда я тебя жду?

Он все еще смотрел на нее. Стоит как ни в чем не бывало, цела-невредима, и даже улыбается.

— С чего ты вообще взял? — Она уже почти смеялась. — Равич! — усмехнулась она, и в тот же миг кровь ударила ему в лицо, словно пригоршня града: она решила, что он ревнует, и даже потешается над ним! Медицинская сумка на плече мгновенно налилась свинцом. Он поставил ее на стул.

— Ах ты, сука паскудная!
— Ты что? Да что с тобой?
— Ах ты, сука паскудная! — повторил он. — А я-то, осел, поверил!

Снова подхватив сумку, он повернулся к двери. Она тут же очутилась рядом.

— Ты куда? Только не уходи! Ты не смеешь меня бросить! Если уйдешь, я ни за что не ручаюсь!

— Вранье! — бросил он. — Жалкое вранье! Хоть бы врала по-человечески, а это ж такая дешевка — с души воротит! Нашла чем шутить!

Но она уже тащила его от двери.

— Да ты только посмотри! Посмотри, что было! Сам увидишь! Погляди, что он устроил. И мне страшно — вдруг он снова придет! Ты не знаешь, какой он бывает...

На полу опрокинутый стул. И лампа в придачу. Несколько осколков стекла.

— Обувайся, когда по дому ходишь. Не то порежешься. Это все, что я тебе могу посоветовать.

Между осколками валялась фотокарточка. Равич раздвинул осколки ногой, фотокарточку поднял.

— На вот. — Он бросил фото на стол. — И оставь меня в покое.

Она все еще стоит у него на пути. И смотрит в упор. Только лицо опять совсем другое.

— Равич, — сказала она тихо, сдавленным голосом, — можешь обзывать меня как хочешь. Я часто врала. И дальше буду врать. Мне так хотелось...

Она отшвырнула фотокарточку, и та, скользнув по столу, перевернулась лицом вверх. На фото был совсем другой мужчина, не тот, с кем Равич видел ее в «Клош д'Ор».

— Всем правду подавай! — бросила она с нескрываемым презрением. — Все только и твердят: не ври, не ври! Говори только правду! А скажешь правду — так вы же первые и не выдерживаете. Ни один! Но тебе-то я совсем редко врала. Тебе — нет. С тобой я не хотела...

— Ладно, — буркнул Равич. — Не будем в это вдаваться. — Сейчас, как ни странно, она опять чем-то его растрогала. И он из-за этого злился. Не намерен он больше подставлять ей душу.

— Нет. С тобой мне это было не нужно, — сказала она, глядя на него почти с мольбой.

— Жоан...

— Я и сейчас не вру. Ну или не совсем вру, Равич. Я тебе позвонила, потому что и правда боялась. Только-только его за дверь выставила и на замок заперлась. И первое, что мне в голову пришло, — это тебе позвонить. Что же тут такого?

— Не больно ты была напугана, когда я приехал.

— Так он ушел уже. И я знала, что ты приедешь, поможешь.

— Ну и прекрасно. Тогда все в порядке и я могу идти.

— Но он же снова заявится. Он кричал, что вернется. А сейчас сидит где-то и напивается. Я-то знаю. А когда он пьяный приходит, он не как ты. Он пить не умеет...

— Все, хватит с меня! — перебил ее Равич. — Кончай валять дурака. Дверь у тебя крепкая. И больше так не делай.

Она умолкла ненадолго.

— А что мне тогда делать? — вдруг выпалила она.

— Ничего.

— Я тебе звоню — три раза, четыре, — а тебя нет, или ты трубку не берешь. А если берешь, так сразу «оставь меня в покое». Это как прикажешь понимать?

— Да так и понимать.

— Так и понимать? И как же именно? Человек не машина, захотел — включил, не захотел — выключил. То у нас ночь любви — и все прекрасно, все замечательно, а потом вдруг...

Она умолкла, не спуская с него глаз.

— Я знал, что так и будет, — проговорил он тихо. — Я знал — ты обязательно захочешь этим попользоваться. Как это на тебя похоже! Ведь знала же — то был последний раз, и на этом все. Да, ты пришла ко мне, и именно потому, что это последний раз, все было как было, и это прекрасно, потому что было прощание, и мы были упоены друг другом, и в памяти осталось бы именно это — но ты, как последняя торгашка, решила все передернуть, попользоваться случаем, заявить какие-то права, лишь бы то единственное, неповторимое, что у нас было, перечеркнуть попыткой жалкого, пошлого продолжения! А когда я не соглашаюсь, прибегаешь к совсем уж мерзкому трюку, и в итоге мы в который раз пережевываем все ту же жвачку, рассуждая о вещах, о которых даже упоминать — и то бесстыдство.

— Но я...

— Все ты прекрасно знаешь, — перебил он ее. — И кончай врать. Даже повторять не хочу все, что ты тут наплела. Противно. Мы оба все знали. И ты сама сказала, что больше не придешь.

— А я и не приходила!

Равич пристально посмотрел ей в глаза, но сдержался, хотя и с трудом.

— Хорошо, пусть. Но ты позвонила.

— Позвонила, потому что мне было страшно!

— О господи! — простонал Равич. — Ну что за идиотизм! Все, я сдаюсь!

Она робко улыбнулась.

— Я тоже, Равич. Разве ты не видишь: я хочу только одного — чтобы ты остался.

— Это как раз то, чего я не хочу.

— Почему? — Она все еще улыбалась.

Равич чувствовал: никакие слова тут не помогут. Она просто-напросто не хочет его понимать, а начни он объяснять все снова, одному богу известно, чем это может кончиться.

— Это просто мерзость и разврат, — сказал он наконец. — Только ты этого все равно не поймешь.

— Как знать, — почти нараспев протянула она. — Может, и пойму. Только между сегодня и тем, что было у нас неделю назад, какая разница?

— Ну все, начинай сначала.

Она долго смотрела на него молча.

— Мне все равно, как там что называется, — проговорила она наконец.

Равич молчал. Понимал, что бит по всем статьям.

— Равич, — сказала она, подойдя чуть ближе. — Да, я говорила в ту ночь, что все кончено. Говорила, что ты больше обо мне даже не услышишь. Говорила, потому что ты так хотел. А если не исполнила, ну неужели не понятно — почему?

И смотрит в глаза как ни в чем не бывало.

— Нет! — грубо отрезал Равич. — Мне одно понятно: ты хочешь и дальше спать с двумя мужиками.

Она и бровью не повела.

— Это не так, — помолчав, возразила она. — Но даже если бы это было так, тебе-то что за дело?

В первую секунду он даже опешил.

— Нет, серьезно, тебе-то что за дело? — повторила она. — Я люблю тебя. Разве этого не достаточно?

— Нет.

— Тебе не следует ревновать. Кому-кому, а тебе нет. Да ты и не ревновал никогда...

— Неужели?

— Да конечно. Ты вообще не знаешь, что такое ревность.

— Да где уж мне. Я ведь не закатываю сцены, как твой ненаглядный...

Она улыбнулась.

— Равич, — снисходительно протянула она, — ревность вдыхаешь с воздухом, которым до тебя дышал другой.

Он не ответил. Вот она стоит перед ним, смотрит. Смотрит и молчит. Воздух, тесная прихожая, тусклый полусвет — все вдруг почему-то полнится ею. Ее ожиданием, ее безмолвным, мягким, но до беспамятства властным притяжением, словно ты на высоченной башне стоишь и через перила вниз смотришь, и уже голова кругом идет. Равич всеми фибрами, физически ощущал это ее тяготение. Но не хотел снова попадаться в ловушку. Хотя и уходить раздумал. Если он сейчас просто так уйдет, этот безмолвный призыв будет его потом преследовать. Он должен со всей ясностью положить этому конец. К завтрашнему дню ему во всем понадобится полная ясность.

— У тебя есть что-нибудь выпить? — спросил он.

— Да. Чего тебе дать? Кальвадоса?

— Коньяку, если есть. Хотя можно и кальвадоса. Все равно.

Она направилась к буфету. Он смотрел ей вслед. Этот сладкий ветерок, это незримое излучение соблазна, это неизреченное, но явственное «поди сюда, совьем гнездышко», это вечное мошенство, — как будто мир и покой в биении крови и вправду можно обрести дольше, чем на одну ночь!

Ревность. Это он-то не знает, что такое ревность? Может, ему и о бедах любви ничего не известно? И разве эта боль — куда древней, куда неутолимей, чем мелкое, личное своекорыстие, — не страшней всякой ревности? Разве не начинаются эти беды с простой и страшной мысли, что один из вас умрет раньше другого?

Кальвадос Жоан не подала. Принесла бутылку коньяка. Хорошо, мелькнуло у Равича. Иногда она все-таки хоть что-то чувствует. Он отодвинул фотографию, чтобы было куда поставить рюмку. Потом, однако, снова взял карточку в руки. Самое простое средство смягчить боль — как следует рассмотреть того, кто пришел тебе на смену.

— Что-то память стала сдавать, даже странно, — проговорил он. — Мне казалось, твой ненаглядный выглядит совсем иначе.

Она поставила бутылку на стол.

— Так это вовсе не он.
— Ах вон что, уже другой кто-то...
— Ну да, из-за этого и весь сыр-бор разгорелся.

Равич на всякий случай как следует хлебнул коньяка.

— Уж пора бы тебе знать: не стоит расставлять в доме фотографии мужчин, когда приходит бывший любовник. Да и вообще не стоит расставлять ничьих фотографий. Это пошлятина.

— А я и не расставляла. Он сам нашел. Целый обыск устроил. А фотографии нужны. Тебе не понять. Такое только женщина понимает. Я не хотела, чтоб он ее видел.

— И нарвалась на скандал. Ты что, зависишь от него?

— Нет. У меня свой контракт. На два года.

— Но это он тебе его устроил?

— А почему нет? — Она искренне удивилась. — Что тут такого?

— Да ничего. Просто в таких случаях некоторые доброхоты страшно обижаются, если не чувствуют ответной благодарности.

Она только вскинула плечи. И он тут же увидел. Вспомнил. И защемило сердце. Эти плечи, когда-то вздымавшиеся рядом с ним покойно, размеренно, во сне. В вечернем небе мимолетная стайка птиц, вдруг полыхнувшая оперением в лучах заката. Давно? Насколько давно? Ну же, незримый счетовод, подскажи! Вправду ли совсем похоронено, или еще живы, еще подрагивают какие-то отголоски чувств? Только кто же это знает?

Окна распахнуты настежь. Вдруг что-то влетело, клочком тени мелькнуло на свету, запорхало, затрепетало под абажуром, замерло, осторожно раскрывая крылья, расправив их во всю ширь, и обернулось сказочным пурпурно-золотисто-лазурным видением, королевой ночи, воцарившейся на мерцающем шелку абажура, — роскошной ночной павлиноглазкой. Тихо вздымались и опускались бархатные молочно-кофейные крылья, так же тихо и мерно, как грудь стоящей напротив него женщины под тонкой материей платья, — где, когда это уже было однажды в его жизни, когда-то несказанно давно, целую вечность назад?

Лувр? Ника? Нет, гораздо раньше. Назад, назад, в солнечно-пыльную завесу прошлого. Курится фимиам над топазами алтарей, все громче рокот вулканов, все темнее сумрак страстей в крови, все утлее челн познания, все бурливее жерло воронки, все пунцовее и раскаленнее лава, черно-багровыми языками оползающая со склонов, накрывая и пожирая смертоносным жаром все живое вокруг, — и вечная насмешка горгоны Медузы над тщетными усилиями духа, этими зыбкими письменами на песках времен.

Бабочка встрепенулась, нырнула под шелк абажура и полетела опалять себе крылья о раскаленную электрическую лампочку. Фиолетовая пыльца. Равич поймал несмышленую красавицу, отнес к окну и выпустил в сумрак ночи.

— Снова прилетит, — равнодушно проронила Жоан.

— Может, и нет.

— Да каждую ночь прилетают. Из парка. Все время одни и те же. Пару недель назад были желтые, лимонные такие. А теперь эти.

— Ну да, все время одни и те же. Хотя и разные. Все время разные, хотя и одни и те же.

Что он несет? Это не он говорит, это что-то вместо него, как будто суфлер за спиной. Отраженный звук, эхо — гулкое, далекое, с отрогов последней надежды. А на что он надеялся? И что подкосило его в эту внезапную минуту слабости, полоснуло словно скальпелем там, где, как ему казалось, все давно уже заросло здоровой мышечной тканью? Что затаилось в нем гусеницей, куколкой, погрузившись в зимнюю спячку, — ожидание, все еще живое, как ни старался он его обмануть? Он взял в руки фото со стола. Снимок как снимок. Лицо как лицо. Таких миллионы.

— И давно? — спросил он.

— Да нет, недавно. Работаем вместе. Несколько дней. Когда ты в «Фуке»...

Он предостерегающе вскинул руку.

— Хорошо, хорошо! Я уже знаю! Если бы я в тот вечер... ты сама знаешь, что это неправда.

Она задумалась.

— Это не так...

— Ты прекрасно знаешь! И не ври мне! Ничто настоящее так быстро не проходит.

Что он хочет услышать? К чему все это говорит? На милосердную ложь напрашивается?

— Это и правда, и неправда, — сказала она. — Я ничего не могу с собой поделать, Равич. Меня как будто тащит что-то. Словно я вот сейчас, сию секунду что-то упущу. Ну, я и хватаю, не могу удержаться, хвать, а там пусто. И я за следующее хватаюсь. И знаю ведь заранее, чем все кончится, что одно, что другое, а все равно не могу. Меня тащит, бросает, то туда, то сюда, и все не отпустит никак, это как голод, только ненасытный, и никакого сладу с ним нет.

Вот и конец, подумал Равич. Теперь уж взаправду и навсегда. Теперь уж точно без обмана, без всяких там метаний, возвращений и надежд. Полная, спасительная определенность — как она пригодится, когда пары разгоряченной фантазии снова затуманят окуляры рассудка.

О, эта химия чувств, вкрадчивая, горькая, неумолимая! Буйство крови, бросившее их однажды друг к другу, никогда не повторится с прежней чистотой и силой. Да, в нем еще остался островок, куда Жоан пока не проникла, который не покорила, — потому-то ее и влечет к нему снова и снова. Но, добившись своего, она тут же уйдет навсегда. Кому же охота этого дожидаться? Кто на такое согласится? Кто станет так собой жертвовать?

— Вот бы мне твою силу, Равич.

Он усмехнулся. Еще и это.

— Да ты в сто раз сильнее меня.

— Нет. Ты же видишь, вон как я за тобой бегаю.

— Это как раз признак силы. Ты можешь себе такое позволить. Я нет.

Она глянула на него пристально. И тут же лицо ее, прежде такое светлое, мгновенно потухло.

— Ты не умеешь любить, — проронила она. — Никогда не бросаешься с головой в омут.

— Зато ты бросаешься. И всегда находится охотник тебя спасти.

— Неужели нельзя поговорить серьезно?

— Я серьезно говорю.

— Если всегда находится охотник меня спасти, почему я от тебя никак не избавлюсь?

— Ты то и дело от меня избавляешься.

— Прекрати! Ты же знаешь, это совсем другое. Если бы я от тебя избавилась, я бы за тобой не бегала. Других-то я забывала. А тебя не могу. Почему?

Равич хлебнул еще коньяку.

— Наверно, потому, что не смогла меня до конца захомутать.

На миг она опешила. Потом покачала головой:

— Мне совсем не всех удавалось захомутать, как ты изволишь выражаться. А некоторых и вовсе нет. И все равно я их забыла. Я была с ними несчастлива, но я их забыла.

— И меня забудешь.

— Нет. Ты меня тревожишь. Нет, никогда.

— Ты даже не представляешь себе, сколько всего способен забыть человек, — сказал Равич. — Это и беда его, но иногда и спасение.

— Ты мне так и не объяснил, отчего все у нас так...

— Этого мы оба объяснить не сумеем. Разглагольствовать можно сколько угодно. А толку будет все меньше. Есть вещи, которые невозможно объяснить. А есть вещи, которые невозможно понять. В каждом из нас свой клочок джунглей, и слава богу, что он есть. А теперь я пойду.

Она вскочила.

— Но ты не можешь оставить меня одну.

— Тебе так хочется со мной переспать?

Она вскинула на него глаза, но промолчала.

— Надеюсь, нет, — добавил он.

— Зачем ты спрашиваешь?

— Так, забавы ради. Иди спать. Вон, светает уже. Утро — неподходящее время для трагедий.

— Ты правда не хочешь остаться?

— Нет. И я никогда больше не приду.

Она замерла.

— Никогда?

— Никогда. И ты никогда больше ко мне не придешь.

Она задумчиво покачала головой. Потом кивнула на фотографию.

— Из-за этого?

— Нет.

— Тогда я тебя не понимаю. Мы ведь могли бы...

— Нет! — отрезал он. — Только этого недоставало. Уговора остаться друзьями. Огородик дружбы на лаве и пепле угасших чувств. Нет, мы не могли бы. Только не мы. После легкой интрижки такое возможно. Хотя тоже штука скользкая. Но любовь... Не стоит осквернять любовь подобием дружбы. Что кончено, то кончено.

— Но почему именно сейчас?

— Тут ты права. Раньше надо было. Как только я из Швейцарии вернулся. Но все знать никому не дано. А иногда и не хочется. Это была... — Он осекся.

— Что это было? — Она стояла перед ним, будто и вправду не понимая и жадно дожидаясь ответа. Вся бледная, глаза светлые-светлые. — Ну правда, Равич, что же это такое с нами было? — прошептала она.

Сумрак прихожей за дымкой ее волос, мглистый, зыбкий, словно ствол шахты, где в самом конце, в росе чаяний многих и многих поколений теплится свет надежды.

— Любовь, — договорил он.

— Любовь?

— Любовь. Потому-то теперь все и кончено.

И он закрыл за собой дверь. Лифт. Он нажал кнопку. Но ждать не стал. Боялся, что Жоан выскочит следом. Быстро пошел вниз по лестнице. Даже странно, что не слышно открываемой двери. Сбежав на два этажа ниже, даже остановился, прислушался. Тихо. Никто и не думает его догонять.

Такси все еще стояло перед домом. Равич вообще про него забыл. Шофер уважительно козырнул и понимающе осклабился.

— Сколько? — спросил Равич.
— Семнадцать пятьдесят.
Равич расплатился.
— Обратно, что ли, не поедете? — удивился таксист.
— Нет. Пройтись хочу.
— Далековато будет.
— Я знаю.
— Чего тогда оставляли меня ждать? Одиннадцать франков ни за что ни про что.
— Не страшно.

Таксист чиркнул спичкой, пытаясь раскурить прилипший к губе, замусоленный, побуревший окурок.
— Что ж, надеюсь, оно того стоило...
— С лихвой! — бросил Равич.

Парк еще тонул в утренней дымке. Воздух уже прогрелся, но свет все равно был пока что какой-то зябкий. Кусты сирени, поседевшие от росы. Скамейки. На одной спал человек, укрыв лицо газетой «Пари суар». Как раз та самая скамейка, на которой Равич просидел всю ночь под дождем.

Он пригляделся к спящему. Газетенка плавно колыхалась в такт его дыханию, словно она ожила, стала бабочкой, вот-вот готовой взлететь, унося в небеса свои сенсационные известия. Равномерно вздымался и опускался жирный заголовок: «Гитлер заявляет: помимо Данцигского коридора, территориальных притязаний у Германии нет». И там же, чуть ниже: «Прачка убила мужа раскаленным утюгом». Под заголовком фотография: пышногрудая прачка в воскресном платье уставилась в объектив. Рядом с ней, под шапкой «Чемберлен заявляет: мир все еще возможен», как на волнах покачивался скучный банковский клерк с зонтиком и глазами счастливой овцы. У него под ногами, шрифтом помельче, еще одна заметка: «Сотни евреев убиты на границе».

Человек, укрывшийся сонмом таких новостей от ночной прохлады и утреннего света, спал глубоком, покойным сном.

На нем были старые, потрескавшиеся парусиновые башмаки, серо-бурые заношенные брюки и уже изрядно потрепанный пиджачишко. И не было ему ровным счетом никакого дела до всех на свете последних известий — вот так же глубоководные рыбы ведать не ведают о бушующих где-то высоко над ними штормах.

Равич возвращался к себе в гостиницу «Интернасьональ». На душе было ясно и легко. Он сбросил с плеч все. Все, что уже не может ему понадобиться. Все, что могло ему только помешать, отвлекая от главного. Сегодня же он переедет в отель «Принц Уэльский». На два дня раньше срока. Пусть так — лучше лишний день подождать Хааке, чем упустить его.

XXVIII

Когда Равич спустился в вестибюль отеля «Принц Уэльский», там было почти безлюдно. За стойкой портье тихо играл портативный радиоприемник. По углам что-то прибирали горничные. Стараясь не привлекать внимания, Равич быстрым шагом прошел к выходу. Глянул на часы против двери. Пять утра.

Пройдя по проспекту Георга Пятого, он направился к «Фуке». Ни души. В ресторане уже закрыто. Он постоял перед входом. Потом поймал такси и поехал в «Шехерезаду».

Морозов стоял на дверях с немым вопросом в глазах.

— Пусто, — бросил Равич.

— Я так и думал. Сегодня и ждать не стоило.

— Да нет, сегодня уже пора бы. Как раз две недели.

— День в день нет смысла считать. Ты из отеля не выходил?

— Нет, с самого утра сидел безвылазно.

— Он завтра позвонит, — решил Морозов. — Сегодня у него какие-нибудь дела, а может, и вообще на день с отъездом задержался.

— Завтра с утра у меня операция.

— Так он и разбежался с утра звонить.

Равич ничего не ответил. Смотрел на подъехавшее такси, из которого вылез жиголо в белом смокинге. Жиголо помог выйти бледной женщине с лошадиными зубами. Морозов распахнул перед обоими дверь. Аромат «Шанель № 5» разнесся чуть не на всю улицу. Женщина слегка прихрамывала. Жиголо, расплатившись с таксистом, нехотя последовал за своей спутницей. Та ждала его в дверях. Глаза ее в свете фонарей над входом зелено блеснули. Зрачки сильно сужены.

— Утром он точно не позвонит, — подытожил Морозов, вернувшись.

Равич по-прежнему не отвечал.

— Если дашь мне ключ, я могу к восьми туда пойти, — предложил Морозов. — Подожду, пока ты не вернешься.

— Тебе спать надо.

— Ерунда. Могу в случае чего и в твоей койке вздремнуть. Хотя наверняка никто не позвонит, но для твоего спокойствия могу подежурить.

— Я оперирую до одиннадцати.

— Хорошо. Давай ключ. А то, чего доброго, ты от волнения какой-нибудь блистательной светской даме яичники к желудку пришпандоришь, и она через девять месяцев, вместо того чтобы нормально рожать, блевать будет. Ключ у тебя с собой?

— Да. Держи.

Морозов сунул ключ в карман. Потом достал жестянку мятных леденцов и предложил Равичу угоститься. Тот покачал головой. Тогда Морозов угостился сам, бросив несколько леденцов себе в рот. Они исчезли в зарослях его бороды, словно пташки в лесу.

— Освежает, — заметил он.

— Тебе случалось целый день просидеть в плюшевом сундуке и только ждать? — спросил Равич.

— Случалось и дольше. А тебе нет, что ли?

— Случалось. Но не с такой целью.

— Почитать у тебя ничего не было?

— Да было. Только я не мог. Сколько тебе еще тут работать?

Морозов поспешил распахнуть дверцу подъехавшего такси. Там оказалось полно американцев. Пришлось подождать, пока он всех впустит.

— Часа два, не меньше, — ответил Морозов, вернувшись. — Сам видишь, что делается. Сколько работаю — такого безумного лета не припомню. Жоан тоже там.

— Вот как.

— Угу. Уже с другим, если тебе это интересно.

Эрих Мария Ремарк

— Да нет, — бросил Равич. И повернулся, чтобы уйти. — Значит, завтра увидимся.

— Равич! — окликнул его Морозов.

Равич вернулся. Морозов уже вытаскивал из кармана ключ.

— Забери. Тебе же как-то в номер войти нужно. А я тебя до завтрашнего утра не увижу. Будешь уходить, просто оставь дверь открытой.

— Я не ночую в «Принце Уэльском». — Равич забрал ключ. — Чем меньше я там буду мелькать, тем лучше. Я в «Интернасьонале» сплю.

— Нет, тебе и ночевать надо там. Так лучше. А то, раз не ночуешь, значит, не живешь. Наводит на подозрения, если полиция персонал прощупывать начнет.

— Так-то оно так, зато можно доказать полиции, если уж она заявится, что я все это время в «Интернасьонале» жил. А в «Принце Уэльском» я все в лучшем виде устроил. Постель разворошил, полотенца намочил, в ванной наследил всюду, где можно. Все выглядит так, будто я просто рано ушел.

— Отлично. Тогда давай ключ обратно.

Равич покачал головой:

— Будет лучше, если тебя там не увидят.

— Ерунда.

— Брось, Борис. Не будем дураками. Такую бороду не каждый день на улице встретишь. Кроме того, ты совершенно прав: мне надо жить, как всегда, словно ничего особенного не происходит. А если Хааке и впрямь вдруг надумает позвонить завтра утром, что ж, позвонит еще раз после обеда. Не могу же я все время у телефона торчать, этак я совсем психом стану.

— Так куда ты сейчас?

— Спать пойду. Рассчитывать, что он в такое время позвонит, это уж полный бред.

— Если хочешь, можем днем где-нибудь встретиться.

— Нет, Борис. Когда ты здесь освободишься, я, надеюсь, уже спать буду. Мне завтра в восемь оперировать.

Морозов глянул на него с сомнением.

— Ладно. Тогда я зайду к тебе в «Принц Уэльский» завтра после обеда. А если раньше будут новости, позвони.

— Хорошо.

Улицы. Город. Меркнущий багрянец неба. Меж вереницами домов тускнеет палитра рассвета — алый, белый, голубой. Ветер, льнущий к углам бистро, как ластящаяся кошка. Наконец-то люди, воздух после суток ожидания в душном гостиничном номере. Равич шел вдоль по улице, что начинается за «Шехерезадой». Деревья в пеналах решеток, в свинцовых тисках ночного города хотя и робко, но все равно дышали свежестью леса. Он вдруг ощутил страшную полуобморочную усталость и опустошение. «Если все бросить, — нашептывало что-то внутри, — если все просто бросить, забыть, как змея сбрасывает старую, полинялую кожу? Какое мне дело до этой мелодрамы былых, почти забытых времен? Какое мне дело даже до этого ничтожества, ведь оно — всего лишь мелкий, случайный винтик, тупое орудие дремучего Средневековья, вдруг затмившего собой самое сердце Европы?»

Какое ему до всего этого дело? Запоздалая встречная шлюха попыталась заманить его в подворотню. Уже под аркой она распахнула полы платья, которое, едва она развязала поясок, раскрылось, как крылья летучей мыши. Рыхлое тело смутно мерцало в полумраке. Длинные черные чулки, черный треугольник лона, черные впадины глаз, в которых уже не видно зрачков; дряблая, растленная плоть, гниль, которая вот-вот начнет фосфоресцировать...

Тут же, разумеется, и сутенер, прислонился к дереву, цигарка на губе, следит. По улице уже катят фургоны зеленщиков, усталые битюги, сонно кивая головами, везут тяжело, в натяг, бугры мышц так и ходят под кожей. Пряный дух трав, вилки цветной капусты, смахивающие на окоченелые мозги в оправе зеленых листьев. Пунцовый блеск помидоров, корзины с фасолью, луком, сельдереем, черешней.

Так какое же ему до всего этого дело? Одним больше, одним меньше. Одним из сотен тысяч, которые ничуть не лучше, а то и похуже. Одним меньше. Его вдруг словно током ударило. Он даже остановился. Вот оно! И в голове все разом прояснилось. Вот оно! Этим-то они и пользуются, благодаря этому всех и оседлали — люди устали, предпочитают забыть, каждый говорит «мне-то какое дело?». Вот оно! Одним меньше! Да, пусть одним меньше — казалось бы, пустяк, но это все! Все! Он не торопясь достал из кармана сигарету, не торопясь закурил. И внезапно, пока желтый огонек спички высвечивал изнутри пещерку его ладоней с бороздами морщин, он ясно осознал: да, теперь он убьет Хааке, и ничто его не остановит. Почему-то вдруг это оказалось важнее всего. И дело тут вовсе не в его личной мести. Тут гораздо больше. Как будто, не сделай он этого, он окажется виновником чудовищного преступления — и мир из-за его бездействия понесет невозвратимую утрату. Краем сознания он прекрасно понимал, что на самом деле это не так, — и все равно, презрев все рассуждения, все доводы логики, мрачная решимость вздымалась и крепла в его крови, словно от нее исходят незримые волны чего-то по-настоящему великого, что случится позже. Он знал — Хааке всего-навсего рядовой порученец ужаса; но он знал теперь и другое: важно, бесконечно важно его убить.

Огонек в пещерке ладоней потух. Он отбросил спичку. Паутина сумерек еще окутывала кроны деревьев. Серебристая пряжа, подхваченная пиццикато просыпающихся воробьев. Он с изумлением оглядывался по сторонам. Что-то в нем изменилось. Незримый суд свершился, приговор оглашен. С какой-то болезненной отчетливостью он видел деревья, желтую стену дома, серый чугун ограды, улицу в голубоватой дымке — и ясно понимал, что никогда ничего из этого не забудет. И лишь в эту секунду он окончательно осознал: он убьет Хааке, и это будет не его личное дело, а нечто гораздо большее. Это будет начало.

Он как раз проходил мимо «Осириса». Из дверей вывалилось несколько пьяных. Глаза остекленевшие, морды красные. Такси не было. Чертыхаясь, они постояли немного, потом тяжело, вразвалку пошли пешком, громко переговариваясь и гогоча. Говорили по-немецки.

Равич вообще-то направлялся в гостиницу. Но сейчас передумал. Вспомнил, что говорила ему Роланда: в последнее время в «Осирисе» частенько бывают немцы. Он вошел.

В своем неизменном строгом платье гувернантки Роланда стояла возле бара, холодно наблюдая за происходящим. Сотрясая декор египетских древностей, из последних сил гремела усталая пианола.

— Роланда! — окликнул Равич.

Она обернулась.

— Равич! Давненько ты у нас не был. Очень кстати, что ты пришел.

— А что такое?

Он встал рядом с ней возле бара, поглядывая в зал. Гостей оставалось уже немного. Да и те сонно клевали носом за столиками.

— Все, я здесь заканчиваю, — сообщила она. — Через неделю уезжаю.

— Совсем?

Она кивнула и извлекла из выреза платья телеграмму.

— Вот.

Равич развернул, пробежал глазами, отдал.

— Тетушка твоя? Умерла наконец?

— Да, и я уезжаю. Уже объявила хозяйке. Она вне себя, но сказала, что меня понимает. Жанетта меня заменит. Но ей еще долго осваиваться. — Роланда рассмеялась. — Бедная хозяйка. Она-то собиралась в этом году блистать в Каннах. На вилле у нее уже гостей полно. Она же у нас год назад графиней стала. Вышла замуж за старичка из Тулузы. По пять тысяч в месяц ему выплачивает, но с условием, что он из Тулузы ни ногой. А теперь ей здесь придется торчать.

— И что, правда открываешь свое кафе?

— Да. Целыми днями только и знаю, что бегаю, заказываю все. В Париже-то дешевле. Материал вот на портьеры. Взгляни, как тебе узорчик?

Теперь она извлекла из выреза платья мятый лоскут. Цветы на желтом фоне.

— Красота, — сказал Равич.

— За треть цены. Распродажа с прошлого сезона. — Глаза Роланды светились радостным теплом. — Триста семьдесят франков сэкономила. Неплохо, правда?

— Замечательно. Ну а замуж?

— Конечно.

— Зачем тебе замуж, Роланда? Куда торопиться? Почему бы тебе, пока ты сама себе хозяйка, сперва все свои дела не устроить, а уж потом и замуж можно?

Роланда от души рассмеялась.

— Много ты понимаешь в коммерции, Равич! Без хозяина дело не пойдет. Раз кафе — значит, должен быть хозяин. Уж мне ли не знать?

Она стояла перед ним, крепкая, спокойная, уверенная в себе. Она уже все обдумала. Раз кафе — значит, хозяин.

— Хотя бы денежки свои на него не торопись переписывать, — посоветовал Равич. — Сперва погляди, как дело пойдет.

Она снова рассмеялась.

— Да знаю я, как оно пойдет. Мы же не дураки, не враги себе. К тому же делом будем повязаны. А мужик, какой он хозяин, если денежки у жены? Нет, мне прощелыга-иждивенец ни к чему. Мне такой нужен муж, чтобы я его уважала. А как я его буду уважать, если он за каждым сантимом ко мне бегать будет? Согласен?

— Пожалуй, — сказал Равич, хотя согласен не был.

— Вот и хорошо. — Она удовлетворенно кивнула. — Выпьешь чего-нибудь?

— Сегодня ничего. Надо идти. Я просто так заглянул. Мне завтра работать с утра.

Она слегка удивилась.

— Да ты трезвый как стеклышко. Может, девочку хочешь?

— Нет.

Одним мановением руки Роланда направила двух девиц к гостю, который обмякшим мешком уснул на банкетке. Остальные их товарки веселились вовсю. Лишь немногие еще сидели на высоких табуретках, расставленных в два ряда посреди зала. Прочие же, словно детвора зимой на льду, устроили катание на гладких каменных плитах коридора: попарно подхватывали третью, присевшую на корточки, и во всю прыть тащили ее за собой. Развевались волосы, тряслись упругие груди, белели плечи, ничего уже не прикрывали коротенькие шелковые комбинашки, девицы верещали от восторга, и весь «Осирис» внезапно превратился чуть ли не в Аркадию, в этакую хрестоматийную обитель цветущей невинности.

— Лето, — снисходительно вздохнула Роланда. — Пусть маленько развеются хотя бы с утра. — Она вскинула на него глаза. — В четверг у меня прощальный вечер. Хозяйка дает обед в мою честь. Придешь?

— В четверг?

— Ну да.

Четверг, думал Равич. Через неделю. Целая неделя еще. Семь дней — как семь лет. Четверг — тогда уже все давно будет исполнено. Четверг — разве можно так далеко загадывать?

— Конечно, — сказал он. — А где?

— Здесь. В шесть.

— Хорошо. Обязательно приду. Счастливо отоспаться, Роланда.

— И тебе тоже, Равич.

Это накатило, когда он ввел ретрактор. Его словно обдало удушливой волной, даже в глазах потемнело. Он на миг замер. Перед ним алым пятном вскрытая брюшная полость, легкий парок от прокипяченных стерильных салфеток для работы на кишечнике, кровь, слегка сочащаяся из тонких сосудов под зажимами, — тут он поймал на себе встревоженный, непонимающий взгляд Эжени, в металлическом свете ламп отчетливо увидел и широкое лицо Вебера, каждый волосок на его усах, дырочки пор на распаренной коже — и только тогда окончательно пришел в себя и продолжил работу.

Он уже ушивал рану. Вернее, не он, а его руки, они работали сами, машинально. Полость закрывалась. А он чувствовал только, как по рукам от подмышек и плеч струится холодный пот. И по всему телу тоже.

— Вы не закончите? — спросил он у Вебера.
— Разумеется. А что такое?
— Да ничего. Жара. Не выспался.

Озабоченный взгляд Эжени не укрылся и от Вебера.

— Бывает, Эжени, — сказал он. — Даже с великими.

Перед глазами все слегка плыло. И жуткая усталость. Вебер продолжил накладывать шов. Равич помогал автоматически. Язык во рту чудовищно разбух. И как будто ватный. Он старался дышать реже. Маки, думал он. Алые маки во Фландрии. Алое пятно вскрытой раны. Раскрывшийся цветок мака, алое бесстыдство чуда и тайны, жизнь, трепетная, беззащитная, совсем близко под руками и скальпелем. Внезапное подрагивание рук, словно откуда-то издалека, незримым магнитом, сама смерть под локоть подталкивает. «Так я не могу оперировать, — пронеслось в голове. — Пока не пройдет, не могу».

Вебер уже смазывал йодом закрытый шов.

— Готово дело.

Эжени опустила изножье операционного стола и тихо вывезла каталку из операционной.

— Сигарету? — предложил Вебер.

— Нет. Мне бы уйти. Уладить кое-что. Тут дел не осталось?

— Нет. — Вебер смотрел на Равича с удивлением. — Куда вы так спешите? Может, выпьете хотя бы вермута с содовой или еще чего-нибудь прохладительного?

— Нет-нет. Надо бежать. Я и не думал, что уже так поздно. Пока, Вебер.

И он быстро вышел. Такси, стучало в голове. Такси, скорее. Он увидел подъезжающий «ситроен», остановил.

— «Отель «Принц Уэльский», скорее!

«Надо сказать Веберу, пусть несколько дней обходится без меня, — думал он. — Так никуда не годится. Я просто с ума сойду, если еще раз во время операции подумаю: а вдруг Хааке вот сейчас, сию секунду, мне звонит?»

Он расплатился с таксистом, прошмыгнул через вестибюль. Вызванный лифт спускался целую вечность. По широкому коридору он уже почти бежал, отпер дверь номера. Вот и телефон. Снял трубку, словно гирю поднял.

— Это фон Хорн. Мне не звонили?

— Минуточку, месье.

Равич ждал.

Наконец раздался голос телефонистки:

— Нет. Вам звонков не было.

— Благодарю.

Триумфальная арка

Морозов появился после двух.

— Ты уже ел?

— Нет. Тебя ждал. Вместе можем в номере пообедать.

— Глупости. Только зря внимание привлекать. В Париже, если ты не болен, никто еду в номер не заказывает. Сходи поешь. А я пока останусь. В это время и звонить-то никто не будет. Все обедают. Здесь это святое. Ну а в крайнем случае, если он вдруг и впрямь позвонит, я твой папаша, запишу его телефон и скажу, что ты через полчаса будешь.

Равич все еще колебался.

— Хорошо, — наконец согласился он. — Вернусь через двадцать минут.

— Не спеши. Ты и так целыми днями его ждешь. Тебе нельзя так нервничать. К «Фуке» пойдешь?

— Ну да.

— Закажи разливного «Вувре», только тридцать седьмого года. Я только что пил. Винцо первый класс.

— Хорошо.

Равич спустился на лифте. Быстро перешел на другую сторону улицы. Дойдя до ресторана, обошел всю террасу. Потом заглянул в зал. Хааке нигде не видно. Выбрав столик с видом на проспект Георга Пятого, он заказал говядину по-французски, салат, козий сыр и графинчик «Вувре».

Вроде бы он ел и в то же время как будто смотрел на себя со стороны. Сделал усилие и заставил себя оценить вкус вина, и вправду превосходный — легкий, приятно пощипывающий нёбо. Обедал неспешно, поглядывая по сторонам, любуясь на небо, голубым шелковым стягом реющее над Триумфальной аркой, под конец заказал себе еще и кофе, с удовольствием ощутил во рту приятную горечь, после чего с чувством, с толком, не желая себя поторапливать, выкурил сигарету, а потом и просто так посидел, поглазел на прохожих и лишь после этого встал, пересек улицу и направился в отель «Принц Уэльский», немедленно обо всем прочем позабыв.

— Ну, как «Вувре»? — полюбопытствовал Морозов.
— Отличное.
Морозов уже доставал карманные шахматы.
— Сыграем партию?
— Пожалуй.
Они расставили фигуры, втыкая их в отверстия на клеточках доски. Морозов расположился в кресле, Равич на софе.
— Не думаю, что продержусь здесь больше трех дней без паспорта, — сказал он.
— У тебя его уже спрашивали?
— Пока нет. Обычно они смотрят паспорта и визы при заселении. Я поэтому въехал ночью. Ночной портье, совсем мальчишка, лишних вопросов не задавал. Я сказал, что номер мне нужен на пять суток.
— В дорогих отелях на формальности обычно смотрят сквозь пальцы.
— И все-таки, если придут и спросят паспорт, надо будет как-то выкручиваться.
— Пока что не придут. Я узнавал в «Георге Пятом» и в «Ритце». Ты записался американцем?
— Нет. Голландцем. Из Утрехта. Конечно, с немецким именем не очень складно вяжется. Я поэтому на всякий случай чуток подправил. Вместо фон Хорн записал Ван Хорн. На слух почти одинаково, если Хааке позвонит.

— Хорошо. Думаю, все обойдется. Тем более номер ты снял не из дешевых. Они постараются тебя не беспокоить.

— Надеюсь.

— Жаль, что ты Хорном записался. Я мог бы раздобыть тебе удостоверение личности — комар носа не подточит, и еще целый год действительно. От приятеля осталось, он полгода назад умер. При освидетельствовании мы его выдали за беженца без документов. Уберегли таким образом настоящее, без туфты, удостоверение. Похоронили за казенный счет, бог весть где, под именем Йозеф Вайс. Ему-то уже все равно. А по его бумагам уже двое эмигрантов пожить успели. Иван Клюге. Имя русское, фамилия нет. Фотография выцветшая, в профиль, без печати, подменить легче легкого.

— Да нет уж, так лучше, — рассудил Равич. — Как только я отсюда съеду, не останется ни Хорна, ни бумаг.

— Зато мог бы вообще полиции не бояться. Но она и так не придет. Они не проверяют отели, где номера дороже сотни за сутки. Я знаю одного беженца, так тот уже лет пять в «Ритце» без паспорта живет. Единственный, кто об этом знает, ночной портье. Ты, кстати, уже придумал, что скажешь, если у тебя все-таки спросят паспорт?

— Само собой. Мой паспорт в аргентинском посольстве, сдан на визу. Пообещаю завтра же его привезти. Оставлю здесь чемодан, а сам смоюсь. Время у меня будет. Это ж администрация отеля, а не полиция. Пока еще они сообщат. По моим расчетам. Только вся вот эта затея, конечно, лопнет.

— Ничего, все получится.

Они играли до половины девятого.

— Теперь отправляйся ужинать, — распорядился Морозов. — Я тут подожду. А то потом мне на работу.

— Я лучше попозже здесь поем.

— Глупости. Пойди и поешь как следует. Если этот подонок позвонит, тебе, вероятно, сначала еще с ним выпивать придется. Пить лучше на сытый желудок. Ты хоть знаешь, куда его поведешь?

— Да.

— Я имею в виду: если ему захочется повеселиться и выпить?

— Конечно. Я знаю много мест, где на нас будет всем плевать.

— Тогда иди поешь. И не пей. Налегай на что-нибудь сытное, пожирнее.

— Хорошо.

Равич опять отправился через улицу к «Фуке». Ему казалось, все это происходит не с ним. Словно он книжку читает, или дурацкий фильм смотрит, или вообще ему все это снится. Он сперва опять обошел весь ресторан. На террасах было полно. Он оглядел каждый столик. Хааке нигде не было.

Место он выбрал неподалеку от двери, чтобы просматривалась и улица, и вход в ресторан. По соседству две дамочки что-то щебетали о новинках Скиапарелли и Мэнбоше. Рядом, ни слова не говоря, сидел субъект с жидкой бороденкой. За другим столиком в компании французов разговор шел о политике. Один был за «Огненные кресты», другой за коммунистов, остальные потешались над обоими. И между делом поглядывали на двух холеных, самоуверенных американок, потягивавших вермут.

Равич, пока ел и пил, то и дело посматривал на улицу. Не такой он дурак, чтобы не верить в случай. Это только в литературных шедеврах случайностей не бывает, а в жизни их хоть отбавляй, причем самых идиотских. Он просидел у «Фуке» примерно с полчаса. На сей раз это оказалось легче, чем днем. Напоследок он еще раз проверил террасу со стороны Елисейских полей и отправился обратно в отель.

— Вот ключ от твоей новой машины, — объявил Морозов. — Я тебе другую взял. Синий «тальбо» с кожаными сиденьями. У той-то сиденья были матерчатые. Кожа легче отмывается. Это кабриолет, хочешь, едешь с открытым, хочешь — с закрытым верхом. Только окна не закрывай. Если придется стрелять, стреляй так, чтобы пуля вылетела в окно, тогда и следов не останется. Машину я взял тебе на две недели. Когда сделаешь дело, потом ни в коем случае не ставь машину сразу в гараж. Оставишь просто в каком-нибудь переулке, лучше там, где много других машин. Пусть проветрится. Сейчас она на улице Берри, напротив «Ланкастера».

— Понял, — сказал Равич, кладя ключ рядом с телефоном.

— Вот документы на машину. Права я не смог тебе раздобыть. Слишком много людей пришлось бы подключать.

— Да не нужны мне права. В Антибе я все время без прав ездил.

Равич положил документы к ключам.

— Сегодня на ночь оставишь машину на другой улице, — сказал Морозов.

Кино, подумал Равич. Дешевая мелодрама.

— Я так и сделаю. Спасибо, Борис.

— Как бы я хотел быть с тобой рядом.

— А я нет. Бывают личные счеты, их в одиночку надо сводить.

— Тоже верно. Только помни: твоя задача — использовать шанс, а не предоставлять его. Уложишь мерзавца, и дело с концом.

Равич усмехнулся:

— Ты мне это уже в сотый раз повторяешь.

— А надо бы в тысячный. В критический момент человеку иной раз черт знает что в башку лезет. Вот в Москве, в девятьсот пятнадцатом, с Волковским так было. Кодекс чести, видите ли, ему в голову ударил. Правила благородной охоты. Мол, нельзя убивать человека без предупреждения, как бессловесную скотину. В итоге скотина эта его же и пристрелила. Сигарет у тебя достаточно?

— Пачек пять. Да здесь и по телефону что угодно заказать можно.

— Если в «Шехерезаде» меня не найдешь, приходи в гостиницу, буди, если что.

— Зайду обязательно. Даже если не будет новостей.

— Вот и отлично. Пока, Равич.

— Пока, Борис.

Равич запер за Морозовым дверь. В комнате разом повисла гнетущая тишина. Он сел в угол дивана. Уставился на обои. Штофные, синий шелк, декоративные планки. За два дня эти обои намозолили ему глаза куда больше тех, на которые он иной раз смотрел годами. Он уже видеть не мог и это зеркало, и серый войлок пола с темным пятном у окна, и каждый изгиб ночного столика, кровати, кресел с их стильной обивкой, ему все это до одури, до тошноты обрыдло, — все, кроме телефона...

XXIX

«Тальбо» стоял на улице Бассано, зажатый между «рено» и «мерседесом-бенц». «Мерседес» был новенький, с итальянскими номерами. Выводя машину из этих «тисков», Равич в спешке по недосмотру слегка задел задним бампером левое крыло «мерседеса», оставив на нем царапину. Ерунда, подумал он, рванул с места и покатил к бульвару Осман.

Ехал быстро. Приятно было чувствовать, как легко слушается тебя машина. Хоть что-то приятное, а то ведь на душе прямо надгробная плита.

Было четыре утра. Конечно, надо было еще подождать. Но ему внезапно все осточертело. Хааке скорее всего давно забыл их случайную встречу. А может, вообще больше в Париж не приедет. У этих молодчиков теперь других забот полон рот.

Морозов стоял на дверях «Шехерезады». Равич проехал мимо, поставил машину за углом и только после этого вернулся. Морозов смотрел как-то по-особому.

— Тебе передали, что я звонил?

— Нет. А в чем дело?

— Пять минут назад я тебе звонил. У нас немцы сидят. Один вроде похож...

— Где?

— Около оркестра. Единственный столик, где четверо мужиков. Как войдешь, сразу увидишь.

— Спасибо.

— Сядешь за маленький столик прямо у двери. Я для тебя велел попридержать.

— Спасибо, Борис.

В дверях Равич остановился. В зале темно. Виден только выхваченный лучом прожектора круг танцплощадки. Певичка в серебристом платье. Столб направленного света до того ярк, что в зале вообще ничего не разглядеть. Прищурившись, Равич попытался отыскать взглядом столик возле оркестра. Нет, не видно. За полосой лиловатого сияния провал кромешной тьмы.

Он сел за столик возле двери. Официант принес графинчик водки. Оркестр, казалось, вот-вот заснет. Слащавая мелодия все тянулась, тянулась без конца, — улитка и то быстрей ползет. J'attendrai — j'annendrai... «Я буду ждать. А что остается?»

Наконец певица стала раскланиваться. Аплодисменты. Равич подался вперед и вперился в зал, дожидаясь, когда погаснет проклятый прожектор. Но певица повернулась к оркестру. Цыган кивнул и уже снова прижимает к плечу свою скрипочку. Глухо и томно затренькали цимбалы. Еще одна песня! «La chapelle au clair de la lune»*. Равич закрыл глаза. Нет, он этого не вынесет!

Задолго до того, как песня кончилась, он уже снова выпрямился и весь напрягся. Наконец прожектор погас. Лампы на столах постепенно разгорались. Все равно в первые секунды видны были лишь смутные силуэты. Слишком долго он на яркий свет пялился. Он снова закрыл глаза, потом открыл. И только теперь сразу отыскал столик около оркестра.

Он медленно откинулся на спинку банкетки. Хааке среди них нет. Он еще долго сидел не двигаясь. Страшная усталость вдруг навалилась на плечи. Перед глазами все подрагивало. Словно волны накатывают. Музыка, гул голосов, общий приглушенный шум — после тишины гостиничного номера

---

* «Часовня в свете луны» (*фр.*).

и очередной неудачи все это как-то затуманивало голову. Словно какой-то калейдоскоп сна, убаюкивающая сила гипноза окутывает и без того усталые, измотанные бесплодным ожиданием клетки мозга.

Какое-то время спустя под колпаком матового света, снова накрывшим танцующих, он увидел и Жоан. Ее запрокинутое, распахнутое, жадное до жизни лицо, золото ее волос на плече спутника. И ничего не почувствовал. Мало кто бывает столь же чужд, как те, кого ты любил когда-то, подумал он устало. Когда разрывается таинственная пуповина между твоей фантазией и объектом твоих желаний, сам объект еще какое-то время светится, но уже неживым, призрачным светом угасшей звезды. Он еще светит, волнует, но уже не греет, уже ничего в себе не несет. Он откинул голову на спинку диванчика. Приятный холодок над провалами бездн. Темные тайны пола со всеми их сладкими именами и названиями. Цветники звезд над пучиной, в которой ты сгинешь, едва потянешься сорвать цветочек.

Он встряхнулся. Надо отсюда уходить, пока окончательно не заснул. Подозвал официанта.

— Сколько с меня?
— Да нисколько, — ответил тот.
— Как так?
— Да вы же ничего не выпили.
— Ах да, верно.

Он дал официанту на чай и вышел.

— Не то? — только и спросил Морозов.
— Нет, — бросил Равич.

Морозов все еще смотрел на него.

— Я сдаюсь, — сказал Равич. — К черту эту идиотскую, смехотворную игру в индейцев. Я уже пять дней жду. А Хааке мне сказал, что приезжает в Париж дня на два, на три, не больше. Значит, он уже снова убрался восвояси. Если вообще приезжал.

— Пойди отоспись, — посоветовал Морозов.

— Да не могу я спать! Сейчас поеду в «Принц Уэльский», заберу чемодан и сдам номер.

— Ладно, — рассудил Морозов. — Тогда, значит, завтра к обеду я туда подойду.

— Куда туда?

— В «Принц Уэльский».

Равич уставился на него молча.

— Ну да. Конечно. Ты прав, это я сдуру. Сгоряча. А может, и нет.

— Потерпи до завтрашнего вечера.

— Хорошо. Там поглядим. Счастливо отоспаться, Борис.

— И тебе тоже.

Равич проехал мимо «Осириса». Машину оставил за углом. Возвращаться к себе в «Интернасьональ» было тошно. Может, ему здесь соснуть пару часиков? Сегодня понедельник, в борделях по понедельникам тихо. Вон, даже швейцара нет. Вероятно, и гостей уже не осталось.

Роланда стояла возле двери, откуда просматривался весь огромный зал. В непривычной пустоте настырнее, чем всегда, гремела пианола.

— Не густо сегодня? — спросил Равич.

— Вообще никого. Только вон тот зануда остался. Распалился, как козел, а наверх ни в какую. Бывают такие, ты же знаешь. Ему и хочется, и колется. Тоже из немцев. Ну хоть на выпивку раскошелился, а нам все равно скоро закрываться.

Равич равнодушно глянул на единственный занятый столик. Гость сидел к нему спиной. Его обхаживали две девочки. Когда он склонился к одной из них, жадно лапая груди, Равич наконец увидел его лицо. Это был Хааке.

Сквозь гул в ушах до него донесся голос Роланды. Он не разобрал, что она ему говорит. Только успел понять, что отступил назад и стоит в дверях — отсюда можно видеть край стола, самому оставаясь незамеченным.

— Коньяку? — наконец пробился к нему голос Роланды.

Треньканье пианолы. Вокруг все слегка покачивается, спазм в груди. Равич до боли сжал кулаки. Хааке не должен его здесь увидеть. А Роланда тем более не должна заметить, что Равич с ним знаком.

— Нет, — откуда-то издалека услышал он собственный голос. — На сегодня с меня достаточно. Немец, говоришь? Не знаешь, кто такой?

— Понятия не имею. — Роланда пожала плечами. — Для меня они все на одно лицо. Хотя этот, по-моему, у нас впервые. Ты правда ничего не хочешь выпить?

— Нет-нет. Я так только заглянул... — Встретив внимательный взгляд Роланды, он заставил себя успокоиться. — Хотел только уточнить, когда у тебя прощальный вечер. В четверг или в пятницу?

— В четверг, Равич. Ты, надеюсь, придешь?

— Разумеется. Потому и зашел, хотел точно знать.

— В четверг в шесть.

— Замечательно. Теперь точно не опоздаю. Это я и хотел знать. Ну все, мне пора. Спокойной ночи, Роланда.

— Спокойной ночи, Равич.

Какая там ночь, белый день, аж глаза режет. И вокруг не дома, а дикий лес, каменные чащобы, оконные джунгли. Опять война, опять пустые улицы, за каждым углом патруль. Так, скорей в укрытие, в машину, мотор на ходу, ждем неприятеля.

Пристрелить, как только выйдет? Равич оглядел улицу. Несколько машин. Фонари еще горят. Парочка кошек. Вдали, у столба, смутный силуэт, не исключено, что и полицейский. «Номер машины на мое имя, грохот выстрела, Роланда только что видела». Он явственно услышал голос Морозова: «Зря не рискуй! Эта мразь того не стоит».

Швейцара нет. И такси нет! В понедельник в эту пору даже фургоны зеленщиков — и то редкость. В ту же секунду, словно в насмешку, из-за поворота вынырнул «ситроен» и, тарахтя, подкатил к дверям. Таксист закурил сигарету и громко зевнул. Равич почувствовал, как побежали по спине мурашки.

Он ждал.

Ждал, а в уме прикидывал: подойти к таксисту, сказать, что в «Осирисе» уже никого? Безумие. А если его спровадить, заплатить и отправить с поручением? К Морозову? Он вырвал листок из блокнота, черкнул несколько строк, раздумал, порвал, написал снова: «Не жди меня в "Шехерезаде"», подпись неразборчива...

Такси внезапно тронулось. Равич высунулся из окна, но не успел ничего разглядеть. Пока писал, пропустил самое главное: он не знал, сел Хааке в машину или нет. Врубил первую скорость. «Тальбо» рванул за угол следом за такси.

Через заднее стекло вроде никого не видно. Но Хааке может и в угол забиться. Он медленно обогнал такси. В салоне темно, ничего не разглядеть. Он отстал, потом снова поравнялся с машиной, прижимаясь как можно ближе. Теперь таксист его заметил, обернулся и, конечно, облаял:

— Куда прешь, кретин! Я те щас подрежу!
— Так ты дружка моего везешь!
— Проспись, дурило! — рявкнул тот. — Пустой иду, не видишь?

В ту же секунду Равич и сам увидел: счетчик у парня не включен. Он с ходу развернулся и помчал назад.

Хааке уже стоял на краю тротуара. Он вскинул руку.

— Такси! Такси!

Равич подкатил с ветерком и резко затормозил.

— Такси? — неуверенно спросил Хааке.
— Нет. — Равич выглянул из окна. — Приветствую вас, — сказал он.

Хааке впился в него взглядом. Глаза его прищурились.

— Не понял?
— Мы, кажется, знакомы, — сказал Равич по-немецки.

Хааке наклонился. Настороженность и недоверие не сразу сползли с его лица.

— Бог ты мой! Господин... фон... фон...
— Хорн.
— Точно! Точно! Господин фон Хорн! Ну конечно! Вот так встреча! Дружище, да где же вы пропадали?
— Как где? Тут, в Париже. Залезайте, садитесь. Я и не знал, что вы снова здесь.
— Я вам звонил, несколько раз звонил. Вы что, в другой отель перебрались?
— Да нет. По-прежнему в «Принце Уэльском». — Равич распахнул дверцу. — Садитесь. Подвезу. Такси в это время так просто не найдете.

Хааке поставил ногу на подножку. Дохнул перегаром. Лицо красное, распаренное.

— В «Принце Уэльском»? — повторил Хааке. — Черт возьми, так вот оно в чем дело! В «Принце Уэльском». А я-то в «Георг Пятый»названиваю! — Он радостно рассмеялся. — А там вас никто не знает. Теперь понятно. «Принц Уэльский», ну конечно! Перепутал. А старую записную книжку не взял. На память понадеялся.

Краем глаза Равич все время следил за входной дверью. Выходить не сразу начнут. Девчонкам еще переодеться надо. И все равно нужно как можно скорее усадить Хааке в машину.

— А вы, никак, сюда? — уже совсем по-свойски спросил Хааке.

— Вообще-то думал заглянуть. Да только поздно уже.

Хааке шумно потянул носом воздух.

— Именно что, дорогой мой! Я последним был. Все, закрылась лавочка.

— Ничего страшного. Тут все равно скукота. Махнем куда-нибудь еще. Садитесь!

— А что, еще что-то работает?

— Конечно! Стоящие заведения только-только начинают. А это так, для туристов...

— Неужели? А я-то думал... Тут такое... Бывает же...

— Полная ерунда! Есть такие места — нечего и сравнивать! А это просто обычный бордель.

Равич несколько раз газанул. Мотор взревел, потом снова заурчал ровно. Расчет оправдался: Хааке, отдуваясь, водрузился на сиденье рядом с ним.

— Чертовски рад снова вас видеть, — пропыхтел он. — Нет, без шуток.

Равич, перегнувшись через него, захлопнул дверцу.

— Я тоже весьма рад.

— А лавочка все-таки любопытная! Столько девок — и все почти нагишом! И как только полиция допускает? Большинство, вероятно, к тому же заразные?

— Не исключено. В таких-то заведениях гарантий вам никто не даст.

Равич наконец тронулся.

— А что, есть другие? С гарантией? — Хааке откусил кончик сигары. — Не хотелось бы, понимаете ли, возвращаться домой с триппером. Хотя, с другой стороны: живем только раз!

— Это точно, — поддакнул Равич, протягивая ему электрический прикуриватель.

— Так куда мы едем?

— Ну, для начала, как насчет дома свиданий? Это такое заведение, где дамы из высшего общества позволяют себе поразвлечься с незнакомыми мужчинами.

— Что? В самом деле из высшего общества?

— Ну конечно. Дамы, у которых престарелые мужья. Или просто скучные. Или не слишком богатые.

— Но как... они же не могут так просто? Как это все происходит?

— Женщины приезжают туда на час, иногда на пару часов. Ну, все равно что на коктейль или вечерний прием. Некоторых можно вызвать по телефону, такие приезжают по звонку. Разумеется, это не какой-нибудь вульгарный бордель вроде тех, что на Монмартре. Я знаю одно просто шикарное заведение, укромное, в Булонском лесу. Хозяйка роскошная, а манеры — что там герцогини. Все благопристойно, скромно, тактично, высший шик.

Равич сдерживал дыхание, стараясь говорить вальяжно, с ленцой. Со стороны послушать — словно гид на экскурсии, но он заставлял себя говорить, говорить, лишь бы не молчать, лишь бы успокоиться. И все равно чувствовал бешеное биение пульса в запястьях. Покрепче, обеими руками, ухватился за руль, стараясь унять эту дрожь.

— А обстановка, а залы — это что-то поразительное, — продолжал он. — Вся мебель подлинная, старинные ковры, гобелены, вина отборные, обслуживание безупречное. Ну и насчет женщин, разумеется, можно нисколько не волноваться.

Хааке пыхнул сигарой. Обернулся к Равичу всем корпусом.

— Послушайте, мой дорогой господин фон Хорн, все это, конечно, звучит крайне заманчиво. Один только вопрос: ведь это наверняка стоит не дешево?

— Да нет, это совершенно не дорого.

Хааке раскатисто хохотнул, изображая смущение.

— Это с какой стороны посмотреть. Для нас, немцев, с нашими жалкими командировочными...

Равич покачал головой.

— Хозяйка — моя добрая приятельница. Скажем так: она мне кое-чем обязана. Нас примут по особому тарифу. А вам, поскольку вы мой гость, скорей всего вообще ни за что платить не придется. Разве что чаевые, но это пустяк, наверняка меньше, чем вы бы заплатили за любую бутылку в «Осирисе».

— Что, правда?

— Да сами увидите.

Хааке заерзал на сиденье.

Триумфальная арка

— Черт возьми, вот это я понимаю... Бывает же... — Он расплылся в завистливой улыбке. — А вы, похоже, там свой человек. Должно быть, серьезную услугу оказали хозяйке...

Равич посмотрел на Хааке. Прямо в глаза ему посмотрел.

— У заведений такого рода бывают иной раз затруднения с властями. Что-то вроде легкого шантажа. Вы понимаете, о чем я?

— Еще бы! — Хааке на секунду задумался. — И что, вы здесь настолько влиятельный человек?

— Ну уж, влиятельный. Просто пара-тройка друзей в нужных местах.

— Это уже немало! Нам такие люди тоже могут пригодиться. Как насчет того, чтобы нам с вами это обсудить?

— С удовольствием. Сколько вы еще пробудете в Париже?

Хааке рассмеялся:

— Как на грех, я встречаю вас только в день отъезда. В семь тридцать у меня уже поезд. — Он глянул на часы. — Через два с половиной часа. Сразу хотел вам сказать. С Северного вокзала. Успеем обернуться?

— Вполне. Вам еще в отель заезжать?

— Нет. Саквояж уже на вокзале. Я еще вчера съехал, после обеда. Гостиничные за сутки сэкономил. С валютой-то у нас не густо. — Он снова рассмеялся.

Равич вдруг поймал себя на том, что тоже смеется. Он крепче стиснул руль. Быть не может, думал он. Не может быть! Наверняка сейчас что-нибудь случится, и все пойдет насмарку. Чтобы столько везения сразу — не бывает такого!

Под действием алкогольных паров Хааке на свежем воздухе быстро сомлел. Говорил все медленнее, едва ворочая языком. А потом, притулившись в своем углу, откровенно начал клевать носом. Челюсть отвисла, глаза закрылись. Машина тем временем свернула в безмолвную мглу Булонского леса.

Лучи фар бесшумными призраками летели перед капотом, выхватывая из сумрака тени деревьев. Сладкий дурман цветущих акаций врывался в окна. Шорох шин по асфальту, ровный, сытый, уверенный, не допускающий мысли об остановке. Урчание мотора, приемистое, надежное, родное, во влажной прохладе отступающей ночи. Мельком — мерцающая гладь пруда, плакучее серебро ив на фоне темных буков. Опушки, поляны, белесые в перламутре росы. Мадридская аллея, аллея Сент-Джеймсских ворот, аллея Нейи. Погруженный в сон замок. Запах воды. Сена.

Равич поехал вдоль Сены. По водной глади, еще посеребренной луной, держась друг за другом, черными тенями медленно влеклись по течению два рыбацких баркаса. С того, что впереди, залаяла собака. Голоса над водой. На носу первого баркаса огонек. Равич даже не притормозил. Он старался ехать плавно, без рывков, лишь бы не разбудить Хааке. Вообще-то он именно здесь хотел остановиться. Теперь исключено. Баркасы слишком близко от берега. Он свернул на аллею Фермы, прочь от реки, обратно к Лоншанской аллее, пересек аллею Королевы Маргариты, откуда начинались глухие поперечные просеки.

Взглянув на Хааке, он вдруг увидел, что тот не спит. Не спит и смотрит прямо на него. В тусклом свете приборной панели Хааке остекленело уставил-

Триумфальная арка

ся на него голубыми шарами своих ошалелых, навыкате, глаз. Это было как удар тока.

— Проснулись? — спросил Равич.

Хааке не отвечал. Он все еще смотрел на Равича. И не двигался. Даже не моргал.

— Где мы? — спросил он наконец.

— В Булонском лесу. Недалеко от ресторана «Каскад».

— Сколько мы уже едем?

— Минут десять.

— Мы едем дольше.

— Не думаю.

— Я на часы посмотрел, когда задремывал. Мы едем уже полчаса, даже больше.

— В самом деле? — притворно удивился Равич. — Мне казалось, меньше. Но мы уже почти приехали.

Хааке по-прежнему не спускал с него глаз.

— Куда?

— Как куда? В дом свиданий.

Хааке наконец пошевелился.

— Поезжайте назад, — распорядился он.

— Прямо сейчас?

— Да.

Он уже не пьян. С перепугу мигом протрезвел. А лицо-то, лицо... Вальяжность и добродушие как ветром сдуло. Только теперь Равич узнал наконец эту рожу, навсегда врезавшуюся ему в память в пыточных застенках гестапо. И тут же исчезла смутная растерянность, не покидавшая его все это время, — мол, с какой стати он вздумал убивать этого совершенно незнакомого ему человека? Вместо того, настоящего Хааке, с ним в машине ехал безобидный бонвиван, любитель красненького, и он, Равич, тщетно пытался выискать в его физиономии хоть какие-то основания для свершения праведного приговора, он и в голове-то у себя, где эти основания столько лет гнездились, их уже почти не находил. Зато теперь перед ним наконец-то снова те же самые глаза, которые он видел, выплывая из беспамятства обморока, из пучин несусветной боли. Те же самые холодные глаза, тот же холодный, негромкий, вкрадчивый голос...

В душе все как будто перевернулось. Словно ток, поменявший полюса. Напряжение то же, но вместо нервной, дерганой, переменной пульсации — ровное, непреклонное постоянство устремления к одной цели, и, кроме этой цели, для него ничего больше не существовало. Годы распались в прах, перед ним снова были те же серые стены, тот же нестерпимый свет голых электрических лампочек, те же запахи крови, сыромятной кожи, пота, мучений и страха.

— А в чем хоть дело-то? — поинтересовался Равич.
— Мне надо вернуться. У меня еще встреча в отеле.
— Да вы же вроде говорили, что вещи отвезли на вокзал.
— Да, вещи там. Но у меня еще дела. Я забыл. Поезжайте назад.
— Хорошо.

На прошлой неделе Равич исколесил Булонский лес вдоль и поперек, что днем, что ночью. Он знал, где они сейчас. Еще пара минут, не больше. Он свернул налево, в узкую глухую аллею.

— Мы уже едем обратно?
— Да.

Тяжелый, волглый дух под сплошным покровом листвы, куда даже днем не проникает солнце. Все гуще сумерки. Все ярче щупальца фар. В боковом зеркале Равич видел: левая рука Хааке как бы невзначай, медленно, осторожно сползла с бортика дверцы. Правый руль, пронеслось в голове, какое счастье, что на этом «тальбо» правый руль! Он резко свернул, руля одной левой, сделал вид, что его качнуло на повороте, и, дав полный газ, набирая скорость, бросил машину в прямой, как стрела, пробег аллеи, а еще через секунду ударил по тормозам.

«Тальбо» аж взбрыкнул, визжа всеми тормозными колодками. Равич, упираясь одной ногой в педаль, другой в пол, сумел удержать равновесие. Хааке, сидевшего расслабленно и не ожидавшего толчка, бросило головой вперед. Не успев выдернуть руку из кармана, он тюкнулся лбом в приборную панель. В ту же секунду, выхватив из правого кармана тяжелый разводной ключ, Равич что есть силы шарахнул Хааке по затылку, точнехонько в основание черепа.

Хааке даже не дернулся. Просто стал тихо заваливаться набок, пока не уперся правым плечом в панель приборов.

Равич тут же дал газ и поехал дальше. Миновав перекресток, выключил дальний свет. Сбавил ход, поглядывая в зеркало заднего вида, не услышал ли кто скрежет тормозов. Может, вытолкнуть Хааке из машины, затащить в придорожные кусты, пока никто не объявился? В конце концов, миновав еще один перекресток, он все же остановился, заглушил мотор, выключил свет, выскочил из машины, открыл капот, распахнул дверцу с той стороны, где сидел Хааке, и прислушался. Если кто-то появится, Равич еще издалека увидит и услышит. И вполне успеет отволочь Хааке в кусты и сделать вид, будто возится с мотором.

Тишина оглушила его сильнее всякого грохота. Тишина столь внезапная и непостижимая, что зашумело в ушах. Равич до боли стиснул кулаки. Он знал — это шумит всего лишь его собственная кровь. Заставил себя дышать медленно, как можно глубже.

Шум в ушах сменился ровным шипением. Сквозь него мало-помалу начал пробиваться звон, все громче и громче. Равич вслушивался, ничего не понимая. Звон настырный, какой-то металлический, — только тут до него дошло, что это кузнечики, а шум в ушах, кстати, тотчас же исчез. Остался лишь стрекот кузнечиков на рассветной лесной поляне, что косым лоскутом пролегла от дороги к лесу.

На поляне было уже почти светло. Равич осторожно закрыл капот. Надо поторапливаться. Нужно управиться, пока окончательно не рассвело. Он осмотрелся. Нет, место неудачное. Да и во всем Булонском лесу, пожалуй, подходящего места не найти. А на Сене уже слишком светло. Он не рассчитывал, что все произойдет под утро. И тут же вздрогнул. Послышался шорох, какое-то царапанье, стон. Рука Хааке, высунувшись из машины, цеплялась за подножку. Лишь тут Равич сообразил, что разводной ключ все еще у него в руке. Ухватив Хааке за ворот, он вытащил его головой наружу и еще два раза огрел ключом по затылку. Стон утих.

Но тут же что-то загремело. Равич замер. Потом увидел: на полу машины револьвер, не иначе свалился с сиденья на пол. Очевидно, Хааке уже выхватил ствол, когда Равич затормозил. Он бросил револьвер обратно в машину.

Снова прислушался. Кузнечики. Поляна. Небо светлеет на глазах, раздаваясь ввысь. Еще немного — и солнышко покажется. Равич пошире распахнул переднюю дверцу, вытащил Хааке из машины, откинул вперед спинку и попытался уложить Хааке на пол в проем между передними и задними сиденьями. Не выйдет. Мало места. Обойдя машину, открыл багажник. Быстро оттуда все повытаскивал. Потом снова выволок Хааке из машины и подтащил к заднему бамперу. Хааке был еще жив. Но уже тяжелый, как покойник. Пот заливал Равичу глаза. С грехом пополам ему удалось погрузить тело в багажник. Он утолкал его туда в позе эмбриона, коленками к животу.

Потом подобрал с обочины инструменты, лопату, домкрат и забросил все это в машину. Совсем рядом на одном из деревьев вдруг запела птаха. Он вздрогнул. Казалось, ничего громче он в жизни не слышал. Посмотрел на поляну. Стало еще светлее.

Теперь главное — исключить малейший риск. Он снова обогнул машину и наполовину приоткрыл крышку багажника. Левой ногой оперся на бампер, поддерживая крышку коленом, чтобы только руки просунуть. Если кто вдруг появится, со стороны все должно выглядеть так, будто он просто роется в багажнике, который он в любую секунду сумеет захлопнуть. Путь предстоит не близкий. А это значит: Хааке надо убить сейчас.

Тот лежал, уткнувшись головой в правый угол. Равич ясно видел и голову, и шею. Шея еще мягкая, пульс прощупывается. Равич изо всех сил стиснул горло. Стиснул — и не отпускал.

Казалось, это длится вечность. Голова дернулась. Но только слегка. Потом заерзало тело, силясь распрямиться. Словно ему тесно в одежде. Рот раскрылся. Опять пронзительно защебетала птаха. Изо рта вывалился язык, желтый, обложенный, огромный. А потом Хааке вдруг раскрыл глаза. Вернее, только один глаз, но глаз этот всем яблоком лез и лез из глазницы, и казалось, уже прозрел, уже начинает видеть и вот-вот выскочит прямо на Равича, — но тут тело разом обмякло. Равич еще какое-то время не разжимал рук. Все.

Крышка багажника со стуком захлопнулась. Равич отошел на несколько шагов. Почувствовал, как трясутся колени. Едва успел ухватиться за дерево, и тут его вырвало. Рвало долго, выворачивая желудок наизнанку. Он пытался унять позывы. Бесполезно.

Подняв наконец голову, он увидел, что по поляне кто-то идет. Человек шел в его сторону. Равич продолжал стоять. Мужчина приближался. Походка неспешная, с ленцой. Судя по одежде, работяга, может, садовник. Посмотрел на Равича. Тот сплюнул и вытащил из кармана пачку сигарет. Закурил, глубоко затянулся. Едкий дым обжег горло. Прохожий пересек аллею. Мимоходом глянул на блевотину, на машину, потом на Равича. Ничего не сказав, с непроницаемым лицом все тем же неспешным шагом прошел мимо и вскоре скрылся за перекрестком.

Равич еще немного постоял. Потом запер на ключ багажник, сел за руль, запустил мотор. В Булонском лесу делать больше нечего. Слишком светло. Надо ехать в Сен-Жермен. Тамошние леса он знает.

XXX

Примерно через час он остановился у небольшой закусочной. Очень хотелось есть, да и голова была как чугун. Приткнув машину прямо перед входом, где стояли два столика и несколько стульев, он заказал кофе, булочек, а сам пошел мыться. В туалете воняло. Он попросил стакан и долго полоскал рот. Потом вымыл руки и вернулся за стол.

Завтрак уже ждал его. Кофе как кофе и пахнет, как обычно. Над крышами чиркают ласточки, солнце уже развесило по стенам домов свои первые золотистые гобелены, люди идут на работу, за занавеской из стеклянных бус уборщица, подоткнув подол, домывает кафельный пол. Тихое летнее утро, такого благостного утра Равич давно не припомнит.

Он выпил горячего кофе. И тут понял, что есть не может. Не может даже притронуться к булочке. Он смотрел на свои руки. «Что за бред, — пронеслось в голове. — Черт возьми, только комплексов мне недоставало. Надо поесть». Он заказал себе еще кофе. Закурил сигарету, тщательно проследив, чтобы сунуть ее в рот нетронутым концом. Нет, так не пойдет, сказал он себе. Но поесть все равно не смог. Значит, сперва надо кончить дело, решил он, встал и расплатился.

Стадо коров. Бабочки. Солнце над полями. Солнце в ветровом стекле. Солнце на брезентовом верхе машины. Солнце на металлической крышке багажника, под которой лежит Хааке, уже мертвый, так и не поняв, кто его убил и за что. Не так надо было. Не так...

— Узнаешь меня, Хааке? Вспомнил?

Он видел перед собой растерянную, красную физиономию.

— Нет. А в чем дело? Кто вы такой? Мы что, встречались раньше?

— Да.

— Когда? И что, были на ты? Может, в кадетском корпусе? Что-то я не припомню.

— Значит, не припомнишь, Хааке? Нет, не в кадетском корпусе. Позже.

— Позже? Но вы ведь за границей жили? А я никогда из Германии не выезжал. Только в последние два года, вот сюда, в Париж. Может, где-нибудь в борделе?..

— Нет. Не в борделе. И не здесь, Хааке. В Германии.

Шлагбаум. Рельсы. Крохотный палисадник, зато цветы стеной — розы, флоксы, подсолнухи. Ожидание. Никчемный, обшарпанный, черный от сажи товарняк, пыхтя и отдуваясь, нескончаемо тащится сквозь благодать утра. А в ветровом стекле, отражением, все еще глаза, те самые, выпученные, студнем, — сейчас, в темноте багажника, на них налипает дорожная пыль.

— В Германии? А-а, понял. Должно быть, на партийном съезде, в Нюрнберге. Кажется, припоминаю. По-моему, в «Нюрнбергском подворье», верно?

— Нет, Хааке, — с расстановкой произнес Равич прямо в ветровое стекло, чувствуя, как темной стеной накатывается волна былого. — Не в Нюрнберге. В Берлине.

— В Берлине? — Призрачное лицо в тряской зыби отражения подернулось гримасой наигранного нетерпения. — Ну ладно, дружище, достаточно! Довольно тянуть из меня жилы, помучили и хватит. К чему эта пытка? Выкладывайте! Так где?

Еще волна, теперь под руками, как будто из-под земли.

— Пытка, Хааке! Точно! Это была пытка!

Смешок, неуверенный, настороженный.

— К чему эти шутки, любезный?

— Это была пытка, Хааке! Теперь вспомнил, кто я?

Снова смешок, еще неуверенней, еще настороженней, но уже с ноткой угрозы.

— Откуда ж мне помнить? Я тысячи лиц вижу. Всех не упомнишь. А если вы на тайную полицию намекаете...

— Да, Хааке. Это было в гестапо.

Пожатие плеч. Пауза.

— Если вас когда-то там допрашивали...

— Именно. Теперь вспомнил?

Снова пожатие плеч.

— Легко сказать «вспомнил». Мы тысячи людей допрашивали...

— Допрашивали! Мучили, били до потери сознания, почки отшибали, руки-ноги ломали, полумертвыми в подвал сбрасывали, потом снова вытаскивали, лица уродовали, яйца расквашивали всмятку — это у вас называется «допрашивали»! Утробный стон тех, кто уже не в силах кричать, — вот как вы «допрашивали»! Звериный вой от обморока до обморока, а вы ему ногами в живот, и дубинками резиновыми добавить, и ремнем с пряжкой — это все у вас безобидно так называется «допрашивали»!

Равич все еще не спускал глаз с прозрачной пухлой физиономии в глубинах ветрового стекла, сквозь которое бесшумно тянулись пшеничные поля в веселых крапинках цветущего мака, живые изгороди розового и белого шиповника, — губы его шевелились и произносили все, что он давно хотел и когда-то обязательно должен был сказать.

— Руки! Еще раз шевельнешься, гад, и я тебя пристрелю! Не помнишь, часом, Макса Розенберга, маленького такого? На нем живого места не было, он рядом со мной в подвале лежал и все пытался сам себе об цементный пол голову размозжить, лишь бы вы его снова не «допрашивали», — и все это за что? Только за то, что он был демократом! А Вильмана помнишь, который мочился кровью и остался без глаза после того, как вы его два часа «допрашивали», — и за что? За то, что он католик и не соглашался верить, будто ваш фюрер новый мессия! А Ризенфельда, у которого и лицо, и спина превратились в отбивную и который умолял нас перегрызть ему вены, потому что сам не мог, без зубов остался после того, как вы его «допрашивали», — и за что? За то, что был против войны и отказывался признать, что бомбы и огнеметы — высшее проявление культуры. «Допрашивали». Вы тысячами вот этак людей «допрашивали» — я же сказал, руками не шевелить, скотина! И вот наконец-то я до тебя добрался, и мы сейчас поедем в тихий заброшенный домик с глухими стенами, и там уже я тебя буду «допрашивать» — долго, сутками, и пропишу тебе курс Розенберга, и курс Вильмана, и курс Ризенфельда, как вы нам прописывали. А уж после...

Только тут Равич понял, что машина несется на предельной скорости. Сбавил. Дома. Деревня. Собаки. Куры. Кони на лугу летят галопом, вытянув шеи, гордо вскидывая головы, языческая пастораль. Кентавры, игра и избыток сил. Женщина с корзиной белья чему-то смеется. Развешенное белье уже полощется на ветру пестрыми флагами уютного домашнего счастья. Детишки играют на крыльце. Он видел всю эту идиллию мира, покоя и красоты из-за стекла и будто сквозь стеклянную стену, очень близко и невероятно далеко, до боли отчетливо и теперь, после этой ночи, уже навсегда отдельно от себя, отдельно и недостижимо. Сожаления не было — просто это так, вот и все.

Так, ехать помедленней. Самый верный способ нарваться на неприятности с полицией — превышение скорости в населенном пункте. Что на часах? Неужели он уже почти два часа едет? Быть не может! Он вообще не заметил. Ничего не видел, только эту физиономию, с которой непрерывно беседовал...

А вот и Сен-Жермен. Парк. Черные решетки ограды, за ними голубое небо, а потом деревья. Деревья. Аллеи. Парк, долгожданный, тенистый, наконец-то, а сразу за ним, внезапно — лес.

«Тальбо» ехал все тише. Лес вздымался вокруг волной зелени в лучах золотистого солнца, вставал справа и слева, захлестывая горизонты, поглощая все вокруг — поглотив и авто, юрким стрекочущим жуком петляющее на поворотах лесной дороги.

Так, земля мягкая, кругом кустарник. И от дороги далеко. Равич оставил машину на обочине, в двух-трех сотнях метров отсюда, но так, чтобы видеть. Теперь он взялся за лопату. Дело спорилось. Если кто-то будет проезжать, он услышит издали, лопату припрячет, а сам как ни в чем не бывало пойдет обратно к машине.

Глубина вроде уже достаточная, чтобы надежно укрыть тело землей. Осталось подогнать машину. Тащить будет тяжело. И все же вплотную к яме он подъезжать не стал, остановился на твердом грунте, чтобы не оставлять следов на мягком.

Труп еще не остыл. Он отволок его к яме и стал сдирать одежду, бросая ее в кучу. Это оказалось легче, чем он думал. Оставив голое тело возле ямы, собрал одежду в охапку, сунул в багажник и отогнал машину обратно на дорогу. Запер двери, запер багажник, прихватил с собой молоток. Тело могут ненароком обнаружить, в таком случае оно не должно быть опознано.

До чего трудно заставить себя вернуться к мертвецу. Устоять перед неодолимым искушением прыгнуть в машину и умчаться, позабыв все на свете. Он постоял, посмотрел вокруг. В паре шагов от него, под раскидистым буком, азартно носились две белки. Их рыжеватые шубки атласно переливались на солнце. Он пересилил себя и сдвинулся с места.

Раздувшееся, синюшное лицо. Равич набросил на него тряпку, смоченную в машинном масле, и хрястнул по тряпке молотком. После первого удара замер, прислушался. Да нет, звук глухой. Тогда он принялся колошматить что есть силы. Потом стянул тряпку. Вместо лица — месиво, розовая отбивная в сгустках черной, спекшейся крови. Как лицо Ризенфельда, мстительно подумал он, чувствуя, как сами собой стискиваются зубы. Хотя нет, Ризенфельд был пострашнее, подумалось ему, ведь он тогда еще не умер.

Перстень на правой руке. Равич стянул с пальца перстень и скатил труп в яму. Малость коротковата яма. Пришлось опять подтянуть колени мертвеца к животу. Потом принялся закапывать. Дело шло быстро. Утоптав землю, он устелил поверхность пластами дерна, который в самом начале предусмотрительно сложил отдельно. Дерн лег хорошо. Стыки заметны, только если присесть. Расправил примятые кусты.

Молоток. Лопата. Тряпка. Он сложил все это в багажник рядом с одеждой. Потом снова вернулся, еще раз тщательно осмотрел место в поисках следов. Их почти не было. Остальное довершат первые дожди и зеленая травка.

Как странно — ботинки покойника. Носки. Белье. Костюм, пожалуй, не так. Но носки, рубашка, исподнее — все уже как будто тоже тронуто смертью, несет на себе ее призрачную, но неизгладимую печать. Легкое омерзение, когда ворошишь все это в поисках этикеток и монограмм.

Однако надо поторапливаться. Он вырезал и срезал все, что может способствовать опознанию. Потом скатал все в тугой узел и закопал, но уже в нескольких километрах от того места, где зарыл труп, — достаточно далеко, чтобы, обнаружив одно, непросто было найти и другое.

Потом поехал дальше, до первого ручья. Остановившись, собрал все вырезанные этикетки, завернул в бумагу. Порвал на клочки записную книжку Хааке и тщательно обследовал его бумажник. В нем обнаружились две тысячефранковые купюры, билет до Берлина, десять марок, несколько записочек с адресами и паспорт Хааке. Французские деньги Равич взял. Еще несколько пятифранковых бумажек нашлись в костюме.

Он подержал в руках железнодорожный билет. Странно снова видеть эти слова: «Станция назначения — Берлин». Разорвал и бросил в общую кучку. На паспорт смотрел гораздо дольше. Действителен еще три года. Соблазн присвоить документ и жить по нему был очень велик. А что, ему к подобным авантюрам не привыкать. В другой раз он бы, может, и не устоял, но уж больно рискованно.

Он порвал паспорт. И десять марок тоже. Ключи, револьвер и квитанцию из камеры хранения он пока оставил: еще не решил, надо ли забрать на вокзале чемодан Хааке, чтобы уничтожить все следы его пребывания в Париже. Квитанции из отеля тоже лежали в бумажнике, он порвал и их.

Все собранное сжег. Это заняло больше времени, чем он предполагал, но у него нашлись с собой газеты, в пламени которых в конце концов догорели и лоскуты материи. Пепел аккуратно ссыпал в ручей. Потом осмотрел машину — нет ли следов крови? Все было чисто. Тщательно вымыл молоток и разводной ключ, после чего уложил все инструменты обратно в багажник. С грехом пополам вымыл руки, достал сигарету, присел, закурил.

Косые лучи солнца пробивались сквозь высокие кроны буков. Равич сидел и курил. В голове и на душе было пусто.

Лишь когда он снова выехал на дворцовое шоссе, ему вспомнилась Сибилла. Залитый летним солнцем дворец ослепительно белел под вечным небом восемнадцатого столетия. Сибилла вспомнилась ему внезапно, и впервые за все эти годы он не попытался отогнать, вытеснить, подавить воспоминание. Прежде, едва дойдя до того жуткого дня, когда Хааке приказал ввести свидетельницу, память испуганно отпрядывала. Последнее, что она соглашалась видеть, был смертный ужас в лице Сибиллы. Все остальное было стерто. Еще, отдельно, сохранялась весть о том, что Сибилла повесилась. Он никогда этому не верил; впрочем, возможно, так оно и было, только что с ней сделали прежде? Он не мог о ней даже подумать, в мозгу сей же миг все сжималось судорогой, и судорога эта, словно передавая зловещий импульс телу, еще долго, дни подряд, когтила сердце и застилала глаза кровавой пеленой неутолимой, неутоленной жажды мести.

А сейчас он подумал о ней — и ничего: ни судороги, ни обруча боли, ни кровавой пелены. Что-то внутри разжалось, словно какая-то перегородка рухнула, и страшная картина, неподвижная, оледеневшая на годы, теперь оттаивала, мало-помалу оживая. Раздернутый криком ужаса рот снова сомкнулся, оцепенелый взгляд затеплился, к мертвенно-бледному лицу снова прилила кровь. Это была уже не застывшая маска страха — это снова была Сибилла, которую он знал, которая с ним жила, чьи нежные груди он помнил кожей, Сибилла, подле которой два года его жизни пролетели как один ласковый июньский вечер...

Зарницами волшебного огнива, позабытого где-то за горизонтом, в памяти всплывали, вспыхивали дни, вечера... Запертая, заклинившая, кровавой коростой затянувшаяся дверца в прошлое отворилась вдруг легко и бесшумно, а за ней, как встарь, открылся дивный сад, а вовсе не гестаповский подвал.

Равич ехал уже больше часа. Но пока не в Париж. Миновав Сен-Жермен, остановился на мосту через Сену и выбросил в воду ключи Хааке и его револьвер. Затем, открыв верх машины, поехал дальше.

Мирным французским утром он ехал по дорогам Франции. Минувшая ночь канула в забвение, отодвинулась на десятилетия в прошлое. Все случившееся несколько часов назад тонуло в дымке, уходило в небытие, зато давно минувшее таинственно и непостижимо поднималось из-под спуда лет и вдруг оказывалось рядом, совсем близко, а не где-то за провалом гигантской пропасти.

Равич не мог понять, что с ним творится. Он полагал, что накатит опустошение, усталость, равнодушие, ну, может, взвинченность, ожидал отвращения, глухих оправданий, думал, что потянет к рюмке и он напьется до бесчувствия, лишь бы забыть и забыться, — но нет, ничего подобного. И уж совсем он не ожидал этой легкости, даже свободы, словно все тяжеленные цепи и затворы упали с его прошлого. Он смотрел по сторонам. Мимо тянулся пейзаж, вереницы тополей взметывали ввысь зеленые ликующие факелы своих макушек, раскидывались вширь и вдаль поля, радуя глаз озорной цветастой перекличкой васильков и маков, придорожные деревни встречали теплым духом свежего хлеба из булочных и пекарен, а из окон школы его обласкали поющие детские голоса и надрывные стоны скрипки.

Недавно, когда он здесь же в другую сторону проезжал, о чем он думал? Еще сегодня, всего пару часов, но и целую вечность назад? Куда подевалась стеклянная стена, отделявшая его от всех и вся? Улетучилась, как утренний туман под лучами восходящего солнца. Он снова видел детишек, играющих на крыльце, пригревшихся на солнышке кошек и собак, пестрое, весело трепещущее на ветру белье, коней на лугу, а на лужайке перед домом все еще стояла хозяйка с прищепками в руках, развешивая целую шеренгу рубашек. Видя все это, он впервые за долгие годы не ощущал себя чужаком — все было родным и близким, как никогда. Что-то внутри оттаивало, набухало влагой и теплом, на пепелище пробивалась первая травка, и медленно, но неуклонно восстанавливалось в душе давно утраченное равновесие.

Вот почему, ведя машину, он так боялся сейчас любым лишним движением вспугнуть это чувство.

Оно росло, нарастало и в нем, и вокруг него, искрясь и переливаясь, а он даже поверить боялся, хотя и догадывался, понимал: вот оно, уже здесь. Он-то думал, что рядом с ним теперь до конца дней останется призрак Хааке, будет сидеть и мертвыми зенками на него пялиться, — а вместо этого рядом сидела теперь его жизнь, она вернулась и смотрела на него во все глаза. И глаза Сибиллы, столько лет распахнутые в ужасе, требовательно, неотступно преследовавшие его немым укором, вдруг закрылись, ее губы умиротворенно сомкнулись, и сами собой опустились наконец в страхе простертые руки. Смерть Хааке сорвала посмертную маску с лица Сибиллы — оно на миг ожило и тотчас же стало расплываться. Оно наконец-то обрело покой и могло теперь уйти в глубь прошлого; он знал — оно больше не вернется, тополя и липы похоронили его в нежном шелесте ветвей, и тут же деловитым гудением пчел возвратилось лето, и сразу пришла усталость, простая, понятная, с недосыпом во всем теле, словно он много ночей подряд не спал, а сейчас наконец или заснет и будет спать долго-долго мертвым сном, или ему уже никогда не уснуть вовсе.

Он оставил «тальбо» на улице Понселе. Только заглушив мотор и уже вылезая из машины, он понял, до чего устал. И это уже не прежняя расслабленная усталость, даже скрасившая, пожалуй, ему возвращение, — теперь это было просто неодолимое желание завалиться спать. Он направился в «Интернасьональ», и каждый шаг давался ему с трудом. Солнце горячим бревном навалилось на темечко. Тут он вспомнил, что надо ведь еще рассчитаться за номер в «Принце Уэльском». А он забыл. Он был до того измотан, что в первую секунду и вправду подумал отложить это на потом. Но пересилил себя, взял такси и поехал в отель. Расплачиваясь по счету, едва не забыл распорядиться, чтобы ему принесли из номера чемодан.

Его-то он теперь и ждал, сидя в прохладном вестибюле. Справа, в баре, несколько постояльцев попивали мартини. Когда наконец явился швейцар с чемоданом, он уже почти заснул. Отблагодарив парня чаевыми, Равич вышел и снова взял такси.

— На Восточный вокзал, — бросил он водителю. Он нарочно сказал это громко, чтобы и портье, и швейцар услышали.

На углу улицы Боэти он попросил остановиться.

— Я на целый час обмишурился, — сказал он таксисту. — Еще слишком рано. Остановите вон у того бистро.

Расплатившись, он подхватил чемодан и направился к бистро. И только убедившись, что его такси скрылось за углом, остановил другое и велел водителю ехать в «Интернасьональ».

Внизу, кроме уснувшего мальчишки-портье, никого не оказалось. Часы показывали полдень. Хозяйка в это время обедает. Равич сам отнес чемодан к себе в номер. Там он разделся и включил душ. Мылся долго, тщательно. Потом весь, с ног до головы, обтерся спиртом. Это его освежило. Достал из чемодана вещи, разложил по местам, сунул чемодан под кровать. Сменил белье и костюм и отправился вниз, к Морозову.

— А я как раз к тебе собирался, — обрадовался Морозов. — У меня сегодня выходной. Можем в «Принце Уэльском»... — Глядя на Равича, он осекся.

— Уже без надобности, — вымолвил Равич.

Морозов все еще пристально на него смотрел.

— Дело сделано, — продолжил Равич. — Сегодня утром. Только не спрашивай. Спать хочу.

— Тебе что-нибудь нужно?

— Нет. Я все сделал. Повезло.

— Машина где?

— На улице Понселе. С ней все в порядке.

— И ничего не надо сделать?

— Ничего. Только голова раскалывается. Спать хочу. Я позже к тебе спущусь.

— Ладно. Ты уверен, что ничего больше не нужно?

— Уверен, — твердо сказал Равич. — Ничего не нужно, Борис. Это было просто.

— И ты ничего не упустил?

— По-моему, ничего. Нет. Сейчас у меня все равно нет сил все снова в голове прокручивать. Сперва выспаться надо. Потом. Ты будешь тут?

— Конечно, — отозвался Морозов.

— Вот и хорошо. Я после к тебе спущусь.

Равич вернулся к себе в номер. Голова и вправду раскалывалась. Он постоял у окна. Внизу нежились на солнце лилии эмигранта Визенхофа. Серая стена, пустые окна дома напротив. Все кончено. Все правильно, все как надо, и хорошо, что так, но теперь все кончено, и нечего больше об этом. Все пусто. И в нем все пусто. Завтра его существование, даже имя его утратит смысл. За окном у него на глазах, длясь и истекая, проходил день.

Он разделся и снова встал под душ. Потом долго протирал спиртом и сушил руки. Кожа на пальцах побелела и стянулась. Голова отяжелела, и казалось, мозг в ней перекатывается. Он достал шприц, простерилизовал его в небольшом электрическом кипятильнике. Вода бурлила довольно долго. Это напомнило ему ручей. Но только ручей. Он обломал концы двух ампул и заполнил шприц их прозрачным, как вода, содержимым. Сделал себе укол и лег на кровать. Полежав минуту, достал из шкафа свой старый халат и укрылся. Казалось, ему снова двенадцать, он устал и ему одиноко — тем странным, щемящим одиночеством, какое сопутствует только отрочеству и росту.

...Проснулся он уже в сумерки. Над крышами блеклым розовым шелком угасал закат. Снизу доносились голоса Визенхофа и вдовы Гольдберг. Он не мог толком разобрать, о чем они говорят. Да и не хотел. Как всякий человек, не приученный спать днем, а тут вдруг заснувший, он чувствовал себя разбитым и настолько вышибленным из привычной колеи, что прямо хоть тут же, не сходя с места, вешайся. «Вот бы мне сейчас оперировать, — подумал он. — Какой-нибудь очень тяжелый, почти безнадежный случай». Тут вдруг он понял, что почти сутки ничего не ел. И тут же ощутил неистовый, зверский голод. Голова больше не болела. Он оделся и спустился вниз.

Морозов, засучив рукава, сидел за столом у себя в номере и решал шахматную задачу. В комнате было почти пусто. На стене висела ливрея. В углу — икона с горящей лампадкой. В другом углу — столик с самоваром, в углу напротив — новомодный холодильник. Это был предмет особой гордости Морозова — в холодильнике он держал водку, пиво и закуску. На полу перед кроватью небольшой турецкий ковер.

Ни слова не говоря, Морозов встал и поставил на стол две рюмки и бутылку. Наполнил рюмки.

— Зубровка, — коротко пояснил он.

Равич сел за стол.

— Пожалуй, Борис, я пить не буду. Я голодный как черт.

— Хорошо. Тогда пойдем поедим. Но сперва... — Он извлек из холодильника ржаной русский хлеб, огурчики, масло и баночку икры. — Сперва давай-ка перекуси! Икра — это из «Шехерезады», подарок от нашего шеф-повара, в знак особого расположения.

— Борис, — сказал Равич, — к чему такая торжественность? Я подкараулил этого мерзавца около «Осириса», в Булонском лесу прикончил, в Сен-Жермене закопал.

— Тебя кто-нибудь видел?

— Да нет. И перед «Осирисом» никто.

— А еще где-то?

— В Булонском лесу какой-то работяга мимо проходил. Но все уже было шито-крыто. Тот уже в багажнике лежал. Видеть он мог только машину и меня — меня как раз рвало. Мало ли что: может, напился, может, плохо стало. Ничего особенного.

— Что с его вещами?

— Закопал. Этикетки все срезал и вместе с документами сжег. Только деньги оставил и квитанцию из камеры хранения, у него багаж на Северном вокзале. Он из отеля еще вчера съехал, сегодня утром должен был уезжать.

— Черт возьми, это тебе повезло! Крови нигде?

— Да нет. Ее и не было почти. В «Принце Уэльском» я за номер рассчитался. Вещи мои уже снова здесь. Люди, с которыми он тут дело имел, скорей всего решат, что он уехал. Если чемодан на вокзале забрать, от него здесь вообще следов не останется.

— В Берлине-то его рано или поздно хватятся, направят сюда запрос.

— Если не найдут багаж, будет вообще непонятно, уехал он или нет.

— Ну, это как раз нетрудно выяснить. Он же билет брал в спальный вагон. Ты, надеюсь, его тоже сжег?

— Разумеется.

— Тогда сожги и квитанцию.

— Можно послать ее почтой на вокзал с распоряжением отправить багаж в Берлин до востребования.

— А что это даст? Нет, лучше просто сжечь. А на хитрости пускаться — только зря внимание привлекать. Себя же и перехитришь. А так он просто исчез. В Париже такое случается. Даже если начнут искать, в лучшем случае установят место, где его в последний раз живым видели. В «Осирисе». Ты туда заходил?

— Да. Но буквально на минуту. Он меня не заметил. Я потом его на улице поджидал. На улице нас никто не видел.

— Могут начать выяснять, кто еще в это время в «Осирисе» находился. Роланда припомнит, что ты там был.

— Велика важность. Я там часто бываю.

— Лучше бы полиции о тебе вообще ничего не знать. Ты же эмигрант, без паспорта. Роланда знает, где ты живешь?

— Да нет. Но она знает адрес Вебера. Он же у них официальный врач. Да Роланда сама через пару дней увольняется.

— Ну, уж ее-то найти будет несложно. — Морозов налил себе еще рюмку. — По-моему, Равич, тебе лучше на пару недель исчезнуть.

Равич посмотрел на него.

— Легко сказать, Борис. Куда?

— Куда-нибудь, где людей побольше. Поезжай в Канны или в Довиль. Там сейчас столпотворение, легче скрыться. Или в Антиб. Ты там все знаешь, и паспорта там никого не интересуют. А я у Вебера или у Роланды всегда могу узнать, не разыскивает ли тебя полиция в качестве свидетеля.

Равич покачал головой:

— Лучше все оставить как есть и жить как ни в чем не бывало.

— Нет. В данном случае нет.

Равич снова посмотрел на Морозова.

— Не буду я бегать, Борис. Останусь тут. Я не могу иначе. Неужели тебе не понятно?

Морозов ничего на это не ответил.

— Для начала сожги квитанцию, — буркнул он.

Равич достал квитанцию из кармана, поджег и бросил догорать в бронзовую пепельницу. Когда пламя потухло, Морозов вытряхнул пепел в окно.

— Так, это сделали. Больше у тебя ничего от него не осталось?

— Деньги.

— Покажи.

Морозов придирчиво осмотрел каждую купюру. Ни пометок, ни повреждений.

— Ну, этим-то добром распорядиться нехитро. Что ты намерен с ними делать?

— Пошлю в фонд беженцев. Без указания отправителя.

— Завтра разменяешь, а отошлешь недели через две.

— Хорошо.

Равич спрятал деньги. Складывая купюры, он вдруг понял, что все это время что-то ел. Мельком глянул на свои руки. Это ж надо, какая чушь нынче утром в голову лезла. И взял следующий ломоть мягкого, душистого черного хлеба.

— Так куда пойдем ужинать?

— Куда хочешь.

Морозов снова посмотрел ему в глаза. Равич улыбнулся. В первый раз за этот день улыбнулся.

— Борис, — сказал он, — да не смотри ты на меня, как медсестра на припадочного. Да, я порешил эту гниду, которую тысячу раз убить — и то мало. Я на своем веку не одну дюжину людей, которых знать не знал, которые ничего мне не сделали, на тот свет спровадил, а меня за это еще и награждали, хотя я даже не в честном бою их убивал, я крался, прятался, полз, нападал из засады, иной раз и в спину стрелял, но это было на войне и почиталось доблестью. А тут единственное, что меня какое-то время допекало: я не сказал этой мрази в лицо все, что надо было сказать, — но это чистый идиотизм. Теперь с гадом покончено, он больше никого не замучит, я с этой мыслью уже успел заснуть и проснуться, и теперь она волнует меня не больше, чем заметка, которую я прочел бы в газете.

— Ну и ладно. — Морозов уже застегивал пиджак. — Тогда пошли. Ты как хочешь, а мне необходимо выпить.

— Тебе? — опешил Равич.

— Да, мне! — рявкнул Морозов. — Мне. — Он на секунду умолк. — Сегодня я впервые в жизни почувствовал себя стариком.

XXXI

Прощальный ужин в честь Роланды начался в шесть, минута в минуту. И продолжился ровно час. Уже в семь заведение снова возобновило работу.

Стол был накрыт в соседнем зале. Все девицы переоделись. Большинство пришли в черных шелковых платьях. Равич, привыкший видеть их нагишом или только слегка прикрытыми, некоторых и узнавал-то с трудом. В большой зал на случай прихода клиентов отрядили боевую группу прикрытия в составе шести девушек. В семь часов они, переодевшись, должны были тоже прийти на ужину — для них был накрыт отдельный стол. Ни одна, разумеется, не заявилась бы сюда в рабочей одежде. Не то чтобы на сей счет имелось какое-то распоряжение мадам — таково было желание самих девушек. Равич иного и не ожидал. Он знал этикет проституток и знал, что блюдется он построже, чем в высшем свете.

Девушки в складчину купили для Роланды подарок — шесть плетеных кресел для ее кафе. Хозяйка подарила ей кассовый аппарат, Равич — два столика с мраморными столешницами, в придачу к креслам. На этом празднике он был единственным посторонним гостем. И кстати, единственным мужчиной.

К еде приступили уже в пять минут седьмого. Во главе стола сидела мадам. Справа от нее Роланда, слева Равич. Потом, по ранжиру, справа новая распорядительница, слева ее помощница, а уж дальше девушки.

Закуски подали отменные. Страсбургский паштет из гусиной печенки, к нему выдержанный шерри. Специально для Равича поставили бутылку водки. Знали, что он шерри терпеть не может. За паштетом последовал вишисуаз — превосходного вкуса холодный суп-пюре на курином бульоне из картофеля и порея, затем рыба тюрбо, приготовленная не хуже, чем у «Максима», а к ней белое «Мерсо» урожая тридцать третьего года — вино легкое и достаточно молодое. Рыбу сменила спаржа. Далее цыплята на вертеле, очень нежные, хотя и с корочкой, а к цыплятам изысканный салат с легким ароматом чеснока и красное «Шато сент-эмильон». Во главе стола пили лучшее из бургундских вин — «Романе конти» двадцать первого года.

— Девушки все равно в этом не разбираются, — заявила мадам.

Зато Равич разбирался. И тут же получил вторую бутылку в подарок. В знак признательности он отказался в пользу девушек от шампанского и шоколадного мусса. Они с мадам предпочли закусывать вино мягчайшим сыром бри с еще теплым белым хлебом без масла.

Застольный разговор утонченностью манер не уступил бы пансиону благородных девиц. Плетеные кресла были украшены лентами, кассовый аппарат сиял, мраморные столики матово мерцали. Легкая печаль, казалось, разлита в воздухе. Сама мадам была в черном. И в бриллиантах. Но бриллиантов совсем немного. Только брошь и кольцо. Камни отборные, голубоватые, чистейшей воды. И никакой диадемы, хотя недавно она и стала графиней. Вкус и тут ей не изменил. Мадам любила бриллианты. Рубины и изумруды, рассуждала она, довольно рискованное вложение. А бриллианты никогда не подведут. Она непринужденно болтала с Роландой и Равичем, обнаруживая остроумие и такт, знание жизни и незаурядную начитанность. Цитировала Монтеня,

Шатобриана, Вольтера. Ее умное, ироничное лицо прекрасно оттеняла благородная седина, чуть подкрашенная, с голубым отливом.

Ровно в семь, после кофе, все девицы, словно примерные пансионерки, как по команде поднялись. Они вежливо поблагодарили мадам и попрощались с Роландой. Мадам сочла нужным еще ненадолго остаться. Она распорядилась подать арманьяк — такого душистого Равич в жизни не пробовал. Сохраняя боевые порядки, с передовой тем временем оттянулась группа прикрытия — все, как одна, чистенькие, почти не накрашенные, в строгих вечерних платьях. Мадам дождалась, пока девушкам подадут рыбу. С каждой она успела обменяться парой слов, каждую поблагодарила за неурочный час работы, пожертвованный ради общего праздника. После чего изящно и мило со всеми попрощалась.

— Вы, Роланда, надеюсь, до отъезда еще ко мне зайдете?

— Конечно, мадам.

— Вы позволите оставить вам арманьяк? — обратилась она к Равичу. Тот поблагодарил. Только после этого она удалилась — вся воплощенное благородство, на зависть любой великосветской львице.

Прихватив бутылку, Равич подсел к Роланде.

— Когда уезжаешь? — поинтересовался он.

— Поезд завтра, в шестнадцать ноль семь.

— Я приду на вокзал проводить.

— Нет, Равич. Лучше не надо. Ко мне жених приезжает сегодня вечером. Мы завтра вместе едем. Надеюсь, ты понимаешь? Он будет удивлен.

— Ну конечно.

— А нам завтра до отъезда еще кое-что купить надо и все вещи багажом отправить. Я уже сегодня в гостиницу «Бельфор» перебираюсь. Там уютно, чисто и недорого.

— Он тоже там остановится?

— Бог с тобой! — искренне изумилась Роланда. — До свадьбы, как можно?

— Правильно, — согласился Равич. Он прекрасно знал: никакое это не притворство. Роланда мещанка до мозга костей. Здесь, в Париже, была ее работа. И совершенно не важно где — в публичном ли доме или в пансионе благородных девиц. Теперь, честно отработав сколько положено, она возвращается в свой мещанский мирок, и ни малейшая тень прежней жизни не должна этот мирок омрачать. Точно так же поступали и многие проститутки. Из некоторых, кстати, получались отличные жены. Проституция в их глазах — серьезное и нелегкое ремесло, а вовсе не порок. Такой взгляд на вещи поддерживал в них веру в себя, не позволял опуститься.

Роланда налила Равичу еще арманьяка. Потом извлекла из сумочки какой-то листок.

— Если надумаешь уехать из Парижа — вот наш адрес. Добро пожаловать в любое время.

Равич пробежал глазами записочку.

— Тут две фамилии, — пояснила Роланда. — На первые две недели — моя. Ну а потом жениха.

Равич положил записку в карман.

— Спасибо, Роланда. Но я пока что из Парижа никуда не собираюсь. Да и жених твой опять же наверняка будет удивлен, если я вдруг заявлюсь как снег на голову.

— Это ты к тому, что я на вокзал тебя просила не приходить? Так то ж совсем другое дело. Это я тебе на тот случай даю, если тебе вдруг из Парижа уехать придется. Срочно. Понимаешь?

Он поднял на нее глаза.

— С какой стати?

— Равич, — вздохнула она, — ты ведь беженец. А у беженцев иной раз бывают неприятности. И всегда неплохо иметь адресок, где тебя не тронет полиция.

— Откуда ты знаешь, что я беженец?

— Да уж знаю. Я не говорила никому. Это никого здесь не касается. А адресок прибереги. И если понадобится, приезжай. У нас никто ни о чем не спросит.

— Хорошо. Спасибо, Роланда.

— Позавчера тут кое-кто из полиции приходил. Насчет немца спрашивали. Интересовались, кто еще здесь был.

— Вот как? — настороженно заметил Равич.

— Да. Когда ты в прошлый раз забегал, этот немец как раз тут торчал. Ты, наверно, его даже не заметил. Лысый такой, толстый. В другом конце сидел, с Ивонной и Клер. Вот они из полиции и спрашивали, мол, был ли у нас такой и кто еще в это время присутствовал.

— Вот уж не помню, — сказал Равич.

— Да конечно, ты и внимания не обратил. Разумеется, я и не сказала, что ты забегал ненадолго.

Равич кивнул.

— Так верней, — пояснила Роланда. — Нечего этим легавым лишний раз повод давать к честным людям по пустякам цепляться да паспорта спрашивать.

— И правильно. А он хоть объяснил, в чем дело?

Роланда передернула плечами.

— Нет. Да и нам-то что? Я так ему и сказала: никого не было, и точка. У нас вообще такое правило.

Никто ничего не знает. Так верней. Да он и не особо интересовался.

— Нет?

Роланда усмехнулась.

— Равич, сам подумай, ну что нам, французам, до какого-то там немецкого туриста? Будто нам своих забот мало. — Она поднялась. — Ну, мне пора. Прощай, Равич.

— Прощай, Роланда. Без тебя здесь уже будет не то.

Она улыбнулась:

— Разве что на первых порах. А потом все наладится.

Она пошла попрощаться с оставшимися девушками. Но по пути еще раз глянула на новехонький кассовый аппарат, на кресла и столики. Очень практичные подарки. Она уже видела их у себя в кафе. Особенно кассу. Касса — это солидность, достаток, преуспеяние. Она долго не решалась, но потом все же не устояла. Достала из сумочки мелочь, положила монеты рядом с поблескивающим аппаратом и тюкнула пару раз по клавишам. Аппарат послушно зажужжал, щелкнул, выбил два пятьдесят и вытолкнул денежный ящик. Роланда со счастливой детской улыбкой положила в него собственные деньги.

А вокруг, разбираемые озорным любопытством, уже собрались девушки. Роланда выбила второй чек — франк семьдесят пять.

— А что у вас можно купить на франк семьдесят пять? — поинтересовалась Маргарита, среди товарок больше известная по кличке Лошадь.

Роланда задумалась.

— Один дюбонне или два перно.

— А во что обойдется «амер пикон» и одно пиво?

Триумфальная арка

— Семьдесят сантимов. — Роланда застучала клавишами. И пожалуйста, выскочил чек: ноль семьдесят.

— Дешево, — вздохнула Лошадь.

— Так и есть. У нас дешевле, чем в Париже, — пояснила Роланда.

Сдвигая плетеные кресла вокруг мраморных столиков, девушки осторожно рассаживались вокруг. Они чинно расправляли свои вечерние платья, на глазах превращаясь в посетительниц будущего кафе.

— Нам, пожалуйста, три чая с английскими бисквитами, мадам Роланда, — проворковала Дэзи, изящная блондинка, пользовавшаяся особым успехом у женатых клиентов.

— Семь восемьдесят. — Роланда выбила. — Что поделаешь, английские бисквиты дорого стоят.

За соседним столиком Лошадь-Маргарита после непродолжительного раздумья вскинула голову.

— Две бутылки «Поммери»! — торжествующе выпалила она. Лошадь любила Роланду и очень хотела сделать той приятное.

— Девяносто франков. Отличное «Поммери».

— И еще четыре коньяка! — Лошадь пустилась во все тяжкие. — У меня сегодня день рождения!

— Четыре сорок. — Касса затарахтела.

— А четыре кофе и четыре безе?

— Три шестьдесят.

Лошадь, сияя от восторга, смотрела на Роланду. Больше ей просто ничего не приходило в голову.

Девушки снова сгрудились вокруг кассы.

— А сколько получилось всего, мадам Роланда?

Роланда продемонстрировала чек со столбцом цифр.

— Всего сто пять восемьдесят.

— А вы сколько на этом заработаете?

— Франков тридцать. Это из-за шампанского, с него доход хороший.

— Отлично! — обрадовалась Лошадь. — Очень хорошо! Пусть всегда так и будет!

Роланда снова подошла к Равичу. Глаза ее сияли, как сияют только глаза счастливых влюбленных и удачливых коммерсантов.

— Прощай, Равич. И не забудь, о чем я тебе говорила.

— Не забуду. Прощай, Роланда.

И она пошла, прямая, энергичная, смелая, не ведая сомнений в своей правильной жизни и ясном, благополучном будущем.

Равич с Морозовым сидели в «Фуке». Было девять вечера. На террасе было битком. Вдалеке, уже за Триумфальной аркой, белым, льдистым светом разгорались два фонаря.

— Крысы побежали из Парижа, — сообщил Морозов. — В «Интернасьонале» уже три номера пустуют. Такого с тридцать третьего года не припомню.

— Ничего, новые беженцы понаедут и все займут.

— Это откуда же? У нас были русские, итальянцы, поляки, испанцы, немцы...

— Французы, — проронил Равич. — От границы. Как в прошлую войну.

Морозов взялся за свой бокал, но тот был пуст. Он подозвал официанта.

— Еще графин «Пуйи», — заказал он. Потом обратился к Равичу: — А у тебя какие виды?

— На роль крысы?

— Именно.

— Крысам в наше время тоже паспорта и визы нужны.

Морозов глянул на него с недоверчивой усмешкой.

— Можно подумать, они у тебя раньше имелись. И тем не менее ты пожил в Вене и в Цюрихе, в Испании и в Париже. Сейчас самое время отсюда сматываться.

— Куда? — спросил Равич, берясь за принесенный официантом графин. Запотевшее стекло приятно холодило ладонь. Он разлил легкое вино по бокалам. — В Италию? Там гестапо прямо на границе нашего брата ждет не дождется. В Испанию? То-то фалангисты обрадуются.

— В Швейцарию?

— Швейцария слишком мала. Я в Швейцарии три раза был. Каждый раз меня уже через неделю отлавливала полиция и отправляла обратно во Францию.

— В Англию. До Бельгии, а оттуда зайцем.

— Исключено. Задержат в порту и спровадят обратно в Бельгию. А в Бельгии эмигранту жизни нет.

— В Америку тебе тоже нельзя. Как насчет Мексики?

— Там и без меня беженцев полно. И тоже хоть какие-то документы нужны.

— А у тебя совсем никаких?

— Было несколько справок на разные имена об освобождении из мест заключения, где я отбывал наказание за незаконное пересечение границы. Словом, мандат не самый подходящий. Я их, конечно, сразу же рвал и выбрасывал.

Морозов молчал.

— Кончилось бегство, старина Борис, — сказал Равич. — Рано или поздно оно всегда кончается.

— Но ты хоть понимаешь, что тебя здесь ждет, если война начнется?

— Само собой. Французский концлагерь. А в нем ничего хорошего, потому что ничего не готово.

— А потом?

Равич пожал плечами:

— Не стоит слишком далеко загадывать.

— Допустим. Но ты сознаешь, чем это пахнет, если тут все вверх дном пойдет, а ты в концлагере куковать будешь? До тебя немцы могут добраться.

— Как и до многих других. Может быть. А может, нас успеют вовремя выпустить. Кто знает?

— А потом?

Равич достал из кармана сигарету.

— Да что об этом говорить, Борис? Мне из Франции не выбраться. Куда ни кинь — всюду клин. Да я и не хочу никуда.

— Как это никуда не хочешь?

— Да вот так. Думаешь, я сам об этом не думал? Не могу объяснить. Не объяснить это. Не хочу больше никуда.

Морозов молчал, рассеянно глядя по сторонам.

— А вот и Жоан, — вдруг бросил он.

Она сидела за столиком с каким-то мужчиной, довольно далеко от них, на той террасе, что выходит на проспект Георга Пятого.

— Знаешь его? — спросил Морозов.

Равич еще раз глянул в ту сторону.

— Нет.

— Что-то быстро она их стала менять.

— Торопится жить, — равнодушно проронил Равич. — Как и большинство из нас. До потери пульса — лишь бы урвать, лишь бы успеть.

— Можно назвать это и иначе.

— Можно. Суть от этого не изменится. Смятение души, старина. За последнюю четверть века это стало всеобщим недугом. Никто уже не надеется тихо-мирно дожить до старости на свои сбережения. Запахло пожаром, вот каждый и спешит ухватить хоть что-нибудь. Не ты, конечно. Ты у нас философ, проповедник простых житейских радостей.

Морозов не отвечал.

— Она же ничего не смыслит в шляпах, — без перехода продолжил Равич. — Ты только глянь, что она нахлобучила! И вообще у нее со вкусом неважно. Но в этом ее сила. Культура — она расслабляет. А решают все в конечном счете простейшие жизненные инстинкты. Ты первый — превосходное тому подтверждение.

Морозов ухмыльнулся:

— Мечтатель ты наш заоблачный, дались тебе мои низменные житейские удовольствия... Пойми: чем проще вкусы, тем больше у человека радости в жизни. Такой не будет от тоски изводиться. Когда тебе седьмой десяток пошел, а ты, как юнец, все еще за любовью гоняешься, ты просто идиот. Это все равно что с шулерами крапленой колодой играть да еще и на выигрыш рассчитывать. Хороший бордель — вот тебе и отрада, и покой для души. В заведении, куда я частенько наведываюсь, шестнадцать молодок. За сущие гроши тебя там ублажат, как падишаха. И это ласки без обмана, не то что скудные подачки, по которым тоскует иной раболепный воздыхатель, раб любви. Да-да, раб любви...

— Я прекрасно тебя слышу, Борис.

— Ну и ладно. Тогда давай допьем. Винцо легкое, прохладное. И давай дышать этим серебристым парижским воздухом, покуда он еще не отравлен.

— Вот это верно. Ты обратил внимание: в этом году каштаны второй раз зацвели?

Морозов кивнул. Потом многозначительно указал глазами на небо, где, наливаясь недобрым красноватым сиянием, над темными крышами ярко поблескивал Марс.

— Ага. Вон и Марс, бог войны, в этом году подошел к Земле как никогда близко. — Он усмехнулся. — Подожди, скоро в газетах пропечатают про какого-нибудь новорожденного с родимым пятном в форме меча. И про то, как где-то выпал кровавый дождь. Для полного комплекта знамений недостает только какой-нибудь зловещей средневековой кометы.

— Да вот же она. — Равич кивнул на бегущую красную строку новостей над зданием газетной редакции, где, вспыхивая, мчались друг за другом очередные сенсации, и на толпу зевак, что стояли внизу, молча задрав головы.

Какое-то время они тоже сидели, ни слова не говоря. На краю тротуара уличный музыкант наигрывал на гармошке «Голубку». Тут же объявились и торговцы коврами со своими шелковыми кешанами на плече. Между столиками сновал мальчонка, предлагая фисташки. Казалось, вечер как вечер, но лишь до той поры, покуда не побежали первые разносчики газет. Вечерние выпуски шли нарасхват, и уже вскоре терраса ресторана, где за каждым столиком белела раскрытая газета, напоминала скопище огромных бабочек, что, тихо шелестя и подрагивая крыльями, жадно присосались каждая к своему цветку.

— Жоан уходит, — сообщил Морозов.

— Где?

— Да вон.

Жоан переходила улицу наискосок, направляясь к зеленому кабриолету, припаркованному на Елисейских полях. Сопровождавший ее кавалер обошел машину и сел за руль. Это был довольно молодой еще человек без шляпы. Он уверенно вывел свой шикарный приземистый «делайе» из плотного ряда стоявших вдоль тротуара машин.

— Красивая машина, — только и заметил Равич.

— Да уж, колеса хоть куда, — неодобрительно пропыхтел Морозов. А потом с досадой добавил: — Наш стальной, наш несгибаемый Равич! Безупречный наш европеец! Красивая машина! Нет бы сказать — стерва шлюхастая! Это я бы еще понял.

Равич усмехнулся:

— Это как посмотреть. Шлюха или святая — это не от нее, это только от тебя самого зависит. Тебе, исправный ходок по борделям, с твоими шестнадцатью молодками этого не понять. Любовь не торговля, она не ищет барышей и даже не стремится окупить затраты. А фантазии — ей достаточно пары гвоздиков, чтобы набросить на объект желаний свое дымчатое покрывало. А уж какие это гвоздочки — золотые, медные или просто ржавые, ей не важно. За что зацепилась, на том и попалась. Что розовый куст, что терновник — под ее покрывалом, сотканным из перламутровых нитей лунного света, все превращается в сказку из «Тысячи и одной ночи».

Морозов глотнул вина.

— Слишком много говоришь, — буркнул он. — К тому же все это неправда.

— Знаю. Но в кромешной тьме, Борис, даже светлячок — маячок.

От площади Звезды мягкой серебристой поступью пришла блаженная прохлада. Равич приподнял запотевший бокал вина. Влажное стекло приятно холодило руку. Вот так же холодна его жизнь под горячим биением сердца. Ее уже окутало глубокое дыхание ночи, а вместе с холодом пришло и полное равнодушие к собственной судьбе. К судьбе, к будущему. Где, когда он уже что-то похожее испытывал? В Антибе, вспомнилось ему. Когда он понял, что Жоан его бросит. Именно тогда накатило равнодушие, обернувшееся полным покоем. Как вот и сейчас решение не спасаться бегством. Хватит бегать. Одно с другим как-то связано. Месть и любовь — и то и другое свершилось в его жизни. Этого довольно. Может, это и не все, но мужчина, пожалуй, и не вправе требовать большего. А ведь он ни того ни другого уже и не ждал. А теперь он убил Хааке и все равно не уехал из Парижа. Так и надо: одно к одному. Кто использовал шанс, тот должен его и предоставить. И это не покорность судьбе, это спокойствие окончательного решения, пусть и принятого вопреки всякой логике. Зато вместо нерешительности в нем теперь твердость. Он ждет, он собран, он спокойно смотрит по сторонам. Это какое-то странное, неизъяснимое доверие к судьбе, когда на кону твоя жизнь, а сам ты замер перед решающим шагом. И застыли все реки. И зеркало ночи простерлось вокруг гигантским озером; утро покажет, куда потекут его воды.

— Мне пора, — сказал Морозов, взглянув на часы.

— Хорошо, Борис. Я еще останусь.

— Ухватить последние вечерочки перед сумерками богов?

— Точно. Это все уже никогда не вернется.

Триумфальная арка

— И что, очень жалко?

— Да нет. Мы ведь тоже не вернемся прежними. Вчера ушло навсегда, и никакими мольбами, никакими слезами его не возвратить.

— Слишком много говоришь. — Морозов встал. — Лучше спасибо скажи. Ты свидетель конца эпохи. Эпоха, правда, была не ахти.

— Но это была наша эпоха. А ты, Борис, говоришь слишком мало.

Морозов уже стоя допил свой бокал. Поставил его обратно на стол с такой осторожностью, словно это динамит, и вытер бороду. Сегодня он был не в ливрее, но все равно стоял перед Равичем огромной, несокрушимой скалой.

— Не думай, будто я не понимаю, почему ты никуда больше не хочешь, — медленно, с расстановкой проговорил он. — Очень даже понимаю. Эх ты, костолом хренов, фаталист недоделанный!

К себе в гостиницу Равич вернулся не поздно. В холле он сразу приметил одинокую фигурку, примостившуюся в углу, которая при его появлении мгновенно вскочила с дивана, как-то странно взмахнув обеими руками. Он успел углядеть, что у фигурки одна штанина без ноги. Вместо ботинка из брючины выглядывала грязная, обшарпанная деревяшка.

— Доктор! Доктор!

Равич пригляделся. В скудном свете фойе он мало-помалу различил мальчишеское лицо, до ушей расплывшееся в улыбке.

— Жанно! — в изумлении воскликнул он. — Ну конечно, Жанно!

— Верно! Он самый! Весь вечер вас жду! Только сегодня разузнал наконец, где вы живете. Несколько раз в клинике спрашивал, но эта ведьма, старшая медсестра, знай свое твердит: его нет в Париже.

— Меня и правда долго не было.

— И только сегодня наконец она мне сказала, где вы живете. Ну, я сразу сюда. — Жанно сиял.

— Что-то с ногой? — обеспокоенно спросил Равич.

— Да ничего! — Жанно с нежностью, словно по холке верного пса, похлопал по деревяшке. — Ничего ей не делается! Все отлично.

Равич смотрел на деревяшку.

— Вижу, ты своего добился. Как тебе удалось все утрясти со страховой компанией?

— Да вроде неплохо. Они дали согласие на механический протез. А в мастерской мне просто выдали деньги. Пятнадцать процентов удержали. Все в ажуре.

— А твоя молочная лавка?

— Так я потому и пришел. Мы открылись. Магазинчик маленький, но дело пока идет. Мать за прилавком. А я товар закупаю и все расчеты веду. Поставщики у меня хорошие. Все напрямую, все из деревни.

Жанно заковылял обратно к обшарпанному дивану и принес оттуда перетянутый бечевкой сверток в плотной коричневой бумаге.

— Вот, доктор! Это вам! Для вас принес. Ничего особенного. Но все из нашего магазина — хлеб, масло, яйца, сыр. На тот случай, если из дома выходить неохота, вроде как неплохой ужин, верно?

— Это на любой случай очень даже хороший ужин, Жанно, — сказал Равич.

Жанно удовлетворенно кивнул.

— Надеюсь, сыр вам понравится. Это бри и немного пон-левека.

— Мои любимые сыры.

— Шикарно! — От радости Жанно с силой хлопнул себя по обрубку ляжки. — Пон-левек — это мать предложила. Я-то думал, вы бри любите. Бри мужчине больше подходит.

— И тот и другой — как по заказу. Лучше не придумаешь. — Равич взял сверток. — Спасибо, Жанно. Не так уж часто пациенты о нас, врачах, вспоминают. Обычно приходят только поторговаться, счет скостить.

— Так то богатые, верно? — Жанно понимающе покивал. — Мы не из таких. В конце концов, ведь мы по гроб жизни вам обязаны. Если бы я колченогим калекой остался, что бы мы получили? Почти ничего.

Равич посмотрел на Жанно. «Он что, всерьез считает, что я ему ногу в порядке одолжения отнял?»

— У нас другого выхода не было, Жанно. Только ампутация.

— Ну конечно. — Мальчишка хитро подмигнул. — Ясное дело. — И, уже надвигая кепку на лоб: — Ну, я, пожалуй, пойду. Мать наверняка заждалась. Я ведь давно ушел. А мне еще тут кое с кем переговорить надо насчет нового сорта рокфора. Прощайте, доктор. Надеюсь, гостинцы вам придутся по вкусу.

— Прощай, Жанно. И удачи тебе!

— Без удачи нам никак!

Щуплая фигурка махнула рукой и решительно заковыляла к дверям.

У себя в комнате Равич развернул «гостинцы». Поискал и нашел спиртовку, уже много лет валявшуюся без дела. Рядом обнаружилась упаковка таблеток сухого спирта и даже небольшая сковородка. Он взял две квадратных горючих таблетки, положил на спиртовку, поджег. Затрепетали два язычка голубоватого пламени. Он бросил на сковородку кусок масла, разбил туда же два яйца, размешал. Отрезав два ломтя свежего, с хрустящей корочкой, белого хлеба, постелил на подоконник несколько газет, а на газеты поставил сковородку. Развернул сыр бри, достал бутылку «Вувре» и принялся за еду. Он уже сто лет ничего в номере не готовил. Про себя решил, что надо завтра же купить сухого спирта про запас. Спиртовку запросто можно будет взять с собой в лагерь. Тем более она складная.

Он ел не спеша. Воздал должное и пон-левеку. А что, Жанно прав: и в самом деле хороший ужин.

XXXII

— Исход из Египта, — хмыкнул доктор философии и филологии Зайденбаум, поглядывая на Равича и Морозова. — Только без Моисея.

Щупленький, желтый, он стоял у дверей «Интернасьоналя» и наблюдал, как на улице семейства Штерн и Вагнер, а также холостяк Штольц следят за погрузкой своих вещей в мебельный фургон, нанятый ими в складчину.

Прямо на тротуаре под жарким августовским солнцем в беспорядке громоздилась мебель. Позолоченный диван с обюссоновской обивкой, пара таких же позолоченных кресел, новый обюссоновский ковер. Все это добро принадлежало семейству Штерн. Из дверей как раз выносили огромный обеденный стол красного дерева. Сельма Штерн, женщина с увядшим лицом и плюшевыми глазами, квохтала над ним, как наседка над цыплятами.

— Аккуратнее! Столешница! Не поцарапайте! Это же полировка! Да осторожно, осторожно же!

Столешница была натерта до блеска. Судя по всему, это была одна из тех святынь, ради которых иные домохозяйки готовы пожертвовать жизнью. Заполошная Сельма носилась вокруг стола и двух грузчиков, которые с полнейшим безразличием поставили его на тротуар.

Столешница так и сияла на солнце. Сельма склонилась над столом с тряпкой в руках. Она нервно протирала углы. В столешнице, как в темном зеркале, смутно отражалось ее бледное лицо — словно кто-то из далеких предков взирал на нее из глубин тысячелетий.

Грузчики тем временем уже выносили буфет — тоже полированный, тоже красного дерева, тоже навощенный до блеска. Одно неловкое движение — и буфет с глухим стоном хрястнулся углом о дверной косяк.

Нет, Сельма Штерн не вскрикнула. Казалось, она окаменела, так и застыв с тряпкой в поднятой руке, с приоткрытым ртом, словно надумала заткнуть себе тряпкой рот, но так и не успела.

Йозеф Штерн, ее супруг, плюгавенький очкарик с отвисшей от страха челюстью, робко к ней приблизился.

— Сельмочка, дорогая...

Она на него даже не взглянула. Взгляд ее был устремлен в пустоту.

— Буфет...

— Ну, Сельмочка, дорогая. Зато у нас есть виза.

— Буфет моей мамы... Родительский буфет...

— Ну, Сельмочка. Подумаешь, царапина. Да какая там царапина, так, пустяки. Главное, у нас есть виза...

— Это останется. Это уже навсегда.

— Вот что, мадам, — окрысился грузчик, не разобрав по-немецки ни слова, но прекрасно понимая, о чем речь, — таскайте ваши рыдваны сами! Не я прорубал эту идиотскую дверь.

— Sale boches*, — процедил другой.

Йозеф Штерн при этих словах внезапно распетушился.

— Мы вам не немцы! — запальчиво заявил он. — Мы эмигранты!

— Sale refugiés**, — процедил грузчик.

— Видишь, Сельмочка, что мы от этого имеем, — застонал Штерн. — И что нам таки теперь прикажешь делать? И сколько мы уже всего натерпелись из-за твоего красного дерева! Из Кобленца опоздали уехать на четыре месяца, потому что ты с мебелью расстаться не могла! Одного налога за выезд из рейха на восемнадцать тысяч марок больше заплатили! А теперь мы торчим с этой клятой мебелью посреди улицы, а пароход ждать не будет!

Озадаченно склонив голову набок, он воззрился на Морозова.

— Ну что теперь делать? — посетовал он. — Sale boches! Sale refugiés! Объясни я ему сейчас, что мы евреи, он только и скажет: «Sale juifs»***, и тогда вообще всему хана.

— Денег ему дайте, — посоветовал Морозов.

---
* Немцы поганые (*фр.*).
** Беженцы поганые (*фр.*).
*** Жиды поганые (*фр.*).

— Денег? Да он швырнет их мне в лицо!

— Вот уж нет, — возразил Равич. — Он для того и ругается: цену набивает.

— Но я не так воспитан! Меня оскорбляют, а я же еще и плати!

— Ну, настоящее оскорбление — это когда оскорбляют вас лично, — заявил Морозов. — А это так, вообще. Оскорбите его в ответ, унизив его чаевыми.

Тень улыбки мелькнула в глазах Штерна.

— Пожалуй, — сказал он, глядя на Морозова. — Пожалуй.

Он достал из бумажника несколько купюр и протянул грузчикам. Те взяли, всем видом изобразив крайнее презрение. А Штерн, всем видом изобразив презрение еще большее, сунул бумажник обратно в карман. Лениво осмотревшись, грузчики с неохотой взялись за обюссоновские кресла. Буфет они из принципа игнорировали и погрузили в самую последнюю очередь. Поднимая его в фургон, они его накренили и правой стороной задели за борт кузова. Сельма дернулась, но ничего не сказала. Сам Штерн ни на жену, ни на погрузку уже не смотрел: он в который раз проверял свои бумаги и визы.

— Нет зрелища более жалкого, чем мебель, выставленная на улицу, — изрек Морозов.

На очереди были теперь вещи семьи Вагнер. Несколько стульев, кровать, и вправду смотревшаяся посреди улицы неприкаянно и убого до неприличия. Два чемодана с наклейками: Виареджио, Гранд-отель Гардоне, отель Адлон, Берлин. Вращающееся зеркало в позолоченной раме испуганно отражало улицу и дома. Кухонная утварь, которую вообще непонятно зачем тащить в Америку.

— Родственники, — объясняла всем и каждому Леони Вагнер. — Это все родственники из Чикаго, они нам помогли. Денег прислали и визу выхлопотали. Только гостевую. Потом в Мексику придется перебираться. Родственники. У нас родственники там.

Ей было неловко. Под взглядами остающихся она чувствовала себя дезертиром. Ей хотелось как можно скорее уехать. Она сама помогала грузить вещи в фургон. Лишь бы скорее в машину, лишь бы за угол — только тогда она вздохнет с облегчением. Но ведь сразу же новые страхи накатят. Не отменят ли отплытие? Разрешат ли в Америке сойти на берег? А вдруг назад отправят? Страхам не было конца. И так уже годы.

У холостяка Штольца, кроме книг, и вещей-то почти не было. Один чемодан, все остальное — библиотека. Инкунабулы, раритеты, новые книги. Рыжий, весь обросший, встрепанный, он стоял молча.

Между тем постояльцев из числа остающихся набиралось перед входом все больше. Почти все хранили молчание. Разглядывали пожитки, смотрели на фургон.

Наконец все погрузили.

— Ну, до свидания, — смущенно сказала Леони Вагнер. — Или гуд бай. — Она нервно засмеялась. — Или адьё. Теперь даже и не знаешь, как попрощаться. — Она заглядывала остающимся в глаза, пожимала кому-то руки. — Родственники у нас там, — приговаривала она. — Родственники. Самим-то нам бы ни в жизнь... — Вскоре она и вовсе умолкла.

Доктор Эрнст Зайденбаум дружески похлопал ее по плечу.

— Не переживайте. Кому-то везет, кому-то не очень.

— Большинству — не очень, — проронил эмигрант Визенхоф. — Жизнь есть жизнь. Счастливого пути.

Йозеф Штерн попрощался с Равичем, Морозовым и остальными. Счастливая улыбка афериста, только что обналичившего в банке поддельный чек, не сходила с его уст.

— Кто знает, как оно все обернется. Может, и после «Интернасьоналя» еще выпадет свидеться.

Сельма Штерн уже сидела в машине. Холостяк Штольц прощаться не стал. Виза и билет у него были только до Португалии. Слишком незначительный повод, чтобы разводить сантименты. Когда фургон тронулся, он лишь вяло махнул рукой.

Оставшиеся все еще стояли у входа, понурым видом напоминая стайку кур под дождем.

— Пошли! — бросил Морозов Равичу. — «Катакомба» ждет! Тут без кальвадоса не обойтись.

Едва они успели сесть, как в подвал ввалились остальные. Их внесло, как палую листву порывом осеннего ветра. Двое раввинов, бледные, с жидкими бороденками, Визенхоф, Рут Гольдберг, шахматный автомат Финкенштайн, фаталист Зайденбаум, сколько-то супружеских пар, шестеро-семеро детишек, собиратель импрессионистов Розенфельд (он все еще так и не уехал), пара-тройка подростков и несколько совсем уж дряхлых стариков и старух.

Для ужина было еще рановато, но, похоже, возвращаться в тишину и унылое одиночество гостиничного номера никому не хотелось. Вот они и собрались вместе. Тихие, пришибленные, покорные своей участи. Они уже столько горя хлебнули — им почти все было безразлично.

— Аристократия отчалила, — изрек Зайденбаум. — Отныне у нас здесь общая камера смертников или приговоренных пожизненно. Избранный народ! Любимцы Иеговы к погромам готовы! Да здравствует жизнь!

— Как-никак есть еще Испания, — буркнул Финкенштайн, расставляя на доске фигуры: перед ним на столе лежало шахматное приложение газеты «Матэн».

— Ну конечно, Испания. Там фашисты спешат расцеловать всех евреев прямо на границе.

Официантка, расторопная толстуха, принесла кальвадос. Зайденбаум нацепил пенсне.

— Большинство из нас даже на это не способны, — прорекотал он. — Напиться и то не умеем. Хотя бы на одну ночь залить свою тоску-печаль. Даже этого не умеем. Жалкие потомки Агасфера. Впрочем, тут и вечный скиталец впал бы в отчаяние: нынче, без бумаг и виз, он бы далеко не ушел.

— Так выпейте с нами, — предложил Морозов. — Кальвадос отличный. Слава богу, хозяйка еще не распробовала. Иначе наверняка бы уже задрала цену.

Зайденбаум покачал головой:

— Я не пью.

Равич наблюдал за странным небритым человеком, который то и дело вытаскивал из кармана зеркальце и нервно в него смотрелся.

— Это кто? — спросил он у Зайденбаума. — Раньше я его здесь не видел.

Зайденбаум скривил губы в улыбке.

— Это новый Аарон Гольдберг.

— Что? Неужто эта веселая вдова так быстро выскочила замуж?

— Да нет. Просто продала ему паспорт старика Гольдберга. Две тысячи франков. Но вот незадача: у Гольдберга была седая борода. Теперь новый Гольдберг срочно отращивает себе такую же. Чтобы было, как на паспортной фотографии. Видите, он то и дело ее пощипывает. Пока бороды похожей не заведет, паспортом пользоваться не рискует. Вступил в гонку со временем.

Равич все еще смотрел на мужчину, который нервно теребил свою жидкую щетину, мысленно сверяя ее с чужим паспортом.

— Всегда же можно сказать, мол, бороду огнем спалило.

— А что, неплохая идея. Я ему передам. — Сняв пенсне, Зайденбаум покачал его на пальце. — Вообще-то там жуть что творится, — добавил он с усмешкой. — Две недели назад это была всего лишь выгодная сделка. А сейчас Визенхоф уже ревнует, а Рут Гольдберг в крайнем затруднении. Вот она — нечистая сила документа! По бумагам-то получается, что он ей муж.

Он встал и направился к столику новоиспеченного Аарона Гольдберга.

— Нечистая сила документа — это мне нравится, — одобрил Морозов. — Что сегодня делаешь?

— Сегодня вечером Кэте Хэгстрем отплывает в Америку на «Нормандии». Везу ее в Шербур. На ее машине. Потом на той же машине обратно, отгоню в гараж. Кэте ее продала хозяину гаража.

— А дорогу она осилит?

— Конечно. Ей уже ничто повредить не может. К тому же на корабле хороший врач. А в Нью-Йорке... — Он передернул плечами.

...В «катакомбе» стояла затхлая, мертвая духота. Окон в подвале не было. Под запыленной искусственной пальмой сидела пожилая супружеская чета. Оба были просто убиты горем, которое окружало их, словно стеной. Сидели неподвижно, молча взявшись за руки; казалось, им никогда уже не подняться.

Равича вдруг охватила тоска: словно все горести и печали людские заперты в этом склепе, куда не проникают лучи дневного света. Тусклое желтоватое марево запыленных электрических ламп только усугубляло это ощущение. Тишина, молчание, шепотки, перелистывание бумаг, уже тысячу раз смотренных-пересмотренных, перекладывание и пересчет документов и денег, безмолвная неподвижность, покорное ожидание конца, изредка, от отчаяния, вспышка судорожной отваги, привычный гнет бесконечных, годами длящихся унижений, ужас оттого, что ты загнан в угол, откуда уже ни выхода, ни дороги, хоть на стену лезь, — сейчас он буквально кожей, физически ощущал все это и чуял запах, запах страха, последнего, безмолвного, неимоверного, смертного страха, и вспомнил, когда и где он чуял этот запах в последний раз: в концлагере, когда туда пригоняли людей, только что взятых прямо на улице, выхваченных из теплых постелей, — как они, свежеиспеченные арестанты, стояли в бараках, не ведая, что с ними будет дальше...

За столом рядом с ним сидели двое. Женщина средних лет, гладкие волосы расчесаны на пробор, и ее муж. Возле них стоял мальчик лет восьми. Очевидно, ходил между столиками, слушал разговоры взрослых, а теперь вернулся.

— Почему мы евреи? — вдруг спросил он у женщины.

Та ничего не ответила. Равич взглянул на Морозова.

— Мне пора, — бросил он. — В клинику.

— Я тоже пойду.

Они поднялись по лестнице.

— Что через край, то через край, — вздохнул Морозов. — Это я ответственно, как бывший антисемит, тебе заявляю.

После «катакомбы» клиника являла собой зрелище чуть ли не оптимистическое. Конечно, и здесь в воздухе пахло бедой, болезнями, мукой, но за этим хотя бы ощущалась какая-то логика, какой-то смысл. Понятно было, почему все так, а не иначе, что можно делать, а что нельзя. Здесь тебя ставили перед фактами, ты смотрел им в лицо и мог попытаться хоть что-то предпринять.

Вебер сидел у себя в кабинете и читал газету. Равич заглянул ему через плечо.

— Весело, да? — только и спросил он.

Вебер в ярости швырнул газету на пол.

— Продажная шайка! Пятьдесят процентов наших политиков повесить мало!

— Девяносто, — уточнил Равич. — Что-нибудь слышно про ту пациентку у Дюрана?

— Да с ней все в порядке. — Вебер нервно потянулся за сигарой. — Для вас, Равич, это, конечно, пустяки. Но я-то француз!

— Ну конечно, я же вообще никто. Но был бы рад, если бы Германия пала всего лишь так же низко, как Франция.

Вебер поднял на него глаза.

— Я вздор несу. Извините. — От волнения он даже забыл прикурить. — Войны не может быть, Равич!

Этого просто быть не может! Все это брехня и пустые угрозы. А в последнюю минуту все как-нибудь рассосется. — Он помолчал немного. Куда подевалась его былая уверенность... — В конце концов, у нас еще есть линия Мажино! — заключил он на манер заклинания.

— Конечно, — подтвердил Равич без особой убежденности. Сколько он уже таких заклинаний слышал. Разговоры с французами обычно именно ими и кончались.

Вебер отер пот со лба.

— Дюран все свои капиталы в Америку перевел. Мне секретарша его шепнула.

— Очень на него похоже.

Вебер смотрел на Равича глазами затравленного моржа.

— Он не один такой. Мой шурин все свои французские ценные бумаги на американские обменял. Гастон Нерэ все накопления обратил в доллары и держит в сейфе. А Дюпон, по слухам, несколько мешков золота в саду зарыл. — Вебер вскочил. — Нет, не могу об этом говорить. Лично я отказываюсь! Отказываюсь верить! Это невозможно. Невозможно так предавать, так продавать Францию! В роковой час, я уверен, все встанут как один!

— Конечно, все, — без тени улыбки притворно поддакнул Равич. — Особенно политики и промышленные магнаты, даром что они уже сейчас с Германией вовсю делишки обтяпывают.

Вебер было дернулся, но тут же овладел собой.

— Равич... Давайте... Не лучше ли нам поговорить о чем-нибудь еще?

— Конечно, лучше. Я сегодня вечером везу Кэте Хэгстрем в Шербур. К полуночи вернусь.

— Прекрасно. — Вебер все еще сопел от волнения. — А для себя лично, Равич, что вы намерены предпринять?

— Ничего. Попаду во французский концлагерь. Это лучше, чем в немецкий.

— Исключено! Во Франции не будут сажать беженцев!

— Поживем — увидим. Хотя это напрашивается и даже возразить особенно нечего.

— Равич...

— Хорошо. Я же говорю: поживем — увидим. Я бы очень хотел, чтобы вы оказались правы. Вы уже слыхали? Лувр эвакуируют. Лучшие вещи перевозят в глубь страны.

— Нет. Быть не может. Откуда вы знаете?

— Сегодня после обеда сам заходил. Витражи Шартрского собора тоже уже сняты и упакованы. Вчера туда заезжал. Так сказать, сентиментальное путешествие. Хотел напоследок взглянуть. Так их там уже нет. Военный аэродром слишком близко. Вместо витражей там новенькие стекла. Все как в прошлом году перед Мюнхенской конференцией.

— Вот, вы сами же и сказали! — Вебер уцепился за последнюю соломинку надежды. — Тогда-то все обошлось! Сколько было шуму, а потом объявился Чемберлен со своим зонтиком мира...

— Ну да. Только на сей раз зонтик мира все еще в Лондоне, а богиня победы пока что в Лувре, но уже обезглавлена. Саму, правда, оставляют. Слишком тяжелая. Но без головы. Впрочем, мне пора. Кэте Хэгстрем уже ждет.

...Сияя во тьме россыпью огней, белоснежная «Нормандия»[*] стеной вздымалась над причалом. Легкий бриз дышал солоноватой прохладой. Кэте Хэгстрем поплотнее запахнула пальто. Она еще больше похудела и осунулась. От лица и впрямь остались только кожа да кости, а еще, черными омутами, неожиданно огромные, пугающие глаза.

— Лучше я, пожалуй, останусь, — проговорила она. — Вот уж не думала, что так трудно будет уезжать.

Равич смотрел на нее молча. Гигантский корабль ждет, гостеприимно освещены мостики трапов, пассажиры, все еще боясь опоздать, торопливо устремляются в чертоги этого сияющего плавучего дворца, и имя ему вовсе не «Нормандия» — ему имя избавление, спасение, бегство; для десятков тысяч людей по всей Европе, что ютятся по чердакам и подвалам, в грязных ночлежках, в дешевых гостиницах, этот лайнер — недостижимая мечта, мираж чудом сохраненной жизни, а здесь тоненький, нежный голосок рядом с ним, голосок человека, которого смерть пожирает изнутри, преспокойно заявляет: «Лучше я, пожалуй, останусь».

Мир и вправду сходит с ума. Для эмигрантов в «Интернасьонале», для постояльцев многих тысяч «Интернасьоналей» по всей Европе, для всех гони-

---

[*] Трансатлантический лайнер «Нормандия», гордость французского флота, сконструированный под руководством русского эмигранта, инженера-кораблестроителя В. Юркевича (1885—1964), был спущен на воду в 1932 году. В декабре 1941 года ввиду военных действий на море корабль был принят в ВМФ США как транспортное судно, но уже в феврале 1942 года затонул в нью-йоркском порту в результате пожара, возникшего в ходе ремонтных работ. Первым читателям романа Ремарка, опубликованного в 1946 году, трагическая судьба «Нормандии» была, разумеется, хорошо известна.

мых и затравленных, спасающихся бегством или уже настигнутых, ожидающих ареста или уже терзаемых под пыткой этот корабль — земля обетованная; они бы рухнули на колени, рыдая от счастья, они целовали бы трап и уверовали в чудеса, подари им судьба этот заветный клочок бумаги, билет, трепещущий сейчас подле него на ветру в изможденной руке очаровательной женщины, которая, однако, едет навстречу скорой, неминуемой смерти и вдруг устало, равнодушно роняет: «Лучше я, пожалуй, останусь».

Большой компанией к трапу подходили американцы. Вальяжные, добродушные, шумливые. Эти никуда не спешили — у них впереди вечность. Посольство настояло на их отъезде. Они до сих пор это обсуждали. Вообще-то жаль, что и говорить! Хорошо бы взглянуть, как оно тут дальше пойдет, вот была бы fun!* А что бы им сделалось? Ведь есть посольство! У Америки нейтралитет! Нет, правда, жаль!

Ароматы дорогих духов. Украшения. Перекличка и перепляс бриллиантов. Еще пару часов назад обедали у «Максима», цены, если в долларах, вообще смех, а какие вина — «Кортон» двадцать девятого года, а под конец еще и «Поль Роже» двадцать восьмого! Ну ничего, теперь на корабль, сразу в бар, партию в нарды, стаканчик-другой виски, а перед консульствами тем временем нескончаемые, безнадежные шеренги просителей, и тоска, и разлитый в воздухе запах смертного страха, и издерганные, замученные чиновники, и скорый военно-полевой суд жалкого секретаришки, только и знающего, что непреклонно головой качать: «Нет, никакой визы, нет, невозможно», — вот и весь сказ, а ведь это приговор, бес-

---
* Потеха (*англ.*).

пощадный приговор безответным, ни в чем не повинным людям. Равич молча смотрел на корабль, не корабль даже, а ковчег, утлое суденышко, дерзающее уйти от потопа, — когда-то удалось, но теперь потоп грозно подступает снова...

— По-моему, вам пора, Кэте. Время.
— Уже время? Что ж, прощайте, Равич.
— Прощайте, Кэте.
— Нам ведь не нужно себя обманывать?
— Нет.
— Приезжайте скорей в...
— Конечно, Кэте. При первой возможности.
— Прощайте, Равич. Спасибо за все. Я пойду. Сейчас поднимусь на корабль, помашу вам. А вы дождитесь отплытия и помашите мне, хорошо?
— Хорошо, Кэте.

По трапу она взошла медленно. Лишь пару раз слегка пошатнулась. Ее худенькая, почти бесплотная фигурка, выделяясь точеной четкостью и чернотой очертаний, несла в себе элегантность и прямоту неминуемой смерти. Отважным профилем, высоко вскинутым подбородком она напоминала древнюю бронзовую статуэтку египетской кошки — вся лишь контур, дыхание, взгляд.

Последние пассажиры. Взмокший от пота еврей бежит с шубой под мышкой, истерическими воплями подгоняя двух носильщиков. Последние американцы. Медленно втягивается трап. Странное чувство. Вместе с трапом как будто втянули что-то еще, навсегда. Кончено. Узкая полоска воды. Граница. Два метра воды — но это уже граница, бездна между Европой и Америкой. Там спасение — тут погибель.

Триумфальная арка

Равич поискал глазами Кэте Хэгстрем. Нашел почти сразу. Она стояла у поручней и махала ему. Он помахал в ответ.

И тут вдруг корабль вроде бы дрогнул. Затрясся всей махиной. Медленно, почти незаметно попятился, отплывая, причал. И вдруг, через какую-то секунду, корабль поплыл сам. Высокий, белоснежный, он парил над черной водой на фоне черного неба, уже в море, уже недостижимый. Кэте Хэгстрем неразличимо растворилась в толпе, провожающие, смущенно переглядываясь и с притворной бодростью улыбаясь, стали молча расходиться, кто нерешительно, нехотя, кто торопливо.

Поздним вечером машина мчала его в Париж. Пролетали мимо живые изгороди и фруктовые сады Нормандии. В смутном, туманном небе огромным овалом висела луна. Корабль уже уплыл из его памяти. Остался только этот пейзаж, душистый запах сена и спелых яблок, тишь и глубокий покой всего неизменного.

Машина шла почти бесшумно. Казалось, она неподвластна силе тяжести. Выплывали и уносились назад дома, церкви, деревни, золотистые вывески придорожных кабачков и бистро, сверкнувшая лента речушки, мельница, а потом снова зыбкий контур равнины, над которым внутренней створкой неимоверной раковины выгибался небосвод, пряча в своем перламутре крупную жемчужину луны.

Все кончилось и все свершилось. Равич и прежде не один раз это предчувствовал, но сейчас предчувствие пришло всецело и обернулось знанием, отчетливым и неотвратимым, пронизывающим насквозь, не вызывая в душе ни сопротивления, ни протеста.

В нем как будто все парило в невесомости. Будущее сливалось с прошлым бестрепетно и без боли. Ничто не перевешивало ни важностью, ни силой чувств. Горизонты слились, и на один таинственный миг чаши бытия уравновесились. Судьба не всесильна, если противопоставить ей спокойное мужество. А если не хватит сил — можно покончить с собой. Утешительно помнить это, но еще важнее не забывать другое: покуда ты жив, ничто еще не потеряно.

Равич прекрасно осознавал опасность. Он знал, куда едет, на что идет, знал, что завтра опять предстоит занять оборону, — но этой ночью, в этот час возвращения с предгорий навсегда уходящего вдаль Арарата*, чуя в воздухе запах крови и разрушений, грядущих потрясений и бед, он ощущал странное смещение имен и смыслов: да, опасность остается опасностью, и все же она остается ею вполне, а судьба — она одновременно и жертва, и божество, которому эту жертву принесут. Завтрашний день таит в себе целый мир, огромный и неведомый.

Все хорошо. И то, что было, и то, что грядет. Всего было достаточно. Если это конец — это хороший конец. Одного человека он любил — и утратил. Другого ненавидел — и убил. Оба его отпустили. Один вновь пробудил в нем к жизни чувства, другой избавил от черного гнета прошлого. Он все исполнил, не оставил перед собой никаких долгов. В нем нет ни желаний, ни ненависти, ни печали. Если ему

---

* В мыслях героя образ Ноева ковчега (то есть отплывшего корабля) сопрягается с горой Арарат, на склонах которой Ноев ковчег обрел спасение.

суждено пережить еще что-то — пусть. Он это новое начнет, не питая ни страха, ни чрезмерных радужных ожиданий. Он выгреб из души золу и пепел, все омертвелое ожило вновь, былой цинизм обернулся уверенностью и силой. Все хорошо.

...За Канном[*] потянулись обозы. Снова и снова колонны в ночи, лошади, лошади без конца, понурые, почти призрачные силуэты в лунном свете. Потом колонны, шеренгами по четверо, мужчины, с картонками, свертками, узлами. Всеобщая мобилизация.

Шли почти беззвучно. Без песен. Почти без разговоров. Колонны теней молча тянулись в ночи по правую сторону шоссе, смиренно оставляя место для проезда машин.

Равич обгонял их одну за другой. Лошади, думал он. Опять лошади. Как в четырнадцатом. Никаких танков. Только лошади.

Он остановился у бензоколонки, попросил долить бак. В крохотной деревушке кое-где в окнах еще горел свет, но царило безмолвие. Мимо шла колонна. Люди смотрели вслед. Никто не махал.

— Мне завтра идти, — буркнул продавец бензоколонки. С виду обычный крестьянин, простое, задубевшее от солнца лицо. — Отца в прошлую войну убили. Дед в семьдесят первом не вернулся. А мне завтра идти. И так всегда. Из века в век одно и то же. И ничего не поделаешь, хочешь не хочешь, а иди. — Он с тоской обвел глазами свою видавшую

---

[*] Канн — город в Нормандии, на северо-западе Франции, около 200 км от Парижа, столица Нижней Нормандии, вблизи атлантического побережья. Не путать с Каннами, курортом на Лазурном берегу Средиземноморья.

виды помпу, скромный домишко, жену, безмолвно стоявшую рядом. — С вас двадцать восемь тридцать, месье.

Снова пейзажи. Луна. Селения. Эвре. Колонны. Лошади. Безмолвие. Около небольшого ресторанчика Равич остановился. Перед входом два столика под навесом. Хозяйка огорченно заявила, что уже поздно и кормить его нечем. Ужин есть ужин, пусть хоть весь свет летит в тартарары, но во Франции омлет с сыром — какой же это ужин? В конце концов скрепя сердце он дал себя уговорить, в итоге получив в придачу к омлету еще и салат, и кофе, и графин столового вина.

Теперь, устроившись за столом перед розовым домишкой, он ел. Над лугами стелился туман. Где-то квакали лягушки. Было тихо, только с верхнего этажа что-то бубнил репродуктор. Голос увещевал, но без малейшей надежды, источая уверенность неизвестно в чем. Никто ему не внимал, да и не верил никто.

Он расплатился.

— В Париже затемнение, — сообщила хозяйка. — По радио только что объявили. От воздушных налетов. Как мера предосторожности. По радио так и сказали: вводится как мера предосторожности. А войны не будет. Мол, идут переговоры. А вы что думаете?

— Не думаю, что будет война. — Равич не знал, что ей еще сказать.

— Дай-то бог! Да только что толку? Немцы займут Польшу. Потом потребуют Эльзас-Лотарингию. Потом колонии. Потом еще что-нибудь. И так без конца, пока мы не сдадимся либо сами не объявим им войну. Тогда уж лучше сразу.

Она нехотя пошла обратно в дом. По шоссе тянулась новая колонна.

Красноватое марево на горизонте — это уже Париж. Затемнение. Чтобы в Париже — и затемнение. Вообще-то вполне логично, но звучит все равно странно: в Париже затемнение. Как затмение. В Париже затмение! И по всему свету тоже.

Предместья. Сена. Толкотня улиц и переулков. Стрела проспекта, летящая к Триумфальной арке, что, выхваченная из туманной дымки пучком прожекторов, по-прежнему гордо белеет над площадью Звезды, а за ней, все еще в полном блеске, залитые золотистым сиянием огней, Елисейские поля.

Равич перевел дух. Слава богу, он все еще в Париже. Он ехал по городу, но вдруг увидел: тьма уже захватывает город. Как проплешины в роскошном искристом меху, тут и там по городу поползли недужные пятна мрака. Веселую разноцветную перекличку рекламы кое-где уже поглотили черные тени, угрожающе нависая над немногими пугливыми всполохами красного и молочно-белого, голубого и зеленого. Некоторые улицы целиком погрузились во тьму; словно черные черви мрака, они вгрызались в сияющее тело города. На проспекте Георга Пятого света уже не было, на проспекте Монтеня он померк только что. Здания, в прежние ночи струившие к звездам ликующие каскады света, теперь слепо таращились пустыми глазницами серых фасадов. Одна сторона проспекта Виктора Эммануила тонула во мгле, другая пока что сияла, словно тело паралитика в предсмертной агонии, наполовину живое, наполовину умершее. Болезнь просачивалась повсюду, и пока Равич доехал до площади Согласия, ослепительное ожерелье ее огней тоже угасло.

Больше не оцепленные гирляндами фонарей, темными, бесцветными громадами стояли министерства; тритоны и нереиды, купавшиеся в беспенной кипени брызг и света, теперь безжизненно окаменели на спинах своих дельфинов, превратившись в гигантские бесформенные чушки; сиротливо пригорюнились фонтаны, бессмысленно всплескивая нерадостной темной водой, и мощным серым перстом чугунной вечности грозно уткнулся в померкшие небеса столь ярко сверкавший прежде египетский обелиск; зато изо всех щелей и подвалов, словно микробы, расползались блеклые, едва различимые, синюшно-зеленые стрелки указателей ближайших бомбоубежищ, с неумолимостью вселенского туберкулеза накрывая своей чахоточной сетью все новые кварталы безмолвно угасающего города.

Равич сдал в гараж машину. Потом взял такси и поехал в «Интернасьональ». Двери загораживала приставная лестница. Стоя на ней, сын хозяйки ввинчивал новую голубую лампочку. И в прежние-то времена освещения вывески едва хватало на то, чтобы с грехом пополам разобрать название; теперь же, в скудном синюшном свете, начальные буквы названия вообще сгинули во мраке, и прочитывалась лишь вторая его половина — «насьональ», — да и то с превеликим трудом.

— Хорошо, что вы пришли, — озабоченно встретила его хозяйка. — У нас тут одна жиличка умом тронулась. Из седьмого номера. Думаю, лучше будет ее выселить. Только сумасшедших мне не хватало.

— Может, не такая уж сумасшедшая? Может, просто нервный срыв?

— А мне все равно! Сумасшедшим место в психушке. Я им так и сказала. Они, ясное дело, не хотят.

Господи, от этих постояльцев чего только не натерпишься! Если она не угомонится, пусть съезжают. Так не пойдет. Она же спать никому не даст!

— Недавно в «Ритце» один из постояльцев сошел с ума. Какой-то принц. Так после американцы наперебой просились только в эти апартаменты.

— Принц — это совсем другое дело. От богатства — это не безумие, это блажь. Это благородно. А вот от нищеты — настоящее сумасшествие.

Равич глянул на хозяйку.

— Вы знаете жизнь, мадам.

— А как без этого? Я добрый человек. Я принимаю беженцев. Всех. Ну да, я на этом зарабатываю. Не бог весть сколько. Но сумасшедшая, которая тут орет, — это уж слишком. Если в себя не придет — пусть съезжают.

Оказалось, это та самая женщина, которая не смогла ответить мальчику, почему они евреи. Она сидела на кровати, забившись в самый угол и закрыв лицо руками. Комната была залита светом. Горели все лампы, а вдобавок на столе еще и свечи в двух канделябрах.

— Тараканы, — бормотала она. — Тараканы! Всюду тараканы, толстые, черные, здоровенные! Вон, по углам сидят, их там тьма! Свет, включите же свет! Глядите, глядите, ползут! Свет, свет скорее, вон их сколько!

Она перешла на визг, все сильнее втискиваясь в угол, поджимая под себя ноги, защищаясь руками, уставившись в одну точку широко раскрытыми глазами. Муж пытался ее успокоить, взять за руки.

— Ну что ты, родная, никого тут нет. Пусто в углу, и там пусто!

— Свет! Свет включите! Вон же, ползут! Тараканы!

— Да включен свет, родная! Ну сама посмотри, вот лампы, вот даже свечи на столе!

Он вытащил карманный фонарик, пытаясь осветить им и без того светлые углы ярко освещенной комнаты.

— Никого там нет по углам, сама посмотри, видишь, вот же я свечу, смотри...

— Тараканы, тараканы! Вон, вон, черные, аж блестят! Из всех углов лезут! По стенам ползут, с потолка валятся!

Женщина уже хрипела, накрывая руками голову.

— Давно это с ней? — спросил Равич.

— Да как стемнело. Меня не было. Я уходил счастья попытать, сказали, консул Гаити, я сынишку с собой взял, да все впустую, опять впустую, а вернулись — она вот этак в углу сидит и кричит...

Равич приготовил шприц.

— Она до этого спала?

Мужчина смотрел на него в растерянности.

— Не знаю. Все время спокойная была. На больницу у нас денег нет. У нас и... Короче, документы тоже не все. Господи, только бы она перестала! Родная, ну посмотри, все же тут, я с тобой, Зигфрид с тобой, и доктор пришел, и никаких тараканов...

— Тараканы! — перебила его жена. — Лезут! Лезут! Из всех щелей!

Равич сделал укол.

— С ней такое уже бывало?

— Да нет. Я вообще не понимаю. Понять не могу, почему именно...

Равич предостерегающе вскинул руку.

— Не надо ей напоминать. Через несколько минут она успокоится и уснет. Может, ей это приснилось, и кошмар ее напугал. А завтра проснется, глядишь, и не вспомнит. Только не напоминайте! Ведите себя так, будто ничего не случилось.

— Тараканы, — уже сонным голосом пробормотала женщина. — Толстые, жирные...

— Вам нужно столько света в комнате?

— Да мы для нее зажгли, это она все время просила.

— Верхний свет выключите. Остальные лампочки не гасите, пока она как следует не уснет. Спать она будет крепко. Я ввел приличную дозу. Завтра утром, часов в одиннадцать, я к вам загляну.

— Спасибо, — сказал мужчина. — Вы даже не представляете...

— Представляю. Сейчас такое не редкость. В ближайшие дни с ней поосторожнее, главное, не показывайте особого беспокойства.

Легко сказать, думал он, поднимаясь к себе в комнату. Включил свет. На столике возле кровати его книги. Сенека, Платон, Рильке, Лао-цзы, Ли Тай-бо, Паскаль, Гераклит, Библия, еще кой-какие — для ума и для души, большинство в изданиях небольшого формата, на тонкой бумаге, чтобы не слишком отягощать по необходимости скудный багаж. Он отложил то, что возьмет с собой. Потом просмотрел остальное. Рвать и выбрасывать придется немногое. Он всегда жил, зная: прийти и забрать могут в любую минуту. И всегда был к этому готов. Вот старое одеяло, вот пальто — его добрые, испытанные товарищи. Яд в высверленной и запаянной медали, которую он еще в немецкий концлагерь с собой брал, — сознание, что это последнее лекарство всегда с тобой, что ты в любую секунду можешь им воспользоваться, не раз помогало выстоять; он сунул медаль в нагрудный карман. Уже пора снова держать при себе. Так спокойнее. Никогда не знаешь, что тебя ждет. Вполне можно опять угодить в гестапо. На столе еще стоял кальвадос, полбутылки. Он выпил рюмку. Франция, подумалось ему. Пять лет тревог. Три месяца тюрьмы, нелегальное проживание, четыре раза выдворяли, столько же раз возвращался. Пять лет жизни. Было хорошо.

XXXIII

Телефон надрывался. С трудом вынырнув из сна, он снял трубку.

— Равич, — произнес чей-то голос.

— Да?

Это была Жоан.

— Приезжай. — Она говорила тихо и как-то медленно. — Сейчас же...

— Нет.

— Ты должен...

— Нет. Оставь меня в покое. Я не один. Я не приеду.

— Помоги мне...

— Я ничем не могу тебе помочь.

— Со мной беда. — Голос слабый, надломленный. — Ты должен... Скорей...

— Жоан, — сказал Равич, теряя терпение, — сейчас не время для таких розыгрышей. Однажды ты меня разыграла, и даже успешно. Но теперь я уже ученый. Оставь меня в покое. Поупражняйся на ком-нибудь другом.

Он бросил трубку, не дожидаясь ответа, намереваясь снова заснуть. Не тут-то было. Телефон затрезвонил вновь. Он не стал брать трубку. Телефон продолжал звонить, разрывая серое безмолвие ночи. Равич накрыл его подушкой. Какое-то время он еще сдавленно верещал, потом умолк.

Равич ждал. Больше звонков не было. Он встал, взял сигарету. Сигарета не пошла, он ее бросил. В бутылке на столе еще оставался кальвадос. Он хлебнул глоток, но тоже отставил. Кофе, подумал он. Горячий кофе. Свежий круассан с маслом. Неподалеку есть бистро, там всю ночь открыто.

Он взглянул на часы. Оказывается, он только два часа проспал, но усталости уже не чувствовал. Пожалуй, нет смысла стараться заснуть снова — проснешься потом разбитым, с тяжелой головой. Он прошел в ванную и включил душ.

Какой-то посторонний шум. Опять телефон? Он завернул краны. Стук. Кто-то стучит в дверь. Равич набросил халат. Снова стук, громче. Это не Жоан, она бы просто вошла. Ведь у него не заперто. Он не торопился открывать. Если это уже полиция...

Наконец он распахнул дверь. На пороге стоял мужчина, лицо которого он, кажется, где-то видел. Мужчина был в смокинге.

— Доктор Равич?

Равич ничего не ответил. Он разглядывал ночного гостя.

— Что вам нужно?
— Доктор Равич — это вы?
— Лучше скажите, что вам надо.
— Если вы доктор Равич, вам надо срочно ехать к Жоан Маду.
— Вот как?
— С ней несчастный случай.
— Что же это за несчастный случай? — недоверчиво усмехаясь, спросил Равич.

— С оружием, — сказал мужчина. — Выстрел...

— Она что, ранена? — спросил Равич, все еще улыбаясь. Не иначе инсценировала самоубийство, лишь бы припугнуть бедолагу.

— Господи, она же умирает, — прошептал мужчина. — Умоляю, скорей! Она умирает! Это я стрелял!

— Что?

— Я... Это я...

Равич уже сбросил халат и хватал одежду.

— Такси внизу?

— Я на своей машине.

— Черт!.. — Равич снова натянул халат, схватил саквояж, ботинки, сгреб в охапку сорочку и костюм. — В машине оденусь... Живо! Скорей!

Машина неслась сквозь ночную муть. Город погрузился в затемнение полностью. Улицы сгинули, все утонуло в серой туманной каше, из которой внезапно, только успевай сворачивать, вылетали навстречу синие стрелки указателей, словно ты мчишься под водой, по морскому дну.

Равич надел костюм и ботинки, а купальный халат, в котором он выскочил, сунул в щель между сиденьями. Он был не только без галстука, но и без носков. Он напряженно вглядывался в разлетающиеся лоскутья ночи. О чем-либо спрашивать водителя не имело смысла: тот гнал на полной скорости, целиком сосредоточившись на дороге. Где уж тут разговаривать — лишь бы не врезаться во встречную машину, не выскочить с полотна мостовой, лишь бы свернуть вовремя и куда надо. Четверть часа потеряли, ругал себя Равич. А то и больше.

— Быстрее давайте! — поторопил он.

— Не могу! Без света не могу. Затемнение. Надо соблюдать.

— Так включите фары, черт подери!

Мужчина послушно включил дальний свет. На перекрестках им что-то орали полицейские. Ослепленный их фарами «рено» чуть не вылетел на них лоб в лоб.

— Жмите! Да скорей же!

Застонав тормозами, машина резко встала. Это ее подъезд. Лифт внизу. Дверцы раскрыты. Сверху кто-то яростно звонит. Вероятно, этот псих так торопился, что лифт не закрыл. Тем лучше, подумал Равич. Сберегли минуты две.

Кабина ползла вверх. Однажды это уже было. И в тот раз все обошлось! Может, и сегодня пронесет! Лифт вдруг остановился. Кто-то заглядывает через стекло, уже открывает дверь.

— Что за безобразие! Столько лифт держать!

Должно быть, этот болван и трезвонил. Равич вытолкал его из кабины и захлопнул дверь.

— Сейчас! Сперва поднимемся!

Тот разразился бранью. Но лифт уже полз дальше. Кретин с четвертого этажа уже снова яростно трезвонил. Лифт остановился. Равич отворил дверь мгновенно — иначе этот дурак снова нажмет кнопку и утащит их вниз.

Жоан лежала на кровати. Одетая. Вечернее платье, наглухо закрытое до самой шеи. Серебристая ткань, на ней пятна крови. И на полу кровь. Там она упала. Этот идиот, конечно, перетащил ее на кровать.

— Спокойно! — громко сказал Равич. — Спокойно! Все будет хорошо. Ничего страшного.

Разрезав платье по плечевым швам, он аккуратно стянул его с Жоан. Так, грудь цела. Видимо, шея.

Хотя гортань, похоже, в порядке, иначе она не могла бы разговаривать, по телефону звонить. Артерия вроде тоже не задета.

— Больно? — спросил он.
— Да.
— Очень?
— Да.
— Сейчас все пройдет.

Шприц уже готов. Он внимательно смотрел Жоан в глаза.

— Не страшно. Это снимет боль. Сейчас все пройдет.

Он ввел иглу, сделал инъекцию.

— Готово. — Он обернулся к мужчине. — Звоните Пасси 27-41. Вызывайте «скорую» с двумя санитарами. Быстро!

— Что со мной? — слабым голосом спросила Жоан.

— Пасси 27—41! — повторил Равич. — Срочно! Немедленно! Ну же, вон аппарат!

— Что со мной, Равич?

— Ничего страшного. Просто здесь осматривать трудно. Тебе надо в больницу.

Она смотрела на него. Лицо в разводах, тушь с ресниц потекла, помада с одной стороны размазана. Нижняя часть лица как у коверного в цирке, верхняя, с черными потеками туши вокруг глаз, как у усталой, потасканной шлюхи. И россыпи золотистых волос.

— Только не операция. Я не хочу, — прошептала она.

— Там видно будет. Может, и не понадобится.
— Это очень... — Она умолкла.

— Да нет, — догадался Равич. — Пустяки. Просто у меня все инструменты там.

— Инструменты...

— Для осмотра. Сейчас я... Это не больно...

Укол уже подействовал. Когда Равич приступил к осмотру, судорожного страха у нее в глазах уже не было. Мужчина вернулся в комнату.

— «Скорая» уже едет.

— Теперь наберите Отей 13-57. Это номер клиники. Я сам буду говорить.

Мужчина покорно исчез.

— Ты мне поможешь, — прошептала Жоан.

— Конечно, — отозвался он.

— Только без боли. Я не хочу.

— Тебе не будет больно.

— Я не могу... я совсем не могу терпеть боль... — Голос звучал сонно, невнятно.

Равич осмотрел пулевое отверстие. Все важные сосуды не задеты. Но выходного отверстия нет. Он ничего не стал говорить. Наложил компрессионную повязку. О своих опасениях умолчал.

— На кровать тебя кто клал? — спросил он. — Или ты сама?..

— Он...

— А ты сама... сама ходить могла?

В затуманенных озерах глаз снова встрепенулся страх.

— Что... что это?.. Я... Нет... Я не могла двигать ногой... Я и сейчас ее не чувствую. Что со мной, Равич?

— Ничего. Я так и думал. Все будет в порядке.

Появился мужчина.

— Клиника. Я дозвонился.

Равич стремительно подошел к аппарату.

— Эжени, это вы? Палату... Да, и еще... позвоните Веберу. — Он оглянулся в сторону спальни, добавил тихо: — Подготовьте все. Работать начнем сразу. Я вызвал «скорую». Несчастный случай. Да... да... все так... да... через десять минут.

Положил трубку. Постоял молча. Стол. Бутылка мятного ликера, мерзкое пойло. Две рюмки, сигареты, вместо табака лепестки роз, жуть, какой-то скверный фильм, револьвер на ковре. И здесь кровь, да нет, это все сон, господи, что за чушь в голову лезет, никакой это не сон, — и тут он сразу сообразил, вспомнил, кто за ним приехал. Смокинг с набивными плечами, напомаженные, гладкие волосы на пробор, легкий аромат духов «Шевалье д'Орсе», всю дорогу сбивавший его с толку, перстни на руках — ну конечно, это тот самый актер, над угрозами которого она так потешалась. Метко прицелился, подумал он. Вообще не целился. Захочешь, и то так не прицелишься. Так попасть можно только случайно, когда вообще стрелять не умеешь, да и не собирался.

Он вернулся в спальню. Актер стоял возле кровати на коленях. Ну конечно, на коленях. А как иначе? Он что-то говорил, лепетал, сетовал, слова так и лились...

— Встаньте, — приказал Равич.

Актер послушно встал. Машинально смахнул пыль с брюк. Теперь Равич видел его лицо. Слезы! Только этого не хватало!

— Я не хотел, месье! Клянусь вам, я не хотел в нее попасть, совсем не хотел! Это какая-то случайность, дурацкая, роковая случайность...

Равича мутило. Роковая случайность! Еще немного, и он заговорит стихами.

— Это я и так знаю. Идите вниз, встречайте «скорую».

Но этот фигляр хотел еще что-то сказать.

— Вниз идите! — рявкнул Равич. — И не отпускайте этот чертов лифт! Хотя одному богу известно, как мы влезем в него с носилками.

— Ты поможешь мне, Равич, — пробормотала Жоан сонным голосом.

— Да, — отозвался он без всякой надежды.

— Ты здесь. Я всегда спокойна, когда ты рядом.

Все в потеках, лицо ее улыбалось. Лыбился коверный клоун, улыбалась усталая шлюха.

— Бэбе, я не хотел, — простонал актер от дверей.

— Вон отсюда! — рыкнул Равич. — Идите вниз, черт возьми!

С минуту Жоан лежала тихо. Потом приоткрыла глаза.

— Вот ведь идиот, — сказала она неожиданно ясным голосом. — Разумеется, он не хотел, баран несчастный. Порисоваться — другое дело. — Странная усмешка, почти лукавинка, промелькнула в ее глазах. — А я и не верила никогда... дразнила его... подначивала...

— Тебе нельзя разговаривать.

— Подначивала... — Глаза почти закрылись, остались щелочки. — Вот я какая, Равич... И вся моя жизнь такая же... Не хотел попасть... попал... а теперь...

Глаза закрылись. Улыбка угасла. Равич прислушивался — не стукнет ли внизу дверь?

— С носилками в лифт не войдем. Их там не положить. Разве что наклонно поставить.

— А на лестнице сможете развернуться?

Санитар вышел.

— Попробовать можно. Поднимать придется. Лучше ее пристегнуть.

Они затянули на носилках пристяжные ремни. Жоан была как бы в полусне. Иногда стонала. Санитары с носилками вышли.

— Ключи у вас есть? — спросил Равич у актера.

— У меня... нет... зачем?

— Квартиру запереть.

— У меня нет. Но где-то тут валялись.

— Найдите и заприте. — Санитары одолевали первый поворот лестницы. — Револьвер с собой заберите. Потом где-нибудь выбросите.

— Я... я должен... сдаться полиции... С повинной... Она серьезно ранена?

— Да.

В тот же миг его фиглярское лицо покрылось испариной. Он сразу весь взмок, с него текло ручьями, словно, кроме жидкости, под кожей вообще ничего нет. Ни слова не говоря, он вернулся в квартиру.

Равич шел вслед за санитарами. Свет на лестнице горел только три минуты, потом автоматически отключался. Но на каждом этаже имелась кнопка выключателя. Лестничные пролеты санитары одолевали легко, но на поворотах... Приходилось поднимать носилки над головой и над перилами. Гигантские тени метались по стенам, уродливо повторяя происходящее. «Когда я уже видел все это? Где же это было?» — вертелось в голове у Равича. И тут он вспомнил: Рашинского вот так же выносили, тогда, еще в самом начале.

Пока санитары, кряхтя и тихо переругиваясь, носилками обивали со стен штукатурку, на площадках тут и там отворялись двери. Из-за них высовывались жадные, любопытные лица; пестрые пижамы, растрепанные волосы, заспанные физиономии, халаты, ночные рубашки, ядовито-зеленые, пурпурные, с яркими цветами — все какие-то тропические раскраски.

Свет снова погас. Санитары очередной раз чертыхнулись и остановились.

— Свет!

Равич лихорадочно искал кнопку выключателя. В темноте наткнулся на чью-то жирную грудь, его обдало нечистым дыханием, что-то скользнуло по ногам. Свет вспыхнул снова. На него в упор смотрела крашеная рыжая толстуха. Жирное, обвислое лицо лоснится от ночного крема, сосиски пальцев вцепились в кокетливый, в мелкую рюшечку, ворот веселенького крепдешинового халата. Ни дать ни взять — бульдожка в кружевах.

— Умерла? — спросила она, жадно поблескивая пуговицами глаз.

— Нет.

Равич пошел дальше. Что-то истошно взвыло, зашипело у него под ногами. Пушистым комком метнулась кошка.

— Фифи! — заорала толстуха. Она присела на корточки, раскорячив жирные колени. — Фифи, девочка, господи, он на тебя наступил?

Равич спускался по лестнице. Впереди, ниже, колыхались носилки. Он видел голову Жоан, она покачивалась в такт шагам санитаров. Глаз было не разглядеть.

Последняя площадка. Опять вырубился свет. Равич кинулся вверх по лестнице снова искать кнопку. В ту же секунду загудел мотор, и, светясь в темноте, словно посланец небес, пошел вниз лифт. За золочеными прутьями решетки в открытой кабине стоял актер. Он скользил вниз, как во сне, — бесшумно, неудержимо, минуя Равича, минуя носилки. Что ж, господин актер увидел наверху лифт и решил воспользоваться. Вроде бы вполне разумно, но получилось и жутковато, и неуместно, и смешно до омерзения.

Равич поднял голову. Дрожь прошла. Руки в перчатках вроде больше не потеют. Он уже две пары сменил.

Вебер стоял напротив.

— Если хотите, Равич, давайте вызовем Марто. Он через пятнадцать минут будет. Пусть он оперирует, а вы будете ассистентом.

— Нет. Слишком поздно. Да я бы и не смог. Смотреть еще хуже, чем работать.

Равич глубоко вздохнул. Наконец он спокоен. Началась работа. Кожа. До чего белая. Да что там, кожа как кожа, сказал он себе. Кожа Жоан. Кожа как кожа.

Кровь. Кровь Жоан. Кровь как кровь. Тампон. Разорванные ткани. Тампон. Осторожно. Дальше. Раневой канал. Клочок серебристой парчи. Нитки. Дальше. Осколок кости. Дальше. Все глубже, глубже. Раневой канал...

Равич вдруг почувствовал, как пустеет в голове. Медленно выпрямился.

— Вон там, посмотрите, седьмой позвонок...

Вебер склонился над раной.

— Похоже, худо дело.

— Нет, не худо. Безнадежно. Тут уже ничего не поделаешь.

Равич смотрел на свои руки. Вот они, в резиновых перчатках, движутся, работают. Сильные руки, умелые, сколько человеческих тел они потрошили, сколько заштопали, по большей части удачно, иной раз нет, а случалось, они и вправду творили чудеса, совершая почти невозможное, один шанс из тысячи; но сейчас, здесь, когда от этого зависит все, — они бессильны.

Он ничего не может. И никто бы не смог. Тут нечего оперировать. Он молча смотрел на вскрытую алую рану. Можно и Марто вызвать. Марто скажет то же самое.

— Ничего сделать нельзя? — спросил Вебер.

— Ничего. Это только ускорит. Ослабит ее. Сами видите, где застряла пуля. Даже удалить нельзя.

— Пульс неровный, учащается, сто тридцать, — сообщила Эжени из-за экрана.

Края раны слегка поблекли, посерели, словно и их коснулось затемнение. Шприц с кофеином уже был у Равича в руках.

— Корамин! Скорее! Прекратить подачу наркоза! — Он сделал второй укол. — Пульс?

— Без изменений.

Кровь все еще с сероватым свинцовым налетом.

— Приготовьте адреналин и кислородный аппарат!

Кровь потемнела. Казалось, над ними плывут облака и отбрасывают тени. Или кто-то у окон стоит и занавески задергивает.

— Кровь! — в отчаянии простонал Равич. — Понадобится переливание крови. А я не знаю, какая у нее группа. — Снова заработал аппарат. — Ну что? Как теперь? Пульс как?

— Падает. Сто двадцать. Наполнение очень слабое.

Жизнь возвращалась.

— Теперь? Лучше?

— То же самое.

Он ждал.

— А теперь? Лучше?

— Лучше. Ровнее.

Тени растаяли. Края раны порозовели. Кровь как кровь. Аппарат работал.

— Веки дрогнули, — сообщила Эжени.

— Не страшно. Можете выводить из наркоза. — Равич уже накладывал повязку. — Как пульс?

— Ровнее.

— А ведь на волоске было. — Вебер перевел дух.

Равич почувствовал, как отяжелели вдруг веки. Оказалось, это пот. Крупными каплями. Он выпрямился. Аппарат продолжал гудеть.

— Пусть еще работает.

Он обошел вокруг стола, остановился у изголовья. Мыслей не было. Он смотрел на аппарат и на лицо Жоан. Лицо подрагивало. Пока живое.

— У нее шок, — сказал он Веберу. — Вот проба крови. Надо отослать на анализ. Донорскую кровь где можно получить?

— В американском госпитале.

— Хорошо. Попытаться надо. Помочь не поможет. Только продлит. — Он все еще смотрел на аппарат. — Полицию мы обязаны известить?

— Да, — подтвердил Вебер. — Я обязан. По идее. Они пришлют двоих следователей, те будут вас допрашивать. Вам это нужно?

— Нет.

— Хорошо. С этим можно подождать и до обеда.

— Достаточно, Эжени, — сказал Равич. — Выключайте.

Лоб уже не мертвый. Кожа порозовела. Пульс ровный, хотя и слабый, но прослушивается отчетливо.

Она пошевелилась. Шевельнула рукой. Правая рука двигается. Левая нет.
— Равич, — проговорила Жоан.
— Да...
— Ты... меня... оперировал?
— Нет, Жоан. Мы только обработали рану.
— Побудешь со мной?
— Да.

Глаза закрылись, она снова уснула. Равич выглянул из палаты.
— Принесите мне, пожалуйста, кофе, — попросил он ночную сестру.
— Кофе и булочки?
— Нет. Только кофе.

Он вернулся, отворил окно. Ясное солнечное утро занималось над крышами. Резвясь в водосточных желобах, радостно чирикали воробьи. Равич присел на подоконник, закурил. Дым выдыхал в окно.

Пришла сестра, принесла кофе. Он поставил кофе рядом на подоконник, прихлебывая, продолжал курить и смотреть на улицу. Когда оглядывался, после яркого солнечного света в палате, казалось, царит тьма. Он встал, подошел взглянуть на Жоан. Она спала. Лицо ясное, чистое, очень бледное. Губ почти не видно.

Он взял поднос с кофейником и чашкой, вынес, поставил на столик в коридоре. Здесь пахло мастикой и гноем. Сестра пронесла ведро с окровавленными бинтами. Где-то гудел вакуумный насос.

Жоан задвигалась. Скоро проснется. Проснется с болями. Боли будут все сильнее. Она может прожить так еще несколько часов или несколько суток. А боли усилятся настолько, что никакими уколами не снимешь.

Равич пошел за шприцем и ампулами. Когда вернулся, Жоан раскрыла глаза. Он посмотрел на нее.

— Голова болит, — пожаловалась она.

Он ждал. Она попыталась повернуть голову. Веки поднимаются с трудом. Глаза тоже плохо слушаются.

— Вся как свинцом... — Она почти совсем проснулась. — Сил нет, как больно...

Он сделал ей укол.

— Сейчас станет легче.

— Раньше так больно не было... — Она повернула голову. — Равич, — прошептала она. — Не хочу мучиться. Обещай, что я не буду мучиться... моя бабушка... я видела, как она... я так не хочу... обещай мне...

— Обещаю, Жоан. У тебя не будет болей. Почти не будет.

Она стиснула зубы.

— Скоро... поможет?

— Да, скоро. Несколько минут еще.

— Что... что у меня с рукой?

— Ничего. Пока не двигается. Это пройдет.

— А нога? Правая нога?

Она попыталась пошевелить ногой. Не получилось.

— То же самое, Жоан. Не страшно. Пройдет.

Она снова повернула голову.

— Я как раз собиралась... начать новую жизнь, — прошептала она.

Равич ничего не ответил. А что на это ответишь? Может, это даже и правда. Кто из нас не собирался?

Она снова задвигала головой, беспокойно, из стороны в сторону. Голос монотонный, через силу.

— Хорошо, что ты приехал... Что бы со мной без тебя...

— Ну конечно.

«То же самое, — подумал он с горечью. — Абсолютно то же самое. Любой фельдшер-недоучка сгодился бы не хуже. Абсолютно любой. Единственный раз, когда все мои умения, весь опыт нужны были мне, как никогда, они оказались бесполезны. Любой коновал сделал бы то же самое. То бишь ничего».

К полудню она все поняла. Он ничего ей не говорил, но она все поняла и так.

— Я не хочу быть калекой, Равич. Что у меня с ногами? Они обе уже...

— Ничего. Будешь ходить, как ходила. Когда встанешь.

— Когда... встану. Зачем ты обманываешь? Мне это не нужно.

— Я не обманываю, Жоан.

— Я-то знаю... Я понимаю, тебе нельзя иначе. Только не оставляй меня лежать пластом... просто так. Чтобы только боли... и ничего больше. Обещай мне.

— Я тебе обещаю.

— А если совсем будет невмоготу, ты мне лучше что-нибудь дай. Бабушка моя... пять дней лежала... и только криком кричала. Я так не хочу, Равич.

— Ты и не будешь. Сильных болей не будет.

— Но если будут, ты мне дай побольше. Сам знаешь. Чтобы навсегда. Обязательно. Даже если я тогда не захочу или не в себе буду. Знай, что это моя воля. На потом... Обещай мне.

— Обещаю. Хотя это и не понадобится.

Выражение страха мало-помалу сошло с ее лица, сменившись умиротворенным спокойствием.

— Тебе это можно, Равич, — прошептала она. — Если б не ты, меня и так давно бы не было в живых...

— Вздор. Еще как была бы.

— Да нет. Я еще тогда хотела... когда ты меня впервые... я совсем не знала, как быть. А ты мне еще год жизни дал. Целый год подарил. — Она с трудом повернула к нему голову. — Почему я с тобой не осталась?

— Это все моя вина, Жоан.

— Нет. Это... я не знаю...

Золотой полдень заглядывал в окна. Шторы были задернуты, но свет прорывался по бокам. Жоан лежала в наркотической дреме. От нее уже мало что осталось. Последние несколько часов изгрызли ее, словно волчья стая. Тела под одеялом почти не осталось. И сил к сопротивлению тоже. Она витала между явью и сном, иногда почти в полном беспамятстве, иногда в ясном сознании. Боли усиливались. Она начала стонать. Равич сделал еще один укол.

— Голова, — пробормотала она. — Очень худо.

Немного погодя она заговорила снова:

— Свет... Слишком ярко... Жжет...

Равич подошел к окну. Нащупал тросик, опустил жалюзи. Снова задернул шторы. В палате стало темно, почти как ночью. Он снова сел к кровати.

Губы Жоан слабо шевелились.

— Почему же... так долго... почему не помогает, Равич?

— Сейчас, еще пару минут.

Она замерла. Руки поверх одеяла, безжизненно.

— Мне надо... многое... тебе сказать...

— Потом, Жоан...

Триумфальная арка

— Нет. Сейчас... Потом... времени не будет... Многое... объяснить...

— По-моему, я и так почти все знаю, Жоан...

— Знаешь?

— По-моему, знаю.

Волны. Равич видел: судороги волнами пробегают по ее телу. Ноги парализованы. Руки тоже. Только грудь еще поднимается слегка.

— Ты знаешь... что я только с тобой...

— Да, Жоан...

— Остальное было... только от непокоя...

— Да, я знаю...

Опять замерла. Дышит с трудом.

— Странно, — едва слышно проговорила она. — Странно умирать... когда любишь...

Равич склонился над ней. Осталась лишь тьма и ее лицо.

— Я была тебе не пара... — прошептала она.

— Ты была мне жизнью...

— Я не могу... хочу... руки... не могу тебя обнять...

Он видел: она тщетно силится поднять руки.

— Ты и так в моих объятиях, — сказал он. — А я в твоих.

На миг она перестала дышать. Глаз в темноте не видно. Потом она их открыла. Зрачки огромные. Он не знал, видит ли она его еще.

— Ti amo*, — прошептала она.

Она заговорила на языке своего детства. На остальное уже не было сил. Равич взял ее безжизненные руки в свои. Что-то в нем рвалось.

— Ты вернула меня к жизни, Жоан, — сказал он, глядя в это лицо, в эти неподвижные глаза. — Ты

---

* Я тебя люблю (*ит.*).

вернула меня к жизни. Я был просто камень, и больше ничего. А ты снова меня оживила.

— Mi ami?[*]

Так спрашивает ребенок, когда его укладывают спать, — на последней грани усталости и забытья.

— Жоан, — сказал Равич. — Любовь — не совсем то слово. Его мало. Это лишь крохотная частица, капля в реке, листок на дереве. То, что во мне, настолько больше...

— Sono stata... sempre con te...[**]

Равич сжимал ее ладони, зная, что его рук они не чувствуют.

— Ты всегда была со мной, — сказал он, сам не замечая, что вдруг заговорил по-немецки. — Ты всегда была со мной, любил ли я тебя или ненавидел, прикидывался ли равнодушным, это ничего не меняло, ты всегда была со мной и всегда во мне...

Они же все время общались друг с другом только на чужом, заемном языке, а теперь каждый, сам того не сознавая, заговорил на родном. И вот сейчас, когда преграды чужих слов рухнули, они понимали друг друга лучше, чем когда-либо прежде.

— Baciami...[***]

Он поцеловал ее в горячие, сухие губы.

— Ты всегда была со мной, Жоан... Всегда...

— Sono stata... perduta... senza di te...[****]

— Это я без тебя был конченый человек. Ты возвратила мне все святое, и горечь, и сласть, ты даровала мне себя и меня самого. Ты вернула меня к жизни.

---

[*] Ты меня любишь? (*ит.*)
[**] Я всегда была с тобой (*ит.*).
[***] Поцелуй меня (*ит.*).
[****] Без тебя мне не было жизни (*ит.*).

Некоторое время Жоан лежала совершенно неподвижно. Равич пристально наблюдал за ней. Тело умирало, уже умерло, жили только глаза и губы, еще теплилось дыхание, но он знал — уже и дыхательные мускулы вот-вот парализует, она уже почти не в силах говорить, уже задыхается, скрипит зубами, лицо исказила неимоверная мука, хотя она все еще боролась. Шея напряглась, она силилась что-то сказать, губы дрожали — хрип, жуткий, утробный хрип, но сквозь него наконец-то прорвались слова.

— Равич, — простонала она. — Помоги! Сейчас же!

Шприц у него наготове. Он его взял, ввел иглу под кожу. Нельзя, чтобы она умирала в муках, задыхаясь, тщетно хватая ртом воздух. Он не даст ей бессмысленно страдать. Когда, кроме боли, ничего не остается. Только боль. И так, может быть, часами...

Веки ее все еще трепетали. Потом замерли и они. Обмякли губы. Дыхание прекратилось.

Он раздернул шторы, поднял жалюзи. Потом снова вернулся к кровати. На него глянуло застывшее, чужое лицо.

Он прикрыл дверь и пошел в приемную. Эжени, сидя за столом, перекладывала регистрационные листы.

— Пациент из двенадцатой умер, — проронил он.
Эжени кивнула, не поднимая глаз.

— Доктор Вебер у себя?

— По-моему, да.

Равич пошел по коридору. Некоторые двери открыты. Он шел дальше, к кабинету Вебера.

— В двенадцатой все кончено, Вебер. Можете звонить в полицию.

Вебер даже головы не поднял.

— Полиции теперь не до того.
— В каком смысле?

Вебер кивнул на экстренный выпуск «Матэн». Немецкие войска вторглись в Польшу.

— У меня точные сведения из министерства. Уже сегодня мы объявляем войну.

Равич отложил газету.

— Вот и все, Вебер.
— Да. Это конец. Горе Франции!

Равич посидел молча. На душе было пусто.

— И не только Франции, Вебер. Еще много кому.

Вебер посмотрел на него почти угрюмо.

— Для меня — только Франции. Мне этого хватает.

Равич не стал отвечать.

— Что вы намерены делать? — спросил он.
— Не знаю. Наверно, явлюсь в свой полк. А это все, — он неопределенно повел рукой, — этим кому-то еще придется заняться.
— Да нет, клинику сохранят за вами. Если война — значит, госпитали нужны. Вас тут оставят.
— Но я не хочу оставаться.

Равич обвел глазами комнату.

— Наверно, это мой последний день у вас. Матка благополучно заживает, желчный пузырь тоже, раковый пациент безнадежен, других операций не требуется. Так что все.

— Но почему? — спросил Вебер устало. — Почему это ваш последний день?

— Как только объявят войну, нас всех арестуют. — Равич видел: Вебер хочет что-то возразить. — Тут не о чем спорить. Это просто необходимость. Именно так они и сделают.

Вебер уселся в кресло.

— Даже не знаю. Может быть. А может, и войны никакой не будет. Сдадут страну без боя, и все дела.

Равич встал.

— Если еще буду в городе, вечером загляну.

— Хорошо.

Равич вышел. В приемной он наткнулся на актера. Он совсем про него забыл. Тот вскочил.

— Ну что, как она?

— Она умерла.

Актер застыл как громом пораженный.

— Умерла?

Нет, он и в самом деле схватился за сердце и даже картинно пошатнулся. Фигляр несчастный! Комедиант хренов! Не иначе из какой-нибудь роли, а теперь вот пригодилось. А может, и не прикидывается, просто других жестов, кроме профессионально заученных, даже для непритворной боли у него за душой нет.

— Я могу ее увидеть?

— Зачем?

— Но я должен ее увидеть! — Фигляр и вправду прижал руки к груди. В руках как нельзя кстати оказалась шляпа, светло-коричневая, с шелковой лентой. В глазах слезы.

— Послушайте! — раздраженно сказал Равич. — Лучше убирайтесь отсюда подобру-поздорову. Она умерла, и ей уже ничем не поможешь. А со своей совестью как-нибудь разбирайтесь сами. Выметайтесь к чертовой матери! Думаете, кому-то охота засадить вас на год в тюрьму или чтобы вас оправдали на сенсационном судебном процессе? Через год-другой вы еще будете похваляться этим роковым приключением, охмуряя других женщин. Вон отсюда, идиот несчастный!

И он подтолкнул актера к двери. Тот было дернулся, но лишь на секунду. Потом, уже в дверях, обернулся.

— Урод бесчувственный! Sale boche!*

На улицах было полно народа. Люди гроздьями толпились возле табло бегущих новостей на зданиях газетных редакций. Равич поехал в Люксембургский сад. Хотелось пару часов побыть одному — перед тем как его задержат.

Здесь было безлюдно. Парк млел в солнечном тепле позднего лета. Деревья уже тронуло предчувствие осени — еще не поры увядания, но поры полной зрелости. Два цвета — золотистый и голубой — реяли в воздухе шелковыми стягами уходящего лета.

Равич долго там сидел. Смотрел, как мало-помалу меркнет свет дня, длиннее становятся тени. Он знал: это его последние часы на свободе. Если и правда объявят войну, хозяйка «Интернасьоналя» никого уже прикрывать и прятать не сможет. Он вспомнил о Роланде. И Роланда тоже нет. Никто. А попытаться сейчас куда-то бежать — самый верный способ угодить в шпионы.

Он просидел так до вечера. Грусти не было. Перед глазами мысленно проходили лица. Лица и годы. И под конец — последнее лицо, навсегда застывшее.

В семь он встал, чтобы идти. Он покидал темнеющий парк, этот последний островок мира, и вполне осознавал это. Едва очутившись на улице, увидел экстренные выпуски газет.

Война объявлена.

---

* Немец поганый! (*фр.*)

Он посидел в бистро, где не было радио. Потом отправился в клинику к Веберу. Вебер тотчас поспешил ему навстречу.

— Можете еще сделать кесарево? Нам только что привезли.

— Конечно.

Он пошел переодеваться. Навстречу попалась Эжени. Увидев его, она заметно растерялась.

— Что, уже не ожидали меня здесь увидеть?

— Нет, — отозвалась та, как-то странно на него глядя. И прошмыгнула мимо.

Кесарево сечение — дело нехитрое. Равич провел операцию почти машинально. Несколько раз, правда, ловил на себе все тот же странный взгляд Эжени, мельком про себя удивляясь: что это с ней?

Наконец закричал младенец. Его уже мыли. Равич смотрел на красную орущую мордочку, на крохотные пальчики. Да уж, мы являемся на свет отнюдь не с улыбкой, подумалось ему. Он передал младенца санитарке. Мальчик.

— Бог весть, для какой войны этот солдатик пригодится! — сказал он.

В предоперационной он мыл руки. За соседним умывальником мылся Вебер.

— Если вас и правда арестуют, Равич, постарайтесь известить меня, где вас найти.

— Зачем вам эти неприятности, Вебер? Нынче с людьми моего сорта лучше не связываться.

— С какой стати? Только оттого, что вы немец? Вы сейчас беженец.

Равич горько усмехнулся:

— Разве вы не знаете: беженцы — самые неудобные люди на свете. Для родины они предатели, а для чужбины — все еще иностранцы.

— А мне плевать. Единственное, чего я хочу, — это чтобы вас как можно скорее выпустили. Вы согласны указать меня в качестве вашего поручителя?

— Ну, если хотите... — Равич прекрасно знал, что этого не сделает. — Для врача везде найдется работа. — Равич вытирал руки. — Могу я вас попросить об одном одолжении? Позаботиться о похоронах Жоан Маду? Сам я, боюсь, не успею.

— Разумеется. Может, еще что-то нужно уладить? Наследство, еще что-нибудь?

— Это предоставим полиции. Не знаю, есть ли у нее родственники и где они. Да мне и все равно.

Он уже одевался.

— Прощайте, Вебер. Приятно было у вас работать.

— Прощайте, Равич. Но мы еще за кесарево не рассчитались.

— Эти деньги пусть пойдут на похороны. Хотя они наверняка дороже обойдутся. Давайте я вам еще оставлю.

— Исключено. Исключено, Равич. Где вам хотелось бы ее похоронить?

— Не знаю. На каком-нибудь кладбище. Я вам оставлю ее имя и адрес. — Взяв бланк для счета, он записал на нем все необходимое.

Вебер сложил листок и сунул под пресс-папье — кусок хрусталя, увенчанный серебряной овечкой.

— Хорошо, Равич. Думаю, через пару дней меня тоже здесь не будет. Без вас мы все равно уже столько оперировать не сможем.

Он проводил Равича до двери.

— Прощайте, Эжени, — сказал Равич.

— Прощайте, господин Равич. — Она опять на него глянула. — Вы сейчас в гостиницу?

— Да. А что?

— Да так, ничего. Просто подумала...

...Было уже темно. Перед гостиницей стоял грузовик.

— Равич! — донесся до него голос Морозова из ближайшего подъезда.

— Борис? — Равич остановился.
— У нас полиция.
— Я так и думал.
— У меня есть удостоверение личности Ивана Клюге. Ну помнишь, русский, тот, что умер. Еще полтора года действительно. Пошли со мной в «Шехерезаду». Фотографию переклеим. Подыщешь другую гостиницу, запишешься русским эмигрантом.

Равич покачал головой.

— Слишком рискованно, Борис. В войну поддельные документы — штука опасная. Лучше уж вовсе без бумаг.

— Что же ты будешь делать?
— В гостиницу пойду.
— Ты как следует все обдумал, Равич? — спросил Морозов.
— Да, вполне.
— Вот черт! Они же бог весть куда тебя засунуть могут!

— В любом случае Германии уже не выдадут. Одним страхом меньше. В Швейцарию тоже не выдворят. — Равич улыбнулся. — Впервые за семь лет полиция захочет нас в стране оставить. Понадобилась война, чтобы мы сподобились такой чести.

— Поговаривают, в Лоншане оборудовали концентрационный лагерь. — Морозов потеребил бороду. — Стоило тебе из немецкого концлагеря бежать, чтобы во французский пожаловать.

— Может, нас скоро снова выпустят.

Морозов промолчал.

— Борис, — сказал Равич, — обо мне не тревожься. В войну врачи всегда нужны.

— Под каким же именем ты изволишь себя арестовать?

— Под своим, настоящим. Я его здесь только один раз называл, пять лет назад. — Равич помолчал немного. — Борис, — сказал он, — Жоан умерла. В нее стреляли. Сейчас она в морге в клинике Вебера. Ее надо похоронить. Вебер обещал все устроить, но я не уверен: может, его раньше мобилизуют. Возьмешь это на себя? Не спрашивай ни о чем, просто скажи «да», и дело с концом.

— Вот черт, — буркнул Морозов.

— Ну и хорошо. Значит, после войны встречаемся у Фуке?

— На какой стороне? Елисейские или Георга Пятого?

— Георга Пятого. Какие же мы идиоты. Герои сопливые. Прощай, Борис.

— Вот черт, — прокряхтел Морозов. — Даже попрощаться по-человечески — и то нам стыдно. Дай я хоть тебя обниму, идиот несчастный!

Он расцеловал Равича в обе щеки. Равича уколола его борода и обдало крепким настоем трубочного табака. Приятного мало. Он направился в гостиницу.

Все эмигранты столпились в «катакомбе». Прямо как первые христиане, подумал Равич. Первые европейцы. Под искусственной пальмой за письменном столом сидел человек в штатском: он проводил регистрацию.

Двое полицейских охраняли дверь, хотя никто и не думал бежать.

— Паспорт? — спросил полицейский у Равича.

— Нету.

— Другие документы?

— Тоже нет.

— Находитесь нелегально?

— Да.

— Почему?

— Бежал из Германии. Документы получить не мог.

— Фамилия?

— Фрезенбург.

— Имя?

— Людвиг.

— Еврей?

— Нет.

— Профессия?

— Врач.

Чиновник записал.

— Врач? — переспросил он, беря какую-то бумажку. — А врача по фамилии Равич, случайно, не знаете?

— Нет.

— А тоже вроде как здесь живет. У нас тут на него заявление.

Равич твердо посмотрел полицейскому прямо в глаза. Эжени, мелькнуло в голове. То-то она полюбопытствовала, не в гостиницу ли он идет. То-то удивлялась, что он все еще на свободе.

— Говорю же вам: я знать не знаю постояльца с такой фамилией! — гаркнула хозяйка, стоя у двери кухни.

— А вы успокойтесь, — неприязненно бросил ей чиновник. — Вас и так оштрафуют за размещение постояльцев без регистрации.

— А я этим горжусь! Теперь уже и за человечность штрафуют! Что ж, валяйте!

Человек в штатском хотел было что-то ей ответить, но осекся и только досадливо отмахнулся. Хозяйка смотрела на него с явным вызовом. При своих связях наверху она, видимо, уже ничего не боялась.

— Соберите вещи, — устало сказал чиновник Равичу. — Смену белья и еды на сутки. И одеяло, если есть.

Равича отправили в номер в сопровождении полицейского. Двери многих комнат были раскрыты настежь. Он взял давно приготовленный чемодан и одеяло.

— Больше ничего? — спросил полицейский.

— Больше ничего.

— Остальное тут бросаете?

— Остальное тут бросаю.

— И это тоже?

Полицейский указал на ночной столик у кровати, на котором стояла маленькая деревянная фигурка мадонны: когда-то, еще в начале, Жоан прислала ее ему в гостиницу.

— И это тоже.

Они спустились вниз. Кларисса, горничная эльзаска, сунула Равичу пакет. Такие же пакеты Равич успел приметить и у остальных собравшихся.

— Это вам еда, — объявила хозяйка. — Чтобы с голоду не померли. Уверена, там, куда вас отправляют, ни черта еще не готово.

И снова испепелила взглядом человека в штатском.

— Хватит язык распускать! — досадливо прикрикнул он. Потом добавил: — Я, что ли, эту войну объявил?

— Но и тем более не они!

— Оставьте меня в покое! — Он глянул на полицейского. — Все готово? Выводите!

Темная людская масса пришла в движение. Равич увидел мужчину с женой, которой мерещились тараканы. Свободной рукой муж ее поддерживал. Другой рукой он держал сразу два чемодана: один под мышкой, второй за ручку. Его сынишка тоже тащил чемодан.

Равич кивком поздоровался.

— Инструменты и лекарства у меня с собой, — сказал он. — Не бойтесь.

Они влезли в кузов. Мотор затарахтел. Грузовик тронулся. Хозяйка стояла в дверях и махала им вслед.

— Куда хоть едем? — спросил кто-то у полицейского.

— Откуда мне знать? — ответил тот.

Равич оказался рядом с Розенфельдом и мнимым Аароном Гольдбергом. У Розенфельда под мышкой был рулон. А в рулоне — Сезанн и Гоген.

Розенфельд думал о чем-то своем.

— Испанская виза, — бормотал он. — Срок испанской визы истек, прежде чем... — Он умолк на секунду. — А стервятник все-таки смылся! — вдруг объявил он. — Маркус Майер. Вчера вечером отчалил в Америку.

Машину трясло. Стояли тесно, почти вплотную. И почти в полном безмолвии. Они свернули за угол. Машину качнуло, и Равич увидел фаталиста Зайденбаума. Того притиснули в самый угол.

— Такие вот делишки, — усмехнулся Зайденбаум.

Равич пошарил в карманах в поисках сигареты. Ничего не нашел. Но он вспомнил, что в чемодане вроде бы сигарет еще достаточно.

— М-да, — заметил он. — Человек многое способен выдержать.

Миновав Ваграмский проспект, машина выехала на площадь Звезды. Нигде ни огонька. Площадь тонула в кромешной мгле. Тьма стояла такая, что даже Триумфальной арки было не видно.

Исключительные права на публикацию книги
на русском языке принадлежат издательству AST Publishers.
Любое использование материала данной книги,
полностью или частично, без разрешения
правообладателя запрещается.

Литературно-художественное издание

Ремарк Эрих Мария

ТРИУМФАЛЬНАЯ АРКА

Роман

Ответственный редактор *И. Горяева*
Технический редактор *Н. Духанина*
Компьютерная верстка *З. Полосухиной*
Корректор *И. Марчевская*

Общероссийский классификатор продукции
ОК-034-2014 (КПЕС 2008); 58.11.1 — книги, брошюры печатные

Произведено в Российской Федерации. Изготовлено в 2024 г

Изготовитель: ООО «Издательство АСТ»

ООО «Издательство АСТ»
129085, г. Москва, Звёздный бульвар, дом 21, строение 1, комната 705, пом. I, 7 этаж.
Наш электронный адрес: **www.ast.ru**
E-mail: ask@ast.ru
ВКонтакте: vk.com/ast_neoclassic

«Баспа Аста» деген ООО
129085, Мәскеу қ., Звёздный бульвары, 21-үй, 1-құрылыс, 705-бөлме, I жай, 7-қабат.
Біздің электрондық мекенжайымыз: www.ast.ru
E-mail: ask@ast.ru

Интернет-магазин: www.book24.kz
Интернет-дүкен: www.book24.kz
Импортёр в Республику Казахстан ТОО «РДЦ-Алматы».
Қазақстан Республикасындағы импорттаушы «РДЦ-Алматы» ЖШС.
Дистрибьютор и представитель по приему претензий на продукцию в Республике Казахстан:
ТОО «РДЦ-Алматы»

Қазақстан Республикасында дистрибьютор
және өнім бойынша арыз-талаптарды қабылдаушының
өкілі «РДЦ-Алматы» ЖШС, Алматы қ., Домбровский көш., 3«а», литер Б, офис 1.
Тел.: 8(727) 2 51 59 89,90,91,92, факс: 8 (727) 251 58 12 вн. 107;
E-mail: RDC-Almaty@eksmo.kz
Өнімнің жарамдылық мерзімі шектелмеген.

Өндірген мемлекет: Ресей
Сертификация қарастырылмаған

Подписано в печать 11.01.2024. Формат 76x100$^1/_{32}$.
Гарнитура «Newton». Печать офсетная. Усл. печ. л. 28,15.
Доп. тираж 30 000 экз. Заказ 0074/24

Отпечатано в соответствии с предоставленными материалами
в ООО «ИПК Парето-Принт», 170546, Тверская область,
Промышленная зона Боровлево-1, комплекс №3А, www.pareto-print.ru

ISBN 978-5-17-105398-7